Joyce Carol Oates

Hudson River

Roman

Aus dem Amerikanischen von
Silvia Morawetz

S. Fischer

Die Arbeit der Übersetzerin am vorliegenden Text
wurde vom Deutschen Übersetzerfonds e. V. gefördert.

Die Originalausgabe erschien 2001 unter dem Titel
›Middle Age: A Romance‹ im Verlag HarperCollins, New York

Satz: Otto Gutfreund GmbH, Darmstadt
Druck und Bindung: Clausen & Bosse, Leck
Printed in Germany
ISBN 3-10-054011-5

Für meine Freunde aus Princeton,
die auf diesen Seiten nicht vorkommen

Inhalt

Prolog: Vierter Juli 11

TEIL I: Wenn ihr mich fangen könnt ... 27

Die Hinterbliebenen 29
Old Mill Way: Die Höhle 90
Die Felsengrottenmadonna 144
Das Match 189
Lebewohl! 246

TEIL II: ... und ich euch nicht entwische 261

Der Alp der Nacht 263
Old Mill Way: Die Verwandlung 320
Das Mädchen mit der roten Baskenmütze 392
Lieber verflossener Dad 454
Die Vermisste 522

TEIL III: In alle Ewigkeit 565

Traumwesen 567
Old Mill Way: Der Angriff 577
Das Ballett 587
Die Liebenden bei Nacht 595
Die Heimkehr 599

... ich tat es, um damit die Deutung einiger Träume zu versuchen.
Sokrates' Worte in Platons *Phaidon*

Leben verschlingt Leben, doch der Mensch durchbricht
den Kreislauf, der Mensch erinnert sich.
»Adam Berendt«

Prolog: Vierter Juli

1

Ist das gerecht? Du gehst in Salthill-on-Hudson am schwülen Nachmittag des Vierten Juli aus dem Haus, zu einer Grillparty, (eine Einladung, die du eigentlich nicht annehmen wolltest, dann aber doch angenommen hast) und kommst drei Tage darauf als Asche in einer billigen Urne heim: Knöchelchen, Splitter und grobkörniges Pulver, alles in deinem Garten ausgekippt, verstreut und mit dem Rechen in der bröseligen Erde verteilt.

Dünger für Unkraut.

Du gehst aus dem Haus, mit den besten Vorsätzen. Kein Gedanke daran, dich umzubringen! Ganz im Gegenteil. Bindest auf dem Rasen hinter dem Haus deinen treuen deutschen Schäferhund an einer langen, ausziehbaren Leine an, stellst ihm einen großen Napf Wasser mit Eiswürfeln und sein Lieblingstrockenfutter hin und versprichst, dass du spätestens Mitternacht wieder daheim bist – da zerreißt schon seit Stunden Feuerwerk den nächtlichen Himmel über dem Hudson, da bist du schon seit Stunden tot, gestorben, so heißt es, an einem Herzversagen, deine Körpertemperatur im Leichenschauhaus des Medical Center von Jones Point fällt rapide. Du (oder der Leichnam, zu dem du geworden bist) stellst für die Fachleute das gewohnte Problem dar. Wen benachrichtigen? Wer sind die nächsten Angehörigen dieses Mannes? »Adam Berendt«

lautet der an der Leiche befestigte Name, wenn der Ausweis in seiner durchweichten Brieftasche stimmt.

Was tun mit »Adam Berendt«, diesem Mann, der ein Rätsel ist?

Ich war »Adam Berendt«. So lange, dass ich allmählich glaubte, er sei mein Leben.

Du gehst aus dem Haus, fährst den Fluss hinauf nach Jones Point, New York. Du findest dich unter Menschen wieder, die du nicht kennst und nicht kennen wirst. Von deinem Gastgeber mit mehreren anderen eingeladen auf ein blendend weißes acht Meter langes Segelboot, die *Albatros*.

Auf dem Fluss hörst du Kinder schreien. Du erschrickst, meinst Kinder schreien zu hören. Dann hörst du tatsächlich: Kinder schreien. Um Hilfe?

2

Nicht wo ich geboren wurde – das hab ich längst vergessen. Oder wo ich sterben würde – das weiß ich nicht. Sondern wo ich gelebt habe, wo man mich gekannt hat. In dem Städtchen Salthill-on-Hudson, New York. Wo ich in einem einundzwanzig Jahre durchgehaltenen Willensakt ADAM BERENDT erschaffen habe, wie man eine menschliche oder menschenähnliche Gestalt aus Materialien wie Ton, Erde, Dung zusammenstümpert. Aus verfaultem Holz und Treibgut vom Fluss. Aus Glas, Plastik. Aus grobem Material, von groben Fingern geformt.

ADAM BERENDT: Derjenige, dessen Blick auf diesen Menschen fiel, schaute vermutlich noch ein zweites Mal hin. Einer dieser hässlichen bulligen Kerle, was man sich eben so als Mann im besten Alter vorstellt. Breites Kinn, Cro-Magnon-Schädel, gelichtetes stahlgraues Haar, so raspelkurz geschnitten, dass die Kahlheit gewollt aussieht. Sogar ästhetisch! Er hat eine gerötete zwiebelartige Haut, eine schuppende, sich schälende Haut, eine Mischhaut, die insgesamt jedoch rau aussieht, wie vernarbt. Sieht nur noch auf einem Auge, dem linken, vor Anstrengung oft blutunterlaufen; das rechte Auge, inmitten von Narbengewebe, ist wie polierter Marmor und stechend weiß, blind. (Dieses Auge, sagte ich immer, wurde bei einem Unfall in der Kindheit verletzt. Was, mehr oder weniger, der Wahrheit entspricht.)

ADAM BERENDT, die Leiche. Keine Augenweide. Nicht monumental. Nicht heroisch! Nicht einmal (meiner Meinung nach) sonderlich kühn. Nur einfach impulsiv. Hartnäckig. Leichtsinnig vielleicht. *Was ich tue, tue ich aus Prinzip. Zum Teufel mit dem Rest.*

Denn ich war Bildhauer. Oder wollte einer sein. Und gerade mittelmäßige Bildhauer lassen sich nicht leicht entmutigen oder beirren.

3

Hilfe! Hilfe! Rettet uns! Die Schreie trafen ihn ins Herz, er wandte sich um und sah ein kleines Segelboot kentern, sah Kinder über Bord gehen, schreien und um sich schlagen. Und keine Schwimmwesten.

Dies etwa zehn Meter von der *Albatros* entfernt, die ihrerseits etwa zehn Meter vom Ufer entfernt war. Das wie im Rausch dahinjagende Rennboot, ein Chris-Craft-Luxusmodell, setzte seinen Weg fort.

Keine Zeit zum Überlegen, nur zum Handeln. *Zum Teufel mit dem Rest!*

Eins der Kinder war ein kleines blondes Mädchen, und genau auf dieses Kind schwamm er zu, dieses Kind wollte er unbedingt retten.

4

ADAM BERENDT, über dessen tatsächliches Alter seine Freunde in Salthill nur spekulieren konnten. Denn unter seinen Papieren fand sich keine Geburtsurkunde. Seine engsten Freunde, darunter sein Anwalt, wussten über ADAM BERENDT nichts Genaueres als das, was er ihnen wortkarg mitgeteilt hatte. Im Allgemeinen hielt man ihn für Anfang oder Mitte fünfzig. Im Allgemeinen glaubte man, er stamme von irgendwo aus dem Mittleren Westen. Oder dem Westen.

Durch einen Unfall in der Kindheit auf einem Auge erblindet, hatte er gesagt. Und Narbengewebe, das Gesprenkel heller Brandnarben auf seinem Körper, auf der breiten, behaarten Brust und noch an anderen Stellen. (An intimeren. Nur wenige Frauen haben sie gesehen.) Es war eine Schande, es war tragisch, dass ADAM BERENDT nicht besser in Form war, als er in den Fluss sprang und zu dem gekenterten Segelboot der Kinder schwamm, vielleicht war es Leichtsinn, vielleicht mangelndes Urteilsvermögen, er überlegte keinen Augenblick, handelte bloß. Vielleicht ist das heldenhaft, vielleicht bloß leichtsinnig; ein Mann, der handelt, bevor er überlegt, ein Mann, der sich, indem er handelt, die Möglichkeit zum Überlegen für immer verbaut hat.

Der aber nicht aufgibt. Um keinen Preis aufgibt. Das verängstigte blonde Kind ist nur wenige Meter entfernt. *Adam Berendt wird es retten.*

5

Achtzehn meiner einundzwanzig Jahre in dem schwimmenden Paradies Salthill-on-Hudson lebte ich nach Meinung der Leute *über seine Verhältnisse*. Schließlich war ich ein heruntergekommen aussehender und sich auch so benehmender Bildhauer von bloß lokaler Berühmtheit. Schließlich warf ich meinen Kunstschrott zusammen voller Verachtung dafür, wie es besser zu machen wäre, professioneller, dauerhafter. ADAM BERENDT lebte für den Augenblick. Er führte nie etwas zu Ende, erreichte nie Vollkommenheit. Wie mein exzentrischer Geistesverwandter Albert Pinkham Ryder, der seine Leinwände so nachlässig grundierte, auf unbehandelten Flächen malte und diese wieder übermalte, dass seine wunderschönen Traumlandschaften abblättern bis in alle Ewigkeit.

Über seine Verhältnisse, weil ich irgendwie genügend Geld zusammengebracht hatte, um eine der malerischen Ruinen der Gemeinde zu kaufen. Ein altes Steinhaus am Fluss nördlich des Dorfes. Mitte des achtzehnten Jahrhunderts war das Gebäude eine Mühle und gehörte einem Holländer. Nach der Revolution diente es als Kneipe, später als Bordell. Mitte des neunzehnten Jahrhunderts wurde es mit fünfzehn Morgen Land von einem wohlhabenden Farmer namens Elias Deppe erworben und umgebaut; der Salthill Trust verzeichnet das Grundstück als Elias-Deppe-Haus. Nach lokalen Standards kein vornehmes Anwesen, das aber etwas Nostalgisches und Romantisches hat. Zweigeschossig, steile, verschindelte Dächer, zinnfarbener Stein, der bei jeder Witterung Feuchtigkeit abgibt. Auf einer Anhöhe oberhalb des Flusses erbaut, wo die aufgehende Sonne das Innere mit Flammenröte übergießt.

Über seine Verhältnisse gelebt; niemand wusste genau, wie eigentlich. *Über seine Verhältnisse* ist er auch gestorben.

6

Du gehst eines Nachmittags aus dem Haus und kommst nicht als du selbst wieder.

Beim Verlassen des Hauses rechnest du doch nicht damit, nicht als du selbst wiederzukommen.

Das Haus, das du verlassen hast, ist kein Zuhause mehr, wenn du gegangen bist, wenn du nicht heimkommst. Es wird wieder ein Haus, eine Immobilie, ein Besitz. Fällt anderen in die Hände, die dich überleben.

7

ADAM BERENDT, der Einsiedler. ADAM BERENDT, der freundlich war, gesellig. ADAM BERENDT, der zum Zeitpunkt seines Todes allein lebte mit Apollo (dessen offizieller Name Apollodoros lautete), dem Husky-Schäferhund-Mix mit den wunderschönen traurigen Augen und dem rauen, silbergrau schimmernden Fell. ADAM BERENDT, den man oft die River Road entlang ins Dorf wandern sah. Oder mit seinem Rad fahren (einem englischen Rennrad, gebraucht gekauft). Oder mit seinem Ford-Kombi oder seinem Mercedes Baujahr 1979. ADAM BERENDT, der ab und zu in der Volkshochschule von Salthill Kurse in Bildhauerei und figürlichem Zeichnen gab. ADAM BERENDT, der bei der jährlichen Blutspendeaktion in Salthill mitmachte. ADAM BERENDT, Mitglied der freiwilligen Feuerwehr. ADAM BERENDT, der durch den ganzen Rockland County tourte und für Bildung, Umwelt und Einschränkung des Waffenbesitzes warb. ADAM BERENDT, der aufgefordert wurde, auf der Liste der Demokraten selbst für ein Amt in der Lokalpolitik zu kandidieren (und höflich ablehnte). ADAM BERENDT, der in einem unbedachten Moment Freunden anvertraute, dass er noch nie außerhalb der Vereinigten Staaten gewesen sei, jedoch hoffte, vor seinem Tode noch eine solche Reise machen zu können: nach Athen, wo vor mehr als zweitausend Jahren Sokrates gelebt hatte, und in den Fernen Osten, ins Reich des geheimnisvollen Buddhismus.

Sokrates war sein Held. Für sich entdeckt hatte er den Philosophen als sechzehnjähriger Junge, ein ganzes Leben war das her. Auf dem rechten Auge bereits erblindet, lechzte er nach höherem Wissen, einem Wissen nicht über den Körper, sondern den Geist; nicht religiösen Glauben suchte er, sondern den Glauben an die Vernunft. *Erkenne dich selbst!* lehrte Sokrates. Und wie man *durch Selbsterkenntnis zur Welterkenntnis* gelangt. Sokrates war ein ganz gewöhnlich aussehender, hässlicher bulliger Kerl gewesen. Einer wie du und ich, ein Steinmetz. Durch den Spruch eines Athener Gerichts wurde er im Alter von siebzig Jahren zum Tode verurteilt. (Wofür? Dafür, dass er bohrende Fragen gestellt und junge Leute dazu angeregt hatte, Fragen an die Erwachsenen zu richten.) Und doch war es ein von Sokrates selbst gewählter Tod, denn er lehnte die Flucht ins Exil ab. Es war ein selbst gewählter Tod, denn er bestimmte, wie er starb. (Leerte den Schierlingsbecher.) *Philosoph ist der, der das Sterben übt, den Tod übt, ununterbrochen, doch von anderen unbemerkt.*

8

Adam, bitte geh nicht. Du kennst diese Leute nicht.

Natürlich kenne ich diese Leute. Im Großen und Ganzen kenne ich sie.

Bleib bei uns in Salthill. Wir machen ein Barbecue, bloß ein paar gute Freunde. Wenn es dunkel wird, sehen wir uns das Feuerwerk über dem Fluss an. Sag ja!

Ich habe mein Wort gegeben, dass ich nach Jones Point komme.

Das wird eine große Sache, nicht? Eine Spendensammlung? Hundert Gäste, mindestens? Niemand wird dich vermissen.

Ich kann nicht, ich habe mein Wort gegeben.

Gibt es etwas Trivialeres als eine Grillparty am Vierten Juli, bei der Geld für eine gute Sache gesammelt werden soll? Gibt es eine trivialere Entscheidung als die, an welcher Vierter-Juli-Feier man teilnimmt? *Kleinigkeiten machen unser Leben aus. Wegen Kleinigkeiten kommen wir um.*

9

Nicht Ertrinken, wie man allgemein annahm, sondern *Herzstillstand.* Nicht im Wasser, sondern im Krankenwagen auf dem Weg zur Notaufnahme.

Obwohl seine Lungen mit Flusswasser gefüllt waren. Und er am Schädel, der betonhart aussah, eine schwere Fraktur durch den Aufprall gegen das Rettungsboot erlitten hatte.

10

Die *Albatros*: ein amüsanter Name.

Du warst selber amüsant, neigtest zum Ironischen, Verlegenen, wenn du mal Geld hattest, als du reich warst und dich im Rahmen des landesweiten Projekts zur Befreiung Unschuldiger eingesetzt hast. (Diese »Unschuldigen« waren meist mittellose schwarze Insassen der Todeszelle, die das amerikanische Strafrechtssystem aufgegeben hatte und die für Verbrechen sterben sollten, die sie nicht verübt hatten). Adam Berendt galt nicht als reich, weit gefehlt, aber er war akzeptiert von Reichen, von liberal gesinnten Reichen wie denen, die die Vierter-Juli-Grillparty in Jones Point organisiert hatten. *Nein, ich war nicht sonderlich scharf darauf, dabei zu sein. Aber es war für eine gute Sache, klar. Und ich hatte, in aller Bescheidenheit, mein Wort gegeben.*

Die Ungerechtigkeit der Welt bedrückte ihn, er musste seinen Beitrag leisten, musste helfen. Er fuhr im zähfließenden Verkehr auf dem Highway 9W am breiten, glitzernden Hudson entlang ins dreißig Meilen nördlich von Salthill-on-Hudson gelegene Jones Point. Eine Stadt, die Adam nicht kannte, in der er nie zuvor gewesen war. Ein Anwesen direkt am Fluss, ziemlich prunkvoll, ein moderner Bau, Glas und Redwood, versetzte Geschosse, mit Blick aufs Wasser und einem Steg, an dem die *Albatros* vertäut war.

ADAM BERENDT, dem jeder Sinn für Übernatürliches abging. Der nur an den Menschen glauben konnte. Nicht an Gott.

ADAM BERENDT, unverheiratet, kinderlos. (Trotzdem wurde spekuliert: irgendwann muss er doch mal verheiratet gewesen sein? Er, ein Musterbild männlicher Fürsorglichkeit, muss doch irgendwo mal Kinder gezeugt haben?)

ADAM BERENDT, von dem man wusste, dass er auf nicht ganz eindeutige Weise »Partner« einer Frau namens Troy war, Marina Troy, die in der Pedlar's Lane in Salthill einen Buchladen führte. (Worin bestand die Beziehung zwischen Adam Berendt und Marina Troy? Waren sie ein Paar oder bloß Freunde? Oder gar bloß Partner im Buchladen? Wieviel hatte Adam in diesen hoffnungslosen kleinen Laden schon hineingesteckt? Denn er hatte keine Einkünfte, keinen Besitz außer seinem Haus und seinem Land – oder? Das Thema Geld, Finanzen, Geschäftliches überhaupt machte ihn unruhig, nervös; wenn er sich ihm nicht entziehen konnte, wurde er reizbar, regte sich sein Widerwille.

ADAM BERENDT, der insgeheim überzeugt gewesen war, er werde ewig leben.

11

In Jones Point war der Hudson breit, rau, graublau im sich spiegelnden Licht, die Wasseroberfläche wie vibrierendes Metall. Der Wind war ideal, blies stetig mit etwa fünfzehn Meilen die Stunde. Hoch oben standen Wolken am Himmel, aber es waren keine Gewitterwolken. An diesem Spätnachmittag drohten weder Blitz noch Regen. Die Männer wollten nach West Point und wieder zurück segeln, das war doch ein vernünftiges Ziel – oder?

Nein, Adam Berendt hatte nicht getrunken. Inmitten vieler anderer, die es wohl hatten. Wurden Getränke angeboten, sagte er mit stoischem Lächeln schnell: *Danke, nein! Nicht für mich. Club Soda*?

Vermutlich hatte sein Gastgeber, der Besitzer des Segelboots, getrunken. Die anderen Männer auf dem Segelboot hatten. Jeder am Fluss! Es war ein amerikanischer Feiertag, da trank man etwas.

Knallfrösche explodierten wie manisches Gelächter.

Adam Berendt vermittelte seinen Begleitern auf der *Albatros* den Eindruck, wie sie später angaben, ein fähiger, ruhiger Segler zu sein. Er hatte ihnen erzählt, dass er am Fluss lebte, in Salthill. Er war robust, ein muskulöser Mann, sehr selbstbeherrscht, mit breiten Schultern und kräftigen Armen und Beinen, zwar nur mittelgroß, wirkte jedoch größer. Er trug eine weiße Schirmmütze, ein marineblaues Polohemd, das ihm über dem Bauch etwas spannte, zerknitterte Khaki-Shorts und Leinenschuhe mit Gummisohlen. Diese Schuhe und die pludrigen Shorts saugten sich sofort voll Wasser, als er in den Fluss sprang, ihr Gewicht zog ihn nach unten. Das ging aufs Herz.

Der Leichenbeschauer im Medical Center von Jones Point bestätigte, dass Adam Berendt zum Zeitpunkt seines Todes weder Alkohol noch Pharmaka im Blut hatte.

Später als geplant setzten die Männer gegen halb sechs die Segel. Die Sonne noch hoch am Himmel. Der Wind gerade ausreichend, mit einem Hauch von Kühle.

Klar, mit dem Segelboot auf dem Hudson, da besteht immer ein gewisses Risiko. Aber würde das Segeln sonst Spaß machen?

Würde das Leben sonst Spaß machen?

12

Die Grillparty fand bei L. statt, einem für das New Yorker Büro der American Civil Libertys Union tätigen Anwalt, der außerdem eigene Klienten erfolgreich vor Gericht vertrat. Adam Berendt war L. früher ein-, zweimal begegnet, die Männer hatten sich die Hand gereicht, mehr nicht; bis zu diesem Tag hatten sie kaum ein Wort gewechselt.

S., ebenfalls Anwältin in Diensten der ACLU, eine Frau von Mitte vierzig, die an diesem Abend ein jugendlich rotes Trägerkleid trug, berichtete von ihrem Gespräch mit Adam Berendt, den sie gerade erst kennen gelernt hatte; er hatte sie beiseite genommen und »sofort« zwei Schecks für ihr Anliegen ausgestellt, jeweils über 2 500 Dollar. Den einen für die ACLU, den anderen für das landesweite Projekt zur Befreiung Unschuldiger. S. starrte den Mann verblüfft und dankbar an und fiel ihm spontan um den Hals, küsste die raue Haut seiner Wange, spürte in jähem Schauer die sexuelle Anziehung zwischen ihnen und trat, tief errötend, einen Schritt zurück. »Adam, vielen Dank! Das ist sehr großzügig.«

S. fest entschlossen, Adam Berendt bald wieder zu sehen.

S. fest entschlossen, Adam Berendt bald öfter wieder zu sehen, und zwar unter vier Augen. Oder zumindest dies hoffend.

Zufälligerweise wurden die Schecks am Tage von Adam Berendts Einäscherung eingelöst.

13

Adam misstraut Anwälten prinzipiell; warum verbringt er dann seine Zeit mit ihnen?

Rennboote jagen lärmend vorbei. Trügerisch wie riesige Wespen.

Rapmusik von einer vorbeifahrenden Yacht. Blendend weiß wie die *Albatros*. Adam hat sich wie die anderen Männer eine Schwimmweste übergestreift. Sein linkes Auge tränt vom Wind.

Aus der Ferne gesehen haben Boote auf dem Fluss etwas Anmutiges, Flüchtiges wie Papierschnipsel im Wind; befindet man sich aber auf einem Boot, auf dem Wasser, ist von Anmut nicht viel zu merken: schwerfällig werden Manöver ausgeführt, Kommandos werden gebrüllt; man bemüht sich, mit anmaßenden Fremden gut auszukommen. Der Fluss, aus der Ferne so schön, ist farblos, besteht aus seilartigen Wassersträngen, ist schaumig, riecht. Ein leichter Anflug von Panik bei der Vorstellung der Unterwasserwelt. Was ist da, unter der Oberfläche, in dieser undurchdringlichen Dunkelheit? Wie ist es, zu ertrinken?

Nicht jetzt. Nicht heute. Denk nicht daran.

Er denkt nicht daran. Und gestattet sich auch nicht zu denken, während die *Albatros* inmitten einer uneinheitlichen Flotte anderer Schiffe in nördlicher Richtung den Fluss entlangschippert: *Warum zum Teufel bin ich hier, warum tue ich das*?

Er hofft, er wird sich nicht den Rücken zerren.

Als Kind war er so zäh. Als junger Mann in den Zwanzigern kräftig wie ein junger Ochse. Jetzt hat er ein Bäuchlein, ist kurzatmig. Macht sich Sorgen um seinen Rücken. Verdammt: ein Mann sollte mehr Würde besitzen, Ideale. Er hilft seinem Gastgeber gutmütig beim Setzen der Segel. Und die sind verflucht schwer.

»Nicht übel, was?«, ruft einer von Adams munteren neuen Freunden ihm zu; er allerdings hört: »Bist müde, was?«

Denkt an Marina. Urplötzlich, schuldbewusst. Er hätte sie diesen Vormittag anrufen sollen. Sie wartet schon seit Tagen darauf, von Adam zu hören, sie will ihn etwas fragen. *Ja. Ich liebe dich. Aber ich kann nicht, nein.*

Mach nicht mehr aus mir, als ich bin. Verzeih mir!

In diesem Augenblick beginnt Adam Schreie zu hören. Ist sich anfangs nicht sicher, was er hört, bei dem Lärm von Wellen und Wind. Sein Gehirn setzt kurz aus. Er sieht das entsetzliche Feuer aufzüngeln. Die ersten Flammen und die leise Explosion. Flüssiges Feuer fließt von seinen ausgestreckten Fingern und schießt hinauf zur niedrigen Decke des Wohnwagens wie ein von unten kommender Blitz. Und die Schreie. Die Schreie! Seine Mutter, seine vierjährige Schwester Tanya. Vom Feuer eingeschlossen, schreit man, schreit, bis man aus Atemnot nicht mehr schreien kann. Erstickte Schreie aus purer Angst, kreatürlicher Todesangst. *Hilfe! Helft uns! Rettet uns! Lasst uns nicht so sterben!* Adam ist benommen, sein Bewusstsein geschwunden, ausgelöscht. Er sagt sich, dass er keine Schreie hören kann, nicht hier, es sind Knallfrösche, Serien von Knallfröschen, knatternd wie Geschützfeuer.

Doch – nein. Es sind Schreie von Menschen. Von Kindern, auf dem Fluss.

Ungefähr zehn Meter von der im Kielwasser eines dahinjagenden Rennboots schaukelnden *Albatros* entfernt schaukelt ein kleines orangefarbenes Day-Glo-Segelboot noch gefährlicher, heftiger; das Boot wird überspült, kentert. Ein Junge, etwa zwölf, mager, in Badehose, und zwei kleinere Kinder, hilflos schreiend urplötzlich im Wasser.

Adam erkennt blinzelnd oder meint zu erkennen, dass die Kinder keine Schwimmwesten anhaben.

Binnen Sekunden ist Adam im Wasser.

Blitzschnell, ohne zu überlegen, ohne einen Moment zu zögern oder gar Angst wahrzunehmen, springt Adam ins Wasser und fängt an zu schwimmen. Sein Sprung ins Wasser ist ein Bauchklatscher, unbeholfen, linkisch; er hat Übergewicht, ist nicht in Form, ein Mann im besten Alter, der sich im Adrenalinrausch des Augenblicks seines jüngeren Ichs besinnt, eines verschwundenen Ichs, eines hochaufgeschossenen, drahtigen, kräftigen Jungen, der sich im Wasser tummelt wie eine Wasserratte, leichtsinnig. Jetzt hat er nur Zeit, wahrzunehmen, dass irgendetwas nicht stimmt. Das Wasser ist verdammt unnachgiebig, ist fest und sehnig wie Schlangen, überraschend kalt, leistet Widerstand. Adam spürt, dass er Probleme bekommen wird, er hat seine Kräfte überschätzt. Hebt den Kopf, will das Segelboot der Kinder im Auge behalten. Grellorange leuchtend, schwimmt das Großsegel im Wasser. Er will »Haltet durch! Ich komme!« rufen, schluckt aber Wasser, spuckt, erstickt fast. Die anderen Männer auf der *Albatros* sehen bestürzt zu, sehen aber nur zu.

14

Als Junge: was für ein verdammt guter Schwimmer. In dem schnell fließenden Bach hinter dem Campingplatz, nach schweren Güssen. Wenn er bis zu den Brückenträgern anschwoll. Die Vieh- und Holztransporter nach Helena ratterten über diese Holzbrücke. Der beißende Geruch von Wasser, vermischt mit Jauche. Doch die Jauche hat dir nichts ausgemacht. Na wennschon! Atmest du halt durch die Nase. Schluckst nicht.

Aber Adam wiegt jetzt vermutlich hundert Pfund mehr als damals. Mit elf, zwölf. Die wilde Freude dieser Zeit. Vor der anderen, der Zukunft. Als Junge hatte er vor nichts Angst. Er hieß Frankie; er wurde bewundert, war gefürchtet; sogar ältere Kinder hatten Respekt vor ihm. Und erst recht hatte er keine Angst vor dem Wasser, vor dem Schwimmen. Vor einem Sprung von der Brücke. Ein Junge war in dem reißenden Wasser ertrunken, aber nicht Frankie, der tauchte und schwamm wie eine Wasserratte, die Arme und Beine durchströmt von einer starken, ausstrahlenden Energie, seine geschmeidige, glitzernde kämpferische Kraft wie gespiegeltes Licht auf dem schmutzigen, schlammbraunen Wasser.

Immer glaubt man, man lebt ewig. Obwohl andere von einem abfallen und in den Tod eingehen, in die Vergessenheit.

15

Adam schwimmt auf das gekenterte Segelboot zu, kraulend, wie er immer geschwommen ist, in seinem guten Auge pulsiert es, sein blindes Auge ist nutzlos. Völlig unbegründet, seine plötzliche Furcht – oder? Er kann nicht untergehen, ausgeschlossen. Er hat eine Schwimmweste an, er kann nicht untergehen. Aber es ist schwierig, mit dieser Schwimmweste zu schwimmen, schwierig mit seinen Shorts, seinen Schuhen (*er weiß jetzt: das geht schief*), die vollgesogen sind, schwer. Es ist, als zöge Beton ihn nach unten. Als wolle er bergauf schwimmen. (So ist es, wenn er den steilen Berg vor dem Ortseingang von Salthill hinaufradelt, am alten Friedhof von Salthill vorbei, wo verwitterte bemooste Gedenksteine kreuz und quer in der bemoosten Erde stehen wie fortgeworfene Spielkarten, darauf kaum noch lesbare, verblassende Daten aus dem achtzehnten Jahrhundert. Das liegt so weit zurück, dass der Tod nicht sonderlich real gewesen sein kann. Adam, der in die Pedale tritt, spürt allmählich, wie ihm der Atem ausgeht, spürt, kaum merklich, auf einmal eine sonderbare Enge in seiner Brust, die er nicht wahrhaben will. Doch ihm fällt ein, dass ihm seit letzten April Schweiß auf der Stirn ausbricht, wenn er diesen Anstieg erklimmt, wenn er zu forsch bergauf geht und Apollo eifrig vor ihm her trottet. Ist bloß Schwäche, und er wird keiner Schwäche nachgeben.)

»Haltet durch – ich bin gleich da!«

Nur wenige Meter entfernt liegt ein Mädchen im Wasser, das Haar fließt ihr übers Gesicht, ein sehr blasses Gesicht, angstverzerrt; die Kleine ist ein Spielball der Wellen, geht unter, kommt hoch, klammert sich an den Bootsrand. Von dem älteren Jungen, dem Segler, nichts zu sehen. Vielleicht ist er auf der gegenüberliegenden Seite des Boots, vielleicht ist er unter dem Boot, vielleicht ertrinkt er oder schwimmt an Land, um sich zu retten. Adam sieht nur die Kleine. Er schwimmt zu ihr, bekommt sie zu fassen. Endlich! Er hat sie. Umfasst ihre schmale Schulter, will nun sich und die Kleine vom Boot abstoßen, damit er ungehindert ans Ufer schwimmen kann oder an einen Steg, da muss doch ein Steg in der Nähe sein, nur – Adams Sicht ist getrübt, er hat nur das eine Auge, Wasser strömt vorbei. Außerdem atmet er schwer, keucht. Und die Kleine strampelt und wehrt sich, ist außer sich wie ein in die Enge gehetztes Tier. Adam ruft sie an, er hat sie, er wird sie retten, Himmel! ist er mit einem Mal erschöpft, mit einem Mal ein alter Mann, dieses schreckliche bleierne Gewicht in seinen muskulösen Beinen, seinen Armen, er hat sich immer auf seine Kräfte verlassen, nun verlassen ihn seine Kräfte. Stunden scheinen vergangen in weniger als drei Minuten höchster Erregung. Sonnenlichtkleckse tanzen wie Feuerbälle auf den Wellen. Er hat die Orientierung verloren. In welche Richtung? Ein zweites Boot, ein Rettungsboot, nähert sich. Ein anschwellender feuriger Ball in seiner Brust. Er wollte sie verheimlichen, die peinliche Tatsache, aber sie lässt sich nicht mehr verheimlichen. Sein Mund geht auf, nach Luft schnappend wie der eines verendenden Fischs. Sein linkes Auge wie das rechte, blind jetzt. Trüge ihn die Schwimmweste nicht, er würde ertrinken, er kann jetzt nichts mehr tun. Das hysterische kleine Mädchen wird aus seinen Armen in ein Boot gehoben. In die Arme von Fremden? Aber woher ist dieses Boot gekommen?

Adam sieht nicht mehr. Der feurige Ball in seiner Brust ist nicht zu beschwichtigen. Schmerz, ein lähmender Schmerz, wie er in seinem Leben noch keinen gespürt hat, abgesehen vom Schmerz des damaligen Feuers, vielleicht ist es der nämliche Schmerz, und irgendetwas trifft seinen Scheitel mit solcher Wucht, dass aller Schmerz ausgelöscht ist. Kein Gedanke an *Wenigstens ist das Kind in Sicherheit.* Nicht fähig zu dem Gedanken *Wenigstens das habe ich geschafft.* Er bekommt keine Luft. Hat keine Kraft. Sein linkes Auge ist erloschen wie eine kaputtgegangene Glühbirne. Adam Berendt, im Sterben. Der todgeweihte Leib in der Schwimmweste auf dem Wasser wie nasse Wäsche.

Er wird den Namen des blonden Mädchens nicht erfahren, für das er sein Leben gegeben hat.

Teil I

Wenn ihr mich fangen könnt ...

Die Hinterbliebenen

1

Wie der Tod in dein Leben tritt. Ein Telefon läutet.

Vielleicht wartest du ja immer noch auf einen Anruf von Adam Berendt. Bist verwirrt, dein Herz hämmert schon lächerlich, wenn ein Fremder bloß den Namen *Adam Berendt* ausspricht, und nimmst ungeduldig ab, voller Hoffnung.

»Ja? Hier spricht Marina Troy. Was – was wünschen Sie?«

Der Moment, bevor die Angst zuschlägt. Sich dir wie ein Eissplitter ins Herz bohrt.

2

Thwaite brachte Adam den Tod. So erfuhr sie.

Ein hässlicher Name, nicht? Dabei ist Samantha, der Name des Kindes, schön.

Thwaite: es steckte ihr im Kopf wie ein Widerhaken. *Thwaite*: es wurde zur Obsession, für eine Frau, die sich als frei von Zwängen bezeichnet hätte. Als vernünftig, intelligent unemotional – und die doch nicht ankam gegen dieses *Thwaite*, gegen diesen würgenden, nach Teer schmeckenden Tod. In deren Kopf es *Thwaite Thwaite* hallte in den Nächten nach Adams Tod, in denen sie schlecht schlief. Die ihre Wut weinend hinausschrie: »Wäre ich mit ihm auf diesem Boot gewesen, ich hätte Adam nicht sterben lassen.«

Ganz außer sich vor Kummer, glaubte das Marina Troy zu voreilig.

3

Eine Meldung im Lokalfernsehen! Wie verlegen das Adam gemacht hätte, aber vielleicht insgeheim auch stolz.

Ein guter Samariter. Adam Berendt. Wohnhaft in Salthill-on-Hudson. Ein Unfall am Vierten Juli. Auf dem Hudson River. Rettung einer Achtjährigen. Adams Gesicht auf dem glasigen Fernsehschirm: er kneift das blinde Auge zu, lächelt. Der große Schädel wie aus grobem Ton gehauen. Ein bloßer Moment auf dem Fernsehschirm. Schneller Schnitt zu den wesentlich jüngeren Thwaites, den Eltern des geretteten Kindes. *Thwaite. Harold und Janice. Wohnhaft in Jones Point. Zutiefst betroffen. Tragischer Zwischenfall. So unendlich Leid. So unendlich dankbar. Ein tapferer Mann, der sein Leben für unsere Tochter geopfert hat. Unsere Samantha. Unsere Gebete werden bei Adam Berendt sein. Wir hoffen, mit seiner Familie in Verbindung treten zu können, mit seinen Hinterbliebenen. Das hoffen wir so sehr* … Marina schaltete angewidert den Apparat aus.

Wie sollte sie das ertragen, die Banalisierung Adams als »guten Samariter«. Die Thwaites mit ihren banalen Emotionen, diese Leute, enttäuschend gewöhnlich und so jung, stotterten in die Mikrofone, die man ihnen vor die verstörten Gesichter hielt.

»Ja, ich werde wohl lernen müssen, das zu ertragen. Und noch mehr.«

Sie war eine erwachsene Frau. Verlust, Tod waren ihr nichts Neues. Sie war kein naiver, sich selbst bemitleidender Mensch.

Ihre Mutter war chronisch krank, ihr Vater war vor drei Jahren mit neunundsiebzig gestorben – Marina wusste also Bescheid, wusste, was sie vom Leben zu erwarten hatte: Jedes Klischee bewahrheitet sich mit der Zeit auf schmerzliche Weise, und trotzdem macht man weiter, bis man selber an der Reihe ist; wer das mittlere Alter erreicht hat, hat solche primitiven Weisheiten gelernt. Schon als Marinas Vater starb, hatte sie das nicht überrascht. Sein Tod war nicht bloß zu erwarten gewesen, sondern »eine Erlösung«. Nach Krebsoperationen und Monaten der Chemotherapie war das Leben von Marinas Vater erloschen, wie Licht in der Dämmerung und schließlich im Dunkel verschwindet. Und dann ist er da: der Tod.

Nicht wie Adams Tod.

»Adam, verdammt. *Warum.*«

Wann bloß hatten sie das letzte Mal miteinander gesprochen? Sie wollte sich unbedingt erinnern, schloss die Augen, rieb sie sich: Adams Gesicht!

Ein Arzt im Krankenhaus von Point Jones hatte Marina Troy ein Beruhigungsmittel verschrieben. (Hieß das, sie war hysterisch geworden? Hatte alle Würde verloren und war zusammengebrochen?) Am folgenden Morgen erhob sie sich taumelnd aus ihrem Bett, das wie ein Grab war unter dem Dach ihres Hauses. Eines Hauses wie aus dem Märchenbuch, hatte Adam zärtlich gesagt. So als sei Marina Troy eine Gestalt aus einem Märchenbuch und müsse gerettet werden. (Von ihm?) In ihrem verschwitzt riechenden Nachthemd, von dem ihr ein Träger von der Schulter gerutscht war, schob sie das Fenster hoch *ich brauche Luft! Luft!* Irgendetwas machte ihr zu schaffen, etwas Grausames, Ungerechtes: was bloß? *Als wir das letzte Mal miteinander sprachen, wusste ich es nicht. Wenn ich das gewusst hätte.* Die Decke drehte sich über ihr wie ein Karussell. Lila Blümchentapete, so hübsch, dass es wie feiner Spott war. *Thwaite* und zwischendurch Kirchenglocken. *Thwaite Thwaite* schepperte es höhnisch in ihrem Kopf.

Marinas Schlafzimmer war ein kleines, reizendes Kämmerchen mit kleinen, reizenden alten, aus der Mitte des 19. Jahrhunderts stammenden Fenstern, deren Scheiben dringend gekittet werden mussten, ein Zimmer mit Blick auf die römisch-katholische St.-Agnes-Kirche mit ihrer im Nachthimmel schwebenden weithin sichtbaren Kirchturmspitze und dem alten holprigen Kirchhof. (In der Adam Berendt ganz sicher nicht begraben werden würde. Adam war nicht getauft, kein Katholik, und Adam wollte zu Asche verbrannt werden, wenn er starb.) Die North Pearl Street war eine der ältesten Straßen von Salthill, hügelig und sehr schmal, eine Sackgasse, an deren Ende drei reizende Holzhäuser standen, eines davon das Marina Troys.

Irgendwie war sie (wann genau eigentlich war das passiert?) achtunddreißig geworden.

Jung genug, seine Tochter zu sein, sagte Adam Berendt öfter im Scherz.

Mach dich nicht lächerlich. Du bist – wie alt? Fünfzig? Zweiundfünfzig?

Marina, ehrlich gesagt, ich hab die Übersicht verloren.

Sie zog ihr schweißgetränktes Nylonnachthemd aus und warf es zusammengeknäult zu Boden. Mit ihrer klebrigen juckenden Haut hätte sie nur zu gern dasselbe getan. In der auf das Glokkenläuten folgenden Stille hallte es *Thwaite! Thwaite!* Der Klang des Todes, diese unausstehlichen Menschen, diese nachlässigen Eltern, jung und verängstigt verlasen sie vor Fernsehreportern vorbereitete Erklärungen, unsicher, ob sie lächeln sollten oder nicht – im Fernsehen soll man doch immer lächeln, oder? – und sei es nur flüchtig, traurig? Eigentlich verabscheute Marina diese Menschen nicht. Es war nur dieses *Thwaite*, das sich in ihrem Kopf festgesetzt, sich dort verheddert hatte wie ihr langes, lockiges rotbraunes Haar, das sie tagsüber flocht und als Kranz am Kopf feststeckte (»wie Elizabeth I.«) und das sich nachts ringelte und kringelte, dessen Strähnen über ihren Mund krochen. *Thwaite* war ein Gewirr solcher Kringel, das sich mit keiner Bürste teilen ließ. *Thwaite*, das war die Rätselfrage im Märchen: Wie heiß ich, mein Name ist ein Geheimnis, mein Name ist dein Tod, errätst du ihn? *Thwaite* die hilflose Zärtlichkeit, die sie schon lange für Adam Berendt empfunden hatte, der weder ihr Mann noch ihr Geliebter gewesen war. *Thwaite*, ein Gefühl, so stark, wie Marina noch keines für einen anderen Menschen empfunden hatte.

Und der Zorn. *Verdammt, wie konntest du nur. Ohne dich zu verabschieden. Wusstest du, wolltest du überhaupt wissen, warum hast du mich dir nicht sagen lassen, was ich für dich empfunden habe? Und jetzt!*

Ein Bootsunfall. So viele, jedes Jahr am Vierten Juli. Überall in den Vereinigten Staaten. Boots- und Verkehrsunfälle. Außerdem Unfälle mit Feuerwerkskörpern und mit Knallfröschen, vor allem illegal erworbenen Knallfröschen, hörte Marina in Trance, wie sie merkte, eine – was? fremde Stimme sagen, diesmal eine Stimme aus dem Radio, bevor sie ausschaltete und mit der Faust auf das kleine Plastikradio (auf ihrem Fensterbrett) schlug. Was kümmerten sie die Unfälle fremder Leute? Gar ihre »sinnlosen« Tode?

Jetzt, wo Adam tot war, würde sie nur noch mit Mühe Interesse an irgendetwas aufbringen. Die offizielle Diagnose lautete, Adam Berendt sei an *Herzstillstand* gestorben. Außerdem hatte er eine schwere Kopfverletzung erlitten. Er war offenbar nur wenige Minuten nachdem man ihn aus dem Wasser gefischt hatte in dem dahinjagenden Krankenwagen gestorben. Am Vierten Juli gegen 18.20. Marina hoffte, dass er gestorben war, ohne das Bewusstsein erlangt zu haben, ohne etwas zu spüren. Hatte aber nicht gewagt, danach zu fragen. *Thwaite. Tod.* Nichts zu machen. Eine Tragödie. Falls ein Unfall eine Tragödie sein kann. Du hörtest dich das Wort *Tragödie*, das andere aussprachen, auch sagen. Man sagte das so, versuchte, den Schmerz zu lindern. Man sagte über einen guten Menschen nicht, dass er durch Zufall und daher dämlich gestorben war. *Tragödie* war das Wort, denn ein anderes gab es nicht. *Er hat mich nie geküsst. Wie ich es mir gewünscht hätte.* Nie die Brüste, den Bauch, zwischen den Beinen. Dieses Nie-berührt-und-nie-geküsst war ihr Geheimnis. Nachts sann sie lange darüber nach. Im Buchladen sann sie darüber nach, wissend, dass Adam Berendt nicht kam, niemals wieder. Wenn das Telefon läutete, war nicht er dran, und wenn es an ihrer Tür klopfte, stand nicht er davor. Obwohl das Barbiturat ihren Herzschlag fast bis zum Stillstand verlangsamt hatte, sann sie über diese simplen Tatsachen nach.

Die Familie Thwaite hatte öffentlich erklärt, sie wolle mit Adam Berendts Familie zusammentreffen. Mit seinen »Hinterbliebenen«. Um ihnen für Adams Opfer zu danken. Kein anderer als engste Angehörige, Adams Frau oder ein Blutsverwandter, kam dafür in Frage.

Heuchlerische Mistkerle. Ich stand Adam so nahe wie jeder, der ihn kannte.

Doch sie würde diese Leute nicht hassen. Würde sich nicht zwanghaft auf einen eingebildeten Feind fixieren. Auf Mr und Mrs Harold Thwaite aus Jones Point, New York. Vierundzwanzig

Stunden lang hatten sie ihren Teil an Medienaufmerksamkeit und -zensur erhalten: die Nachrichtensender hatten sie nicht offen der »Verletzung der Aufsichtspflicht« bezichtigt, dies indirekt aber angedeutet, und die Polizei wollte den Unfall »untersuchen«, zu dem es gekommen war, weil die achtjährige Tochter der Thwaites, Samantha, und der zehnjährige Sohn mit dem Segelboot eines Nachbarn, nicht mit einem Erwachsenen, sondern einem dreizehn Jahre alten Jungen bemannt, auf den Hudson River hinausgefahren waren. Rettungswesten für Kinder hatten sich zwar an Bord befunden, doch keines hatte eine getragen. Ja, es war dämlich. Es war Verletzung der Aufsichtspflicht. Womöglich kriminelle Verletzung. Aber doch viel wohl tuender, einfach zu verzeihen.

Sie hörte ihre eigene Stimme am Telefon, wenn sie Freunden Mitgefühl bekundete. »Bitterkeit bringt Adam auch nicht wieder. Und Adam war der rationalste Mann, den man sich denken kann.«

Aber auch: »War das nicht Adam, wie er leibte und lebte! Wenn er ganz plötzlich hätte gehen müssen, ohne Vorwarnung – hätte er sich dann nicht etwas in der Art gewünscht?«

Aber stimmte das? Dieses *Thwaite Thwaite* verfolgte sie, wenn sie ganz logisch argumentierte, ganz vernünftig war. *Thwaite*, der schmutzige schwarze Schleim des Todes.

4

Man hatte Marina nach Jones Point bestellt, weil sich in Adam Berendts Brieftasche kein Anhaltspunkt für Angehörige befand. *Im Notfall benachrichtigen* war nicht ausgefüllt.

Hatte der Mann keine Familie? *Niemanden?*

In der abgewetzten Brieftasche gefunden wurde eine durchweichte Visitenkarte:

THE SALTHILL BOOKSTORE, gegr. 1911
Pedlar's Lane 7
Salthill-on-Hudson, NY

Inhaberin Marina Troy

Auf der Rückseite der Karte befand sich, mit Bleistift notiert, Marinas Privatnummer, und bei dieser Nummer riefen die Behörden an.

So wurde Marina einbestellt. Von einer Behördenstimme. Wie eine Schlafwandlerin gehorchte sie. Zu perplex, um auch nur zu denken: *Das kann nicht sein, oder? Nicht auf diese Weise.*

Sie steuerte den Wagen in Panik und dennoch gefasst. Sie erinnerte sich später nicht daran, ins Auto eingestiegen zu sein. Den Motor angelassen zu haben. Nicht an das Aussetzen der Zeit, bis sie – unwiderleglich – den Leichnam sah. Spürte nur, denn Marina Troy war eine Frau mit Sinn für bitterböse Ironien, dass es schrecklich war, um diese Stunde in einer solchen Mission nach Jones Point zu fahren. Schließlich war die Dämmerung die blaue Stunde, die romantische Stunde. In der Dämmerung hatte sie oft an Adam Berendt gedacht, war sie oft mit Adam Berendt zusammen gewesen. Nun waren Lichter über den breiten schimmernden Fluss verstreut wie verblüffte Gedanken, lagen gespenstische Segelboote auf dem Fluss und Schnellboote mit blinkenden Lichtern. Bei Anbruch der Nacht den Fluss zu befahren, überlegte Marina, war das sicher? Hier und da sah sie Frachter, riesige Lastkähne, neben denen die Ausflugsboote wirkten wie winzige Nachtfalter. Warum hatte sich Adam mit einem Segelboot auf dem Fluss befunden? Wessen Segelboot, wo? Warum in Jones Point? *Wenn ich bei ihm gewesen wäre. Warum war ich nicht bei ihm?* Marina und Adam hatten sich am Abend darauf bei Freunden in Salthill treffen wollen. So war es geplant gewesen.

Warum hast du nicht angerufen, Marina? Damit wir mitfahren. Dass muss doch ein Schock für dich gewesen sein. Bist du sicher, dass mit dir alles in Ordnung ist?

Sie war sicher. Ja doch! Nur war sie halt so wütend und so verzweifelt gewesen. Hatte hinfahren und ihn anschauen wollen. Allein. Nichts hören und nichts sehen wollen. Nicht einmal Beileidsworte, Tränen des Mitgefühls. *Vielleicht ist nicht er tot, sondern jemand anders? Ein anderer Mann?* Man hatte Marina nur in knappen Worten mitgeteilt, dass Adam oder ein Mann, ein vermeintlicher »Adam Berendt«, soeben an den Komplikationen nach einem »Bootsunglück« auf dem Fluss gestorben war.

Der Fluss! Marina dachte daran, dass man in Adams Werkstatt an der Rückseite seines Hauses über den ganzen Fluss sehen konnte, dachte daran, dass man lange da stand und fasziniert zusah, wenn das Licht auf den unruhigen Wellen schwächer wurde und die Dunkelheit an den Rändern der Dinge zunahm. Dunkel, die Beschaffenheit der Erde, wohingegen das gespenstische ölig glänzende Licht auf dem Wasser blieb. Die Sonne im Westen war chemisch rot und prachtvoll, blutete am Horizont wie ein zerlaufener Eidotter.

Auf beiden Seiten des Flusses explodierten Feuerwerkskörper. Vierter Juli: Der Tag, an dem man in Amerika Gewehrfeuer, Raketen, Aggression und den Feindestod feierte. Am gegenüberliegenden Ostufer des Hudson River, rings um Tarrytown, stiegen knallige Feuerräder aus dunkelrotem, goldenem und grellweißem Licht auf, schwebten am Himmel und sanken lautlos in den Fluss. Um einen Moment später durch neue Explosionen, bunt glitzernd aufsteigende, lautlos der Auslöschung anheim fallende neue Farben abgelöst zu werden. »Aufhören. Aufhören. *Aufhören.*« Dieses idiotische Feiern, in einem Moment, wo jemand gestorben ist. Als wollten sie eines Menschen Sterbens spotten. Dasselbe in Jones Point, wo der Tod Marina erwartete. Grelle Karnevalsfarben, die in den inzwischen dunklen Himmel über dem Fluss hinaufschossen. Explodierende gelbe Blütenkelche, dunkelrote Augäpfel, wie Därme gewundene Bänder in allen Regenbogenfarben. Grauenhaft, höllisch. Marina fiel ein, dass Feuerwerkskörper scherzhafte Symbole für den sexuellen Orgasmus sind, und der Gedanke empörte sie. *Wir niemals. Und nun nie mehr.*

Unter Schock fand sie das Krankenhaus von Jones Point. Keine große Einrichtung. Parkte ihren Wagen und rannte zum Eingang. Außer Atem, atmete sie durch den Mund. Was man, hatte Adam sie bei ihren Wanderungen im Naturschutzgebiet des Eagle Mountain gewarnt, nicht tun sollte. Im hell erleuchteten Eingang des Gebäudes wurde Marina von Fremden angesprochen, die auf sie gewartet hatten. Sie hörte ihren Namen – »Marina Troy?« Die Freundin von Adam Berendt. Diese ihr unbekannten Leute, ein halbes Dutzend, die alle zusammengehörten, stellten sich als

Adams »Freunde« – seine »neuen Freunde« – vor, die die Feiertags-Grillparty zum Spendensammeln organisiert hatten. (Eine *Grillparty* zum Spendensammeln?) Wortlos sah Marina diese Menschen an. Eine verweinte Frau in den Vierzigern mit roten Augen und in einem sehr jugendlichen Sommerkleid mit um die Schultern gelegtem Schal wagte es, Marina mit »Marina« anzusprechen und Marina, die sich sofort versteifte, zu umarmen, als verbinde sie ein gemeinsamer Verlust, als ließen sich Marina Troys Schock und ihr immer größer werdendes Entsetzen so einfach teilen. »Marina, es tut uns unendlich *Leid.*« Marina, die durch den Mund atmete, trat zurück, es gelang ihr, nicht zu schreien.

Die Thwaites waren nicht anwesend. Von den Thwaites sollte Marina erst eine Stunde später erfahren.

Die nächsten Stunden vergingen wie ein Fiebertraum voller verzerrter Bilder und schneller verwirrender Schnitte.

»Marina Troy? Sie sind wegen Adam Berendt hier? Bitte folgen Sie uns.«

Entronnen! Marina wurde weggeführt von diesen schuldbewusst dreinblickenden »Freunden« in Sportkleidung, deren einem es, wie sie später merkte, gelungen war, ihr den Schlüssel zu Adams Auto in die Hand zu drücken. Was hatte Adam mit diesen Leuten zu schaffen, warum hatte er ihr nicht von ihnen und der Grillparty zum Vierten Juli in Jones Point erzählt? Gehörte diese grässliche Frau zu denen, die ihn anhimmelten und ihm nachliefen? Marina bebte vor Zorn auf diese Leute, aber auch vor Zorn auf Adams schlechtes Urteilsvermögen. Das war doch wieder typisch! Impulsiv, ungestüm! Ein junger Mann in Krankenhausweiß und eine ältere Asiatin, die Marina mitleidig angeschaut hatte, führten sie ins Leichenschauhaus zur Identifizierung und redeten leise auf sie ein, bereiteten sie auf die Zumutung vor (verlief dies nach einem fertigen Drehbuch? obwohl Marina nie zuvor Derartiges gehört hatte, kam es ihr irgendwie bekannt vor), doch Marina verstand nicht, worum es hier ging und nahm in diesem Zustand des atemlosen ungläubigen Schauens auch die glänzenden Flure nicht wahr, durch die sie geleitet wurde; ein Fahrstuhl kam und öffnete sich auf einer Etage weiter unten. Unterirdisch? »Adam? *Adam!*»

Marina nahm undeutlich wahr, dass jemand laut sprach. Vielleicht sie selbst. Wischte sich die Nase mit dem Handrücken ab. Wühlte in ihrer Tasche, fand aber kein sauberes Taschentuch, verdammt. Und warum war es hier so elend kalt? Wo es draußen doch warm war und die Luft schwer wie ausgestoßener Atem.

Sie konnte das Zittern nicht unterdrücken. Auf einer ihrer Wanderungen hatte Adam, als Marinas Fingernägel blau wurden, einmal gesagt, sie habe wohl einen niedrigen Blutdruck, hatte sie zu wenig rote Blutkörperchen? und Marina hatte lachend protestiert, nein, bestimmt nicht. Sie gehörte nicht zu den Frauen, denen es nichts ausmachte, angesehen, betrachtet zu werden. Sie war nicht in normalen Grenzen eitel, das war ein echtes Handicap. Sie war zu ihrem Wagen gerannt nach dem Anruf, war dreiundzwanzig Meilen in den Sachen gefahren, die sie gerade am Leibe trug, Jeans-Shorts, einem T-Shirt, das ihren schmalen Körper locker umhüllte, blassen Beinen und abgetragenen Sandalen. Feuchte Haarsträhnen klebten ihr wie Seetang an der Stirn und im Nacken. Sie hatte sich nicht stundenlang im Spiegel angesehen und überlegt, ob sie – für Adams kritisches Auge – vielleicht mitgenommen aussah. *Marina, reiß dich um Himmels willen doch zusammen.*

Oder würde er, so knapp entronnen, sachlich und nüchtern sagen: *Marina, vielen Dank, dass du so kurzfristig zu mir gekommen bist.*

Marina war gewarnt worden. Wovor? Hatten der junge Mann und die Asiatin in ihren gestärkten Krankenhauskitteln gesagt, sie solle sich innerlich vorbereiten? Wieso vorbereiten? Autoschlüssel in der Hand. Ihrer schwitzenden Hand. Man hatte ihr diese Schlüssel anvertraut und gesagt, Adams Mercedes stehe hinter der Notaufnahme. (Wie eilig es dieses Grillparty-Pärchen gehabt hatte, Marina die Autoschlüssel zu übergeben und Adams lästigen Wagen loszuwerden.) Sie wurde in einen großen Kühlraum geführt. Das Leichenschauhaus. Grelles Licht darin. Ein durchdringender Geruch nach Chemie. »Ja. Das ist – er. Sie haben den Richtigen.« Idiotin, warum hatte sie das gesagt? Dabei war ihre Stimme gleichmäßig und ruhig gewesen, verlässlich. Marina Troy gehörte zu denen, die darauf bedacht waren, sich zivilisiert zu benehmen und ihren Mitmenschen eine Hilfe und keine Pein zu sein. Sie gehörte nicht zu denen, die ihre Emotionen nicht im Griff hatten. Sie brach nicht unter Tränen zusammen. Sie brach überhaupt nicht zusammen – in der Öffentlichkeit. Trotzdem hatte sich ihr Sehfeld merkwürdig verengt (gut, denn sie befand sich in einer medizinischen Einrichtung; sollte sie einen Blutsturz oder einen Schlaganfall erleiden, konnte der Zeitpunkt nicht günstiger sein), sie sah in dem neonbeleuchteten Raum nicht viel mehr als den Mann, der reglos auf einer Tragbahre unter der hellsten Lampe lag. »Adam?« Wie gedrungen sein Körper war, wie plump. Aber stabil. Einen stabiler wirkenden Menschen, ob lebend oder tot, hatte Marina noch nicht gesehen. Adam hätte eine Skulptur aus fein gezeichnetem Blei sein können. Die gut und gern – wie viel? – eine Tonne wöge! Dieses Ding war ihr Freund Adam Berendt und war es zugleich nicht. Diese Würdelosigkeit, fast nackt zu sein – und das vor Fremden! Marina hatte Adam zwar schon in Badehosen gesehen und war verblüfft gewesen über seinen mächtigen Brustkorb mit den sich ringelnden silbrig glänzenden Haaren, dick wie der Pelz eines Tieres, doch da hatte Adam sich ständig bewegt; in ihrer Erinnerung war Adam ein Mann, der ständig in Bewegung war, das war also etwas ganz anderes gewesen. Unbekleidet hier auf dem Rücken liegend, ohne Kissen für den Kopf, so dass auch der flach auf der Blechunterlage ruhte, war Adam sichtlich »tot«; das »Totsein« entstieg wie ein Dunst seiner aschgrauen, schlaffen Haut, den blicklosen Augen, dem halb offenen Mund. Welches Auge das blinde war, hätte man jetzt nicht sagen können. Beide waren fast ganz geschlossen, kränklich weiße Mondsicheln. »Adam? Ich bin's, Marina.« Sie flüsterte. Sie wusste, dass Adam tot war, stand aber neben ihm und flüsterte. So als könnten sie sich ein Geheimnis mitteilen, von den Beobachtern unbemerkt. Marina tastete nach Adams Hand und umschloss sie. So schwer! – sie konnte sie nur mit Mühe anheben. Adams Muskeln waren unter dem Würgegriff der Totenstarre versteift, war das die Erklärung? Der Mann, der im Leben so einzigartig gewesen war, etwas Besonderes, zeigte jetzt das allergewöhnlichste Symptom des Todes. War dem Verfall preisgegeben. »Einäscherung. Er wollte eingeäschert werden.« Marina war mit den Gedanken woanders. Ihr war nur halb bewusst, dass sie gefragt worden war. »Er hat wohl Angehörige, ich glaube, im Mittleren Westen oder im Westen, aber – ich weiß nicht, wer und wo. Ich – ich weiß das nicht.« Falls die Fragesteller Marina für Adam Berendts Geliebte gehalten hatten, mussten sie ihre Einschätzung nun ändern. Doch sie hatte Adams Hand fest in die ihre genommen, so als wolle sie ihn beruhigen. Obwohl sie wusste, dass er ihr seine Hand instinktiv, wie verlegene Männer es tun, entzogen hätte. Adam hätte es als schmachvoll empfunden, nackt unter diesem dürftigen Laken zu liegen, und es hätte ihm auch nicht gepasst, Marina oder einen seiner Salthiller Freunde – seiner Freundinnen – hier zu sehen. Marinas Stimme hallte leise in dem Raum, der ihr so groß vorkam aufgrund ihres eingeengten Sichtfelds, ihres auf Adam konzentrierten Blicks. »Ja. Ich kann Ihnen den Namen des Rechtsanwalts nennen. Aber nicht jetzt. Darf ich mit ihm allein sein, bitte? Jetzt.« Ihr Ton wurde scharf bei dem *jetzt*. Diese Hand, von ihren beiden zitternden Händen umschlossen: es war eindeutig eine »tote« Hand. Und doch die ihres lieben Freundes. Die großen, aufgeschürften Knöchel, die starken Finger und Daumen, doppelt so dick wie ihre eigenen, und die farblosen Nägel mit den Schmutzrändern. Adam war Gärtner, Bastler, Steinmetz, Gelegenheitsbildhauer, ein Mann, der gern mit seinen Händen arbeitete und sie stark beanspruchte. Die Art, wie Adam mit sich umging, war Ausdruck eines männlichen Wunsches, körperlicher Verausgabung keine Bedeutung beizumessen. Adams Fingernägel rissen in letzter Zeit ein, hatte er beiläufig geklagt, so dass es praktisch unmöglich war, den Schmutz, auch nicht mit einer Messerklinge, wieder zu entfernen. Marina, um ihn besorgt, hatte gesagt, da liege sicher ein Mineralstoff- oder Vitaminmangel vor, doch Adam hatte nicht darauf reagiert und das Thema gewechselt. »Adam. Oh, mein Gott.« In ihrem Kopf hallte es. Ihr Herz hämmerte seltsam. (Vielleicht war es ja ein Hirnschlag? Ein immer stärker werdender Druck baute sich auf, so als drücke Wasser von außen auf diesen erhellten Raum, und für einen kurzen Moment glaubte sie wie in Traumlogik, es sei wirklich so und sie befinde sich in einer Art U-Boot, tief unter Wasser.) Die Fremden in Weiß hatten sie mit Adam allein gelassen. Marina fühlte sich durch die

Einweg-Glasscheiben hindurch beobachtet. Sie berührte Adams Gesicht, wie sie es, wäre er lebendig, vielleicht auch, genau so, getan hätte. Seine Wangen waren eingefallen. Das Fleisch unterm Kinn war wie Krepp. Seltsam, dieser aschige Hautton, wo er doch lebendig immer rosig, überhitzt ausgesehen hatte. Nun strömte das Blut aus seinem Gesicht. Strömte nach unten. Blut, das in seiner Erstarrung eindickte, als gerinne es nach einer schweren Verwundung. Ein tiefer Schnitt zog sich da über Adams Schädel und Stirn, wo er von einem zweiten Boot (einem Rettungsboot?) getroffen worden war, und dieser Schnitt hatte geblutet, blutete jetzt nicht mehr; Adam würde nicht mehr bluten, wenn er sich jetzt irgendwo schnitt, sein Fleisch war »tot«. Es gefiel Marina gar nicht, dass Adam so *alt* aussah. Sie wollte sich bei den Krankenhausangestellten beschweren: *so hat Adam Berendt nicht ausgesehen.* So alt und so hässlich. Tiefe, schattige Falten unter seinen Augen, der unebene Schädel durchscheinend unter dem gelichteten, kurz geschnittenen Haar, der erschlaffte Mund. Im Mundwinkel etwas Weißes, Verkrustetes. Wenn Marina ihm ein Lächeln entlocken könnte –, denn Adam gehörte zu den Männern, die man zum Besten halten konnte –, wäre er wieder er selbst: gut aussehend, mit dieser komischen Frechheit, die ihm eine erotische Ausstrahlung verlieh, doch Marina bekam allmählich Beklemmungen: Adam reagierte nicht. *Ich bin's. Marina. Adam, du kennst mich.* Natürlich wusste sie, dass er tot war. Dennoch dachte sie unweigerlich, dass Adam, dieser raffinierte Kerl, bloß einen Scherz machte, so musste es sein – er atmete doch, zwar ganz schwach, aber immerhin. »Liegt er vielleicht *im Koma?*« Marina sagte es schneidend, anklagend. Sie fror, ihre Zähne klapperten. Sie bekam eine Gänsehaut, ihre Nackenhaare richteten sich auf. »Kannst du mich hören, Adam?«, flüsterte sie. Ja, es war lächerlich, aber sie musste doch schließlich fragen. »Die glauben, ich bin deine Geliebte. Aber wer ist deine Geliebte? Ich beneide sie nicht.« Oft war Marina zornig auf Adam, ohne ihm das mitzuteilen. Jetzt zürnte sie ihm, weil er leichtsinnig gewesen war. Unüberlegt gehandelt hatte. In den Hudson River gesprungen? Ein Kind vor dem Ertrinken »gerettet«? Wo waren die Eltern dieses Kindes? Wer *bezahlt* dafür? Adam Berendt war an *Herzstill-*

stand während eines »Bootsunfalls« gestorben. Das sah ihm ähnlich: vollkommen Fremden Hilfe anzubieten. Schlimm genug, dass er immer Freunden half, die in Not geraten waren. Er hatte sich nach einer Silvesterparty bei den Hoffmanns geschunden und einem betrunkenen Freund geholfen, seinen riesigen luxuriösen Lexus am eingeschneiten Old Mill Way aus dem Straßengraben zu ziehen.

Adam hatte Marina gegenüber einmal geäußert, er wolle bei einer schlichten, privaten Trauerfeier eingeäschert und nicht bestattet werden, seine Asche solle auf seinem Grundstück verstreut, solle in die Erde seines Gartens eingearbeitet werden. Anschließend hatte er gefragt, ob Marina seine »Testamentsvollstreckerin« sein wolle, und Marina hatte, tief bewegt und aufgeregt, das Thema der Sterblichkeit ihres Freundes nicht weiter verfolgen wollen und sofort zugesagt, ja, natürlich – was immer »Testamentsvollstreckerin« heißen mochte. (Vielleicht, sich um seinen Hausrat zu kümmern. Die Versorgung seines Hundes zu übernehmen. Ach, der arme Apollo! Marina hatte es versucht, aber nie Zuneigung empfinden können für Adams halb Husky-, halb Schäferhundmischling, der gierig abschleckte, wohin er mit der Zunge kam, wenn sie sich ihm nicht entzog.) Sie hatte die Gelegenheit auch nicht genutzt, Adam nach seiner Familie zu fragen, nach Angehörigen, die bei einem Notfall zu benachrichtigen waren, und wo diese rätselhaften Leute lebten; ob Adam eine Liste mit Anweisungen bei seinem Rechtsanwalt hinterlegt hatte? Keine dieser praktischen Fragen hatte Marina gestellt. Stattdessen hatte sie nervös gelacht und zugelassen, dass Adam das Thema wechselte. Hatte nicht daran denken wollen, dass Adam vor ihr sterben könnte. (So als sei das ganz unwahrscheinlich, wo Adam doch Anfang fünfzig und Marina Ende dreißig war.)

Wenn ihr mich fangen könnt und ich euch nicht entwische. Diese rätselhaften Worte entstammten Platons *Phaidon*, aus dem Adam manchmal zitierte, dem lyrischen, langen Tod des Sokrates, der, nach dem Trinken des Gifts im Kreise seiner Freunde auf den Tod wartend, zu Scherzen aufgelegt war. Doch die Toten sind leicht zu fangen, dachte Marina. Die Toten entwischen keinem. »Ach, armer Adam. Du warst nicht vorbereitet, ich weiß. Liebling, es tut mir so Leid.« Gierig küsste sie Adams Hände, seine beiden wunden, steifen Hände. Sie drückte sich an ihn, nahm seine Kälte auf, die Kälte dieses entsetzlichen Klumpens Leib, dieses gefallenen, bleischweren Kolosses; sie küsste ihn auf die Stirn, auf die halb geschlossenen Lider. Schlang die Arme um seinen Kopf. Strich ihm über das borstige Haar. Küsste ihn auf die Lippen. Wagte es, die Lippen eines Toten zu küssen. Sie war schon kurz davor gewesen, ihn zu fragen: *Weißt du, dass ich dich liebe, Adam?* Obwohl sie damit ihre Freundschaft aufs Spiel gesetzt hätte. *Adam, warum weißt du das nicht?* Sie drückte sich an ihn. Sie war schamlos, verzweifelt. Sie verlor das Bewusstsein, wurde ohnmächtig. Eine alles verdrängende Welle stieg in ihr auf, wieder meinte sie, tief unter Wasser zu sein, und verloren. Ihre Kräfte verließen sie, sie wurde schwach, sackte zusammen. Wurde von Brechreiz geschüttelt. Sie schlug seitlich mit dem Kopf gegen etwas Metallisches, Scharfkantiges, und als man sie aufhob, sie wachrüttelte, eindringlich ihren Namen sprach, stellte sie fest, dass ihr Shirt vorn mit einer übel riechenden klebrigen Flüssigkeit bedeckt war, dass sie das Flusswasser ausgespien hatte, in dem Adam Berendt ertrunken war, doch das half nicht: Adam war immer noch tot.

5

»Los, Marina! Sag: was ist der Sinn des Lebens?«

Sie wanderten gemeinsam, Marina und ihr Freund Adam Berendt, durch das Naturschutzgebiet Eagle Mountain, nördlich von Hastings-on-Hudson. Sie waren kein Paar, aber oft zusammen. »Bloß Freunde. Aber sehr enge Freunde.« Marina war sich darüber im Klaren, dass Adam viele Freunde hatte und dass es ihm Spaß machte, sie aus heiterem Himmel mit großen Fragen zu löchern. Es war bekannt, dass Adam seinen Interessen mit Leidenschaft, aber seltsam unpersönlich nachging. Man erfuhr einfach nichts Persönliches über diesen Menschen. Aber man lernte sich selbst kennen.

Es war der Mai im Jahr vor Adams Tod. Marina war die einzige von Adams Freundinnen, die gern draußen war und außerdem zäh genug, ihn auf seinen Wanderungen zu begleiten. Er zog sie auf und mutete ihr viel zu, er machte sie verlegen, doch das war ihr egal. »War deine Frage, was der Sinn ›des‹ Lebens oder was der Sinn ›meines‹ Lebens ist? Das ist ein gewaltiger Unterschied.« Adam erwiderte: »Die Antwort auf die eine ist auch die Antwort auf die andere.« Marina lachte, obwohl sie sich getadelt vorkam. »Der Sinn des Lebens, Adam« – sie holte tief Luft, denn sie stiegen einen steilen Berg hinauf – »ist, zum Gipfel dieses Berges zu kommen.« »Und nach dem Gipfel?,« sagte Adam. »Ich kann noch nicht über diesen Berg hinaussehen. Das ist bloße Theorie.«

Ob das eine Form von Sex ist?, überlegte sie. Dass Adam Berendt seine Freunde anfuhr, ausforschte, ausfragte. Seine Freundinnen.

»Nach allen Bergen, Marina«, sagte Adam gedehnt.

»Allen echten Bergen?«

»Was für welche gibt es denn noch, Marina?«

Die Sache war klar. Marina wusste, wohin das führte. Sie war ein junger eigensinniger Hund, noch ungeschult. Ihr Herr lenkte sie nur mit der Stimme, freundlich, hypnotisierend, unermüdlich.

»Innere Berge. Seelische Berge.«

»Du hast das Gefühl, in deinem Leben, Marina, gibt es seelische Berge, die du noch erklimmen musst?«

»Ja. Glaub schon.«

»Wie würdest du die beschreiben?«

Lass das. Stell mich nicht bloß.

Ich brauche dir nicht zu antworten. Wer bist du schon für mich?

Adam Berendt war unerwartet in Marinas Leben getreten. Mit der Autorität eines Beschützers, eines Menschen, der sie von Kind auf kannte.

In Kenntnis der finanziellen Krise der Buchhandlung von Salthill war Adam stiller Teilhaber geworden; oft kam er im Laden vorbei und half ihr ganz offiziell, begrüßte Kunden, sortierte Bücher in die Regale ein, machte Inventur, sprach ihr Mut zu. (Oh, Adam spürte, dass sie an Selbstmord dachte! Wie es Amerikanerinnen taten, ob verheiratet oder ledig, jung oder nicht jung, die bei Zwielicht sinnierend am Fenster stehen, dem, wenn es dunkler wird, gespenstisch lächelnden Spiegel der Seele.) *Sich von geschäftlichen Dingen entmutigen, deprimieren zu lassen, von bloßen Gelddingen, wo die Welt doch eine einzige Lust ist, Marina! Nein.* Er berührte sie mit seinen großen, zerschundenen Händen. Er gehörte zu denen, die andere berührten, wenn sie sprachen, lächelten. Marinas Unterarme, Marinas Schultern. Es kam auch vor, dass er einem die Hand auf den Kopf legte und ihn lobend tätschelte, wie er (beispielsweise) seinem Hund Apollo in einer ähnlichen Geste des Lobes und der umstandslosen Zuneigung den Kopf tätschelte. Es kam vor, dass er Marina auf die Wange küsste, sie zur Begrüßung oder zum Abschied umarmte. In Salthill waren solche Küsse und Umarmungen, bei denen manchmal übertrieben wurde, standesgemäße Demonstrationen: wenn Frauen Männer umarmten, hatten diese Passivität vorzutäuschen; wenn Frauen andere Frauen umarmten, geschah es mit Gefühl und Zärtlichkeit. Oder einer rituellen Zurschaustellung. Marina Troy war ein eher steifer Mitspieler bei diesen Ritualen, denn sie kam sich nicht weiblich oder feminin genug vor, und als Unverheiratete konnte sie Männer nicht ganz so freimütig umarmen, vor allem nicht einen Mann wie Adam, für den sie ein ebenso starkes Gefühl empfand wie ihre verheirateten Freundinnen. *Ach, Adam. Wenn ich es gewagt hätte, dich zu berühren.*

Eines aber war rätselhaft. Wieso hatte Adam Berendt, der Teilzeitlehrer und kommerziell erfolglose Bildhauer, der meist ohne Beschäftigung war, so viel Geld, dass er Marina bei der Rückzahlung ihres Bankkredits helfen und außerdem in den Buchladen von Salthill investieren konnte? (Und er hatte keine kleine Summe in das Geschäft gesteckt, Marina war überrascht.) Außerdem wollte er, dass niemand davon erfuhr: »Das ist unser Geheimnis, Marina.« Es konnte passieren, dass Adam mehrere Tage nacheinander vorbeikam, was Marina innerlich schmeichelte, und dann eine ganze Woche oder noch länger wegblieb; er telefonierte nicht gern und rief kaum an; und rief man ihn an, wie Marina es manchmal in einem Moment der Schwäche tat, konnte es passieren, dass sein Telefon verloren läutete und läutete: er hatte keinen Anrufbeantworter. Er war jemand, der sich über die Erwartungen anderer ärgerte. Zu einer Party kam er – oder aber nicht. Er schien sich von Impulsen leiten zu lassen. Falls das nicht Strategie war. Adam Berendt war unberechenbar; er war ein Herr, der seine Untergebenen nicht brauchte. Und doch dachte man in seiner Gegenwart unweigerlich: *Was für ein Mann! Er liebt mich, mich ganz allein.*

»... mein geistiges Ich? Die Berge, die ich noch nicht erklommen habe.«

Es war Marina peinlich, solche Dinge auszusprechen. Sie kam sich vor wie ein Kind, eifrig, vertrauensselig, wie sie es in ihrer Kindheit nie gewesen war, denn einen Adam Berendt hatte es in ihrer Familie oder unter ihren Bekannten nicht gegeben. Der sie jetzt anstachelte mit seiner gedehnten, freundlichen Stimme und sagte: »Marina, was genau sind diese Berge? Die du noch nicht erklommen hast?«

Es war die sokratische Methode in Reinform. Die unpersönliche Suche nach der Wahrheit. Marina empfand das Beklemmende und Aufregende der Jagd. Nicht sie wurde verfolgt, sondern die flüchtige Wahrheit. Denn um Persönliches ging es hier nicht. Oder?

Adam, du! Du bist der Berg. Die Liebe zu dir.

Einen Mann zu lieben. Ihn ganz zu lieben, sexuell.

Stattdessen sagte Marina mit gedämpfter Stimme, als schäme sie sich, während sie den Weg entlang stolperte und die Tränen durch Zwinkern bekämpfte: »Ich – ich wollte Künstlerin werden. Solange ich denken kann. Bei uns zu Hause gab es niemanden, der solche Vorstellungen hatte. Wir sind eine praktische Familie. Mein Vater war Lehrer an einer Highschool, es war ein Job. Meine Mutter war vor der Heirat Krankenschwester. Sie haben gearbeitet, ihr Gehalt bezogen. Ich hingegen, ich hatte ›Visionen‹. Ich war ein reizbares, nervöses Mädchen. Am College, an der Universität von Maine, begriff ich, dass Künstler sein heißt, seine Visionen handwerklich zu filtern. Ich begann mich für Bildhauerei und Töpferei zu interessieren. Aber nicht die herkömmliche Töpferei – experimentelle, ausgefallene Sachen. Für Getöpfertes, das sich nicht verkauft! Es war beruhigend, mir war, als könne ich wie in Trance aus mir selber heraustreten. Nach dem Abschluss, das war in den Achtzigern, lebte ich mit ein paar Freunden zusammen in Provincetown, sehr billig, und ich war glücklich da, eine Galerie, die es dort gab, verkaufte einige meiner Sachen, und dann wurde ich unruhig und zog nach San Francisco und lebte für eine Weile in einer wundervollen heruntergekommenen alten Ranch in Mendocino, das Haus hätte dir gefallen, Adam! – statt auf den Fluss vor deinem Haus hättest du auf Berge gesehen. Ein Berg, das ist ein Fluss, der aufwärts fließt, nicht? Und das Licht, das von oben herabstürzt. Ich war glücklich dort und ging einer anständigen Arbeit nach; lange Zeit hatte ich keinen Kontakt zu meiner Familie, denen gefiel mein Leben nicht, sie wollten es nicht verstehen, doch dann wurde mein Vater krank, und ich kam wieder in den Osten, und da geriet irgendetwas zwischen mich und die Dinge, die ich tat, zwischen meine Hände und das, was sie berührten, und das ist tödlich für einen Künstler, nicht? Es war, als ob ich die innere Ruhe verloren hätte. Ein junger Künstler hat Mut, vielleicht den Mut der Unwissenheit. Dann büßt man diesen Mut ein. Ich merkte es anfangs nicht. Ich machte eine Zeit lang automatisch weiter. Ich liebte meine Arbeit, doch sie wurde zu wichtig für mich. Sie war mein Leben, mein Atem. Es war wie ein Zwang. Ich machte Skulpturen, so könnte man es wohl nennen, in kleinerem Maßstab als deine und in natürlichen Formen, nicht aus Metall, aber es zehrte meine ganze Kraft auf, ich konnte nicht schlafen, hatte den Kopf voll mit ›Visionen‹. Ich wollte erstaunliche Dinge schaffen, die vorher nicht einmal gedacht worden waren. Ich wollte unbedingt –« Marina empfand die alte, kranke Erregung; sie hatte hektisch, aufs Geratewohl gesprochen. *Warum tue ich das? Stelle mich selber bloß. Als könnte ich den Mann auf die Art dazu bringen, mich zu lieben!*

Sie hatten den Berg erklommen und befanden sich auf einer offenen, grasbewachsenen Anhöhe; Wildrosen blühten in weißen Büscheln; meilenweit weg lag im Osten der Hudson River wie verwittertes Gestein, eingeebnet durch die Entfernung, unverrückbar wie das Muster einer Tapete. Adam, der den Berg ohne sichtliche Anstrengung bestiegen hatte, dessen Beine Muskelpakete waren, doppelt so kräftig wie Marinas schlanke Beine, wartete einen Moment, bevor er fragte: »Wie lange dauerte diese Phase deines Lebens?« »Ungefähr ein Jahr. Anderthalb. Ich bin weggelaufen und hab wieder in New York gewohnt, mit einem Freund. Er war auch Künstler. Für den Lebensunterhalt hatte er einen Job in der Grafik. Ich war der Meinung, ihn zu lieben, das war ein Teil meiner Verzweiflung.« »Und was ist dann passiert, Marina?«, fragte Adam. »Ich weiß nicht. Ich versuche nicht daran zu denken. Ich ›grüble‹ nicht über die Vergangenheit nach. Ich hatte wohl einen Zusammenbruch. Ich war vermutlich krank, körperlich krank. Ständig war mir, als hätte ich Fieber. Ich hatte Angst zu schlafen, war ständig angespannt und zornig zugleich. Alles, was ich anfasste, ging unter meinen Händen kaputt. Meine Hände hatten sich gegen mich gewandt. Mein Freund konnte nicht mit mir zusammenleben, sagte er. Ich trieb ihn fort und bettelte ihn an, zurückzukommen; ich trieb ihn ein zweites Mal fort; ich verabscheute, was ich tat, meine Arbeiten, das meiste davon hab ich zerstört, ich verlor allen Glauben an mich selbst; ich hab sogar den Großteil meiner Kleidung weggeworfen. Ich ging wieder nach Bangor, besorgte mir einen Job. Ich fand, es sei meine Pflicht, meine Mutter zu besuchen, auch wenn sie nicht mal wusste, wer ich eigentlich bin oder es ihr egal war. Wenn jemand sehr krank ist, kann man sich mit dieser Person vergleichen und sich damit trösten, dass man selber nicht so dran ist. Das ist *Gesundheit* – dieses Hochgefühl der Erleichterung. Trotz des Kummers – Erleichterung. Doch das bestärkte mich in dem Entschluss, keinen Nervenzusammenbruch zu riskieren. Das ist die ›Kunst‹ nicht wert. Und es gab ja noch eine andere Seite an mir. Ich hatte in Buchhandlungen gearbeitet, und ich liebe Bücher. Ich mag, wie Bücher aussehen und wie sie riechen, mag die Buchkultur. Bei Verstand zu sein ist auch eine Form von Liebe, nicht? Ich mag die Sorte Menschen, die Buchhandlungen aufsucht. Gott sei Dank, dachte ich, hast du das andere aufgegeben – diese Verrücktheit. Ich kam zu ein wenig Geld, und ich lieh mir Geld und übernahm die Hypothek auf Salthills ›idyllischen‹ kleinen Buchladen, und ich bin glücklich hier.« Marina lachte. Sie war eigensinnig und nur ein kleines bisschen zornig. »Ich bin glücklich.«

Aber war Adam beeindruckt? Auf seine schlaumeierische, direkte Art offensichtlich nicht.

»Vielleicht hast du dich zu schnell mit deinem Scheitern abgefunden«, sagte er.

Marina war tief verletzt. Scheitern!

»Ich geb dir eine zweite Chance, Marina. Biete dir eine Möglichkeit. Einen Weg zurück in das Leben, das du aufgegeben hast.«

Damals unterbreitete Adam Marina Troy den Vorschlag, ihr ein Geschenk zu machen. Ein *Geschenk machen* war der Ausdruck, den er verwendete. Er wollte ihr ein vierzig Morgen großes Grundstück in den Pocono Mountains in Pennsylvania überschreiben, ungefähr einhundert Meilen westlich des Berges gelegen, auf dem sie gerade standen. Eine alte Hütte, aber in gutem Zustand, aus Feldstein und Fachwerk, sieben Meilen von einer Kleinstadt namens Damascus Crossing und circa dreißig Meilen von der Stadt East Stroudsburg am Delaware River entfernt. Marina hörte zu, ohne ganz zu begreifen. Adam zeigte nach Westen, und als Marina sich drehte, blickte sie auf eine im Dunst liegende, nach hinten sich fortsetzende Bergkette und einen Horizont aus Bäumen, die sicher nur wenige Meilen weit weg waren, aber aussahen, als seien sie weit entfernt. »Schau doch nicht so ängstlich, Marina«, sagte Adam amüsiert, als sei das der Anlass für ihre Beunruhigung, »das Haus ist winterfest gemacht, ist isoliert. Es ist möbliert, mehr oder weniger. Ein tiefer Quellbrunnen ist auch da, das sauberste Wasser, das ich je getrunken habe. Du könntest allein da leben, ungestört, von keinem von uns Salthillern hier abgelenkt. Könntest die Arbeit tun, für die du geboren bist.« Adams Stimme war die Erregung, die Aufrichtigkeit anzuhören; Marina hatte weder ihn noch einen anderen ihrer Bekannten je auf diese Weise sprechen hören. *Dieser Mann liebt mich. Aber auf einer geistigen Ebene. Nicht egoistisch, wie ein Mensch.* Tränen traten ihr in die Augen, so tief bewegt war sie, aber natürlich war das unmöglich, eine lächerliche Idee. »Aber was soll dann aus dem Buchladen werden, Adam? Ich kann doch nicht –«

»Was soll mit dem Buchladen sein? Ich bin da, wenn du wiederkommst, wenn du das möchtest. Falls du wiederkommst. Sagen wir, du gehst für ein Jahr – wir stellen einfach einen Geschäftsführer ein. Deine derzeitige Assistentin, die ist doch sehr tüchtig. Und ich bin ja auch noch da, um nach dem Rechten zu sehen.« Adam ließ die Hand auf Marinas Schulter fallen und fasste zu; sie wäre fast gestolpert unter dem Gewicht seiner Hand und ihrer Wärme. Marina widersprach weiter, und Adam schmiedete weiter Pläne. »Dein Haus in der Pearl Street kannst du zu einem hohen Preis vermieten. Bei Salthiller Immobilien kenn ich mich zufällig aus, der Markt ist genauso überhitzt wie bei den Grundstücken in Westchester County. Dein winziges kleines Häuschen, dieses Puppenhaus, wäre binnen vierundzwanzig Stunden weg, und mit deinen Mieteinnahmen hättest du mehr als genug für deinen Lebensunterhalt.« Marina starrte in das Gesicht ihres Freundes, das nun förmlich glühte und leuchtete. Und seine Hand auf ihrer Schulter, so warm. *Ich kann nicht. Ich krieg keine Luft.* Lange hatte Marina sich danach gesehnt, von Adam Berendt berührt zu werden, aber diese Berührung befremdete, beunruhigte sie. Sie standen so dicht beieinander, dass man sie fälschlicherweise für ein Paar halten konnte. Marina musste dem plötzlichen Drang widerstehen, in Adams Arme zu sinken, seine kräftige Brust zu umfangen, den Kopf an ihn zu lehnen und sich in ihrem Kummer trösten zu lassen – von Adam, der die Ursache ihres Kummers war. Sie entzog sich dem Gewicht und der Wärme seiner Hand. »Adam, ein solches Geschenk könnte ich doch gar nicht annehmen. Wie bist du denn an dieses Grundstück gekommen, dass du es verschleudern kannst? Was denkst du dir?« »Was ich denke?«, sagte Adam überrascht. »Ich denke an *dich.*« »Ich bin keine junge Frau mehr, Adam. Und selbst wenn ich –« »Unsinn!«

Abrupt wandte Adam sich ab und ging auf dem Wanderweg weiter. Er war beleidigt, hatte Widerspruch hinnehmen müssen. Verlor an dem Tag kein Wort mehr über die Sache. Als sei sie aus einem Trümmerhaufen hervorgekrochen, schaute Marina an sich selbst hinab, ob sie noch da war. Sie wischte sich das feuchte, klebrige Gesicht sorgfältig mit einem Taschentuch ab, band die Schnürsenkel ihrer Wanderschuhe neu und folgte Adam, der fast nicht mehr zu sehen war.

Marina hoffte, das absurde Angebot, das er ihr gemacht hatte, werde diskret unter den Tisch fallen, doch ein paar Tage später suchte Adam sie in ihrem engen lavendelfarbenen Haus am Ende der North Pearl Street neben dem katholischen Kirchhof auf und präsentierte ihr mehrere komplett ausgefertigte juristische Schriftstücke, gemäß denen ein Grundstück in Damascus County, Pennsylvania, auf sie überschrieben war, und dazu, in einem Manila-Kuvert, eine von Hand mit farbiger Tinte gezeichnete Karte, Schlüssel mit beschrifteten Anhängern und eine seitenlange Liste mit Hinweisen zur Benutzung des Hauses. Mit aufreizender Gelassenheit sagte er: »Wann du willst, Marina. Jederzeit. Es gehört jetzt dir, es wartet auf dich.« Marina bekam einen Schreck, war wütend. Sie wollte mit den Fäusten auf Adam einschlagen. »Adam, bist du verrückt? Ich kann kein solches Geschenk von dir annehmen.« »Von wem würdest du es denn annehmen, Marina?«, sagte Adam zwinkernd. »Adam, verdammt, ich *kann* nicht.« Doch Adam legte die Papiere einfach auf einen Tisch in Marinas vorderem Zimmer, ging nach hinten in ihre Küche und brühte sich einen Kaffee. (Adam hatte die Angewohnheit, unangemeldet bei Leuten aufzukreuzen, die er kannte und die ihn, wie er es nannte, tolerierten. Marina hatte keine Ahnung, wie zahlreich seine Freunde, Bekannten, Nachbarn waren. Manchmal kam er angeradelt, manchmal zu Fuß. Manchmal hatte er seinen Hund Apollo, »Apollodorus«, dabei. Lud man Adam ein, kam er garantiert nicht; lud man ihn nicht ein, ließ er sich vielleicht blicken.) Marina flehte ihn an, das Geschenk zurückzunehmen, und Adam sagte ganz fröhlich: »Marina, ein Geschenk der Götter kann nicht abgelehnt werden, ohne einen Fluch heraufzubeschwören. Mit der Zeit gewöhnst du dich schon daran.« Adam ging mit seinem Kaffeebecher in das sonnige Zimmer, Marina schloss sich ihm mit einem eigenen an, und eine halbe Stunde lang sprachen sie über andere Dinge; als Adam ging, ihre Einladung zum Abendessen ausschlagend, drückte er ihr fest die Hand, küsste sie nass auf die Wange und lachte sie aus. *Ist er verrückt?*, dachte sie. Sie hörte, wie er den halben Block entlang vor sich hin lachte.

Das Geschenk, wie sie es für sich nannte. Tagelang brachte sie es nicht fertig, die Sachen anzufassen, die er für sie dagelassen hatte. Das sollte Marinas Schicksal sein, nicht? »Nein.«

Es kam so, wie sie gedacht hatte: Sie war nicht stark genug. Sie hätte sich in den Pocono Mountains nicht frei fühlen können, und auch anderswo nicht. Die Kühnheit ihrer Jugend, den Wagemut ihrer Jugend – sie hatte sie nicht mehr. Zu Marinas Erleichterung brachte Adam das Thema des Farmhauses im Damascus County, Pennsylvania, nie wieder zur Sprache, sie ebenfalls nicht. Das Wissen darum stand natürlich zwischen ihnen, unausgesprochen, dachte Marina, wie das Wissen um ein nicht geborenes Kind, um ein im Mutterschoß getötetes Wesen, zwischen einem Mann und einer Frau da sein musste, im Bewusstsein immer präsent, aber nie erwähnt.

Marina legte das *Geschenk* beiseite, hob es auf. Sie wagte nicht, es Adam wiederzugeben. Nach alldem liebte sie ihn zwar immer noch, fürchtete sich auch vor ihm und ärgerte sich. Kein Mann sollte so viel Macht besitzen, dass er im Innersten eines anderen Menschen herumpfuschen konnte.

Und ein Jahr und sechs Wochen später war Adam tot. Und Marina persönlich verantwortlich für seinen Nachlass. Ein kleiner Schrecken durchfuhr sie beim Gedanken daran, dass das *Geschenk* ihr immer noch gehörte.

6

Wie der Tod in dein Leben tritt. Nach Adams Tod und der Besichtigung des Leichnams, dieses Fremden im Leichenschauhaus, fiel nach und nach alles auseinander und verlor an Halt. Marina war Passagier in einem dahinjagenden Wagen, der bei hohem Tempo zu vibrieren beginnt. Instinktiv hält man sich die Hände vor die Augen.

Aber sie war eine verantwortungsbewusste Frau. Inhaberin der letzten unabhängigen Buchhandlung im Dorf, weithin bewundert als jung gebliebene, wirtschaftlich selbstständige Frau. Adam Berendts Freundin und »Testamentsvollstreckerin«.

Marina traf die Anordnungen dafür, dass Adams Leiche durch ein Bestattungsunternehmen in Nyack eingeäschert wurde. Sie musste versuchen, seine Angehörigen zu benachrichtigen. (Aber wer waren seine Angehörigen?) Adams Auto musste nach Salthill zurückgebracht werden. Und ganz dringlich war die Sache mit Adams Hund: Was war aus Apollo geworden? Als Marina am Abend des Vierten Juli nach Salthill zurückkam, groggy und erschöpft von der Tortur im Krankenhaus, fuhr sie direkt zu Adams Haus mit der Vorstellung: *Ich allein bin verantwortlich für diesen Hund.* Aber dort angelangt, wo war Apollo? Wenn Adam für kurze Zeit wegging, ließ er den Hund normalerweise draußen an der langen Leine, aber Marina fand Apollo nicht an seinem gewohnten Platz – hatte er sich von der Leine befreit, witternd, dass sein Herr in Not war, und war weggelaufen? Der Husky mit dem silbrigen Fell war nirgendwo auf dem Grundstück, obwohl Marina ihn so lange rief, bis ihre Kehle rau geworden war, sie lief durch das hohe Gras, durch ein bewaldetes Stück, schließlich, schon ganz aufgelöst und die Augen weit aufgerissen, sogar die River Road entlang: »Apollo? *Apollo?*« Sie war wütend, wütend auf den Hund wie auf seinen toten Herrn! Ihr eingefallenes weißes Gesicht wurde von entgegen kommenden Autoscheinwerfern angestrahlt, die aufleuchteten, sie blendeten und gnädig wieder verschwanden. Salthill war ein so kleiner Ort, Marina fürchtete, einer der Fahrer werde sie erkennen, doch dazu kam es nicht, und sie wurde auch von keinem Anwohner der River Road erkannt, an deren Häusern sie Halt machte, um sich nach dem vermissten Hund zu erkundigen. Niemand hatte »ungewöhnliches Bellen« gehört. *Apollo weiß, dass Adam gestorben ist,* dachte Marina. Sie meldete das Verschwinden des Hundes beim örtlichen Tierschutzverein und ging, vor Erschöpfung taumelnd, nach Hause.

Apollo ist zu beneiden!, hatte Adam einmal gesagt. *Von uns allen weiß nur Apollo nicht, dass er sterben muss.*

Zum Zeitpunkt von Adams Tod lebte Marina seit sieben Jahren – und das recht zufrieden – in dem wundersamen Dorf Salthill-on-Hudson, in dem alle im mittleren Alter waren.

Das war ihr gleich aufgefallen: Die Einwohner von Salthill, die in Marinas Augen jung – »jugendlich«, in manchen Fällen verblüffend gut, wie Ende zwanzig oder Anfang dreißig – aussahen, waren in Wirklichkeit in den besten Jahren, weit in den Vierzigern, Fünfzigern, manchmal Sechzigern. Bei den einzigen tatsächlich jungen Paaren, die es sich leisten konnten, in Salthill zu wohnen, handelte es sich um Söhne und Töchter der Reichen, und die strahlten etwas Dynamisches, Gesundheitsbewusstes, den dezidierten Optimismus von Amerikanern mittleren Alters aus. Die Jugendlichen und sogar die Kinder, taumelnd unter der Last der von ihren Eltern für sie gehegten Ambitionen wie zu schwer beladene Kamele, waren mittelalt im Geiste. Das größte Lob, das man einem solchen Spross aussprechen konnte, war die Feststellung, er sei *erstaunlich reif für sein Alter*, und das, obwohl das größte Lob für einen der Älteren, konnte man ihn denn als solchen identifizieren, lautete, er sei *für sein Alter erstaunlich jung*. Wie es um die demographischen Verhältnisse in Salthill und seiner Umgebung auch bestellt sein mochte, das Durchschnittsalter war um die fünfzig.

Adam Berendt hätte diesen Beobachtungen womöglich widersprochen. Er galt als Mann von Anfang fünfzig, und genauso sah er auch aus. Aber er *war* ja auch im mittleren Alter – »der Inbegriff dieses Gemütszustands«.

Marina, die an ihrem letzten Geburtstag erstaunliche achtunddreißig geworden war, konnte sich selbst zumindest damit trösten – falls sie Trost begehrte –, dass sie für ihr Alter »sehr jung« aussah. Wenn man nicht allzu genau hinsah bei erbarmungslosem Licht.

Lange hatte sie sich selbst als junges Mädchen und nicht als richtige Frau betrachtet und gewähnt, ein auf ihr liegender Fluch hinderte sie am Erwachsenwerden. Faktisch nicht mehr Jungfrau, führte sie doch lange ein jungfräuliches Leben. Für die anderen in Salthill war sie ein »Original« – wie Adam Berendt eines gewesen war, obwohl Marinas Originalität in ihrer Einprägsamkeit und Popularität hinter der Adam Berendts zurückstand. *Ein Original minderer Güte. Eine Exzentrikerin.* In allen sozialen Gemeinschaften entstehen Klischees, und nirgendwo häufiger als in abgeschiedenen sozialen Gemeinschaften von Begüterten wie in Salthill. *Wo einige von uns sich in Salzsäulen verwandelt haben wie Lots Weib.*

Das Dorf Salthill-on-Hudson, 2300 Einwohner, lag weniger als eine Fahrstunde nördlich der George-Washington-Brücke; mit dem Zug erreichte man die Grand Central Station in achtundzwanzig Minuten, im Idealfall wenigstens. Es war ein »geschichtsträchtiger« Ort – eine alte holländische Siedlung, gegründet 1694 am Westufer des Hudson River, neu angelegt und erweitert 1845 von frommen Glaubensbrüdern einer utopischen Salthiller Gemeinde unter ihrem messianischen Führer Captain Moses Salthill, der sich nach einiger Zeit, wie ihm »in grimmer Eintracht« von Engels- und Teufelsstimmen geheißen, das Leben nahm – von zugleich fanatischer, pulsierender Modernität. Hier war buchstäblicher *Gemeinsinn* vorhanden. In Salthill, so wurde mit Sympathie (wenn auch nicht ganz zutreffend) festgestellt, wählten sogar die Republikaner liberal. Man konnte spüren, dass der Ort ein Ich hatte, eine Seele. Das war unverkennbar. Für die Besitzerin der Buchhandlung in der Pedlar's Lane, einem Wahrzeichen dieses Ortes, im Herzen der »reizenden« historischen Altstadt gelegen, war es unverkennbar.

Adam hatte über Salthill gesagt, es müsse sich in Ermangelung anderer Legenden als der von den längst verblichenen frühen Siedlern eigene erfinden. Und vielleicht traf das nach dem Zweiten Weltkrieg sogar für Amerika insgesamt zu. Hier gab es keine wahren ›Helden‹ – denn es gab nichts ›Heldenhaftes‹ zu tun. Doch das Bedürfnis nach ›Helden‹ – ›Heldinnen‹ – ›Legenden‹ war ungebrochen. Stets musste eine bestimmte Anzahl von Menschen in den Medien als ›legendär‹ und eine bestimmte Anzahl von Menschen an ihren Wohnorten als ›Original‹ dingfest gemacht werden. Der hartnäckige Glaube etwa, Adam Berendt sei ein Einsiedler gewesen, ein Mensch voller Geheimnisse, ließ sich durch Adams Lebensführung über die Jahre nicht bestätigen, würde sich aber, das spürte Marina, durch seinen Tod noch verfestigen. Und es gab Marina, ein »Original« minderer Größe.

Die unverheiratete, nie verheiratet gewesene, jungfräulich erscheinende und »unbedingt auf ihre Unabhängigkeit bedachte« Marina Troy. Eine romantische Gestalt, zumindest für andere, in dieser grünen suburbanen Welt, in der jeder verheiratet war oder gewesen war. »Sie zerreißen sich die Mäuler über uns«, hatte Marinas Freundin Abigail Des Pres zu ihr gesagt, »ich bin die einsame, sexuell unersättliche, neurotische Geschiedene, ewig auf der Suche nach einem Mann, und du bist die geheimnisvolle Jungfrau mit dem langen prächtigen Haar wie diese wie-heißt-sie-nochmal aus dem Märchen. Nicht Rumpelstilzchen –« »Rapunzel?« »– eine unbewusste Verführerin. Sie zieht die Männer an, bestrickt – und verschreckt sie.« »So? Wie denn?« »Alle meinen, in deinem Leben müsse es ein Geheimnis geben, Marina. Glauben sie wenigstens.« Marina lachte, obwohl diese Enthüllung sie bestürzte und ärgerte. Ihr wirkliches Geheimnis, ihre aufgegebene Hoffnung, Künstlerin zu werden, wollte sie mit niemandem teilen (ausgenommen mit Adam, der nie ein Geheimnis ausplaudern würde).

»Aber wer sind diese ›sie‹, Abigail?«

»Sie eben. Unsere Umgebung.«

Es wurde also über Marina Troy getratscht. Diese wunderschönen, traurigen grauen Augen! Ihr Gesicht, wenn sie dasaß, so melancholisch! Man schaffte es, Marina zum Lachen zu bringen, aber nur leise. Sie war zwar die Tochter eines Highschool-Lehrers für Naturwissenschaften im unromantischen Pike River, nördlich von Bangor, und einer Frau, die kurzzeitig als staatlich geprüfte Krankenschwester gearbeitet hatte, doch laut der in Salthill über sie kursierenden Legende stammte sie aus neuenglischem »gutem Hause«, doch ihre Familie hatte ihr Vermögen (Schiffbau? Bankwesen?) während der Depression verloren. Obwohl Marina oft nach Maine fuhr und ihre in einem Pflegeheim in Bangor lebende Mutter und ihre ältere, verheiratete Schwester besuchte, meinten viele, ihre Familie habe sie enterbt. (Die Entfremdung hatte doch gewiss mit Sex zu tun? Vielleicht auch mit Politik? Marina Troy war »sehr links, sehr liberal«.)

Marina widersprach keiner dieser Legenden, denn ins Gesicht sagte ihr niemand etwas. Doch sie nahm sie wahr, wie wir uns selbst in Spiegeln und auf glänzenden Oberflächen gespiegelt sehen, ein unbehaglicher Anblick, den wir im Beisein anderer vermeiden. Adam ausgenommen, führte Marina mit Freunden aus Salthill keine Gespräche über ihr Privatleben. Sie wusste, dass ein nur zögernd jemandem anvertrautes Detail schon bald im Ort die Runde machen, in die Luft geworfen und hin und her gezerrt werden würde, wie eine Hundemeute über ein unseliges Tier herfällt, es in die Luft wirft und aufgeregt kläfft und bellt, bis nichts mehr übrig ist als ein blutiger Fetzen Haut oder ein paar schöne, blutgetränkte Federn.

Doch Marina Troy war klar, dass Salthill an ihr vor allem bewunderte, mit welcher »Hingabe« sie die Buchhandlung betrieb. Dieser voll gestopfte kleine Laden befand sich in einer Straße mit Reihenhäusern, die von der Main Street stufenähnlich bergan führte, jedes der sie säumenden Holzhäuser in einer anderen Farbe gestrichen: rötlich braun, gelb, hellgrün, ziegelrot, kalkweiß wie die Abbildungen in einem Kinderbuch aus dem neunzehnten Jahrhundert. Selbstverständlich war die Pedlar's Lane eine kopfsteingepflasterte Einbahnstraße und sehr schmal, so dass Lastwagen sie so langsam durchfuhren, wie wenn man einen derben Faden durch ein Nadelöhr zieht. Selbstverständlich war das Parken weder auf der Pedlar's Lane selbst noch in ihrer Nähe erlaubt, was die Zahl der Kunden in Grenzen hielt. Eine riesige Filiale von Barnes & Noble in der riesigen White Hills Mall im zwanzig Minuten entfernten Nyack und der Internet-Buchhandel zogen nach und nach sogar langjährige treue Kunden ab, und trotzdem hatte ihr aussichtloser Idealismus etwas Romantisches, nicht? Vor allem für die Begüterten, die das Problem nicht aus unmittelbarer Anschauung kannten wie Marina selbst.

Nicht minder faszinierend fand man in Salthill, dass Adam Berendt vor ein paar Jahren in einer Geste der Galanterie oder des Donquichottismus in den Buchladen von Salthill investiert hatte. Oder zumindest seiner Freundin Marina Geld geliehen. (Die Summe entzog sich allgemeiner Kenntnis. Niemand hatte vermutet, dass Adam Vermögen besaß. Ein Bildhauer, der den Großteil seiner Arbeiten wegschenkte und nie zu arbeiten schien? Der seit Jahrzehnten einen 1979er Mercedes fuhr und in einem Steinhaus aus dem achtzehnten Jahrhundert wohnte, das dringend renoviert werden musste?)

Marina wohnte in der North Pearl Street 388, einen zehnminütigen forschen Fußmarsch oder fünf mit dem Fahrrad von der Pedlar's Lane entfernt, einem viktorianischen Schindelhaus, dessen lavendelblauer Anstrich, wenn man genau hinsah, abzublättern begann und das von rotem Wein umrankt war; von der Straße aus sah Marinas Haus genauso idyllisch und märchenhaft aus wie ihre Buchhandlung: die Fassade war so schmal, dass ein Mann sie beinahe umfassen konnte, wenn er beide Arme weit ausstreckte – ein männlicher Besucher hatte genau das aus Spaß einmal getan. »Marina, du wohnst in einem Puppenhaus!« Marina fühlte sich verpflichtet, die Blumenkästen ihres Hauses mit Stiefmütterchen und Petunien zu bepflanzen. Den kleinen Garten vor ihrem Haus begrenzte ein meterhoher schmiedeeiserner Zaun; vor der Haustür lag eine geflochtene Fußmatte. Das Haus hatte je drei Räume im Erd- und im Obergeschoss, die Treppe war beunruhigend steil und so ausgetreten wie die Dielenbretter in den Räumen, das alte Glas in den Fenstern war wellig, als leide es an Astigmatismus. Auch wenn man dieses Haus liebte, konnte man es entsetzlich leid sein, darin zu wohnen, so wie man alte Bücher liebte und den Handel mit Büchern entsetzlich leid sein konnte.

Adam hatte Marina viele Male in dem Haus in der North Pearl 388 besucht, doch er hatte kein einziges Mal oben in ihrem Messingbett gelegen. Die Salthiller interessierte diese Frage brennend, doch weder Marina noch Adam fühlten sich verpflichtet, sie aufzuklären. Dabei hatte Adam die steile Treppe erklommen, das alte Holz zum Knarren gebracht und das Schlafzimmer mit dem schrägen Dach betreten, aber bloß, um Marina beim Tapezieren der Wände zu helfen. Er hatte tropfende Wasserhähne in ihren Badezimmern repariert, oben wie unten. Er hatte sich angeboten, die Fenster abzudichten und hätte das sicher auch vor dem ersten Frost in diesem Jahr erledigt, nur war er im Hochsommer tödlich verunglückt.

Was fanden ihre verheirateten Freundinnen so romantisch an einer Marina Troy? Sie nahm an, ihr *Alleinsein*. Frauen, die es nicht ertrugen, in ihren großzügigen Häusern auch nur für ein paar Minuten allein zu sein, die den ganzen Tag lang hektisch Freunde anriefen und die ihre Kalender mit Dinners, Cocktailpartys, Mittagessen, Verabredungen zum Tennis, Ausflügen in die Stadt, Veranstaltungen von Wohltätigkeitsorganisationen füllten, Frauen, die es nicht verkrafteten, wenn ihre Kinder ans College oder bloß für den Sommer ins Ausland gingen, Frauen, die in Panik gerieten, wenn sie an die Möglichkeit einer Scheidung dachten, aber auch daran, ein ruhiges Wochenende allein mit ihren Ehemännern zu verbringen; Frauen, die lange, mit Anmerkungen versehene Listen führten, wer ihnen und wem sie »verpflichtet« waren und in welchem Umfang, behaupteten nichtsdestotrotz, Marina zu bewundern – sie gar zu beneiden. Dabei gaben sie sich alle Mühe, ihr das Alleinsein zu verwehren. Sie luden sie zu ihrem nicht abreißenden Strom von Partys ein, nicht bedenkend, dass Marina zwar allen in der Stadt »verpflichtet« war, aber nur selten Gegeneinladungen aussprach; sie platzierten sie mit Bedacht neben so begehrte Junggesellen wie Adam Berendt, der anscheinend nie verheiratet gewesen war, und Roger Cavanagh, der über seine in die Brüche gegangene Ehe ironisch witzelte, so als sei ein verkürzter oder fehlender Arm sein Handicap. Diese Frauen, die meisten davon bis ins mittlere Alter wunderschön, sprachen freundlich von Marinas »unvergleichlicher« Schönheit und »edlem« Profil, denn eine von ihrem Zirkel gelobte Frau konnte kaum gewöhnlich sein.

Im Unterschied zu ihren Salthiller Freundinnen, die sich ausschließlich in Designerläden einkleideten, fiel Marinas Kleidung auf, dies jedoch vielleicht nur zufällig. Lange enge Röcke, oft mit beunruhigenden Seitenschlitzen, Samtjackets, die an den Ellbogen durchgescheuert und an den Schultern zu eng waren, teure, aber wasserfleckige kniehohe Lederstiefel, seltsam kantig aussehende Schuhe mit oder ohne Absatz oder schwarze Laufschuhe mit überlangen schwarzen Schnürsenkeln. Sie gehörte zu denen in Salthill, die regelmäßig »joggten«, und es war allgemein bekannt, dass sie und Adam Berendt gemeinsam anspruchsvolle Wanderungen unternahmen. Sie trug Shorts, Hosen mit schmalen und weiten Beinen, Jeans, häufig eine oder zwei Nummern zu groß, und grobe Pullover, die handgestrickt aussahen, es aber nicht waren. Marina war nicht sonderlich häuslich. Wenn sie nicht mehr darum herumkam, Freunde zum Essen einzuladen, waren die Mahlzeiten eher hastig zubereitet; oft karrte sie die Gerichte von Chez Hélène, Salthills erster Adresse für Lebensmittel, nach Hause. (Erspähten

Marinas Freunde die Chez-Hélène-Behälter in ihrer Küche, gaben sie die frohe Botschaft untereinander weiter: »Wir haben heute Abend Glück.«)

Marinas Horror vor Hausarbeit hatte eine dunklere Seite. Sie hatte Angst davor, diese Ader anzuzapfen, denn was, wenn sie verblutete?

Sieben Jahre vor Adams Tod hatte ein älteres Salthiller Ehepaar, die Hoffmanns, die beiden einander vorgestellt. Mit Sympathie erzählte man sich später, wie Adam Berendt bei dieser Begegnung der jungen rothaarigen Frau die Hand geschüttelt, sie mit einem kritischen Blick seines linken Auges fixiert und im Kennerton laut gesagt hatte, sie sei eine moderne Elizabeth I. – »Ihr wisst schon, die von den Hilliard-Porträts.« Spontan hatte Adam Marina schon einen Handkuss gegeben, während sie, das verlegene Rapunzel, ihn mit aufgerissenen Augen ansah. *Wer um alles in der Welt ist dieser Mann?*

Sie war Adam für den Rest des Abends ausgewichen. Sein bloßer Anblick trieb ihr die Röte ins Gesicht.

Doch die Berührung war auch lustvoll gewesen. Denn sie war im Innersten eine eitle Frau. *Marina Troy, die jungfräuliche Königin.*

Die berühmten Hilliard-Porträts Elizabeths I., die Marina Troy am nächsten Vormittag in ihrer Buchhandlung heraussuchte, zeigten eine sehr blasse, rothaarige Frau, die alterslos war, weder jung noch alt, nicht lächelte, keine Augenbrauen, eine lange, schmale Nase und misstrauische, wache Augen hatte. Wäre da nicht das Gewand der Königin gewesen, so außerordentlich prunkvoll, dass es fast an Tollheit grenzte, man hätte nicht gemerkt, dass dieser Mensch eine Frau, dass er weiblich war.

Marina dachte an diese Dinge und vermied es so, an Adams Tod zu denken. Im Dachgeschoss ihres schiefen kleinen Holzhauses am oberen Ende der North Pearl Street neben dem Kirchhof. Auf Schlaf durfte sie noch nicht hoffen. Es war erst Mitternacht. Fünfter Juli, das Feuerwerk hatte schließlich aufgehört. Sie hatte Anrufe erledigt und gefasst in den Apparat gesprochen, und zuletzt hatte sie andere Freunde gebeten, ihr den Rest der Anrufe abzunehmen. Jetzt lag der Hörer neben der Telefongabel, totenstill, als sei die Leitung gekappt worden.

Sie hatte ihn in die Arme genommen, es zumindest versucht. Sein verzerrtes Gesicht gestreichelt. Seine bleichen Lider geküsst. *Den Leichnam, der er geworden war. Nicht Adam.*

Eine Nachtwache für Adam. Sie hatte die Schubladen ihrer Kommode durchwühlt, *das Geschenk* hervorgezogen und es schnell auf den Tisch gelegt, ohne sich die Dokumente genauer anzusehen. Sie hatte Schnappschüsse von Adam und sich selbst und diverse Porträts gefunden, die sie ein paar Jahre zuvor mit Kohlestift von ihm gezeichnet hatte. *Beweise. Es hat ihn gegeben. In meinem Leben.* Aus irgendeinem Grunde hatte sie Adam eines Tages unbedingt zeichnen wollen, obwohl sie seit Jahren keinen Kohlestift in die Hand genommen hatte. »Meine hässliche Visage?«, hatte Adam gefragt. »Warum denn?« Er wollte Marina eigentlich nicht Modell sitzen, stillsitzen war zu passiv für ihn, machte ihn unruhig, doch er hatte Marinas Drängen gutmütig, wie ein guter Kumpel, nachgegeben. Und vielleicht hatte er ja sehen wollen, wie talentiert Marina war.

Also hatte Adam für Marina im Solarium an der Rückseite ihres Hauses für sie Modell gesessen, und sie hatte versucht – sich so gemüht! –, seine Persönlichkeit einzufangen und schließlich aufgegeben und die Skizzen beiseite gelegt, die sie Adam gar nicht erst gezeigt hatte – er hätte sowieso nur gelacht und sie zerreißen wollen. Marina jedoch hatte sie aufgehoben, waren sie doch ein Symbol von Vertrautheit, ihrer und Adams, ein Symbol der Intensität und Konzentration der an diesem Januarnachmittag verbrachten Stunde, die sonst der Vergessenheit anheim gefallen wäre. (Allerdings wusste Marina noch, dass sie und Adam an diesem Abend an einer öffentlichen Veranstaltung im Saal des Salthiller Kunstvereins teilgenommen hatten. Ein anonymer, offenbar wohlhabender ortsansässiger Spender hatte der Organisation, in deren Vorstand Marina in diesem Jahr saß, eine von dem angesehenen argentinischen Bildhauer Raul Farco geschaffene hohe säulenartige Skulptur aus italienischem Marmor und Kirschholz geschenkt, und der Kunstverein hatte Adam überredet, sie vor einem Publikum, dem Farcos Werk größtenteils unbekannt war, öffentlich zu präsentieren. Adam erklärte zwar, solche Veranstaltungen nicht zu mögen, doch einmal auf den Beinen und vom Publikumsinteresse überzeugt, sprach er mit Elan und Begeisterung und erhielt herzlichen Beifall. Er hatte einen pludrigen erikagrünen Tweedmantel und dazu eine farblich überhaupt nicht passende graue Hose, ein mitternachtsblaues Hemd und eine so elegante und schöne Krawatte getragen, dass Marina argwöhnte, sie sei das Geschenk einer Freundin. Aber sie war nicht eifersüchtig. Als sie ihre Skizzen nun betrachtete, war Marina tief enttäuscht. Nach dem Schrecken von Jones Point hatte sie halb gehofft ... Doch es war ihr nicht gelungen, das geheimnisvolle Wesen des Mannes einzufangen. Man konnte den Rohling auf dem Blatt zwar als Adam Berendt identifizieren, aber es war nicht Adam Berendt; es war ein Dummy, eine Puppe, das Simulacrum eines stämmigen Mannes mittleren Alters, der ein faltiges Gesicht, einen kahl werdenden Schädel und unnatürliche Augen hatte, aus denen alle Jugend, aller Schwung, alles Geheimnisvolle verschwunden war. *So leblos, wie er im Leichenschauhaus dagelegen hatte. Beide Augen nun blicklos. Der Mund halb geöffnet, als wolle er eines noch sagen – bloß was?*

Marina griff sich ein Stück Zeichenkohle und wollte Adams Porträt korrigieren. Bot ihre ganze Willenskraft auf, um sich so an Adam zu erinnern, wie er zu Lebzeiten gewesen war. Nicht im Tod – im Leben. Wie er vor ihr gestanden hatte, hier in diesem Raum, leibhaftig. Lächelnd. Die Arme nach ihr ausstreckend. Hielt er sie zum Besten? Womit? *Die Berge sind immer noch da, Marina!* Aber er hatte auch gelacht. Hatte über ganz Salthill gelacht, jedoch ohne Boshaftigkeit. Marina begann zu zittern, als sie den Mann so deutlich sah. Seine Stimme hörte. Sie fuchtelte trotzdem mit der Zeichenkohle bloß herum, genauso unfähig, auszudrücken, was sie sah, so wie es schon als Kind gewesen war. »Ach, Adam.« Es stimmte: nach gängigen Maßstäben hatte er eine hässliche Visage, die Haut wie versengt, die Nase schief, gebrochen, und durch seine rechte Augenbraue verlief eine seltsame, stacheldrahtähnliche weiße Narbe. Warum aber war er trotzdem nicht hässlich? Denn Marina fand Adam ganz im Gegenteil wunderschön ...

In Platons *Phaidon* versichert uns Sokrates, *dass unsere Seele unzerstörbar und unsterblich ist und dass sie schon existiert hat, bevor wir als Menschen geboren wurden.*

»Ach, Adam. Ist das wahr? Ich glaube nicht, dass das stimmt.«

Es war 1.08 Uhr. Marinas Hand hielt inne. Das Stück Zeichenkohle, das zu nichts nutze gewesen war, fiel zu Boden. Die Zeichnung war banal, hoffnungslos. Der Mann war tot. Adam war gestorben. Wie diese Nacht überstehen? Marina hätte die Blätter, dieses Testament ihres Verlusts, zerreißen sollen, doch sogar ein solches Aufbegehren ging über ihre Kraft.

7

Wie der Tod ins Leben tritt. Und das Leben ist verändert. Sie wusste, dass Robert Cavanagh, Adams Anwalt und Freund, sie bald anrufen würde, und nur Minuten nachdem sie den Hörer vorsichtig und furchtsam aufgelegt hatte, läutete prompt das Telefon, Roger war dran. Bat sie, doch bitte in seine Kanzlei in der Stadt zu kommen, wenn sie Zeit hätte. Er habe privat dringend etwas mit ihr zu besprechen. »Geht es um – Adams Testament?«, fragte Marina, und Roger sagte: »Ja. Adams Testament.«

Marina war in einem emotionalen Schwebezustand aufgewacht. Sie hatte letzte Nacht schlecht geschlafen. Hatte Mühe gehabt, das *Thwaite Thwaite* abzuwehren, das sie immer in ihren Träumen heimsuchte, das *Thwaite*, das ihr wie eine ekelhafte lakritzartige Masse die Kehle verstopfte. In dem grellen Tageslicht bewegte sie sich wie eine Schlafwandlerin. Oder wie jemand, der einen geradezu klassischen Kater hat. Unter normalen Umständen, dachte sie, wäre sie über Roger Cavanagh verärgert gewesen, dem sein Anwalt-Sein so zur zweiten Natur geworden war, dass er Marina nicht einmal sein Beileid zu Adams Tod ausgesprochen hatte.

Roger Cavanagh, dessen Frau die Scheidung eingereicht und das Sorgerecht für ihre gemeinsame Tochter erhalten hatte. Wie oft hatte Marina bei Salthiller Dinnerpartys neben diesem Mann gesessen, in den Augen ihrer Freunde schienen beide »füreinander bestimmt«, doch beide begegneten einander mit Skepsis, spürten ein vages sexuelles Unbehagen. Roger kam nur selten in die Buchhandlung. Er bekundete beinahe stolz, »keine Zeit« für ernsthafte Lektüre zu haben; seine »Zeit« reichte nur für Zeitungen, das Fernsehen und Fachzeitschriften. Wie Adam ihn ertragen hatte, war Marina schleierhaft. Mit Roger assoziierte sie sofort Scharfkantiges, Dunkles: Haifischflossen, Spitzen von schmiedeeisernen Zäunen, schmerzhaftes Anstoßen, wenn man nachts taumelnd aus dem Bett aufstand. Es lag schon Jahre zurück, dass er sie mehrmals angerufen hatte, um sie zu fragen – doch was, wusste sie nicht mehr. Wenn ein unverheirateter Mann eine unverheiratete Frau unter solchen Umständen anrief, konnte das doch nur auf die Frage hinauslaufen: *Willst du mit mir ins Bett gehen?* Marina lachte laut, steckte, ohne hinzusehen, den geflochtenen Zopf an ihrem Kopf fest, machte sich nicht die Mühe, sich genauer im Spiegel zu betrachten. Ja, ein Kater! Warum Trauer nicht auf diese Weise betrachten.

Ein Hund bellte irgendwo in der Nähe. Im Kirchhof?

Apollo?

Adam hatte den Hund mehrmals mitgebracht, wenn er Marina besuchte. Ob Apollo den Weg zu *ihr* gefunden hatte?

Doch als Marina hinauslief und »Apollo? Apollo?« rief, hatte das Bellen aufgehört.

Sie fuhr zu Roger Cavanaghs Kanzlei am Shaker Square. Dort wartete Roger schon auf sie, stand, eine Zigarette rauchend, auf der Eingangstreppe. Diese nur mühsam unterdrückte Ungeduld! Es war später Vormittag, ein Sonntag: das Vierter-Juli-Wochenende. Der Platz war leer. Rogers Kanzlei, Abercrombie, Cavanagh, Kruller & Hook, besaß eines der aus dem achtzehnten Jahrhundert stammenden Sandsteinhäuser, eine erstklassige Immobilie im Herzen der »historischen« Altstadt. Roger war ein angesehener Salthiller Anwalt und galt als kompetent, vertrauenswürdig und konservativ. Marina hatte noch keines der Sandsteinhäuser am Shaker Square von innen gesehen, in denen meist Anwälte, teure Anwälte ihre Kanzlei hatten; sollte Marina einmal einen Anwalt benötigen, würde sie einen wählen, dessen Kanzlei sich in einem am Ortsrand liegenden Viertel oder in einer Mall befand. Als Marina sich näherte, zog Roger zur Begrüßung die Stirn in Falten und schaute nach links und rechts, als habe er Angst, mit ihr gesehen zu werden, und bat sie eilig herein. »Bitte. Komm rein.« Kaum war sie drin, schloss er die Tür und sperrte ab.

Die Büroflucht war natürlich leer. Marina war unbehaglich, hier mit Roger allein. Und er benahm sich ganz anders als sonst: sperrte ab, war nachlässig rasiert, hatte noch Stoppel im Gesicht und einen schmalen blutenden Kratzer am Kinn, sein dunkles, gewöhnlich sorgsam frisiertes und gekämmtes Haar war strubbelig, als sei er mit den Fingern durchgefahren. Die unter seinen Augen liegenden Schatten waren tiefer, als Marina es in Erinnerung hatte. »Eine schreckliche Nachricht«, murmelte Roger. »Unglaublich.« Doch er sagte es kurz angebunden, so als wolle er keinen Atem verschwenden. Oder kein Gefühl. Roger, der sonst einen Hauch von herb-männlichem Kölnischwasser verströmte, roch heute nur nach sich selbst. Er trug Sportkleidung, zerknitterte Sportkleidung. Er hat also auch eine schlechte Nacht gehabt, dachte Marina und empfand einen Moment lang Zärtlichkeit für diesen berechnenden Menschen.

»Adam, ausgerechnet. Der immer so –«, doch Roger sagte es nur daher, sprach mit der obligatorischen Beiläufigkeit von Menschen, denen etwas anderes, etwas viel Wichtigeres durch den Kopf geht, und merkte gar nicht, was er sprach –, »lebendig gewesen war. Ausgerechnet er. Schrecklich!« Roger führte Marina rasch und ohne Umstände durch die geräumige Suite zu seinem eigenen großen Büro an der Hinterseite; trotz des sonnigen Hochsommervormittags waren die Jalousien vor den Tafelglasfenstern heruntergezogen, durch die schmalen Lamellen drang kein Licht. Auf Rogers Schreibtisch standen zwischen Dokumentenstapeln eine Plastiktasse, vermutlich heißer Kaffee, und ein Aschenbecher voller Zigarettenkippen. Aus Höflichkeit gegenüber Marina, die vor seiner Zigarette zurückgewichen war, drückte er sie im Aschenbecher aus. Er schniefte, machte ein schnaubendes Geräusch, als befreie er seine Nase, und forderte Marina auf, doch bitte Platz zu nehmen. Marina hatte überlegt, was so wichtig sein konnte, dass er sie zu sich rief. Ihr Blick wanderte ruhelos durch das Büro, das mit kostspieligem Teak, schwarzem Leder und Chrom ausgestattet war. Hinter einem schmückenden Raumteiler aus Glasziegeln im hinteren Teil des Raumes verbarg sich, vermutete sie, wohl eine Toilette, und dieser Raumteiler erinnerte sie an das Leichenschauhaus im Krankenhaus von Jones Point und an das, was sie dort gesehen hatte ... »Ja. Schrecklich«, murmelte sie.

Roger Cavanaghs schick möbliertes Büro war ein Vorzeigeobjekt, aber Marina wollte die Erwartung um keinen Preis erfüllen, wollte keine Salthiller Unverbindlichkeit äußern, und sie würde Roger auch nicht mit einem Ausbruch von Trauer, Kummer, Tränen in Verlegenheit bringen. Auf einer Anrichte sah sie eine violinengroße Messingskulptur mit einer glatten erhabenen ovalen Oberfläche, die an ein Gesicht erinnerte, dessen menschliche Züge sich erst schwach herausbildeten. Dies war eine ältere Arbeit Adam Berendts aus einer Serie, die Marina wunderschön fand, obwohl Adam sie seit langem verworfen hatte und keine Stücke aus dieser Zeit mehr bei sich im Haus oder im Arbeitsraum hatte. *Zu gewollt und demonstrativ Kunst – zu sehr Brancusi*, hatte Adam die Messingsskulpturen abgetan. Roger sagte: »Die hat er mir geschenkt. Er wollte partout kein Geld dafür, wollte sie mir nicht mal im Tausch für mein Honorar geben.« Dem Eingeständnis haftete etwas Peinliches und Frustrierendes an, obwohl Marina nicht klar war, warum. Roger blätterte hörbar atmend Dokumente auf seinem Schreibtisch durch. Erst tat Marina nur so, doch dann interessierten sie sie wirklich, die verschiedenen gerahmten Fotografien auf Rogers großem Schreibtisch mit der Glasplatte. Sie standen dort, als wolle Roger Cavanagh sagen: *Siehst du? Ich bin ein ganz normaler Mensch. Das hier, das ist mir wirklich wichtig.* Eines der Fotos zeigte ein etwa elfjähriges Kind, unverkennbar Rogers Tochter, ein kleines Mädchen, das nicht lächelte und in der Sonne die Augen zusammenkniff, in einer merkwürdigen Pose, sodass Marina vermutete, eine zweite Person, wohl die Exfrau, sei aus dem Foto herausgeschnitten worden. Auf einem anderen Foto war das Mädchen älter, reizlos, hatte ein eckiges Gesicht, Rogers kleine zusammengekniffene Augen und sein dichtes strubbeliges schwarzes

Haar und lächelte nun zaghaft; und auf dem dritten und größten Foto, dem, das die meiste Hoffnung ausstrahlte, standen Roger und das Mädchen, beide in Tennisweiß und mit Schlägern in der Hand, lächelnd nebeneinander vor einem Tennisnetz; das Mädchen mochte hier vierzehn sein und war fast genauso groß wie sein Vater. »Deine Tochter?«, sagte Marina, und Roger erwiderte: »Ja«, ohne auf die Fotos zu blicken. Er breitete ein dickes, ungefähr zwanzig Seiten starkes Dokument vor Marina aus. *Letzter Wille und Testament von Adam Berendt.* Es stammte vom April diesen Jahres. »Du weißt sicher«, sagte Roger, »dass Adam den Großteil seines Vermögens karitativen Organisationen hinterlassen hat. Sein Haus und sein Land gehen an den Rockland Historic Trust mitsamt einem ausreichend großen Geldbetrag, um darin ein Kunstzentrum einzurichten und zu unterhalten. Andere Zuwendungen gehen an Umweltorganisationen, an die Bürgerrechtler von der ACLU und ähnliche liberale Projekte oder an das Tierheim von Rockland County und so weiter, wie man es von Adam erwarten durfte. Ich bezweifle, dass Adam außer dem Grundstück am Fluss, das vielleicht ein paar Millionen Dollar wert ist, noch weitere Immobilien hat, aber ich lass mich überraschen. Anwälte erleben oft Überraschungen, wie Priester. Der Tod bringt gewöhnlich nicht das Schlimmste in uns zum Vorschein, auch nicht das Beste, sondern das Verschwiegene, Verheimlichte, man gewöhnt sich an die Überraschungen, sie sind ja nicht durchweg unangenehmer Art. Aber es wird dich erleichtern zu hören, Marina«, sagte Roger und warf ihr von der Seite einen Blick zu, der so voller Anspannung war, dass sie sich fragte, wie das erleichternd sein sollte, »dass Adam keine Geldbeträge und keine nennenswerten Schenkungen an Einzelpersonen verfügt hat, nicht mal an seine engsten Freunde, auch nichts von seinem Besitz, ausgenommen ›ausgewählte Kunstwerke‹, wie er sie nennt, die sein ›Testamentsvollstrecker‹ – du also – nach Gutdünken weggeben soll. Ich bin Adams Nachlassverwalter, wie du weißt.« »Er hat keine Erben eingesetzt – keine Verwandten?«, fragte Marina beklommen. »Nein.« »Aber wir sind moralisch verpflichtet, sie ausfindig zu machen, oder? Ich meine, Adams Angehörige – sie vom Begräbnis zu unterrichten.« »Wir können versuchen, sie ausfindig zu machen. Wir fahren später zu seinem Haus hinüber und schauen, ob wir was finden, wenn es dir nicht unangenehm ist, dass wir so kurz nach dem, was gestern, nun ja, passiert ist, seine Papiere durchgehen, denn Adam hat mir nie Namen von Angehörigen mitgeteilt, und du kannst versichert sein, dass ich ihn gefragt habe, und zwar mehr als einmal. Ich habe also große Zweifel, dass wir finden werden, wonach wir suchen.« »Aber wir müssen«, wandte Marina ein, der Rogers autoritärer Anwaltston nicht gefiel, »es wenigstens versuchen. Dazu sind wir moralisch verpflichtet. Selbst wenn Adam sich von der Vergangenheit lösen wollte, haben seine Angehörigen doch das Recht, von seinem Tod zu erfahren, oder? Adam war erst Anfang fünfzig, da könnten sogar seine Eltern noch leben. Adam hat manchmal unbedacht etwas gesagt, vor allem auf unseren Wandertouren, woraus ich den Eindruck gewonnen habe, dass er seine Kindheit in einem Staat im Westen verbracht hat, in Montana oder Wyoming.« Marina überlegte, ob sie Roger von dem *Geschenk* berichten sollte, verwarf es dann aber; ihr war unbehaglich bei diesem Geschenk, sie fühlte sich schuldig ob der Heimlichkeit dieser Transaktion; es wäre vielleicht gut, das Grundstück wieder in Adams Nachlass zu überführen – aber konnte man einem Toten etwas zurückgeben?

»Das hier ist wichtiger, Marina«, sagte Roger. »Adams letzter Wille.« Roger hatte das Dokument auf der letzten Seite aufgeschlagen, wo der für Adam typische Schriftzug Adam Berendt über dem Wort Erblasser hingekrakelt war. Die Felder über dem Wort Zeuge und Notar waren jedoch leer. »Adam hat das Testament unterschrieben und sonst niemand?«, fragte Marina. »Warum denn?« »Das lag an den Umständen«, sagte Roger. »Warum hast du damals niemanden aufgetrieben, der seine Unterzeichnung bezeugt?« »Das lag, wie ich schon sagte, Marina, an den Umständen.« Marina schaute verständnislos. Die vorherige Nacht war so schrecklich gewesen, sie war von ihrer vergeblichen Suche nach Apollo heimgekehrt und erschöpft ins Bett gesunken, demoralisiert und dem Wahnsinn nahe, so rasten die Gedanken in ihrem Kopf, dass sie sich nicht einmal richtig ausgezogen hatte; kein Wunder, dass sie nun selbst einfachen Dingen kaum folgen konnte. Sie sah Rogers ausweichenden Blick und Rogers kleinen, verquollen wirkenden Mund, ein seltsamer Mund für ein Raubtier – was sagte er gerade? Irgend etwas in dem Sinn, dass das Testament »nicht ganz vollständig«, »nicht vollständig ausgefertigt« war.

»Marina? Siehst du hier.«

Roger klang gereizt. Er erklärte Marina, dieses Testament sei so, wie es Adam – in allen Einzelheiten – gewollt hatte, doch Adam habe die schriftliche Fixierung durch Roger jahrelang immer wieder aufgeschoben, und als Roger es im April aufgesetzt hatte, zögerte Adam die Unterzeichnung wieder wochenlang und dann monatelang hinaus, bis es zu spät war. »Aber das ist doch Adams Unterschrift?«, sagte Marina naiv – und begriff einen Moment später: *Er hat die Unterschrift gefälscht. Das ist es!* Roger sagte im Tonfall eines Mannes, der ein Plädoyer vorträgt: »Das war ja das Unglückliche. Adam hatte einen Termin vereinbart, hielt den aber nicht ein. Wir hätten natürlich Zeugen aus dieser Kanzlei verwendet. Für einen intelligenten Menschen konnte er ziemlich dumm sein. Eigensinnig. Du kennst ja Adam.«

Marina las die letzten Seiten des Testaments und sah, dass der Schriftzug Adam Berendt auf Seite einundzwanzig dem Schriftzug Adam Berendt auf Seite zweiundzwanzig stark ähnelte, aber nicht mit diesem identisch war. Die Unterschrift war gekonnt gemacht, aber nicht durchgepaust. Eine Zeit lang betrachtete sie die beiden Namenszüge und die offenen Stellen über den Zeugen, ohne zu wissen, was von ihr erwartet wurde – und wusste es doch genau. »Juristisch gesprochen«, sagte Roger, »ist Adam ohne Testament gestorben. Dieser letzte Wille ist nicht bindend. Er würde ans Nachlassgericht geschickt werden und dort jahrelang herumliegen. Ein Großteil des Nachlasses ginge für die Erbschaftssteuern drauf, und da sich Adams Angehörige vielleicht nie ermitteln lassen, fiele das meiste davon an den Staat New York. Adams Wünsche würden vollkommen vereitelt werden, verstehst du? Marina? Um Adams willen, nicht um unserer selbst willen, müssen wir ihm helfen.«

»Ist das nicht – illegal? Kriminell?«

Die Frage stand unbeantwortet im Raum. Roger seufzte und lächelte sein knappes unfrohes Lächeln.

»Aber du hast doch schon für ihn unterschrieben, für Adam.«

»Jemand hat das getan.«

»Und ich soll das bezeugen? Und wer ist der Notar?«

»Ich bin Notar«, sagte Roger.

»Und heute ist der –«

»Zweiundzwanzigste Juni, ein Mittwoch. Das Datum von Adams letztem Termin, das im Kanzleicomputer ist.«

»Roger, das ist – eine kriminelle Handlung.«

»Wir haben keine Wahl, Marina. Adam hätte gewollt, dass wir das tun, das weißt du.«

»Was würde geschehen, wenn du, als Anwalt –«

»Marina? unterschreibst du –«, fragte Roger scharf zurück.

»Ja.«

Marina nahm den Stift, den Roger ihr hinhielt, und unterzeichnete.

Wie der Tod in dein Leben tritt. Und danach ist alles verändert. Jeder fuhr für sich zu Adam Berendts Haus am Fluss, anderthalb Meilen vom Shaker Square entfernt. Eine Hochstimmung hatte Marinas vorherige Verzweiflung und das Gefühl der Verlassenheit abgelöst. Denn jetzt war sie eine Kriminelle, um des Toten willen, den sie geliebt hatte.

Unmöglich, nicht zu denken, dass die Toten uns beobachten. Dass wir die Liebe, die wir für sie empfanden, als weich schimmernde Marienfäden hinter uns herziehen.

Als Marina auf die lange kiesbestreute, von tiefen Furchen durchzogene und beidseits mit zerzausten Bäumen gesäumte Zufahrt einbog, empfand sie die alte, rasch größer werdende Erregung, zu Adams Haus zu kommen, obwohl sie sich *Nein! nicht jetzt* sagte. War dennoch gespannt, ob der silberhaarige Hund angelaufen käme, um sie zu begrüßen, wie es Adams Hund normalerweise getan hätte, wenn Adam zu Hause wäre. Doch es kam kein Hund, sie musste schlucken, und das Haus oberhalb des Flusses hinter den es abschirmenden immergrünen Büschen, mit deren Beschneiden Adam seit dem Schneesturm von letztem Januar noch nicht fertig geworden war, das Haus, das ihr immer so romantisch vorgekommen war mit dem verwitterten burgunderroten Stein, den steilen Holzdächern und den hohen Schornsteinen, wirkte jetzt, als sie es sah, melancholisch und verlassen. Neben dem Haus lag eine Wiese, auf der überhohes Gras und Wildblumen standen, vor allem Chicoree, kein gepflegter Rasen; Adam hatte zornig gelacht über solche Vorortrasen; er machte sich nie die Mühe, gefallenes Laub zu beseitigen, Jahr um Jahr nicht. Sein Garten gedieh inmitten von Unkraut, ein üppiger Haufen Grün. Moos wuchs auf dem Dach der alten Garage, einer ehemaligen Remise. Hinter dem Haus stand Roger Cavanaghs amerikanischer Neuwagen, hier das unpassende Auto. Marina musste dafür sorgen, dass Adams Auto von diesem Sterbeort zurückgeholt wurde. Zum zweiten Mal an diesem Vormittag sah sie Roger Cavanagh in einer offenen Tür auf sie warten, allerdings sah er sie jetzt auf eine Weise an, bei der ihr Puls schneller zu schlagen begann und ihre Befangenheit zunahm.

Mein Mitverschwörer. Um Adams willen.

Eine ganz neue Gemütsverfassung! Marina lächelte Roger zu, um ihm zu versichern, dass sie nicht verärgert war, dass es ihr gut ging. Der beim Lächeln verzogene Mund, so ähnlich dem beim Grauen verzogene Mund. Bei sexueller Begierde.

Als Marina auf der Eingangstreppe stolperte, griff Roger nach ihrem Arm, und die Berührung, sein schnelles festes Zufassen, durchfuhr sie wie ein Messer.

»Seltsam, was wir da tun. Aber es muss getan werden.«

Schweigend betraten sie das sogar trotz des warmen Hochsommervormittags kühle Haus. Marina begann zu zittern. Es drängte sie, *Adam? Adam!* zu rufen. Sie wartete immer noch darauf, dass der laute, nervöse Apollo auftauchte, die Eindringlinge anbellte und mit dem Schwanz auf den Boden trommelte. Doch es empfing sie nur Schweigen. In der Diele standen sie inmitten von Sonnen- und Schattenflecken. Noch grelleres Sonnenlicht ergoss sich in das große, unaufgeräumte Wohnzimmer, in dem, meinte man, Adam Berendt seine Besucher begrüßen werde, da er sie nicht schon an der Eingangstür begrüßt hatte, doch der Sonnenschein war nichts sagend und gefühllos. Marina trat langsam näher, sah die vertrauten Gegenstände mit neuen Augen: Adams abgeschabtes Ledersofa mit den zusammengewürfelten Kissen, die Stühle im Shakerstil, die er selbst gebaut hatte und die zu den sechs Stühlen passten, die er für Marinas Speisezimmer gemacht hatte, die mit Büchern, Zeitschriften, Zeitungen und CDs beladenen Tische, auf dem hohen Kaminsims die beiden antiken Kerzenhalter aus Zinn, die Marina Adam einmal zu seinem geheimen Geburtstag geschenkt hatte. (Geheim deshalb, weil Adam das Datum niemals genau, sondern nur ungefähr angegeben und sein Alter nicht verraten hatte.) An der gegenüberliegenden Wand stand eine knapp zwei Meter große Standuhr, die Adam aus verschiedenen außergewöhnlichen Materialien gebaut hatte. Jeder, der Adam besuchte, hatte diese Uhr bewundert, deren Pendel funktionierte, die aber nicht läutete und auf deren glänzendem Keramik-Zifferblatt die Zeiger fehlten. Adam hatte das Stück achselzuckend als »im Rauschenbergschen Sinne zu gefällig« abgetan; verkaufen wollte er es nicht. Marina sah mit kindlicher Erleichterung, dass das Pendel sich immer noch bewegte. Der scheppernde Herzschlag erfüllte den Raum.

Marina sagte beklommen: »Es ist nicht recht, dass wir hier sind. Adam hat keinen Besuch erwartet.«

»Es gibt keinen Adam mehr«, sagte Roger. »Adam ist über alle Erwartungen hinaus.«

Sie gingen durch das Haus. Wie Phantome, dachte Marina.

Als seien sie tot, und nicht Adam Berendt.

Sie gingen an der Küche vorbei, ohne sie zu betreten, warfen nur einen Blick hinein. Tränen traten Marina in die Augen: Adams Küche! Neben seiner Werkstatt war das sein Lieblingsraum gewesen. Wenn er Gäste zum Essen einlud, was er selten tat, versammelten sie sich hier und halfen Adam bei der Zubereitung der Speisen; wenn Marina Adam tagsüber besuchte, saßen sie meist in der Küche. Ihre Fenster gingen auf den Fluss hinaus. Ein Anblick, der sich ständig änderte. Adam hatte Marina von der sonderbaren Wunschlosigkeit erzählt, von einem tiefen Frieden, den er hier empfand, vor allem im Winter, wenn er, die Ellbogen auf die Arbeitsplatte gestützt, hinaussah. »Nicht dass ich glücklich oder gar unglücklich wäre«, hatte er gesagt. »Denn Glücklichsein, Unglücklichsein, das ist doch belanglos. An einem solchen Ort wird man Teil der eigenen Vorstellungswelt. Man fühlt nichts – oder alles. Man verschmilzt mit dem Himmel.«

Marina sagte, probeweise einen forschen, pragmatischen Ton anschlagend: »Der Kühlschrank. Ich komm ein andermal her und räum ihn aus. Die Schränke auch. Nicht heute.«

Roger ging schnell voran. Marina aber, die neben einem Schrank, dessen Tür halb offen stand, einen Stapel Bücher auf dem Boden sah, blieb stehen und sah sie durch, und das war ihr erster Schock: diese Bücher mit ihren grellen, glänzenden Einbänden, neu gekauft, stammten aus der Salthiller Buchhandlung. Marina klappte die Schranktüren auf und sah noch mehr Bücher, hundert vielleicht, die nebeneinander auf den Brettern standen: Lyrikbände, Romane, Kunstbücher, Geschichtswerke. Im ersten Moment begriff sie nicht. Dann traf die Erkenntnis sie wie ein Schlag auf die Brust: Adam hatte diese Bücher selbst gekauft.

Seit Adam Teilhaber am Geschäft war und häufig kam, und vor allem, wenn er in Marinas Abwesenheit den Laden hütete, hatte sie eine Steigerung des Absatzes und des Gewinns festgestellt. In manchen Monaten war die Zunahme bescheiden, in anderen hingegen – nun ja, ermutigend, aufregend. »Adam, es gibt gute Neuigkeiten: *wir verdienen Geld.*« Marina hatte diesen Aufschwung schlicht der Anwesenheit ihres neuen Geschäftspartners im Laden zugeschrieben: Adam war in Salthill beliebt, Männer unterhielten sich gern mit ihm, und die Frauen fühlten sich zu ihm hingezogen. Leute, die die Buchhandlung sonst nie betraten, kamen vorbei, wenn Adam da war. Es war seine Idee gewesen, ein paar Rattansessel zu kaufen, eine Kaffeemaschine aufzustellen und den Kunden einen Sitzplatz anzubieten, kurzum, die Usancen der großen Buchhandelsketten ungeniert nachzuahmen; er hatte sogar schon angeregt, den angrenzenden Laden mit zu übernehmen, in dem ein Bilderrahmengeschäft vor sich hin dümpelte. Im Gegensatz zu Marina kannte Adam keine Zukunftsängste. *Denn er subventionierte das Geschäft. War gleichzeitig sein bester Kunde.*

Marina wurde noch nachträglich ganz heiß vor Scham, als ihr einfiel, wie sie einmal im Januar einen Stapel unverkaufter Bücher, meist Lyrikbände aus angesehen Kleinverlagen, eingepackt und ihre Assistentin gebeten hatte, sie an den Großhändler zurückzuschicken. Als sie am nächsten Tag wieder in den Laden kam, war das Paket verschwunden, und Marinas Angestellte berichtete ihr, Adam hätte den ganzen Karton »verkauft« – an eine »Sammlerin aus New Jersey«. Janice war zum Zeitpunkt des Verkaufs nicht im Laden gewesen und hatte diese von einem glücklichen Zufall hereingewehte Kundin nicht gesehen, die als Englischprofessorin eines Frauencolleges im Ruhestand mit einem besonderen Interesse an zeitgenössischer amerikanischer Lyrik beschrieben wurde, doch der Verkauf war im Computer verbucht, die erstaunliche Summe von $ 618.95. Wie naiv Marina gewesen war! Sie hatte das unbedingt glauben wollen! Als sie einige der Titel nun auf Adams Regal wieder sah, ungelesen eingestellt, dachte sie daran, wie geschickt Adam sie in die Irre geführt hatte. Dabei hatte sie ihre Zweifel gehabt und Adam mit seinen besonderen Kunden aufgezogen (»offenbar Frauen«), die immer dann auftauchten, wenn Marina nicht in der Nähe war.

Wann lerne ich diese Kundin mal kennen, Adam?

Marina, Liebes, sie ist so viel älter als du, hab Mitgefühl. Wir alle brauchen unsere romantischen Phantasien.

»Marina, ist was?«

Roger, der vorausgegangen war, kam zurück, um nachzuschauen, wo sie blieb. Marina erhob die vor Zornestränen schwimmenden Augen zu ihm. »Adam hat mich zum Narren gehalten. Er hat mir Bücher abgekauft, *diese* hier, alle.« Roger runzelte die Stirn und schien verlegen. In einer Geste des Mitgefühls griff er steif nach einem der Lyrikbände und blätterte ihn durch, so als suche er Indizien, mit denen sich Marinas Verdacht entkräften ließen. »Ich wollte unbedingt glauben, dass es … mit dem Geschäft aufwärts geht«, sagte sie. *Und ein guter Mann, ein ritterlicher Mann, war in ihr Leben getreten und hatte es von Grund auf verändert.* »Ich nehme an, in Salthill haben alle davon gewusst?« »Wovon genau?«, sagte Roger im streitbaren Anwaltston. »Es ist doch gar nicht bewiesen, dass diese Bücher aus deinem Laden stammen.« Marina wollte sich nicht streiten. Dieser Mann hielt sie ebenfalls zum Narren. Sie klappte die Schranktür fest zu und wandte sich ab.

In Adams Büro an der Rückseite des Hauses mit den eingestaubten Sprossenfenstern und den schmutzigen Bodenfliesen, das in Adams Arbeitsraum überging, empfand Marina seine Anwesenheit besonders stark. Und die zwischen ihr und Roger Cavanagh herrschende Spannung, die so heftig war wie die gewittrige Atmosphäre vor einem Sturm. Sie ertrug es nicht, dass dieser Mann sie womöglich bedauerte, wie Adam es getan hatte.

»Woher hatte Adam sein Geld, Roger, weißt du das?« Marina wollte die Frage neutral klingen lassen, unpersönlich, so als ginge es dabei vor allem um das Geld, nicht um den Betrug eines Mannes. So als habe, was Adam Berendt in der Welt war, nichts mit *ihr* zu tun. Doch ihre Stimme klang besorgt, flehend. Roger stand inzwischen vor Adams Schreibtisch, einem massiven alten Rollschrank mit zahlreichen voll gestopften kleinen Fächern und schweren Läden, zog mit finsterer Miene Manila-Umschläge und Akten hervor und blätterte darin. Er durchwühlte die Papiere eines toten Freundes! Es hatte etwas Schmutziges, war geschmacklos. »Aus Immobilien, glaube ich. Beteiligungen. Aus seiner Vergangenheit hat er freilich ein Geheimnis gemacht. Ich habe ihm nie persönliche Fragen gestellt, das hielt ich nicht für angebracht. Manche Männer leben davon, dass sie sich ihrer Erfolge rühmen, doch so etwas war Adam peinlich; man musste indirekt zu dem Schluss kommen, dass er geschäftliche Erfolge gehabt hatte. Geld hatte er zumindest. Aber anscheinend fand er, er sei ein so lauterer Mensch, dass er keines hätte haben sollen. Meine Rechnungen hat er immer bar bezahlt.« Rogers wunder kleiner Mund zog sich noch enger zusammen. *Barzahlung!* In einer angesehenen Kanzlei auf dem Shaker Square. Marina fand die Vorstellung lachhaft. *So als hätte er dir Scheiße in die Hand gedrückt, nicht? Bargeld. Aber du hast es genommen.*

Schweigend entfernte Marina eine Vase mit schlaff herabhängenden, verwelkten Zinnien vom Fensterbrett. Zinnien aus Adams Garten. In dem schon bald seine Asche verstreut und in den Boden eingearbeitet werden würde. Etwas so Grauenvolles konnte nicht sein, war aber. Sie, Marina Troy, würde darauf achten, dass es richtig ausgeführt wurde. Wohin sie in Adams stillem Haus auch ging, überall rechnete sie damit, ihn zu sehen. Seinen erstaunten Blick, sein zögerndes verblüfftes Lächeln. *Marina? Was machst du denn hier?* Er würde sofort auf sie zukommen und ihre zitternden Hände ergreifen. *Marina? Warum weinst du?*

Marina fiel auf, dass Adams Fensterbretter schmutzig und die Fensterscheiben vom Regen verschmiert und streifig waren, und trotzdem drang die sengende Sonne durch das Glas herein, idiotisch und unbekümmert.

Warum soll ich dann trauern? Adam würde das nicht wollen.

Binnen einer Stunde hatte Roger ein zweites Geheimnis Adams gelüftet: Er führte unter verschiedenen Namen Kredit- und Sparkonten bei Banken in New York, New Jersey und Pennsylvania. Er besaß 180 000 Dollar in festverzinslichen Anleihen, ausgegeben durch die City of Philadelphia, 325 000 Dollar in festverzinslichen Anleihen, ausgegeben durch die Elektrizitätswerke Long Island, Hunderttausende Dollar in verschiedenen Wertpapieren. Die Namen lauteten *Adam Berendt, Ezra Krane, T. W. Bailey, Samuel Myers.* Vielleicht befanden sich in anderen Mappen noch mehr solcher Unterlagen. Marina versuchte zu begreifen, was Roger ihr reichte, doch die Namen und Zahlen verschwammen vor ihren Augen; sie war benommen und hatte Angst. »Ich verstehe das nicht, Roger. Warum?«, sagte sie. »Es ist nicht illegal, Konten unter anderen Namen zu führen«, erwiderte er schnell. »Wir sollten über Adam kein Urteil fällen, ehe wir nicht mehr wissen.« »Aber – warum?«, sagte Marina noch einmal. »Warum hat er diese Namen benutzt? Und das viele Geld, woher kommt das?« »Von einem gewissen Punkt an«, sagte Roger mit aufreizender Lässigkeit, »vermehrt Geld sich selbst.« »Aber Adam war arm!«, protestierte Marina. »Er war nicht reich. Er hat über die Reichen gespottet. Er war – du weißt doch, wie Adam war. Du warst doch auch sein Freund.« »Gewiss, ich war Adams Freund«, erwiderte Roger und zuckte mit den Schultern. »Aber ich glaube nicht, dass ich ihn kannte.«

Mit Ausnahme von Bankunterlagen und juristischen Dokumenten hatte Roger keine persönlichen Papiere Adams gefunden, keine

Briefe oder Papiere, die darauf hindeuteten, dass »Adam Berendt« Verwandte, eine Biographie, eine Vergangenheit hatte. In einem der Schreibtischfächer fand er ein halbes Dutzend Vouchers von Casinos in Las Vegas, in einer anderen ein zerknittertes Blatt Papier, das er Marina wortlos reichte: einen Verkaufsbeleg von einer Kunstgalerie in Manhattan, eine Rechnung über 65 400 Dollar für den Erwerb eines Kunstwerks von Raul Farco. Hierbei musste es sich um die dem Salthiller Kunstverein von einem »anonymen« Spender geschenkte Skulptur handeln. Adam Berendt! Marina war wie vor den Kopf geschlagen. Sie wusste noch genau, wie man Adam überredet hatte, die schöne säulenförmige Marmorarbeit in der Halle des Kunstvereins zu präsentieren; nachdem Adam seine anfängliche Scheu, vor Menschen zu sprechen, unter denen sich so viele seiner Freunde befanden, überwunden hatte, schien er regelrecht in höheren Regionen zu schweben, sprach zwar nicht wie ein routinierter Redner, aber herzlich und voller Begeisterung, erklärte, warum es sich bei der Marmorskulptur um ein bedeutendes Kunstwerk handelte, sagte, wie dankbar die Kommune dem »unbekannten« Spender sei. Es komme, sagte Adam, in diesem Fall nicht darauf an, dass Künstler und Spender gemeinsam auftraten, nur der Künstler und sein Werk sollten hier gefeiert werden. Alle hatten begeistert geklatscht und gemeint, Adam habe eine tiefe Einsicht mitgeteilt. Dabei hatte er von sich selbst gesprochen.

Unter Zeitungsseiten, die auf einem Tisch verstreut waren, zog Marina Adams speckiges, abgewetztes Adressbuch hervor. Sie schaute gleich unter »B« nach, doch es waren keine Berendts verzeichnet. Viele Namen in dem Büchlein waren liederlich durchgestrichen, und eine Seite fehlte ganz. Es waren etliche Visitenkarten und Zettel eingelegt, die aus den eselsohrigen Seiten herausrutschten. Marina konnte nicht widerstehen, den Buchstaben »T« aufzuschlagen – und fand dort *Marina Troy* aufgeführt. Ihre Hand begann zu zittern. Es war scheußlich, dieses Notieren der Namen, Adressen und Telefonnummern von Menschen, die das eigene Leben kreuzten; kreuzten sie es nicht mehr, strichen wir sie durch oder rissen das ganze Blatt heraus. Adam hatte ab und zu einen Namen mit ↓ versehen, und sie meinte zu wissen, dass ↓ für jemanden stand, der nicht mehr lebte. Aus irgendeinem Grund raste ihr Herz. Was hatte es zu bedeuten, dass Marina Troy, North Pearl Street 388, mit so vielen anderen Einträgen in Adams Adressbuch stand? Nichts natürlich. »Was wollen wir eigentlich von anderen?«, sagte Marina mit plötzlicher Bitterkeit. »Ständig dieses hektische ›Sammeln‹. Von Freunden, von gesellschaftlichen Kontakten. Wenn jemand gestorben ist, erscheint einem das alles so sinnlos.« Roger, der auf Adams Drehstuhl saß, gab ein schniefendes Geräusch von sich. »Vorher vielleicht auch schon.« Marina knallte das Adressbuch mit plötzlicher Heftigkeit vor ihm auf den Tisch.

Schnell blätterte Roger das Büchlein durch, so als könnten seine Geheimnisse sofort herauspurzeln. Sie wusste, dass er unter »C« suchte – *Roger Cavanagh*. Marina empfand eine plötzliche Abneigung gegen den Mann. Warum konnte er nicht Adam und nicht an Adams Stelle gestorben sein? Seine Stirn glänzte und war von feinen Fältchen durchzogen; sein kleiner, verletzter, mürrischer Mund war ihr widerlich, so als habe sie ihn einmal geküsst und Fäulnis geschmeckt. Roger hatte die Anstrengung des Trauerns sicher ermüdet, doch er saß da und trommelte mit den Fingern auf die Tischplatte, und Marina hätte seine Hand am liebsten niedergedrückt. Doch sie würde diesen Mann nicht anrühren! *Wir sind ein Verschwörerduo. Zwei Kriminelle. Und keiner von uns begreift das Ausmaß des Verbrechens.* Sie schämte sich, weil sie in das Haus des Toten, den sie geliebt hatte, eingedrungen war, weil sie Tatsachen über sein Leben in Erfahrung gebracht hatte, die er nicht preisgeben wollte, zumindest nicht vor ihr, und Roger Cavanaghs Anwesenheit steigerte diese Scham noch, so als betrachteten sie beide den nackten Adam und als sei beiden wichtig, dass der andere mit von der Partie war. Marina suchte nach dem richtigen Ton und sagte vieldeutig: »Das Seltsamste ist, Roger, dass Adam vor vierundzwanzig Stunden noch gelebt hat und jetzt nicht mehr lebt. Das übrige hier, sein Privatleben, seine Verschwiegenheit – das ist nicht so seltsam.«

Aber stimmte das? Marina wollte tapfer sein.

Sie begriff, dass Roger ihr ins Gesicht sehen wollte und es zugleich nicht wollte. Das war das eigentlich Seltsame! Roger, dem Mann, war deutlich bewusst, dass er mit Marina allein war, einer

Frau, mit der er befreundet und mit der auch Adam befreundet gewesen war, aber eben einer Frau; er spürte Marinas Verzweiflung, sah den Schmerz in ihrem geröteten Gesicht, ihre zornig blickenden Augen – dabei blickten sie voller Kummer, und es hätte nicht viel gefehlt, und Marina hätte ihn angesteckt mit ihrem Gefühl. Roger war ein Mann, der Gefühlen nicht traute. Seinen eigenen nicht und denen anderer erst recht nicht. Er war Anwalt, und zwar nicht von Beruf, sondern von Natur aus. Deshalb empfand Marina ein instinktives Unbehagen in seiner Gegenwart; im Gegensatz zu Adam musste Roger stets Herr der Lage sein. Er brauste leicht auf, galt als leicht kränkbar. Seine Scheidung hatte ihn tief getroffen, und er brachte Frauen prinzipiell Ablehnung und Misstrauen entgegen, selbst wenn er sie allesamt auf aggressive, unpersönliche Weise begehrte, den Wunsch verspürte, zuzupacken, grob zu sein, zuzuschlagen, einzudringen, ohne – und dieser Wunsch war noch stärker – zu berühren oder gar nahe zu kommen. Nein, bloß nicht nahe kommen! Sein Abscheu vor Frauen, dachte Marina, war körperlicher und moralischer Art. Klug erkannte sie, dass er einer Frau wehtun würde, wenn er das konnte, ohne sie zu berühren – jedoch nicht um den Preis, sie zu berühren. Und in der Nähe dieses Menschen, nur ein paar Meter von ihm entfernt stand Marina Troy jetzt, stand in diesem von der Sonne beschienenen, aber totenstillen Haus am Fluss, Adam Berendts Haus, in dem sie zu Adams Lebzeiten nie allein gewesen waren und vielleicht sogar nie gemeinsam gewesen waren. Und jetzt war Adam tot. »Ich – ich glaube, ich bin Adams Tod nicht gewachsen«, sagte Marina stockend, ohne recht zu wissen, was sie da sagte, um die Spannung zwischen ihnen aufzulösen. »Dem Tod überhaupt. Ich bin seiner – was immer er ist – nicht würdig. Ich empfinde Verachtung dafür, wie Adam gestorben ist, umgeben von Fremden. Für Fremde. Dieser grässliche Name ›Thwaite‹ schnürt mir die Luft ab.«

Bei diesem Wortschwall fixierte Roger Marina nur noch interessierter. Er hob die Augen, unheimliche Augen, wie Marina fand, die Augen eines Reptils, mit schweren Lidern, dabei flink hin und her huschend, merkwürdig schöne Augen mit einem Schimmer wie poliertes Gold, die Marinas nachlässig geflochtenes rotes Haar aufnahmen, das sich löste, in feuchten Strähnen und Locken herabfiel, den schmalen, eckigen Mädchenkörper unter ihrer Kleidung, ihre Haut, die die Hitze der Verzweiflung verströmte. Sie dachte, dass Marina Troy noch nie so bloß vor Roger Cavanagh gestanden hatte, ungeschützt durch den strahlenden, spröden Panzer ihrer Persönlichkeit.

Roger stand da und ging auf Marina zu, als wolle er sie trösten, doch sie trat instinktiv zurück.

»Wie hat Adam ausgesehen, gestern Abend?«, fragte er.

Marina schaute ihn beleidigt an.

»Bitte, Marina. Du bist die einzige Augenzeugin. Ich muss es wissen.«

»Das geht dich nichts an!«

»Sag's mir.«

Diese Reptilaugen; Marina erschauerte.

Sagte jedoch gefasst: »Adam war – würdig im Tod. Wie eine Statue. Ein Rodin.« Sie berührte ihre Lider mit den Fingerspitzen. Hatte wieder den Mann vor Augen, den Toten, zu dem der, den sie liebte, geworden war. Leichenstarr, doch Kinn und Mund erschlafft, ihre Form verlierend. Marina fürchtete sich davor, dass dieser Mann, ein Rivale Adams, Adam durch ihre Augen sah, nackt und bloß. »Ist er – gleich gestorben? Er musste nicht leiden, oder?« Marina sagte: »Nein. Er hat nicht gelitten. Der Arzt in der Notaufnahme hat es mir gesagt.« Warum sagte sie das, warum log sie einfach, um Roger Cavanagh zu beschwichtigen, der sich so sonderbar benahm, ganz gegen seine sonstige Art; warum, wenn sie ihn doch verachtete? Mit einem bizarren schiefen Lächeln sagte Roger: »Dass ist doch gut, Marina, nicht? Dass Adam nicht leiden musste?« Marina wollte schon zustimmen, ja, das ist gut, lachte stattdessen jedoch grell. »Nein! Das ist überhaupt nicht ›gut‹. Mach dich nicht lächerlich.«

Sie floh vor ihm. Hatte er sie mit seinen widerlichen Fingern anfassen wollen? *Sie* trösten wollen? Blicklos lief sie in den länglichen Raum, der Adams Werkstatt war. Dort war die Luft kühler, die Decke höher. In diesem nach Ton, Farbe, Terpentin riechenden Raum spürte man bereits einen Hauch des alten Kellers, der darunter lag, seinen irdenen Boden. Früher, bevor die Zivilisation in Salthill Einzug gehalten hatte, hatte Adam gescherzt (aber war das komisch?), zu der Zeit, als das Haus ein berüchtigtes Gasthaus und Bordell war, habe man in diesem unterirdischen Keller sicher schnell mal jemanden verscharren können. (Man hatte Adam gefragt, ob er da unten gegraben hätte, was er vehement verneinte: er sei nicht im Mindesten interessiert, zweihundert Jahre alte Skelette zu finden oder nicht zu finden.) Kein Raum dieses Steinhauses war stärker mit Adam verbunden als dieser. Fand man Adam nirgendwo sonst, so fand man ihn hier, und Apollo war nie fern. »Adam, Adam! *Herrgott!*« Es war doch denkbar, dass er sich absichtlich vor ihr versteckte. Ein Schweißtropfen, heiß wie eine Träne, lief ihr das Gesicht hinab. Was wollte Cavanagh von ihr? Sie spürte sein sexuelles Interesse, ein unpersönliches Interesse, und seine Abscheu davor; vielleicht empfand sie etwas Ähnliches, sie, die von sich behauptet hätte, sie sei ganz benommen, geschlechtslos vor Kummer. Über zehn Jahre oder noch länger hatte sie niemanden angefahren wie eben Roger Cavanagh, hatte sie nie ausgesprochen, was sie wirklich dachte, hatte nie ihre Stimme erhoben. *Adams Tod reißt in mir auf. Eine schwarze Wunde.*

Ging Roger ihr nach? Sie wünschte, der Mann würde verschwinden und sie alleinlassen. *Sie* war Adams Testamentsvollstreckerin. Sie würde sich um das Haus kümmern und dafür sorgen, dass es gereinigt wurde, sie würde damit beginnen, Adams geheimnisvolles Leben zu ordnen. Sie ging durch die Werkstatt und berührte Adams Sachen, die jetzt, da sie noch nach ihm da waren, eine neue Bedeutung gewannen, Kunstwerke, Möbel, einen wuchtigen Kamin aus Stein; auf einer Bank hingeworfen eines seiner Hemden, ein einfaches T-Shirt – schamlos riss sie es an sich und drückte es sich ans Gesicht, atmete Adams salzigen, erdigen Geruch ein. Sie würde nicht weinen. Nicht hier. Sie hatte schon genug geweint. Sie stolperte gegen eine grobe, unvollendete Tonfigur, die auf dem Boden stand. Es war ein Holzboden, der stellenweise mit Teppichresten und ausgebreiteten Zeitungen voll getrockneter Farbkleckse ausgelegt war. In der Dumpfheit ihres Kummer meinte sie, was? – Apollo? – eine gespenstische graue Gestalt zu sehen, die an ihrem gewohnten Platz neben Adams Arbeitstisch döste, doch nein, mach dich nicht lächerlich: es waren Staubflöckchen auf einer von der Sonne beschienenen Stelle.

Was tat sie eigentlich hier? Sie wusste es nicht mehr. Wenn doch Adam nicht daheim war und sie begrüßte – und er war ja nicht daheim. Doch wenn sie sich in seinem Haus befand, hatte das doch wohl einen Zweck, und dieser Zweck war Adam. Sie suchte – was? Ihr war klar, dass sie nicht »Adam!« schreien durfte, denn ein Mann, einer, den sie kaum kannte, befand sich mit ihr im Haus, beobachtete sie und würde anderen mitteilen: *Marina Troy ist außer sich vor Kummer.*

Unter dem Fenster stand Adams langer, voll gestellter Arbeitstisch. Auf dem Fensterbrett, wie vertrocknete Spelzen, tote Fliegen, Wespen. Und die Fenster – alle Fenster – mussten geputzt werden. Sie würde sie putzen. Dort stand Adams Sessel mit der kaputten Rückenlehne, eine fleckige Tagesdecke darüber geworfen, und da sein aus einer Haushaltsauflösung stammendes Sofa mit dem abgeschabten kürbisbraunen Polster, auf dem er manchmal schlief, wenn er bis spätabends gearbeitet hatte und zu faul war, sich auszuziehen und richtig zu Bett zu gehen und sogar die Schuhe anbehielt. *Ein solcher Mann konnte ja nicht heiraten, das ging doch nicht. Auch nicht mit einer Frau zusammenleben.* Überall in Adams Werkstatt standen unvollendete Arbeiten, die Marina seit Jahren kannte: Tonfiguren, Skulpturen, wie Collagen zusammengesetzt aus Metallteilen, Treibholz, Schutt, Holzstücken, Spiegelscherben, Geschirr- und Keramikscherben, ungeschlachte menschenähnliche Figuren aus Holz, die darauf warteten, dass ihnen jemand Leben einhauchte, was ihnen jetzt, wo Adam tot war, nicht mehr zuteil werden würde. Dutzende von Leinwänden verschiedener Größen lehnten spinnwebenbehangen an der Wand, die meisten davon unvollendet. Adam hatte sie seit Jahren keines Blickes gewürdigt, aber behauptet, jedes einzelne Motiv noch im Kopf zu haben und irgendwann daran weiterarbeiten zu wollen.

Hatte er geglaubt, er werde ewig leben?

Monatelang hatte Adam an einer vielfach gewundenen Skulptur gearbeitet, seiner persönlichen Vision, wie er sagte, des alten

Laokoon-Alptraums: die Seeschlange, die einen Vater und dessen Sohn zwischen den Windungen ihres ›Leibes‹ zerquetscht, die schreckliche Rache eines Gottes ausübend. Nur ähnelten die Menschengestalten in Adams amerikanischer Vision schmalen länglichen Fischen, die aussahen, als schwämmen sie durch eine streifige bernsteinfarbene Masse. Diese seltsame Skulptur maß knapp zwei Meter und hatte am Sockel einen Umfang von über einem Meter. Marina fand sie wunderschön: man konnte sie umschreiten und sah, wie das Licht wellenförmig durch das teils durchscheinende Material fiel. Adam hatte sie aus holzbraun, strohgelb und schilfgrün gefärbten und miteinander verschmolzenen Schichten Plastik zusammengesetzt. Als sie jetzt davor stand, meinte Marina, der Laokoon sei lebendig. Sie streckte die Hand aus und berührte ihn und fand ihn unerwartet warm.

Warum war Adam, der Marina zugeredet hatte, zu ihrer lange aufgegebenen Kunst zurückzukehren, seinen eigenen Arbeiten gegenüber so gleichgültig gewesen? In ihrem früheren Leben hatte Marina viele talentierte Künstler gekannt, aber keinen, der weniger Antrieb, weniger Ehrgeiz als Adam besessen hätte. Adam hatte so wenig »Ego«, dass man sich besorgt fragte, ob er mal das Atmen vergessen würde. Sein »männliches Ego« war ihm nicht wichtiger als ein offener Schnürsenkel. Dabei hatte er sich für eitel gehalten. Für hässlich. Er hatte sich als Cro-Magnon-Menschen mit niedriger, knochiger Stirn gezeichnet. Wenn eine Frau anzudeuten wagte, dass sie ihn anziehend fand, tat Adam die bloße Vorstellung mit einem Lachen ab. Man brachte ihn nicht dazu, in Betracht zu ziehen, was seine innere Logik ihm nicht in Betracht zu ziehen erlaubte. Als Marina und ein paar andere Adam während einer Dinnerparty einmal vorwarfen, er nehme sein Talent nicht ernst genug, erwiderte er, in seinem Alter nehme er nichts ernst außer der Wahrheit, ihn interessiere das moralische Leben jetzt viel mehr als das ästhetische.

Aber ist Kunst nicht auch eine Form von Wahrheit?

Nein. Kunst ist eine dreiste Lüge, errichtet auf dem Leichnam der Wahrheit.

Dies war ein wenig apodiktisch für Adam Berendt, der gewöhnlich ohne Verve sprach. Er hatte über seine anmaßende Äußerung gelacht und die Bemerkung Spinoza zugeschrieben oder, besser noch, Walter Benjamin.

Marina öffnete Schubladen und Schränke in Adams Werkstatt auf der Suche – wonach? Hinter ihr in der Tür stand Roger Cavanagh, saugte an seinen wunden Lippen und beobachtete sie, unsicher, was er tun sollte. Hatte Marina ihn tatsächlich angeschrien oder ihn nur angeherrscht? Was Salthiller Frauen niemals taten. Zumindest nicht bei ihren Männern oder Geliebten.

Roger würde sie dafür bezahlen lassen, Marina wusste es. Wenn er konnte. Sie hatte gesehen, wie die Reptilaugen unter den geschwollenen Lidern sie fixierten.

Dann geschah das.

Wie eine Fieberszene in einem Film.

Bis zu diesem Moment ihres seit achtzehn Stunden währenden Sturzes hätte Marina den Film als düster und tragisch bezeichnet, als schmerzlich, so als drehe und winde sich etwas in ihren Eingeweiden. Sie hätte den Film nicht als komisch, als grotesk bezeichnet. Doch irgendwie kam es dazu, dass Marina die Tür eines Schrankes neben Adams Arbeitstisch aufmachte, in dem Adam, ihrer Vermutung nach, Malutensilien aufbewahrte, und dort in einem Versteck persönliche Dinge fand: handgestrickte Pullover, ordentlich zusammengelegt und gestapelt, Kaschmirschals, elegante Seidenkrawatten, noch verpackt. In einem kleinen schwarzen Schächtelchen von Cartier lagen weißgoldene Manschettenknöpfe mit dem Monogramm A. B. – samt einer Karte: *Alles Liebe Adam zu seinem geheimen Geburtstag, Gussie.* (Augusta Cutler? Owen Cutlers Frau?) An einem dicken Aranpullover steckte eine faustgroße schlaffe Rose aus schwarzem Satin nebst einer Karte, auf der in scharlachroter Tinte ❤ *Leila* stand. (Wer war das? Eine Leila war Marina in Salthill nicht bekannt.) Das Blut schoss ihr ins Gesicht. Diese Geschenke hatte Adam von Verehrerinnen bekommen. Und die meisten davon sahen ungetragen aus.

In einem oberen Fach des Schranks stand ein Schächtelchen, und wie ihre Vorgängerin Pandora konnte Marina die Finger nicht davon lassen: obwohl sie wusste (denn wie hätte sie es nicht wissen sollen, ihr Herz schlug ja voller Zorn und Demütigung, und ihr Gesicht brannte, als habe man sie auf beide Wangen geohrfeigt), dass es in ihrem eigenen Interesse war, die Schranktür würdevoll zuzumachen und sich zurückzuziehen. Doch Marina zog an dem Schächtelchen, hörte nicht auf Roger Cavanagh, der ihr anbot, es ihr herunterholen, und das schändliche Schächtelchen kippte vornüber und ergoss seinen Inhalt – Karten, parfümierte Briefe und glänzende Fotografien, die darin aufbewahrt waren – auf den Boden.

Marina hätte sich immer noch mit einem Mindestmaß an Würde zurückziehen können. Doch sie kniete zwischen diesen verstreuten fürchterlichen Dingen, und das Haar fiel ihr ins Gesicht.

Adams Frauen. So viele? Es hätte Marina nicht zu überraschen brauchen, überraschte sie aber, denn (das begriff sie später, in ruhigerer Zeit) sie hatte sich schon lange versagt, über den Teil von Adams Leben nachzudenken, der nicht mit ihrem in Berührung kam, hatte sich schon lange die Überlegung versagt, dass Adam sich, wenn er nicht ihr Liebhaber war, wohl anderen Frauen sexuell zugewandt, ja sie geliebt hatte; die Rolle des keusch Lebenden passte zwar nicht zu Adam Berendt, doch sie hatte sich ihn lieber so vorgestellt. Jetzt hatte sie die Indizien vor sich, die ihre Täuschung widerlegten. Ein Päckchen handschriftlicher Briefe von – war es Camille Hoffmann, Lionels Frau? Sie stammten aus den letzten sieben Jahren und waren mit *Alles Liebe, Camille* unterschrieben. Auf blassblauem Briefpapier, zart wie Unterwäsche, ein langer handschriftlicher Brief vom Mai dieses Jahres, unterschrieben mit *Alles Liebe, Abigail.* Marinas Freundin Abigail Des Pres! Marina wandte rasch den Blick ab, mochte nicht ansatzweise sehen, was Abigail Adam geschrieben hatte. Außerdem etliche Geburtstagskarten, Urlaubskarten, *Danke!*- und *Ich-denk-an-dich!*-Karten, die Marina nicht genauer betrachten mochte – und zahlreiche Postkarten, viele davon mit Reproduktionen von Kunstwerken, denn Adams Frauen wollten ja ihren guten Geschmack unter Beweis stellen. Zaghaft drehte Marina eine Karte um, die ihr bekannt vorkam, eine surreale Landschaft, gemalt von Caspar David Friedrich, und entdeckte auf der Rückseite ihre eigene Handschrift und *Alles Liebe, Marina.* Die Karte stammte von vor zwei Jahren, als sie im Sommer Europa bereist hatte. Sich innerlich windend, legte Marina sie beiseite, wollte nicht, dass Roger sie sah. Aber vermutlich hatte er sie schon gesehen. Diesen Augen entging nichts! Marina hätte die Karte zerrissen, hätte sie nicht zu Adams Nachlass gehört.

Dachte *Nichts von dem, was wir früher gesagt, ist so schmerzlich wie die Worte, mit denen wir die Liebe eines anderen Menschen zu gewinnen hofften.*

Schnappschüsse von Adam mit Salthiller Freunden und Fremden. So viele lächelnde Menschen! So viele Glückliche! Marina griff nach einer an ein Werbefoto erinnernden grellbunten Aufnahme, um sie näher zu betrachten: ein rotwangiger Adam Berendt in sportlicher Kleidung mit einem befremdlichen Schnurrbart in einem Gebäude, das ein Casino sein mochte. Man sah Adam, der wie üblich ein Auge zusammenkniff, kaum an, während sich eine aufgedonnerte Blondine in einem roten Paillettenkleid vertraulich an ihn lehnte, den Oberarm und einen Teil ihres üppigen Busens an seine Schulter geschmiegt. Adam sah aus wie ein Sieger. Er mochte Anfang vierzig sein auf diesem Foto, hatte noch immer volles, grau werdendes Haar und ein relativ glattes Gesicht. Die glamouröse Blondine konnte gut und gern eine Edelnutte sein. Auf die Rückseite des Fotos war *The Dunes, Vegas, 23. Nov. 1989* gestempelt.

Und was war *das*? Diverse mit Weichzeichner aufgenommene Fotos einer sich in der Pose von Manets Olympia auf einem Sofa räkelnden üppigen nackten Frau mit beängstigend vollen, von rosa Brustwarzen gekrönten Brüsten und einem Streifen dunklen Schamhaars, einer extravaganten Perlenkette um den Hals und einer hochmütig dreinschauenden weißen Perserkatze mit plattem Gesicht zu ihren Füßen. Die Frau war nicht jung, aber sehr attraktiv; wie die Nutte aus Vegas war sie stark geschminkt und trug funkelnde Ringe an den Fingern; ihr Lächeln wirkte eingeübt und lasziv. Eine ihrer fleischigen Hände ruhten auf ihrem rundlichen kleinen Bauch. Marina empfand plötzlich Abscheu und Ekel vor ihrem Geschlecht, dem weiblichen Geschlecht: wie jämmerlich wir sind, bieten uns selbst an wie Fleisch. Auf einmal erkannte

Marina, dass diese Frau – Augusta Cutler war? Sie erkannte die Perserkatze.

»Das ist widerlich.«

Adam Berendt, der wie ein Zyklop zwischen diesen lächerlichen Frauen hin und her ging. Sich bückte und sie nach Belieben aufhob, weibliches Fleisch verschlang. Oh, und Marina Troy war auch dabei! Mit einem Mal schlug sie ein auf diese Fotos, Karten, Briefe, Geschenke, zerrte daran herum, und Roger hockte sich neben sie und versuchte sie zu beruhigen. »Marina, nein. Du weißt doch gar nicht, was diese Sachen wirklich bedeuten.«

»Ich weiß es. Ich bin doch nicht blöd.«

»Frauen mochten Adam: das ist dir doch nicht neu. Er war mit Frauen und Männern befreundet, aber Frauen neigen zur Verbalisierung und zur Exaltiertheit. Das alles bleibt natürlich unter uns.«

»Augusta Cutler! Diese Frau hat Kinder großgezogen.«

Dies war der wirkliche Horror, schlimmer als Adams dubiose Finanzen: eine ordinäre sexuelle Komödie, wo Marina in ihrem Kummer Tiefe zu finden gehofft hatte, reines, reinigendes Gefühl.

Ob Roger das vielleicht bloß komisch fand, als Komödie ansah, oder ob er wie Marina außer sich, verblüfft und verwirrt war, konnte Marina nicht deuten, sein Verhalten bedrückte sie nur, und ihre Nasenflügel zuckten bei dem starken süßlichen Geruch, der von seiner parfümierten Haut und seinem Achselschweiß ausging. Sie hasste diesen Mann! Ihn, der Augenzeuge ihrer Demütigung war! Er ließ nicht einmal zu, dass sie diese Beweisstücke an sich riss; er hielt ihre Hände fest, zog sie sacht, aber doch fest zurück, so als sei sie ein Kind und er der Vater dieses Kindes, der Mann, die oberste Kontrollinstanz. Marina weinte inzwischen vor Zorn. Mit Kummer hatten diese Tränen nichts zu tun. Es war, als sei Marina ein brennbares Material und Roger das Streichholz, das ihr gefährlich nahe kam. »Lass mich in Ruhe, verdammt«, sagte Marina. »Fass mich nicht an. Ich hasse dich.« »Du hasst mich nicht. Das ist Unsinn«, erwiderte Roger. Sie spürte seinen Atem auf ihrem Gesicht. Er umfing ihre Hände noch fester. Mit einem Mal kämpften sie stumm keuchend. Die Szene hatte etwas Unwirkliches und Skurriles. Ein grelles Licht schien auf sie zu fallen wie auf einer

Bühne vor unsichtbarem Publikum. Sie befanden sich in Adams Haus, und wo war Adam? Warum waren sie allein in Adams Werkstatt? Warum auf den Knien, auf dem Boden? Es war unerklärlich. Tags zuvor zur selben Stunde wäre Marina ein solches Geschehen unbegreiflich gewesen. *Ich mag Roger Cavanagh nicht einmal. Und er mag mich nicht.* Und doch küsste er sie, presste seine gebleckten Zähne auf ihren Mund und ihren Hals, als wolle er ihr wehtun, und Marina war in der Stimmung, sich wehtun zu lassen, überkommen von Verlangen nach ihm oder wem immer, einem Mann, einem sexuellen Wesen, das Adams Stelle einnahm; in ihrer augenblicklichen Not, von Verlangen überwältigt wie von einem heftigen Durst hätte sie nicht einmal Rogers Namen zu sagen gewusst. Dabei fielen ihre Hände schon über ihn her. Packten ihn. Überraschend, seine harten Rückenmuskeln, seine Überlegenheit in Größe und Gewicht. Marina hörte sich selbst stöhnen vor Elend. Vor sexuellem Verlangen. War dies, auf einmal, eine Liebesszene? War das Traurige einer grellen Komödie gewichen und diese wiederum einer grellen Liebesszene? *Es ist schon so lange her. Ich habe vergessen, wie.* Plump, überhastet, blicklos kämpften sie und der Mann wie ein Schwimmer in der rauen Brandung. Roger zerrte an Marinas Kleidern, zerriss sie fast, und Marinas fühllose Finger zogen an seinem Hemd und an seiner Hose, wo er ihre Hand hinführte. Marina hatte nicht daran gedacht, wie schnell erregbar, zum Sex bereit ein Mann ist beim ersten Mal mit einer Frau: der heiße, schnelle Atem wie das Hecheln eines Hundes, die Kraft der Arme und der ungestüm drängende Leib, zwischen seinen Beinen das wundersame, zum Leben erweckte Ding, an das Roger ihre Hand führte, damit sie es anfasste, streichelte, während er seine Hose öffnete. Sie küssten sich, stöhnten. Sie hätten sich dort auf dem Boden geliebt, auf dem schmerzhaft harten schmutzigen Boden, dem Boden, der nach Ton, Farbe, Terpentin und dem alten Keller darunter roch, doch als Roger Marinas Oberschenkel spreizte und sich über ihr aufrichtete, sah er wohl irgendetwas in ihrem Gesicht, das ihn bestürzte, ihre Augen, die zugekniffen, ihre Lippen, die aufgeworfen waren in einer Fratze vorweggenommenen Schmerzes, ihr geflochtenes Haar, mit dem Hinterkopf auf den Boden gedrückt, oder vielleicht hörten beide auch die sich nähernden Schritte ihres Freundes, Adams erhobene, amüsierte Stimme: *Marina, Roger? Was soll das? Ich bin noch keine vierundzwanzig Stunden tot, und schon vögelt ihr in meinem Haus?* Unvermittelt verging Rogers Erektion, und er murmelte etwas wie »Ich kann nicht. Entschuldige.« Marina schlug mit beiden Fäusten nach ihm. Sie war wahnsinnig, war außer sich; sie trat nach ihm, senkte ihr Knie in seinen Unterleib; hinterher erinnerte sie sich ihrer Raserei mit tiefer Scham, doch in dem Moment empfand sie eine animalische Freude, krallte sich so an ihn, dass er im Gesicht und hinter dem Ohr blutete. Sein Gesicht, verzerrt vor Bestürzung! Sie musste lachen. Er fasste sie bei den Handgelenken und hielt sie fest, biss sie an der Stelle in die Schulter, wo ihre Bluse heruntergerissen war, biss sie in die Brüste; er keuchte wütend, den Penis, schlaff wie ein Ballon, aus dem die Luft herausgelassen war, gegen den Streifen von Marinas lockigem roten Schamhaar gepresst.

Dann war es mit einem Mal plötzlich vorbei. Der Anfall von Wahnsinn war durch sie hindurch und von ihnen gegangen. Ein Sommersturm, der vorübergezogen war. Lange lagen sie nebeneinander, was ihnen den Anblick des anderen ersparte, auf dem Boden von Adam Berendts Werkstatt, erschöpft und besiegt.

Old Mill Way: Die Höhle

1

Durch die Mauern des altehrwürdigen Hauses, durch Dielen und dicke Teppiche hindurch drang wie aus weiter Ferne das Geräusch einer weinenden Frau.

Ihr Herz war gebrochen, und nicht seinetwegen.

Am Old Mill Way nördlich des Dorfes Salthill-on-Hudson lebten in einem sorgfältig restaurierten, aus dem achtzehnten Jahrhundert stammenden Haus im Kolonialstil ein Mann und eine Frau in jungen mittleren Jahren, die schon so lange verheiratet waren (»unser halbes Leben, mindestens«), dass sie einander gar nicht mehr wahrnahmen, wie Maulwürfe in ihrem Bau.

Das hatte etwas ausgesprochen Wohliges und bot die Annehmlichkeiten der Konvention. Denn dieser Mann und diese Frau waren Abkömmlinge konventioneller Familien. (Das hieß, guter Stall und gutes Geld, allerdings nicht im protzigen Übermaß, und zwar auf beiden Seiten.)

Seltsam, der Bau, das Haus, war geräumig, wurde sehr bewundert und stand auf teuren vier Morgen erstklassigem Grund im Rockland County – und blieb doch ein Bau. Seltsam, es war so beengend und stickig darin, obwohl die derzeitigen Besitzer das Haus, nicht anders als die vorherigen Besitzer, erweitert und renoviert und eine schöne Stange Geld dafür ausgegeben hatten, eine Puppenstube daraus zu machen. (»Hier zu wohnen ist wie ein

Traum. Manchmal habe ich Angst, dass ich plötzlich aufwache – und es ist vorbei mit all dem Glück.«)

Der älteste Teil des Hauses, aus Holz, war immer frisch gestrichen, perlweiße Schindeln, die in der frühen Dämmerung leuchteten wie Radium. Außerdem waren da Feldstein und verblichener roter Backstein, so alt, dass man meinen könnte, sie würden bei Berührung zerbröseln, und dazu noch praktischer weißer Stuck wie freiliegende Knochen. So viele Fenster oben und unten, aber die waren klein und schmal, Kolonialstil eben, und das Glas war so alt, das es wellig aussah. In der Weihnachtszeit, die in Salthill-on-Hudson mit christlichem Überschwang begangen wurde, war jedes der vom Old Mill Way einsehbaren Fenster von einer elektrischen Kerze erhellt, und schlichte weiße funkelnde Lichterketten wanden sich um die Fassade des Hauses und hingen wie Spinnweben in den dicht daneben stehenden Bäumen. Die Fensterläden hatten den altbekannten patriotischen dunkelgrünen Ton, und die massive Eingangstür aus alter Eiche schmückte ein zu Kolonialzeiten gefertigter Türklopfer aus Messing in Form eines amerikanischen Adlers. Den Sommer hindurch standen Tontöpfe mit leuchtenden roten Geranien auf den Eingangsstufen, und den Herbst hindurch standen Tontöpfe mit Chrysanthemen auf den Eingangsstufen, die Töpfe des »Country-Looks«, sorgfältig mit Sandpapier abgeschmirgelt.

»Kaum zu glauben, so viel Glück. Nicht dass wir dafür nicht gearbeitet hätten! Lionel ist es peinlich, über solche Dinge zu sprechen, Sie wissen ja, wie Lionel *ist.* Also sprechen wir halt nie darüber.«

Das ursprüngliche Haus hatte ein prominenter Kaufmann aus Manhattan namens Elias Macomb im Jahre 1763 gebaut. Von Macomb wusste man nicht viel, nur dass er Tory gewesen und sich 1774 zur Idee des Bundesstaates und – befördert durch die zweckdienliche Drohung, geteert, gefedert und an einem »Freiheitsbaum« öffentlich gelyncht zu werden – zu großzügiger finanzieller Unterstützung der Revolution gegen Großbritannien bekehrt hatte; 1781 ging das Haus in den Besitz von General Cleveland Wade, Präsident George Washingtons Intimfreund und Adjutanten über, der zahlreiche Räume anbauen, das Gebäude aufstocken und eine Scheune und weitere Nebengebäude errichten ließ. Mit gleichem Recht hätte man das Anwesen als »Macomb House« oder »Wade House« bezeichnen können, wie nachfolgende Besitzer sich nach Art ernsthafter, leutseliger Hauseigentümer zu erklären bemüßigt fühlten, die höfliche Fragen ihrer Gäste für bare Münze nahmen und sich Abschnitte der lokalen Geschichte eingeprägt hatten, um sie wie Heilige Schriften zum Besten zu geben. Hinter dem Haus stand die Scheune aus verwittertem Holz auf einem hohen Steinfundament, und auf ihrem Dachfirst prangte ein Wetterhahn aus Messing mit unveränderlichem Profil. Vor der malerischen Scheune lag ein Teich, gesäumt von Rohrkolben, intensiv grün wie Erbsensuppe und einen stechenden Geruch verströmend; im April blühten und »tanzten« Dutzende, Hunderte! hellgelber Narzissen auf der hügeligen Wiese und am Straßenrand. Bildunterschrift: *Hier wohnt das Glück.*

Dieses Vorzeigeobjekt war das Heim von Camille und Lionel Hoffmann. Ihre Kinder waren erwachsen und aus dem Haus. Ihre Ehe hielt wie ein in einen Strudel geratenes kühnes Schiff. Es war ein klassisches Gefährt, mit solchem Stolz erbaut und instand gehalten, dass es nie entzweigehen würde. Camille, die Hausherrin, war naturgemäß empfänglicher für die Last der Geschichte, das Privileg, in einem solchen Haus zu wohnen; sie hatte, wo immer möglich, es mit alten Möbeln ausgestattet und zählte im Ort seit langem zu den dilettierenden Experten in Sachen Geschichte der Revolutionszeit im Staate New York. Lionel Hoffmann war ein viel beschäftigter Mann, Vizepräsident von Hoffmann Publishing Inc., der in Familienbesitz befindlichen Firma, einem der erfolgreichsten amerikanischen Verlage für medizinische Lehr- und Handbücher mit Sitz in Manhattan. Trotzdem waren die Hoffmanns ausgesprochen gesellig wie die meisten Bewohner von Salthill. Jetzt, da ihre Kinder aus dem Haus waren, benötigten sie im besten Alter eine neue Familie, eine weitläufigere und in gewisser Weise verlässlichere Familie, die in der Nähe war, gesellig wie sie selbst, vertraut, jedoch nicht plump vertraulich. Die Hoffmanns waren reich, aber nicht vermögend, und sie wussten genug vom

Reichtum, um zu wissen, dass zu einem wirklichen Vermögen das Potential zur Tragödie gehört, und die Tragödie war keine ihnen angenehme Vorstellung. *Wir mögen Salthill, weil es ein echter amerikanischer Schmelztiegel ist.* In ihrem großen Freundeskreis interessierten sich nicht viele sonderlich für das, was in früheren, primitiveren Zeiten »sozialer Aufstieg« hieß, wohin sollte man schließlich *auf*steigen, wenn man in Salthill-on-Hudson lebte? Passionierte Golfspieler waren Mitglied im Salthill Golf Club, Bootsbesitzer gehörten dem Hudson Valley Yacht and Sailing Club an, und es gab den Lost Creek Tennis Club, der glanzvolle Salthill Country Club jedoch bestand zur Mehrheit aus neureichen Vorstädtern. (Wohl wahr, die gab es im Rockland County in bestürzender Menge, und jedes Jahr, in dem Hochhäuser mit Eigentumswohnungen und zwei Millionen teure Häuser in neu erschlossenen Wohngebieten entlang des malerischen Flusses errichtet oder auf hügeligen Feldern aus dem Boden gestampft wurden, kamen neue hinzu.) Die Hoffmanns und ihr Kreis waren empfindlich, wenn man sie als »Vorstädter« bezeichnete; ihrem Selbstverständnis nach waren sie ganz anders, verkörperten eine völlig andere Gruppe von Amerikanern, sahen sich als Dorf- oder Landbewohner.

Die Hoffmanns und ihr Kreis kamen mit unabhängigen, komischen Sonderlingen wie Adam Berendt, dem Bildhauer, oder Marina Troy aus der Salthiller Buchhandlung genauso zusammen wie mit ihren Nachbarn vom Old Mill Way, der Old Dutch Road, dem Sylvan Pass, dem Wheatsheaf Drive, dem Deer Link, der Derrydown Lane, dem Pheasant Run, dem Sparkhill Pike. Sie kamen mit dem Gründer des Vereins Salthill Pro Musica zusammen, mit der ältlichen Französin, die Kindern Ballettunterricht erteilte, dem Geistlichen der Kirche der Unitarier und seiner dichtenden Gattin, dem bärtigen Herausgeber der *Salthill Weekly Gazette* und dem pensionierten Offizier der Handelsmarine, der in seinem winzigen Reihenhaus Orchideen züchtete, aber auch mit Leuten, die denkmalgeschützte Anwesen bewohnten wie die Hoffmanns selbst und auf deren hügeligen Weiden Vollblüter, reinrassige Rinder und schwarzköpfige Schafe friedlich grasten wie in einem Traum von Europa. Schon möglich, dass ein scharfer Klassenunterschied die, deren Anwesen alte Steinmauern säumten, von denen trennte, die bloß Zäune hatten – ob aus Redwoodlatten, Maschendraht, Pfählen, Pfosten und Querstangen –, doch für die Freundschaften waren diese Unterschiede ohne Belang. *Wir brauchen unsere Freunde. Immer. Warum, wissen wir nicht.*

In ihrem größtenteils mit echten Stilmöbeln oder deren genauer Nachbildung ausgestatteten Bau führten die Hoffmanns bekanntermaßen ein offenes Haus. Die idyllische Scheune war längst zu einem Gästehaus mit allem modernen Komfort umgebaut worden, und die Hoffmanns hatten oft Gäste. Sogar ihre Gäste hatten Gäste. Sie gaben zahlreiche Partys, mit denen sie sich für die Partys revanchierten, zu denen sie eingeladen gewesen waren. Einem in ihrem Kreis geübten Brauch gemäß richteten die Hoffmanns alljährlich zu Silvester eine Dinner-Dance-Party aus, zu der etwa vierzig ihrer engsten Freunde eingeladen wurden. Schwarze Krawatte für die Herren, lange Abendkleider für die Damen. Das am Ort berühmte Haus war von Kerzen erleuchtet. Der fünf Meter hohe Weihnachtsbaum in dem über zwei Geschosse reichenden Foyer war festlich geschmückt. Weihnachtssterne, ein anheimelndes Feuer in jedem der diversen Kamine im Erdgeschoss. Als Adam Berendt zum ersten Mal bei dieser alljährlichen Party zu Gast war, blieb er im sachte fallenden Schnee draußen auf der Eingangstreppe, während die anderen Gäste an ihm vorbeiströmten. »Ich hab Angst, diese Schwelle zu überschreiten. Sieht aus, als läge dahinter die Vollkommenheit«, sagte er scherzhaft. Das war siebzehn Jahre, sechs Monate und eine Woche vor seinem Tod. In der Blüte seiner Jahre war Adam stämmig, aber nicht dick, war zwanzig Pfund leichter als später in den Fünfzigern, hatte muskulöse breite Schultern, die ihm das Aussehen eines körperlich Arbeitenden verliehen, ein reizlos hübsches Gesicht, das noch nicht so zerklüftet wie später, und Haar, das dicht und borstig war und einen ganz leichten Anflug von Grau hatte. Zu dem förmlichen Anlass trug er keine schwarze Krawatte (wie auf der Einladung erbeten), sondern ein lachsfarbenes Satinjackett, ein schwarz-weiß kariertes Seidenhemd und eine schwarze Frackhose mit Satinstreifen. Seine Fliege war so weiß, dass sie durchscheinend wirkte, und nur wenig zu groß. Adam Berendt war zu dieser Zeit in Salthill noch nicht so gut bekannt, galt noch nicht als »Original«; es hatte kaum jemanden überrascht, als er das alte Deppe-Haus am Fluss kaufte und aus einer gemieteten Remise auf einem Grundstück in den Bergen dorthin umzog. Keiner von denen, die ihn an diesem Abend bei den Hoffmanns sahen, wusste mit Bestimmtheit zu sagen, ob der Mann ironisch oder spaßig war, ob er sich über die Silvesterparty der Hoffmanns oder Silvesterpartys an sich lustig machte, oder ob er in seiner aufrichtigen Naivität, in seiner an den Typus des Pioniers gemahnenden Grobschlächtigkeit etwa glaubte, seine Aufmachung sei dem Anlass angemessen.

In der prunkvollen Menge eine schöne Frau nach der anderen zum Tanz auffordernd, war Adam schon bald ins Schwitzen geraten, hatte sein lachsfarbenes Jackett abgelegt und die Hemdsärmel aufgerollt.

Adam Berendt, der Künstler, der Bildhauer hier am Ort. Das war seine Identität in Salthill. Er war Camille Hoffmanns Lehrer in einem Abendkurs für Kunst gewesen, und wie andere Frauen in dem Kurs war Camille in Adams Bann geraten. (Es nahmen nur wenige Männer an diesen Abendkursen teil, und die gehörten meist zu den älteren Jahrgängen.) *Was an Adam anders war, oh, wie das sagen?* Auf alle Fälle hatte er nichts gemeinsam mit den anderen Lehrkräften, die in Abendkursen Yoga, Tanz, Töpfern, Kreatives Schreiben, Tennis, Golf und so weiter unterrichteten und ihren reichen verheirateten Schülerinnen so hemmungslos schmeichelten, wie ein Frierender Holzstücke in ein Feuer warf; Adam ließ auch keinen Charme spielen, verführte nicht. Er war – auf unpersönliche Weise – freundlich gegen jedermann. Er gab »Anregungen« – vorsichtig. Er sagte, echtes künstlerisches Talent sei selten und müsse gepflegt werden; die Kunst zum Beruf zu machen erfordere Hingabe, daher sei es vielleicht ratsam, sie nur als Hobby zu betreiben. Wenn er die Bemühungen einer Schülerin nicht loben konnte, blieb er schweigend und amüsiert davor stehen; an manchen Abenden sprach er wenig, teilte jedoch viel mittels seines Gesichtsausdrucks und seiner Körperbewegungen mit. Andere Male scherzte er, spottete. Wenn eine Frau (Camille Hoffmann, die schüchtern und unsicher war, vor allem in Adams Beisein) ihre Tonfigur angewidert zerschlug, lachte Adam und sagte: »Meine Liebe, es gehört Mut dazu, sich selbst so ernst zu nehmen.« Gelegentlich schien er in Rätseln zu sprechen. Er durchmaß den Raum mit sichtlichem körperlichem Wohlbehagen, wie ein junger Ochse auf den Hinterbeinen, bemerkte eine Frau, rezitierte, um anzuregen und zu verstören, mit wechselnder Kadenz Verse aus *Von der Natur der Dinge* des Lukrez, Blakes *Hochzeit von Himmel und Hölle*, Whitmans *Grashalmen*. Bis ans Ende ihrer Tage erinnerten sich diese Frauen aus Salthill an das Kribbeln in ihrem Bauch, ausgelöst durch Adam Berendts leidenschaftlichen Bariton:

Du wirst kaum wissen, wer ich bin oder was ich meine,
trotz allem aber werde ich dir gut bekommen
und dein Blut filtern und stärken.
Glückt es dir nicht, mich gleich zu fassen,
  bleib guten Muts,
triffst du mich nicht an einer Stelle, so such
  an einer andern,
irgendwo halt ich mich auf und erwarte dich.

Er mietete einen Kleinbus und fuhr mit ihnen nach Manhattan ins Metropolitan Museum of Art, führte sie, seine Herde sterblicher Frauen, dort wie ein nachdenklicher Zentaur durch die hallenden Säle der griechisch-römischen Welt, verbot ihnen, miteinander oder mit ihm zu sprechen, gar zu denken – »Nur *schauen*!« Sie sahen so viel! Sie waren zum Bersten gefüllt, wie Ballons, aufgeblasen bis über ihr Fassungsvermögen hinaus.

An manchen Abenden verströmte Adam Berendt den Geruch nachlässig gewaschenen männlichen Fleisches. Seine Kleider waren oft zerknittert und nicht sehr sauber. Er hatte nur ein »gutes« Auge – das linke –, und dieses Auge sah oft durch sie und ihr Bemühen um die Kunst hindurch, als existierten sie gar nicht. Oder als könne die bloße Existenz in Raum und Zeit nicht mithalten mit der anderen, der erhabeneren, unvergänglichen Welt in Adams Phantasie. »Das Reich der Formen. Das Reich der Gedanken. Das

Reich der Seele. Wir wissen, dass es da ist, auch wenn wir nicht immer Zugang zu ihm finden.« (Wussten sie das wirklich? Die Salthiller Frauen hofften es, waren aber verwirrt.) Wenn sie es wagten, Adam persönliche Fragen zu stellen, wies er sie sanft ab, und es war aufregend, so abgewiesen zu werden, was ihnen in Salthill unter ihresgleichen selten widerfuhr. Sie bekamen nie heraus, wo Adam Berendt geboren und wo er aufgewachsen war, ob er eine Familie hatte, ob er je verheiratet gewesen war und – was mit seinem rechten Auge passiert war.

In ihrer durch Nichtgebrauch überhitzten und ins Schwärmerische gesteigerten Vorstellung strahlte Adam Berendt eine rätselhafte Autorität aus. Doch dies war eine Autorität, die er nicht ausnutzte. *Glaubten wir wenigstens.*

»Ob ich eifersüchtig bin? Überhaupt nicht.«

Denn er war Lionel Hoffmann und von Natur nicht eifersüchtig. Groß, schlaksig, wortkarg, »sehr intelligent und sehr reich« (wie er einmal peinlich berührt eine Frau sagen hörte), mit einem fein geschnittenen Gesicht, das hübsch war, oder vielmehr, je nach Stimmung und Geschmack des Beobachters, nichts sagend, mit dunklem Haar, das sich, als er Anfang dreißig war, an den Schläfen vornehm grau zu färben begann. Im Pendlerzug blickte Lionel oft von seiner Zeitung hoch und sah viele andere Männer wie ihn selbst, die verlegen oder verärgert schnell wegsahen, und so tat er es auch und konzentrierte sich auf die ernsten, gehaltvollen Artikel, aus denen die *New York Times* bestand, so als lese er ein Brevier. So wie die älteren Männer aus der Familie Hoffmann junge Alte waren, bis hoch in die Neunziger aktiv in der im Familienbesitz befindlichen Firma, so waren jüngere Männer wie Lionel Jr. alte Junge: schon als Kind war Lionel ein Muster an Reife und der leibhaftige Vorwurf für seinen jüngeren, phantasievolleren Bruder gewesen. *Ein Junge, auf den man sich verlassen kann.*

Er hatte sich verliebt und jung geheiratet. Wie Camille, seine Braut, gewesen war, wusste er noch, nicht aber, wie er gewesen war, der Bräutigam. Mitunter hatte er Mühe, sich genau an Camille zu erinnern, denn sie hatte ausgesehen wie so viele junge Frauen damals, und er verwechselte sie vielleicht mit – wer war das noch mal? einer Freundin seines Zimmergenossen am Colgate? Kitzie? oder hieß sie Mimi? Die, die in seinen Armen geweint und die sich immer die Nase an der Schulter ihres Kleids abgewischt hatte.

Eifersucht war bei keinem Mann aus der Familie Hoffmann zu vermuten, denn kein Mann aus der Familie Hoffmann war sexuell verunsichert. Man war ein Mann, und zwar ein richtiger, war gut aussehend und intelligent, und man arbeitete für Hoffmann Publishing Inc., den erfolgreichsten amerikanischen Verlag für medizinische Lehrbücher und Nachschlagewerke, und daran war nichts zweifelhaft. Das Leben war kein Rätsel, das eine Sphinx zu beantworten hätte (außer, die Sphinx gab das Rätsel auf), sondern stand schwarz auf weiß fest. Wie Zahlen, Gleichungen. Einmal verheiratet, blieben die Hoffmanns auch verheiratet und hatten keine weiteren romantischen Anwandlungen. (Aber stimmte das hundertprozentig? In seiner selbstsicheren, distanzierten und launenhaften Art fühlte Lionel sich durchaus zu Frauen bestimmter Freunde hingezogen, hätte sich ihnen aber nie genähert; nichts fand er abstoßender als schon die Vorstellung einer intimen Beziehung, nur Probleme bereitenden sexuellen Beziehung mit einer Frau aus seinem Bekanntenkreis. *Niemals das eigene Nest beschmutzen* lautete der überzeugendste Rat, den Lionel Sr. seinen Söhnen mit auf den Weg gab.

»Eifersüchtig – auf wen? *Auf den?* Niemals.«

Adam Berendt, der Spinner, der Künstler im Dorf. Bildhauer. Der nur ein Auge hatte. Oder vielleicht auf einem Auge erblindet war. Ein Körperbau wie ein Hydrant. Lionel lernte Berendt erst auf dieser Silvesterparty persönlich kennen, obwohl er in Salthill schon seit vielen Jahren von ihm gehört hatte.

Falls Camille für Adam Berendt schwärmte, mussten sich in Lionel besitzergreifende Ehegefühle regen wie ein dumpfer Zahnschmerz. Sie war seine Frau und verletzlich und stand unter seinem Schutz. *Wenn sie sich zum Narren macht, oh Gott!* In Salthill lebte man wie auf einer Insel.

(Die meisten männlichen Salthiller pendelten zur Arbeit nach Manhattan und waren oft fünf volle Tage die Woche fort; viele hielten sich wie Lionel kleine Wohnungen in der Stadt und übernachteten häufig dort; man konnte sich denken, dass Lionel Hoffmanns Arbeitsleben den Großteil der Zeit, in der er wach war, in Anspruch nahm, aber nicht aus Geldgier, sondern aus echter Ratlosigkeit, was außer arbeiten sollte ein verantwortungsvoller Mann sonst tun? Solange ihre ergebenen Ehemänner abwesend waren, was sich, sollte es eines Tages addiert werden, zu einer Abwesenheit von Jahren summieren würde, »zog« es die Salthiller Frauen unweigerlich zu Männern hin, die nicht ihre Gatten waren. Nur selten waren das verheerende Liebesaffären, die in Scheidung und Wiederverheiratung endeten, sondern eher unbestimmte Schwärmereien: es verlief in erkennbaren Phasen, wenn eine Frau sich einbildete, in den Ehemann einer Freundin verliebt zu sein und – löste die Blendung sich auf – sich einbildete, in den Mann einer anderen Freundin verliebt zu sein und später in noch einen und noch einen; es konnte passieren, dass eine Frau aus einem so eng begrenzten Kreis wie dem der Hofmanns binnen einiger Jahre einmal rundrum gekommen war und sich einbildete, in einen Mann oder in Männer verliebt zu sein, in die verliebt zu sein sie sich früher schon einmal eingebildet hatte. Solange eine Frau sich nicht mit einem Mann außerhalb ihres Kreises einließ, galt ihr Verhalten bei den Ehemännern als harmlos. So war eben Salthill-on-Hudson: hier waren die Ehe, die Familie, der Besitz sakrosankt, und unsere Geschichte spielt nicht in den Siebzigern.)

Während der Silvesterparty hatte Lionel insgeheim ein Auge auf diesen »Adam Berendt«, den seine Frau eingeladen und über den er gerüchteweise gehört hatte. Lionel war diskret – wie immer. (Ein anderer Gastgeber wäre womöglich zusammengezuckt angesichts des lachsfarbenen Jacketts, doch Lionel verzog keine Miene.) Und im Verlaufe des langen, fröhlichen, von Champagner beschwingten Abends kam Lionel zu dem Schluss, dass Adam Berendt Camille gegenüber nicht mehr als herzlich und höflich war; er erweckte nicht den Eindruck, in sie verliebt zu sein, und ermutigte auch sie nicht, in ihn verliebt zu sein. Durch Camilles kummervolle Augen jedoch sah man, dass Adam mit Owen Cutlers üppiger Frau Augusta viel ausgelassener tanzte (im Disco-Stil, wenngleich nicht sonderlich gekonnt) als mit Camille Hoffmann mit dem lieben Gesicht.

Lionel kam zu dem Schluss: *Er ist ungehobelt. Aber ein Gentleman.*

Und später am selben Abend, gegen zwei Uhr nachts, als die meisten Gäste der Hoffmanns gegangen waren und die Gastgeberin sich nach einem leichtsinnigen Kuss für ihren Gatten und für Adam Berendt zum Schlafengehen zurückgezogen hatte, saßen die beiden Männer vor einem glimmenden Kamin und unterhielten sich leise. Das heißt, Lionel sprach. Angenehm angeheitert vom Champagner und angeregt durch die Situation. Beide Männer hatten ihre Jacketts abgelegt und die Krawatten gelockert. Sich einfach ungezwungen zu unterhalten war Lionel nicht gegeben, erst recht nicht auf einer seiner Partys. Gastgeber sein war für ihn eine Gewissensfrage. Doch jetzt, da die Party mehr oder weniger vorüber war, plauderte er angeregt, beinahe herzlich. Er fand ihn sympathisch, diesen Adam Berendt! Ein Mann, so grundverschieden von ihm selbst, als gehöre er zu einer anderen Art. Das Gespräch drehte sich um Politik, Moral, »menschliche Werte«. Lionel war in den Sechzigern Kind und über vieles empört gewesen, was er sah. Außerhalb seiner Familie und seiner Verwandtschaft natürlich. Über den »Niedergang« Amerikas als moralische Nation. Dann hatte er das College besucht – in Colgate, wo auch sein Vater gewesen war –, und sein Leben hatte sich verändert. Seine innere Einstellung. Obwohl Lionel seit dem Collegeabschluss nicht einmal mehr einen flüchtigen Blick in einen Band Philosophie oder Lyrik geworfen hatte, war er der festen Überzeugung, in manchen seiner geisteswissenschaftlichen Seminare sei sein Inneres »geformt« worden. Natürlich war er anschließend wie geplant an die Wharton School gegangen und in der Wirtschaftswelt stetig vorangekommen. »Aber woran ich mich am meisten erinnere ist: ›Erkenne dich selbst.‹ Das ist Sokrates, nicht? Und die griechischen Tragödien, an die erinnere ich mich. Ein Mann begeht einen Fehler und gesteht ihn ein, sticht sich die Augen aus oder erhängt sich. Selbstmitleid, Betteln um Gerechtigkeit oder Gnade, so was gab's da nicht. Aber auf verrückte Art war es doch gerecht. Wenn man schuldig war, bezahlte man dafür. Sogar wenn man nicht schuldig war. Denn manchmal war ja nicht klar, worin das Verbrechen bestand. Das Leben ist genauso. Was für eine Welt! Ich bin Christ, aber – wissen Sie. ›Die Sanftmütigen werden das Erdreich besitzen‹ – wer's glaubt! Es geht doch eher um Sieger und Verlierer. Oder? Menschen, die sich in Vögel verwandeln, in Bäume oder Flüsse, eine Frau, die in einen Schwan verwandelt und vergewaltigt wird – von einem Stier? Oder ist es genau andersherum? Aber einem echten Gott. Ich meine den Stier. Und manchmal waren die Götter unsichtbar. Wohl alles so was wie eine Parabel. Christlich war das sicher nicht. Dieser Jäger, der von seinen eigenen Jagdhunden in Stücke gerissen wird, weil er eine Göttin gesehen hat, die nackt in den Wäldern badete. Er hat sie bloß zufällig gesehen, was soll's? Und wird trotzdem bestraft. Wird verwandelt – in was? Ich hab's vergessen.«

»Einen Hirsch.«

»Einen *Hirsch.*« Lionel sann darüber nach. Seine Stimme war nicht ganz klar, aber fest. »Das, was er gejagt hatte. In das wird er verwandelt, und er wird getötet, und das ist auf verrückte Weise doch gerecht, nicht?«

So sprachen er und Adam Berendt miteinander. Lionel sprach. In den frühen Stunden des neuen Jahres überkam ihn eine bis dahin nie bewusst empfundene Wehmut; es war Wehmut um eine verlorene Jugend, die er in Wahrheit nie besessen hatte. Um ein Haar! hätte er diese Dinge Adam Berendt gestanden. *Meinem Freund. Adam ist mein Freund.* Später erinnerte er sich mit noch sacht glimmendem Glücksgefühl an das Gespräch, das er mit Adam Berendt in der Nacht geführt hatte. Er sagte zu Camille, ihr Kunstlehrer sei ihm »sehr sympathisch«. Dankte Camille dafür, dass sie sie bekannt gemacht hatte. Erzählte Freunden, Adam Berendt sei »vernünftig und zuverlässig«, »grundsolide«, »kein Spinner«. Lionel hatte zweifellos die Absicht, Adam bald wieder zu sehen und eine Freundschaft mit ihm zu pflegen, denn Lionel hatte kaum Freunde, weder in Salthill noch in Manhattan, man konnte sogar sagen, dass er seit seiner Collegezeit und seiner frühen Junggesellenjahre keine engen männlichen Freunde hatte. Er hatte zwar zahlreiche »Freunde« in Salthill, aber keinen Freund.

(Denn in Salthill wie anderswo hielten die Frauen das gesellschaftliche Leben in Gang. Und das bewegte sich in den eingefahrenen Bahnen.) Doch es vergingen Monate nach diesem Silvester, Jahre; Lionel Hoffmann, der mit Arbeit eingedeckt war, ergründete Adam Berendt nicht so tief, wie er erhofft hatte. Adam wiederum ging aus Takt nicht auf Lionel zu. Ihr Handschlag blieb knapp und sachlich. Und zur Begrüßung wechselten die beiden Männer nach Salthiller Brauch mit munterem Lächeln ein »Wie geht es Ihnen, Adam?« und »Lionel, wie geht es *Ihnen*?«

2

Adam, wie soll man leben, wenn man doch weiß, dass man sterben muss?

Diese längst vergangene Zeit, die Sechziger. Als Lionel zehn Jahre alt war und ein Junge, auf den man sich verlassen konnte. Einserschüler der fünften Klasse in der Broom Hills Country Day School in Westchester County. Als Lionel seinen ersten Toten sah, genau genommen sogar zwei. *Und niemandem davon erzählte!*

Die Sechziger. Drogen! Langes, ungekämmtes Haar und schlampige Kleidung! Sogar alte, ruhige Dörfer wie Broom Hills, Bedford Hills oder Katonah blieben davon nicht verschont. Sogar angesehene Familien wie die Thayers, die Briscolls, die Listers (Nachbarn der Hoffmanns in Broom Hills Heights auf weitläufigen bewaldeten Grundstücken mit Blick auf den künstlich angelegten Broom Lake) blieben nicht davon verschont. Die Männer fuhren treu sorgend frühmorgens mit Pendlerzügen nach New York City und kamen im Herbst und im Winter nicht vor Anbruch der Dunkelheit zurück, die Frauen beschäftigten sich mit den Hausangestellten, verschickten handschriftliche Einladungen zu Partys und kuvertierten und unterzeichneten persönlich alle Jahre wieder mehr als fünfhundert Weihnachtskarten. Der Vietnamkrieg fand auf der erdabgewandten Seite des Mondes statt. Warum er auf einmal eine so große Rolle spielte, war unklar. Wenn man sich beim Fernsehen auf New York und die Lokalnachrichten beschränkte und außerdem erst nach acht Uhr abends einschaltete und wenn man bestimmte Zeitungen nur flüchtig durchblätterte, konnte man ihn größtenteils vermeiden. Die Schüler der Broom Hills Country Day wurden davor bewahrt. In Broom Hills blieb das Leben, wie es nicht überall war: heiter und gelassen und mehr oder weniger unter Kontrolle. Moralischer Kontrolle und ästhetischer Kontrolle. Flächennutzungspläne waren das von den Wählern am heftigsten diskutierte Thema. Es galt, Grenzen zu setzen, an Althergebrachtem festzuhalten. Denn wenn Broom Hills nicht das Ideal darstellte, gab es keines, aber die Seele des Menschen verzehrt sich doch nach Idealen, und zwar nicht irgendwo und irgendwann, sondern im Hier und Jetzt. Dennoch gab es in Broom Hills wie in baulich weniger streng reglementierten Kommunen des Landes manchmal Probleme. Manche davon waren »Drogenprobleme«. Das Erbe der »Hippie-Kultur«. Hatte nicht ein Hippie-Guru amerikanischen Eltern mit einer schrecklichen Prophezeiung gedroht *Wir kriegen euch über eure Kinder!* Und wenn Kinder größer wurden, aber Kinder blieben, drohte Gefahr. Wenn Kinder das schützende Broom Hills verließen und ein College besuchten (vor allem in urbanen Gegenden), drohte Gefahr. Und so geschah es, dass der zwanzig Jahre alte Sohn der Listers (der Nachbarn der Hoffmanns in dem prestigeträchtigen Wohnviertel namens Broom Hills Height), der sein Studium in Yale abgebrochen hatte, sich und seiner Freundin im heißen August des Jahres 1966 ein starkes Amphetamin spritzte und dass sie irgendwann nachts barfuß in den Wald hinter dem riesigen modernen Haus wanderten und sich niederlegten, um im Mondenschein zu vögeln, nur dass sie sich halt zum Sterben niederlegten und ihre Leichen drei Tage lang unentdeckt blieben. Drei Tage! Die Listers behaupteten, geglaubt zu haben, ihr »gestörter« Sohn sei nach New Haven zurückgekehrt, wo er mit Freunden zusammenwohnte, sie hatten keine Ahnung, dass er und das Mädchen, das sechzehn war und aus Katonah, noch in der Nähe waren. In der Augusthitze verwesen Leichen schnell. Diese Leichen wurden im Wald, ungefähr sieben Meter von dem spiegelglatten, künstlich angelegten See entfernt, von einer Gruppe Jungen gefunden, die schreiend Hilfe holten.

Lionel Hoffmann, damals zehn Jahre alt, gehörte nicht dazu. Sein Geheimnis war, dass er die Leichen schon am Vortag gefunden hatte, angezogen von dem entsetzlichen Geruch, und erschrocken und irgendwie peinlich berührt fortgelaufen war und nichts gesagt hatte. Und auch später nichts sagte. Dieser Gestank! Und dieser entsetzliche Anblick. Es hatte ihn gewürgt, und fast hätte er sich übergeben, und, gezwungen, bei Tisch zu essen, hatte es ihn abermals gewürgt, und jetzt übergab er sich, gleich im Esszimmer, was der »Erkältung« zugeschrieben wurde. Es war dies eine Zeit – und sie hält bis heute an –, in der vieles, worüber in Familien nicht gesprochen wird, der Erkältung zugeschrieben werden kann.

Das waren für Lionel die Sechziger. Das war die Bedrohung, das erwartete einen, wenn Fremdes in die streng aufgeteilten Wohngebiete von Broom Hills oder Salthill eindrang und sie vergiftete.

Über Lionel sagten die Frauen in seinem Leben, er sei »empfindlich«, was Essen, Mahlzeiten, Gerüche anlange. Er habe einen »empfindlichen Magen«, was sicher hieß, dass er ein empfindsamer Mensch war.

Empfindlich auch in Bezug auf Hundefell. Und Katzenhaare. Seine Nebenhöhlen setzten sich mit schlierigen Gewebepfropfen zu. Der Kopf tat ihm weh, die Augen tränten. Die ganzen scheinbar nicht enden wollenden Jahre ihres Aufwachsens in dem restaurierten 18.-Jahrhundert-Bau am Old Mill Way hindurch quengelten Lionels Kinder wegen eines Haustiers. Ihre Freunde hatten alle eines, einen Hund oder zumindest eine Katze, und die Mütter ihrer Freunde hatten auch alle Katzen, warum durften sie keine haben? Warum war es bei ihnen anders? Warum war Daddy so egoistisch? Lionel schnappte ab und zu auf, wie Camille die Kinder ermahnte, war zufrieden, wenn seine Frau in Maßen streng war, und hasste sie, wenn sie um Nachsicht bat oder wie die Kinder selber weinerlich wurde. »Euer Vater hat eine Allergie. Das wisst ihr doch. Es tut ihm so Leid. Mir tut es auch Leid, aber da kann man nichts machen.«

Die elfjährige Graeme protestierte: »Kann Daddy denn nicht in der Scheune wohnen? Da hat er doch alles.«

Von da an sah er sich für immer *in der Scheune*. Und musste lächeln bei dieser Vorstellung. Während er sich in dem wunderschön restaurierten Haus aus dem achtzehnten Jahrhundert am Old Mill Way mit seiner Frau und seinen Kindern befand, war er eigentlich *in der Scheune*. Oder vielleicht *im Wald*.

Er hatte niemandem in Broom Hills, auch seinen Eltern nicht, von dem Hippie-Pärchen erzählt, das er entdeckt hatte (*Hippie-Pärchen* war der Ausdruck, für den er sich entschied, abgeleitet von einer Meldung über Drogentote in der Zeitung von Westchester); er hatte auch seiner Frau Camille nichts erzählt, der er nie etwas erzählte, was sie hätte beunruhigen oder eine dieser beunruhigenden mütterlichen Umarmungen hätte provozieren können, mit denen noch die unerotischste Frau einen Mann innig umfängt und tröstet: *Oh, Lionel. Wie entsetzlich für dich. Zehn Jahre. Oh! – ich kann mir den Gestank vorstellen.*

Er mochte weder von seiner noch von einer anderen Frau mit solchem Mitgefühl berührt werden.

In der Scheune war seine häusliche Zuflucht. In der Dreizimmer-Stadtwohnung in der 61. Straße Ost, in der Lionel zwei-, manchmal dreimal die Woche übernachtete, wenn er lange im Büro zu tun hatte und unerwartet Gefallen an der Anonymität des Großstadtlebens fand, benötigte er keine Zuflucht. Doch in Manhattan regten sich Schuldgefühle, denn sein Bau, sein Zuhause war schließlich in Salthill.

Als Lionels jüngerer Bruder mit sechsunddreißig – *sechsunddreißig!* – überraschend an einem Aneurysma starb, war dies ein schrecklicher Schlag für Lionel gewesen. Noch Tage nach dem Begräbnis in Broom Hill hatte er kein Wort herausgebracht. Er war damals einundvierzig und besessen von dem Gedanken *Fängt es so zeitig an?* Für ihn sah der Tod aus wie der glänzende schwarze Wasserspiegel, in dessen Nähe das Hippie-Pärchen gestorben und verfault war, ein Getümmel von Maden auf dem jungen, entblößten Fleisch. *So bald! Unser Ende.* Camille war krank vor Angst, fürchtete, ihr Mann sei ebenfalls mit irgendetwas geschlagen, das ihn am Sprechen oder Zuhören hinderte, das sein Gesicht zu einer schmerzerfüllten Fratze erstarren ließ wie einen hübschen Totenschädel. Sie ermahnte die Kinder, sich in Gegenwart des Vaters still zu verhalten, denn er habe einen Schock und sei traurig. Sicher, Lionel hatte Scott manchmal abgelehnt, aber er hatte ihn auch geliebt.

Ihn geliebt? Nie und nimmer. Du bist froh, dass er tot ist.

Das ist nicht wahr! Das stimmt nicht.

Jetzt kann es Scott nicht mehr besser gehen als Lionel. Jetzt können die Leute ihn Lionel nicht mehr vorziehen.

Das ist nicht wahr!

Kummer also lähmte Lionel. Sein Haar, das bislang nur an den Schläfen leicht ergraut war, durchzogen nun silbrige Fäden. Sein Gebaren war düster, gedankenvoll. Wochenlang bewegte er sich wie ein Schlafwandler. Die Kinder gingen ihm aus dem Weg. Er trug den Keim des Todes, des Verfalls in sich. Camille ging allein zu Partys und Zusammenkünften, eine tapfere, erschütterte Frau, die mit nervösem Lächeln Freunden versicherte, es gehe Lionel gut und er werde sie bald wieder besuchen. (»Gut« war schon lange das beliebteste Adjektiv in Salthill und wurde in einer Vielzahl von Kontexten gebraucht.) Und er kam auch, der strahlende Aprilmorgen, an dem Lionel ins Dorf fuhr, um den 7.08-Zug nach Manhattan zu kriegen, in seinem cremefarbenen Lexus-Cabrio mit Allradantrieb, CD-Spieler und Radio als Teil einer langen Prozession funkelnder neuer Luxuswagen den von Narzissen gesäumten Old Mill Way und danach die Old Dutch Road entlang rollte, am Lost Brook über die malerische Holzbrücke fuhr und danach in südlicher Richtung den Wheatsheaf Drive entlang in Richtung Pheasant Run und weiter zum Fox Pass und durch den Battle Park zur Linden Lane, West Axt and Depot, und spürte, wie seine Wasserspeier-Maske endlich nachgab und ein wildes Hyänengelächter das Innere seines Wagens erfüllen hörte.

Ha-ha-ha! Es brach von seinen leicht gespitzten Lippen, aus seiner fest zugeschnürten Kehle. Seit zwanzig Jahren hatte er sich nicht so wohl gefühlt.

Requiescat in pace. Das Lateinische war tröstlich, ernst und klangvoll. Man wusste, halb aber auch nicht, was es heißen sollte.

Doch die Hoffmanns waren Lutheraner, keine Katholiken. Und das schon jahrhundertelang. Camille, die Presbyterianerin gewesen war, trat zur lutheranischen Kirche über, als sie Lionel heiratete, und sie gaben sich ihr Eheversprechen in der First Lutheran Church von Broom Hills, New York. In Salthill nahm Camille häufiger am Sonntagsgottesdienst teil als Lionel, und solange die Kinder noch klein und lenkbar waren, nahm sie sie mit; Lionel bemühte sich immer, wenigstens zu Weihnachten und zu Ostern mitzukommen, obwohl er Schwierigkeiten hatte, mit den Gedanken bei dem zu bleiben, wovon der Geistliche so ernsthaft sprach, und wenn die Gemeinde Lieder sang oder sich im Gebet vereinigte, musste er die Zähne fest zusammenbeißen, um nicht – womit, wusste er nicht – laut herauszuplatzen. Oder vielleicht war es wildes Hyänengelächter, das ihm über die Lippen zu kommen drohte.

Sonntagmorgens erwachte er frühzeitig mit der krankhaften Angst, etwas sühnen zu müssen, und zwar dadurch, dass er seine Familie zur First Lutheran Church von Salthill chauffierte. Wo es jede Menge Kirchgänger, Sonntagmorgenchristen gab. Die frohe Botschaft des Evangeliums lautete, dass Jesus der Heiland ist, wenn man Ihm nur sein Herz öffnet, möchtest du Ihm nicht dein Herz öffnen? Lionel hatte es getan, viele Male.

Aber *glaubte* Lionel wirklich und wahrhaftig?

Er stellte sich vor, mit Adam Berendt zu sprechen. Lionel, so vernünftig, so aufrichtig wie er nur sein konnte. »Etwas, das größer ist als *wir*, das gibt es – muss es geben. Etwas, das über *uns* ist.«

Aber es war kein Adam bei ihm, Lionel war allein. Er hielt inne. Horchte. Fern wie Donner am Horizont oder wie die Erde verschlingenden Maschine auf dem neu erschlossenen Bauland gleich neben dem Wheatsheaf Drive: dieses Lachen.

Ich schäme mich so! hatte sie geschluchzt. *Hey, nicht doch, bitte.* Wie viele Male er und das Mädchen in dem rosa Chiffon diese Worte wiederholt hatten, wusste er nicht mehr. Ziemlich oft.

Nicht Kitzie oder Mimi, Camille war es gewesen. Das Mädchen, dem die Nase lief und das ein mascaraverschmiertes Gesicht hatte.

Sie hatte sich die Nase an der Schulter ihres Kleids abwischen wollen, als Lionel sie linkisch im Arm hielt, um sie zu trösten.

Arme Camille: ihren Nachnamen hatte er nicht gewusst. Sie hatte, wie ein Kind das sagen würde, »Camille« gedruckst, so als müsse er sie kennen; sie war die jüngere Schwester eines Jungen aus Lionels Erstsemester-Wohnhaus. Jetzt war Lionel im vorletzten Studienjahr und wohnte im hübschen Deke-Haus auf dem Berg; am freien Wochenende hatte einer seiner Deke-Kommilitonen diesem armen, schlotternden Mädchen den Laufpass gegeben, und es war zehn Uhr abends und ein solcher Krach in dem Haus, man konnte keinen klaren Gedanken fassen. Verstand sein eigenes Wort nicht. In der Garderobe hatte sie sich versteckt. Wie eine Blüte das gerötete Gesicht, bei dessen Anblick Lionel ein paarmal die Augen zukneifen und schlucken musste. Feuchte Hände bekam. Nur zufällig hatte er die Weinende entdeckt. Rosa Chiffon, Brüste und lockiges braunes Haar, das ihr wie Puppenhaar über die Schultern fiel. Camilles jugendliche Gestalt in dem rosa Chiffon war wohlgeformt, aber ihre Wirkung auf Lionel war nicht sexueller Art, er empfand vielmehr ein brüderliches Mitgefühl, wollte sie vor diesen groben Kommilitonen und vor künftiger Demütigung beschützen. Und als sie ihm ihr feuchtes, verschmiertes Gesicht, ihre bebenden Lippen zuwandte, ganz unverstellt, ohne Falsch, und in seine Arme sank, war er darauf nicht gefasst. Sie war vom Ithaca College ans Colgate gekommen, übers Wochenende, übernachtete in einem Hotel in der Stadt – oh, es war erst Freitagabend, was sollte sie tun, was sollte sie bloß tun, sie wollte sterben, schämte sich so sehr, dass sie sterben wollte, beleidigt hatte sie dieser schreckliche Mensch, wie Dreck behandelt und ausgelacht, jawohl, und dazu verleitet, mehr zu trinken, als sie wollte, außerdem war in ihrem Glas bestimmt etwas drin gewesen, LSD vielleicht, in ihrem Kopf drehte sich alles und ihr Herz hämmerte so schnell, sie übernachtete in einem Hotel in der Stadt, hatte keine Möglichkeit, dorthin zu kommen, wusste nicht einmal, wo das Hotel war, wie weit vom Deke-Haus entfernt, oh, sie schämte sich so! schämte sich so! wollte sterben! wie konnte man nur so grausam, so grob sein, sie so behandeln, am Telefon hatte er einen so netten Eindruck gemacht, sie hatte sich auf dieses Wochenende gefreut, das Kleid war neu, extra für dieses Wochenende gekauft, ihr Bruder hatte das Date arrangiert, na, der konnte sich auf was gefasst machen! sie würde ihm die Meinung sagen, oh ja! sie würde ihrem Vater von dieser Beleidigung erzählen, gleich morgen früh! sie war mit drei anderen Mädchen vom Ithaca College im Auto zu diesem Campus gekommen, sie fuhren nicht vor Sonntagnachmittag zurück, wie sollte sie nach Hause kommen, oh, sie schämte sich so! an ihrem College würden es alle erfahren, sie würden über sie reden, sie bemitleiden, oh, sie ertrug Mitleid nicht, nie zuvor hatte sie jemand, mit dem sie zum Date verabredet war, so behandelt, sie wollte *sterben!* unbedingt, wollte *sterben!* Und Lionel sagte, bitte, du brauchst dich doch nicht zu schämen, um Himmels willen, sein Kommilitone, das Arschloch, der sollte sich schämen, und Lionel tröstete dieses weinende, zitternde Mädchen linkisch, versuchte sich an den Nachnamen ihres Bruders zu erinnern, an den freien Wochenenden fanden am Colgate solche Feten statt, wild ging es da zu, alle sturzbetrunken, das war nichts für sensible Mädchen wie Camille, sogar ihr Name war fein und zart, *Camille* war für Lionel der schönste Name, den er je gehört hatte, wie Musik, er half ihr, ihren Mantel zu finden, sollte er sie zu ihrem Hotel fahren, er hatte ein Auto, er würde sie gern zu ihrem Hotel fahren, das war das mindeste, was er tun konnte, versuchen, wiedergutzumachen, dass man sie so mies behandelt hatte. Und als Camilles Tränen auf der Fahrt zu ihrem Hotel in Lionels Auto trockneten, als sie sich das erhitzte Gesicht mit einem Papiertuch abtupfte (das sie in der Manteltasche gefunden hatte) und sich die Nase putzte, fand Lionel, dass er anständig handelte, wie ein Gentleman; sein Vater wäre stolz auf ihn, einmal war er sogar selbst stolz auf sich. *Und es war so leicht. Es ergab sich einfach.* Später erfuhr er, dass Camilles Familie reich war: Sie besaßen viele Grundstücksbeteiligungen in Rhode Island, wo Camille aufgewachsen war. Sie war zwei Jahre jünger als Lionel und zehn Zentimeter kleiner, alles genau richtig. Ein gute Christin, die die Autorität der Bibel ebenso wenig in Frage stellte wie Frisuren- und Kleidermoden, keine »Prädikatsstudentin«, aber eine »gewissenhafte« Pädagogik-Absolventin des

Ithaca College. Ihr sehnlichster Wunsch war, Grundschüler zu unterrichten, vielleicht vorher ins Friedenskorps einzutreten, oh, aber irgendwann wollte sie natürlich heiraten, und natürlich wollte sie Kinder haben!

Es war ihnen also bestimmt (wenn auch nicht gleich: nach dem Abschluss am Colgate ging Lionel mit anderen Mädchen aus, ging nach New York, um bei Hoffmann Publishing Inc. zu arbeiten, und die süße, verletzliche Camilie erlebte »Enttäuschungen«), zu heiraten und zwei Kinder zu bekommen und nach Salthill-on-Hudson in den Old Mill Way zu ziehen, wo sie jahraus, jahrein so glücklich waren.

3

Adam war der einzige, der mir zugehört hat. Selbst wenn ich nicht mit ihm reden konnte.

Dass Adam Berendt so plötzlich und unerwartet gestorben war – einer der tiefen Schocks in Lionels Salthiller Leben. Und dass Lionel ihn niemals wieder sah!

»Adam? Tot? Um Gottes willen, wie denn?« – erschallte es in ganz Salthill aus männlichem Munde.

Die Frauen reagierten völlig anders. Aber Frauen reagieren ja immer anders. Sie schauten und brachen hilflos in Tränen aus. Die Reaktion erfolgte sofort, ohne Hemmungen, Zögern oder Skepsis. Obwohl sie »Nein, Oh, *nein! Adam!*« riefen, nahmen sie es sofort hin. Wie Camille schlugen Frauen gern die Hände vor die entsetzt blickenden Augen, vor die Gesichter, die zersprangen wie billiges Geschirr.

Für Männer lautete die entscheidende Frage bei Tod: *wie*, Adam war schließlich, wie sie betrübt feststellten, *so lebendig* gewesen, *voller Leben*, und hatte unzerstörbar gewirkt. Und die nächste entscheidende Frage lautete: *in welchem Alter*.

Nicht einmal Roger Cavanagh schien das genau zu wissen. Ein paar Jährchen über fünfzig vermutlich, aber nicht allzu viele. Lionel wandelte Angst an, wenn er an sein eigenes Alter dachte, zweiundfünfzig (*zwei*undfünfzig!). Als Junge hatte er sich nicht einmal vorstellen können, einundzwanzig zu sein. Und mit Anfang Zwanzig hatte er sich nicht vorstellen können, dreißig zu sein. In den Dreißigern war ihm vierzig vorgekommen wie der absolute Endpunkt. Und jetzt. Seltsam, dass Adams Tod Lionel stärker mitnahm, als ihn Scotts Tod mitgenomen hatte. Und dabei war Scott so jung gewesen, und Lionels eigener Bruder.

Am Spätabend des Vierten Juli und den ganzen folgenden Tag verbreitete sich die schreckliche Nachricht von Adam Berendts Tod (ertrunken? ein Herzanfall?) durch ganz Salthill. Lionel hatte es erfahren, als er in ein Zimmer kam und seine Frau sah, die mit ans Ohr gedrücktem Telefonhörer dastand, das Gesicht verzerrt, Tränen in den Augen, die Schultern hochgezogen, als müsse sie einen Schlag abwehren, und die Lionel gar nicht wahrnahm, so als wäre er ein Gespenst und körperlos. Camille schrie auf, im Innersten getroffen. Brach sofort in kummervolle Tränen aus, und so erfuhr es Lionel.

Rasch fügte sich alles zu einer Geschichte. In der kindliche Entrüstung mitschwang wie über ein Märchen, in dem sogar die Unschuldigen – besonders die Unschuldigen! – für ihre Unvorsichtigkeit bestraft werden. Denn wenn Adam seine Salthiller Freunde nicht alleingelassen hätte, um zu einer Spendensammel-Party in Jones Point, zu Fremden, zu gehen und nicht einmal Marina Troy zu sagen, zu wem er da ging, wäre er noch am Leben; wenn er zu dem alljährlichen Barbecue der Archers gegangen wäre, würde er heute noch leben. Wenn er unbedingt hatte segeln müssen (aber Adam hatte es nicht aufs Wasser gezogen, und dabei wohnte er am Fluss), warum hatte er das an dem Nachmittag nicht mit Owen Cutler und anderen gemacht? Adam hatte doch eine Dauereinladung von Owen, oder etwa nicht? Wie sollte man sich sein Benehmen bloß erklären? Er hatte eine Einladung von Fremden angenommen. Er war mit Fremden segeln gegangen. War inmitten von Fremden gestorben. Im Hudson River ertrunken, als er eine Frau rettete, deren Segelboot gekentert war, oder ertrunken, als er ein Kind rettete, oder, nein, ein Herzanfall nach der dramatischen Rettung, nachdem er aus »gefährlicher« Höhe in den Fluss gesprungen war. So wurde die Geschichte in Salthill erzählt. Am Telefon und unter vier Augen. Nicht Roger oder Marina waren Übermittler der schrecklichen Nachricht und weiterer Details. Und überall lautete das Echo: *Warum hat er bloß –! So ein Leichtsinn aber auch!* Es hieß, das war zum tragischen Nebenthema geworden, Marina sei nach Jones Point gefahren, habe Adam »unbedingt« im Krankenhaus besuchen wollen, sei aber zu spät gekommen. Es hieß, Marina sei »zusammengebrochen« und bekomme »Medikamente«. Das Echo hierauf lautete *Arme Marina! Was für ein Verlust für Marina!* Obwohl nicht alle Adam und Marina für ein Liebespaar gehalten hatten: es gab Abweichler in diesem Punkt, und diese Abweichler waren mit großer Wahrscheinlichkeit Frauen. Lionel war angewidert von solchen Spekulationen. Seine angespannten Nerven ertrugen sie nicht. Er zog sich zurück, floh das Haus. Fuhr mit seinem Saab in die Berge. Ertrug es nicht, wenn Camille und die eine oder andere ihrer Freundinnen sich am Telefon gegenseitig Trost zusprachen, wenn sie weinte, als wollten ihre Tränen nie versiegen. Und diese wehe, schockierte, kindlich-jammernde Stimme, die er vor mehr als dreißig Jahren in der Garderobe des Deke-Hauses zum ersten Mal gehört hatte. *Das Mädchen mit der Rotznase. Oh, Gott, mein Leben – warum?*

Die Erde tat sich zu Lionels Füßen auf, wie sie sich wohl auch für Adam aufgetan hatte.

»Warum soll ich *sie* trösten? Adam war genauso gut mein Freund.«

Er strich durch das dunkle Haus. Wie ein nachtaktives Tier durch seinen Bau. Hörte, nicht weit entfernt, aber trotzdem gedämpft, eine Frau schluchzen. Durch Dielenbretter und teure Orientteppiche hindurch. So als hätten sich in der Geschichte von Macomb House oder Wade House zahlreiche unbekannte Frauen versteckt und heimlich um Männer geweint, mit denen sie nicht verheiratet waren, ihr angesammelter Kummer eine herbe, herzzerreißende Musik.

In dem Speisekammer genannten Raum im Erdgeschoss neben der Küche schraubte Lionel eine Flasche Kentucky Bourbon auf und trank aus der Flasche, nur ein Schlückchen, um seinen ausgedörrten Mund zu befeuchten; der Geschmack und das anhaltende Brennen des Whiskeys in Mund, Kehle und Rachen war außerordentlich angenehm. Lionel war kein Trinker, die Hoffmann-Männer waren keine Trinker oder tranken, wenn sie es taten, in Maßen und in würdevoller Abgeschiedenheit, sie lenkten nie die Aufmerksamkeit auf sich. Lionel trank noch ein Schlückchen, und möglicherweise noch eines. Aber nicht mehr. »Du wirst mir fehlen, Adam. Ver*dammt.*« Adams Tod sollte eine Privatsache sein, die allein ihn betraf. Lionel hasste das Öffentliche, das Feierliche des Todes. So vieles in Salthill spielte sich in der Öffentlichkeit ab, so als müsse das Innerste nach außen gekehrt, der Welt dargeboten werden. In einsamen Momenten im Pendlerzug, in seiner Wohnung in Manhattan oder im Flugzeug, wenn er die Maschine beben spürte, als befinde sie sich mitten in einem tödlichen Absturz, richtete Lionel seine Gedanken eilig nach innen, nur um zu entdecken, dass ihm in seinem *Innern* ebenfalls Gefahr drohte; seine Seele war ein gekrümmter Spiegel, der wie ein Zerrspiegel das Gesicht desjenigen entstellt, der davor steht. *Du könntest sonst wer sein, mit einem beliebigen Gesicht. Das Gesicht ist bloß Haut. Reiner Zufall.* In solchen Momenten schien er sich einer tiefen, aber unaussprechlichen Wahrheit zu nähern: dass unsere Identität zufällig ist. Er hatte eine vage Erinnerung an Platons Höhlengleichnis aus dem furchterregenden Buch *Der Staat*: die Menschheit ist gefangen in einer Höhle flackernder Schatten, ist fasziniert von Illusionen. Sich jedoch aus der Höhle zu befreien heißt, die Erblindung zu riskieren, denn die lichte Welt blendet. Und sich aus der Höhle zu befreien heißt, die Ächtung durch jene zu riskieren, die blind bleiben.

Durch die Dielenbretter drang immer noch Weinen herauf. Lionel verhärtete sich gegen das Geräusch. Sein Gesicht erstarrte zur Fratze, halb vor Kummer und halb vor Verachtung solchen Kummers. *Was du auch tust, lach nicht. Bei der Einäscherung, lach nicht.* Er würde nicht um Adam weinen, er hatte auch um Scott nicht geweint. Die männlichen Hoffmanns gehörten im Allgemeinen nicht zu denen, die leicht trauerten. Er würde nicht zu Camille gehen, die sich im Bad versteckte. Eine Frau trösten, die im Herzen Ehebruch begangen hatte, und das mit dem engsten und treuesten Freund ihres Mannes – von wegen! Soll sie doch *ihn* trösten.

»Adam war genauso gut mein Freund.«

Er trank noch ein Schlückchen Bourbon, schraubte den Verschluss wieder zu und versteckte die Flasche im Schrank.

Asche zu Asche, und Staub zu Staub.

Es würde kein Begräbnis Adam Berendts geben und keinen Gottesdienst. Nur die schlichte Zeremonie der »Einäscherung«, im meilenweit entfernten Nyack. Nyack! Kein Mensch ging je freiwillig nach Nyack. Lionel überkam Panik bei dem Gedanken an die Einäscherung Adam Berendts, behauptete Camille gegenüber jedoch, er wolle aus moralischen Gründen nicht hingehen, schon der bloße Gedanke an eine Einäscherung verletze ihn als Christen, und Camille schaute ihn bestürzt an und fragte, ob er seine Frau allein hinschicken wolle, ob er so herzlos, ob ihr Freund Adam ihm so gleichgültig sei, und als ihre Stimme am Rande der Hysterie zitterte, gab Lionel schnell nach, denn Camille hatte natürlich Recht. *Hoffentlich macht sie sich nicht in aller Öffentlichkeit zum Narren.*

Er liebte seine Frau, er würde ihr verzeihen. Aber kein Mann kann es ertragen, öffentlich bloßgestellt zu werden.

Wie ein Traum war das alles. Am Morgen eines Werktags im Juli, an dem Lionel eigentlich in seinem Chefbüro bei Hoffmann Publishing Inc. im fünfzigsten Stock eines der neueren Gebäude an der Park Avenue hätte sein sollen, dankbar zurückgekehrt von dem randvollen, durch einen Feiertag auf vier Tage verlängerten Wochenende, bogen er und Camille stattdessen auf den großen asphaltierten Parkplatz gleich neben der hässlichen Route 9W ein. Nyack Einäscherungen GmbH. Eine ganze Reihe von Wagen – Lionel sichtete die Autos von Freunden – standen bereits auf dem Parkplatz. »Das ist ein Alptraum!«, sagte Lionel erschauernd. Abgesehen von den hohen, bedrohlich schmutzigen Schornsteinen ähnelte das Krematorium, ein einstöckiger cremefarbener Ziegelbau mit Flachdach, einer Kleinstadt-Bibliothek. Drinnen wurden die Hoffmanns, noch bevor sie sich orientieren konnten, vom Krematoriumsleiter, Mr Shad, überschwänglich begrüßt, einem hochgewachsenen Herrn in dunklem Anzug mit einem bedenklich zuckenden Auge und einer Haut, die aussah, als sei sie vom Gesicht abgelöst und gedehnt worden. Mr Shad hieß sie zu diesem traurigen Anlass in ihrem Leben willkommen, schüttelte beiden mit ernstem Lächeln kräftig die Hand, bat sie eindringlich, Fragen zum Prozedere zu stellen, falls sie welche hatten, nach der Zeremonie vielleicht, und die Hoffmanns sagten ja, ja, wollten weiter, denn das Funkeln in Mr Shads Auge war furchterregend. Ein noch jung aussehender Platzanweiser mit dunklen Koteletten und fettglänzendem, streng zurückgekämmtem Haar führte sie in einen dank Klimaanlage frostig kalten Raum, der Kapelle hieß, in dem Sitzbänke aufgestellt waren und auf einer erhöhten Plattform an der Vorderseite ein einfacher Kiefernsarg stand. Adams Sarg! Lionel lächelte irritiert und sah sich nach seinen Freunden um. Die Kapelle war fensterlos und dunkel wie das Innere einer Lunge. Zahlreiche Menschen standen verlegen herum, wollten sich nicht schon setzen; falls das ein geselliges Beisammensein war, dann verlief es nicht so, wie es sein sollte. »Da! – unsere Freunde.« Wie mit einem hinderlichen Körper ausgestattete Gespenster stolperten sie Salthiller Gesichtern entgegen. Ihre fein gekleideten Freunde und Bekannten waren hier so fehl am Platze, dass sie wie Eindringlinge wirkten. Es waren auch Fremde anwesend, Menschen, denen sie keine Beachtung schenkten. Camille war damit beschäftigt, Frauen zu umarmen und blinzelnd gegen Tränen anzukämpfen. Lionels Hand wurde heftig geschüttelt. »Ein Alptraum, was?« »Herrgott, ja.« Es war ein Beisammensein von Menschen, bei dem man ganz selbstverständlich Ausschau nach Adams gutmütigem, zerklüftetem Gesicht hielt. Sein Fehlen war auffällig. Und die Tageszeit war ganz verkehrt. Noch nicht Mittag, und Lionel war schon seit Stunden auf den Beinen. Er hatte sich ein halbes Glas eingeschenkt, um seine Nerven zu beruhigen, aber der Bourbon hatte wohl nichts bewirkt, hatte beim Trinken nicht einmal gebrannt. Und Lionel hatte immer wieder mit Listerine gegurgelt, dem Mundwasser, das er verabscheute. Camille hatte sich, wie er zu wissen glaubte, obwohl er ihr bestimmt nicht nachspioniert hatte, ein, zwei ihrer »Beruhigungstabletten« verabreicht. (Was dieses rezeptpflichtige Medikament genau war, wusste Lionel nicht. Er hatte nicht fragen wollen. Ein Antidepressivum wahrscheinlich. Antidepressiva waren überall der letzte Schrei und erfreuten sich angeblich enormer Beliebtheit unter den Frauen von Lionels Freunden, so wie sich einige Jahrzehnte früher Tranquilizer unter den Frauen und Müttern von Broom Hills einiger Beliebtheit erfreut hatten. Sie waren desorientiert, die Freunde Adams. Seine Hinterbliebenen. Die um ihn trauerten. Sahen angestrengt an dem aggressiv schlichten Kiefernsarg auf der erhöhten Plattform an der Vorderseite der Kapelle vorbei. Dachten angestrengt nicht das Offensichtliche: *Adam da drin? Als Leiche?* Wie roch es bloß in dem Raum, den frenetischen kalten Luftströmungen zum Trotz? Lionels sensible Nasenlöcher zuckten. Er hoffte inständig, dass ihm nicht übel wurde.

Mozarts Requiem wurde in die Kapelle eingespielt. Das Band schien einen kleinen Defekt zu haben, lief ein wenig zu schnell.

Lionel hatte noch nie einer Einäscherung beigewohnt. Es war wohl ein gutes, notwendiges Verfahren, den Leichnam zu verbrennen und nicht aufzuheben; wenn man nicht an die Wiederauferstehung des Leibes Christi glaubte, hatte es doch keinen Sinn, Tote aufzubewahren. Das Erdreich wurde rasch voll, soviel stand mal fest. Man las doch dauernd davon, dass der Platz für Grabstellen knapp wurde. Schlimmer als die Wohnungsknappheit. Die asiatischen Völker mit ihren Menschenmassen waren nicht sentimental, wussten sich Rat, Scheiterhaufen, die neben »heiligen« Flüssen brannten, freilich, diese Leute waren Heiden. Eine Einäscherung verletzte Lionels Formgefühl. Dass sich hinter diesen dunkelroten Samtfalten ein lodernder Kessel befand oder ein Ofen, dazu bestimmt, den Körper eines Menschen zu Asche zu reduzieren. *Asche zu Asche, und Staub zu Staub.* Die Mauern der Kapelle schienen nach innen vorzurücken. Bemalt mit harmlosen Naturszenen im Stile des neunzehnten Jahrhunderts, wie die scheinbar primitiven Landschaften des französischen Malers Rousseau. Das Grün der Blätter mit den übertrieben stark hervortretenden Adern war nichts sagend, blass; die erregende Tiefe lebendigen Grüns wie in

Adams Garten wäre hier deplatziert. »Bitte. Setzen Sie sich.« Camille hatte flüsternd mit Freundinnen gesprochen und wandte sich jetzt Lionel zu, ihr Gesicht umwölkt und verquollen. Sie stolperte in ihren unpraktischen Absatzschuhen, und Lionel griff instinktiv nach ihrem Arm, um sie zu stützen. Sie setzten sich frierend in eine mittlere Bankreihe. Eine direkt hinter Lionel sitzende Frau verblüffte ihn, indem sie sich nach vorn beugte und ihm ins Ohr brummte: »Es ist pervers, Lionel, mein Gott. Adam in dieser *Kiste.* Und wir stolpern herum wie idiotische Schafe.« Die Stimme der Frau war rau, sexy; ihr Atem roch nach etwas Üppigem, Reifem, nach Portwein. Sie war nach allgemeiner Vermutung ebenfalls Adams Geliebte gewesen, obwohl Lionel das nie recht geglaubt hatte: Owen Cutlers Frau Augusta, die Räucherschinken-Erbin. Die extravagante Augusta hatte die Angewohnheit, Lionel Hoffmann solche vertraulichen Dinge im Beisein seiner Frau und anderer ins Ohr zu flüstern, denn in ihrem Kreis war Lionel der steifste, der unnahbarste, derjenige, den man am leichtesten in Verlegenheit bringen oder beleidigen konnte; außerdem war das Augustas Art zu flirten. Ihre schrägstehenden Augen blickten schelmisch, und sie umrandete sie kunstvoll mit blauschwarzer, schnell verschmierender Tusche, so dass es aussah, als habe ein brutaler Liebhaber ihr ein Veilchen verpasst. Ihr Mund war ein perfektes rotes Herz, aus dem Blut austrat. Diesen Mund zu küssen, dachte Lionel oft, hieße, einen Blutsturz zu riskieren. *Hatte Adam diese Frau geliebt, hatte er sich in diesen weichen üppigen Leib gesenkt?* Die Vorstellung war erregend und abstoßend zugleich. Augusta Cutler war alterslos, war Mutter zweier Kinder, die Frau des noblen Owen, den alle – in Maßen – mochten; Adam hatte Owen zweifelsohne gemocht und hätte dessen Frau doch nicht zum Ehebruch getrieben – oder? *Dafür ist sie doch zu alt! Zu fett!* Augusta war eine üppige Rubens-Frau, breitknochig, sinnlich, mit wallendem aufgehelltem blondem Haar, und Lionel vermied es, sie anzusehen, wenn sie es merkte, betrachtete sie aber oft während langer, gemächlicher Dinnerpartys, wenn sie mit anderen Männern beschäftigt war. Sie trug straffe, tiefe Dekolletés, und nach essend und trinkend zugebrachten Stunden wurden Augustas

Brüste noch voller, und winzige Schweißperlen funkelten auf ihrer rosigen Haut. Während der Hoffmann'schen Silvesterparty hatte Augusta einmal beim Foxtrott ihren Körper frech an den Lionels gepresst und ihn, die Spitze ihrer roten Zunge in den Mundwinkel geschoben, ihre karminroten Nägel wie Krallen in seine Arme gebohrt, von der Seite angesehen. »Lionel. Irgendwann einmal, ja?« In seiner Verlegenheit hatte Lionel so getan, als habe er es nicht gehört. Die aus dem Verstärker kommende Tanzmusik war sehr laut.

Lionel erschauerte, fuhr sich mit der Hand über die Augen. »Was für ein Alptraum!«

»Würdest du bitte aufhören, *das zu sagen.*« Camille stupste ihn flehentlich an.

Lionel war nicht bewusst gewesen, dass er laut gesprochen hatte. Jemand richtete Worte an die Trauergemeinde: Mr Shad. Erklärte, dass die Prozedur nicht lange dauern würde. Shads schwarz gefärbtes Haar schmiegte sich an seinen Kopf wie ein glänzender Schuh. Beim Sprechen wanderten seine Lippen auf eine Weise über das Zahnfleisch nach oben, was faszinierend und ekelerregend zugleich war; seine Zähne oder seine Dritten strahlten sehr weiß und unterstrichen würdevoll seine Worte. Lionel runzelte in gespielter Konzentration die Stirn. *Adam? In dieser – Kiste?* Die Widersinnigkeit des Todes stürzte über ihn herein, eine Übelkeit erregende Empfindung wie beim Begräbnis seines Bruders Scott, obwohl das Begräbnis seines Bruders in der Familienkapelle in Broom Hills sehr schön gewesen war: ein Blumenmeer und ein ausgezeichneter Organist, der mit leichter Hand Bach gespielt hatte, und mindestens zweihundert Teilnehmer. Diese Übelkeit hatte er am stärksten mit zehn auf der grasbewachsenen Böschung am Broom Lake empfunden, als er das junge Pärchen, das sich umschlungen hielt, in den Armen des anderen im Gras vor sich hin faulen sah. *Aber ich hab es nicht gesehen! Ich hab gar nichts gesehen. Ich war das nicht.* Mr Shad lag daran, den hier zusammengekommenen Freunden Adam Berendts zu vermitteln, dass es ihm eine Freude wäre, ihre Fragen zum Prozedere, wenn sie denn welche hatten, im Anschluss zu beantworten. Außerdem liege »informative« Literatur aus. Lionels Nasenlöcher zuckten. Er roch den heißen Ofen. Direkt hinter dieser Wand aus Samtvorhängen. Adams Sarg, der einfachste, den Lionel je gesehen hatte, einen Film über den alten Westen nicht eingerechnet, war über einen Haken geschickt mit einem Mechanismus verbunden, der ihn fortzog, durch den Samtvorhang und durch eine Öffnung in der Mauer bis in den angeschürten Ofen und in die Ewigkeit. Lionel musste schlucken und sagte sich, dass Adam es so gewollt hatte. Dieser schroffe, geradlinige Mensch hatte offenbar gesagt: nehmt meinen Leichnam und karrt ihn mit dem Müll fort, was soll's. Lionel bemühte sich, dem zweiten Redner zu folgen: Roger Cavanagh. Einer von Lionels alten Salthiller Freunden, mit dem er pro Jahr vielleicht ein Dutzend Worte wechselte und ab und zu Squash oder Tennis spielte, beide Männer Killer auf dem Platz, die auf die Hauptschlagader zielten, Roger aber in dem Ruf zwielichtigen Gebarens, vielleicht sogar des Betrugs stehend, während Lionel der sprichwörtliche echte Sportsmann war, der eine Niederlage mit Anstand einsteckte. An diesem Morgen hatte Roger Ringe unter den Augen vor Müdigkeit, so als habe er nächtelang nicht geschlafen. Seine Haut war grobporig und klebrig, wie mit einer Kelle aufgetragen. Doch er trug einen schicken dunklen Sommeranzug, hatte das sich lichtende Haar ordentlich aus dem wachen Raubvogelgesicht gekämmt. Lionel hatte nicht ganz verstanden, warum die Ehe seines Freundes vor ein paar Jahren zerbrochen und Roger hilflos und verlassen, verletzt und erzürnt in Salthill zurückgeblieben war, und natürlich auch nie danach gefragt. Das Sexualleben von Freunden versuchte man sich besser gar nicht erst vorzustellen und beließ es dabei. Roger sprach stockend von der Plötzlichkeit und dem Schock über Adams Tod; es würde im kommenden Herbst einen Gedenkgottesdienst geben; diese Feier hatte um zwei volle Tage verschoben werden müssen, während deren er und Marina erfolglos versucht hatten, Angehörige Adams aufzuspüren. Mit der für ihn typischen tonlosen Anwaltsstimme sagte Roger kryptisch: »Es scheint keine ›Berendts‹ zu geben, denen unser Adam ein Begriff ist.« Diese Bemerkung wurde in den Luftströmen herumgewirbelt wie ein Nachtfalter, den es erwischt hat.

Was sollte das heißen? Lionel war fuchsteufelswild.

Als Nächste trat Marina Troy nach vorn. Diese Frau strahlte immer etwas Rätselhaftes, Unberechenbares aus; sie gehörte zu den jüngeren Frauen im Hoffmann'schen Kreis, aber man konnte sie als ältliches Mädchen bezeichnen, erwachsen geworden, ohne eine Jugend gehabt zu haben. Zumindest war es Lionel immer so vorgekommen, der manchmal in der Salthiller Buchhandlung vorbeiging und Bücher kaufte, über die er enthusiastische Besprechungen gelesen hatte, Biographien von Finanziers, Staatsmännern und anderen Männern von Welt, Bücher, die er freilich nur selten las, aber irgendwann einmal lesen wollte; in der Zwischenzeit häufte er eine beeindruckende Bibliothek an, wollte, wie er sagte, Marina in ihrem Laden unterstützen. Das Verblüffende an Marina war, dass man nie genau wusste, was sie gleich sagen oder tun würde – sie schien es selber nicht zu wissen. »V-vielen Dank, dass Sie zu diesem traurigen Anlass erschienen sind. Adam würde – würde – ach, Sie kennen ihn ja – Adam würde sich sehr freuen, Sie zu sehen, und es bloß bedauern, dass, dass ... « Marina war atemlos, ihr Gesicht leuchtete, sie kam ihren Freunden ganz fremd vor, die sie ansahen, als hätten sie diese Frau noch nie gesehen, voller Furcht, was sie wohl als Nächstes sagte. Der Schock über den Verlust ihres Freundes (Liebhabers?) hatte sie offenbar niedergeschmettert, sie wieder zum Kind gemacht, so als seien die beim Erwachsenwerden sorgsam aufgebauten Schichten ihrer spröden Persönlichkeit ihr mit Gewalt heruntergerissen worden. Sie war leichenblass, hatte die Porzellanhaut der Rothaarigen; dünne bläuliche Adern zitterten unter dieser Haut wie Drähte. Ihre Augen waren riesengroß, feucht, blinzelten ständig. Ihr blasser Mund erinnerte an eine zuckende Wunde. Sie trug Schwarz, aber ein eigenartig leuchtendes Blauschwarz, etwas Loses, Undefinierbares, Faltiges, möglicherweise eine Tunika über einem langen Rock, dazu einen schwarzen Strickschal um die Schultern gelegt; sie zitterte erkennbar in der kalten Luft und vor Aufregung; beim Sprechen schaute sie wiederholt zu dem wenige Meter entfernten schlichten Kiefernsarg, der in dem indirekten Licht zu leuchten schien, so als erwarte sie – was? Dass der Sarg oder gar der Mann darin reagiere? Angewidert stellte Lionel fest, dass Marina keine Strümpfe anhatte; an ihren bloßen Füßen trug sie alte, wasserfleckige Sandalen. Wie geschmacklos! Die Frau hatte eben keinen Mann, der darauf achtete, wie sie sich in der Öffentlichkeit aufführte und kleidete. Das rötlich schimmernde Haar, das Lionel auf seine zurückhaltende Art bewunderte und oft, wie er erst im Nachhinein bemerkte, betrachtet hatte, war so fest geflochten, dass Marinas Augenwinkel dadurch in die Höhe gezogen zu sein schienen, und auf dem Kopf, wo es sich türmte, lag ein schwarzer Spitzenschleier, an dem eine unmögliche schwarze Satinrose mit schlaffen Blütenblättern steckte, eine Stoffrose, wie sie an Damenhüten zu finden war. Das Ganze wirkte billig, übertrieben, wie im Theater; an Marinas Kopfputz befestigt, wippte die Rose hin und her, lenkte ab, wirkte entstellend wie eine Wucherung. Lionel runzelte verstimmt die Stirn, wie er vor Jahren oft die Stirn gerunzelt hatte, wenn seine Kinder ihn in eine peinliche Situation brachten und verstimmten. Marina sprach mit täuschend ruhiger Stimme über Adam Berendt, den von allen »geliebten Freund«, von dem »schrecklichen Verlust«, den ein so guter, großzügiger Mensch für ihren Ort bedeutete, von seinem »heroischen«, seinem »Opfertod«. Sie verstummte, als wisse sie nicht weiter. Lächelte verwirrt. Sah beinahe kokett auf den Sarg. »Wir alle möchten es wissen, Adam: warum? – warum hast du dein Leben weggeworfen, sollte es so gewesen sein, und was bedeutet das für uns?« Niemand regte sich in dem verblüfften Schweigen, Lionel hatte das Gefühl, dass alle in der Kapelle, um die fünfzig oder sechzig Personen einschließlich Mr Shads und der verschiedenen Bediensteten an der Rückseite des Raumes, sehr still waren. Marina aber, die schaute und zwinkerte und lächelte wie ein Schlafwandler, der endlich wach wird, und sei es auch nur für ein paar Sekunden, fing sich wieder, sprach in normalerem Ton weiter und teilte den Zuhörern mit, dass diese Einäscherung auf Adams Wunsch hin stattfand. Er habe einmal, als sie während einer Wanderung auf den Kadaver eines verendeten Tiers gestoßen waren, zu ihr gesagt, er wolle, wenn er stürbe, »zu Asche« verbrannt werden. Bei diesen Worten flackerte nervöses Lachen in der Kapelle auf. Marinas Lippen zuckten. Sie warf einen Blick auf den

Sarg, so als bestätige sie Adams weisen Ratschluss. »Und so, Adam«, sagte sie fast fröhlich, »halten wir deine Bitte in Ehren.« Zum Schluss zog Marina ein zerlesenes Taschenbuch aus den Falten und Schichten ihres seltsamen Aufzugs, *Die großen Dialoge* Platons, wie Lionel, in mittleren Jahren weitsichtig geworden, erkennen konnte, und las mit schülerhaftem Ernst eine kurze Passage aus dem *Phaidon*, in der, wie sie erläuterte, der Tod des Sokrates geschildert wird, der den vom Staat erzwungenen Selbstmord im Kreise einiger Getreuer, seiner ihn liebenden Schüler, begeht. Auf dem Totenbett gefragt, auf welche Weise er begraben zu werden wünsche, sagte Sokrates: »Wie ihr wollt, wenn ihr mich fangen könnt und ich euch nicht entwische ... Ich werde nicht mehr bei euch bleiben, sondern entweichen und zum herrlichen Leben der Seligen eingehen ... Bestattet mich so, wie ihr gerne wollt und wie ihr glaubt, dass es am ehesten dem Brauche entspricht.« Als sie diese Worte gelesen hatte, verstummte Marina so plötzlich, als habe ihr jemand ein Messer in den Rücken gestoßen. »Oh! Oh, mein Gott!« Das glatte, straffe Kindergesicht fiel in sich zusammen, und Marina begann verzweifelt zu weinen: in diesem Moment, zum Entsetzen aller, die Marina Troy sahen, Ende dreißig.

Auf diese Weise endete die offizielle Feier.

Mozarts *Requiem* wurde unmittelbar darauf zum zweiten Mal in den Raum gespielt, mitten in einer musikalischen Phrase einsetzend und mit viel zu hohem, regelrecht verrückt klingendem Ton. Musik, wie Adam sie mochte? Auf den Gedanken wäre man nicht gekommen: Adam pflegte eher flotte unmelodische Lieder zu pfeifen. Er besaß ein paar CDs mit klassischer Musik, soweit Lionel wusste. »Was für ein Alptraum!« In diesem Moment begann sich der schlichte Kiefernsarg zu bewegen. Sein Verschwinden war filmreif. Mit einem Ruck wurde er an der teilweise verdeckten Gummischlaufe nach hinten gezogen, glitt dann jedoch gleichmäßiger, so weit, bis er durch eine Öffnung in den Samtvorhängen verschwand, während alle entsetzt die Augen aufrissen. Was ging hier vor? Träumten sie? Die billigen Samtvorhänge versprachen ein Theatererlebnis, aber auf der Bühne tat sich nichts mehr. Adams Sarg verschwand endgültig, und die Vorhänge fielen zu.

Weg! So schnell.

Zu Asche verbrannt.

Lionel entschuldigte sich und flüchtete auf die Herrentoilette. Schloss sich dort in einer Kabine ein aus Angst, jemand von seinen Freunden könne hereinkommen, ihn hören oder seine Schuhe erkennen, und übergab sich in eine Toilettenschüssel.

Nicht dass er an dem Morgen viel gegessen hätte. Aber er hatte den sauren Bourbon im Magen, der bei seinem Weg hinauf viel stärker brannte als beim Weg hinab.

Zeit zu gehen, sich davonzumachen. Aber man konnte ja nicht jetzt schon gehen. Wo ein abschließendes religiöses Ritual fehlte, wie schloss man da etwas ab? Sie standen auf dem Parkplatz, inmitten ihrer glänzenden, Hunderttausende von Dollars repräsentierenden Wagen. Benommen sahen sie, was Sonnenschein auf schwarzem Asphalt anrichtete. Von überallher kamen das Sengen und die Glut. Lionel fühlte sich wohler, nachdem er sich übergeben hatte, er hatte nicht bloß den heißen kleinen Bourbonknoten in seinen Eingeweiden, sondern auch den ekelerregenden Geruch in der Kapelle ausgespien. Arme Marina! – ihre Tränen hatten bei vielen Frauen neuerliches Weinen ausgelöst, so dass ihre sorgsam hergerichteten Gesichter zerlaufenden Hochzeitstorten zu ähneln begannen. Man merkte sogar den sensibleren oder schwächeren Männern etwas an – aber nicht Lionel Hoffmann, der stoisch blieb, entschlossen, keine Gefühle zu zeigen, weder öffentlich noch privat. Hysterie war ihm zuwider, wie sie allen männlichen Hoffmanns zuwider gewesen war. Und was hatte er da in der Hand – eine steife kleine, elfenbeinweiße Karte, ihm beim Verlassen des Gebäudes von Mr Shad aufgedrängt, eine Visitenkarte, die Lionel zerriss und fortwarf. Hatten alle diese ekelhaften kleinen Karten bekommen? »Es ist auch nicht schlimmer, als wenn ein Sarg in die Erde hinabgelassen wird, ich meine, wenn man das sieht«, sagte Owen Cutler nachdenklich, »und Erde darauf geschaufelt wird, und eigentlich haben wir ja – nichts gesehen. Gar nichts.« Augusta Cutler, die sofort eine dunkle Brille aufgesetzt hatte, zeigte nach oben: »Oh, seht doch!« Weiße Rauchwölkchen stiegen aus dem Schornstein auf und zogen gen Himmel. »Dieser *Geruch*, was ist das?« In tragischem Ton sagte Camille: »Das Ende einer Ära.« Und brach abermals in Tränen aus. Solange er zurückdenken konnte, sah Lionel seine Frau zum ersten Mal an. Dieses Weib, seine Frau? *Seine?* Das Mädchen, dem in der Garderobe des Deke-Hauses die Nase gelaufen war, dreißig Jahre später. Sie war ja auch dreißig Jahre älter. Das kindliche runde, unbestimmt hübsche Gesicht war breiter und ums Kinn herum erschlafft, die rosige Haut war gummiartig wie die einer Puppe. Kummer und der Zorn über den Kummer hatten die sonst durch Make-up kaschierten Falten auf ihrer Stirn vertieft und lagen wie eine Zange um den Mund. Wie ein Hechtmaul kam er Lionel vor, durch Leid zusammengezogen. Er empfand Zärtlichkeit und Abscheu, als er Camille so sah. Für alle Welt sichtbar. Er wusste, es war ungerecht zu meinen, nur die Jungen und Attraktiven sollten derartige Gefühle öffentlich zeigen, und hätte Camille doch am liebsten sofort mit seinen Armen oder seinem Mantel vor dem Gelächter oder dem Mitleid der Welt versteckt. Doch als er sich, in dem grellen Licht blinzelnd, umwandte und die anderen, seine Freunde, ansah, erkannte er seinen Denkfehler. Über alle war die Veränderung gekommen, sie alle waren im mittleren Alter und verwüstet. *Camille Hoffmann war die Welt, und die Welt war Camille Hoffmann.*

4

In dieser Nacht fanden die Hoffmanns in ihrem Haus am Old Mill Way Schlaf. Fanden Schlaf in ihrer ehelichen Höhle. Sie schliefen, erschöpft, in dem antiken Himmelbett im obersten Stock des alten Macomb House oder Wade House, eines Meilensteins in der Geschichte des Ortes. Aus Gewohnheit schliefen sie immer in einem Doppelbett, denn ihre Ehe war durch Gewohnheit geheiligt. (Nur wenn Lionel über Nacht in Manhattan bleiben musste oder aus geschäftlichen Gründen nicht in der Stadt war, was in den letzten Jahren häufig vorkam, schliefen sie getrennt.) Schliefen getrennt ihren von langen Wachphasen zerteilten Tiefschlaf.

Denn Schlaf ist nicht gleich Schlaf, diese für keinen anderen als den Schläfer zugänglichen Regionen des Geistes, und sogar er, der Schläfer, hat keine Macht über seine Träume, über die Verausgabung von Emotionen. Ganz gleich, wie heftig andere uns bedrängen oder uns umklammern. *Nimm mich mit. Wohin gehst du? Liebst du mich nicht?*

In ihrer kostspieligen ehelichen Höhle, aus der aller Sauerstoff entwichen war und in der es feucht und muffig roch wie schmutzige Bettwäsche. Dabei war die Bettwäsche auf dem Himmelbett aus teurem Linnen und kaum einmal schmutzig. Und die riesigen Kissen waren mit Gänsedaunen gefüllt, teuer und opulent. Und das Schlafzimmer, das elterliche »Schlafzimmer«, wie dies im Jargon der Immobilienmakler heißt, war wunderschön möbliert mit Stücken aus der Revolutionszeit, die Seidentapete an den Wänden mit taubengrauen Lilien und sich windenden Ranken gemustert, eine exakte Nachbildung der Tapete im Schlafzimmer von General Cleveland Wade und seiner Frau. In einem solchen Ambiente schliefen die Hoffmanns. Schliefen seit dreißig Jahren in ihrer Höhle. Schliefen nach dem großen Kummer. Jeder auf seiner Seite des Doppelbetts. Sie waren erledigt, erschöpft wie Schwimmer, die sich durch eine trügerische Brandung hindurchgekämpft und nur knapp das Ufer erreicht haben, Schwimmer, die gemeinsamen Schiffbruch erlitten haben und fürchten, dass das Wissen um das Geschehene und das beinahe Geschehene dem anderen an den Augen abzulesen ist. *Nein! Ich kann das nicht sehen. Zwing mich nicht dazu. Ich weiß gar nicht, wer du bist.*

Wie viele Frauen und Männer in der Geschichte des alten Hauses am Old Mill Way hatten unter der hohen Decke des elterlichen Schlafzimmers bereits so erschöpft geschlafen?

Camille, die heute lebte, begriff, dass Lionel, ihr Mann, tief enttäuscht von ihr war. Von ihrer Schwäche, ihren Tränen. Ihrem Zusammenbruch in aller Öffentlichkeit. Auf der Rückfahrt von Nyack hatte er außer »Putz dir die Nase, Camille. Bitte« kein Wort zu ihr gesagt. Und aus Angst vor ihm, vor seinem finsteren Blick, war Camille nach oben ins Bett geschlichen, wohingegen Lionel in seinem Arbeitszimmer im Erdgeschoss die Tür hinter sich zugemacht hatte, wie er sie vor Jahren hinter sich zugemacht hatte, wenn draußen die Kinder flüsterten und kicherten. Kess mit den Händen gegen die Tür patschten. *Daddy? Dad-dy? Warum versteckst du dich?* Camille hatte manchmal die Hände an die Tür gedrückt und angestrengt gelauscht und, da sie dahinter nichts hörte, auch nichts zu sagen gewagt; heute Abend hatte sie sich der Tür nicht einmal zu nähern gewagt. Das Haus war so groß, dass man tagelang für andere verschwunden sein konnte. Aber Lionel musste ja nach oben und ins Bett kommen, ins »elterliche« Schlafzimmer, wie es die Gewohnheit vorschrieb. Er befolgt die Gewohnheit, dachte Camille. Dachte es dankbar. Sie hatte ausgiebig gebadet und ein Flanellnachthemd mit Blümchenkaro angezogen (obwohl die Nacht lau war, ließ Lionel die Klimaanlage laufen, und in ihrem Schlafbereich herrschten winterliche Temperaturen), legte sich auf ihre Seite des Bettes und wartete auf ihn; sie hatte auf dem Tischchen an Lionels Seite des Bettes ein schwaches Licht brennen lassen. Camilles Lippen bewegten sich in stummem Gebet für Adam Berendt, für sich selbst und ihren Mann. *Oh, Gott, lass es uns durchstehen. Lass uns wieder glücklich werden!* Sie hatte nur im Herzen Ehebruch begangen. Sie war weder schuldlos noch schuldig. Ob sie beichten sollte? Dass sie einen anderen Mann geliebt hatte? Weiter ihren Mann geliebt hatte, und zugleich außer sich gewesen war vor Liebe zu einem anderen? Lionel in seiner Unnahbarkeit konnte das nicht wissen; er hatte keine Ahnung gehabt. Eine solche Beleidigung seiner Männlichkeit! Musste Lionel die ganze Wahrheit wissen, um ihr verzeihen zu können, wenn er ihr denn verzieh? *Oh, Gott, sag mir, was ich tun soll. Adam?* Camille war immer ein gläubiger Mensch gewesen, aber ihre Beziehung zu Gott war förmlich und bot ihr wenig Trost. Es gab lange Zeiträume, da dachte sie nicht öfter an Ihn, als sie an den älteren Mann mit dem weißen Bart dachte, ihren Grand-da-daddy, den Großvater ihrer Mutter, der ihr so viele Geschenke gemacht hatte, darunter ein Shetlandpony, und der für immer aus ihrem Leben verschwand, als sie zehn war. (Wenn sie fragte, wo Grand-da-daddy war, sagte ihre Mutter stets mit einem schiefen Lächeln: »Grand-da-daddy ist wieder dahin gegangen, wo er herkam, in die Highlands.«) Camille spähte in die Dunkelheit. Sie befand sich in einer Wildnis, näherte sich dem Eingang zu einer Höhle. Sie war allein und im Nachthemd, hatte Angst, aber irgendjemand, Adam vielleicht, war in der Nähe und beschützte sie. Sie konnte ihn nicht sehen, wusste aber, dass er da war. Sie sank, versank in den Schlaf, der sich innerhalb der Höhle befand, war gleichzeitig aber hellwach und registrierte das mehrmalige Knarren der Treppe. Ihre Gedanken überschlugen sich wie ein von Hunden gehetzter Hase! Sie war ganz erschöpft von diesen sich überschlagenden Gedanken! Seit dem schrecklichen Anruf neulich abends. *Camille, ich habe eine sehr traurige Nachricht für dich. Für uns. Es geht um Adam. Adam ist – bei einem Unfall, Adam ist – gestorben.* (Nicht Marina Troy war die Anruferin gewesen, sondern Abigail Des Pres, eine der Teilnehmerinnen an Adams Kunstkurs an der Highschool.) Die Anruferin hatte zu schluchzen begonnen, und Camille, mitten ins Herz getroffen, hatte mit ihr mitgeschluchzt. Obwohl sie so schnell gar nicht glauben konnte, dass Adam tot war. Seit dieser Stunde hatte Camille keine Ruhe gefunden. Ihre Gedanken waren messerscharf. Sie drehten sich, blitzten auf. Mitten in dem Aufblitzen wurde verstohlen eine Tür geöffnet, und ihr Mann kam endlich ins Bett. Im Haus war es totenstill, es war tiefe Nacht. Lionel Hoffmann, barfuß, die Schuhe in der Hand aus Rücksichtnahme, er wollte seine erschöpfte Frau nicht aufwecken. (Er wollte, wusste Camille, nicht mit ihr sprechen, sie nicht berühren müssen.) Ein Vergewaltiger war er, der in ihr dunkles Zimmer geschlichen kam. Camille musste lächeln über den Einfall, denn Vergewaltigung wäre Lionel nicht in den Sinn gekommen. »Lionel, Liebling?«, flüsterte Camille, und dem verblüfften Lionel blieb nichts übrig als »Ja? Was?« zu antworten. Camille drehte sich, setzte sich auf, das riesige Gänsedaunenkissen hinter ihr seufzte. »Wie – wie spät ist es?«, und Lionel sagte schnell: »Ist doch egal. Es ist spät. Entschuldige, dass ich dich geweckt habe.« »Ich hab nicht geschlafen.« »Doch, glaub schon, Camille, und ich hab dich aufgeweckt.

Entschuldige.« »Aber ich habe nicht geschlafen, Lionel. Ich habe auf dich gewartet.« »Doch, du hast geschlafen. Ich hab dich atmen hören. Tut mir Leid, dass ich dich aufgeweckt hab.« Camille lächelte in der Dunkelheit über den ausweichenden Mann direkt hinter dem Lichtspalt. Sie wollte *Hör auf, dich zu entschuldigen. Ich hasse dich* schreien, sagte stattdessen aber klagend: »Lionel, l-liebst du mich?« Doch Lionel war schon in sein Badezimmer geschlüpft, das an die gegenüberliegende Seite des geräumigen Schlafzimmers angrenzte; der Ventilator darin summte und rauschte schon. »Was soll ich tun, wenn du mich nicht liebst? Und Adam nicht mehr ist.«

Es war Lionels Taktik, sich in seinem Bad sehr viel Zeit zu lassen, bevor er ins Bett kam. Er wartete, wie Camille wusste, darauf, dass sie wieder einschlief. Seit der Nachricht von Adams Tod hatte Lionel sie nicht trösten, nicht einmal anfassen wollen. Nicht einmal ansehen. »Adam war genauso gut mein Freund« – eine seltsame Bemerkung, als er ihr vorwurfsvoll den Rücken zukehrte. Dabei war Lionels Unnahbarkeit nichts Neues. Wie viele Monate, Jahre? Seit die Kinder aus dem Haus waren? Jetzt war sie nicht mehr Mutter, sondern wieder Frau. Als Mutter hatte sie ihm und den Kindern gute Dienste geleistet. Als Frau war sie womöglich mangelhaft? Sie bekam oft mit, wie Lionel sich über seine Büroangestellten beklagte, über die »Mädchen«, die er einzustellen gezwungen war, keine von ihnen zu etwas fähig, und sie begriff, dass Lionel sie, sollte sie sich bei ihm als Frau bewerben, nicht einstellen würde. Ihre Persönlichkeit war mit Anfang vierzig verblasst. So wie ihr lockiges dunkelblondes Haar seinen Glanz verloren hatte. Als sie sich kennen lernten, war Camille ein temperamentvolles achtzehnjähriges College-Erstsemester-Mädchen gewesen, sehr hübsch und sehr beliebt bei Jungs; am Ithaca College hatte sie unter anderem bei den Lancettes und den Icicles und der Frauenmannschaft im Volleyball mitgemacht und wäre beinahe zur Studentensprecherin gewählt worden, in eine verantwortungsvolle Position. Sie hatte Lionel Hoffmann bei einer Party im Deke-House des Colgate College kennen gelernt; das Mädchen, mit dem Lionel aus war, hatte sich an dem Abend schamlos betrunken und reihum mit Lionels Kommilitonen getanzt, woraufhin Lionel wutentbrannt die Party verlassen hatte; der Junge, mit dem Camille aus war, ein Freund Lionels, hatte ihn eingeladen, den Rest des Wochenendes mit ihnen zu verbringen, und so kam es, dass Lionel in seiner Wut und seinem Kummer ein Auge auf *sie* warf. Und Camille mehrere Jahre liebte, bis sie schließlich einwilligte, ihn zu heiraten und ihre Hoffnung auf eine Karriere in der Pädagogik und eine Betätigung im Friedenskorps aufgab. (Camille hatte Lionel angefleht, mit ihr gemeinsam ins Friedenskorps zu gehen, aber das hatte Lionel natürlich abgelehnt.) Fast unmittelbar nach ihrer Heirat veränderte sich ihre Beziehung. Camille verlor nach und nach ihr »Funkeln« – ihre »tanzenden Augen«, wie ihr Grand-da-daddy es genannt hatte. Doch sie war sehr gut gewesen als Mutter, der Kindermädchen, Hausangestellte und Köche zur Seite gestanden hatten, und das war nicht nur ihrem anspruchsvollen Gatten, sondern seinen noch anspruchsvolleren Eltern ein Wohlgefallen gewesen. In diesem Wissen hatte Camille sich jahrelang unschuldig geaalt. Dann waren die Kinder groß und aus dem Haus – von einem Tag auf den anderen, hätte man meinen mögen. Und Camille begann ihre Attraktivität einzubüßen. Im Spiegel sah sie ein Gesicht, das ihr oft fremd vorkam. Als das ihre erkannte Camille es auf die gleiche Weise, wie wir im Traum Menschen »erkennen«, die ganz anders aussehen als in Wirklichkeit, und das, obwohl ihnen ein Auge fehlt, ein Nasenloch, oder ihre rechte Kinnpartie verschwunden ist. Auf Familienfotos war Camille ein verschwommener Fleck. Ihre Gestalt war unscharf, konturlos. Ihr Haar verlor seine Farbe, seinen Schimmer, seine Struktur, das, was Schönheitsexperten den »Körper« nennen. Ihre Augen verloren ihren Glanz, waren sie einst dunkelblau gewesen, so waren sie jetzt blassgrau wie die Druckerschwärze auf einer nass gewordenen Zeitung. Es war schon mehrmals passiert, dass Camille das Telefon abnahm und den Anrufer »Hallo? Hallo?« sagen hörte, obwohl sie sich vernehmlich gemeldet hatte, und wenn sie empört bekundete, am Apparat zu sein, sie, Camille Hoffmann, schien der Anrufer sie nicht zu hören und legte auf. Es war so frustrierend! Es brach einem das Herz. Zu leben und doch ein Gespenst zu sein, und dabei noch relativ jung. Nur Adam Berendt in seiner Güte hatte *sie* gesehen.

Zeit war vergangen, der Lüfter im Bad rauschte immer noch. Camille war entschlossen, wach zu bleiben, obwohl die Uhr an ihrem Bett 2.06 zeigte. Wenn sie daran dachte, dass sie und Lionel sich in den letzten Jahren nur noch so selten geliebt hatten, dass es sie beide in bisher unbekannter, bestürzender Weise verlegen machte, so als wären sie unerfahrene Jungverheiratete oder Fremde, die durch rätselhafte Umstände (eine Lotterie?) gezwungen waren, in einem Bett zu schlafen. Dieses Bett! Camille unterdrückte einen Schluchzer. Rückte das Kissen hinter ihrem Kopf zurecht. Oh, warum war Adam Berendt nie die Stufen zu diesem Zimmer, zu diesem Bett emporgestiegen? *Warum hast du mich nicht geliebt, wie ich dich geliebt habe, wenn du mich in diesem Bett geliebt hättest, wäre es nun geheiligt, und ich fände Schlaf.* Sie hatte gebadet und ein nach Lilien duftendes Puder auf ihren weichen, erschlaffenden Körper aufgetragen, um den beißenden Krematoriumsgeruch loszuwerden, doch es war schwierig, eine bequeme Lage zu finden in diesem Bett. Wenn Camille auf dem Rücken lag, sackte ihre rechte Brust nach rechts und ihre linke Brust nach links, und zwar beunruhigend tief, wenn sie auf der Seite lag, schien ihr Herz schneller zu schlagen, und ihre linke Brust wurde gegen die Matratze und ihre rechte Brust gegen ihren Oberarm gequetscht. (Sie konnte sich nur nach links drehen, denn Lionel lag zu ihrer Rechten, das war sein Territorium.) Und ihre Brüste ängstigten sie inzwischen. Selbst während ihre mütterliche Funktion mit der Zeit obsolet wurde, schienen sie immer größer zu werden. (Dabei hatte Camille keines ihrer beiden Kinder gestillt. Ihr Kinderarzt, ein Mann, hatte es nicht empfohlen. Und Lionel hatte auf seine geistesabwesende, launische Art laut darüber nachgedacht, ob Stillen nicht etwas vorsintflutlich für ihre Zeit und ihren Ort sei.) Regelrecht unnatürlich, dass Camille sich vormittags in der »Kapelle« des Krematoriums wie ein Gespenst und gleichzeitig wie ein Muttertier vorgekommen war, das die Last weiblichen Fleisches zu tragen hatte. *Und kein Mensch, mit dem ich über solche Dinge sprechen kann, jetzt, wo Adam nicht mehr ist.* Wenn sie vor Lionel ein solches Thema anschneiden würde, wäre er entsetzt und peinlich berührt; ihm missfiel, was er als Camilles »metaphysische« Neigung titulierte, er befürchtete, seine emotionale Frau könne soweit sinken, an Spiritualismus, Séancen, New-Age-Vorstellungen wie Wiedergeburt und »Channeling« und die Zwiesprache mit Tieren zu glauben. *Ich bin doch nicht bloß mein Körper. Ich bin so vieles mehr!* Es war noch nicht lange her, da hatte die unberechenbare Augusta Cutler während eines Lunchs, bei dem Spenden für Pro Familia gesammelt werden sollten, ihre Freundinnen mit der Mitteilung schockiert, sie sei tödlich gelangweilt von ihrem weiblichem Körper, sei hinausgewachsen über das Ding, auch wenn er, beim Reiferwerden immer mehr in die Breite gehend, anscheinend über sie hinausgewachsen war. Ihre Brüste mit beiden beringten Händen anhebend – und es waren umfängliche Brüste, umhüllt von taupefarbenem, mit unzähligen kleinen Perlen geschmücktem Jersey –, sagte Gussie mit ihrer rauchigen dunklen Stimme: »Manchmal komm ich mir vor wie eine Sexpuppe aus Gummi, die jemand mit Luft aufgeblasen und hinterher weggestellt hat.« Woraufhin Abigail Des Pres, die einzige Geschiedene in ihrem Kreis, die seit ihrer Scheidung so abgenommen hatte, dass sie ganz zart wirkte, wie ein verblassendes Aquarell, an ihrem Leib hinuntersah und sagte: »Und ich, ich bin eine Gummipuppe, aus der jemand vor dem Wegstellen die Luft rausgelassen hat.« Camille musste auf einmal prusten vor Lachen.

Aber war das wirklich komisch? Camille wusste, dass Lionel wütend auf sie war und dass diese Wut etwas mit dem Umfang ihrer Brüste und ihrer Hüften und Schenkel und deren verschwimmenden Formen zu tun hatte; er war wütend auf ihre *Weiblichkeit*, auch wenn er Camille als seine Frau achtete und nicht einmal im Traum (da war Camille sich sicher!) daran dachte, ihr untreu zu sein, geschweige denn, sie zu verlassen. Doch es fuchste ihn, dass sie vor Zeugen, ihren Salthiller Freunden, um Adam trauerte. Camille lag da und hörte, wie Wasserhähne auf- und zugedreht wurden. Die Toilettenspülung ging. Groll schwang in diesen Geräuschen mit. Ein Arzneischränkchen wurde geöffnet und geschlossen. Und noch einmal geöffnet? *Es ist ein Test, wessen Wille stärker ist. Ob er länger durchhält als ich. Ob ich einschlafe, ehe er ins Bett kommt.* Camille lächelte und dachte, das könnte eine Fernseh-Show sein: *Die Ehe zur Schlafenszeit im Test: Wessen Wille ist stärker*. Wäre sehr populär!

Endlich stand der Lüfter still. Eine Tür ging leise auf. Eine dunkle Männergestalt, barfuß, in Schlafanzughose und weißem T-Shirt-Oberteil, kam langsam auf das Bett zu. Schlüpfte unter die Decke, lag steif auf dem Rücken und atmete so unauffällig wie möglich. Camille war wach (oder doch nicht?), anscheinend aber unfähig, den Kopf zu drehen oder auch nur leise *Lionel? Ich hab solche Angst* zu sagen. Ihr hingegossener weicher Körper fühlte sich an, als hätte man ihr Novocain gespritzt. Nein, es lag an der krümeligen weißen Tablette, die sie vor dem Zubettgehen genommen hatte. *Lethesse* hieß die. Sie hatte heute drei davon genommen – oder vier? Der staubige, leicht bittere Geschmack der Tabletten vermischte sich mit dem staubigen, beißenden Geruch in der Kapelle und auf dem Parkplatz vor dem Gebäude der Nyacker Einäscherungsfirma. Schockierend, der Anblick des hohen schmutzigen Schornsteins, aus dem dicke Rauchwolken leicht wie Luftballons himmelwärts stiegen. *Meine Karte, Ma'am. Ich stehe Ihnen zur Verfügung, Ma'am, sollten Sie Fragen haben. Jederzeit. Mit Vergnügen.* Der würdevoll lächelnde Mr Shad hatte Camille seine Karte in die Hand gedrückt und ihr ins Ohr geflüstert, als verabrede er ein Stelldichein. (Und Lionel, nur ein paar Meter entfernt, hatte nichts bemerkt.) Camille erschauerte bei der Erinnerung daran. Sie hatte die Karte in kleine Stücke gerissen. Sie war eine anständige Frau. Etwas anderes würde Lionel ihr auch nie erlauben. Seine Gedanken überschlugen sich ebenfalls, Camille spürte, wie sein Gehirn, ein feinerer Mechanismus als der ihre, arbeitete; seine Gedanken summten und vibrierten wie der Lüfter im Bad. Lionel lag immer noch auf dem Rücken, hatte den Kopf aber nach außen gedreht und sein Kissen fortgeschoben (denn Lionel hatte eine jahrzehntelange irrationale Furcht, in Daunenkissen zu »ersticken«), und natürlich würde er, kaum eingeschlafen, zu schnarchen beginnen, und Camille würde sich nicht trauen, ihn anzustupsen und zu wecken. Wenn sie es tat, war er gereizt und in seinem Stolz gekränkt. (»Ich hab gar nicht geschlafen, Camille. Wie könnte ich da schnarchen? Ich bin hellwach wie du.«) Lionel schnarchte erstaunlich laut für einen Mann von schlanker, schlaksiger Gestalt und sehr genauen Vorstellungen von guten Umgangsformen. Sein Schnarchen bohrte sich in ihren Schlaf, wie ein Loch durch eine Gipswand gebohrt wurde. Dreißig Jahre lang waren Camilles Träume immer so verlaufen, dass das Schnarchen des Mannes in die Geschichte eingebaut werden konnte. Oft befand sie sich auf Flughäfen oder in Flugzeugen, die dröhnend am Himmel waren. Sie saß in Zügen, vom ohrenbetäubenden Rhythmus der Räder gewiegt. Saß an der Nähmaschine, betätigte den Rasenmäher, stand an einer Drehbank. Wenn Lionels Schnarchen wie manchmal einen feuchten, gurgelnden Beiklang hatte, befand Camille sich barfuß und in ihrer Nachtwäsche in einer heftigen Brandung. Eine solche Nacht währt ewig, und aus wie vielen Ewigkeiten setzen sich unsere langen Ehen erst zusammen! Doch das beunruhigendste Geräusch war die Stille, das plötzliche Aussetzen aller Geräusche. Wenn Lionel zu schnarchen aufhörte, wachte Camille erschrocken auf: »Lionel? Stimmt etwas nicht? Liebling?« Sie rüttelte ihn sacht, nicht so stark, dass er aufwachte, sondern versetzte ihn in den tröstlichen Rhythmus seines Schnarchens. Erst dann fand Camille ihrerseits wieder Schlaf. Momentan ging sie durch eine ihr fremde, aber verlockend vertraute Landschaft: Battle Park? Sie stolperte über Steine, verfing sich in einem Dornenbusch aus Schnarchen. Lionels tiefe, volle Schnarchgeräusche waren vermischt mit Wildrosensträuchern. Spitze kleine Dornen bohrten sich in Camilles Kleider und ihre nackte, unbedeckte Haut. In einer Höhle am Berghang wartete Adam Berendt auf sie. Sie wollte unbedingt zu ihm. Sie begriff, dass ihm etwas Schreckliches zugestoßen war, doch wenn sie beide darüber hinweggingen, hatte sich dieses Schreckliche noch nicht ereignet. Es war nicht mehr Sommer, sondern ein Jahre zurückliegender Winternachmittag, an dem sie Adam unverschämterweise in seinem Steinhaus am Fluss besucht hatte. Adams Werkstatt befand sich auch irgendwie in der Höhle, gleichzeitig aber im Steinhaus. Und die Höhle war nicht dunkel, sondern in ihr brannte ein warmes Licht, das war der Winterhimmel, im Freien, der dunkel war, dunkel wie ein gebrochenes Herz. Beim Eintreten schüttelte Camille sich Schnee von den Stiefeln, trat in einen erleuchteten Raum, wie sie noch keinen gesehen hatte. *Ein Künstler lebt im Licht*, hatte Adam seinen Schülern eingeschärft. Und da stand er, Adam Berendt in schmutzigen Arbeitssachen, schimmernde Stoppel am Kinn, vierschrötig, überrascht, sie zu sehen. Sie hatte ihn mitten im Nachdenken über eine sperrige Collagenskulptur gestört. »Schick mich nicht weg, Adam. Ich muss mit dir sprechen.« Camille trug eine flotte Fuchspelzjacke aus den zwanziger Jahren, ein Erbstück ihrer Großmutter, eine Wollhose mit Hahnentrittmuster und kniehohe Stiefel; ihre Wangen glühten, ihr honiggoldenes Haar, in dem sich erste silberne Strähnen zeigten, war vom Wind zerzaust. Sie war Mitte vierzig und wusste noch nicht, dass sie gerade zur Renoir-Schönheit erblühte. Sie hatte keine Vorstellung von sich, denn ihre Vorstellungen waren ihr genommen worden, und sie hatte kein Selbstvertrauen. Unter dem fragenden Blick von Adam Berendts einem Auge begann sie zu zittern. Wenn er sie wegschickte! »Ich bin so unglücklich, Adam«, flüsterte sie. Sanft nahm Adam ihre Hände in seine. Lächelte sie schweigend an. Zwei Hunde drängten sich an Camilles Beine, der ältere ein gelber Labrador namens Butterscotch, der jüngere ein Husky-Schäferhund-Mischling namens Apollo, der aufgeregt zuckte und bellte, weil sein Herrchen ihm verboten hatte, in die Höhe zu springen und Camille das Gesicht abzulecken. Dieser Hund, ein Novum in Adams Leben, war noch kein Jahr alt, aber schon fast ausgewachsen, das Fell glatt und gesund, eine Mischung aus Schwarz, Dunkelbraun und Silber, Ohren und Schnauze schwarz. Adam hatte Apollo auf einem Highway gefunden, wo man ihn als Welpen ausgesetzt hatte, und ihn mit zu sich nach Hause genommen. Camille sah mit großen Augen auf den hübschen Hund, der so lebendig war, dass sie meinte, er werde sie jeden Moment anspringen, nicht böse, mit gebleckten Zähnen, sondern aus unsagbarer tierischer Zuneigung. Adam zerrte ihn weg und lachte entschuldigend. »Die Macht des Eros«, sagte er. »Es spielt keine Rolle, dass du nicht zu seiner Spezies gehörst.«

»Ach, Adam. So ein schöner Hund. ›Apollo‹?«

»Sein voller Name lautet Apollodorus. Du erinnerst dich – der junge, treue Freund des Sokrates.«

Camille, die keine Ahnung hatte, wovon Adam sprach, nickte mit zustimmendem Lächeln. Oh, ja!

Darauf folgte übergangslos jene Szene, die Camille für den Rest ihres Lebens bruchstückhaft und unvermittelt immer wieder vor Augen hatte. *In dem erleuchteten Raum, der auf mich wartete wie eine Bühne.*

Adam schickte die Hunde in einen anderen Teil der Werkstatt und kam zu Camille zurück, in deren Augen Tränen der Sehnsucht und der Liebe schimmerten. Wie viele Monate hatte sie diesen Mann insgeheim verehrt! Jetzt ergriff sie Adams Hand und hätte sie an ihre Lippen gehoben und geküsst, wenn Adam sich nicht verlegen und überrascht abgewandt hätte. »Adam, ich l-liebe dich«, sagte Camille flehentlich. »Das musst du doch wissen.« »Camille, meine Hände sind schmutzig. Sie haben den Geruch des Todes an sich.« Camille sagte: »Ich erwarte nicht, dass du meine Gefühle erwiderst, Adam. Ich weiß, dass ich schrecklich aufdringlich bin. Entsetzlich geschmacklos. Ich kann es selbst kaum glauben, dass ich hier bin. Aber bitte nimm meine Liebe an, Adam. Ja?« Am anderen Ende des Raumes jaulte der Husky-Schäferhund Apollo, als ahme er sexuelles Verlangen nach, wackelte mit dem Hinterteil und senkte seine Schnauze zu Boden, hatte große Mühe, nicht loszuspringen. Adam, sonst nur selten um Worte verlegen, schien jetzt irritiert und bekümmert; tiefe Röte überzog fleckig sein Gesicht. »Camille, Liebe. Du weißt, dass du deinen Mann liebst. Du liebst deine Familie, nicht mich.« »Ja, ich liebe sie«, erwiderte Camille empört, »aber – nicht so, wie ich dich liebe.« »Was kannst du an mir denn ›lieben‹ Camille? Du kennst mich doch kaum.« »Ich – liebe alles an dir, Adam. Und ich glaube, schon von Anfang an – als wir uns kennen lernten. Dein Gesicht –« »Mein Gesicht?« Adam lächelte ungläubig. »Ja. Ich liebe dein Gesicht.« »Aber doch wohl nicht mein blindes Auge.« Adams rechtes Auge machte Camille nervös, wie es andere nervös machte, sogar Lionel – denn es schien weder wirklich blind noch ein normales Auge zu sein. Der Augapfel wirkte größer als der andere und wölbte sich unter einer ergrauten, von einer Narbe durchzogenen Augenbraue; er hatte die Elastizität von Glas, die Iris unbeweglich. Manchmal spiegelte sich ein goldbraunes Licht darin, unheimlich. Adams anderes Auge, das linke, war wach, lebendig, menschlich, oft blutunterlaufen wie vor Anstrengung. Dieses Auge blinzelte, dieses Auge teilte etwas mit. Jetzt blickte es Camille mit einem Ausdruck amüsierten Abwartens an. »Ich denke nicht über dein Auge nach, Adam«, sagte Camille. »Ich liebe *dich.*« Es war der Moment in der Liebesszene, die Camille sich zwanghaft immer wieder ausgemalt hatte, in der Adam vor Camille hingetreten, sie berührt, in den Arm genommen, vielleicht gar geküsst, sie jedenfalls endlich getröstet hatte. Etwas getan hatte, wodurch sie sich weniger lächerlich, weniger entblößt vorkam. Doch stattdessen verschränkte er seine kräftigen Arme und sagte wie ein von den Hoffmanns für einen Auftrag engagierter Steinmetz oder ein Zimmermann, der sich eine genaue Vorstellung von ihren Erwartungen verschaffen wollte, und sei es nur, um ihnen respektvoll zu widersprechen: »Und was genau liebst du? An mir? Einem Mann, den du kaum kennst? Schauen wir doch mal, ob wir das herausfinden.« Camille holte Luft, um etwas zu erwidern, stand aber nur verwirrt da und wurde rot. Adam war in seine sokratische Redeweise verfallen, in solchen Momenten strahlte er etwas erotisch Freches aus. »Mein Gesicht ›liebst‹ du? Aber doch wohl nicht seine Bestandteile? Meine Haut mit der Schuppenflechte? Meine höckrige Stirn, meinen Cro-Magnon-Schädel? Meine schiefen Zähne?« »Adam«, sagte Camille verletzt, »wenn ich sage, ich liebe dich, meine ich, ich liebe *dich.* Warum bist du so grausam?« »Ich bin nicht grausam, Camille. Ich möchte dich bloß verstehen.« »Wenn eine Frau einen Mann liebt, liebt sie – alles, was dieser Mann *ist.* Das Körperliche ist – nur eine Seite.« »Aber eine Seite – wovon?« »Von allem, was du bist.« »›Von allem, was ich bin‹ – wie kann das sein?« Echte Verblüffung furchte Adams Stirn. »Du kennst mich doch kaum, Camille. Weißt nichts über meine Vergangenheit, meine Biographie, mein verborgenes Ich; du hast mich im Beisein anderer gesehen, wie du vielleicht einen Schauspieler auf der Bühne siehst. Das heißt doch nicht, dass du *mich* kennst.« »Ich kenne«, erwiderte Camille eigensinnig, »jemanden. Der die Wahrheit sagt. Was so wenige Menschen tun.« »Aber Camille, woher willst du das *wissen*? Dazu müsstest du die ganze Wahrheit über mich kennen und über dich auch, und das ist doch wohl nicht der Fall.« »Aber ich«, sagte Camille, »ich weiß, dass du der bist, der du *bist*. Dadurch, dass es dich gibt, Adam, fühle ich mich weniger –« sie verstummte, suchte nach dem Wort – »nutzlos.«

Nutzlos! Ja, das war es. Dadurch, dass es Adam Berendt gab, fühlten andere sich weniger nutzlos.

Der für Camille ganz untypische Redeschwall hatte sie selbst überrascht. Doch der vierschrötige Adam gab sich nicht geschlagen, schüttelte stirnrunzelnd den Kopf. Wenn der Mann ihr bloß erlaubte, ihn zu berühren! In die Arme zu schließen! Ihr erhitztes Gesicht an seinen Hals zu pressen. »Camille, du bist eine wunderbare Frau, und ich bin dir sehr zugetan. Aber du begreifst, glaube ich, nicht, welche Folgen es haben könnte, wenn du so etwas zu mir oder zu sonst einem Mann sagst. Es könnte deine Ehe, die doch dein Leben ist, zerstören und dein eigenes Leben vernichten. Das ist die Sache nicht wert, meine Liebe. Nicht mit mir und mit keinem Mann.«

Camille sagte mit erhobener Stimme: »Ich will aber nicht ›irgendeinen‹ Mann, Adam, Herrgott nochmal. Ich will dich. Ich liebe *dich*.«

»Aber woran genau ist diese ›Liebe‹ gebunden, Camille? *Was liebst du?*«

Camille schaute ungläubig, als Adam an seinen Kleidern zu nesteln begann und Teile seines Körpers entblößte, während beide Hunde aufgeregt bellten und umhersprangen. »Meine Brust?« – Adam knöpfte sein Hemd auf, unter dem ein breiter, muskulöser, um die Taille aufgeschwemmter Oberkörper zum Vorschein kam; unter einem wirren Pelz grauen Haars war die Haut fleckig und schuppig und schälte sich, sah vernarbt aus wie verbranntes Gewebe; seine Brustwarzen waren harte rosafarbene gummiartige Knubbel. »Meinen Bauch?« – es war ein schlaff herabhängender Bauch, unnatürlich weiß und rotgesprenkelt zugleich, entstellt wie seine Brust und mit alten Brandnarben überzogen. »Meinen Penis?« – ein dicker kurzer Stummel, befremdlich wie ein Conterganarm, dunkelrot, feucht an der Spitze und halb erigiert. Adams Schamhaar war üppig, fest und spross sogar an der Innenseite seiner Schenkel. Camille wandte sich tief errötend ab und schlug die

Hand vor die Augen. Adam lachte. »Ich nehm's dir nicht übel, er *ist* hässlich. Ich habe nie zu den Männern gehört, die ihren Penis eindrucksvoll finden.«

Beide Hunde schnüffelten mit ihren feuchten neugierigen Nasen an Camilles Knöcheln. Camille wusste nicht, ob sie lachen oder weinen sollte, wusste nicht, ob sie tief beleidigt oder auf originelle Weise ernst genommen worden war. Die ergreifende Liebesszene, die sie sich seit Monaten ausgemalt hatte, war ihr entglitten wie ein ins Schleudern geratenes Auto, war zur Posse geworden. Adam steckte beiläufig seinen Penis wieder in die Hose, zog den Reißverschluss hoch und richtete seine Kleider, als sei nichts Besonderes passiert, während Camille stocksteif und mit dem Rest an Würde, der ihr geblieben war, schon den Rückzug antrat. »Camille, du bist nicht beleidigt, hoffe ich? Aber womöglich jetzt klüger?«, rief Adam ihr nach wie ein nur wenig zerknirschter, sondern vor allem belustigter Gastgeber. Die beiden Hunde Adams, der in die Jahre kommende gelbe Labrador Butterscotch und der junge magere Husky-Schäferhund Apollo, trotteten schützend neben Camille her, so als habe ihr Herr ihnen befohlen, sie durch das zugige, voll gestopfte Haus zu ihrem Auto auf der Einfahrt zu begleiten.

Hatte sie den Zündschlüssel stecken lassen? Die Scheinwerfer waren in der zunehmenden Dämmerung des Wintertags an.

Die Oberfläche des Flusses war opak, silbrig wie rostfreier Stahl.

Trotzdem liebe ich ihn.

Vorsichtig, wie eine Behinderte, fuhr Camille nach Hause. Sie war tief verletzt, war im Innersten getroffen, doch ging ihr mit einem Mal die Lächerlichkeit des Vorfalls auf, und sie musste plötzlich lachen. Sie lachte noch, und Tränen liefen ihr übers Gesicht, als sie am Haus am Old Mill Way ankam und in die gemütlich beleuchtete Küche trat, in der die Jamaikanerin, die zweimal die Woche zum Hausputz kam, in der Frühstücksecke saß und Kaffee trank. Als sie Frau Camille sah, sagte sie mit einem ihre Zahnlücken entblößenden Grinsen: »Mrs Hoffmann! Muss ein guter Witz gewesen sein, den Sie gehört haben, so wie Sie lachen.« Camille fand das auch und wischte sich die Tränen ab. »Ja, Felicia.«

Im nächsten Moment war sie ganz woanders. Die Küche verschwand, und Camille stolperte gegen eine riesige vibrierende Maschine, ähnlich einem senkrecht stehenden Rasenmäher. Oder war es ein Hubschrauber? Kurz davor, aufzuwachen – brutal geweckt zu werden durch Lionels Schnarchen –, klammerte sie sich an den schützenden Traum. Wo war Adam? Sie wusste, dass ihm etwas Schreckliches, Unwiderrufliches passiert war, aber dass er sie trotzdem nicht verlassen, trotzdem bei ihr sein würde. *Ich muss es Lionel sagen! Ich muss es beichten. Mein Innerstes offenbaren. Meine Liebe zu dir, Adam. Es ist nicht zu spät.*

Camille. Natürlich ist es zu spät.

Nein. Ich liebe dich!

Aber jetzt bin ich nicht mehr da. Sogar mein hässlicher, verwüsteter Körper: weg.

Meine Liebe nicht.

Du kannst keinen Toten lieben, Camille. Lieb die Lebenden.

Aber, Adam –

Lieb die Lebenden.

Mit einem Schauder wachte Camille auf. Die grünen Leuchtziffern ihrer Nachttischuhr zeigten 3.02. Neben ihr, den Rücken ihr zugekehrt, schnarchte Lionel nicht bloß sporadisch, sondern mahlte mit den Zähnen, so als rede er. Hitze stieg von seinem langen schmalen Rücken und seinem wirren Haar auf. Erschüttert von ihren Träumen, stieg Camille aus dem Bett und ging in ihr Bad, um sich das heiße Gesicht zu waschen und ein Glas Wasser zu trinken. (Sie erwog, entschied sich aber dagegen, noch eine ihrer krümeligen weißen Tabletten zu nehmen.) Was hatte sie da bloß geträumt? Was für Visionen hatte Adam ihr eingegeben aus dem Totenreich? Im Spiegel über ihrem Waschbecken erblickte sie ein aufgedunsenes Kindergesicht und erweiterte Pupillen. Sie war erregt, zittrig. Eine Entscheidung war für sie im Schlaf getroffen worden: Sie würde Lionel, anders als geplant, nichts sagen von ihrer Liebe zu Adam. Ihrer hoffnungslosen (und doch noch brennenden) Liebe zu Adam Berendt.

Lieb die Lebenden, Camille, hatte er sie geheißen. Und das wollte sie tun.

Und dort schlief Lionel seinen nur ihm zugänglichen unruhigen Schlaf. Mit dem Schlaf ringend wie mit den Decken des hübschen Himmelbetts und den riesigen Gänsedaunenkissen, die (wie oft er die Dinger auch fortschob) immer gegen sein Gesicht drückten und ihn an der Nase kitzelten. Vor dem Zubettgehen hatte er ein oder zwei kleine Gläser Bourbon getrunken. Hatte sich den Mund ausgespült, gegurgelt. Camille keinen Gutenachtkuss gegeben. (Als er ins Bett gekommen war, schlief Camille friedlich.) Im Bett drehte er ihr wie immer den Rücken zu und blickte ins Dunkel. Ein richtiger Alptraum, dieser Tag! Was für ein Jammer! *Mein bester Freund. Gestorben an einem Herzanfall. Eingeäschert.* Da war es doch regelrecht pervers, dass Lionel, als er einschlummerte, sexuell erregt wurde, leise vor sich hin stöhnte, mit den Backenzähnen mahlte. Er schien am Eingang zu einer Höhle zu kauern oder eines Kellers, vielleicht: eines dieser alten, in einen Berg gegrabenen Erdlöcher, wie er sie als Kind auf Farmen im Norden des Staates New York, in den Adirondacks, gesehen hatte. Unbeholfen hockte er da, in seinen Lenden hämmerte das Blut. Im Innern dieses geheimnisvollen Erdlochs, dessen Öffnung etwa so breit, aber nicht so hoch war wie eine gewöhnliche Tür, lag zusammengerollt eine Gestalt, offenbar eine Frau. Ihr Haar war lang, verfilzt und schmutzig. Ihr Körper war unbekleidet und mit Erde beschmiert. Beim Anblick ihrer schmutzigen Fußsohlen zuckte Lionel zusammen. Die Frau war abstoßend, aber sexuell erregend, provozierend. Ein sexuelles Wesen, ganz Frau, noch im Schoß. *Er* musste ihr das Leben schenken, musste es wagen. *Die Erde ist der Schoß. Das Tageslicht die Geburt.* Adam Berendt sprach es. Zentimeterweise bewegte Lionel sich in der Hocke auf die Öffnung der Höhle zu. Gott, sein zum Bersten mit Blut gefüllter Penis wackelte hin und her, schmerzhaft in die Höhe ragend wie eine Faust. Lionel beugte den Oberkörper über die Öffnung der Höhle und atmete, fast ohnmächtig werdend, den üppigen scharfen Geruch der Frau ein. Ihren Fleischgeruch, den Geruch ihres Haars, den Geruch, der zwischen ihren Beinen hervorkam, den mit solcher Kraft abstoßenden und provozierenden moschusartigen Blutgeruch. Die Frau war wach, tat nur so, als schliefe sie. Wälzte sich aufreizend in der Erde.

Ihr Bauch und ihre Oberschenkel waren milchigweiß, aber mit Erde beschmiert. Mädchenhafte Brüste, fest und hart, die Brustwarzen wie Augen; dichte Haarbüschel unter den Achseln (es war ein Schock für einen Mann von Lionels Sensibilität, als er unter weiblichen Achseln zum ersten Mal solche Büschel drahtigen Haars erblickte, denn Camille entfernte natürlich sorgfältig alles unansehnliche Haar von ihrem Körper; Camille hätte sich geschämt, zuzugeben, dass solche Haare an ihrem Körper wuchsen); Zehen, die sich lasziv in den Boden krallten wie die eines Affen. *Bring sie ans Licht, du musst sie ans Licht bringen. Du musst sie zur Welt bringen.* Lionel verstand, dass dieser Traum dazu diente, ihm einen Auftrag zu erteilen. Er war ein Heuchler, schon lange war er ein Heuchler. Adam Berendt, sein wahrer Bruder, hatte ihn an die Öffnung der Höhle geführt; nun war es an Lionel, den Auftrag allein auszuführen. Er musste in die Höhle kriechen, in diese stinkende Feuchte, musste die schlafende Frau wecken und ans Licht bringen. *Keine Scham. Nie wieder. Die zerbrochenen Hälften deines Lebens.* Lionel erwachte mit einem Schauder, direkt an der Schwelle zum Orgasmus. Eine ganze Weile – sein Herz schlug, seine Haut dünstete Schweiß aus – wagte er nicht, sich zu rühren.

Allmählich, nach und nach wich das Blut aus seinen Lenden.

Er spürte, wie sein Hirn ansprang, seine Gedanken jagten klar dahin. Neben ihm lag in seliger Ahnungslosigkeit, auf ihre Seite gedreht, feucht atmend und friedlich, einfältig und traumlos schlafend, wie Lionel wähnte, Camille, so reglos wie eine dieser Gänsedaunen. Stieß ab und zu einen Seufzer aus. Arme Camille! Lionel liebte sie wirklich. Würde sie immer lieben. Obwohl er wusste, dass sie in ihren Freund Adam verliebt gewesen war und dass Adam diese Liebe nicht erwidert hatte. *Das traurige, erbärmliche Geheimnis meiner Frau. Ich muss ihr dieses Geheimnis zugestehen.* Zum ersten Mal soweit er zurückdenken konnte ging Lionel das Herz auf ob seiner Großzügigkeit.

Beim Hinlegen war er erschöpft und bedrückt gewesen, doch jetzt war er erfrischt, freudig erregt. *Die zerbrochenen Hälften meines Lebens. Die muss ich zusammenfügen!* In der festen Überzeugung, dass Camille ruhig schlief, schlüpfte Lionel aus dem Bett.

Barfuß und in Schlafanzughose und T-Shirt, beide schweißfeucht, ging er leise aus dem Schlafzimmer und durch den dunklen Flur zur hinteren Treppe. Wie das Auge eines gütigen Gottes wies schwaches Mondlicht ihm den Weg. Machte die Tür seines Arbeitszimmers hinter sich zu. Lächelte. Seufzte! Die Digitaluhr auf seinem Schreibtisch zeigte 3.58. *Ruf an, Liebling. Jederzeit. Ich hab es im Gefühl, wenn du es bist.* Lionel hielt den Atem an, als er die Nummer tippte, die er auswendig kannte, seine Finger bewegten sich schnell und fehlerlos. Meilenweit entfernt in dem Loft im zweiten Stock in der 20. Straße West, zu dem es keinen Fahrstuhl gab, läutete ein Telefon, läutete lange, doch schließlich wurde der Hörer abgenommen. Ihre weiche, schüchterne, zögernde Stimme mit dem leichten Akzent sagte: »Ja? Bitte?« Lionel umschloss den Hörer mit der Hand und sprudelte los: »Siri, Liebling, ich bin's. Es ist etwas Schreckliches und Wundervolles geschehen.«

Vierzig Minuten später verließ Lionel aufgekratzt und wie ein Betrunkener schwankend sein dunkles Arbeitszimmer, um wieder ins Bett zu gehen, als zu seiner Überraschung das Treppenlicht brannte und Camille, einen Morgenmantel über ihr Nachthemd geworfen, oben an der Treppe stand und verängstigt schaute. »Lionel, was ist los? Warum bist du hier?« Als Lionel sich in seiner Verblüffung nicht vom Fleck bewegte, kam Camille schnell die Treppe herab, ihre schweren Brüste bebend, ihr bängliches Gesicht mit grauen Spinnweben überzogen. Sie trat vor Lionel hin, eine kleine, ängstliche Frau mit einem weichem Körper, und legte die Hand auf seinen Arm. »Lionel? Liebling, was hast du? Du siehst – bestürzt aus.« Lionel stammelte, er sei zu aufgewühlt, um schlafen zu können, bekomme diese grässliche Fahrt nach Nyack nicht aus dem Kopf, bitte um Entschuldigung, dass er sie gestört habe. Camille umarmte ihn, sank in seine Arme und legte den Kopf auf seine Brust. Er stand reglos, zur Reglosigkeit verurteilt. Konnte nichts machen. Camille fröstelte und roch nach süßem, muffigem Puder. »Oh, Lionel. Ich weiß. Ich hab solche Angst. Halt mich fest.« Pflichtschuldig schloss Lionel die Arme um seine Frau. Zum Glück konnte sie sein schuldbewusstes rotes Gesicht nicht sehen. »Du liebst mich doch, Lionel, oder?«, fragte Camille wehmütig. Lionel streichelte ihre weichen, fleischigen Schultern, ihr feines, zerwühltes Haar, murmelte: »Natürlich liebe ich dich, Liebling. Das weißt du doch. Immer.« Lionel hatte die Fassung schon fast wiedererlangt und schöpfte Kraft daraus, dass er die zitternde Frau tröstete. Morgen früh würde er es ihr sagen, morgen Abend. Würde ihr von Siri erzählen. Würde die zerbrochenen Hälften seines Lebens zusammenfügen.

Camille versteifte sich auf einmal. »Was ist das?«

»Was?«

»Dieses – Geräusch?«

Sie horchten, am Fuß der Treppe eng aneinander geschmiegt. Ein Geräusch wie verzweifeltes Kratzen? Stöckchen, die aneinander gerieben, über Holz geschleift wurden? »Das muss ein Tier sein«, sagte Lionel flüsternd. Seine Nackenhaare sträubten sich. Hand in Hand tapsten die Hoffmanns ängstlich durch das dunkle Haus bis zur Küche, wo Lionel tapfer ein Hauslicht einschaltete. Camille schlich an ein Fenster und sah hinaus. Schrie auf: »Lionel, sieh doch!«

In dem plötzlichen Lichtkegel auf dem Gehweg stand, eine verletzte Hinterpfote hinter sich herziehend und die Augen feucht vor Kummer, Adams verschwundener Hund Apollo.

Die Felsengrottenmadonna

1

In den Okularen des Fernglases kommt das Gesicht eines Teenagers auf sie zu. *So ein hübscher Junge!* Elf Tage nach Adam Berendts Tod.

Sie sagt sich, dass sie die Regeln der Übereinkunft nicht verletzt. Sie hat keinen persönlichen Kontakt zu ihrem Sohn Jared.

Jared Tierney. Abigail Des Pres' fünfzehnjähriger Sohn, der den Namen seines Vaters, nicht ihren, trägt. *Ihr* Sohn, benannt nach ihrem Feind.

Sie schaut durch die vergrößernden, das Bild leicht verzerrenden Okulare des Fernglases. Sie ist das schwere, unhandliche Gerät nicht gewöhnt, ihre schuldbewusst zitternden Hände umklammern es, drücken es gegen ihr Nasenbein. Ihr empfindliches Nasenbein ist schon leicht aufgescheuert. Ist Abigail Des Pres so empfindlich? Dieses verdorbene Weibsstück, das die besorgte Mutter mimt? Nein, eine Mutter, die heftig leugnet, ein verdorbenes Weibsstück zu sein.

Im wirklichen Leben könnte Abigail ihren Sohn nicht so begeistert ansehen. So ungeniert. Es würde ihn peinlich berühren, sogar abstoßen, er würde türenschlagend das Zimmer verlassen. Aber das ist nicht das wirkliche Leben, sondern etwas anderes. *Seit Adams Tod ist alles unwirklich. Dünnes glitzerndes Zellophan, gebreitet über das, was war.* Abigail beißt sich fest auf die Unterlippe. Betrachtet die Wangenknochen des Jungen, die Linie seines Kinns mit der Delle auf der rechten Seite, die wie eine kleine Kerbe ist, die dichten Augenbrauen, dunkler als das kastanienbraune Haar. Die Augen, die sie kennt, sind stahlblau, aber auf diese Entfernung kann sie die Farbe nicht ausmachen. Stahlblau, sie sehen zu viel.

Jared kann sie jetzt allerdings nicht sehen. Er geht mit Freunden unter hohen Bäumen entlang, durch Sonnenscheinsprenkel, redet und lacht und weiß nichts von den auf ihn gehefteten Augen seiner Mutter. Ein Mann hat einmal seinen breiten, stummeligen Daumen gegen eine in ihrem Hals pochende Arterie gedrückt, und diese Arterie pocht jetzt auch, heiß und drängend. *Jared! Jared. Dich will ich.*

Es ist fast Mittag an einem strahlenden Sommertag. Irgendwo im Norden: in Vermont? Warum befindet Jared sich so weit weg von zu Hause in einer Sommerschule? Es war halt nötig. Abigail sieht es ein. Sie hat Verständnis. Jared hatte ein schwieriges Jahr an der Preston Academy, er stand unter emotionalem Druck, ausgeübt von beiden Eltern, bekam eine 4 in Englisch, eine glatte 6 in Mathe; die Aussicht, für sechs Wochen an eine Sommerschule zu gehen, hatte ihm gar nicht geschmeckt, dabei sieht er jetzt sehr glücklich aus, sogar entspannt, und Abigail, seine Mutter, sieht es ein, ist doch gut – oder? Man möchte doch, dass das eigene Kind glücklich ist, auch wenn man, versteht sich, dieses Glück nicht selbst herbeigeführt hat.

Einen Moment lang denkt Abigail, Jared habe sie doch erspäht, so, wie er den Kopf reckt, die Stirn runzelt. Seine verzweifelte Mutter in ihrem Versteck, circa vierzig Meter entfernt, in einem geparkten Wagen verborgen. Falls er sie erspäht, falls er sie entdeckt, wird sie das verräterische Fernglas fallen lassen und sich ihm auf Gnade und Ungnade ergeben. *Jared, verzeih mir! Mir war nicht klar, was ich da tat. Mir war nicht klar, dass das Fernglas wirklich vergrößert. Mir war nicht klar, dass dieser Junge – du warst.*

Vielleicht würde er lachen. In jugendlichem Entsetzen den Kopf über sie schütteln und lachen.

Vielleicht auch nicht.

Die schreckliche Wahrheit ist, dass Abigail Des Pres, geschieden, zweiundvierzigjährig, ehemals als Debütantin in die Gesellschaft eingeführt, ehemals eine Schönheit, eine durchaus intelligente und gebildete Frau, keine Intellektuelle, aber mit gesundem Menschenverstand, eine moralisch empfindende Frau, eine anständige Frau, eine Frau mit Humor, eine, die sich in Maßen in gemeinnützigen Organisationen wie Pro Familia, Stiftung Lesen Amerika und Freunde des Salthill Trust engagiert, stellt ihrem eigenen Sohn nach.

Die schreckliche Wahrheit ist, dass Abigail Des Pres genau das tut, was ihr verboten worden ist.

Jetzt ist das was anderes. Adam ist tot. Ich habe keine Menschenseele mehr.

Und Jared wird es nie erfahren.

Sie hat nicht vor, noch eine Nacht in Middlebury zu verbringen. Sie wird diesen Nachmittag fahren. Heim nach Salthill. *Ich schwöre.*

Und Jared bemerkt sie nicht, ausgeschlossen. Weder er noch die Jungs, mit denen er da geht. Abigail Des Pres, die ehemalige Mrs Harrison Tierney, sitzt hinter der grüngetönten Scheibe eines gemieteten Luxus-Lexus, blickt stirnrunzelnd durch ein Fernglas; den Lexus hat sie wegen der diskret abgedunkelten Scheiben gewählt; es ist ein Mietwagen, weil Abigail nicht möchte, dass ihr Sohn ihren Wagen erkennt. Immerhin hat sie sich Gedanken gemacht. Nicht spontan, sondern überlegt gehandelt. Schamlos, unerhört. Sie weiß das. Sie hat den Lexus unauffällig neben anderen Autos in einer Wohnstraße an einer kostenpflichtigen Stelle geparkt, ein Vierteldollar für eine kostbare Viertelstunde. Abigail hat eine ganze Tasche voller Vierteldollar, die wie Piratengold klimpern! Sie ist bereit, den ganzen Vormittag hier am Rande des Campus von Middlebury auszuharren, ihren Sohn auszuspähen, den sie seit fast zwei Wochen nicht gesehen, nicht berührt, nicht geküsst hat.

Sie hatte Jared angerufen, als die schreckliche Nachricht eintraf. Jared hatte Adam immer gemocht, hatte auf dem Höhepunkt des Scheidungskriegs einige Monate Adams Nähe gesucht. Doch nach Abigails Anrufen hatte Jared sich anderthalb Tage Zeit gelassen mit seinem Rückruf, und als sie dann miteinander sprachen, klang er distanziert, kühl, mürrisch. *Ist das nicht schrecklich, eine tragische*

Sache, Schatz?, sagte Abigail unter Tränen. *Ich kann gar nicht glauben, dass er nicht mehr da ist, Schatz, kannst du das? Oh, Gott.* Weit weg in Vermont sagte der Junge ruhig: *Ja, ist echt traurig. Mr Berendt war O. K. Und du, Mom, reiß dich zusammen, ja? Ich komm nicht heim.*

Abigail war schockiert, sie hatte gar nicht daran gedacht, Jared aus der Sommerschule zu nehmen.

Es ist faszinierend, es ist riskant, den eigenen Sohn –, von ihm unbemerkt – zu beobachten. Und selber unsichtbar zu sein. Wenn Abigail durch das starke Fernglas zu ihm hinübersieht, ist er beunruhigend nahe, wenn sie das Glas senkt, tritt seine Gestalt zurück, und sein Gesicht wird so winzig, dass sie ihn vielleicht gar nicht erkennen würde. Er befindet sich in sicherer Entfernung. Sie befindet sich in sicherer Entfernung.

Jareds Wissens (und Abigail gibt sich nicht der Illusion hin, dass er an sie denkt) befindet Abigail sich 312 Meilen weiter südlich in Salthill, in ihrem geräumigen einsamen Haus im Cape-Cod-Stil, das an dem etwas dörflicheren Abschnitt des Wheatsheaf Drive steht; wohingegen Jared sich im grünen Middlebury in Vermont befindet, wo die Preston Academy gegen eine saftige Gebühr ihren sechswöchigen Sommerkurs abhält. Soweit Jared weiß, gibt es nichts zu wissen oder zu argwöhnen. *Natürlich kommst du nicht heim*, hatte Abigail gekränkt am Telefon erwidert. *Ich dachte bloß, das mit Adam interessiert dich vielleicht.*

Vielleicht war Jared ja, nachdem sie aufgelegt hatten, in Tränen ausgebrochen? Konnte das sein?

Vielleicht trauert Jared ja, er hat das hässliche schwarze T-Shirt an, das Abigail besonders missfällt, obwohl er vermutlich mehrere dieser T-Shirts besitzt, bedruckt mit kryptischen Botschaften, die kein Erwachsener zu entziffern vermag (die Wörter DAS LETZTE groß dunkelrot auf seiner Brust), dazu übergroße Khakishorts, die unterhalb der Hüfte sitzen; die schmutzigen Nike-Turnschuhe, an denen er aus rätselhaften Gründen besonders hängt, er kann sich von ihnen nicht trennen, und Schnürsenkel, die nicht zugebunden sind und, natürlich, keine Socken. Keine Socken! Deswegen (Abigails Nasenflügel zucken bei der Erinnerung) riechen die Füße ihres Sohnes wie feuchte, modrige Pilze. Aber die anderen

Jungs haben auch keine Socken an. Vielleicht ist dieser eigentümliche Gestank, zusammengesetzt aus ihren Gerüchen, die Aussage einer amerikanischen Generation, geboren Mitte der Achtziger. Vermischt mit ihren Hormonen.

Der Humor einer entsetzten Mutter. Die beschämende Wahrheit ist, Abigail Des Pres betet ihren Sohn noch genauso an, wie sie ihn als Säugling anbetete und als Kleinkind, das sich nicht nur klaglos, sondern überglücklich in ihre Arme schmiegte. Vielleicht sogar noch mehr, jetzt, wo ihre Ehe vorbei ist und sie mit ihren Gefühlen Schiffbruch erlitten hat. Mit Freuden würde sie mit den Gerüchen von Jareds Füßen in diesen Turnschuhen Größe 43, den Gelgerüchen seiner Haare, seinen Achsel- und Unterleibsgerüchen leben, wenn Jared seine Mutter nur halb so anbeten würde wie sie ihn. Bloß ein Körnchen, eine Krume, eine Nanosekunde Anbetung!

Wenn Jared ihrem Blick begegnen würde, ohne zu zucken. Und sagen, dass er sie liebt, und wenn seine Liebe *kein Mitleid* wäre. Dass er sie liebt *und respektiert.* In dem nicht enden wollenden anstrengenden Kampf mit dem Ex-Mann, der zufällig Jareds Vater ist, Mitgefühl mit ihr hat, seiner Mutter. *Hey, Mom, schon gut. Ich bin auf deiner Seite.*

Abigail kann, falls sie entdeckt wird, nicht behaupten, es sei ihr spontan eingefallen, ihrem Sohn nachzuspionieren. Schließlich ist sie vorsätzlich nach Middlebury, Vermont, gefahren. Hat sich diesen gigantischen Alptraum Nyack Mall angetan und in einem Geschäft für Sportausrüstungen dieses Fernglas, das manche Guckglas nennen, gekauft. Hat sich lässig als frisch gebackene Vogelbeobachterin ausgegeben, die allerdings kurzsichtig sei und daher ein leistungsstarkes Gerät benötige, der Preis sei kein Thema.

»Adam, urteile nicht zu harsch über mich. Ich hab's versucht. Aber Jared ist für sechs Wochen weg, und jetzt du. Für immer.«

Seit dem schauerlichen Morgen von Adams Einäscherung hat Abigail die Angewohnheit, laut vor sich hin zu murmeln. Seit diesem Morgen, an dem sie, benommen und wacklig auf den Beinen von dem Beruhigungsmittel, die Augen wund vom ständigen Weinen, harmlos zum Himmel hinaufgesehen hatte ... Eine Wolke stieg in feinen Kringeln und Fähnchen nach oben und trug die

Seele des einzigen Mannes mit sich fort, den sie jemals wahrhaftig und rein geliebt hat, des einzigen Mannes in den langen konfliktreichen Jahren seit ihrer Kindheit, der der Verehrung einer intelligenten Frau würdig schien. »Und jetzt Asche, Rauch? Ein Behälter voll *Abfall*?«

Und dann das Verstreuen der Asche. Abigail hatte das nicht mit ansehen wollen. Marina Troy und Roger Cavanagh hatten sie angerufen, doch sie hatte abgelehnt. Die beiden hatten vor, Adams Asche, wie von ihm gewünscht, in Adams Garten oberhalb des Flusses zu verteilen. Urplötzlich war Abigail grob am Telefon, kurz angebunden. »Ich kann nicht! Und Schluss! Ich möchte Adam als Menschen in Erinnerung behalten, nicht als Dünger, Herrgott!«

Abigail sitzt zusammengesunken hinter dem Steuer des gemieteten Lexus und presst das schwere, unhandliche Fernglas gegen ihr zartes Nasenbein, wo es einen Abdruck hinterlässt. Seit Adams Tod ist Abigails Haut empfindlich, schmerzanfällig. Ihr feuchter Mund geht auf, während sie den bemerkenswerten Jungen betrachtet, der *ihr Sohn* ist. (Sie hofft, dass nicht plötzlich Milch austritt aus ihren Brüsten in dem ärmellosen schwarzen Seidentop. Ihm nachzuspionieren, ja, es ist abscheulich, ja, sie schämt sich, aber Jared würde ihr nicht erlauben, ihn so anzusehen, niemals. Er kann es absolut nicht leiden, wenn der wehmütig erotische Blick ihrer dunklen Augen unter den schweren Lidern auf ihm ruht. Er ist nicht bloß normal, er möchte unbedingt normal sein. Möchte *nichts Besonderes* sein. Der amerikanische Durchschnittsjunge, aber nicht als Michelangelos *David*, ohne Ecken und Kanten, vollkommen, sondern als Berninis *David*, mit gefurchter Braue und rebellischem Herzen.

Jared ist der heiße, pochende Kern von Abigails Leben. Ganz so, als existiere ihr eigenes Herz von ihr losgelöst, wund und verletzlich, sein rätselhaftes, unkenntliches Eigenleben führend.

An einer Wegkreuzung bleiben Jared und seine Freunde stehen und unterhalten sich mit anderen. Mit welchen, die rauchen! Allen sitzt die Baseballkappe verkehrt herum auf dem Kopf. Alle haben einen Rucksack, tragen weite T-Shirts mit unentzifferbaren Inschriften und Logos von Rockbands, unterhalb der Hüften sitzende

Shorts, muskulöse, mit Flaum bedeckte Beine, die bloßen Füße in offenen Turnschuhen. Eine ganze Clique. Abigail wartet geduldig, solange hoch aufgeschossene, großmäulige Fremde ihr den Blick auf Jared verstellen. Grobschlächtige Bengel, die heiß geliebten Söhne anderer Mütter, für Abigail sind es bloß verschwommene Flecken neben der alles überstrahlenden Flamme, ihrem Sohn. Der Sommerkurs der Preston Academy wird größtenteils von Jugendlichen wie Jared wahrgenommen, die während des Schuljahrs versagt oder schlecht abgeschnitten haben und deren Eltern die Sorge umtreibt, dass sie von erstklassigen Universitäten nicht aufgenommen werden, und Abigail fragt sich, ob Jared einer davon ist, ein durchschnittlicher Leistungsverweigerer aus der Meute der Teenager, oder ob er sich nur als solchen ausgibt.

Bestürzt sieht Abigail, wie Jared eine ihm gereichte Zigarette nimmt und sie anzündet. »Oh, Liebling. Nicht doch.« Dabei ist sie im Grunde nicht überrascht. (Sie hat im letzten Jahr mehrmals Rauch in seinem Zimmer, an seinem Haar und seinen Kleidern gerochen. Jared hat es aber Stein und Bein abgestritten. Hat mit den Augen gerollt und gesagt, sie sei paranoid. Später aber zugegeben, dass er ab und zu aus Nervosität vielleicht doch geraucht habe. *Kein Problem, Mom.*)

Jared und seine Freunde gehen weiter. Jared atmet Rauch aus und schüttelt den Kopf, um sich Haare aus den Augen zu wedeln. Unbekümmerte, ganz gewöhnliche Bewegungen: solange er nicht weiß, dass er beobachtet wird. Jemand wirft eine Frisbeescheibe in seine Richtung, und Jared springt hoch, um sie zu fangen, springt wie ein Delphin, die Zigarette zwischen die Zähne geklemmt, und wirft das orange schimmernde Ding aus dem Handgelenk zurück. So flink, so anmutig, Abigail ist hin und weg. Es ist, als habe der Junge in der Sonne einen seidenen Pfeil abgeschossen, ein Banner aus schimmerndem Licht, die Seide seine Seele, und eine Sekunde später fallen gelassen.

Die Jungen gehen durch Sonnenflecken weiter. Sie kommen an Mädchen in Tank-Tops und Shorts vorbei, die ein wenig älter sind, Studentinnen des Middlebury College vermutlich, kein Wortwechsel zwischen den jungen Leuten beider Gruppen, doch im Weitergehen raunen Jared und seine Freunde sich leise etwas zu und brechen in Gelächter aus. Abigail hört das Gelächter auf die Entfernung, durch das fest geschlossene Autofenster, nicht, aber sie zuckt zusammen, weiß, es ist ordinär. Welche ordinären Ausdrücke mögen ihrem hübschen Jared da mühelos über die Lippen kommen?

Aibgail Des Pres, die viele Male (unabsichtlich) gehört hat, wie ihr Sohn mit seinen Schulfreunden sprach, wenn die ihn zu Hause besuchten, spürt, wie die Röte ihr ins Gesicht steigt.

Ach, Jared, Schatz, müsst ihr diese Ausdrücke verwenden – du und deine Freunde?

Scheiße, Mom, spionierst du mir wieder nach?

Jared! Ich spioniere nicht, das hier ist mein Haus. Ich frag bloß – warum solche Ausdrücke?

Hör einfach nicht hin, Mom. Dann regst du dich auch nicht auf, O. K.?

Dieses Gespräch hatten sie früher in diesem Sommer geführt. Jared war nicht laut geworden, hatte sich nicht verteidigt, kein bisschen. In solchen Momenten hat er etwas ganz Reizendes, Vernünftiges an sich. Wie das eine Mal, Jahre zuvor, als er wissen wollte, warum *Nigger* ein hässliches Wort ist, warum es aber in Ordnung ist, wenn man das N-Wort im Fernsehen sagt.

Gute Frage. Kinder stellen immer gute Fragen. Doch was darauf antworten? Abigail kann ihrem kleinen Jungen nicht mehr mit der Heiterkeit einer Madonna von Botticelli einen Kuss auf die gerunzelte Stirn drücken und *Warum? Weil Mommy es sagt.*

Jared und seine Freunde nähern sich der Straße, auf der der Lexus steht, aber nicht in Fahrtrichtung, sondern schräg. Sie gehen anscheinend weder zum Wohnheim noch zur Mensa, sondern zu einem kleinen Einkaufszentrum, einer Häuserzeile mit kleinen Geschäften und Restaurants. Abigail schaut gierig, sie hat nur diese wenigen ergatterten Minuten, bevor sie Jared wieder verliert. (Sie wird ihn nicht aus dem Hotel anrufen, sie fährt in ein paar Stunden wieder ab. *Sie wird keinen Kontakt zu ihm aufnehmen.*) Ihre Augen fühlen sich an, als seien sie blutunterlaufen. Ihr Herz schlägt wie ein Gong. Jared wird immer größer in den Okularen des Fernrohrs, wie eine Filmgestalt in Nahaufnahme. Seine glatte, straffe Haut ist unrein, er hat Pickel am Haaransatz, sieht so aus, als habe er gekratzt. Seine Haare kucken in niedlichen Strähnen unter der Yankees-Mütze hervor, sind hinten viel länger als sonst und starren vor Fett. Mit ziemlicher Sicherheit hält Jared sich nicht sauber. Zwei Minuten unter der Dusche, ein paarmal flüchtig mit der Seife über den Körper gefahren, die schmutzigen, zerknäulten Handtücher auf den Boden geworfen. Was kann man tun? Während der langen Monate der Trennung und der Scheidung, als Harrison auszog und nach New York ging, wo er nun mit einer Frau zusammenlebt, die einer jüngeren Abigail ähneln soll, drückte Jared unter anderem dadurch, dass er sich nicht mehr gründlich waschen wollte, aus, wie unglücklich er darüber war: eine Reaktion, die ihren Ex-Mann Harry eher amüsierte, Abigail jedoch ärgerte. Trotzdem – was kann eine Mutter da tun? Als Kompromiss einigte man sich bei den Verhandlungen über das Sorgerecht darauf, dass Jared, anstatt jeweils eine Zeit lang bei Vater und Mutter zu wohnen, die Preston Academy in der Nähe von Springfield, Massachusetts, besuchen würde; den Sommer über sollte er größtenteils bei Abigail sein, aber auch Zeit mit Harry verbringen, und in den Schulferien und an Feiertagen sollten sie sich abwechseln oder die Zeit irgendwie untereinander aufteilen. Die Preston Academy war eine angesehene und sehr teure Privatschule für Schüler, die für Andover, Exeter, St. Paul's oder Lawrenceville nicht gut genug waren; sie stand in dem Ruf, weniger drogenverseucht als die meisten anderen zu sein, und auf ihrem Gelände hatte bisher noch kein Schüler Selbstmord begangen. (Jared hatte allerdings darauf hingewiesen, dass Schüler, die sich außerhalb des Prestoner Campus »ausgeknipst« hatten, bei diesem glänzenden Zeugnis außen vor blieben.) An der Schule teilt Jared sich eine Zimmerflucht mit Jungs, die kein bisschen reinlicher sind als er selbst, *was kann man da machen*?

Abigail gehört nicht zu den Müttern, deren Denken stets um Schmutz, Schmutzigsein kreist. Ist keine Nervensäge von Mutter. Keine Mom wie aus dem Fernsehen. Nein, ihr geht es nur darum, ihren Sohn lenken zu können, ohne dass der es merkt. Per Fernbedienung zum Beispiel wie ein teures elektronisches Spielzeug.

Ein Anflug von Oberlippenbart! Oder vielleicht bloß ein Schatten auf Jareds Gesicht. Er rasiert sich inzwischen. Wie oft pro Woche, weiß Abigail allerdings nicht. Das hat sie nicht von ihrem Sohn (der eher sterben würde, als seiner Mutter etwas so Persönliches mitzuteilen), sondern von ihrem Ex-Mann Harrison, der nicht widerstehen kann, Abigail Dinge zu stecken, die sie aufwühlen, sie beunruhigen, aufs Geratewohl angeführte Kleinigkeiten, von denen er annimmt, dass sie sie aus dem seit Jahren ersehnten Gleichgewicht bringen. Bei einem ihrer letzten Telefongespräche ließ Harry Abigail wissen, dass er Jared bei einem Besuchswochenende einen Rasierapparat geliehen habe, und so habe das Rasieren Einzug in Jareds Leben gehalten. Typisch Harry, der raffiniert und grausam war, aber wenn er wollte, auch charmant sein konnte, sich nach Jahren der Gleichgültigkeit wieder in das Gefühlsleben ihres Sohnes einschlich. *Wenn ein Junge erwachsen wird, braucht er einen Vater. Nicht bloß eine Mutter. Das müsste sogar dir, Abigail, bekannt sein.* Abigail nahm es mit Würde, Gott sei Dank war es ein Telefongespräch, und ihr Ex-Mann konnte ihre angewiderte, betroffene Miene nicht sehen. Ja, sie räumte es ein, ja, es war ihr bekannt. *Ein Junge braucht einen Vater. Aber nicht dich.*

Es hat Männer gegeben, die sich nach der Scheidung für Abigail interessierten, aber Abigail schafft es, sich das Interesse an ihnen zu versagen. Nie wieder! Sie ist sexuell immunisiert – ein Neutrum – und will, dass das auch so bleibt. Daher ist es unwahrscheinlich, dass sie bald wieder heiraten wird, ist es unwahrscheinlich, dass Jared, der Junge, der jetzt erwachsen wird, schon bald mit einem Stiefvater zusammenleben wird.

Hatte Adam Berendt Abigail geliebt? Ja. Aber nicht *so*.

(Abigail klingt noch die Grausamkeit von Harrisons *bloß eine Mutter* in den sensiblen Ohren, ausgesprochen wie *bloß eine leichte Erkältung* oder *bloß einen Krautsalat als Beilage bitte*. Und das beleidigende *sogar* dir, Abigail.)

In diesem Moment laufen Jared und die anderen Jungs auf einen McDonald's zu. Gebannt starrt Abigail weiter auf den Rücken ihres Sohnes, auf die verkehrt herum sitzende Kappe, die schmalen Schultern in dem weiten schwarzen T-Shirt, den flaumigen Schimmer seiner hin und her schwingenden Arme und Beine. Es freut sie, als sie sieht oder zu sehen meint, dass Jared seine Zigarette in den Rinnstein wirft. »Schatz, pass auf dich auf. Ich hab dich lieb.« Und jetzt? Sie ist erleichtert, dass er sie nicht gesehen hat, und zugleich tief enttäuscht. Jetzt bleibt ihr nichts mehr außer der langen Rückfahrt nach Salthill, in dieses einsame Haus. Vor seiner Abreise nach Middlebury hatte Jared gesagt, sie solle doch für einen Monat nach Nantucket fahren, ihre Freunde dort waren schwerreich, besaßen ein riesiges Haus am Meer, aber Abigail hatte nicht weggewollt aus Salthill, denn dort war Adam, ihr lieber Freund Adam ... Neulich war sie, ganz früh am Morgen, durch ein heftiges Kratzen unter ihrem Fenster und einen hohen Klagelaut aus sediertem Schlaf aufgewacht, hatte aus dem Fenster geschaut und Adams Apollo an der Hintertür gesehen, den Apollo mit den silbrigen Fellspitzen und jetzt gebrochenem Herzen, einen alten Gartenhandschuh Adams im Maul.

Sie fütterte den Hund, tätschelte und streichelte sein raues Fell und beweinte ihn. Sie waren vom selben Schlag, der Hund und sie. Des Hades verlorene Seelen.

Jared ist zwar schon fast außer Sicht, doch Abigail hält sich immer noch das Fernglas an die Augen und fügt ihrem zarten Nasenrücken Schmerz zu. Nun beugt sie sich nach vorn, die Ellbogen auf dem Lenkrad. Auf einmal klopft es an der Windschutzscheibe. Abigail lässt das Fernglas sinken und sieht voller Entsetzen, dass ein Uniformierter in ihr Auto späht. »Ma'am? Würden Sie bitte die Tür öffnen?«

Ein Alptraum!

Errötend hantiert Abigail, um sie aufzumachen, mit der bleischweren Tür. Der Cop aus Middlebury mit einer dunkel getönten Pilotensonnenbrille, einem frisch gebügelten kurzärmeligen blauen Hemd mit einem Stern, der aussieht, als sei er aus Zinn, mit Lederhalfter und hochglanzpolierter Pistole an der Hüfte, hilft ihr nicht mit der Tür, sondern sieht ihr mit belustigtem Stirnrunzeln zu.

»Ma'am, was tun Sie hier?«

»Officer! Ich – kann das erklären.«

Abigails Hände sind zu schwach, um das schwere Fernglas zu halten, sie lässt es auf den Schoß sinken. Ihre Augen, die sich anfühlen, als würden darin Äderchen platzen, heben sich in sanftem weiblichen Flehen. Ihre Lider flattern. Ihre Lippen beben. In solchen Momenten kann es helfen, dass Abigail Des Pres sich zu benehmen weiß. In gewissen Grenzen. Die weiblichen Des Pres sind seit Generationen dazu erzogen worden, diese Sanftheit, dieses Bitten um Verständnis auszustrahlen, wenn sie männlichem Misstrauen und männlicher Feindseligkeit begegnen. Im jungen mittleren Alter ist Abigail immer noch eine sehr schöne Frau, wenn auch sehr dünn; aus Furcht kleidet sie sich immer sehr teuer, mit viel Geschmack, und ihre Haare, ihr Gesicht und ihre Nägel sind tipptopp gepflegt. Auf diesem schmachvollen Ausflug trägt sie das elegante schwarze Seidentop, eine dazu passende Hose und zehenoffene Gucci-Sandalen. Die Ringe an ihren schmalen langen Fingern, die mit Diamanten besetzte goldene Uhr an ihrem dünnen Handgelenk, der gemietete Lexus mit den olivgrün getönten Scheiben, Abigails französisches Parfum – der Cop von Middlebury, ein Mittdreißiger mit flachem Bauch, nimmt all diese Details wahr. Mit kehligem Flüstern sagt Abigail: »Officer, ich – passe auf meinen Sohn auf. Das ist alles. Von ferne. Ich möchte nicht, dass er von meinem Hiersein weiß. Er glaubt, ich sei zu Hause. Sein Vater und ich sind geschieden. Er ist erst fünfzehn, besucht einen Sommerkurs an der Preston Academy, ich hab ihm versprochen, dass ich versuchen würde, ihn in Ruhe zu lassen, aber – ich hab es nicht ausgehalten. Ich war so einsam ohne ihn. Ich schäme mich so, Officer. Bitte verhaften Sie mich nicht.« Abigail lächelt flehend, wischt sich die Augen ab. Sie weiß, dass er sie nicht verhaften wird.

Und so kommt es auch. Der Cop überprüft ihren Führerschein und die Autozulassung. Er sieht, dass sie noch vier Minuten auf der Parkuhr hat. Er sagt mit einem halben Lächeln, das mitleidig, kokett oder ein wenig verächtlich sein könnte: »O. K., Ma'am. Viel Glück.«

Sie fährt zum Mountain View Inn, munter wie ein in der Luft schwebender Ballon.

»Ich bin frei. Nicht verhaftet.«

Abigail lacht, sie ist kein bisschen zerknirscht. Bereut noch weniger. Sie hat es eilig, in ihr Hotelzimmer zu kommen und die nächsten Stufen ihres Plans in Angriff zu nehmen.

Eine schöne, nicht gerade billige Suite mit Blick auf die legendären Green Mountains. Ob das Eindruck auf Jared macht? Verwöhnte Fünfzehnjährige sind nicht leicht zu beeindrucken, aber Abigail will es versuchen.

Sie ruft an der Rezeption an und teilt der Hotelleitung mit, dass sie noch eine Nacht bleibt. Sie ruft Jareds Nummer im Wohnheim an, die sie anscheinend auswendig gelernt hat. Nicht überraschend – Jared ist nicht da. In herzlichem, aber nicht aufgeregten Tonfall hinterlässt sie eine Nachricht: »Jared? Ich bin's, deine Mutter. Ich bin in Vermont. Ich wohne in einem Hotel, ungefähr zwei Meilen vom College entfernt. Beunruhige dich nicht, Liebling« – (hier beginnt Abigails Stimme zu zittern, sie sieht im Geiste Jareds mürrische Miene) – »es ist nichts passiert. Ich hab mich bloß plötzlich – ein bisschen einsam gefühlt. Ohne dich. Und – Adam. Und das Haus ist so leer ... Sei mir nicht böse. Dieser Besuch bleibt unter uns, dein Vater braucht nichts davon zu erfahren.« Abigail verstummt, atmet hastig. Es ist eine Szene in einem ausländischem Film von früher, eine düstere Geschichte über sexuelle Obsession und drohendes Unheil. In einem Spiegel auf der gegenüberliegenden Seite des Zimmers sieht sie ihr Gesicht, ein blasses, schwebendes Blütenblatt. Warum sind schöne Frauen so flach, wie Ausschneidepuppen? Beim internationalen Debütantinnenball im Waldorf-Astoria in New York City 1976 sah man sie. Abigail gibt sich Mühe, nicht zu betteln: »Ruf mich an, wenn du da bist, Jared. Ich warte hier. Wir essen heute Abend zusammen, mehr nicht. Versprochen! Bloß einen Abend. Meine Nummer ist –«

Abigail sagt die Nummer durch und legt schnell auf. Zu spät, ihre letzten verräterischen Worte können nicht mehr zurückgenommen worden.

Mit einem Mal ist sie erschöpft. Sie zieht das unter den Armen unangenehm feucht gewordene schwarze Seidenhemd und die im Schritt feuchte und zerknitterte Seidenhose aus, schleudert die eleganten Gucci-Sandalen von den Füßen, lässt sich in Unterwäsche – Rippen und Schlüsselbein treten unter der fahlen, teigigen Haut deutlich hervor – auf das hohe, harte Bett mit der Nackenrolle fallen und sinkt in einen köstlichen Schlummer ekstatischen Vergessen. In Gefilde, in denen Adam Berendt noch nicht tot und ihr Kind noch nicht geboren ist, sondern fest und warm in ihr geborgen, in Sicherheit.

2

Wie das pochende Herz eines Sperlings.

Abigails Halsschlagader, auf einmal drückte er den Daumen auf die Stelle, an der sie pochte. Beunruhigte sie, die auf die unvermittelte intime Geste nicht vorbereitet war.

Sie trat nicht von ihm zurück, sie ergriff seine Hand und drückte sie fester gegen ihren Hals. *Ach Adam.*

Warum so heftig, Abigail? Du verheizt dich ja selber.

Auf diese vernünftige Frage, die Adam ihr in verschiedenster Form viele Male gestellt hat, weiß Abigail bis jetzt keine Antwort.

Der Abend nach der Scheidung: Jared war fort, im Internat. Sie hatte Adam zum Dinner eingeladen, bereitete nervös das Essen zu, nur für sie zwei, hatte den Telefonhörer abgenommen. Sie waren – noch – kein Liebespaar. Nur sehr gute Freunde. Trotzdem schmiegte die leichtsinnige Abigail sich manchmal an den Mann, wie es das Vorrecht einer Gastgeberin ist, die einen guten Freund als Gast begrüßt oder einem scheidenden Freund gute Nacht sagt und verträumt, ja, vielleicht verführerisch, aber doch spielerisch lächelt, denn Abigail Des Pres ist eine Frau, die spielerisch verführt, nicht aggressiv, eine Frau, gertenschlank, mit trotz ihrer Blässe heißer Haut, die Sorte Geschiedene, die über ihre Einsamkeit spottet, während sie sie demonstrativ herzeigt, so wie man vielleicht ein Herz, blutend aus der Brust gerissen, in den ausgestreckten Händen herzeigen würde: *Siehst du? Meins. Aber, hey – kümmer dich nicht drum!*

Adam kramte in den ausgefransten tiefen Taschen seines sandfarbenen Kamelhaarmantels (für fünfundvierzig Mäuse auf dem

Flohmarkt der Trinity Church erstanden, prahlte er), suchte seine Handschuhe und zog eine Hand voll Vouchers des Caesars Palace in Las Vegas hervor, die Abigail ihm kokett – sie habe gar nicht gewusst, dass er ein Spieler sei, sich in Casinos herumtreibe, war das sein geheimes Leben? – aus den Händen riss. Adam zögerte einen Moment, bevor er es zugab, ja, er spiele gelegentlich, habe vor allem fürs Würfeln eine Schwäche. »Sehen, nicht ob man gewinnt, sondern ob man Glück hat, und falls nicht, wie weit das fehlende Glück einen treibt und wozu.« Adam sagte so merkwürdige Dinge und in einem so wehen Ton, dass Abigail über diese rätselhaften Worte nur hinweggehen konnte; sie reagierte fast immer nur auf die überschwängliche Seite dieses Mannes, nicht auf die andere, den Grübler und Philosophen, und erwiderte: »Nimm mich doch mal mit, Adam. Das nächste Mal? Vegas? War ich noch nie. Aber ich mag Glücksspiele – glaube ich.« (Stimmte das? Die Hälfte dessen, was Abigail über die Lippen kam, überraschte sie total.) Doch Adam lachte bloß, seine Miene herzlich, sein sehendes Auge zwinkernd zusammengezogen.

Er nahm Abigail die Vouchers weg und zerriss sie langsam und bedächtig.

Wie das poch poch pochende Herz eines Sperlings.

Solches Verlangen.

Wenn ein Junge erwachsen wird, braucht er einen …

… einen zweiten Penis, einen riesigen Daddy-Penis im Haus.

Rasieren? Ein Fünfzehnjähriger rasiert sich, wie oft, weiß niemand, es ist eh bloß ein kleines Geheimnis, ein anrührendes kleines Geheimnis – für Mutter.

Eines unter anderen. Wie etwa das, über welche Summe Harrison Jared jeden Monat mit seiner Kreditkarte verfügen lässt. (Im Rahmen der Sorgerechtsvereinbarung ist Harry für das Taschengeld ihres Sohnes verantwortlich, aber natürlich kann Abigail, die eigenes Geld besitzt und mit Würde Abstand davon genommen hat, von ihrem Mann Geld zu fordern, nicht widerstehen, ebenfalls etwas beizusteuern. Und dem Jungen ein paar Sachen direkt zu kaufen.) Oder das, wie viel Harry sich die Skiurlaube, die Rucksackurlaube, die Bergwanderurlaube kosten lässt, mit denen er die Liebe ihres Sohnes zurückgewinnen möchte. Die Reisen nach Costa Rica, Ecuador, Alaska (zum Mount McKinley). Oder, an einem denkwürdigen Weihnachten, auf die Seychellen im Indischen Ozean, eine ganze Welt entfernt. (Während Abigail, geschwächt vor Kummer und Grippe, um ihre gestorbene Mutter trauerte.) Und wie viel Harry für seine Wohnung in New York City, am Beekman Place, ausgegeben hat, wie viel für sein neues Landhaus in Cornwall, Connecticut; und was Harry und die neue Frau, die glamouröse neunundzwanzigjährige Stiefmutter, über Abigail Des Pres reden, das der nicht zu Ohren kommen soll.

Abigail hört nicht auf, Jared auszufragen: »Was reden sie über mich, Jared? Ist es grausam? Trifft es zu? Lachen sie? Lacht ihr alle?« Und bewirkt damit, dass Jared lacht und rot wird und den Kopf schüttelt wie immer, wenn seine Mutter uncoole Fragen stellt, so als habe er einen steifen Hals. »Mann, Mom.«

»Mann, Mom – was?«

»Sie reden kein Wort über dich. Das tun wir nicht.«

Geheimnisse. Adam, ihrem wichtigsten Berater während der Scheidungskrise und der bedrückenden Zeit danach, hat Abigail erzählt, die *verhängnisvolle Entfremdung* zwischen ihr und ihrem Sohn habe eingesetzt, als Jared ungefähr anderthalb war. Zum ersten Mal versucht, etwas zu verheimlichen, der Kleine! Zum ersten Mal die Unwahrheit gesagt! Als er Mommy weismachen wollte, er habe die pürierte Rote Bete gegessen, wohingegen er den Matsch auf seinem Teller in Wahrheit auf den Boden gekippt hatte. Mit dieser vergeblichen, aber irgendwie noblen kleinen Geste begehrte das Kind auf gegen Mommy wie ein rebellisches Engelchen gegen einen allmächtigen Gott. Und danach folgt, von Abigail zu unterhaltsamen Anekdoten, zu einem Muttermärchen gemacht, eine ganze Flut von Unwahrheiten, aus denen mit der Zeit, seit das Kind sprechen konnte, glatte Lügen wurden.

Abigail und Harrison, die sich damals noch liebten, junge Eltern waren, lachten über die ungeschickten Täuschungsmanöver ihres Kindes, nicht beunruhigt, sondern entzückt. Jared war normal.

Durchsichtige Kinderlügen aufzutischen ist doch lustig – oder? »Mensch«, sagte Abigail sinnend, »ob Lügen, auch die von uns Erwachsenen, immer so leicht zu durchschauen sind?« »Ja, das fragt man sich«, sagte Harry, wie üblich ausweichend nuschelnd. Doch in schwachen Stunden, die sie immer häufiger zu haben scheint, etwa wenn sie in der Wanne liegt, Whiskey trinkt, in einem klimatisierten Hotelzimmer diesen betäubten Schlaf ekstatischen Vergessens schläft, denkt Abigail mit plötzlicher Freude daran, dass es eine Zeit gab, lang, lang ist's her, in der keine Geheimnisse zwischen Mutter und Sohn standen, gar keine. Als das Baby noch im Schoß war zum Beispiel. (Sie war darauf eingestellt, während der Schwangerschaft krank zu sein wie alle Frauen bei den Des Pres, ihre nervenschwache Mutter hatte sie vorgewarnt, aber eigentlich war Abigail überraschend gesund gewesen, guten Mutes, glücklich und voller Elan und hatte es für selbstverständlich gehalten, dass ihr Sohn vollkommen sein würde.) Auch als Jared ein Säugling war, gab es diese Geheimnisse nicht. Zärtlich führte sie Regie beim Stillen, das ihr sehr gefiel und ihr (fast) noch besser vorkam als Sex, und zärtlich führte sie Regie beim Windelwechseln, das Jareds penibler Vater nicht ertrug (einmal hatte Abigail sich hinterher praktisch abschrubben müssen, bevor sie Harry wieder gegenübertreten konnte); zärtlich badete sie das Baby, ein heftig strampelndes, zuweilen quengeliges, eigensinniges Baby, schamponierte sein hellblondes Haar, spülte ihm das Köpfchen, den Schädel, so zerbrechlich wie eine Eierschale, wusch ihm sacht den Penis, diesen winzigen Zipfel, schneckenglatt, kaum schneckengroß, seidenweich und so viel hübscher, dachte Abigail unweigerlich, als das Exemplar in Männergröße. Voller Ehrfurcht umfasste Abigail im Badewasser den winzigen Hodensack mit den Fingern.

Woher sollte sie wissen, was für eine Wut eines Tages den Leib ihres wunderhübschen Jungen zum Zittern bringen würde! Sein verzerrtes Gesicht. Seine jungenhafte Männlichkeit. Während der schlimmsten schlaflosen Monate des Scheidungskriegs, als Jared dreizehn war, jeden Augenblick im Begriff, in Tränen der Wut auszubrechen und zu schreien: »Ich hasse euch, kapiert? Alle beide! Er ist ein elender Wichser, und du bist, bist – eben *du!* Warum seid ihr nicht beide tot!« Und Abigail, die sich größte Mühe gab, ruhig und gelassen zu bleiben, gab es zu: ja, Jared hatte Recht, es war sein Recht, so zornig zu sein, er war nicht schuld daran. »Nur ich, und dein Vater.«

(Aber am meisten doch der Vater. Ja?)

Geheimnisse. Um diesen kleinen Schneckenpenis, seidenweich und vollkommen, der unvermeidlich zum Penis eines jungen Mannes, in den Kleidern versteckt, heranwachsen würde, woran Abigail, *die keine inzestuösen Anwandlungen hat,* nicht denken will. Natürlich muss es im Privatleben eines Fünfzehnjährigen Geheimnisse geben. Es wird sogar noch mehr geben, einen ganzen Sack voller Geheimnisse, die meisten um Sex, die die Mutter nicht erfährt. *Zu meinem eigenen Besten. Er will mich nicht schockieren oder vor den Kopf stoßen. Sein Samen steigt in ihm auf, will sich ergießen. Oh Gott, ich weiß.*

Zumindest hat sich Abigail Des Pres nie aufgeführt wie die Mütter in gewissen Ländern des Mittelmeers und des Mittleren Ostens, die zwanghaft jeden Morgen die Bettwäsche ihrer umjubelten Söhne inspizieren, um festzustellen, ob ...

»Niemals!«

Abigail, zwischen feuchten zerwühlten Laken unruhig schlafend, wacht plötzlich angeekelt auf.

3

Stunden später. Das Telefon auf dem Nachttisch hat nicht geläutet. Sie ist eine Frau, die auf einem jetzt zerwühlten Bett dahintreibt wie verfaulende Wasserlilien auf der Oberfläche eines stehenden Teiches. Schluckt aber die Niederlage, die bitter schmeckt, bekannt. Schwingt ihre messerschmalen Beine aus dem Bett, setzt sich lächelnd und hoffnungsvoll auf und wählt noch einmal seine Nummer.

Das Telefon läutet in Jareds Zimmer im Wohnheim auf dem Campus in Middlebury, zwei Meilen entfernt. Abigail hat sich dieses von hohen Eichen umgebene Wohnheim, dieses solide aussehende Backsteingebäude früher am Tage aus diskreter Entfernung bereits angesehen; jetzt sieht sie die Hand eines Jungen über dem Hörer vor sich, die zögert – und abhebt. Doch es meldet sich niemand. »Hello? Jared?« sagt Abigail leise. Hört Stimmen im Hintergrund, Rapmusik. Nach einer Weile sagt ein Junge vorsichtig: »Hello?« Es ist nicht Jared. Einer seiner Zimmergenossen. Abigail nennt ihren Namen und verlangt Jared zu sprechen, und der Junge sagt unbestimmt, in dem empörenden, näselnden Ton eines Jungen, der lügt: »Jared ist gerade nicht da, Mrs Tierney. Er ist –« Nun folgt ein Schweigen und danach Stimmengewirr. Abigail sieht es förmlich vor sich, wie dem Jungen wütend und entrüstet der Hörer aus der Hand gerissen wird.

»Ja? Hello?« Es ist Jared, es klingt, als sei er gerannt.

»Jared! Ich bin's, hast du meine Nachricht erhalten?«

»Logo.« Jared sagt es ganz tonlos. Abigail sieht die ausdruckslose Miene vor sich. »Hab ich.«

»Ich – ich hol dich im Wohnheim ab. Halb acht, passt das?«

»Halb sieben ist besser. Ich muss morgen was arbeiten.«

»Halb sieben! Ich bin da.«

»O. K., Mom. Alles klar.«

»Und, Jared –«

Die Leitung ist stumm. Jared hat aufgelegt.

Unter der Dusche hält Abigail ihr lächelndes Gesicht in den warmen Sprühregen und gibt sich Mühe, nicht an das zu denken, *was es auch ist: ein Tod, ein Abschied.* Ihr leuchtet ein, dass Jared zornig auf sie ist, weil sie die Regeln der Übereinkunft mit seinem Vater (keine rechtsgültige Übereinkunft, nichts wirklich Bindendes) gebrochen und ihn in die schwierige Lage gebracht hat, in der er sich oft befindet: dafür zu sorgen, dass der eine Elternteil nichts vom anderen erfährt. *Er wird mich nicht verraten, ich kann ihm vertrauen.* Dabei wäre Abigail am Boden zerstört, wenn Jared ihr Informationen über seinen Vater vorenthielte, etwa wenn Harry seinerseits die Regeln der Übereinkunft gebrochen und zu Jared gefahren wäre. *Das würde Jared mir sagen! Ich kann ihm vertrauen.*

Abigails zu dünner Körper, das strömende Wasser. Das Rückgrat, an dem jeder Wirbel zu sehen ist, die Rippen, das Schlüsselbein, die Handgelenke, die glatte, weiche, bleiche Haut, die ihr, wie Adam einmal sagte, das Aussehen einer Madonna der italienischen Renaissance verlieh.

Schließlich Abigails Gesicht.

Ihr Körper ist nicht mehr der einer Mutter. Sie ist sexuell ein Neutrum. Ihre Brüste sind eingesunken. Der Schnitt in der linken Brust (sie berührt sie vorsichtig mit den Fingern, schaut nie hin) ist fast verheilt, die säbelartig krumme Narbe verblasst.

»Beweis dafür, dass ich Glück habe. Bis jetzt.«

Vor sechs Jahren musste Abigail begreifen, dass Harrison nichts mehr für sie empfand, geschweige denn sie noch sexuell liebte, als er mit Verärgerung und Zorn reagierte, nachdem bei einer routinemäßig durchgeführten Mammographie eine erbsengroße Zyste in ihrer linken Brust entdeckt worden war. Abigails Salthiller Gynäkologe überwies sie zur Operation ins Columbia-Presbyterian Hospital, zu einer Biopsie, der sich, falls erforderlich, eine Mastektomie anschließen musste, wenn die Zyste bösartig war, und Harrison schärfte ihr ein, niemandem etwas davon zu sagen. »Ich möchte nicht, dass das bekannt wird. Ich möchte nicht, dass mich andere Männer bemitleiden.« Abigail war nicht sicher, ob sie richtig gehört hatte. »*Dich* bemitleiden?« »Genau.« »Weil deine Frau – Krebs hat?« »Nein. Bloß noch eine Brust.« Kurz darauf fügte Harry, als habe er gerade erst gehört, was er da gesagt hatte, hinzu: »Ich meine, Schatz, ich schäme mich nicht für Krebs. Egal, wer ihn hat. So was gibt's. Ich möchte bloß nicht, dass die Leute hier uns bemitleiden. Dass sie über uns reden. Du kennst doch Salthill, Abigail.« »Ja. Ich kenne Salthill«, erwiderte Abigail ruhig. *Und ich kenne dich.* Harry hatte sie nicht in den Arm genommen. Nicht einmal berührt. *Bereits jetzt bin ich für dich entstellt, ja?*

Dabei hatte Abigail schon mehreren Freundinnen von der Zyste erzählt. Was denn sonst! Sie hatten ihr umstandslos Mitgefühl bekundet, Unterstützung angeboten. Hatten von ähnlichen Narben und Biopsieerfahrungen berichtet; jede Einzelne der Frauen bot Abigail, unabhängig von den anderen, an, mit ihr in die Stadt zu fahren, falls Harrison nicht zu Hause war.

Erst später ging Abigail auf, dass ihre Freundinnen wussten oder ahnten, was sie nicht wusste: Harrison war ihr untreu, und Harry würde mit großer Wahrscheinlichkeit nicht da sein, wenn sie ihn brauchte.

Die erbsengroße Zyste erwies sich als gutartig. Die gesunde Brust wurde nicht entfernt. Nachfolgende Mammographien ergaben negative Befunde. Harry warf ihr »Schwarzmalerei« vor. Noch immer kommen Aibgail schnell die Tränen. In der Dusche, wo niemand sie hören kann. So wie sie auch jetzt weint, sacht die Brust mit der feinen Narbe streichelt.

Kauf immer Designerkleidung, Abigail. Zurückhaltende, niemals auffällige Sachen. Auf die Art bist du unangreifbar. Dies war der wichtigste Rat von Abigails Mutter, aber er hat sich als nutzlos erwiesen.

Trotzdem kleidet Abigail sich mit Sorgfalt. Es ist ein Ritual für sie geworden, wie das Rosenkranzbeten bei Katholiken, sie tut es automatisch, ohne nachzudenken; ein Talisman, der Glück bringen soll. Dabei weiß sie, dass sie sogar bei den fürsorglichen Freunden ihres Salthiller Kreises in dem Ruf steht, eitel zu sein und dass ihre Zurückhaltung und Unsicherheit als Hochmut fehlgedeutet werden. *Hört zu, ich kann nicht anders. Wenn ich nicht schön bin – was bin ich dann?* Für diese unerlaubte Fahrt nach Middlebury hat Abigail Kleider zum mehrfachen Wechseln eingepackt. An diesem Abend mit ihrem Sohn trägt sie einen italienischen Import, ein cremefarbenes Seidenhemd mit Spaghettiträgern, ein tailliertes Jäckchen und einen Rock, der ihre schlanken Knie umspielt, dazu ein Paar cremefarbene Ziegenlederpumps mit mittelhohem Absatz. Jared mit seinen einsfünfundsiebzig wird sie überragen. Abigail trägt unter dem Top keinen BH und hat die Jacke locker geknöpft. Sie bürstet ihr rauchfarbenes, welliges, sehr feines Haar, bis es sich hebt und ihren Kopf umschwebt, und sie schminkt sich sorgfältig, porzellanhell, schwarz umrandete Augen, lange Wimpern und einen blass schimmernden Mund. Goldene Kreolen, Platinuhr und Platinringe. Aber keinen Ehering. Obwohl sie weiß, dass Jared seine üblichen sackartigen Sachen, die schmutzigen Nikes und eine Baseballkappe anhaben und ihre Aufmachung mit einem Prusten oder schlimmer, einem eiskalten, starren Blick kommentieren wird. Doch es stimmt, Abigail kann nicht anders! Jedes Zittern ihrer Lider ist ein Flehen. *Hauptsache, du liebst mich!* Ungeduldig und bang wie eine junge Braut fährt sie zu dem idyllischen College, parkt den gemieteten Lexus und geht über einen rechteckigen Platz in Richtung auf Jareds Wohnheim, es ist noch nicht dunkel, ist immer noch ein milder Sommertag. Abigail hat eine Designerbrille mit dunklen Gläsern und einen Strohhut mit welliger Krempe aufgesetzt; der Campus ist bevölkert mit jungen Leuten in Shorts, Jeans, ärmellosen Tops, viele davon spielen barfuß auf der Wiese Frisbee. Abigail ist ganz in ihrem Element. Sie schwebt, schimmert. Unter den lärmenden Frisbeespielern befindet sich auch ihr Sohn Jared, der dadurch auf seine Mutter aufmerksam wird, dass andere gebannt zu ihr hinsehen, sie einzuordnen versuchen. Ein Model? Eine aus dem Fernsehen? Vielleicht wird auf dem Campus von Middlebury ein Film gedreht? Jared, dessen Gesicht dunkelrot anläuft, wirft seinen Freunden die Frisbeescheibe zu und nuschelt: »Ich muss los. Das ist meine Mom.« Er geht ihr schnell entgegen, um sie abzufangen, nicht nötig, sie seinen Kameraden vorzustellen, und für einen heiklen Moment sieht es so aus, als wolle Jareds eifrige Mutter ihn an sich ziehen, ihm einen feuchten Kuss aufdrücken, in Freudentränen ausbrechen, wie es manchmal schon geschehen ist, ganz so, als wären sie Überlebende eines Erdbebens, die einander eben erst wiedergefunden haben, aber Gott sei Dank hält Abigail sich zurück, obwohl sie sichtlich Angst hat, zittert, Jared die Hand drückt und ihn leicht auf die Wange küsst. Ihr Gruß ist ein atemloser Seufzer: »Hallo, Liebling! Hast du dir die Haare gewaschen?«

Nebeneinander, aber ohne sich zu berühren, überqueren sie den Platz zu dem Mietwagen. Jared mag es gar nicht, doch es erregt ihn auch, dass seine Mutter eine so auffällige Erscheinung ist; sie hält sich für schüchtern, ist in Wirklichkeit aber übermäßig eitel; dass Fremde sie mit Blicken verfolgen, scheint ihr so wenig auszumachen wie einem Schauspieler, der, von den Bühnenscheinwerfern geblendet, in vollem Ernst gemeinsam mit seinem Kollegen spielt. »Jared! Es ist – eine solche Erleichterung, dich zu sehen. Geht's dir gut?«

»Logo, Mom.«

»Und es ist in Ordnung – ja? Dass ich dich besuchen komme?« Ihre Stimme klingt wehmütig und eigensinnig. »Es war so verdammt einsam zu Hause.«

Wenn Abigail an Jared herankommen will, Komplizin sein will, gleichaltrig, lässt sie harmlose Schimpfwörter einfließen. Jared ist ungerührt. »Logo, Mom.«

Abigail sieht sich um, lächelt blicklos. »Es ist – hübsch hier. Es wirkt so –« Sie verstummt, das passende Wort will ihr nicht einfallen. »Gefällt es dir? Bist du hier glücklich?«

»Es ist O. K.«

»Nur O. K.?«

Jared zuckt mit den Achseln. »Es ist eine Sommerschule, Mom. Die mach ich halt.«

»Und das«, sagt Abigail munter und drückt den überraschend muskulösen Oberarm ihres Sohnes, »mache ich.«

Auch wenn Jared das ihm unbekannte Auto überrascht, lässt er es sich nicht anmerken. Er hat sich an die spontanen, irrationalen Eskapaden seiner Mutter gewöhnt. Die »altes« Porzellan, Topfpflanzen, Möbel ausrangiert, im Haus Zimmer, sogar die Gärten und den Rasen umgestaltet, und das mit solcher Verbissenheit, dass man meinen konnte, es bedeute etwas, habe einen Sinn. Womöglich hat Jareds Mutter den weißen Acura zu Schrott gefahren und hat kein eigenes Auto; er wird nicht fragen. Die falsche Frage, und sie bricht in Tränen aus. Jared wäre nicht mal überrascht, wenn sie jemand nach Middlebury gefahren hat, ein Mann, den er nicht kennen lernen wird: allerdings kann das nicht Mr Berendt sein, ihr Freund, denn der ist *gestorben*.

Jared begreift, dass seine Mutter, obschon in mittleren Jahren – schrecklich alt in seinen Augen, peinlich alt, irgendwas über vierzig (er möchte gar nicht wissen, wie viel darüber, und sein Dad ist sogar noch älter) –, eine verführerische Frau ist, eine Frau, die erwachsene Männer anziehend finden, und das treibt ihn zur Raserei, das findet er unsäglich. Er verabscheut es, will gar nicht daran denken. Diese Tatsache versetzt ihn in Unruhe, in Groll, obwohl sie ihn womöglich auch erregt. Kumpels sagen zu ihm: *Mann, Jared, das ist deine Mom?* Und seine Lehrer erst, wie die gucken! *Jared! Bestell deiner Mutter doch einen Gruß von mir, ja? Wenn du das nächste Mal mit ihr sprichst.* Oder der Direktor der Preston, der sich beiläufig erkundigt: *Kommt deine Mutter uns bald einmal besuchen?*

Nein! Nie!

Jared hat sich eingeredet, total erleichtert zu sein, dass seine Eltern schließlich eine Sorgerechtsvereinbarung getroffen, ihn für den Großteil des Jahres von Salthill weggenommen und ihm erlaubt haben, an die Preston Academy zu gehen, auf neutrales Gelände. Es gibt andere Kids im Internat, die in genau derselben Situation sind: Scheidungs- und Sorgerechtsprozesse, verbitterte Ehepaare, die sich nun nicht mehr ausstehen können. Meist sind die Mütter die Verlassenen, die Jammergestalten. Die Verlierer. Die Väter haben neue, junge Frauen, warum nicht? Es ist ein freies Land. Die Zeiten haben sich geändert. Gott ist tot. Einer von Jareds Mitbewohnern hat ihn gefragt, ob er sich nicht manchmal einsam fühle, und Jared hatte verächtlich gesagt: »Einsam? Wie geht das denn?«

Vielleicht ist er manchmal ja einsam. Logo. Aber er zieht *einsam* dem anderen vor.

Es ist eine Ironie, dass Männer Abigail Des Pres anziehend finden, mit einer bedeutsamen Ausnahme: Jareds Dad. Dieser Mann hatte Jared einmal mit einer unvergesslichen Wendung anvertraut, er sei »fertig« mit Jareds Mutter.

Fertig. Das Verlangen eines Mannes nach Abigail, und das Verlangen des Mannes nach der Frau, dieser Ausdruck fasst beides wohl zusammen. Jared sinnt darüber nach.

Im Wagen kann Abigail nicht widerstehen, Jared zu umarmen. »Na los, eine richtige Umarmung. Sonst spürt man ja nichts.« Und einen feuchten Kuss auf seine Wange, bei dem sie seinen verzogenen Mund knapp verfehlt. Sie zieht ihm die lächerliche Baseballkappe vom Kopf, fährt ihm mit den Fingern durch das elastische semmelblonde Haar, sagt, dass es nachgeschnitten werden muss – »Bloß ein bisschen. An den Ohren. Vielleicht morgen Vormittag? – und lächelt ihm glücklich, fröhlich zu. Das weite schwarze T-Shirt mit dem DAS LETZTE mitten auf der Brust, die unter den Hüften hängenden Jeans, stinkende, ohne Socken getragene Nikes: *Mein Jared. Mein geliebter Sohn.* Jared lässt es sich widerstrebend lächelnd gefallen. Eigentlich ist es gar nicht so schlimm, wenn niemand zusieht. Er findet seine Mom ganz O. K. Außerdem hat er Hunger.

Als sie stadtauswärts fahren, sagt Abigail in rauchigem Komplizenton: »Du hast mir wirklich gefehlt, Schatz. Und wie! Und das hier beschränkt sich auf heute Abend, versprochen.«

»Schon gut, Mom. Ich sag ihm nichts.«

Was möchtest du von deinem Sohn, Abigail?

Adam, was für eine Frage!

Na und. Beantworte sie.

Ich möchte – dass er glücklich ist.

Und –?

Ich möchte – na schön, ich möchte ebenfalls glücklich sein. Mit ihm. Für immer.

4

Im historischen Mountain View Inn hat Abigail Vorkehrungen dafür getroffen, dass sie allein in ihrer Suite zu Abend essen können. In einem Erker, von dem aus man den sanft abfallenden Rasen des Hotels und, in einigen Meilen Entfernung, die romantische Postkartenansicht der hinter grauen Bergen zerfließenden Sonne sieht. »Bist du sicher, dass das in Ordnung ist, Jared? Wir können woanders hin gehen, wenn –« »Ist O. K.« »Ich dachte, nur wir beide –« Abigail sieht Jared zögern. Vielleicht ist er im Begriff zu sagen, ja, er würde lieber irgendwo auswärts essen, in einem richtigen Restaurant, unter Menschen, nicht hier, in so persönlicher Atmosphäre, doch seit dem jähen Ende seiner Kindheit vor ein paar Jahren ist er ein taktvoller, sogar stoischer Junge. Er kräuselt die Lippen angesichts der pompösen, mit einer Quaste versehenen Speisekarte, bestellt aber ein T-Bone-Steak. Pommes frites dazu. Und eine große Coke.

Er fürchtet etwas. Was?

Mit Schwung schiebt ein Kellner einen Wagen in den Raum. Weißes Leinen auf dem Tisch, Servietten, eine leicht in ihrer Vase zitternde einzelne Rose, dampfend heißes Essen, ein Steak für Jared, Seezungenfilet für Abigail, alles unter silbernen Hauben, und eine Flasche Burgunder für Abigail. »Ist das nicht – festlich? Wie in einem Film. In Südfrankreich?« Warum sagt Abigail solche dumme Sachen? Südfrankreich! Was weiß Jared schon davon, was kümmert es ihn? Das größte Abenteuer seines jungen Lebens war ein Wildwasser-Rafting-Trip, den sein Vater mit ihm im Sommer zuvor im Gebiet des Grand Canyon unternahm, auch wenn Jared sich den Knöchel verstaucht hat, als das Boot einmal kenterte, und ein anderer Mann beinahe dabei umgekommen wäre. Abigail trinkt kleine Schlucke Wein und fragt Jared vorsichtig aus. Im Gegensatz zu seinem Vater wird sie ihn nicht über seine Kurse an der Schule löchern; sie würde niemals direkt fragen, welche Noten er bisher bekommen hat, *sie spioniert ihm nicht nach*, sie ist nicht diejenige, die Jared immer wieder unter die Nase reibt, dass er abgehängt sein wird von seiner Generation, wenn die die nächste Hürde der amerikanischen Meritokratie in Angriff nimmt, das College. (Nicht Abigail Des Pres, die in den späten Siebzigern an der Bennington »Kunst« studiert hat und, als sie mit Auszeichnung abschloss, von Mathematik, Naturwissenschaften und Geschichte weniger wusste als beim Abgang von der Highschool und die, ein zusätzliches Handicap, nur noch »kreativ«, »spontan« zu schreiben und zu denken verstand.) Sie achtet also darauf, Jared Fragen zu stellen, die er beantworten kann, ohne nervös die Schultern zu bewegen und ihrem Blick auszuweichen.

»Abgehängt« – ein grausames Wort. Abigail hat es ihren Ex-Mann unzählige Male sagen hören. Es schwingt etwas Darwinistisches darin mit, etwas Endgültiges.

Während sie sich unterhalten, gibt Abigail sich Mühe, Jared nicht allzu gierig anzustarren. Ihn nicht allzu oft zu berühren. Sie kennt die gesellschaftlichen Spielregeln genau: eine Frau darf im Gespräch einen Mann leicht am Handgelenk berühren, darf harmlos flirten; ein Mann, der eine Frau in derselben Weise berührt, ist womöglich aggressiv. *Aber Jared wird mich nie anfassen. Hab ich denn eine Wahl?*

Abigail sagt: »Wenn der Kurs hier zu Ende ist, komm ich wieder und fahre dich nach Hause. Bis zum Schulanfang bist du bei mir, weißt du.« Hier entsteht eine Pause, sie halten die Luft an. Abigail gibt sich Mühe, nicht in Jareds Miene zu forschen. In seinen Augen, deren Lider plötzlich schwer aussehen, seinem verdrossenen Mund mit den vollen Lippen. Er kaut sein Steak, die Stirn faltig vor Konzentration. »Ich dachte, wir könnten vielleicht – nach Nantucket fahren? Zum Segeln? Das hast du doch immer gemocht – segeln.«

Jared antwortet nicht, kaut und schluckt. Er stürzt einen großen Schluck von seiner Coke hinunter. »O. K., Mom. Cool.«

» – den ganzen August, über den Labour Day hinweg. Die Sorensons haben uns ihr Gästehaus am Meer angeboten –«

Abigail hat ihr Essen stehen lassen, trinkt aber in kleinen Schlucken. Sie gehört nicht zu denen, die allein trinken, Alkohol steigt ihr zu Kopf, und besonders von Rotwein bekommt sie heftige Kopfschmerzen. Sie hört, wie ihre glockenhelle Stimme in dem nett möblierten Wohnzimmer hallt. Hört Jareds einsilbige Antworten und das Lachen, das er sich ab und zu abringt. *Meine Mom hat Humor!* Etwas Unausgesprochenes steht zwischen ihr und Jared. Immer steht etwas Unausgesprochenes zwischen ihr und Jared. Ihr Herz wird schwer davon, obwohl ihr Herz noch jung ist, verlässt sie die Kraft. *Schau, ich wollte gar nicht heiraten. Nicht diesen Mann. Gar keinen Mann. Ich war noch so jung. Verdammt, ich wollte Tänzerin werden. Nein, zu der Zeit war ich nicht schwanger. Geheiratet hab ich aus – Liebe.* Mit einem Mal weiß sie gar nicht mehr, wer der Mann war, dessen Liebe sie passiv hingenommen hat wie jemand, der der Pest erlegen ist. Sein Gesicht – das Harrison Tierneys? – ist ein Fleck wie das ungegessene Kartoffelpüree auf ihrem Teller.

Adams Tod. Das muss es sein. Das Unausgesprochene zwischen ihnen. Aber, Gott! Sie hat Angst.

Die unzusammenhängenden, wirren Sätze, die sie Jared am Abend von Adams Tod auf den Anrufbeantworter gesprochen hat. Als sie wie gelähmt war vor Schock und Kummer. Als sie sich hemmungslos betrunken hat. (Roger Cavanagh war zu ihr gekommen.

Um sie zu trösten. *Nein, sie hatten nicht miteinander geschlafen*, obwohl das womöglich Cavanaghs Absicht gewesen war.) Schön, sie hätte Jared nicht anrufen sollen. Er ist fünfzehn, noch ein Kind. Er muss schockiert gewesen sein, überfordert: er hatte auf Abigails Anruf oder Anrufe nicht reagiert. Und als sie schließlich mit ihm sprach, war er wortkarg gewesen, hatte mürrisch geklungen. Ich komm nicht heim. Abigail schämt sich und überlegt, wie sie das Thema von Adams Tod jetzt zur Sprache bringen soll. Sie hat Angst, emotional zu werden. Die Anspannung der Fahrt hierher und die Gläser Burgunder. Und die Erinnerung daran, wie Jared über den Campus gegangen ist, mit seinen Freunden gesprochen und gelacht, sich eine verbotene Zigarette angezündet hat, ohne an sie zu denken. Der Jared, den sie vergrößert im Fernglas gesehen hatte, war während dieser Minuten jemand, den Abigail nicht kennt, auf den sie keinen Anspruch hat. Diese Erinnerung macht ihr Angst. Aber Jared ist doch sicher traurig über den Verlust Adams. Wenn er weiß, dass er ihn nie wieder sehen wird. Oder? Anders kann es doch gar nicht sein! In der schlimmsten Phase war Adam »wie ein Vater« zu Jared gewesen. Adam hatte unter vier Augen mit Jared gesprochen und wollte Abigail nie sagen, worüber. Adam machte Spaziergänge mit Jared, Radtouren, führte ihn ins McDonald's oder den Burger King aus. Versuchte ihm wohl zu erklären, so Abigails Vermutung, was Scheidung ist, wie alltäglich das geworden war, was seine Mutter durchmachte, warum sie so »emotional« war, »unberechenbar«. Und dass Jareds Gefühle ganz natürlich waren. Abigail weiß, dass Jared Adam sehr mochte, denn nach ihm erkundigte er sich im Gegensatz zu den anderen Freunden seiner Mutter immer. Doch seit Adams Tod hat Jared praktisch kein Wort über das Thema verloren. Abigail hat ihm Ausschnitte aus der Lokalpresse geschickt: SALTHILLER, 50, TÖDLICH VERUNGLÜCKT, ALS ER EIN KIND RETTET. Und: SALTHILLER BÜRGER, A. BERENDT, 54, STIRBT BEI BOOTSUNFALL AUF DEM FLUSS. Aber Jared hat auf die Zeitungsausschnitte nie reagiert.

In den Augen des Jungen sieht sie, dass er Angst vor ihr hat. Vielleicht glaubt er, Adam sei ihr Liebhaber gewesen. Dass sie, zum zweiten Mal, ihre Liebe verloren hat. Er schämt sich entsetzlich für sie. Bedauert sie. Von der Biopsie weiß er, aber Abigail hat es ihm erst hinterher gesagt, wollte ihn so lange wie möglich schonen. *Deine verunstaltete Mom. Vergiss diese Brust, ja? Ich hab eh keine Verwendung mehr dafür.* Abigail spürt, wie ihr Gesicht zu spannen beginnt. Die Gefahr eines Lachanfalls. Und Lachen ist um Haaresbreite von der Hysterie entfernt.

Die Felsengrottenmadonna. Auf einmal fällt es Abigail wieder ein.

Während eines ihrer Ausflüge nach Manhattan ist Adam mit ihr ins Frick Museum gegangen, an diesen wunderschönen Ort, Schauplatz einer romantischen Liebe, wo die Schöne und das Tier (Adams ironische Worte) durch ihre goldgerahmte Märchenwelt wandern, von der Echtzeit unberührt, denn Adam liebte sie oder schien sie zu lieben, während er gleichzeitig eine gewisse Distanz zu ihr hielt, er verdiene es nicht, geliebt zu werden, hatte er gesagt, verdiene Liebe und Glück nicht, es sei falsch, hatte er gesagt, wenn er sich in das Herz eines anderen dränge, und trotzdem zog Adam Abigail an der Hand und führte sie vor die *Felsengrottenmadonna*, geschaffen von einem unbekannten florentinischen Künstler um 1540, nötigte sie, sich die ätherische, irgendwie besorgt und mürrisch dreinschauende Jungfrau Maria mit der wächsernen Haut anzusehen, die ein zappelndes Jesuskind in ihren ziemlich großen Händen hält; dahinter eine seltsame, an Magritte gemahnende steinige Landschaft mit Felsblöcken, Meeresklippen und ein dramatisch dunkler Himmel; der Kopf des Jesuskinds war übermäßig groß für seine schmalen Schultern, und sein Heiligenschein sah verstörend metallisch aus, leuchtete so stark wie der Marias. Abigail stand staunend vor dem Jahrhunderte alten Bild, als sehe sie in einen Spiegel, der nur leicht verzerrt. Adam stupste sie auf seine kumpelhafte Art an: »Na, an wen erinnert sie dich, Liebes?« Abigails erste Regung war ein Lachen. »So soll ich sein? Wie sie –« stammelte sie, »das Kind hält, mit diesen *Händen*? Und dieser verzweifelte – fanatische – Ausdruck in ihren Gesichtern.«

Jungfrau Maria und Jesuskind, riesige Gestalten in einer felsigen Landschaft.

Jungfrau Maria und Jesuskind, übergossen von göttlichem – oder war es gottloses? – Licht.

Unter dem bloßen Fuß Mariens eine sich windende, besiegte Schlange mit wildem Blick.

Adam sagte: »Siehst du die Schlange? Die Felsengrottenmadonna ist imstande, den Teufel zu bezwingen. Und *du* bist es auch, Abigail.«

Der zärtlich schmelzende Klang von *Abigail* in Adams rauer Stimme. Noch in der Erinnerung spürt sie wie damals erschauernd so etwas wie Auflösung; flackernd senken sich ihre Lider.

Aber was soll das heißen: imstande, den Teufel zu bezwingen?

Sie trinkt ihr Glas Wein aus. Jetzt ist eine andere Zeit. Dieser unerwartete Ort. Und Jared schaut sie an, als könne er ihre wirren erotischen Gedanken lesen. »Hey, Mom? Wie wär's mit Nachtisch?«

Jared ruft beim Zimmerservice an und bestellt sich etwas. Abigail ist, wie immer bei solchen Gelegenheiten, von den Fähigkeiten ihres Sohnes beeindruckt. Er versteht sich darauf, die Autorität Erwachsener nachahmend, mit Schalterbeamten, Flughafenpersonal, Taxifahrern zu sprechen. Ist jetzt entspannter, lächelt seine Mom sogar an. *Hey. Wir kommen doch prima klar, verrückt, nicht?*

Aber wie lange kann Abigail ihren Sohn hier bei sich fest halten? Es ist noch nicht mal acht Uhr. Er möchte um neun wieder auf dem Campus sein. Wie immer hat Jared sein Essen hastig hinuntergeschlungen. Abigail hat ihres kaum angerührt.

Als sie vorgestern über diese Fahrt nachdachte, hat Abigail die Buchhandlung in Salthill aufgesucht unter dem Vorwand, ein paar Romane für die Reise zu kaufen (seit Jahren hat sie nicht mehr Jane Austen gelesen, findet, es ist an der Zeit, wieder einmal in diese sentimentale strenge, halb ernste, halb komische Welt eines triumphierenden weiblichen Willens einzutauchen), in Wahrheit jedoch wollte sie mit Marina Troy sprechen, mit Marina, Abigails so schwer einschätzbarer Salthiller Bekannten, die sie seit dem Morgen von Adams Einäscherung nicht gesehen hat. Abigail hoffte, Marina ihr Mitgefühl bekunden zu können, ja, sie hatte gehört, dass Marina krank gewesen war, wollte sie sogar zum Lunch einladen und sich, in aller Vorsicht, danach erkundigen, ob Marina in ihrer Eigenschaft als Adams Testamentsvollstreckerin auf Abigails private Briefe an Adam gestoßen war. *Ja, ich schäme mich! Liebesbriefe an einen Mann, der sie nicht beantwortet hat. Aber – ich konnte nicht anders.* Doch zu ihrer Überraschung, ja sogar zu ihrem Schock, wandte Marina Troy sich ab, als sie Abigail ihren Laden betreten sah und die kleine Glocke über der Tür bimmelte, das bleiche Gesicht wie versteinert, floh nervös, fast grob vor Abigail und einem anderen Kunden – »Entschuldigung, aber ich kann Sie jetzt nicht bedienen. Ich hab zu viel zu tun.« Marina Troy in einem ihrer verlotterten Trägerkleider, mit bloßen Beinen, unrasierten Beinen, Strähnen rostroten Haars auf ihrem Rücken herabhängend. Inmitten von Stapeln unverkaufter Bücher, manche davon seitlich aufgeschichtet, auf dem unebenen Fliesenboden. Diese Augen! Randvoll mit Tränen der Bestürzung und der Wut. In diesem Moment sah Abigail in der exzentrischen Frau die schwesterlich Trauernde, die schwesterlich Verwitwete. Und die Rivalin. *Ist Marina eifersüchtig auf mich? Und ich auf sie?* Adam hätte den Kopf geschüttelt über ihre Torheit, hätte gelacht.

Urplötzlich sagt Abigail, als sei das die Lösung eines Rätsels, über dem sie und Jared gebrütet haben: »›Thwaite‹ hieß sie.« Jared isst Nusskuchen und Vanilleeis, schaltet Fernsehkanäle durch. Überwiegend Lokalnachrichten aus Vermont, die ihn überhaupt nicht interessieren. Es würde ihm gar nicht gefallen, dass das Mountain View Inn keinen Kabelanschluss hat, denkt Abigail, wappnet sich gegen seinen Groll. »– die Kleine im Fluss. Die Achtjährige, die Adam retten wollte.«

»›Retten wollte‹ –? Er hat sie doch gerettet«, sagt Jared, ohne sie anzusehen und schaltet wie wild den kleinen Kreis von Kanälen durch.

»Ja, hat er. Aber –«

»In dem, was du mir geschickt hast, aus den Zeitungen, steht, er hat.«

»Schön, ja. Er hat sie gerettet.«

»Mr Berendt war … er war ein Held. Und diese Arschlöcher, diese Kinder, gondeln mit einem Fiberglas-Segelboot auf dem Hudson herum!« Jared ist beinahe sprachlos vor Empörung.

»Es war«, sagt Abigail langsam und um das jämmerliche Ungenügen ihrer Worte wissend, »ein unglücklicher Zufall. Oh, Gott.«

»Manche Leute glauben, dass es keine Zufälle gibt.«

»Wenn du älter bist, wirst du begreifen, es gibt sie. In diesem Fall war es ein unglückliches Zusammentreffen von unbeaufsichtigten Kindern in einem Segelboot und Adam, mit seinem Charakter und seinem – Herzleiden.«

Jared möchte nichts hören von Adam Berendts Herzleiden. Bei jeder Erwähnung des körperlichen Zustands Älterer, ja sogar schon ihres Alters, windet er sich in jugendlicher Pein. Zur Kenntnis zu nehmen, dass so alte Leute einen Körper haben! »An der Preston gibt es einen ›Thwaite‹«, sagt Jared verächtlich. »Kenn ich aber nicht.« Und murmelt fast unhörbar: »*Der* ist auch ein Arschloch.«

Abigail, die die Thwaites verabscheut, diese ignoranten, egoistischen Fremden, deren elterliches Versagen eine Tragödie auslöste, hat das Gefühl, ihnen beispringen zu müssen, so wie ein Elternteil, der falsch gehandelt hat, dem anderen beispringt, um die Vorwürfe auf sich zu lenken. »Die Eltern sind sehr – bestürzt. Das haben sie gesagt, öffentlich. Das kleine Mädchen, Samantha heißt sie – man fragt sich, was sie ihr später sagen werden. Dass ein Mann für sie gestorben ist.«

»Mr Berendt ist nicht *für* sie gestorben, Mann, Mom!«, sagt Jared scharf. »Dauernd musst du übertreiben. Er kannte sie doch gar nicht, keinen von denen. Er hat es einfach getan. Du weißt doch, wie er ist – war.«

War. Abigails erschauert bei diesem Wort aus Jareds Mund.

Abigail träumt von *Thwaite*, nicht von dem hübschen kleinen blondhaarigen Mädchen, dessen Bild kurz in den Lokalnachrichten zu sehen war, sondern von *Thwaite* als einer unpersönlichen Kraft wie Elektrizität oder Schlamm, einer Substanz, in die man fällt und in der man versinkt, noch während man sich mit aller Kraft daraus zu befreien versucht, träumt davon als dem Dreck, in den Adam fiel und in dem er versinkt. *Verdiene keine Liebe, warum? Verdiene kein Glück, warum?* Eine ganze Weile, während derer sie blicklos das zornige Gesicht ihres Sohnes betrachtet, der sich durch die Fernsehprogramme zappt, mit kindlicher Gewalt auf der Fernbedienung herumdrückt, bringt Abigail kein Wort heraus. Sie spürt, wie nahe sie selbst dieser Auflösung ist. Einmal plötzlich das Lenkrad herumgerissen, während sie die *Interstate* in nördlicher Richtung entlangjagt, die Auslöschung in einem lodernden Wrack an einer Überführung, von deren Beton ein verblassendes rotes Graffito verkündet GEILES SCHEISS BELLINGTON H. S. '00.

Aber, Abigail Des Pres ist nicht erlegen. Und wird auch nicht erliegen.

Sie gießt sich noch ein halbes Glas von diesem ziemlich guten, trockenen, aufregenden Burgunder ein.

Zum fünften oder sechsten Mal schaltet Jared auf das Baseballspiel, das in einer hellgrün leuchtenden Umgebung gespielt wird. »Scheiß Mets. Wichser.« Schaltet auf eine überlaute, grellbunte Reklame für Rasierklingen. Schaltet auf eine überlaute, grellbunte Reklame für –

»Jared, ver*dammt!*«, rief Abigail verärgert. »Stell den blöden Kasten ab.«

Jared schaltet den Apparat aus und schleudert die Fernbedienung mit solcher Wucht auf den Teppichboden, dass sie beinahe kaputtgegangen wäre.

Abigail lacht.

»Apollo! Du müsstest den armen Hund mal sehen.«

»Was ist mit Apollo?«, fragt Jared, urplötzlich interessiert.

Jared, der nie einen Hund besaß, hat Apollo geliebt. Wenn er mit Adam oberhalb des Flusses und im Battle Park unterwegs war, trottete Apollo neben ihnen her. Wenn Jared kam, bellte der Husky-Schäferhund jedes Mal ganz aufgeregt. Jared legte die Arme um das Tier, vergrub das Gesicht in dem silbrigen Fell. Einmal hatte Abigail gesehen, wie ihr Sohn, der vor ihren Küssen zurückwich wie vor einem schlechten Geschmack, Apollo sein Gesicht darbot und sich von dem Hund sogar die Augen und den grinsenden Mund abschlecken ließ.

»Apollo geht es gut«, sagte Abigail rasch. »Er ist natürlich tief betrübt. Taucht immer wieder an den Häusern der Leute auf. Frühmorgens. Noch ehe wir aufgestanden sind. Er bringt uns Sachen von Adam, einen alten Handschuh, ein Hemd.« Abigail hat den alten abgewetzten Gartenhandschuh, einen Talisman aus der anderen Welt, aufgehoben. Sie erinnert sich noch an das rätselhafte Kratzen unter ihrem Schlafzimmerfenster: Woher wusste der Hund bei dem geräumigen Haus mit sechs Schlafzimmern im Obergeschoss und einem Gästetrakt so genau, wo sich ihr Schlafzimmer befand? *Nicht Apollo, Adam ist derjenige.*

Aber hat Adam gewusst, wo ihr Schlafzimmer liegt?

Abigail seufzt träumerisch. Wenn sie daran denkt, wie sie ein paar Tage vor seinem Tod Adams Hände genommen und sie geküsst und, als er sich ihr entwinden wollte, gelacht und seine Hände gegen ihre Brüste gedrückt und ihn geneckt hat: *Was bist du bloß für ein alter prüder Kerl, das ist ja lächerlich.* Und danach hat sie Adam Berendt direkt auf den Mund geküsst und gelacht, noch während sie ihn geküsst hat, und seine sexuelle Erregung gespürt, und Adam hat gestöhnt, das Gesicht flammendrot, und Abigail bei den Ellbogen gepackt und ...

»Aber wo ist er?«, fragt Jared erbost. »Wo *ist* er?«

»Wer?«

»Apollo!« Jared schaut sie wütend an.

Abigail schüttelt den Kopf, um ihn freizubekommen. Ihr ist, als sei ihr Kopf ein gläserner Briefbeschwerer, gefüllt mit Schneeflocken und einer seltsamen durchsichtigen Flüssigkeit. »Oh, ja – Apollo. Ich glaube, die meiste Zeit hat Camille Hoffmann ihn. Manchmal Marina Troy. Ich hab es auch versucht, hab ihn in der Küche gefüttert. Er schläft, irgendwie unruhig. Dann jault er und geht schnüffelnd herum, sucht offenbar Adam. Er hat mich sogar angeknurrt. Wenn er Adam nicht finden kann, kratzt er und will rausgelassen werden, und ich lass ihn, und er läuft schnüffelnd davon. Der Arme.« Abigail möchte Jared nicht sagen, dass Apollo jetzt hinkt, dass seine linke Hinterpfote verletzt ist.

Gekränkt wie ein Kind sagt Jared: »Ich hoffe, ihr lasst es nicht zu, dass Apollo eingeschläfert wird. Oder von einem Polizisten erschossen.«

»Camille Hoffmann möchte ihn behalten. Sie hängt sehr an ihm. Und sie ist so komisch geworden, man darf ihr gegenüber nicht sagen, dass Adam *tot* ist, für sie ist er bloß *fort.* ›Ich sehe ihn auf einer

Reise‹, sagt die arme Camille, ›er ist momentan nicht erreichbar. Aber er kommt wieder.‹ Leider hat Lionel Hoffmann Allergien, soviel ich weiß. Von Hundehaaren bekommt er Asthma.«

Ein vielsagendes kleines Gerücht, das Salthiller Erwachsene sofort interessieren würde, doch der Teenager Jared zappelt angeödet.

»Hör mal, *ich* könnte Apollo doch nehmen. Er könnte bei *mir* bleiben.«

»Schatz, du bist den Großteil des Jahres in der Schule.«

»Scheiß drauf, wenn er doch *einsam* ist. Auf der Straße wird er bloß von einem Auto angefahren. Er sucht was – was er nicht finden kann.« Auf einmal klingt Jared ängstlich.

Mit einer der Leinenservietten tupft Abigail sich verstohlen die Augen ab. Ein Mascarafleck. Sie hat die Tränen so satt! Lachen möchte sie.

»Wenn du Apollo aufnehmen würdest, hätte *ich* ihn«, stellt Abigail mit öder mütterlicher Logik fest. »Aber bei *mir* möchte er offensichtlich nicht sein. Er bleibt eine Nacht, dann zieht er weiter.« Auf einmal kommt es ihr falsch vor, ein solches Eingeständnis. Warum möchte Apollo nicht bei Abigail Des Pres bleiben? Sie ist gleich losgerannt und hat Futter gekauft, Dosen mit saftigem Fleisch und Hundekuchen. Umsonst.

Jared fragt auf einmal wehmütig: »Wo ist Mr Berendt begraben?«

Wie viele Male hat Abigail Jared bereits gebeten, ihn »Adam« zu nennen. Aber Jared sagt immer »Mr Berendt«. Genauso wie Jareds Freunde an der Preston Academy sie mit »Mrs Tierney« ansprechen. Oder gar keinen Namen nennen.

»Schatz, das hab ich dir doch schon gesagt. Er ist nicht begraben.«

»Nicht?« Jared sieht bestürzt aus. »Aber wo –«

»Seine sterblichen Überreste ... das hab ich dir doch erzählt. Es war sein Wunsch ... er wollte eingeäschert werden.«

»Ach ja.« Jared schluckt fest, bewegt die Schultern unter dem weiten schwarzen T-Shirt. Abigail hat inzwischen, glaubt sie, die Wörter auf der Vorderseite entziffert: DAS LETZTE zieht sich durch die schwarze Wolke, die der Schriftzug KREPIEREN bildet. Soll heißen ... KREPIEREN ist DAS LETZTE? Das haut hin.

»Du kennst doch Adam, Schatz«, sagt Abigail und versucht zu lächeln. »Praktischer veranlagt kann ein Mann gar nicht sein. Und er hatte Humor. Nicht dass er damit gerechnet hätte, bald zu sterben, er war vollkommen gesund, aber für den Fall, dass doch, dass er doch sterben würde, meine ich, hat er zu Marina Troy gesagt, er wolle ›zu Asche verbrannt werden‹. Ist das nicht typisch Adam?« Abigail versucht sich ein Lachen abzuringen.

Das Gewicht der Gefühle zwischen Mutter und Sohn. Mit krallenartigen Fingern hält die Felsengrottenmadonna ihren quengeligen Sohn umklammert, und der weiß, er ist verdammt nochmal Gottes Sohn, nicht bloß der Sohn seiner Mutter. Diese Gefühle zwischen Abigail und Jared, die hier im Mountain View Inn außerhalb von Middlebury, Vermont, viel schwerer wiegen als daheim in Salthill, wo Jared in sein Zimmer, an den Computer, zu Fernseher und Telefon schleichen, ausweichen kann. Diese Gefühle, die durchsickern, sich ausbreiten wie etwas, das aus einer Papiertüte tropft. Stockend sagt Jared: »Er ist also ... wie Asche in einer Vase oder so?«, und Abigail sagt: »Er hat darum gebeten, dass seine Asche verstreut wird, Schatz. In seinem Garten.« Jared soll nicht erfahren, dass Abigail an der kleinen privaten Zeremonie nicht teilgenommen hat. Nur wenige Freunde, Menschen, die Adam geliebt haben. Aber nicht Abigail Des Pres, die aus Angst, Feigheit, Engherzigkeit ferngeblieben ist. »Seinen Garten, du weißt ja, wie gern er den hatte. Immerzu das viele Unkraut, hohe Disteln, aber so üppig und schön, Stangenbohnen und Tomaten, Paprika, Sonnenblumen, Goldrute, und diese herrliche kleine orange Wildblume, die wie eine Rebe wächst, am Zaun – Rührmichnichtan? Adam hat das Unkraut nie gestört, solange es grün ist, hat er gesagt. Er –«

Jared fällt ihr ins Wort. »Ich find's beschissen, Mom, dass Mr Berendt kein *Grab* hat. Ihr, seine Kumpels, solltet ihm eines bezahlen, wenn er kein Geld hatte.«

Ihr, seine Kumpels. Die Bemerkung rührt Abigail, wurmt sie aber auch. Wird Jared ihr gleich die Schuld an Adams Tod geben?

»Schatz«, sagt sie, »Adam hatte Geld. Er war nicht arm, wie alle dachten. Ich glaube, er hatte sogar eine Menge Geld, in Wertpapieren, Aktien, Immobilien, und natürlich sein Haus. Alleine der Stadt hat er –«

Jared lässt nicht locker, ein Jugendlicher, der den Erwachsenen auf die Schliche, hinter ihre Heuchelei kommt. »Ihr solltet einen – Gedenkstein, ein Denkmal aufstellen. Mit einem Teil seiner Asche ... in einer Vase ..., beerdigt auf einem richtigen Friedhof, in einem Grab. Wie bei normalen Leuten. Damit man an ein Grab gehen kann, wenn jemand das will.«

»Warum sagst du ›ihr, seine Kumpels‹?«, protestiert Abigail gekränkt. »Wir waren – sind – Adams engste Freunde. Er hat offenbar keine Angehörigen, die noch am Leben sind. Er war einfach – Adam Berendt, über den man nur wenig weiß. Wir haben seinen Wunsch erfüllt. Du kannst den Garten besuchen. Wenn du aus der Sommerschule heimkommst, Schatz, gehen wir zusammen! Und vielleicht ist Apollo auch da, und –«

»Ja. Cool.«

Jared atmet schwer, ist sichtlich bedrückt. Was er wohl denken mag. Gibt er vielleicht ihr die Schuld? *Woran? Ich bin schuldlos!* Er weiß doch nicht etwa, dass sie ihm am Vormittag nachspioniert hat – oder? *Ja. Er spürt es. Spürt irgendwas. Sie spüren alle was.* Wenn Männer Abigail Des Pres begehren, langweilt sie das, macht sie zornig; wenn Männer ihr ausweichen, ist sie fasziniert, erfüllt sie das mit einer Sehnsucht, die aber nicht – da ist sie sicher, schließlich ist sie ein Neutrum – sexueller, sondern geistiger Art ist.

Adam kam oft bei ihr und Jared vorbei, und er und Jared gingen in den Feldern oberhalb des Wheatsheaf Drive wandern. Apollo vorauslaufend. Abigail sah sie von der Straße aus, den gedrungenen Mann in den besten Jahren und den schlaksigen Jugendlichen, in ein ernstes Gespräch vertieft, doch wenn sie Jared fragte, worüber sie sich unterhalten hatten, sagte der mit verlegenem Achselzucken *Nichts.* »Jared, es kann nicht ›nichts‹ gewesen sein, ich hab euch gesehen«, wandte Abigail ein. »Mr Berendt lässt meistens mich reden«, sagte Jared. »Lässt dich reden«, sagte Abigail tief getroffen. »Mit *mir* redest du nie.«

Als Abigail Adam fragte, worüber er und Jared sprachen, wollte Adam es ihr nicht sagen. Auf seine vernünftige Art, die einen zum Wahnsinn treiben konnte, sagte er, er würde Jareds Vertrauen niemals missbrauchen.

Jareds Vertrauen. Und was war mit *ihrem*, dachte Abigail?

Adam war verdammt mutig. Ein echter Freund. In der schlimmsten Phase des Scheidungsgerangels, als Abigail krank war vor Verzweiflung und Sorge und außerdem erkältet, den halben Tag im Bett verbrachte und mit keinem Menschen sprach, ausgenommen Jared, Adam und ihrem Anwalt, den sie allmählich verachtete, fuhr Adam nach New York und versuchte, mit Harrison zu reden. Die Männer kannten sich flüchtig aus Salthill und fanden sich gegenseitig wohl zumindest sympathisch, gingen auf die vorsichtige Art von Leuten miteinander um, die sich nur in bestimmten Kreisen begegnen und sich letztlich nicht viel zu sagen haben. Adam hatte geglaubt, er könne Harrison Tierney zur Einsicht bringen, der auf alleiniges Sorgerecht für Jared klagte mit der Begründung, Abigail sei als Mutter ungeeignet, sei eine »gestörte, durch und durch neurotische Frau, die kein Talent zur Mutterschaft und zum Leben« habe. Die Sorgerechtsklage wurde abgewiesen, denn kein verantwortungsvoller Richter hätte zu Harrisons Gunsten entschieden, aber Harrison in seiner blindwütigen Bosheit ließ nicht locker, so als müsse er die Frau, für die er einmal eine fatale Schwäche gehabt, die er geliebt und geheiratet hatte, nun vernichten, am Boden zerstören. Adam, die Stimme der Vernunft, mahnte: »Die einzigen, die davon profitieren, sind die Anwälte, das wissen Sie doch.« »Scheiß auf das, was ich weiß oder nicht weiß, Berendt«, hatte Harrison grob erwidert. »Ich muss meinem Sohn ein Beispiel geben. Wofür es sich zu kämpfen lohnt, dafür lohnt es sich auch bis zum Ende zu kämpfen.« Erstaunt sagte Adam: »Aber Harry, Sie werden das alleinige Sorgerecht nicht bekommen, Ihr Sohn will es nicht, und der Richter wird nicht so entscheiden. Worum geht es Ihnen? Abigail und sich selbst zu bestrafen?« »Blödsinn!«, sagte Harrison aufgebracht. »Es geht darum, Berendt, dass Sie und dieses neurotische Miststück vögeln, Sie wollen Ihren Arsch, und Sie wollen ihr Geld, können Sie haben, Ihren dürren Arsch und ihr ganzes Geld, aber meinen Arsch kriegen Sie nicht, Freund, und Sie kriegen keinen Penny von meinem Geld, und mein Junge, mein Sohn, der kommt mit *mir.*« Harrison Tierneys Worte waren von seltsam selbstgefälliger Grobheit, so als habe er außerhalb von Salthill-on-Hudson alle Höflichkeit über Bord geworfen. Die beiden Männer hatten sich in einer Bar in Midtown getroffen. Adam, tief beleidigt und vermutlich in seinem Stolz gekränkt, weil er als Vermittler abgewiesen wurde, schaute Harrison schweigend an, entschuldigte sich, bezahlte seinen Drink und ging. (»Ich wollte dem Mistkerl eine runterhauen, aber dann hätte man mich bloß verhaftet und vor Gericht gezerrt.«) »Viel Glück, Freund«, hatte Harrison ihm laut nachgerufen. »Sie werden es brauchen.«

Derselbe Irrtum, dem auch sein Held Sokrates im Umgang mit den Menschen erlag. Dass alle Menschen vernünftig sind und auch so handeln! Abigail Des Pres weiß es besser.

Und sagt jetzt zu ihrem sie böse anfunkelnden Sohn, in einem Ton, als gestehe sie ein Verbrechen: »Weißt du, Schatz – Adam und ich waren kein Liebespaar. Wir waren sehr eng befreundet. Ich habe Adam geliebt, und ich – ich glaube, er hat mich auch geliebt, aber nicht *auf die Art.* Es tut mir Leid, Schatz.«

Jareds Wangen sind flammend rot. Seine verrückte Mom!

»Was immer die Leute auch geglaubt haben. Was immer dein Vater behauptet hat«, bekräftigt sie kleinlaut.

Jared murmelt etwas, was wie *O. K., Mom* klingt.

»Und jetzt ist er tot, und – tja, er ist *tot.* Damit ist die Geschichte aus.«

Jared sagt, und sein Ton hat etwas Wütendes: »Totsein ist das Letzte! Und total ätzend.«

»Schatz, reg dich nicht auf. Entschuldige.«

»Krepieren, das ist«, sagt Jared stammelnd, »da scheiß ich drauf. Wenn du mich fragst, sind wir bloß Entengrütze in einem Teich. Unserm beschissenen dreckigen Teich hinter dem Haus! Der Dad gestunken hat, weil das Wasser so abgestanden aussieht. Es ist abgestanden! Scheiß grüner Schleim. Der hält sich für Wunder was, und wir halten uns auch für Wunder was, sind wir aber nicht. Der Tod ist bloß ein großes Nichts – wie der Cyberspace, wenn der letzte Computer abgestürzt ist und der letzte Speicher seinen Geist aufgegeben hat. Ist keine große Sache. Adam – Mr Berendt – hat das gewusst, jede Wette, aber er hat es nicht gesagt, dafür war er zu, zu –« Jared sucht nach dem richtigen Wort, die Stirn in Falten gelegt wie ein Mann, findet es nicht, scheiß drauf, »– er wollte es einfach hinnehmen, die Welt, wie sie nun mal ist, und mit den Leuten auskommen. Er hat immer gesagt: ›Tu niemandem weh, aber lass dir selber auch nicht wehtun.‹ Hat gesagt: ›Bleib am Ball, Junge.‹ Aber in Wahrheit, Mom, ist – ist das alles *Blödsinn.*«

»Blödsinn – was denn? Ich dachte, Entengrütze.«

Jared lacht, ein schroffes, bellendes Lachen. »Ist doch dasselbe.«

Abigail lacht. »Solange du nicht rauchst, Liebes. Denk dran, du hast dein Wort gegeben. Uns beiden, Adam und mir.«

(Hat er das? Jared schaut schuldbewusst.)

Sagt mit kindlichem Ernst: »Tu ich *nicht*, Mom, bestimmt. Ich seh doch die Todesanzeigen wegen Krebs ... «

Abigail trinkt den Rest Wein aus, ist sofort betrunken. Morgen früh wird sie dafür bezahlen, aber jetzt, was für ein schönes Gefühl der Geborgenheit. »Ich glaube an ein Leben vor dem Tod«, sagt sie und wackelt mit den Zehen in dem Plüschteppich. »Und an jede Form von Blödsinn, die hübsch ist und, ich weiß nicht, zärtlich.« Sie hat immer noch das aus Italien importierte cremefarbene Seidenkleid an, es rutscht ihr über die Schenkel nach oben. Die kleine Jacke hat sie schon längst abgelegt. Die schmalen Träger rutschen ihr immer wieder von den nackten Schultern. Im Büstenteil zeichnen sich ganz leicht die Warzen ihrer bloßen, sehr weißen Brüste ab. Ihr rauchfarbenes Haar ist aufgelöst, und ihre dunklen, träumerischen Augen sind geweitet. *Was ich möchte, Adam? – Ich möchte, dass mein Sohn glücklich ist. Ich möchte ebenfalls glücklich sein. Mit ihm. Für immer.* In ihrer Aufgekratztheit erschreckt Abigail ihren Sohn dadurch, dass sie aufspringt und Pirouetten tanzend auf ihn zukommt. »Schatz, es tut richtig gut, dich zu *sehen*. Ich war so verdammt einsam zu Hause.« Sie drückt Jared einen feuchten Kuss auf die heiße Stirn, sein heißes Ohrläppchen, verfehlt nur knapp seinen Mund, als er peinlich berührt den Kopf zur Seite dreht und einzieht. »Herrgott, Mom!« Von nahem ist das hübsche glatte verzerrte Gesicht des Jungen genauso groß wie im Fernglas.

Abigails bloßen Brüste unter dem Seidenkleid sind durch keinen Halter eingezwängt, sie riecht nach ihrem Lieblingsduft *L'Heure bleue*, und es ist ja auch die blaue Stunde, die Stunde der bevorstehenden Nacht und des unstillbaren Durstes.

Noch während Jared sich ihr entwindet, ohne sich im eigentlichen Sinne loszureißen und sie fortzustoßen, wie er es gern täte, denkt Abigail ruhig, sogar sie, sogar Abigail Des Pres hat etwas Rationales, Reines, Unpersönliches in sich. Unabhängig von ihrer verzweifelten Liebe zu Jared gibt es einen Bezirk ihres Ichs, wo sie niemandes Mutter ist und niemanden liebt. Adam hat doch immer gesagt, wir alle verharren schläfrig im äußeren Ich. Dem Ich, das vergänglich ist. Und der Junge, ihr Sohn Jared – er trägt dasselbe unpersönliche Ich in sich, ein Wesen, das sie nicht kennt und das niemanden liebt. Sie schwankt, verliert fast das Gleichgewicht – »Herrgott, Mom!«, murmelt Jared, bewahrt sie vorm Stürzen – sie spürt einen Kitzel der Gewissheit, beinahe Trotz. Von jetzt an wird sie Jared und Adam weniger lieben.

Ist es Zeit, Jared wieder in sein Wohnheim zu fahren? Oder bleibt er über Nacht?

Im Schlafzimmer steht ein Kingsize-Bett, im Wohnzimmer ein kuschliges Sofa. Und morgen früh ein Frühstück vom Zimmerservice?

»Mom, ich geh jetzt lieber. O. K.?«

Jared weicht zurück, geht zur Toilette. Abigail drückt sich ein Glas mit aufgetautem Eis an die erhitzten Wangen und schafft es, ruhig zu atmen. *Ja ja ja.* Oder ist es *Nein nein nein.* Forsch ruft Abigail beim Zimmerservice an, man möge doch bitte die Essensreste abtragen, der Geruch liegt im ganzen Zimmer. Sie wirft einen zornigen Blick auf ihr Spiegelbild, richtet die Träger, die ihr immer wieder über die Schulter rutschen, streicht sich über das wild aussehende Haar. Ja, sie ist eine schöne Frau, wenn auch durcheinander und neurotisch, und ihre Haut ist heiß, auch wenn sie frigide ist. *Apollo kratzt an meiner Tür?* Was hat das zu bedeuten? Adam ist auch nie über Nacht geblieben.

Sie ist betrunken. Oder das hier ist lustiger, als es aussieht. Oder aber – sie ist nicht betrunken, und es ist gar nicht lustig. »Ach, Scheiße, ist es *doch.*«

Jared kommt aus dem Bad, das junge Gesicht frisch gewaschen, das Haar glatt gestrichen, die stahlblauen Augen tapfer, trotzig sie fixierend. Seine Mom. Abigail sieht die Bewegung seiner Lippen, bevor die schrecklichen Worte an ihr Ohr dringen. *Was was was?* Eine überhastete kleine Rede, die er anscheinend auswendig gelernt hat. Sein Dad möchte mit ihm im August nach Kenia fahren, »auf Safari« in einen Nationalpark, und nach Tansania, sie wollen den Kilimandscharo besteigen, so weit hinauf, wie sie es schaffen. »Das würd ich wirklich gern machen, Mom. Wenn es für dich O. K. ist. Dad sagt, es muss nächsten Monat sein, weil –«

Nein nein nein nein nein.

Doch Abigail hört sich selbst ruhig sagen: »Oh, natürlich, Jared. Wenn du das möchtest, möchte ich es auch. Selbstverständlich.«

»Es ist O. K., Mom? Du bist mir nicht – böse?«

»Aber Jared, natürlich nicht.«

»Mann, Mom. *Cool.*«

Und lächelt strahlend. Das erste Lächeln, das Abigail von Jared bei diesem Besuch zu sehen bekommen hat.

Ich weiß, ich liebe ihn zu sehr. Aber ich bin seine Mutter, Adam!

Abigail, der Junge weiß, dass du ihn liebst. Aber es wird ihn zerreißen, und dich mit, wenn er dich nicht genauso lieben kann.

Das Fernglas liegt sicher im verschlossenen Kofferraum des Lexus. Jared wird es nie erfahren.

Sie fährt ihren Sohn nach Middlebury zurück. In sein Wohnheim.

Während Jared aufgeregt von Kenia erzählt, vom Kilimandscharo und von dem neuen Camcorder, den Harrison für sie beide gekauft hat, denkt Abigail, wie sie feststellt, an das letzte Mal, als sie Adam sah. Natürlich ohne zu wissen *Das ist das letzte Mal*, so wie es bei Jared, wenn er sie verlässt, um mit seinem Vater und seiner glamourösen Stiefmutter (»Kim ist auch eine begeisterte Rucksacktouristin«) nach Afrika zu fahren, das letzte Mal sein kann, dass sie ihn sieht. Die Worte *Das letzte Mal* hallen in ihrem Kopf, der sich leer anfühlt, wie es alte öffentliche Toiletten mit schmutzigen rissigen Fliesenböden und abblätternden Wänden sein können, in denen es dumpf hallt.

Das letzte Mal. So?

Beim letzten Mal mit Adam hat sie es nicht gewusst. Aber beim ersten Mal. Jahre früher. Abigail war damals so viel jünger, noch nicht so verletzt. War Abigail Tierney. Mrs Harrison Tierney. Die reiche Frau eines reichen Mannes. Ein attraktives Paar in dem eindrucksvollen Haus am Wheatsheaf Drive. Das war, bevor Abigail von diesem Menschen hörte, diesem Adam Berendt, bevor sie seine witzigen Müllskulpturen überall im Ort sah und sich für seinen Kurs in figürlichem Zeichnen und Bildhauen an der Salthiller Abendschule einschrieb. Bevor sie sich in ihn verliebte oder sich einbildete, dass es Liebe war. *Wie kannst du mich denn lieben, Abigail, wenn du mich gar nicht kennst? Überleg doch mal! Wir haben ja nicht mal miteinander geschlafen. Vielleicht würde ich dich nackt anekeln. Ich ekle mich weiß Gott manchmal selber an.*

Er hatte ihr nie eine Chance gegeben, verflucht. Von ihm angeekelt zu sein.

Mehr als einmal hatte sie seinen erregten Penis durch die Hose befühlt. Er hatte sich gut angefühlt, einwandfrei funktionstüchtig. »Hol dich der Teufel.«

Jared, der fröhlich plappert, hört nicht, was Abigail vor sich hin flüstert. Das Schild der Yankee-Kappe, die verwegen schräg auf seinem Kopf sitzt, zeigt nun nach vorn. Wenn Jared ihr den Kopf zudrehen würde, wären seine Augen verdeckt.

Dieses erste Mal, ein Jemand, der nicht Adam war. Denn sie kannte den Mann nicht.

In der River Road ging ein Mann bei Regen am Straßenrand. Zwei Hunde trotteten neben ihm her. Einer der Hunde war ein verdreckter gelber Labrador, der andere ähnelte einem jungen Wolf. Abigail durchfuhr ein Schauer des Widerwillens, des Abgestoßenseins. Sie wusste, was Harry gesagt hätte beim Anblick einer solchen Gestalt in der River Road in Salthill-on-Hudson. Ein Obdachloser, der hier lebt? In der Nähe? Kann das sein? Abigail fuhr langsamer, betrachtete den Fremden mit scharfem, kritischem Blick. Ein plumper, primitiv aussehender Mensch. Der Schädel, die Schultern, die im Verhältnis zu seinem kräftigen Oberkörper eher kurzen Beine erinnerten sie an – was denn nun? einen Cro-Magnon-Mann oder einen Neandertaler? – hässliche Tiere! Der Fremde war stillos gekleidet, trug ein kariertes Wollhemd, eine Arbeitshose, bespritzt, wie es aussah, mit Farbflecken oder Schmutz, weit klaffende Gummistiefel. Ein eingedrückter Filzhut, unter dem Strähnen stahlgrauen Haars hervorquollen; der Hemdkragen hochgeschlagen, so als könne das in diesem kalten, alles durchdringenden Aprilregen helfen.

Offensichtlich ein Landstreicher. Ein Eindringling. Eine Gefahr.

Fahrzeuge überholten ihn in der River Road. Als Abigail vorbeifuhr, gab es ihr plötzlich einen Stich – war es Schuld, Scham, Mitleid? –, und ein Sprichwort fiel ihr ein: *Wenn das Wörtchen wenn nicht wär, wär mein Vater Millionär.* Sie überlegte flüchtig, ob sie anhalten sollte für den Mann, der da durch den Regen stapfte, ihn mitnehmen sollte, doch mit den tropfnassen Hunden, nein, unmöglich.

Und so fuhr Abigail an Adam Berendt vorbei und gab Gas, um nicht in Versuchung zu geraten, zu ihm hinüberzusehen und seinem Blick zu begegnen.

So wie jetzt, als sie eine kurvenreiche Straße entlang nach Middlebury fährt. Schwarzer Asphalt, die Reflektoren ziehen in der Dunkelheit heran wie Tieraugen; Abigail fährt mit vierzig, vielleicht fünfundvierzig Meilen die Stunde, nicht schnell, ihre Lider seltsam schwer, gewölbt, ihr Mund seltsam schlaff, noch als Jared, aufgeregt wie ein Vierjähriger, sprudelnd weitererzählt, wovon auch immer, einer Reise mit seinem Vater, auf die er sich so freut, am Himmel geht schimmernd der Mond auf, ein Mond wie das gegerbte Gesicht eines Mannes, und Abigail weiß beim besten Willen nicht mehr, wo sie eigentlich ist, das Auto fährt sich heute Abend anders, am Armaturenbrett sonderbare Lampen, die Krümmung der Windschutzscheibe kommt ihr unbekannt vor, und die

Scheiben sind dunkel getönt, wodurch die Sicht schlecht ist, aber trotzdem möchte ihr Fuß das Gaspedal noch weiter durchtreten, nur noch ein bisschen weiter, sie hat es eilig, bis zur Nacht irgendwo hin zu kommen, es muss eine Stadt sein, in die sie will, das Motel ist reserviert, ach, aber ihr Kopf fühlt sich so leer an! und tut so weh! und am Straßenrand sieht sie ihn, eine massige Gestalt, ganz plötzlich, er hebt den Arm, gibt ihr ein Zeichen, sie erkennt sein Gesicht nicht, kneift die Augen zusammen, beugt sich nach vorn, ungeduldig, atemlos, ihre Scheinwerfer beleuchten ein Warnschild GEFÄHRLICHE KURVE, und genau in diesem Moment, als das fremde Auto in die Kurve fliegt, greift die dämonische Hand ins Steuer und reißt es scharf nach rechts, sie kann die Hand beinahe sehen, wird sich daran erinnern, sie gesehen zu haben, wird es schwören, nicht die Hand des Jungen, sondern die Hand eines Dämons, die dahinjagende Asphaltstraße wird rasch schmaler, fällt zur Seite, kaum mehr als ein Trampelpfad, sie hört Schreie, die sie nicht hätte identifizieren können, ein Krachen, so als werde ein ganzer Wald aus dürren Stöcken zerbrochen, und dann –

Nichts.

Das Match

1

Ein Mann, er war siebenundvierzig Jahre alt, hatte sich mal für einen Glückspilz gehalten. Jetzt musste er erkennen, dass sein Glück aufgebraucht war. Wie das Blut, das Sperma. Die kostbaren Säfte, die man in der Blüte seiner Jahre für unerschöpflich hält und in der Mitte des Lebens doch erschöpft sind, und eines Tages ganz versiegen.

Dass die Sterblichen sich immerzu wünschen, unsterblich zu sein.

»Ach, Adam. Ich würde mich damit begnügen, sterblich zu sein, wenn das hieße, ich lebe wenigstens.«

Roger Cavanagh. Ein hervorragender Anwalt und für seine Freunde und geschäftlichen Bekannten in Salthill-on-Hudson, New York, ein Muster an Integrität.

Doch zum Teufel: drei Stunden zu spät, seine Abfahrt zu der in der Nähe von Baltimore befindlichen Schule seiner Tochter. Dabei hatte er Robin versprochen, er werde am frühen Nachmittag kommen, damit sie sich vor dem Spiel »ausruhen« konnten.

Klar, Dad, ich weiß ja, was deine Versprechungen wert sind.

Aber er machte keine leichtfertigen Versprechungen! Zumindest nicht als Anwalt. Sein Wort und sein Handschlag waren für ihn genauso bindend wie für andere detailliert ausgefertigte Verträge. Roger Cavanagh war ein hervorragender Anwalt und ein Muster an Integrität, und seit dem Scheitern seiner Ehe lebte er für seine Arbeit und für seinen Ruf als *Roger Cavanagh, der hervorragende Anwalt, ein Muster an Integrität.*

»Ich hab doch sonst nichts.«

Frauen? Nein. Er hatte genug von Frauen, er hatte Frauen satt. Seine Seele, falls er eine besaß, falls diese hungrige zornige Leere in seiner Mitte seine Seele war, schreckte voll Abscheu zurück.

Es war Mitte Oktober. Die sorgfältig gefälschten Unterschriften unter Adam Berendts Testament waren nicht entdeckt worden. Roger Cavanaghs Integrität blieb intakt.

An jenem Sonntag in seiner Kanzlei hatte die rothaarige Frau, vor Kummer ganz fassungslos, naiv, ohne jeden Vorwurf, sondern in schlichter kindlicher Unschuld (die Roger als Mann so aufregend fand, während sie ihn gleichzeitig ärgerte und wütend machte) gefragt: *Ist das nicht illegal? Kriminell?* und ihn fixiert mit ihren Augen, die aussahen, als seien sie blau geschlagen. *Was würde passieren, wenn du, ein Anwalt, dabei –*

Er war ihr ins Wort gefallen. Roger Cavanagh ließ sich mit Marina Troy weder auf ein Gespräch über die Problematik von Adam Berendts letztem Willen und Testament noch auf ein Gespräch über andere Probleme im Zusammenhang mit dem Besitz ihres verstorbenen Freundes ein, denn das konnte als Verschwörung ausgelegt werden.

Als Grund, die anwaltliche Zulassung zu entziehen.

»Ich verliere die Zulassung nicht. Ich fliege nicht auf. Wer könnte denn beweisen, dass die Unterschriften nicht von Adam stammen? Und wer sollte ein Interesse daran haben?«

»Marina würde nie etwas sagen. Marina ist in ihn verliebt.«

»Marina würde nie etwas sagen. Marina steckt ebenfalls mit drin.«

»Ich hatte keine Wahl! Ich musste nach Adams Tod doch seine Interessen wahren. Schließlich hat er sie vor seinem Tod nicht gerade gut gewahrt.«

Diese Sätze fielen nicht vor Marina Troy oder sonst jemandem. Das nicht. Sie wurden, wie so vieles, wovon Roger Cavanagh im Innersten überzeugt war, in seinem BMW gesprochen, ohne Zuhörer.

Roger Cavanagh, der integre Mann, durchdachte diese Dinge während der eiligen Fahrt von Salthill, New York, an die Ryecroft School im weiter südlich gelegenen Nicodemus, Maryland. Er war todunglücklich. Er hatte Angst vor dem Besuch seiner Tochter, befürchtete, er könne schief gehen. Doch, halt: er war nicht unglücklich oder ängstlich – er war zornig. Seine Därme sich krümmende Schlangen. In dem kraftvollen Wagen festgeschnallt wie ein Pilot in einem Bomber. Auf der I-83 die Spuren wechselnd, ungeduldig seinem Ziel zustrebend, und voller Groll, überhaupt hin zu müssen, der Dad sein zu müssen, aber schließlich *war er der Dad, er liebte seine Tochter.* »Scheiße. Scheiße. *Scheiße*«, brummelte er laut.

Spät aus dem Büro gekommen, geriet er nun in den Freitagnachmittagsverkehr. Das Feldhockeymatch, bei dem Robin mitspielte, begann um vier. Er hatte seiner Tochter versprochen, nicht zu spät zu kommen.

Klar, Dad, ich weiß ja, was deine Versprechungen wert sind.

Adam Berendt war schon über drei Monate tot. Trotzdem war die Wunde noch frisch. Roger kratzte zwanghaft mit den Nägeln daran herum. Es gefiel ihm anscheinend, wenn es wieder blutete, wenn es dumpf in seinen Adern pochte.

»Wir sind noch da, aber du hast uns angesteckt mit deinem Tod. Blöder Hund!«

Nein. Roger trauerte bitterlich um Adam Berendt, sein Freund fehlte ihm sehr. Er hatte eine Auseinandersetzung mit Adam, die wie ein Brand unter der Oberfläche schwelte.

Roger Cavanagh war Adams Anwalt, der Verwalter seines Nachlasses, er würde Adams Geheimnisse bewahren, so gut er konnte. Überraschung, Schock, ungläubiges Staunen, verblüfftes Gekränktsein – so hatten Adams Salthiller Freunde reagiert, als sie von diesem Nachlass erfuhren. Wie war das möglich! Adam Berendt, der mitten im wohlhabenden Salthill so kärglich gelebt hatte. Adam Berendt, der ihr Leben auf seine trockene, witzige Art immer ein wenig auf die Schippe genommen hatte. Adam Berendt, das »Original«, über den sie herzlich, bewundernd und immer ein wenig herablassend gesprochen hatten. Adam, dessen Mäntel und Anzüge, ja sogar der Frack, den er in Salthill bei Partys trug, gebraucht gekauft waren. Er beteiligte sich an den Verkleidungen und schien sie sogar zu genießen, sonnte sich in der Aufmerksamkeit der Salthiller Gesellschaft, und machte sich gleichzeitig insgeheim über sie lustig. Er fuhr einen eleganten, mit Rostsprenkeln übersäten gebrauchten Mercedes, sogar sein englisches Rennrad war aus zweiter Hand. Seine Hunde waren schöne, edle Tiere, Hunde, bei denen einem das Herz aufging, und trotzdem Streuner, von ihren früheren Herren ausgesetzt. *War das eine Art Spiel? Eine Maskerade?* Die Reparatur des verfaulenden, löchrigen Dachs seines »historischen« Hauses schob Adam jahrelang vor sich her; einige seiner Freunde beratschlagten, ob sie anbieten sollten, für die Kosten aufzukommen. Oder wäre er dann beleidigt? (Den rechten Mut, das Angebot zu unterbreiten, brachten sie dann doch nicht auf.) Adams Leidenschaft und Idealismus galten der Kunst, er hielt sie offenbar tatsächlich für etwas sehr Wertvolles, klaubte sich sein eigenes Material aber auf städtischen Müllhalden zusammen; zur Frustration von Freunden wie Roger verschenkte er seine kuriosen, absonderlich dimensionierten Skulpturen an beinahe jeden, der Interesse daran bekundete, anstatt zu versuchen, sie zu verkaufen. (»Adam, was ist das für eine Zwangsvorstellung?«, hatte Roger einmal gefragt, »hast du Angst davor, ein ›Profi‹ zu sein, Angst, dich selbst als Künstler zu bezeichnen und mit anderen Künstlern zu konkurrieren? Aber warum?«, und Adam hatte mit verlegenem Achselzucken und schiefem Lächeln erwidert: »Da hast du mich wohl durchschaut, Roger!«) Und die ganze Zeit über hatte Adam ins Internet und in Biotechnologie-Aktien und Immobilien investiert, ohne dass seine Freunde das Geringste ahnten. Seine Broker saßen in vier Staaten, seine Bankkonten lauteten auf ein halbes Dutzend Namen. Von einzelnen Geldbeträgen abgesehen, die er, häufig anonym, Organisationen wie der landesweiten Initiative zur Befreiung unschuldig Inhaftierter, dem Tierheim von Rockland County, dem Salthiller Kunstverein und der Salthiller Umweltgruppe spendete, schien er keine Verwendung für sein Geld zu haben. *Als ob er sich schäme. Schämte er sich denn? Irgendetwas ist hier faul. Und zwar gewaltig. Adam Berendt hinterlässt – wie viel?* Lächerliche Gerüchte kamen wieder bei Roger an. Adam hinterlasse karitativen Organisationen fünfzehn Millionen Dollar, zwanzig Millionen Dollar, er besitze zahlreiche Grundstücke am Fluss im Wert von weiteren Millionen, er sei ein Spieler, der unter Decknamen in Vegas seinem Gewerbe nachgegangen sei, er habe erwachsene, ihm seit langem entfremdete Kinder, denen er Millionen von Dollars vermache ... Roger trat diesen Gerüchten entgegen, sowie sie ihm zu Ohren kamen. Er hielt sich hinsichtlich der tatsächlichen Höhe von Adams Vermögen bedeckt, ließ sich aber mit der Aussage zitieren, dass es sich nach Abzug von Gebühren und Steuern insgesamt auf nicht mehr als sechs oder sieben Millionen Dollar belaufe, das »historische« Deppe-Haus eingeschlossen.

Er schämte sich. Klar. So viel Geld zu besitzen. Mehr als manche seiner Freunde. Sagte, er verdiene nicht, glücklich zu sein. Wer zum Henker verdient schon, glücklich zu sein? Wollte nicht, das wir ihn kennen. Das war der Grund. Dass er Geld hatte und es nicht für sich selbst ausgab. Es wegschenkte. Als jemand dazustehen, der besser, großzügiger ist als wir übrigen, das hätte ihn verlegen gemacht.

»Bloß hat er nicht einkalkuliert, dass er so bald sterben würde. Und dass ›Adam Berendt‹ dann nackt und bloß dasteht.«

2

Onkel Adam. Als Robin noch klein und ein süßes Mädchen mit weichen honiggoldenen Locken und großen honigbraunen Augen war und sehr klug und schon gern las und schrieb, obwohl sie noch so klein war, als ihr Daddy noch mit ihrer Mommy verheiratet war und Onkel Adam ein Freund der Familie, damals, in dieser längst vergangenen Zeit, brachte Onkel Adam Robin zu ihrem vierten Geburtstag ein selbst gemachtes lustiges Buch mit, das einen rotkehlcheneierblau bemalten Einband aus Pappmaché und cremeweiß bemalte Seiten aus steifem Zeichenkarton, geschmückt mit lieben Tieren vom Bauernhof hatte. Der Titel des Buches, mit Blattgold geschrieben, lautete: ROBIN CAVANAGH: JETZT BIN ICH VIER. Jede der Buchseiten trug eine Titelzeile:

AM ALLERLIEBSTEN HAB ICH
AM ZWEITLIEBSTEN HAB ICH
ALS ICH NOCH RICHTIG KLEIN WAR
WENN ICH GROSS BIN
AN MEINEM NÄCHSTEN GEBURTSTAG
ICH WÜNSCHE MIR

Was für eine schöne Geburtstagsüberraschung! Die Kindheit besteht aus lauter solchen schönen Geburtstagsüberraschungen, doch das gerät natürlich in Vergessenheit.

Robin liebte das rotkehlcheneierblaue Buch, sie liebte ihren lustigen Onkel Adam mit dem komischen starren Auge, das einen nie direkt ansah, Onkel Adam, der sie und ihre Mommy und ihren Dad immer zum Lachen brachte. Während die Erwachsenen beim Abendessen saßen, sich stundenlang unterhielten und lachten – seltsam, dass wir die Lust und die Kraft dazu haben und dass die wechselseitige Zuneigung uns so viel Zeit miteinander verbringen lässt –, lag Robin bäuchlings auf dem flauschigen Teppich vor dem Kamin und füllte aufgeregt das ganze Buch aus. Als sie es ihm vorführte, war Adam erstaunt. »Robin! Du bist ein ganz besonders kleines Mädchen.«

Erinnerte Robin sich heute noch daran? Vielleicht. Undeutlich. ROBIN CAVANAGH: JETZT BIN ICH VIER ist längst verschütt gegangen.

An diesem Abend vor elf Jahren war Adam tief bewegt, als er sich von seinen Gastgebern verabschiedete. Er war nüchtern, aber hemmungslos sentimental. Machte einen verlegen, obwohl man den Kerl gern hatte. Man wusste nie, wozu er sich hinreißen ließ. Er umfasste Lee Anns und Rogers Hände, drückte sie ohne Gespür für seine Kraft und sagte mit großem Ernst: »Ihr wisst, was für ein verdammtes Glück ihr habt? Ja?«

»Ach, Adam. Ja.« Lee Anns Lächeln war wunderschön.

»Ja. Wissen wir. Bestimmt.« Roger lächelte, hielt sich ganz gerade.

Er maß nur knapp über einssiebzig. Dachte immer daran, sich ganz *gerade zu halten*.

Klar hatten sie hinterher gelacht, als sie sich zum Schlafengehen auszogen. Über Adam Berendt war ja leicht lachen. Pressten die erhitzten Leiber aneinander, küssten sich, die Münder süß vom Wein, beschnupperten sich. *Was für ein verdammtes Glück ihr habt.* Klar doch!

Nach der Scheidung war Ann Lee wütend auf Adam, weil er für Roger und für sie Mitgefühl aufbrachte, und wollte nie wieder ein Wort mit ihm wechseln. Sie verließ Salthill, heiratete zum zweiten Mal, nahm Robin mit und lebte nun mit ihrem Mann, einem Investmentbanker, in Rye, New York. Einen Großteil des Sommers verbrachten sie in Aspen, Colorado, und in Aspen rief Roger auch an, um Ann Lee und Robin von Adams Tod in Kenntnis zu setzen. Robin nahm den Hörer ab. »Oh, hi – Dad? *Du*?« Robin tat, als habe sie die Stimme ihres Vaters im ersten Moment gar nicht erkannt. Im Umgang mit ihrem Vater (den sie nicht sehr oft sah) hatte sie sich in den letzten beiden Jahren einen schelmisch koketten Ton angewöhnt. Roger wusste nie, wie er darauf reagieren sollte, und gab sich abgeklärt. Jetzt war er traurig und bemüht, nicht allzu aufgeregt zu klingen. Er fragte Robin, ob ihre Mutter an den Apparat kommen könne, und Robin sagte schnell und mit einem Beiklang von Genugtuung, ihre Mutter und George (Robins Stiefvater) seien nicht zu Hause, und sie wisse nicht, wann sie zurückkämen. »Ich fürchte, ich habe eine traurige Nachricht, Robin«, sagte Roger. »Traurig für wen, Dad?«, sagte Robin, die bei ihrem Vater immer sehr schlagfertig war. »Für dich oder für uns?« »Für uns alle«, sagte Roger ernst. »Dann verschon mich«, sagte Robin mit einem spitzen mädchenhaften Lachen. »Sag's Mom. Soll *sie* sich damit befassen. Du kennst ja Lee Ann mit ihrem Panzer.« Bei dem unreifen Sarkasmus des Mädchens zuckte Roger zusammen. Er versuchte sich ihr nichts sagend hübsches Gesicht vorzustellen, ihre haselnussbraunen, den seinen gleichenden Augen, konnte es aber nicht. *Schau, Liebes. Ich wollte die Scheidung nicht, ich wollte dich nicht verlassen. Deine Mutter wollte, dass ich gehe.* Er bat Robin, ihrer Mutter auszurichten, dass er abends nochmal anrufen würde; er wusste, Ann Lee würde ihn nicht anrufen, und wenn er auf dem Sterbebett läge. Doch bei seinem zweiten Versuch am Abend nahm Lee Ann ab und sagte im kühlen, gelangweilten Ton der Ex-Frau: »Ja? Was willst du, Roger?«, wie sie vielleicht mit jemandem sprechen würde, der ihr etwas verkaufen wollte. Roger berichtete ihr von Adams plötzlichem Tod, und Lee Ann murmelte: »Oh! Oh, Gott!« Eine ganze Weile sagte sie kein Wort, obwohl im Hintergrund (war Lee Ann im Freien? sprach sie per Handy?) aufgeregte laute Stimmen zu hören waren, es klang wie ein Tennismatch, und Roger sah im Geiste einen vorbeifliegenden weißen Ball, braune Beine und Arme, die geschwungen wurden, das Gesicht seiner Tochter angespannt vor Konzentration, aber gegen wen spielte Robin? – den Stiefvater? –, und dann sagte Lee Ann traurig seufzend: »Adam! Er war halt immer zu dick und hat sich vernachlässigt. Das überrascht mich nicht. Herzversagen! Was kann man in diesem Alter erwarten, wenn man sich vernachlässigt? Weißt du noch«, stieß Lee Ann hektisch hervor, wie es ihre Art war, »wie Adam mal den Gang zum Zahnarzt so lange aufgeschoben hat? In Bezug auf seine Gesundheit war er abergläubisch wie so viele Männer, sogar die intelligenten, und er wollte ja nie Geld ausgeben, und als er dann schließlich doch ging, wurde es eine langwierige Wurzelbehandlung, armer Adam, weißt du das noch … « Roger hörte sich das und die Tennisspieler im Hintergrund an und war erst schockiert und dann entrüstet: »Mehr hast du dazu nicht zu sagen, Lee Ann? Ich rufe an und sage dir, dass Adam Berendt gestorben ist, mit Anfang fünfzig, und du machst ihm Vorwürfe wegen seiner *Zähne*?« »Adam war dein Freund, Roger«, erwiderte Lee Ann spitz, »nicht meiner. Er hat sich für dich entschieden.« »Ach, leck mich, Lee Ann. Verdammt!« »Und spar dir deine obszöne Ausdrucksweise, Roger, ich bin keine von deinen Nutten.« Bevor Roger protestieren konnte, legte Lee Ann auf.

Nutten! Das war ein Märchen, an das Lee Ann glauben wollte, sie hatte es so viele Male erzählt, dass sie schließlich auch daran glaubte.

3

Kein zweiter hat diese Macht. Niemand! Die tödliche Macht des Ex-Partners.

Roger hielt an einem Big Boy auf der I-83 auf einen schwarzen Kaffee an. Um das Gefühl der in seiner Brust hämmernden Fäuste loszuwerden. Beim bloßen Gedanken an Lee Ann und dieses dreiminütige unschöne Telefongespräch zitterte er am ganzen Leib. Adrenalinausstoß! In kleinen Schlucken trank er dampfend heißen, bitteren schwarzen Kaffee aus einem Plastikbecher. Wenn er sich den Mund verbrannte, auch egal. Eine Rothaarige, die nicht weit von ihm entfernt in einer Nische saß, lenkte ihn ab. Sommersprossen auf weißer Haut, spärliche Augenbrauen und Wimpern, aber ein blutroter voller Mund, diese Frau war nicht zu vergleichen mit Marina Troy, der Frau, die er vermutlich liebte, wenn das zu diesem Zeitpunkt kein schlechter Witz war; die Frau hier, mit zwei kleinen, quengelnden Kindern und einem gut aussehenden Mann, der aufpasste wie ein Wachhund, war vielleicht achtundzwanzig, wirkte ganz normal, entspannt, fühlte sich wohl in ihrem weiblichen Körper, hatte die durchschimmernde Haut der Brünetten, die Rogers Blick magisch anzog, ihm einen regelrechten Schlag in den Unterleib versetzt hatte … »Lass. Denk nicht an sie.« Er überlegte, wie viel Zeit ihm noch blieb, noch neunzig Meilen bis zur Ryecroft School, den größten Teil davon auf der I-83, die ziemlich frei war, doch dann musste er auf die 695 West abfahren und von der 695 auf einer viel befahrenen Bundesstraße in nördlicher Richtung nach Nicodemus, und das an einem Freitagnachmittag … Vor dem Verlassen der Kanzlei hatte er Robin angerufen und, beim abschätzigen Ton seiner Tochter zusammenzuckend, eine Nachricht auf ihrem Anrufbeantworter hinterlassen: *Hi. Ich bin nicht da. Nach dem Piepston kannst du was draufsprechen, wenn du denkst, dass es was bringt.* Freudloses Kichern. *Deine Nachricht, meine ich.* Roger teilte ihr mit, dass es ein bisschen später geworden sei mit dem Wegfahren, ihr Dad würde sich also ein wenig verspäten, aber ganz bestimmt kommen und zusehen, wenn sie Feldhockey spielte, wollte das um nichts in der Welt verpassen, sie sollte nicht im Wohnheim auf ihn warten, sondern sich auf das Match vorbereiten, er würde zum Platz kommen, unbedingt. Da es schon zwei durch war und das Spiel um vier anfing, würde er den Anfang wohl nicht mitbekommen, aber – »*Ich werde da sein.*«

Lee Ann hatte Roger per E-Mail, ihrem jetzt bevorzugten Kommunikationsmittel, mitgeteilt, sie mache sich »Sorgen« um Robin. Sorgen, dass Robin in ihrer »Besessenheit« vom Feldhockey die Schule vernachlässige, kaum Freunde habe und ihr und George gegenüber nie, »wiederhole: nie« ihren Vater erwähnte, »und das«, meinte Lee Ann, »wirst du zugeben, ist sicher kein gutes Zeichen. Schließlich bist du der Vater des Mädchens.«

Ob es so klug gewesen war, dem Mädchen den Namen Robin zu geben? Der Roger so ähnlich war? »Robin« – »Roger«. *Er* hatte das nicht gewollt, sondern Lee Ann.

Er hatte nicht binnen anderthalb Jahren wieder geheiratet, sondern Lee Ann.

Er war der Geschädigte, nicht Lee Ann.

»Niemals.« Bedeutete, er würde nicht noch einmal heiraten. Nie wieder.

Er liebte Marina Troy nicht, der Gedanke war lächerlich. Ein verpfuschter Versuch, miteinander zu schlafen ... auf dem schmutzigen Fußboden in Adams Werkstatt. (In Rogers galoppierender Phantasie sah jemand oder etwas ihnen zu. Der blöde Hund?)

Mit einem Auge beobachtete Roger die Rothaarige an ihrem Tisch. Falls ihr fleischiger Mann ihn registrierte, merkte Roger es nicht. In seinen Tagtraum versunken. Der aber ein Koffeintraum war, mit hämmerndem Puls. Die Frau trug, es abwechselnd abküssend und schimpfend, ein plärrendes, pausbäckiges Kleinkind zur Toilette, und Roger, der sich zur Seite drehte und ihnen nachsah, wurde leicht übel. Es stimmte, er hatte Robin so sehr geliebt, als sie noch klein war, er hatte auch Lee Ann so sehr geliebt, seine junge, temperamentvolle Frau, hatte, in Maßen, sogar den jungen Mann geliebt, der er gewesen war. *Ja, wir waren glücklich. Und nicht, dass wir uns etwas vorgemacht hätten.* War die Enttäuschung im mittleren Alter unausweichlich? Oder war es einfach so, dass manches mit der Zeit kaputt, entzwei, in Stücke ging? Von einunddreißig bis dreiundvierzig war er verheiratet gewesen, und seine Tochter Robin, sein einziges Kind, war im zweiten Jahr dieser Ehe zur Welt gekommen. Wie lange das schon her war! Zwölf Jahre verheiratet! Jetzt fühlten sich diese an wie ein amputierter Teil seines Körpers.

Er würde noch einmal heiraten, irgendwann. Er war ein Mann mit leidenschaftlichen Gefühlen und Begierden, er würde wieder eine Frau lieben können; er musste einfach daran glauben, dass das passieren würde.

Armseliger Wicht. Sogar als Anwalt bist du Mittelmaß.

Roger kaufte sich einen zweiten Becher heißen Kaffee, den er ins Auto mitnehmen wollte. Seit dem Tod seines Freundes achtete er sehr genau auf sein Herz: wenn es zu unregelmäßig schlug, meinte er zu wissen, dass Koffein der Grund dafür war. Trotzdem verließ er das Restaurant nicht. Schaute zur Tür der Damentoilette, die unablässig aufgestoßen wurde und wieder zuging, und als schließlich die Rothaarige mit dem kleinen Kind herauskam, sah Roger zu seiner Enttäuschung, dass sie nicht so attraktiv war, wie er geglaubt hatte – sie sah Marina Troy eigentlich überhaupt nicht ähnlich. Die junge Frau warf ihm einen zweifelnden Blick zu, als überlege sie, ob sie diesen Mann kannte, diesen Mitt- oder Endvierziger, der aussah wie ein Hai mit seinem schmalen dunklen berechnenden Gesicht und ergrauendes dunkles Haar und eine Halbglatze hatte, und im gleichen Moment sah Roger aus dem Augenwinkel eine hochgewachsene Gestalt, den aufmerksamen Mann dieser Frau, danke bestens! Roger drückte den Deckel auf den Becher und floh aus der Raststätte.

Er wollte den Wortwechsel nicht hören.

Der Kerl da, kanntest du den?

Den? Nein.

Wie der dich angeglotzt hat.

Na und? Lass ihn glotzen.

Asche. Sie hatte es leise gemurmelt, mit dieser tiefen kehligen Stimme, mit der sie ihn absichtlich zu provozieren schien, und ihre Mundwinkel hatten gezuckt dabei: »Es ist nicht die Asche eines

Toten, die man verstreut, oder? Es ist der Tote selber.« Dieser groteske Satz fiel, als Roger mit bemühtem Lächeln, die ihn fixierenden Blicke spürend, mit der Urne in den Garten ging. *Großer Gott!* dachte er. *Lass uns das nicht auch noch vermasseln!* Wenigstens war es ein ruhiger, windstiller Tag. Ein opaker bleicher Himmel, durch den das Sonnenlicht hervorkam, wie wenn eine Migräne beginnt. Wenigstens wurde Adams Asche, die Knochenstücke, der grobkörnige Staub, ihnen beim Ausleeren der Urne nicht ins Gesicht geblasen.

Sie hatten nur Adams engste Freunde zu der Zeremonie eingeladen. Zehn Tage nach seinem Tod. Marina, die die Urne bei sich zu Hause aufbewahrt hatte, hatte gesagt, sie ertrüge es nicht mehr, sie müssten Adams Asche beisetzen.

Roger stimmte zu. Es hatte keinen Sinn, Adams Asche in einer Urne auf einen Kaminsims zu stellen, wenn man wusste, dass Adam in seinem Garten verstreut werden wollte. (Bloß würde Adam sich jetzt darum scheren? Das heißt, würde sich Adam, wenn er es könnte, allen Ernstes dafür interessieren, wo er, oder seine Asche, schließlich landete? Kaum.)

»Zeremonien! Im Grunde sind sie bedeutungslos, doch ohne sie würden wir in Trauer versinken.«

Seit dem Morgen ihres missglückten Liebesversuchs in Adams Werkstatt, an den weder Roger Cavanagh noch, wie er annahm, Marina Troy zurückdenken mochten, waren die beiden im Beisein des anderen von Scheu und einer tiefen Verachtung, hinter der sich Wut verbarg, erfüllt. Roger war ein Mann, den jedes Versagen, besonders in sexueller Hinsicht, tief demütigte; wo er einmal impotent gewesen war, war er es mit großer Wahrscheinlichkeit auch wieder; es war der Beginn eines Fluchs, und schuld daran war Marina Troy. Nein, Adam Berendt. Marina Troy war die Augenzeugin, das unschuldige Opfer. Marina Troy hatte *mit den Fäusten auf Roger eingeschlagen*, es war unglaublich. Aber es war seine Schuld, Roger wusste es. Dies wissend, verabscheute er sich selbst. Die Frau würdigte ihn jetzt kaum eines Blickes. Die starke sexuelle Anziehung zwischen ihnen war immer noch da, aber sie hatte sich ins Gehässige, Höhnische verkehrt. Roger nahm die niedergeschlagenen Augen der Frau wahr, ihren Blick, der über ihn hinwegfuhr, als sei er nicht mehr als ein Fliegenschwarm, sogar wenn sie mit ihm sprach, und das musste sie ja, schließlich waren sie durch einen Toten verbunden und konnten einander nicht so einfach aus dem Weg gehen. Roger rief Marina an, doch sie nahm das Telefon nie ab, nicht einmal, wenn sie, wie Roger wusste, zu Hause war. Wenn er in der Buchhandlung anrief, behauptete Marinas Assistentin, sie sei nicht da, selbst wenn Roger aus seinem in der Pedlar's Lane parkenden Auto anrief und zweifelsfrei wusste, dass sie im Laden war. *So wird ein Mann zum Verfolger, zum Kriminellen, er wird von einer Frau dazu getrieben,* dachte er. Halt, nein. Das war lächerlich. Roger würde sich keiner Frau aufdrängen, nicht einmal im Interesse einer dritten Partei. Er würde Marina Troy für sich gewinnen, wie er die Mehrzahl seiner Fälle gewann, durch seine Ernsthaftigkeit, seine Integrität, sein anwaltliches Geschick. Ihm war klar, dass Marina Angst vor ihm hatte und dass sie ihn ablehnte, weil er lebte, wohingegen ihr Freund tot war, und dieses Empfinden konnte Roger nachvollziehen. *Aber ich lebe, und Adam ist tot.* Er mochte nicht glauben, dass Adam und Marina ein Paar gewesen waren, ganz gleich, wie andere das sahen. Er war sich ziemlich sicher, dass Adam den ihn bewundernden Salthiller Frauen widerstanden hatte, vielleicht hatte er den ihn bewundernden Frauen immer widerstanden; keine Sekunde lang hatte Roger die von Marina in Adams Werkstatt entdeckten Briefe und Geschenke als Indizien dafür gesehen, dass Adam der Liebhaber einer dieser Frauen gewesen war. Dies wollte Roger Marina versichern, um sie zu trösten, aber natürlich konnte er mit ihr nicht über solche Dinge sprechen, sie war zu tief getroffen, war beschämt worden. *Und ich bin ihr Augenzeuge. Kein Wunder, dass sie mich hasst!* Roger rief Marina an und hinterließ Nachrichten auf ihrem Anrufdienst, und sie reagierte immer, war schließlich ein höflicher, gewissenhafter Mensch, rief jedoch stets genau dann an, wenn sie wusste, dass Roger nicht zu Hause sein würde, und ihre Nachrichten auf seinem Anrufbeantworter, die ihn schaudern machten, waren fast unhörbar, aber präzise. Sie klang wie jemand, der aus einem in der Erde ruhenden Sarg sprach. Wenn sie Rogers Anrufe erwiderte, meldete sie sich jedes Mal mit Marina Troy. So als könne Roger sie mit einer anderen Marina aus seinem Bekanntenkreis verwechseln.

Roger und Marina besaßen beide Schlüssel zu Adams Haus in der River Road, doch jeder von ihnen fuhr schnell wieder weg, wenn er das Auto des anderen auf der Zufahrt sah.

Nur an diesem einen Vormittag nicht. Als sie Adams Asche in seinem Garten verstreuten. Sie sollte gemeinsam vollzogen werden, die Zeremonie, von Roger und Marina, mit den anderen als Zuschauern.

(Abigail Des Pres war ferngeblieben, sie hatte Roger gesagt, sie sei krank vor Kummer und könne Beerdigungen eh nicht ausstehen – »Rituale, egal welche, sind unpersönlich und verlogen«. Und Camille Hoffmann war, wie ihr Mann Lionel peinlich berührt mitteilte, zu Hause geblieben, denn es sei zu schmerzlich für Camille, sich einzugestehen, dass Adam tot war – »Sie glaubt lieber, dass er noch lebt, nur momentan gerade verreist und nicht erreichbar ist. Vorübergehend.« Augusta Cutler aber war da, glamourös wie ein Mannequin mit dunkler Sonnenbrille, breitkrempigem Strohhut und tief ausgeschnittenem mohnrotem Sommerkleid, betrachtete begeistert Adams Garten, die Pflanzen, Wildblumen und das Unkraut, als sei alles das heilig und als wolle sie es sich einprägen. Eine Nymphe, gereift und in die mittleren Jahre gekommen, die jedoch nicht glauben wollte, dass sie in mittleren Jahren war und nicht mehr jung, jünger gar als ihre erwachsenen Kinder; Roger brachte Mitgefühl für Augusta auf, obwohl sie ihn nervös machte. Ihr süßes schweres Parfum waberte durch den Garten und überdeckte sogar den kräftigen Moschusgeruch der Tomatenpflanzen. Augusta stützte sich nur deshalb auf den Arm ihres Mannes Owen, weil sie mit ihren eleganten hochhackigen Schuhen in der Erde einsank. Sie war die einzige, die in Adam Berendts Garten lächelte, und ihr Lächeln war wie vollkommenes Porzellan, bruchfest. Sogar wenn sie sich die verschmierten leuchtenden Augen abwischte, lächelte sie um Adams willen weiter bei dieser Feier zu seinen Ehren. Ihre Finger gruben sich in Rogers Hand und drückten fest zu. Duftend und vollbusig beugte sie sich zu ihm und flüsterte ihm ins Ohr: »Roger! *Vielen* Dank, dass du das organisiert hast. *Du* allein hast wirklich etwas unternommen in dieser Katastrophe. Adam wäre glücklich, nicht, wenn er uns sehen könnte! Er hat seine Salthiller Freunde geliebt, *wir waren alles, was er hatte.*« Diese in Rogers Augen abscheuliche Bemerkung war für Augusta eindeutig eine Freudenbekundung. Roger musste an die Adam gewidmeten Nacktfotos der sinnlichen Mrs Cutler denken, an den üppigen tierhaften Leib auf dem Sofa, das träumerische, maskenhafte Gesicht, das sich zum Kuss darbot. Falls Marina sie nicht weggeräumt oder vernichtet hatte, was Roger für unwahrscheinlich hielt, befanden sich diese Fotos vermutlich noch in Adams Werkstatt, und Roger hatte den Eindruck, Augusta wusste das und wusste auch, dass er es wusste, sie schaute ihn so durchdringend an mit diesem geheimnisvollen Lächeln. Und flüsterte: »Vorbei ist es noch nicht, oder? – mit Adam, meine ich. Mit unserer Liebe.«)

Adams verunkrauteter Garten! Er lag hinter dem alten Steinhaus, von Adam persönlich mit anderthalb Meter hohem Stacheldraht umzäunt. In seiner praktischen Art erledigte Adam immer gleich, was zu tun war, und zwar geschickt, aber ein geduldiger Gärtner war er nie gewesen, und nun war das Gelände von Unkraut überwuchert, als feiere es ausgelassen, dass Adam nicht da war. Sogar die Luft war hier im Garten dicker, feuchter. Schwärme kleiner Fliegen kreisten einem um den Mund, blieben in den Wimpern hängen. Chrysippusfalter mit breiten Flügeln und andere kleine Insekten funkelten wie Edelsteine in der Luft. Bienen zogen von einer offenen Blüte zur nächsten, in großer Zahl vor allem zwischen den blassgelben Tomatenblüten, ganz vertieft in ihre Aufgabe, Pollen zu verteilen. Aus dem hohen Gras oberhalb des Flusses kamen Mücken angeflogen, angelockt vom Geruch menschlichen Blutes, und diese Wesen, so zart wie Bleistiftzeichnungen, beispielsweise von Saul Steinberg, ließen sich auf der bloßen Haut ihrer Opfer nieder; geistesabwesend zerquetschte Roger eine Mücke auf seiner Stirn und hatte blutbesprenkelte Finger. Eine über Marina Troys Hals kreisende Mücke wischte er kühn beiseite, ohne dass Marina es bemerkte. *Ich liebe dich. Kannst du nicht verzeihen?* Für diesen ernsten Anlass war Marina, die Lippen weiß, die Stirn gefurcht, nicht sonderlich passend gekleidet. Sie trug einen formlosen schwarzen, ihr bis zur Wadenmitte reichenden Umhang aus einem schimmernden Material, das ihr, statisch aufgeladen, an den Hüften und Oberschenkeln klebte; wenn man genau hinsah, erkannte man den Abdruck ihrer Beckenknochen; ihre Beine waren sehr blass und bloß. Das stumpfe rote Haar fiel ihr in Strähnen über den Rücken. Der Anblick dieses Haars, die Vorstellung seines schweren ranzigen Geruchs erregte Rogers Sinne, obwohl er gerade die Urne in den Garten trug; er sah sich, wie er als Marinas Liebhaber mit beiden Händen in dieses Haar griff, den Mund auf den weißen Hals unterhalb dieses Haars drückte, die klamme Haut ableckte – doch der Gedanke war widerwärtig: Roger Cavanagh, der wie aus dem Ei gepellt und sauber rasiert war, das Haar erst kürzlich hatte nachschneiden lassen wie sein Freund Lionel Hoffmann, wie sein Freund Owen Cutler, wie sein Freund Avery Archer – *Roger Cavanagh gehörte zu der Sorte Männer.*

Die Asche eines Menschen zu verstreuen, sie in der Erde zu verteilen – nicht so einfach, wie Adam sich das gedacht hatte. (Aber Adam hatte sich das im Grunde ja gar nicht überlegt. Roger war sauer auf Adam, der diese Dinge ins Rollen gebracht hatte.) Bevor man Asche in die Erde einbringen kann, muss man diese Erde erst einmal umgraben, muss man Unkraut herausreißen, und Unkraut wuchs in Adams Garten in Hülle und Fülle, zwischen den Tomatenpflanzen, zwischen den Zuckermais-Stängeln, zwischen den Stangenbohnen, den Buschbohnen, in den Zucchini- und Kürbisbeeten; es hatte die Oberhand gewonnen über den restlichen Salat, der, in Samen geschossen, das peinliche Aussehen entblößter Genitalien hatte. Überall im Garten standen Löwenzahn, kniehoch gewachsene Disteln und ein hässlich-fadendünner Bastard einer rankenden Pflanze mit winzigen goldgelben Blüten, die einem, zog man daran, wie Roger es getan hatte, wie Draht in die Hände schnitt. Marina hatte helfen wollen, aber nicht viel ausgerichtet, so wie sie die Hacke schwang, mit leerem Blick, unbeholfen. Roger, dem für Arbeit im Freien die Geduld fehlte, hatte einen Streifen Erde neben den Tomatenpflanzen vom Unkraut befreit, bevor die anderen kamen, die nun, als sie da waren, ihren Senf dazugeben mussten. Beatrice Avery sagte, dass Adam, als sie das letzte Mal in seiner Begleitung in diesem Garten gewesen war, im Juni, besonders stolz auf seine Sonnenblumen gewesen war, seht doch nur, wie groß die Sonnenblumen geworden sind, mehr als mannshoch, die Blütenköpfe so prall, goldgelb, streuen wir Adams Asche doch unter die Sonnenblumen hinten im Garten, doch Roger sprach sich gleich gegen den Vorschlag aus, noch ehe jemand ihn unterstützen konnte: dort hinten war zuviel Unkraut. Er zog in diesem verfluchten Garten keines mehr heraus und schwang keine Hacke und keinen Rechen mehr, jetzt nicht und später nicht.

Das brachte Beatrice Avery und jeden, der noch eine Idee hatte, zum Schweigen. *Rutscht mir den Buckel runter, wenn euch das nicht passt*, dachte Roger. Er schwitzte, registrierte ein übles Rumoren in seinen Eingeweiden, als er linkisch die Urne hielt, sie umdrehte, und in diesem Moment trat Marina neben ihn, atmete hektisch, so als sei die Seele Adams zugegen und seine Würde in Gefahr, und flüsterte: »Lass mich das machen, bitte, *lass mich das machen.*« Roger fiel später ein, dass sie nicht Roger gesagt, ja ihn gar nicht angesprochen hatte, so als besitze er für sie keine Identität. Fast gewaltsam nahm Marina Roger die schwere Urne ab, und obwohl er Bedenken dabei hatte, überließ er sie ihr, und auf einmal glitt sie Marina aus den Händen und fiel zu Boden – ringsum wurde der Atem angehalten. »Oh!«, fluchte Roger leise oder vielleicht sogar vernehmlich, »verdammt!«, hockte sich mit brennendem Gesicht über die Urne und leerte sie wenig feierlich aus, drehte das Gefäß, es am Boden haltend, einfach um und kippte die Asche und Knochenstückchen und den körnigen Staub auf die Erde. *Absolut grotesk*, dachte Roger hinterher, *das ging bloß, weil ich so getan hab, als sei nicht ich das gewesen und als sei nichts Menschliches rausgerieselt aus dem Ding.*

Feierlich verteilten sie die Überreste eines Menschen mit Hacke und Rechen in der Erde. Das dauerte seine Zeit, denn es war mehr als bloß eine Idee, man musste wirklich hacken und rechen dabei, und zwar geduldig und konzentriert. Am Himmel zog qualvoll langsam ein riesiges Flugzeug dahin, Luft und Boden vibrierten, es war zum Verrücktwerden, musste aber durchgestanden werden. Etwa zwanzig ihrer Salthiller Freunde wohnten dem bei, meist schweigend und ernst, und nur ausgerechnet Augusta Cutler brach plötzlich in Tränen aus, womöglich gar Tränen der Ekstase, denn vielleicht war es für sie der Moment des heiligen Einswerdens mit Adam Berendt, wer wusste das schon? Roger konzentrierte sich darauf, nicht niesen zu müssen, musste aber trotzdem niesen – »Entschuldigung! Verdammich!«

Nach der kleinen Zeremonie liefen alle schnell auseinander. Nur Marina Troy blieb, kniete auf der frisch aufgeworfenen Erde. »Marina, komm lieber mit«, sagte Roger in strengem Anwaltston, doch Marina nahm ihn gar nicht richtig wahr. Er wusste, wenn er sie berührte, würde ihm diese Berührung wie ein Messer in den Unterleib fahren, und halb wünschte er sich diese Empfindung – doch nein, er war ein vernünftiger Mensch und wollte mit so etwas – und mit der Frau erst recht – nichts zu tun haben. Sie war nicht mal attraktiv! Wenn er eine Beziehung mit einer Frau suchte, zog er eine schöne Frau bei weitem vor, eine Frau wie Abigail Des Pres. Eilig ging er zu seinem Auto, wollte nur weg. Adams Asche zu verstreuen war anstrengend gewesen. In Marina Troys Nähe zu sein war ebenfalls anstrengend gewesen. Diese Frau hatte ihn als sexuelles Wesen vernichtet, sie schien nicht die leiseste Ahnung zu haben, wie sehr sie ihn in seiner Männlichkeit verletzt hatte, warum zog es ihn wieder zu ihr hin?

»Stimmt ja gar nicht. Adam, du hattest Recht: *lass dich nicht reinziehen.*«

Als er das letzte Mal einen Blick auf Marina Troy warf, kniete sie im Garten, eine schmächtige Gestalt, fast unsichtbar hinter der Vegetation, über ihrem Kopf Schmetterlinge mit leuchtenden Flügeln.

Seit diesem Tag hatte er Marina nur ab und zu und aus der Ferne in Salthill gesehen; aus Takt und Resignation hielt er sich von der Buchhandlung fern und rief sie auch nicht an. Nie wieder! Ausgenommen den einen Abend Anfang September, als er von einer Frau in Manhattan heimkam, mit der er manchmal schlief, und sei es, um eine dahindümpelnde Bekanntschaft aufrechtzuerhalten: Er wählte Marina Troys private Nummer, wollte eine kurze, neutrale Nachricht hinterlassen: »Marina? Ich bin's, Roger. Ich würde dich gern sehen, O. K.?«, aber das Telefon läutete ohne Ende in dem Schindelhaus in der North Pearl Street, ohne dass jemand abnahm. Als Roger tags darauf die Salthiller Buchhandlung betrat, erfuhr er von einer Frau, die er nie zuvor gesehen hatte und die sich als Geschäftsführerin des Ladens vorstellte, Miss Troy sei »fort«. Fort wohin, fragte Roger erstaunt, doch die Frau schüttelte bedächtig den Kopf und wiederholte nur: »Fort eben.«

»Und für wie lange?«

»Für« – die Frau zögerte – »ein Jahr.«

»Ein *Jahr*? Sagten Sie – ein *Jahr*?«

Roger war mehr als erstaunt, er wurde langsam ungehalten.

»So ist es geplant. Mehr weiß ich nicht.«

»Aber – wo ist Marina denn? Wir sind befreundet.«

Die Frau war jung, wirkte aber zugeknöpft und abweisend. Sie runzelte die Stirn, als trüge sie die Last des ihr anvertrauten Geheimnisses wie einen riesigen Schlüssel um den Hals. »Wenn Sie ein Freund wären, Mr Cavanagh, hätte Miss Troy Ihnen doch wohl mitgeteilt, wohin sie geht.«

»Marina ist mehr als ein Freund«, erwiderte Roger zornig, »sie ist mit dem Nachlass von Adam Berendt betraut, sie hat Pflichten, sie kann nicht einfach für ein Jahr verschwinden.«

Doch die junge Frau schüttelte unnachgiebig den Kopf. Nein, sie könne Roger Cavanagh nicht sagen, wo Marina Troy sich befand. Die Doppeldeutigkeit dieser Formulierung und die ausweichende Miene der Frau brachten Roger, der geübt darin war, noch die feinsten Nuancen im Ausdruck eines Gegenübers zu entziffern, auf den Gedanken, dass die Frau möglicherweise selbst nicht wusste, wo Marina war. »Aber Sie müssen doch in Verbindung stehen, wenn Sie in Marinas Abwesenheit das Geschäft führen?«

»Miss Troy meldet sich bei mir. Wenn sie das möchte.«

Zornig und entrüstet verließ Roger die Buchhandlung, die kleine Glocke über der Tür schepperte.

Keiner ihrer gemeinsamen Freunde wusste, wohin Marina gegangen war. Mehrere Frauen äußerten, es überrasche und kränke sie, dass Marina ohne ein Wort gegangen sei. Alle teilten Rogers Empfinden, getäuscht worden zu sein. Camille Hoffmann gab zu, gewusst zu haben, dass Marina für ein Jahr weggehen wolle, dass sie ihr Haus vermietet habe, doch selbst ihr hatte Marina weder sagen wollen, wohin sie ging, noch eine Telefon- oder Schließfachnummer gegeben. »Es ist, als fällt alles auseinander, chaotisch«, stieß Camille mit einer Heftigkeit hervor, die Roger überraschte, denn er hatte Lionels Frau nie sonderlich ernst genommen. Camilles Blick war erfüllt von Schmerz, aber auch von dem Mut, ihm standzuhalten. »Aber wir verzweifeln nicht, was? Keiner von uns. *Ich* bestimmt nicht.«

Ein großer, wolfsähnlicher Hund kam plötzlich herein – Adams Apollo. Er schien Roger nicht zu erkennen, knurrte drohend, scharrte mit den Krallen hörbar auf dem Boden, die Rückenhaare aufgestellt, die goldbraunen Augen weit geöffnet. Roger hatte den Hund seines Freundes monatelang nicht gesehen und war verblüfft, dass Apollo so gesund aussah, obwohl er mager war und einen verwilderten Zug um die Schnauze hatte. Sein Fell mit den silbrigen Spitzen war struppig und verfilzt, aber er war ein hübscher Hund. »Apollo! Du kennst mich doch.« Im selben Augenblick erkannte Apollo Roger, den Freund seines Herrn, und begann aufgeregt zu bellen wie ein Welpe. Man sah förmlich, wie er sich in einen Welpen verwandelte. Er schnupperte an Rogers Beinen und Schoß, leckte ihm die Hand, ein ergebener alter Freund.

»Ich gebe ihm Kost und Logis«, sagte Camille ruhig. »Bis Adam wieder kommt von da, wo er ist – den griechischen Inseln, glaub ich.«

4

Da – Robin auf dem Hockeyfeld! Rogers Herz machte einen Sprung vor Stolz, er sah seine Tochter sofort. Ihr hellbraunes Haar schaukelte, zum Pferdeschwanz gebunden, das war neu. Schnell und resolut stürmte sie am Rand eines Pulks von Mädchen vorwärts, den Hockeyschläger fest in der Hand. Der Ball, in diesem Moment nicht in Robins Nähe, wurde von einer gegnerischen Spielerin geschlagen, er flog, hüpfte über den Boden, eine Mittelfeldspielerin von Ryecroft, eine hochgewachsene Platinblonde mit breiten Schultern, schnappte ihn sich, Jubel erscholl von den Seitenlinien, anfeuernde Rufe. Aus dieser Entfernung sahen die Mädchen wunderschön aus, die meisten waren größer als Robin und kräftig, führten ihre gefährlichen Hockeyschläger wie Amazonen. Roger schaute gebannt. Er hatte Mühe, Robin inmitten des verwirrenden Spielgeschehens im Auge zu behalten, er war zu spät gekommen, um noch einen Platz auf der kleinen Tribüne mit den drei Sitzreihen zu ergattern und stand an der Seitenlinie, weit von der Spielfeldmitte entfernt. Wieder kam Robin, ihren Schläger schwingend, angelaufen, und diesmal jagte sie einer Gegnerin den Ball ab, ihre muskulösen Beine stampften auf den Boden, während sie den Ball im Zickzack in der Gegenrichtung über das Feld vor sich her trieb, an eine Teamkollegin abgab, die förmlich mit dem Ball zu fliegen schien, der Ball segelte, landete auf dem Boden, schlug ins gegnerische Netz, während die Torhüterin einen verzweifelten Satz nach vorn machte und stürzte. Noch größerer Jubel! Roger stimmte ein, schrie mit »Tolles Spiel! Toll!« Er hoffte, Robin habe ihn schon gesichtet. Dann wusste sie, dass ihr Dad da war, sie nicht im Stich gelassen hatte.

Wie es in der Vergangenheit, nicht oft, aber ein-, zweimal, unvermeidlich und aus sehr guten Gründen, die er umständlich erklärt hatte, vorgekommen war.

So viel zu spät gekommen war er letztlich gar nicht, er hatte bloß das erste Viertel des Matchs versäumt. Die andere Mannschaft hatte nur zwei Punkte Vorsprung. Roger stand bei jubelnden Ryecroft-Fans, einem Häufchen Erwachsener und Jugendlicher, meist Mädchen. Ryecroft, heute eine Koedukationseinrichtung, war hundert Jahre lang eine reine Mädchenschule gewesen und stand an der Ostküste in dem Ruf, eine Schule für Mädchen aus der standhaften zweiten Reihe zu sein und kaum männliche Schüler anzuziehen, oder falls doch, dann nur selten die guten; Robin sagte immer, die Mädchen seien hier, wie eigentlich Jungs sein sollten – und die meisten Jungs Luschen.

In der Halbzeit ging Roger zur Ryecroft-Seite hinüber, um Robin zuzuwinken, hallo zu sagen, und sah zu seiner Bestürzung, dass das große wendige Mädchen mit dem Pferdeschwanz gar nicht seine Tochter war. Robin stand woanders, kleiner, pummeliger, ihr Haar von dunklerem Braun, krisselig und nass geschwitzt. Robin winkte ihr zu, fing ihren Blick ein, und Robin lächelte knapp und erhob die Faust in Siegergeste, und Roger tat es ihr nach. Er legte die Hände an den Mund: »Hab dich lieb, Schatz!« Robin schien nicht sonderlich begeistert, ihren Dad zu sehen, mimte wohl die Coole, sie war natürlich enttäuscht gewesen, als sie seinen Anruf abhörte, er hatte es nicht geschafft, wie verabredet schon vor dem Match da zu sein, aber vielleicht war sie auch bloß in Gedanken ganz bei ihrem Spiel, stand unter Druck, war aufgeregt. Mannschaftssport: Roger kannte den Rausch, die beinahe unbeschreibliche kreatürliche Freude, die eine Gruppe von jungen Leuten erfasst, wenn sie gemeinsam ein Ziel verfolgen. Sie war ihm vertraut, und halb beneidete er Robin.

Der Schiedsrichter pfiff die zweite Halbzeit an. Roger hatte einen freien Sitzplatz in der dritten Reihe der Tribüne gefunden. Das Match begann ihn zu fesseln, zu interessieren, er wollte, dass die Mannschaft im grünen Dress die Mannschaft im blauen Dress besiegte, wollte unbedingt, dass seine Tochter Robin sich hervortat. (Schon als kleines Mädchen war Robin nie eine gute Verliererin gewesen. Selbst wenn sie mit ihrem Dad etwas spielte, musste sie *gewinnen*. Ihm graute schon davor, dass sie ein Abendessen wieder nur mürrisch über sich ergehen lassen würde, diesmal im Drei-Sterne-Restaurant des Hanover Inn in Baltimore, wo er für diesen Abend reserviert hatte. Danach sollte Washington, D.C., folgen, ein gemeinsames Vater-Tochter-Wochenende.) Roger erhob sich oft, kniff die Augen zusammen, um Robin zu erspähen, versuchte dem Spielgeschehen zu folgen. Schrie mit anderen Fans, bis er heiser war.

Ein Spiel: ein Spiel ist ein Spiel, ein Spiel wie alle anderen, kein Unterschied erkennbar. Es sei denn, du befindest dich selber auf dem Spielfeld, dann ist jedes Spiel einzigartig. Ist dein Leben.

An der Highschool hatte Roger eine Zeit lang bei den Leichtathleten und eine Zeit lang bei den Schwimmern mitgemacht. Er war schnell und clever und körperlich wendig, war aber kleiner als die meisten seiner Teamkameraden, und für Wettkampfsport fehlte ihm die notwendige Ausdauer, vielleicht der nötige Wille, der Antrieb, zu gewinnen, was bloß ein Spiel war. Am College hatte er keinen Sport mehr getrieben, war Sport für ihn eine idiotische Verschwendung von Zeit, Kraft und Talent. Die von anderen bewunderten Athleten unter den Studenten täuschten sich seiner Meinung nach über die Welt. Den Sieg erlangte man nicht durch körperliche, sondern durch geistige Wendigkeit. Roger Cavanagh wollte nicht seinen Körper ertüchtigen, obwohl er den ganz in Ordnung fand, sondern seinen Geist. *Und das ist ebenfalls ein Spiel. Du hast keine andere Wahl als zu spielen.*

Ryecroft erzielte ein Tor, das Match stand unentschieden. Dann erzielte die andere Mannschaft zwei Tore. Im letzten Viertel der Spielzeit zogen die Mannschaften abermals gleich. Spannung! Ungewissheit! Stehend schrie Roger mit den anderen, versuchte seine Tochter im Blick zu behalten. Verlor sie jedoch immer wieder aus den Augen. Und vergaß immer wieder, warum er eigentlich hier war. *Schau, Robin, du weißt, dass ich dich lieb hab, oder?* Doch er musste ständig an Marina Troy denken. Überlegte, wohin sie gegangen sein konnte – ohne es ihm zu sagen. Sie waren doch Komplizen. Hatten sich gemeinsam eines Vergehens schuldig gemacht. Ein solcher Gesetzesverstoß konnte vor allem für Roger Cavanagh, Rechtsanwalt, ernsthafte Folgen haben. Ja, doch er konzentrierte sich auf Robins Spiel. Ja, er wusste, dass sein Verlangen nach Marina Troy lächerlich war, und außerdem zwecklos. Sie waren wichtig, diese wilden Ryecroft-Sportlerinnen, diese kämpferischen Amazonen, die über das Spielfeld jagten, kreuz und quer, kreuz und quer, und mit ihren sensenartigen Hockeyschlägern herumfuchtelten. Vielleicht war der Ball ja ein Menschenkopf. Nein, zu klein. Männliche Genitalien? Früher mal vielleicht, Anthropologen würden das wissen, makaber, was bei ihren Forschungen über die spielerischen Bräuche der Menschheit, über Anstandsregeln, die Zivilisation insgesamt ans Licht kam. Adam Berendt hatte ihre Salthiller Vorstadt-Welt wie jemand betrachtet, der von einem anderen Stern kam, aus kühlerer, trockenerer Luft, dem man nichts vormachen konnte mit seinem einen Auge, doch er hatte ihnen verziehen, er hatte sie gemocht, und das seltsamerweise, obwohl sie sich selber nicht immer mochten oder auch nur ertrugen.

Höhlenbewohner. Schattenexistenzen. Wie entkommen? Aber – wohin?

Gute Sportler wachsen, wenn sie gefordert sind, über sich hinaus, weniger gute Sportler lassen nach. Es schmerzte Roger zu sehen, dass seine Tochter im weiteren Verlauf des Matchs nichts ausrichten konnte gegen den Flügel der blau gekleideten Gegnerinnen; hochrot im Gesicht, wirkte sie bloß noch mürrisch und linkisch. (Um Robin Gerechtigkeit widerfahren zu lassen: Sie war nicht die Einzige, deren Spiel sichtlich schwächelte, während das zweier oder dreier Spitzensportlerinnen hervorragend geworden war.) Verbissen und zäh rannte Robin jedoch weiter, schwang ihren Schläger, stieß mit anderen genauso verbissenen und zähen Mädchen zusammen. Roger fiel ein, dass er seine Tochter im vergangenen Sommer im Badeanzug gesehen hatte, ihre dicken, muskelbepackten Beine, erstaunlich, stämmiger als seine, viel umfänglicher als die Lee Anns; nicht dass Robin etwa grobschlächtig gewesen wäre, nur breitknochig, ein Mädchen, das nie schlank sein konnte. Und sie war leicht aus dem Konzept zu bringen. Als der Ball mitten in einer längeren Spielphase an ihr vorbeiflog, fuhr sie hektisch herum, machte mit ihrem Schläger einen Satz, holte aus und schlug ungeschickt in die Luft, der Ball wurde den Ryecroft-Mädchen abgenommen und landete nach einem Flug über das Spielfeld problemlos im Tor, und – wo war Robin? Die lag auf dem Boden.

War aber sofort wieder auf den Beinen. Noch ehe ihr jemand aufhelfen konnte.

Doch sie hinkte. Das Spiel wurde unterbrochen, der Schiedsrichter schickte sie vom Platz. *Verdammt, Pech, wie immer. Oh, Schatz.* Sie war wieder sein kleines Mädchen, brauchte ihren Dad.

Robin aber bestand strahlend und tapfer lächelnd darauf, dass alles in Ordnung sei, sie habe bloß einen Fehler gemacht und sei ausgerutscht – »Oder vielleicht hat sie mich mit dem Ellbogen erwischt. Aber es war mein Fehler.«

Sie gab sich Mühe, nicht zu weinen. Ein breitknochiges Mädchen mit hochrotem Gesicht, das nach Anstrengung roch, die Haare an der Stirn klebend, der Atem immer noch beschleunigt. Nach dem Match, das die Ryecroft-Mannschaft in den letzten Minuten knapp für sich entschieden hatte, gab Robin ihrem bänglichen Vater einen flüchtigen, heißen Kuss und wich, eben noch vor ihm stehend, in dem Moment zurück, als er sie umarmen wollte. Seit der Scheidung hatten sie Hemmungen, sich zu berühren. »Liebes, du warst großartig«, sagte Roger. »Ihr habt alle wunderbar gespielt. Ich hab das ganze –«

Verlegen fiel Robin ihm ins Wort: »Schon gut, Dad.«

Ein wenig schnodderig, obwohl möglicherweise aus Stolz – schließlich war Roger immer noch ein jung aussehender, attraktiver Mann –, stellte Robin ihn mehreren ihrer begeisterten Teamkameradinnen vor, die schüchtern lächelten und ihn »Mr Cavanagh« nannten. Dann ging sie, bemüht, nicht zu hinken, mit den anderen duschen, sich umziehen und wollte sich mit Roger in einer Stunde in ihrem Wohnheim treffen. Roger sah die Mädchen ziehen. Sie waren aufgekratzt, in Jubelstimmung, hatten mit einem Tor Vorsprung gewonnen – reines Glück, der köstlichste aller Siege. Eigentlich unverdient.

Roger war dankbar für die Stunde, die er für sich hatte. Er ging auf einen Drink in das einzige Hotel der Stadt, ein Hyatt Regency mit einer Cocktaillounge hinter einem Wasserfall. Gott, er zitterte ja. Er hatte es noch gar nicht gemerkt. Die Aufregung des Matchs, der Schock, als er Robin am Boden liegen sah. Es ging aufs Herz, Vater eines Kindes zu sein. Ob man sich je daran gewöhnte?

Einen doppelten Scotch mit Wasser.

Die Felsengrottenmadonna. Sie hatte ihm von dem Gemälde im Frick Museum erzählt. An den Namen des Malers erinnerte sie sich nicht. *Irregeleitete Mutterliebe.*

Sie rief Roger oft an, wenn sie beide in Salthill waren, und lud ihn zum Abendessen ein. Manchmal mit Freunden, dann nahm er an, manchmal zu zweit, dann lehnte er ab. Er wusste, was geschehen konnte, wenn er und Abigail Des Pres in ihrem Haus allein waren. Dem wunderschönen Anwesen im Cape-Cod-Stil, in dem die Einsamkeit von den Wänden widerhallte, in dem die tragische

Geschiedene aber wohnen blieb, aus Trägheit vielleicht. Wie eine verzauberte Prinzessin. Ein Dornröschen. *Aber ich bin nicht der Prinz, der sie wachküsst.* Abigail Des Pres war eine bezaubernde, anziehende Frau, die keine Geldsorgen hatte, doch sie war eine derjenigen, die Adam Berendt über seinen Tod hinaus bewunderten, und Roger wollte nicht mit einem Toten konkurrieren. Adam hatte zu Lebzeiten schon Eindruck genug gemacht.

Ab und zu aber traf er sich mit Abigail. Sie schwärmten füreinander. Teilten gewisse Geheimnisse. Abigail war einen großen Teil der Cavanagh'schen Ehe mit Lee Ann befreundet gewesen und teilte Rogers Meinung, dass Lee Ann ihn unfair behandelt hatte. »Wenn ein Mann seiner Frau nicht absolut ›treu‹ ist, sollte man ihm das bis zu einem bestimmten Punkt nachsehen. Aber wenn eine Frau ... « Abigail verstummte missbilligend. »Ich war Lee Ann nicht untreu«, erwiderte Roger aufgebracht. »Das ist eins ihrer Märchen.« Abigail hörte ernst zu. »Ja. Sicher.«

Er und Abigail waren wie Bruder und Schwester. Seit beide geschieden waren, hatte ihre Beziehung etwas unterschwellig Inzestuöses. Sie ähnelten einander sogar, hatten beide dunkles Haar, empfanden tief, neigten zu Misstrauen und Paranoia. Während Abigails Lachen hell klang, wie zerspringendes Glas, klang Rogers Lachen dunkel, wie Kies, der gesiebt wurde. Abigail war eine Frau, die ihre Freundschaften mit Männern, sogar den Ehemännern ihrer Freundinnen, erotisierte, aber nicht aus echtem Verlangen, sondern aus dem nervösen Wunsch, wohlgelitten zu sein. Roger glaubte, dass Abigail wie so viele schöne Frauen ihrer Herkunft dazu erzogen worden waren, kein körperliches Verlangen zu empfinden, weder nach Sex noch nach Essen und Trinken. Wie einer dieser edlen überzüchteten Windhunde, die aus reiner Nervosität zittern. Während Marina reiner Wille war, eisern und distanziert, war Abigail willenlos, weich, nachgiebig, war wie Wasser unter einer Berührung. Roger wusste, dass er Abigails Liebhaber sein konnte, wenn er wollte. Einsinken konnte in die Frau, immer tiefer, ins Bodenlose.

Im Juli, kurz nachdem Roger Adams Asche in dessen Garten verteilt hatte, rief Abigail ihn aufgelöst in der Kanzlei an. Sie verlangte, dass die Sekretärin ihn aus seiner Besprechung holte: »Es handelt sich um einen Notfall. Es duldet keinen Aufschub.« Als Roger an den Apparat kam, brach Abigail in Tränen aus. Er hatte Mühe, sie zu verstehen. »Roger! Ich brauche deine Hilfe. Es ist etwas Schreckliches passiert.«

Roger speicherte: *Es ist etwas passiert.* Nicht *ich bin schuld. Um ein Haar hätte ich meinen Sohn und mich selbst umgebracht.*

Roger fuhr sofort nach Middlebury, Vermont, und holte Abigail nach Hause. Der Mietwagen hatte Totalschaden, Abigail und ihr fünfzehnjähriger Sohn Jared waren mit leichten Verletzungen in einem dortigen Krankenhaus behandelt worden. Abigail hatte blaue Flecken und Platzwunden im Gesicht, eines ihrer Augen hatte ein dunkles Veilchen. Als Roger den Raum betrat, ergriff sie seine Hände und weinte vor Dankbarkeit: »Roger! Das vergesse ich dir nie.« Später sagte sie: »Besser, ich wär gestorben. Es sollte so sein.« Roger erwiderte, sie solle sich nicht lächerlich machen, sie habe nur einen Unfall gehabt. Doch als er unter vier Augen mit Jared sprach, reagierte der Junge wütend, feindselig. Er hatte ebenfalls Gesichtsverletzungen, das Kinn war geschwollen, er hatte sich Rippen gebrochen und eine schwere Verstauchung am Arm. »Halten Sie sie von mir fern, Mr Cavanagh! Ich hasse sie. Ich möchte sie nie wieder sehen.« Der Vater des Jungen, Harrison Tierney, den Roger nie sonderlich gemocht hatte, war schon nach Middlebury unterwegs, um die Krise zu managen.

Roger legitimierte sich bei den Behörden von Middlebury als Abigail Des Pres' Anwalt. Die Anschuldigungen gegen sie waren ernst. Anscheinend hatte sie getrunken, der Alkoholspiegel in ihrem Blut lag oberhalb des in Vermont zulässigen Promillewerts. Sie war eine schmale Landstraße entlanggefahren, hatte zu Beginn einer Kurve die Kontrolle über ihren Wagen verloren, ein niedriges Geländer umgefahren, war durch einen Graben und in eine Baumgruppe gerutscht. Die Frontseite des Lexus war zusammengeschoben wie ein Akkordeon. Auf der Straße gab es keine Bremsspuren. Es war reines Glück, dass weder Abigail noch Jared schwer verletzt worden oder gar umgekommen waren. Jared hatte seinen Sicherheitsgurt nicht angelegt, er hätte kopfüber durch die Windschutzscheibe geschleudert werden können.

Keine Bremsspuren. Nicht mal versucht, den Wagen abzubremsen?

Roger versicherte den Behörden, dass seine Klientin ihrem Wesen nach eine zärtliche, liebende Mutter war, die seit ihrer schwierigen Scheidung womöglich unter »erheblicher nervlicher Anspannung« gelitten habe. Er versicherte den Behörden, dass der Junge aufbrausend war; was er womöglich bei der Polizei angegeben hatte (seine Mutter sei verrückt, habe sie beide umbringen wollen), sollte nicht für bare Münze genommen werden.

Bei Abigail und Jared mischte Roger sich nicht ein. Der Junge wollte seine Mutter nicht sehen, wie sehr sie auch bettelte. Roger gegenüber war er unflätig, nannte ihn mit spürbarer Verachtung »Mr Cavanagh«. Er wollte die Sommerschule abbrechen, wollte mit seinem Vater mitfahren, den Rest des Monats bei ihm verbringen und anschließend nach Afrika – auf Safari? zum Bergwandern? wenn er ausreichend wiederhergestellt war – und seine Mutter nie wieder sehen. Roger wollte ebenfalls nicht mit Harrison Tierney zusammentreffen. In Salthill hatte er ein paar Mal mit Harry im Doppel Tennis gespielt, der Mann war bösartig. Es war bekannt, dass Harry als Einziger unter den Salthiller Männern beim Tennis betrog. Und beim Golf und Squash. Die anderen waren Gentlemen und traten Harrys Behauptungen nicht entgegen. Roger hatte Harrys Verhalten nicht gebilligt, fand ihn persönlich zu aggressiv, musste aber anerkennen, dass der Mann unerschrocken war. Harry schien sich immer prächtig zu amüsieren. »Harry ist es egal, was wir über ihn denken«, sagte Lee Ann, »deshalb denken wir über ihn nach.« »Sag bloß, du findest ihn attraktiv?«, fragte Roger ungläubig, und Lee Ann erwiderte mit dem für sie typischen feinen Lächeln, das ihn auf die Palme brachte: »Natürlich. Frauen sind Masochisten, ist dir das noch nicht aufgefallen? Das ist das unausgesprochene Fundament der Ehe.« Roger erinnerte sich an einen Jahre zurückliegenden Abend im Haus der Tierneys, eine dieser großen Dinnerpartys, die Frauen so unendlich viel bedeuten, von Männern aber meist nur hingenommen und durchgestanden werden. Harry hatte sich zu Roger gesellt, der nach dem Essen in einer Tür lehnte und eine Zigarette rauchte – früher, bevor das Zigarettenrauchen bei solchen Zusammenkünften tabu war. Von Harry, dem Gastgeber des Abends, durfte man erwarten, dass er sich auch entsprechend benahm, doch er stieß Roger in die Rippen und sagte lachend: »Was soll das eigentlich alles, hm? Ein totales Rätsel, was? Herrgott!« Roger lächelte irritiert. Als Anwalt war er stets auf der Hut. Die Männer betrachteten den Kreis der Salthiller Ehefrauen, Harrys Frau Abigail, Rogers Frau Lee Ann, Beatrice Archer, und ein, zwei andere, die sich aufgeregt unterhielten, die Gesichter hell glänzend wie frisch erblühte Blumen. Im Kerzenlicht waren diese Frauen, allesamt Enddreißigerinnen, von ganz eigentümlicher Schönheit. Diese Schönheit war regelrecht unheimlich in ihrer Harmlosigkeit und Einfachheit, so als sei sie nie angefochten worden, als habe keine dieser Frauen beim Gebären vor Schmerzen geschrien, sich gekrümmt und gestöhnt beim Orgasmus, geschwitzt, defäkiert. So als seien ihre Leiber unter ihren teuren Kleidern vollkommen glatt, wie teure Puppen. In Party-Euphorie schwebend, mussten sie sich gegenseitig berühren; das Lob, mit dem eine Haar, Haut, Kleidung, Schönheit der anderen bedachte, war überschwänglich. Freilich waren diese Frauen alle miteinander befreundet, kannten sich seit Jahren. Sie waren Schwestern, aus demselben großen Ei geschlüpft. Es war – begriff Roger, Harrys Hand in spöttischer Brüderlichkeit auf seiner Schulter –, als wollten sich die Frauen eine bei der anderen wie durch den Blick in einen Zauberspiegel ihrer Unsterblichkeit vergewissern. Wie hell leuchtende Blütenblätter schwebten sie auf dem lichtlosen, bodenlosen Chaos von Salthill, das bis zum flüssigen Kern der Erde hinabreichte. Roger erschauerte und entzog sich behutsam Harry Tierneys Hand. »Es bedeutet ihnen so viel, nicht?«, sagte Harry. »Was? Freundschaft?«, sagte Roger. »*Ist* es denn ›Freundschaft‹?« Harry sann einen Moment darüber nach und tat es ab. »Keine Ahnung, was ›Freundschaft‹ ist. Sagen wir ›in Gemeinschaft leben‹. Wie Entengrütze auf einem Teich. Winzige Organismen, auf engsten Raum zusammengedrängt, in Symbiose und ›Synergie‹, und dabei – letzten Endes – doch bloß Entengrütze.« Roger, für den Freundschaft einen Wert darstellte oder der das wenigstens glauben wollte, genauso wie die Liebe zu Lee Ann und seiner Tochter, sagte: »Harry, mal halblang. Sie geben heute diese tolle Party. Sind bei allen unseren Partys dabei.« Harry lachte. Er strahlte die Lässigkeit eines Auftragsmörders aus, der unberührt blieb. »Es würde mir nicht das Geringste ausmachen, wenn ich niemanden aus Salthill je wieder sähe. Und Sie empfinden genauso, Cavanagh.« »Ach ja?«, erwiderte Roger steif. »Vielen Dank für die Erkenntnis.« »Nichts zu danken«, sagte Harry und boxte Roger gegen die Schulter, als wären sie Highschool-Kids, »ist gratis.«

Durch das unübertrefflich schöne ländliche Vermont und New York State chauffierte Roger Abigail Des Pres nach Salthill zurück. Er hatte mit der Leihwagenfirma verhandelt. Hatte erreicht, dass seine Klientin mit einer hohen Geldstrafe wegen Trunkenheit am Steuer und Verkehrsgefährdung davonkam. Abigail wurde der Führerschein für ein halbes Jahr entzogen. Roger fragte Abigail nicht direkt nach den fehlenden Bremsspuren, doch als sie nach einer Weile aus ihrer Lethargie erwachte, sagte sie, während sie ihr geschwollenes und zerschnittenes Gesicht in einem Make-up-Spiegel betrachtete, von sich aus, sie sei wie ›verhext‹, im Moment des Unfalls zu keiner Reaktion fähig gewesen. Sie sei immer eine aufmerksame, vorsichtige, sogar ängstliche Fahrerin, aber irgendetwas habe sie an diesem Abend gezwungen zu rasen, obwohl sie mit dem Lexus nicht vertraut war und die Straße nicht kannte. Sie betonte, eigentlich nicht betrunken gewesen zu sein, sie habe alles mit entsetzlicher Klarheit wahrgenommen. »Es war, als hätte eine Hand ins Lenkrad gegriffen. Es nach rechts gerissen. Damit wir von der Straße abkommen. Eine dämonische Hand.« »›Eine dämonische Hand‹?«, sagte Roger beiläufig. »Ja. Sie verfügte über die Macht, das Steuer herumzureißen und uns zu töten, aber sie war, glaube ich, nicht da. Ich meine, körperlich vorhanden.« Sie hatten den Behörden in Middlebury gegenüber diese dämonische Hand nicht erwähnt, weil das so ausgesehen hätte, als beschuldige sie Jared, herübergelangt und das Lenkrad herumgerissen zu haben, und das hatte Jared nicht getan, er war ebenfalls unschuldig. Abigail hatte nichts davon gesagt aus Angst, für verrückt gehalten zu werden. Sie erzählte es nur Roger und bat ihn inständig, keinem ihrer Freunde gegenüber etwas davon zu sagen, sonst ginge das in ganz Salthill herum: »Das wäre eine solche Schmach!« Roger befragte sie über die dämonische Hand, und Abigail räumte ein, dass es vielleicht eher eine Kraft als eine tatsächliche Hand gewesen sei. Die aber die Form einer Hand angenommen habe. Sie hatte sie ja gesehen! Und deutlich gespürt. »In dem Moment, als die Hand in das Lenkrad griff, war ich gelähmt, ich konnte nicht reagieren. Das Auto zum Stehen bringen, das Lenkrad andersherum einschlagen oder auf die Bremse treten«, sie verstummte, atmete hektisch, ihre bangen geschwollenen Augen auf Roger geheftet, »das hätte ich so wenig gekonnt, wie ich es jetzt in diesem Wagen könnte. Gegen deinen Widerstand.« Roger lachte verlegen. Abigail machte einen Scherz? Oder – etwa nicht? »Jared lehnt es ab, mit mir zu sprechen. Er behauptet, ich hätte uns beide umbringen wollen. Aber das stimmt nicht, Roger. Du glaubst mir doch, oder?« »Natürlich, Abigail. Ich bin dein Anwalt.« Er lachte, es war ein Scherz. »He, nein. Ich bin dein Freund.«

Als sie die Tappan Zee Brücke hoch über dem Hudson River überquerten, sagte Abigail resigniert, sie habe Jared verloren – so bald nach dem Verlust Adams. »Es war Schicksal.« »›Schicksal‹?«, wandte Roger ein. »Wohl kaum.« Doch Abigail, die an den Verbänden in ihrem Gesicht herumzupfte und in ihren Taschenspiegel schaute, sagte seufzend: »Ich fühle es, weißt du. Mein Alter.« »Dein Alter?«, sagte Roger lachend. »Du bist doch die Jüngste von uns allen.« »Nein. Marina Troy ist die Jüngste.« Roger verstummte, überlegte, was Abigail über ihn und Marina wissen konnte. In Salthill, diesem Biotop, schienen alle über die Affären aller im Bilde zu sein, so sehr man sich auch bemühte, sie geheim zu halten. So als könne sie Rogers Gedanken lesen, brachte Abigail vorsichtig das Thema der Briefe und Karten, die sie Adam geschickt hatte, zur Sprache, hatte Roger die unter Adams Papieren gefunden?

»Nein. Keine Sorge.«

»Oh, ich bin nicht besorgt. Man muss sich nicht schämen, wenn man liebt.« Abigail pulte einen der kleineren Verbände ab, hob das Kinn. Ihr Gesicht ähnelte einer feinen Vase, die auf rätselhafte Weise Schmutzflecke und Risse bekommen hatte. »Selbst wenn man nicht wiedergeliebt wird.«

»Adam hat dich geliebt, Abigail.«

»Ja?«

»Auf seine Weise.«

»Hat er jemals – mit dir über mich gesprochen?«

»Du weißt, dass Adam dafür zu taktvoll war.«

»Ja, aber – hat er mit dir überhaupt mal über Frauen gesprochen?«

»Im Grunde nicht.«

»Weißt du, ob er je verheiratet war?«

Abigail sagte es ängstlich. Roger war verärgert, dass ihr das sogar in diesem Moment so wichtig war. »Nein. Das bezweifle ich.«

»Ach ja?« Abigail sann darüber nach. »Aber Adam war ein Mann, bei dem man hätte schwören können, dass er Vater ist. Er hätte zumindest Vater sein sollen. Er liebte Kinder, und er liebte – nun ja, das Leben. Und – er hatte keine Kinder? Dieses Gerücht, dass seine erwachsenen Kinder auftauchen und Ansprüche auf den Besitz erheben ... «

»Da ist überhaupt nichts dran«, sagte Roger gereizt. »Wir können keine Erben ausfindig machen.«

»Aber es ist noch früh, oder? Es können noch welche auftauchen.«

»Ja. Aber irgendwie bezweifle ich das.«

»Warum hat jemand wie Adam, ein so guter Mensch, keine Kinder, und jemand wie Harry Tierney, der alles andere als ein guter Mensch ist und das Leben direkt hasst, ein Kind – einen Sohn? An den er sich mit aller Macht klammert?« Abigail schüttelte den Kopf, seufzte. »Das ist verkehrt.«

»Es ist unlogisch«, sagte Roger. »Adam hätte das genauso gesehen.«

Nach einer Weile sagte Abigail, so als könne sie nicht widerstehen: »Adam war ein Spieler, weißt du. Ich meine, gelegentlich. In Vegas.«

»So?«

»Einmal, 1997, glaube ich, hat er elftausend Dollar ›eingenommen‹. Er musste es in der Steuererklärung angeben.«

Das war Roger bekannt, sogar noch mehr, er sagte aber nur bewundernd: »Das ist viel Geld, da war es ihm sicher ernst. Ich nehme an – Poker?«

»Glaub schon. Er hat nicht viel darüber gesprochen. Er schämte sich dafür. Oder vielleicht hat er auch nur so getan, als schäme er sich, als wolle er es für sich behalten. Beim Spielen, hat er gesagt, da experimentiere er mit sich selber, suche zum Beispiel die Schnittstelle zwischen dem Universum und seinem Geist. Was bloß eine Handlung war«, sagte Abigail nachdenklich, »das nahm er nicht ernst, weißt du.« Was für eine seltsame, unerwartete Äußerung aus dem Munde dieser Frau! Es machte Roger Eindruck, dass Abigail Des Pres nach dem Unfall, also seit kurzem, offenbar nachdenklicher wurde; sofern nicht Adams Tod der Auslöser war. »Eine Handlung ernst zu nehmen, wenn es bloß eine ›Handlung‹ ist, heißt, sich dem Prinzip zu verpflichten, für das dieses Handeln steht, und davon auszugehen, dass es eine Zukunft gibt, und das hat Adam nie getan. Nein, er hat das Spielen nicht ernst genommen, weil es bloß Geldverdienen, Geschäftemacherei in anderer Form ist. Das alles hat er verachtet. Er hat nur das Leben ernst genommen, und darüber kann man nicht sprechen.«

»Er hat die Wahrheit gesucht. Wie Sokrates.«

»Sokrates!« Abigail klang unsicher. »Das ist eine Gestalt, erfunden von – Platon? Oder sind es zwei verschiedene Menschen?«

Roger musste überlegen. »Man glaubt, es wären zwei Menschen. Aber, wer weiß – das ist lange her.«

»Wie lange? Tausend Jahre?«

»Eher zweitausend.«

»Zweitausend! Und unser Leben ist so kurz.« Abigail seufzte und berührte ihre zarte Haut mit den Fingerspitzen. Aus dem Augenwinkel sah Roger ihre funkelnden Ringe, was ihn irgendwie beruhigte. Eine Frau, an deren Fingern teure Ringe funkeln, kann nicht tiefsinnig sein. »Merkwürdig, nicht, dass das Adam so beschäftigt hat? Menschen aus längst vergangener Zeit. Vielleicht hat er nicht an Zeit geglaubt? Daran, dass Menschen sich groß ändern? An den ›Fortschritt‹?«

»Nein. Aber er hat auch nicht das Gegenteil davon geglaubt. Wie steht's mit dir?«

»Mit mir?« Abigail lachte, zeigte ihre vollkommenen, weißen Zähne wie ein weiteres Accessoire. »Ist doch egal, was ich denke.

Eine abservierte Frau und jetzt auch abservierte Mutter. Ich bin doch –«, sie betupfte sich mit einem sorgfältig gefalteten Taschentuch die Augen – »die Entengrütze auf einem Teich.«

Roger lachte und mochte die Frau in diesem Moment gar nicht. Abigail Des Pres war immer noch mit Harry Tierney verheiratet. »Tja, sind wir doch alle, nicht?«

»Aber wir bemühen uns, mehr zu sein, nicht?«, sagte Abigail flehend. Sie berührte Roger am Handgelenk, spürte, dass sie Rogers Mitgefühl verlor, sie, eine Frau, die vom Mitgefühl anderer lebte. »Manche von uns bemühen sich so sehr.«

»Ja. Glaub schon.«

Den Rest der Strecke bis Salthill fuhr Roger schweigend.

In Abigails dunklem Haus stellte Roger ihren Koffer im Vestibül ab und wollte sich schnell verabschieden, doch Abigail umfasste seine beiden Hände. »Roger! Ich habe Angst. Ich kann nicht allein sein. Jetzt noch nicht.« Wäre er geistesgegenwärtiger und energischer gewesen, er wäre entkommen, doch eine perverse Trägheit überkam ihn wie Treibsand. Weich und nachgiebig wie Wasser, doch getrieben von einem kindischen Willen, sank Abigail in seine Arme und umschlang ihn; ihre dünnen Arme zitterten, hatten aber doch Kraft. »Wir haben so vieles gemeinsam, Roger. Ich beobachte dich seit Jahren. Wir sind beide tief verletzt worden. Und wir haben Kinder im selben Alter. Sie sind wie Bruder und Schwester. Das verbindet uns doch, oder?« Sie sagte es mit Wehmut, hob ihm das Gesicht entgegen. In Roger regten sich panische Angst und ein messerscharfes sexuelles Verlangen. *Ich bin körperlich so einsam. Gott hilf mir.* Das schimmernde geschwollene Gesicht der Frau, ihr grausiges blaues Auge erregten ihn, als sei er selbst die Ursache ihres Schmerzes. »Ich sehe Adam nie wieder. Ich sehe Jared nie wieder, ich weiß es.« Sie sagte es beinahe ruhig, hatte aufgegeben. So als habe sie ihren eigenen Sohn wirklich getötet und als liege darin eine bittere Genugtuung, wie auch für Roger eine bittere Genugtuung darin läge, wenn Robin ihn nicht mehr liebte und ihn gemeinsam mit ihrer Mutter verachtete. »Liebst du mich? Bloß ein bisschen? Bitte.« Abigail küsste ihn ungestüm, und Roger fand sich in dem Raum mit der hohen Decke, dem Wohnzimmer des Hauses, über die Jahre Schauplatz so vieler Partys, wieder und küsste sie ebenfalls. So als seien die Partys einzig die Ouvertüre zu diesem gewesen, dieser köstlichen Vollendung. Roger und Abigail stolperten zu einem seidengepolsterten Sofa und sanken unbeholfen hin. Sie waren aufgeregt, atemlos, fahrig wie Teenager. Abigails Atem war scharf wie Lakritz. »Ich liebe dich, oh, ich liebe, liebe dich.« Roger dachte, sie habe vergessen, wer er war, wisse seinen Namen nicht mehr. Er wusste ja auch nicht mehr, wie sie hieß und wo sie sich befanden. Hektisch etwas fortschiebend, das zu Boden fiel, was war das? – kleine, dicke seidenbezogene Kissen, Mist! – begannen sich zu lieben, wie schnell und leicht das ging, die schlanken Schenkel der Frau, der plötzlich entblößte, sehr warme Bauch der Frau, ein Streifen lockigen, daunenweichen Schamhaars, ganz so, als hätten ihre ungeduldigen frettchenartigen Leiber die Herrschaft übernommen, als seien sie als Personen nicht vorhanden, ausgelöscht. Der volle, gierige Mund der Frau an Rogers Mund, es konnte der Mund einer x-beliebigen Frau sein, jeder x-beliebige Mund, Roger war auf einmal überglücklich, er wusste, der Druck in seinen Lenden würde bald nachlassen, würde sich entladen in einem Taumel unvernünftiger Lust. »Liebst du mich? Ein bisschen?«, bettelte die Frau, »sag's mir. Du kannst mich anlügen. Oh, bitte!« Energisch zog sie sein Hemd auseinander, ihre Finger nestelten an seiner Hose, Roger schob sie fort und machte seine Hose selber auf, sein Penis erhob sich hart und heiß wie der eines Knaben, und die Frau führte ihn in sich hinein, schimmernd wie ein Wasserbecken, doch plötzlich wurden sie von einem aufgeregten Geräusch gestört. »Was? Was war das?« Gespannt wie Flitzebögen lagen sie da, horchten. Eine Strähne des Haars der Frau hatte sich in Rogers Mund verfangen. Ihr schmaler Brustkorb hob und senkte sich ängstlich unter seinem. Im ersten Moment schien das Geräusch im Zimmer zu sein, in einer dunklen Ecke – oder vielleicht im Kamin? Dann war klar, dass es von außen kam, ein wildes Kratzen an der Haustür.

Apollo?

5

Robin kam polternd die Treppe heruntergehinkt.

Als sie seinen Blick sah, sagte sie spöttisch, vor Zorn errötend: »Ich schätze, ich bin gewachsen, Dad, seit du mich das letzte Mal gesehen hast.«

Seine erste Überraschung, nein, ein Schock, unverhohlene Enttäuschung, stand ihm offenbar ins Gesicht geschrieben: Robin hatte zum Essengehen eine sackartig weite, nicht ganz saubere Hose, ein papageiengrünes Ryecroft-Hockey-T-Shirt und darüber ein nur halb zugeknöpftes Flanellhemd, das über ihren großen, vollen Brüsten spannte, und schmutzige Turnschuhe angezogen. Ihre vom Duschen noch feuchten Haare hingen strähnig und kraftlos um ihr rundes Kindergesicht; ihre Haut schimmerte derb, als habe sie sie mit einem Waschlappen abgerubbelt. Inmitten der hübscheren, mädchenhafteren, netter gekleideten Ryecroft-Mädchen fiel Robin auf, stach deutlich hervor. Als sie sah, wie ihr Dad sich ein Lächeln abzuringen versuchte, lachte sie ihn unverblümt aus. Ein flüchtiges grausames Lächeln huschte über ihr verkniffenes Gesicht.

Rogers Gesicht brannte, er ließ die Bemerkung unkommentiert, die bewusste Unterstellung, Roger habe sie seit vorigem Jahr nicht besucht, während das doch viel weniger lange zurücklag, die Unterstellung, er sei beunruhigt – verstört – angesichts ihres reifenden Körpers, ihrer umfänglichen Brüste und Hüften. Roger bemühte sich, weder tadelnd noch bittend zu klingen, als er sagte: »Das Restaurant, in das wir gehen, Liebes, ist sehr nett, ich hatte erwartet, du würdest dich ein bisschen ... «

Robin lachte: »›Hübscher‹ anziehen? Du bist so ›hübsch‹ angezogen, dass es für uns beide reicht.«

Ihr Matchsack baumelte an ihrem Rücken. Robin mochte ihre Sachen nicht in einem Koffer tragen. Als Roger ihr den Sack abnehmen wollte, wehrte sie sich. »Ich bau so Muskeln auf, Dad.« Roger fiel ein, dass Lee Ann erzählt hatte, ihre Tochter sei im vergangenen Jahr richtig versessen auf Hockey und anderen Sport an ihrer Schule geworden. Roger empfand Abscheu: war diese widerspenstige junge Person *seine Tochter*, ein unscheinbares, hausbackenes, plumpes Mädchen mit gefährlich wachen Augen, das ihn trotzig ansah, ihn herausforderte, sie zu kritisieren? Eine halbe Stunde hatte Roger in der Besucherlounge des Wohnheims auf sie gewartet, hatte den Anblick anderer Mädchen ertragen müssen und seine eigene Tochter nicht mit ihnen vergleichen wollen, musste unweigerlich und mit sinkendem Herzen aber denken: *Vaterschaft ist ein reines Würfelspiel. Ich hab gespielt und es vermasselt.*

Ihrer Unbekümmertheit zum Trotz, waren Robins Augen randvoll mit Gefühlen, die Roger nicht zu reizen beabsichtigte. Er nicht! Es war der erste Teil des Vater-Tochter-Wochenendes. Lee Ann hatte ihm gesagt, dass Robin nie (»wiederhole: nie«) von ihm spreche, offensichtlich sei sie wütend auf ihn; er wollte ihre Liebe zurückgewinnen, ihr Vertrauen. »Du siehst gut aus, Schatz«, sagte er verständnisvoll. »Wir können auch woanders essen. Wichtig ist bloß, dass du dir auf dem Platz nicht wehgetan hast.«

Robin, die einer wie sie selbst gekleideten Gruppe von Mädchen zuliebe übertrieben breit gelächelt hatte, wandte ihre Aufmerksamkeit wieder Roger zu und sagte scharf: »Es *tut* weh, nicht bloß der Knöchel, sondern überall. Ich bin total fertig. Aber nicht ich hab mir was getan. Nicht so, dass ich geröntgt werden oder ins Krankenhaus müsste.«

Sie verließen das Wohnheim, irgendetwas war offenbar entschieden. Robin klagte munter über die Schmerzen, die blauen Flecke, die Verstauchungen, die man beim Hockeyspielen aushalten musste. Alle Mädchen mussten was einstecken, sogar die Stars. Das war wie eine »Tapferkeitsmedaille«. Eine der Mittelfeldspielerinnen, das Mädchen mit dem platinblonden Haar, hatte manchmal solche Schmerzen, dass sie kaum den Kopf vom Kissen heben konnte, wenn sie morgens nach einem Match aufwachte. Beim Durchqueren des Hofes winkte Robin und wechselte laute Grüße mit einer Reihe von Studenten, Jungen wie Mädchen. Roger sollte den Eindruck bekommen, dass sie beliebt, eine Persönlichkeit an der Schule war. Sie wurde mit »Robin«, »Robbie« und »Rob« angesprochen. Ihre Augen funkelten wild vor Freude. Sie ging mit schnellen, festen Schritten, betont die Fersen aufsetzend, Roger musste sich beeilen, um mit ihr mitzuhalten. »Hier gefällt es dir anscheinend, Liebes? Das ist gut.«

Robin zuckte mit den Achseln, Rogers banale Bemerkung war keiner Erwiderung wert.

Während der Fahrt zum Hanover Inn versuchte Roger, mit Robin über das Match zu sprechen; wollte sie loben, sah, dass sie innerlich kochte, noch aufgeregt, obwohl körperlich müde und mürrisch war, ihr Team und der Trainer, der sie vom Platz genommen hatte, das hatte sie sicher aufgewühlt, doch Robin antwortete nur brummig. Roger wollte wissen, ob sie ihre Teamkameradinnen mochte, »nette Mädchen«, wie es aussah, und Robin prustete vor Lachen. »Oh, Dad. ›Nett.‹ Du bist wie Mom. Dein Wortschatz ist so *klein.*« Roger lachte, denn sie hatte Recht, nicht dass Roger Cavanagh etwa *nett* war, Roger Cavanagh war sogar *un-nett*, aber man verwendete das Wort eben, genauso wie *gut*, sogar *großartig*, es waren Stereotype, die längst bedeutungslos geworden waren. »Mir kamen sie jedenfalls ›nett‹ vor«, sagte Roger. »In den wenigen Minuten, in denen wir beisammen waren. Ihr versteht euch alle so gut ... !

Robin sagte achselzuckend, mit einem Mal ernst geworden: »Warum fragst du, ob ich sie mag? Wichtig ist doch, dass sie mich mögen.«

Das ließ Roger so stehen.

Dachte: ist sie sich selber so egal, zählen ihre Gefühle nicht?

»Reden wir nicht drumrum, Dad: Wenn sie mich mehr mögen würden, würde ich sie auch mögen.«

»Ich dachte, du magst sie. Ich dachte ... «

»Ja, klar. Ich bin ganz verrückt nach ihnen.« Robin lachte, wischte sich mit der Handkante die Nase ab. Sie hatte die muskulösen Beine übereinander geschlagen, eine Wade lag gequetscht auf dem Khakigrün. Ab und zu rieb sie sich den Knöchel, den Unterschenkel. Sie trug weiße, seinen ähnelnde Baumwollsocken. Roger erhaschte einen Blick auf raue, gerötete Haut.

Er sagte: »Ich hoffe bloß, dass es nicht verstaucht ist. Warum hast du nicht jemanden nachsehen lassen?« Robin zuckte mit den Achseln. Roger sagte: »Wenn es nicht besser wird, können wir morgen früh zu einem Arzt gehen.«

Robin machte ein Geräusch, als würge es sie.

»Ja, klar, Dad. Richtig cool. Statt ins Raumfahrtmuseum.«

»Wenn du verletzt bist … «

»Ich bin nicht *verletzt*. Ich bin nicht so zimperlich, wie du denkst. Ich bin nicht zuckersüß wie Mom, die bei Regen praktisch zerschmilzt. Oder so tut. Damit Georgie kommen und sie aufwischen kann.« Robin lachte derb.

In dieses Fahrwasser würde Roger ihr nicht folgen, besten Dank!

Er sagte zärtlich: »Ihr Mädchen habt klasse gespielt. Beide Teams. Um mich herum waren die Zuschauer alle beeindruckt. *Ich* war's. Ich hoffe, du warst nicht sauer, dass man dich vom Platz genommen hat. Dein Trainer musste das tun. Du hast klasse gespielt, keine Frage … «

Ungeduldig fiel Robin ihm ins Wort. »Ich hab beschissen gespielt. Es war mein schlechtestes Spiel dieses Jahr. Das Training eingerechnet.«

»Aber als ich kam … «

»Genau!«, sagte Robin aufgebracht. »Bevor du kamst, war ich *heiß*. Ich hätte beinahe ein Tor geschossen. Hab ihrer Spitzenspielerin den Ball abgejagt. Und dann, als ich dich gesehen und gespürt hab, dass du mich *beobachtest* wie … irgendwie *wolltest*, dass ich es nicht versaue – da *hab* ich's versaut.«

Roger war so perplex über diesen Ausbruch, dass er schwieg. Seine Tochter hatte ihm gegenüber Fäkalsprache verwendet. Zum ersten Mal. Und so grob. Und sie gab ihm die Schuld an ihrer schlechten Leistung. Gekränkt sagte er: »Robin, ich finde das weder fair noch logisch. Du wolltest, dass ich komme und dich spielen sehe, und ich bin gekommen. Und du hast nicht schlecht gespielt …«

»Doch. Ich hab miserabel gespielt. Ich hab den Fuß mit Absicht verdreht und mich fallen lassen, weil ich wusste, dass ich dann auf die Bank muss.« Robin sagte es verächtlich, so als sei ihr Dad dumm und auf diese einfachen, erniedrigenden Erläuterungen angewiesen. »Und das war deinetwegen, weil du da warst. Immer machst du alles kaputt.«

»Immer? Was ... ?«

»Eine unserer Lehrkräfte sagt, geistige Phänomene, ›Telepathie‹, das gibt es wirklich. Manche Leute senden Signale, andere Leute empfangen sie. Du, Dad, bist ein Sender. Und die Signale, die du aussendest, sind schlecht für die Empfänger.«

»Das ist purer Unsinn.«

»*Du* musst es ja wissen.«

»Was soll das heißen?«

Robin zuckte mit den Achseln. Sie schaltete das Radio ein, drückte ein halbes Dutzend Sender durch. Sie fuhren weiter. Eine wenig prägnante Vorstadtgegend. Immer dichter werdender Freitagabendverkehr. Er hätte zwei Whiskey trinken sollen, die Zeit hätte gereicht. Abigail Des Pres hatte Recht: erwachsen werdende Kinder, das hatten sie und Roger gemeinsam. Das war ein echtes Band wie die Bluterkrankheit oder Hämorrhoiden.

In ihren E-Mails an Roger redete Robin ihn manchmal mit LIEBER VERFLOSSENER DAD an. War das komisch? Es war nicht komisch. Roger war nie darauf eingegangen, hatte es ignoriert. Häufig unterschrieb Robin ihre kurzen, kryptischen Briefchen mit LIEBE GRÜSSE VON NIBOR. »Robin«, rückwärts geschrieben. War das komisch?

»Robin, Schatz«, sagte Roger, »es tut mir weh, dich so zu sehen. Ich hatte mich auf dieses Wochenende gefreut. Stimmt etwas nicht?«

»Unsere Lehrkraft sagt, das Leben ›stimmt‹ von Grund auf nicht. Weil die Natur ein ständiger Kampf ist. Arten kämpfen gegeneinander, und innerhalb der Arten kämpfen wieder Individuen gegeneinander. ›Mit Zähnen und Klauen.‹ Wer hat sich das verflucht nochmal bloß ausgedacht?«

Roger sah seine Tochter bestürzt an. Ein solcher Tumult der Gefühle in dem Kind, man mochte meinen, die darwinsche Evolutionstheorie sei eine neue, radikale Idee. Vielleicht doch, wenn man fünfzehn war und eben begann, ernsthaft nachzudenken?

Roger protestierte: »Aber eure Lehrkraft muss euch doch auch gesagt haben, dass die menschliche Entwicklung über diese Stufe hinaus ist. Wir haben eine Zivilisation, Moral, Gesetze ... «

»Gesetze! Erzähl das mal den Juden. Die von den Nazis in den Öfen vergast wurden.«

»... wir haben Dinge, an die wir glauben, Überzeugungen, für die wir sterben würden, da geht's nicht bloß um Essen und um Territorien ... «

»›Überzeugungen‹, das sind doch bloß mickrige kleine Kanus, zum Rumpaddeln bei schönem Wetter mögen die ja O. K. sein, aber wenn ein Sturm kommt – dann ist jeder sich selbst der Nächste.«

An einem Freitag zur Stoßzeit im Verkehrschaos zu stecken und gleichzeitig die Menschheit und die Zivilisation gegen die Angriffe einer wütenden Fünfzehnjährigen zu verteidigen, wie macht man das? Roger hörte sich wie damals, als Robin ein kleines Mädchen war und mit schönen, wässrigen braunen Augen zu ihm aufsah, sagen: »Du vergisst, Robin: die Liebe ist auch noch da. Menschen sind zur Liebe fähig. Vor allem innerhalb der Familien. Menschen bringen Opfer für andere, geben manchmal ihr Leben für andere, das ist ein Instinkt. Eltern für ein Kind ... « Roger verstummte hoffnungsvoll. Er wappnete sich gegen Robins prustendes, verächtliches Lachen, das ihn mitten ins Herz traf, meinte, es nicht ertragen zu können.

Doch zu seiner Überraschung sagte Robin mit leiserer Stimme: »Es hat mir Leid getan, das zu hören – du weißt schon. Von Onkel Adam.« Sie flüsterte den Namen, als schäme sie sich, ihn auszusprechen.

»Oh. Ja.«

»Mom hat es mir erzählt. Nachdem ihr beide gesprochen hattet. Teilweise jedenfalls.« Sie schaute Roger, der auf die Straße Acht gab, von der Seite an. Etwas in ihr kam zum Vorschein, eine zitternde kleine Flamme; sie hatte Angst, dass man es sah. Grob drückte sie an ihrem Knöchel und dem geschwollenen Fleisch herum.

»Ja. Es kam unerwartet. Wir waren alle tief getroffen und sehr traurig. Er ist an Herzversagen gestorben – weißt es vielleicht schon von deiner Mutter, hast die Zeitungsausschnitte gesehen? –, als er ein kleines Mädchen im Fluss gerettet hat.«

»Ja. Hab ich. Das war beschissen.«

Beschissen! Roger erstarrte, er mochte solche Wörter aus dem Munde seiner Tochter nicht, verkniff sich aber den Protest.

»Es war«, sagte Robin, schon entgegenkommender, »na ja, tragisch. Ich war so wütend auf diese Arschlöcher, ›Samanthas‹ Eltern, ich wollte Gott weiß was mit ihnen anstellen. Sie ersäufen.« Sie verstummte, atmete schwer. »Hat er noch viel von mir gesprochen? Nachdem Mom und ich weggezogen sind?«

»Natürlich, Liebes. Die ganze Zeit. Adam hatte dich sehr gern, weißt du.«

»Ach ja?«

Sie wusste es, brauchte aber die Bestätigung. Roger versicherte es ihr.

Endlich sprachen sie miteinander, vorwiegend über Adam. Roger war erleichtert, als er das Hanover Inn vor sich sah. Er hatte jetzt, was Robin anging, ein wesentlich besseres Gefühl und meinte zu spüren, dass es umgekehrt genauso war. Wenn es unter den Erwachsenen jemanden gab, den Robin während ihrer Salthiller Zeit gemocht hatte, dann Adam Berendt.

Sie sagte zögernd: »Mom hat mir erzählt, sie hat es von Freunden da, Mr Berendt hätte ... Sachen ... bei sich zu Hause gehabt, da hätten die Leute schon gestaunt, als sie die fanden?«

»Was für Sachen?«

»Weiß ich doch nicht.«

»Was für Sachen?«

»Sind bloß Gerüchte, du kennst doch Mom. Sie plappert alles nach, was Leute ihr erzählen.«

»Liebes, was für Sachen? Ich bin Adams Nachlassverwalter, ich weiß es.«

»Mom hat erzählt, sie hätte gehört, Mr Berendt hätte massenhaft Geld versteckt gehabt. In Kartons? Im Keller in seinem Haus vergraben? Millionen von Dollar.« Robin sah ihn prüfend an. Als sie sein verzogenes Gesicht sah, sagte sie: »Ich hab das nie geglaubt, warum sollte Onkel Adam Geld verstecken, wenn er welches hatte? Wie jemand halt Geld hat. Man bringt es zur Bank, richtig? Das hab ich Mom auch gesagt. Sie ist so gutgläubig, dass es einem richtig Leid tut.«

Roger sagte vorsichtig: »Natürlich hatte Adam kein Geld in seinem Haus versteckt. Dieses Gerücht entbehrt jeder Grundlage.«

»Ich hab Mom gesagt, es klingt lächerlich. Onkel Adam hat Geld verachtet, materielle Dinge haben ihm nichts bedeutet.«

»Das stimmt, größtenteils.«

»Ich war ein paar Mal in Onkel Adams Keller. Als wir zu Besuch da waren. Da muss ich zehn gewesen sein. Ist lange her.«

»Aha.«

»Der Keller war alt. Irgendwie unheimlich. Onkel Adam hat gesagt, möglich, dass man da Tote verscharrt hat, vor langer Zeit. Leute, die in der Kneipe, die früher im Haus war, ermordet wurden, die sind vielleicht da in dem Keller verscharrt. Stimmt das?«

Roger missfiel die Wendung, die das Gespräch nahm, ohne recht zu wissen, warum. »Das bezweifle ich, Robin. Adam hat gern Scherze gemacht, weißt du.«

»Er war so *lustig*. Er hat mich zum *Lachen* gebracht.« Robin wischte sich wütend die Nase ab. »Auch wenn gar nichts lustig war, konnte Onkel Adam einen zum *Lachen* bringen.«

»Er hatte Talent dazu. Ja.«

Roger parkte den BMW an der Rückseite des Inn, als Robin urplötzlich in Tränen ausbrach. Er nahm sie in den Arm, sie drückte das Gesicht an seine Schulter. »Es ist bloß, mir ist gerade eingefallen, dass ich Onkel Adam nie wieder sehen werde. Wow.«

Sie checkten im Hotel ein, wo Roger eine Suite im dritten, dem obersten Stock reserviert hatte. Das Hanover Inn war ein »historisches« Gebäude am Baltimore Pike, das Mobiliar stammte zu großen Teilen aus dem 18. Jahrhundert. Als sie die hohen, recht kühlen Räume betrachtete, sagte Robin: »Würd mich nicht überraschen, wenn *hier* viele Leute umgekommen sind.«

In ihrer weiten Khakihose, dem papageiengrünen T-Shirt und dem über der fraulich großen Brust geknöpften Flanellhemd stand Robin da, die Hände auf den Hüften, und wiegte sich auf den Beinen, so als messe sie die Suite aus. Elegante Räume schüchterten sie ein, reizten sie aber auch zu kindischem Benehmen. Roger, der Kleider in den Schrank hängte, sah, wie sie den Kopf drehte, die Augen zukniff und ihr Spiegelbild angrinste. Der Tränenausbruch auf dem Parkplatz hatte sie verlegen gemacht, aber auch aufgeregt. Ihre Augen glänzten noch, sie neigte den Kopf, um das Licht im Spiegel einzufangen, strich das verlotterte Flanellhemd über ihrer Brust glatt, grinste wieder und lächelte. Auf diese kurze Entfernung, im Spiegel, sah Robins rundes Eskimogesicht, ihre grobporige Specksteinhaut fast attraktiv aus. Mit dem Gebaren einer aufgeweckten Studentin sagte sie beiläufig: »Dad! Du denkst doch logisch, bist Anwalt und so weiter. Was, wenn ich dir sagen würde – das ist bloß eine Hypothese, Dad, kapiert? –, dass mich mal ein Mann, der wie Onkel Adam aussah, na ja, ›angefasst‹ hat? Als ich –«

Roger fuhr herum und schaute sie an. »Robin, wie bitte?«

Robin schaute ausdruckslos zurück. Sie wiegte sich nicht mehr, hatte aber die Arme noch in die Hüften gestemmt. »Bloß mal angenommen. *Was wäre wenn.*«

»Das – das ist nicht dein Ernst, oder?«

»Ich hab's doch gerade gesagt, Dad. Es ist eine Hypothese. Wie bei einem Experiment. In Logik. Ich frage doch nur, *was wäre wenn.*«

»Robin, ich finde das nicht – komisch.« Roger schluckte fest. Er hielt etwas in der Hand, einen Kleiderbügel, und hatte keine Ahnung, wozu.

Ungeduldig erwiderte Robin: »Es *ist* auch nicht komisch. Es ist ein Experiment – zum Thema, was ist real. Man führt zum Beispiel ein fremdes Element in einer Situation ein, wo Leute ganz ernst sind. In der Kirche. Bei einer Beerdigung. Wo immer bloß dasselbe gelabert wird. Es gibt Gegenwelten zu dieser Welt, weißt du. Antiuniversen. In Mathe haben wir ... «

»›Gegenwelten‹? Worüber reden wir hier?«

»Wir reden genau genommen gar nicht über Mr Berendt, Dad. Du brauchst nicht so geknickt oder schuldbewusst zu gucken oder sonst was. Wir reden über *was wäre wenn.* Wie in der Logik. Das Antiuniversum.«

»Was ist denn das für ein Unsinn?«

»Du kannst nicht beweisen, dass eine Gegenwelt nicht existiert, und zwar mit derselben Berechtigung wie unsere.« Robin sagte es triumphierend, Roger vernahm den Widerhall eines sich brüstenden Erwachsenen, der seine jungen Schüler beeindruckte und verwirrte. Er hatte das Bedürfnis, Köpfe aneinander zu schlagen.

Sagte aber nüchtern: »Was nicht widerlegt werden kann, ist auch keine gültige wissenschaftliche These. Sondern bloß schlechte Logik. Wie Märchen.«

»In Mathe … «

»Sag deinem Lehrer«, sagte Roger und hängte den Kleiderbügel mit solcher Kraft auf die Stange, dass der Haken sich bog, »das ist nichts als dumme Angeberei.«

»Sie. Es ist eine Sie.« Robin war begeistert, dass ihr Dad in die Falle getappt war. Sie sagte, ihn nachäffend: »O. K., ich sag zu ihr: Miss Ringler, mein Dad, ein Angeber-Anwalt, sagt, das ist dumme Angeberei. Und nichts anderes.« Sie lachte gellend. Roger gab klein bei, traute sich nicht zu antworten. Er verschwand ins Bad. Er würde duschen, sich zum zweiten Mal an diesem Tag rasieren. Würde sich von dem Schmutz säubern, den diese zornige Tochter über ihm ausgekippt hatte, wie sie als kleines böses Mädchen eine unbändige Freude daran gehabt hatte, ihr Essen auf den Küchenfußboden zu kippen, von wo es die Kinderfrau mit rotem Gesicht aufwischen musste.

Einer der kryptischen E-Mail-Wechsel zwischen dem LIEBEN VERFLOSSENEN DAD und NIBOR aus dem vorigen Sommer, den Roger bis zum jetzigen Zeitpunkt mehr oder weniger vergessen hatte, verlief so:

Warum habt ihr, du & Mom, geheiratet, das war doch ein Riesenfehler.

N.

* * *

Der Grund liegt doch auf der Hand: Wir hatten uns verliebt.

Wir waren viele Jahre sehr glücklich miteinander. Es war KEIN Fehler.

Es gibt – DICH.

D.

* * *

EBEN!!!

N.

6

Waffenstillstand. Beim Essen im Hotel, besänftigt durch kleine flackernde Kerzen, die wie Votivlichter waren, gingen Roger und seine Tochter herzlich miteinander um. Sie waren höflich, sie lächelten. Brachten Geduld füreinander auf. Dad lachte bloß, als die Tochter sich nicht entscheiden konnte, was sie als Vorspeise wollte. Die Tochter hatte sich sogar das erhitzte Gesicht gewaschen, hatte probiert, sich das aufgelöste Haar zu kämmen, hatte das widerliche Flanellhemd aus- und einen schicken grob gestrickten schwarzen Pullover über ihr T-Shirt gezogen. Sie hatte sich Lippenstift auf den Mund getupft, nicht aus Spott, wie Roger hoffte, und sah in dem schmeichelnden Licht eindrucksvoll aus, exotisch. Ihr zulächelnd, überlegte Roger, ob in seiner oder in Lee Anns Familie vielleicht Indianerblut vorhanden war. Oder Inuit- oder Eskimoblut.

Sie sprachen nicht mehr über Onkel Adam. Keine weiteren Hypothesen.

Roger war erschüttert von dem Wortwechsel in ihrem Zimmer, hatte sich aber mit dem Gedanken getröstet, dass seine Tochter zornig war. *Nicht auf Adam, sondern auf dich. Oder?* Das musste er hinnehmen, obwohl er den Zorn für ungerechtfertigt hielt. Seiner Meinung nach kam Robin, die oben ein bisschen zu weit gegangen war, ihrem Dad heute Abend entgegen, war respektvoll und auf der Hut. Vielleicht hatten sie ihre groben, grausamen Worte selber schockiert.

Als ihr Essen kam, langte Robin hungrig zu. So ein großes, erwachsenes Mädchen: die Esslust wütete in ihr, ein Feuer, das genährt werden musste. Ein Porterhouse-Steak, Pommes frites, Brötchen mit Butter. Sie aß Rogers Pommes frites, in Ketchup getränkt. Roger lachte und scherzte mit ihr. Sie war ein lustiges, schlagfertiges Kind, äffte ihre Lehrer nach, sogar die verehrte Miss Ringler bekam ihr Fett weg, Erwachsene, die ja so egozentrisch waren, so anmaßend, waren für seine Tochter allesamt lachhaft. Roger konnte nicht widersprechen. Er war von ihr bezaubert. Er wollte von ihr bezaubert sein. Er bestellte eine zweite Karaffe Rotwein. Er war ein wenig bedrückt. Nein: er war optimistisch. *Es läuft doch gut. Du hast sie spielen sehen. Sie hasst dich nicht.* Weil sie lachten und ihnen die Dinge, über die sie lachen konnten, ausgingen, erzählte Roger Robin von Abigails Missgeschick in Middlebury. Robin kannte Jared Tierney aus der Salthiller Mittelschule. »Jared hat Glück, dass er noch lebt, was?«, sagte Robin lachend. »*Du* würdest mich nicht umbringen wollen, Dad, oder?«

»Robin«, sagte Roger zusammenfahrend, obwohl er wusste, dass sie einen Scherz machte, »das ist nicht komisch.«

»Nein. Ich hab bloß einen Witz gemacht, Dad.«

»Ja, ich weiß.«

Beim Nachtisch, Nusskuchen mit zwei Kugeln Vanilleeis, sagte Robin: »Du bist eng mit Mrs Tierney befreundet, was, wenn du nach Vermont fährst, um ihr zu helfen?« Sie sah Roger über den Tisch hinweg aus zusammengekniffenen Augen an, so als sei ihr der Gedanke eben erst gekommen.

»Ja, glaub schon.«

»Sie war keine von den Frauen, von denen Mom damals – sprach?«

Roger biss die Zähne zusammen. »Nein, Robin.«

»Bist du jetzt in sie verliebt?« Die Frage klang spielerisch, fast spöttisch. Doch Roger spürte die unterdrückte Wut.

»Nein. Bin ich nicht.«

»Nicht in *Abigail Tierney*?«

Es war Roger zuwider, darauf zu antworten. Wenn Lee Ann ihn auf diese Art ausgefragt hatte, oft in ihrem Schlafzimmer, wenn er sich gerade zum Schlafengehen auszog und daher verletzlich war, exponiert, sich über seine Frau ärgerte und ihr trotzdem nicht Paroli bieten wollte, wusste er doch, dass sie sich danach sehnte, ihn und auch sich selbst bis aufs Fleisch zu peinigen, sich danach sehnte, verletzt zu werden, erniedrigt, gedemütigt, hatte er immer stoisch und gelassen reagiert. Hatte gedacht: *Ich darf ihr nicht den kleinen Finger reichen.* Nun sagte er Robin die schlichte Wahrheit: »Nein, Schatz. Falls es dich überhaupt etwas angeht. Ich bin nicht in Abigail verliebt.« Er überlegte. »Sie heißt jetzt Des Pres. Seit der Scheidung.«

Beharrlich wie auf dem Hockeyfeld, wenn sie schnelleren Spielerinnen nachjagte, sagte Robin: »Aber – du warst mit ihr in Vermont.«

»Robin, ich war nicht ›mit‹ ihr. Ich bin hingefahren, um ihr und Jared zu helfen. Es war eine ziemlich heikle Situation. Ich bin Abigails Anwalt.«

»Seit wann.«

»Schon eine Weile.«

»Ach das bist du – ihr Anwalt!« Robin sprach das Wort aus, wie man den Namen einer seltenen Krankheit aussprechen mag.

Roger lächelte. Ein dunkler Zorn stieg in ihm auf. Er sah seine Tochter an, die ihren Eislöffel beim Essen auf eine Weise drehte, die Roger widerlich fand. »Schau, Robin. Meine Arbeit, mein Beruf, mein Leben – du hast kein Recht, das zu verachten. Mein Einkommen ... «

Robin leckte weiter ihren Löffel ab. Sagte gelassen: »Sicher, Dad. Ich weiß.«

»Die Juristerei ist ein ehrenwerter Beruf. Und bestimmt kein leichter. Mein Einkommen ist ... «

»Dad, cool! Ich weiß.«

Rogers Lippen waren taub wie nach einer Novocainspritze. Er konnte nicht glauben, dass er sich vor seiner Tochter, die ihn unter zusammengewachsenen Augenbrauen süffisant ansah, durch solche hohlen, banalen Worte selbst herabsetzte.

Eine Zeit lang saßen sie schweigend da. Es hämmerte Roger in den Ohren. Am liebsten hätte er Robin mal fest durchgeschüttelt. Sie trieb ihn zum Wahnsinn, wie kleine Kinder einen zum Wahnsinn treiben, nicht könnerhaft und raffiniert, nicht wissend, was sie eigentlich wollen. *Wie ihre Mutter. Sie will verletzen.* Wenn Lee Ann Roger verhöhnt hatte, endete es manchmal damit, dass sie sich liebten, hart, schnell, unsentimental; die Art körperliche Liebe, die in einer Ehe den Beginn des Endes der Ehe signalisiert, denn Ehe heißt nicht Leidenschaft, sondern Zärtlichkeit, reines Gefühl. Doch bei Robin spürte Roger einen körperlichen Widerwillen, Abneigung. Er hätte ihr am liebsten das Grinsen aus dem Kindergesicht gerüttelt.

Doch Robin ließ noch nicht locker: »Im Grunde, Dad, verteidigst du Kriminelle mit weißen Kragen. Was gibt's da stolz zu sein?«

»Kriminelle? Das ist lächerlich.«

»Sind es keine?«

Roger fragte sich, ob seine Tochter wirklich so uninformiert über seine Arbeit war. Über sein Leben. Oder ob dies dazugehörte, wenn sie ihren Dad quälen wollte. Er sagte: »Beim größten Teil meiner Arbeit geht es um Verträge, Testamente. Um rechtliche Vereinbarungen. Unsere Kanzlei arbeitet immer häufiger mit Firmen zusammen, nicht mit Einzelpersonen. Einen Gerichtssaal sehen wir selten aus der Nähe. Wie kommst du darauf, dass dein Vater Strafverteidiger ist?«

»Ich dachte, das bist du. Manchmal.«

»Kaum.«

»Du hilfst also Menschen gar nicht? Den Armen?«

»›Arme‹ sind nicht die einzigen, die juristischer Hilfe bedürfen.« Roger sagte es ruhig, obwohl der Puls in seinem Kopf hämmerte. »Ich glaube, du hast ein sehr enges Rechtsverständnis.«

»Nichts von dem, was du tust, ist eine Sache auf Leben und Tod«, sagte Robin leicht gereizt, »nichts ist wichtig. Genau genommen.«

Roger versuchte zu lächeln: ihr Dad, erträglich, obwohl durch und durch verdorben. »Das meiste von dem, was wir im Leben tun, ist – letztlich – nicht ›wichtig‹. Und trotzdem bedeutet es uns etwas. Meine Klienten wären nicht deiner Meinung, Schatz.«

Er nannte diese verächtliche junge Person mit den zusammengewachsenen Augenbrauen und den Haaren, die ihr ins Gesicht hingen und die mechanisch Nusskuchen mampfte, *Schatz*! Dad gab sich Mühe, gab sich große Mühe. Es war zu merken, dass Dad sich große Mühe gab. Doch Robin wischte den Einwand mit einer Handbewegung beiseite. »*Wozu* ist das Gesetz da, Dad? Im Grunde doch dazu, dass Anwälte Geld verdienen, nicht? Ich meine, letztlich.«

»Das Gesetz ist«, Roger stockte, ein Mann am Rande des Abgrunds, »der Eckpfeiler der Zivilisation. Ohne das Gesetz …«

»Zivilisation«, fiel Robin ihm heftig ins Wort, »das ist doch bloß eine Machtstruktur. *Hegemonie*, so sagt man doch. Um die Massen – und die Frauen – unten zu halten. Klar, Leute wie du lieben das ›Gesetz‹, ihr habt ›Gesetz‹ ja auch immer auf eurer Seite.«

»Ohne das Gesetz«, sagte Roger mit zusammengebissenen Zähnen, »wären wir Wilde.«

»Und das sind wir jetzt nicht – Wilde?«

»Wenn es so wäre, Schatz, wüsstest du es bestimmt.«

Robin sah ihren Vater über die weiße Leinentischdecke hinweg prüfend an. Über die schmutzigen Teller samt Besteck hinweg. Irgendetwas in ihr kam für einen Moment zum Vorschein, die dunkle, in beiden rumorende Ahnung, wie weit die Tochter gehen und wie weit der Vater sie gehen lassen würde, bevor es zur Katastrophe kam. Aber: herrlich, dass es vielleicht zur Katastrophe kam! Roger sah in den weiten, sich öffnenden und schließenden Augen seiner Tochter den Ausdruck unschuldiger Boshaftigkeit, die wohl auch erklärte, warum sie sich auf dem Spielfeld absichtlich den Knöchel verrenkt hatte. *Ich kann mich selbst nicht leiden, warum solltest du mich da leiden können?*

Blitzschnell senkte Robin den Blick. Ihr breites Gesicht lief dunkelrot an. Sie schob, nur mit den Fingerspitzen, in einer plötzlichen Geste des Widerwillens den Teller mit ihrem Nachtisch fort. So als ekle sie sich schließlich selbst an und sei erschrocken über sich.

7

In dieser Nacht schlief Roger schlecht. In seinem Schlafzimmer, das neben dem Zimmer seiner Tochter lag. (Leise hatte sie die Verbindungstür abgesperrt. Er hatte es gehört.) Er wachte immer wieder auf, war irritiert, wusste nicht, wo er sich befand. In seinen Därmen rumorte es. Er hatte keine Ahnung, wie das Wochenende weiter verlaufen sollte. Den ganzen Sonnabend und den Großteil des Sonntags zusammen mit seiner Tochter in Washington.

Ja, aber Roger war der Vater des Mädchens, er liebte Robin.

Doch, bestimmt, er liebte sie.

Er hatte die Scheidung nicht gewollt, nur sein Stolz hatte ihn vom Betteln abgehalten.

Warum bist du untreu?

Warum? Aus Einsamkeit.

Wer oder was fehlt dir denn?

Vielleicht auch aus Angst vor der Einsamkeit, Adam. Ich weiß es nicht.

Du zerstörst deine Ehe, deine Familie, und weißt nicht, warum?

Wenn ich es erklären könnte, Adam, müsste ich es doch nicht tun, oder?

Als er aufwachte, brannten seine Augen vor Tränen der Wut, der Enttäuschung, des Verlusts, und er wusste nicht gleich, wo er sich befand. Aber er war allein, Adam war gegangen. Er hatte seinen besten Freund verloren, und was stattdessen gewonnen?

Er stand auf und ging ins Bad. Leise. Wollte Robin auf der anderen Seite der Tür nicht wecken.

Er hätte so gern mit Adam gesprochen. Mit ihm geredet und gelacht. Er hatte Adam noch gar nicht von dem Missgeschick in Middlebury erzählt. Adam hatte Sinn fürs Erhabene und fürs Groteske.

Dieses hilflose Verlangen, mit einer Frau zusammenzukommen: mit der verlorenen anderen Hälfte der eigenen Seele. Der verlorenen anderen Hälfte von etwas.

Wie Kinder mit schlechtem Gewissen hatten er und Abigail Des Pres sich aus der Umarmung gelöst! Abigail war die Tür aufmachen gegangen, aber warum Abigail die Tür, an der wild gekratzt wurde, unbedingt aufmachen musste, leuchtete Roger nicht ein, und hereingesprungen kam Apollo, wolfsähnlich, mit braunen Augen, Kletten im silbrigen Fell. Er hinkte und hechelte. Der Hund hatte vor der Tür gehockt, machte jetzt, wo sie offen war, den Eindruck, als sei er gerannt, als habe die Kraft einer ungestümen Bewegung ihn hereingetragen. Er war vollkommen ausgehungert, Abigail fütterte ihn in der Küche. Sie und Roger sahen dem Husky-Schäferhund beim Fressen zu. Höflich fragte Abigail Roger, der seine Kleider gerichtet und die Fassung mehr oder weniger wiedererlangt hatte, ob er zum Abendessen bleiben wolle, doch er lehnte kühl ab. War Roger Cavanagh nicht mehr – oder vielleicht weniger! – als ein Hund, dass diese Frau ihn aus Mitleid beköstigen wollte?

Er ging, er wollte sie niemals wieder sehen. Schon der Gedanke an sie, an den grausigen weichen Mund, das verfärbte Auge und das geschwollene Gesicht, an den dünnen, vor Verlangen bebenden Leib war ihm widerlich. Es war eine Beleidigung seiner Männlichkeit, so behandelt zu werden! Und an die andere, die Rothaarige, dachte er schon gar nicht.

Trotzdem fühlte Roger Cavanagh sich verantwortlich für Abigail Des Pres, er machte sich Sorgen um sie und ertappte sich dabei, dass er sie anrief; er wollte nicht anrufen und war erleichtert, als sie den Apparat nicht abnahm und sich kein Anrufbeantworter einschaltete, um seine Nachricht aufzunehmen. Ungefähr eine Woche nach der Apollo-Episode schließlich fuhr Roger nach Wheatsheaf hinaus zu Abigails Haus. Auf der kreisrunden Zufahrt stand der Truck einer Rasenpflegefirma, und Roger parkte dahinter. Für den Fall, dass Abigail zu Hause war. Dass sie ihn sah. *Wenn es denn sein sollte, dann sollte es eben sein.* Dann würde er seine Liebe zu der rothaarigen Frau ganz und gar abtöten, würde in diese Frau einsinken, immer tiefer, und der Sache ein Ende machen. Wenn er sie nur ein einziges Mal liebte, würde sie ihn anbeten, würde sie seine Frau werden, das schien ihm gewiss. Er wollte ja wieder heiraten, ihm graute davor, noch länger allein zu bleiben. Doch als er ging und an der Haustür läutete, teilte ihm der Vorarbeiter der Rasenpflegefirma über das Getöse des Motors hinweg, das so laut war, dass Rogers Schädel vibrierte, mit, Mrs Tierney sei für den Rest des Sommers abgereist. »Nach Nantucket.«

Am Morgen fuhren sie bei strömendem Regen in Richtung Washington, D. C. Wind schüttelte den Wagen. Roger meinte zu wissen, dass sie ihr Ziel nie erreichen würden.

Tags zuvor war es wunderschön herbstlich gewesen. Dieser Tag war eine einzige brodelnde Wolkenmasse, die Regen spie wie Artilleriefeuer. Das Frühstück in dem alten Hanover Inn war kein angenehmes Erlebnis gewesen. Zuerst wollte Robin gar nichts bestellen und verzog ihr Mondgesicht in kindischer Übertreibung von Übelkeit. »Ich frühstücke nie.« Mahnend sagte Roger, wie ein Vater musste: »Das solltest du aber, Frühstück ist die wichtigste Mahlzeit des Tages.« Der Mund des verflossenen Dads bewegte sich mechanisch. Roger hatte keine Ahnung, was er sagte. Verflossener-Dad-Gelaber. Als wolle sie bloß gebeten sein, war Robin schnell gewonnen. »O. K. Wenn du unbedingst willst. Ess ich eben!« Und bestellte mit düsterer Genugtuung ein üppiges Frühstück mit Eiern, Würstchen und Waffeln, das sie gierig, ab und zu sogar den Kopf über den Teller beugend, hinunterschlang. Roger blätterte die für Hotelgäste ausliegende *USA Today* durch, um das nicht mit ansehen zu müssen. Er hatte bloß Appetit auf schwarzen Kaffee, frisch gebrüht, so viele Tassen davon, wie er sich traute. Als sie im BMW durch den Regen ruckelten, hüpfte und pochte Rogers Herz in seiner Brust. Robin klagte über das »fette« Frühstück, das sie zu sich genommen hatte, rieb sich den Bauch und gab dem Verflossenen Dad die Schuld, was nur logisch war. Sie begann am Autoradio herumzufingern. Keine der im Handschuhfach liegenden CDs war nach ihrem Geschmack. Sie waren in die Hauptstadt des Landes unterwegs, um vor allem Museen zu besichtigen. So tolle Museen! Als sie ihr Wochenende am Telefon planten, das erste Vater-Tochter-Wochenende seit mehr Monaten als Roger zurückdenken mochte, war Robin aufgeregt gewesen wie ein kleines Kind. Das Luftfahrtmuseum begeisterte sie besonders. Ein paar Jahre zuvor, in der achten Klasse, hatte sie verkündet, sie wolle den Weltraum erforschen, das »Universum«, Astronomin werden oder Astrophysikerin; womöglich würde sie sogar Raumfahrten unternehmen. Ganz ernsthaft teilte sie ihren Eltern mit: »Weltraumfahrten werden im 21. Jahrhundert etwas ganz Normales sein. Wir können fahren.« Roger hatte gelächelt, als er seine zu der Zeit dreizehnjährige Tochter solches verkünden hörte. Vielleicht hatte die Jugend ja die Gabe, in die Zukunft zu blicken?

Menschen mittleren Alters jedoch sind Sklaven der Vergangenheit.

Gegen zehn, auf der Hälfte der Strecke nach Washington, bekam Robin urplötzlich schwere Magenkrämpfe. Durchfall? »Dad, *bitte* fahr raus. Ich muss aufs Klo, *schnell.*« Sie stöhnte leise, wiegte sich auf dem Beifahrersitz hin und her, Schweißperlen auf der Stirn. Roger fuhr an einer Tank- und Raststätte sofort von der Interstate ab, und Robin stieg ächzend aus und stolperte, ganz gekrümmt vor Krämpfen, durch den Regen zum Eingang. Ängstlich und benommen folgte Roger Robin in das Gebäude. Jetzt was? Was jetzt? Er mochte nicht glauben, dass seine Tochter sich beim Frühstück absichtlich den Bauch so voll geschlagen hatte, dass ihr übel wurde. Oder falls doch, dass ihr großer Appetit erst beim Essen gekommen war ... Roger wartete mit schlechtem Gewissen. *Was immer es ist, du bist schuld daran. Und du weißt es.*

Nach ein paar Minuten kam Robin aus der Damentoilette. Ihr Gesicht sah teigig aus, ihre Lippen waren kreidebleich. Tränen eines seltsamen Hochgefühls schimmerten in ihren Augen. Zitternd kam sie auf Roger zu, lächelte. Er wollte sie gerade sacht berühren, fragen, wie es ihr gehe, da flüsterte Robin mit mitleidloser Offenheit: »Morgendliche Übelkeit, Dad.«

In der Lobby dudelte laute Teenager-Rockmusik. Roger legte die Hand ans Ohr. »Was – hast du gesagt, Liebes?«

»Du hast schon verstanden, Dad. Und zwar ganz genau.«

Mit einem Ruck trat Robin von ihrem taumelnden Verflossenen Dad zurück, bleckte grinsend die Zähne und stapfte aus dem Restaurant. Benommen, wie im Traum, allerdings einem Traum, der ihm absolut nichts sagte, ging Roger ihr nach.

Morgendliche Übelkeit.

Morgendliche Übelkeit?

Das hatte sie nicht gesagt. Doch, er hatte es ja gehört.

Ihm war, als stecke sein Kopf in einer riesigen tönenden Glocke.

»Robin. Schatz, warte ... «

Das konnte doch bloß ein Missverständnis sein. Ein Scherz. Robin war eine gute Schauspielerin, sie verstand sich aufs Spotten. Sie war keins von den Mädchen, die ...

Roger wollte Robin, die beim Gehen schwankte vor Schwäche, zum Auto helfen, doch sie schüttelte seine Hand ab. Im Wagen krümmte sie sich zusammen, die Arme über dem Bauch verschränkt. Ein scharfer Geruch nach Erbrochenem hüllte sie ein wie schlechter Atem. Roger glitt neben ihr ins Auto, bemüht, ruhig zu bleiben. »Schatz, du hast – morgendliche Übelkeit gesagt. Heißt das … ?«

Tonlos erwiderte Robin: »Du weißt genau, was das heißt, Dad.«

»Weiß – deine Mutter davon?«

»Nein.«

»Weiß – *er* es?«

»Wer?«

»Der, der … « Roger brachte es nicht über sich, das Wort auszusprechen, das ihm in diesem Moment obszön vorkam: *Vater*.

In angespanntem Schweigen saßen sie zwei, drei Minuten, die ihnen allerdings viel länger vorkamen; der Regen rann an den Fenstern des neuen grau-metallic lackierten BMWs herunter. Rogers Gedanken überschlugen sich. Er überlegte, ob Lee Ann je erwähnt hatte, dass Robin einen Freund hatte, dass sie mit Jungs ausging. Überlegte, ob Robin ihm an der Schule flüchtig einen Jungen vorgestellt hatte, dessen Gesicht er sich hätte einprägen sollen. Überlegte, was eine Fünfzehnjährige an einer fortschrittlichen Privatschule über Schwangerschaft, über die Möglichkeit einer Abtreibung wissen konnte.

Schwer atmend, gegen ein Schluchzen ankämpfend, sagte Robin: »Du weißt doch, wer der Vater ist, Dad. Oder?«

»Ich – wieso?«

»Denk nach!«

»Ich k-kann nicht, Schatz. Wer?«

Robin wandte sich ihm zu, schob verächtlich die Unterlippe vor wie ein Affe: »›Schatz‹. Wie viele Frauen hast du schon so genannt?«

Roger war platt. Er war wie gelähmt vor Unschlüssigkeit. Er musste Lee Ann anrufen, sofort. Sie mussten sich zusammensetzen. Eine Entscheidung musste getroffen werden. Roger kam nicht auf den Gedanken, seine Tochter zu fragen, seit wann sie schwanger war, wann *das Baby* kommen würde. Später erinnerte er sich daran, dass der bloße Begriff *Baby* für ihn nicht mehr Realitätsgehalt hatte als der Begriff Ewigkeit oder die Raumfahrt.

Robin putzte sich lautstark die Nase. Es war nicht zu übersehen, dass sie sein wie ihr eigenes Elend genoss. An diesem Morgen hatte sie wieder ihr verlottertes, bis über die Brüste zugeknöpftes

Flanellhemd mit dem grünen T-Shirt darunter angezogen. Ihre Oberschenkel wölbten sich in der Khakihose, ihre Füße mit den schmutzigen Turnschuhen sahen aus wie Keile. Welcher Junge sollte sich zu Robin Cavanagh sexuell hingezogen fühlen! Fast meinte Roger einen Anflug von Stolz bei ihr zu spüren. *Siehst du, Daddy? Jemand will mich haben, auch wenn du mich nicht haben willst.*

Dann sah sie ihn an. Sagte Worte, die zu begreifen Roger nicht fähig war. »Du, Dad. Du bist der Vater.«

Als sie den angewiderten, verstörten Ausdruck in Rogers Gesicht sah, lachte Robin. Machte die Tür wieder auf und stieg aus, in den Regen, und ließ Roger, ihr nachsehend, im Wagen sitzen. Was sollte das? Was ging hier vor? Was hatte Robin gesagt? Es war obszön, unaussprechlich! Er würde das sein Lebtag nicht vergessen. *Du, Dad. Du bist der Vater.*

Er begann zu zittern, seine Zähne klapperten vor Kälte. Seine Tochter beschuldigte ihn des – Inzests? Der Vergewaltigung?

Das konnte nicht sein. Doch, es konnte.

Die Anschuldigung seiner Tochter, ihre Hysterie. Die Rache einer Fünfzehnjährigen.

Selbst wenn ihr das niemand abnahm! Lee Ann zum Beispiel würde ihr das niemals abnehmen.

Ganz krank vor Angst, die Beine sackten ihm beinahe weg, stieg Roger aus dem Auto und folgte Robin hinter das Gebäude, in kaltem strömenden Regen um eine Ecke, unter einen Mauervorsprung an einer randvollen Mülltonne vorbei. Er hätte, danach befragt, wo sie sich befanden, nicht angeben können, was für ein Ort dies war. Robin drückte sich an die Mauer des Gebäudes, die Arme fest über der Brust verschränkt, das runde Kindergesicht starr vor Bosheit, jedoch mit einem Ausdruck dunkler ekstatischer Freude. Durch den Regen sahen ihre Sachen dunkler aus, Tropfen liefen ihr über die Wangen wie Tränenkarikaturen. Als Roger den Arm ausstreckte, sie zu berühren, die Hand sacht auf ihren Nacken legen wollte, scheute sie wie ein nervöses junges Pferd vor ihm zurück. Wieder lachte sie herausfordernd. Sagte verschmitzt: »Hey, Dad. Stimmt nicht. War bloß Spaß.«

Roger brauchte lange, um diese neue Mitteilung zu begreifen.

»Du bist nicht – schwanger?«

»Hat das jemand behauptet? Gott, Daddy: krass.«

»Du meinst – das war ein Scherz?«

Robin zog ihr Mopsgesicht. »Du glaubst aber auch alles, Dad! Traust deiner Robin wohl jede hässliche, ekelhafte Gemeinheit zu.« Wieder kicherte sie und rannte fort, schlüpfte an ihm vorbei wie eine gute Hockeyspielerin an einer ungeschickten, rannte zurück zum Wagen, dessen Tür der Regen aufgedrückt hatte, und setzte sich hinein. Dieses Herumrennen im Regen, mit dem sie ihren Daddy dazu brachte, ihr nachzurennen – es war ein Match! Benommen, der Zeit entrückt, rannte Daddy hinter ihr her.

Sich die Nase schneuzend, verkündete Robin: »Ich möchte zur Schule zurück, Dad. Das war keine so tolle Idee. Ich hab eine Menge zu lernen, O. K.?«

»Du möchtest nicht mehr nach Washington? In die Museen ... ?«

»Ich glaub nicht.«

»Aber, Robin, warum denn? – es war doch geplant?«

»Ich sagte, ich habe zu lernen, ich bin in zwei Kursen durchgerauscht. Und meine Mitbewohnerin hat heute und morgen Besuch, da kommen ein paar ganz schräge, wilde Jungs aus Exeter.«

Blicklos schob Roger den Zündschlüssel in die Zündung. Seine Tochter war nicht schwanger. Sie bezichtigte ihn nicht des Inzests, der Vergewaltigung. Das war alles ein Scherz gewesen, eine Posse. Eines Tages würden sie womöglich darüber lachen.

Roger fuhr auf den Highway drauf, um am nächsten Kreuz wenden und in nördlicher Richtung nach Nicodemus, Maryland, zurückfahren zu können. Der Regen hatte nachgelassen, lief aber immer noch in Bächen an den Fenstern des BMW herunter. Die Wolken über ihnen waren so dick wie Schleim. Robin, die vor Freude, vor Verlegenheit zitterte und einen kindlichen Lachanfall nur mit Mühe unterdrückte, sah Roger von der Seite an. »Dein Gesicht, Dad. Du solltest dich mal sehen.« Sie drehte den Innenspiegel in seine Richtung, so dass ihm nichts übrig blieb, als das darin gespiegelte Gesicht zur Kenntnis zu nehmen.

Lebewohl!

1

Es war Wahnsinn! Der Morgen brach an, endlich fuhr sie flussaufwärts nach Jones Point. Sie fand das Haus der Thwaites. Es war ein Haus im Ranchstil, Backstein und Holz, über dem Fluss. Der Oktobertag war kühl, indifferent. Adam war bei sommerlicher Hitze gestorben. Die Umstände seines Todes kamen ihr inzwischen vor wie eine andere Welt. Eine halbe Stunde lang saß sie in ihrem Auto, das sie nicht weit von dem Haus entfernt geparkt hatte, und rauchte eine Zigarette. Sie war nicht verwirrt, neurotisch, gab den Thwaites wirklich nicht die Schuld an Adams Tod.

Ja, aber irgendwer ist schuld. Ein Mensch ist gestorben.

Beim Losfahren hatte sie nicht genau gewusst, warum und wozu. Sie war eine gefühlsbetonte Frau, handelte spontan und instinktiv: Die vitale, verführerische Augusta Cutler war ihr Leben lang stets »ihrem Herzen gefolgt«, das kennzeichnete sie mehr als alles andere. Ohne diese Eigenschaft, so fürchtete sie, wäre sie ein Niemand.

Es war ein Sonnabend, das Kind wäre nicht in der Schule.

Sie bebte vor Erregung, als beträte sie eine hell erleuchtete Bühne. Wochen-, monatelang hatte sie diesen Augenblick durchgespielt. Allerdings nur in ihrer Phantasie, denn sie hatte nicht geglaubt, dass sie so etwas wirklich tun würde. Adam zum Beispiel hätte es nicht gebilligt.

Gussie! Um Gottes willen. Lass los.

Vor Erregung zu bibbern sah Augusta Cutler gar nicht ähnlich. Einer Frau, deren Wirkungen berechnet waren. Einer Frau, die sich selbst durch die Augen anderer betrachtete, die die Schönheit ihres Gesichts, ihres Körpers, ihrer Kleidung, ihres Auftretens bewunderten – normalerweise war das erhebend. Oder doch Angst? Angst davor, was sie sagen oder tun könnte. Als die Tür schließlich geöffnet wurde, stand da eine verhärmt aussehende Frau, die Augusta groß ansah.

»Ja? Was wünschen Sie?«

Das war Harold Thwaites Frau. Augusta wusste den Namen nicht genau. Janet, Janice? Mrs Thwaite kam der Älteren unverschämt jung vor. Und noch etwas war beleidigend. Die junge Mrs Thwaite trug ein Sweatshirt und Jeans. Sie war schlank, wog zwanzig Pfund weniger als Augusta Cutler; ihre Brüste waren in dem Sweatshirt versteckt, das den Schriftzug JONES POINT COMMUNITY COLLEGE trug. Kinderstimmen erhoben sich hinter der Frau im Haus. Ein Telefon läutete. Mrs Thwaites Miene war verschlossen vor Misstrauen.

Schnell sagte Augusta: »Mrs Thwaite? Sie kennen mich nicht. Ich bin Augusta Cutler, ich wohne in Salthill, ich war eine, eine ...«, wie die Beziehung zu Adam kennzeichnen, wenn sie nicht den Anspruch auf vertraute Nähe erheben, aber auch nicht sentimental klingen wollte, » ... eine gute Freundin von Adam Berendt. Ich – ich hab mich gefragt, ob wir uns unterhalten könnten? Nur kurz.«

Die junge Frau schaute die Ältere bestürzt und mit wachsendem Widerwillen an. Doch irgendetwas bremste sie, die Notwendigkeit, freundlich zu sein; sie traute sich nicht, Augusta Cutler die Tür vor der Nase zuzuschlagen.

Hinter ihr erhob sich ein Kinderstimmchen: *Mom-my?*

Ein wenig steif sagte Augusta: »Mrs Thwaite? Sie wissen – wer Adam Berendt war?«

»Nein. Eigentlich nicht«, sagte Mrs Thwaite. Sie war überraschend förmlich, nervös. Ein Nerv zuckte in ihrem linken Augenlid. »Wir kannten ... diesen Mann nicht.«

Augustas Herz begann zu rasen. Schon vor Adams Tod gab es Momente, in denen sie ohnmächtig zu werden meinte; selbst wenn sie nur eine kurze Treppe hinaufging, wurde ihr schwindlig; ihre meist strahlende Haut, ihre immer noch jugendliche Schönheit, die sie sich durch Feuchtigkeitslotionen, Cremes, Öle, kosmetische Behandlungen und Kollagenspritzen erhielt, trug sie wie die anderen, denn sie war zweiundfünfzig Jahre alt und keine, die hingebungsvoll Sport trieb.

»Aha. Ich verstehe. Sie … Sie kannten ihn nicht. Und deshalb hatte ich gehofft«, sagte Augusta, halb bittend, »dass Sie das vielleicht ändern möchten. Sie und Samantha. Ich habe etwas mitgebracht.« In ihrer Handtasche ein Päckchen Fotos: Adam Berendt mit Salthiller Freunden, Adam Berendt mit einigen seiner Skulpturen, Adam Berendt allein. »Darf ich hereinkommen?« In Augusta kam etwas zum Vorschein, weiß aufblitzend wie ein Knochen, der sich durch die Haut bohrt. Und der scharfe Schmerz dabei. In einem Zimmer hinter der Frau erschien das Kind. Ein kleines blondes Mädchen mit flaumigem Haar, das einen kleinen Gegenstand in der Hand hatte.

»Samantha? Ist das – Samantha?«, rief Augusta. Sie wäre hineingegangen, wenn die verhärmt aussehende Frau in Sweatshirt und Jeans sich ihr nicht gewandt wie ein Sportler in den Weg gestellt hätte.

»Es tut mir Leid. Wer immer Sie sind, Sie gehen jetzt besser.«

»Lassen Sie mich mit Ihrer Tochter sprechen, bitte. Nur einen Moment.«

»Ich sagte, es tut mir Leid. Nein.«

»Es würde ihr so viel bedeuten«, sagte Augusta, »nicht unbedingt jetzt, aber in der Zukunft. Wenn sie älter ist und zurückdenkt. Sie werden ihr doch erlauben, zurückzudenken – nicht? Sie werden doch Adams Andenken bewahren – nicht?«

»Ich sagte, gehen Sie«, erwiderte die Jüngere mit vor Zorn bebender Stimme. »Sie sind hier nicht erwünscht. Uns zu behelligen! Ich rufe die Polizei, wenn Sie nicht verschwinden. Dies ist ein privates Grundstück, Sie sind hier nicht erwünscht, wir haben das alles hinter uns, *und Schluss*!«

Augusta holte Luft, um zu protestieren, doch die Tür wurde zugeschlagen.

»Wie können Sie nur! Er ist für – für Ihre Familie gestorben! Für Ihr Wohlbehagen, ihr egoistisches Glück!«

Es war eine lächerliche melodramatische Szene. Hinterher erinnerte sich Augusta bloß dunkel daran, dass sie gedacht hatte *War ich das? Diese verzweifelte Frau?*

Natürlich trat sie den Rückzug an, fuhr nach Salthill zurück, flüchtete heim. Ihr letztes Bild war das des kleinen Mädchens, das in ihre Richtung sah und zuhörte. *Es wird ihr etwas bedeuten. Irgendwann.* Sie war sich sicher, wenigstens ein Trost.

Niemand in Salthill würde je davon erfahren. Sie hatte keine Vertrauten außer Adam. Doch jetzt hatte der Wahnsinn sie gestreift, ah! sie *lebte.*

Abschied. Es war einmal eine Frau, schön wie die Juno, zweiundfünfzig Jahre alt. Sie verkündete ihrem Mann: »Ich gehe.« Ihre Kinder waren groß und selbstständig; sie lebten allein in einem Haus – normannischer Stil, sechs Schlafzimmer – am Pheasant Run, in einem fast ländlichen Viertel mit ähnlich geräumigen, teuren Häusern ein paar Meilen westlich von Salthill-on-Hudson, New York. »Egal, was das hier ist, dieses Mausoleum, ich gehe.« Von früher Kindheit an hatte sie davon geträumt, wie im Märchen über der Erdoberfläche zu schweben, mit einem Satz in den Himmel zu springen und zu einem befremdlich schönen Singsang anzuheben, den alle vernahmen und bewunderten, aber keiner verstand. In ihren Träumen stand sie manchmal in nackter Herrlichkeit, eigensinnig und furchtlos. »Denn ich kriege keine Luft. Aber die brauch ich doch zum Leben.« Es stimmte, die Luft im Haus der Cutlers war manchmal zu dünn. Man atmete tief ein und bekam trotzdem nicht genügend Sauerstoff. Selbst wenn man nur eine kurze Treppe hinaufging, konnte es passieren, dass einem schwindelig wurde, dass man benommen war wie ein Zeitreisender. *Wo bin ich, warum bin ich hier?* Das Haus war von eleganten hohen Bäumen umgeben, von Waldkiefern und Zedern, deren duftende Nadeln sie noch im Schlaf piekten, so dass sie laut »Ja, Liebes? Was?« rufen musste. Ihr Mann lächelte zerstreut. Er las den Wirtschaftsteil der *New York Times*. Er hatte wohl die Stimme seiner Frau, nicht aber ihre Worte gehört. Nachts, wenn sie dasselbe Bett teilten, wenn Augusta ihn wachstupste, weil er laut schnarchte oder sich unruhig herumwarf, sagte Owen oft: »Gleich, Liebes«, und das sagte er auch jetzt, die Stirn wegen irgendetwas in der Zeitung gerunzelt. »Gleich, Liebes. Ja?« Es war eine Epoche wundersamer Umbrüche, der Anfang des einundzwanzigsten Jahrhunderts. Eine Epoche jähen Stillstands und Beginns. Eine Epoche der Akquisitionen und Fusionen, des kompletten Verschwindens in der Versenkung. Man konnte sich das alte abgetakelte Gesicht abschälen und statt seiner ein neues, zartes Gesicht modellieren lassen. Man konnte sich per Laser sogar das Sehen wieder auf Vordermann bringen lassen. Der Ehemann blickte mit gerunzelter Stirn über den Rand seiner Lesebrille. Für manche war Owen Cutler immer noch ein attraktiver Mann, für andere war er gedunsen, wie vorgekocht, es war nicht mit anzusehen. Noch ein integrer Salthiller. Und doch hatte er Liebe im Herzen; oft konnte man bei Gesellschaften beobachten, wie er seine Frau mit so etwas wie bewunderndem Erschrecken ansah: »Gussie? Was hast du gerade gesagt?« Welche Glut, welche frische Lebenskraft Augusta in sich spürte, nachdem sie ihren Entschluss gefasst hatte! Der Einäugige hatte sie im Innersten angerührt, hatte sie gezwungen, ihr Leben illusionslos zu betrachten. Und diese Frau, diese Thwaite, die ihr die Tür vor der Nase zugeschlagen hatte. Ja, es war Zeit. »Wie lange sind wir jetzt verheiratet, Owen?« Sie kannte die Antwort bereits, zählte aber trotzdem mit beiden Händen nach, zweimal, dreimal. Ehe sie an diesem lauen Sonntagmorgen Ende Oktober hinuntergegangen war, hatte sie sich das Gesicht mit sehr kaltem Wasser gewaschen. Ihre Pupillen waren erweitert, leuchteten wie Weihnachtslichter. Zweiundfünfzig: nicht mehr jung, aber noch nicht alt. Dieser Mann wusste nicht, wer sie war, kannte bloß ihre Schale, die Hülse, das weibliche Getue, Make-up und Kleidung, den unversiegbaren Strom der Emotionen. Ihre erwachsenen Kinder wussten nicht, wer sie war, und ihre Freunde schon gar nicht. Einzig der Einäugige hatte in ihre Seele geblickt. Denn Augusta war ja nichts anderes als ein leuchtender Sonnenstrahl, der durch Gewitterwolken hindurchbrach, ah! sie *lebte.* »Einunddreißig

Jahre. Zweiunddreißig, wenn diese Woche rum ist. Das reicht.« Das Gesicht des Ehemannes hatte etwas Poröses, Blühendes. Der Mund war sonderbar klein, spitz wie ein Schnabel. Über seine halbmondförmige Lesebrille hinweg blickte er seine Frau, eine emotionale Frau, eine Frau, ihm noch mit all ihren Übertreibungen lieb und teuer, erstaunt an. Er war siebenundfünfzig Jahre alt, nahm ein starkes blutdrucksenkendes Medikament ein. Seine Genitalien baumelten wie leere Häute, leicht geschrumpft und nutzlos in den Boxershorts unter seiner Kleidung verborgen; er war sich ihrer ständig bewusst und hatte keine Ahnung, warum. Seltsame Vorstellung, dass sein einstmals heißer Samen Kinder hervorgebracht hatte: *seine*. Sie waren längst erwachsen und aus dem Haus, doch manchmal hörte man in dem stillen Haus noch ihre polternden Schritte, ihr Zanken, den Widerhall erhobener Kinderstimmen. »Gussie, was? Was *reicht*?« Einunddreißig Jahre lang hatten ihre Kinder sie als Geisel gehalten, keiner hatte eine Vorstellung davon, wie bitter ihr Groll war, so bitter wie der Groll auf ihre Ehe, die Mutterschaft, ihr behagliches Leben als Owen Butlers Frau; ihre verkümmerte Seele schlug gegen ihren Pferch wie ein Vogel, der in einen Schornstein geraten war. »Gussie, du hast Fieber. Du hast Haare im Gesicht, keine Schuhe an den Füßen, dir ist *unwohl*.« Der Ehemann hatte keine Ahnung, wie sehr sie Adam Berendt geliebt hatte, er hatte keine Ahnung von ihrem leidenschaftlichen Innenleben. Würde auch nie davon erfahren. Zusammen mit seinen Partnern besaß er medizinische Einrichtungen im Rockland County und weiter nördlich. Seine Beteiligungen waren auf wenige Firmen begrenzt, aber sorgfältig ausgewählt. Auch er träumte seit seiner Kindheit, märchenhafte Träume! Träume von großem Glück! die sich tragischerweise in Luft auflösten, wenn er die Augen aufschlug. In Salthill war er ein geachteter Mann, wohin er auch ging, überall schüttelte man ihm herzlich die Hand. Es war ihm unbegreiflich, dass bis jetzt niemand darauf gekommen war, dass Owen Cutler als blasiger Schaum auf einer Leere schwamm. Es erfüllte ihn aus schlechtem Gewissen und Dankbarkeit zugleich mit Staunen, wenn andere ihm die Hand reichten, Frauen sich in ihren teuren Schuhen auf die Zehenspitzen stellten, um mit ihren Lippen seine Wange zu streifen, als sei er wie sie selbst wirklich vorhanden. »Gussie? Was?« Er sah den sich bewegenden Mund seiner Frau, begriff aber ihre Worte nicht. Auf einmal schien sie eine fremde Sprache zu sprechen, ein geschmackloses Kauderwelsch. Und ihr Mund, sonst immer in sattem Rot schimmernd zurechtgemacht wie ein Kunstwerk, war bloß und bleich, schmallippig. Mit neunzehn war Augusta Fitzgerald die schönste und die »aufgewecktest« der Debütantinnen dieses Jahrgangs in Atlanta, Georgia, gewesen und war blitzschnell in den Norden geflüchtet, vor ihrem Schicksal fortgelaufen. Doch ihr Schicksal war hier: ein Mann, der sich erhob und auf sie zukam und Anspruch auf sie erhob. »Nicht. Fass mich nicht an. Ich hab's dir gesagt – *damit ist es vorbei.*« Ein schneidend kalter Herbstwind war durch die Nacht geweht, der Himmel war leergefegt. Wie einzelne Gedanken fielen die ganze Nacht lang immergrüne Nadeln auf die Steildächer. Der Ehemann sah das gefährlich wilde Funkeln in den Augen seiner Frau, wagte es aber trotzdem, sie zu berühren, hauptsächlich, um sie zu beruhigen, er fürchtete hysterische Frauen. »Nein. Nie wieder!« Wütend schlug sie nach ihm. Unglaublich, welche Kraft in ihrem weichen fleischigen Körper steckte. »Gussie, bitte, du hast Fieber. Dir ist unwohl.« Es war eine Epoche verkümmerter Seelen und zugleich eine Epoche aufregender, öffentlicher Liebesverhältnisse. Der Präsident und die Praktikantin – Jupiter und Io, in Leidenschaft entflammt. Beide waren sie tapsige, plumpe und dabei doch so nett aussehende Rindviecher. Kein Sterblicher konnte sich erdreisten, den Stab über sie zu brechen. Die kindliche Begeisterung im Gesicht der Praktikantin mit der entzückenden Baskenmütze, als sie sich nach vorn beugt, um sich vor aller Augen von dem jungenhaft grinsenden Präsidenten umarmen, küssen, zum Star erheben zu lassen. Und dann die tragische Liebe des Schwarzen Sportlers und der Blonden Schönen, seiner früheren Frau, der Mutter seiner Kinder. Ganz Amerika war von ihrer Geschichte gefesselt. Der Schwarze Sportler war ein attraktiver, heißblütiger Mann im besten Alter, der die Blonde Schöne so sehr geliebt hatte, dass er sie umbringen musste. So groß war seine Leidenschaft, dass er mit einem Fleischermesser beinahe ihren Kopf vom Körper abgetrennt hätte. Das war männliche Leidenschaft, die kleinere Lichter zu begeistern, Neid zu wecken vermochte. Owen Cutler hatte sich damit abgefunden, dass er nicht mehr von Leidenschaften getrieben wurde, und trotzdem hatte er noch Liebe in sich oder die Erinnerung an Liebe. Seine wunderschöne mädchenhafte Braut in ihrem Hochzeitskleid aus betörend weißer Spitze, seine Jugendliebe, jetzt diese Frau mittleren Alters, die kein gutes Haar an ihm ließ. »Owen, wir haben alles Geheimnis füreinander verloren. Wir sind gemeinsam einbalsamierte Leichen, das ist unser Mausoleum. Ich ertrage das nicht mehr.« Jetzt begann sie auch noch zu weinen. Doch als er behutsam versuchte, sie davon abzuhalten, fuhr sie ihm mit den Nägeln über die Wange, schlug ihn und trat nach ihm wie eine wild gewordene Katze. »Augusta! Verdammt nochmal!« Er fluchte nur selten, und jetzt hatte die Frau ihn dazu gebracht, dass er sie beschimpfte. Sie rannte von ihm weg. Flüchtete nach oben. Er zitterte vor Bestürzung und Wut, er würde ihr nicht nachlaufen! Er fürchtete, verachtete, verabscheute hysterische Frauen! Diese Salthillerinnen, Klageweiber alle miteinander, die um den toten Einäugigen trauerten. Ein Strolch, dieser Berendt! Ein verdächtiges Individuum. Im Tode noch verdächtiger. Er, Owen Cutler, verschwendete kaum einen Gedanken auf den Tod. Wäre er gefragt worden, hätte er sich damit gebrüstet, gleichgültig zu sein, stoisch. Er war episkopalisch getauft und glaubte – in Grenzen – an die Unsterblichkeit der Seele. Nicht der Seele aller Menschen, nicht aller x-beliebiger, des Gewimmels derer im Dunkeln, aber der Seelen von Angehörigen der westlichen Zivilisation. Er hatte sein Testament längst gemacht. Unterzeichnet, versiegelt, vollständig ausgefertigt. Nur ein juristisches Dokument in einem ganzen Leben voll solcher Dokumente. Er würde seine hysterische Frau nicht verwöhnen, das war nicht gut. Die Salthiller Frauen träumten von Adam Berendt, weil der ein alter geschundener Elefant gewesen war, ein bösartiger Einzelgänger, der am Rande der Lichtung lebte. Er hatte die Ehe, das häusliche Leben gemieden. Dieser Berendt hatte etwas an sich, das einen wütend machte. Der Einäugige war immer im *Recht*, sogar wenn er einen möglichen Irrtum einräumte, kam es so an, als sei er im *Recht* – die Sorte Mann, die alle übrigen ins *Unrecht* setzte. Als Owen von Berendts Tod erfuhr, kam ihm als erstes das Wort »Gut!« über die Lippen. Wenn er wirklich annehmen müsste, dass Augusta die Geliebte des Einäugigen gewesen war ... Dass ihr warmer sinnlicher Frauenkörper sich für diesen Grobian geöffnet hatte ... Dass sie Owen betrogen hatte ... »Nein. Unmöglich.« Frauen phantasierten, dachten sich Dinge aus. Um ihr Leben zu retten. Männer mussten das verstehen, verzeihen. Diese körperlich immer noch schönen, begehrenswerten Frauen, die sich ihre Jugend wie durch Zauberei bis über die Fünfzig, über das gebärfähige Alter hinaus bis in die Menopause bewahrt hatten – man musste ihnen ihren Hang zur Romantik und zur Übertreibung nachsehen. Obwohl das natürlich schon krankhaft war. Er mochte nicht wie ein abgerichteter Hund hinter Augusta hertrotten. »Soll sie doch zu *mir* kommen.« Er betupfte sich das Gesicht mit einem Papiertuch und sah überrascht, dass er nur leicht geblutet hatte. Dreißig Jahre früher, da war zwischen ihm und Augusta ausgebrochener Streit wie Buschfeuer gewesen, und Augusta hatte manchmal nach Owen geschlagen, er hatte mit ihr gerungen, und geendet hatte es damit, dass sie sich keuchend und ekstatisch liebten. Das war einmal. Damit war es vorbei. Owen war froh, dass Berendt gestorben war, fort aus Salthill. Durch eins der feinen bleiverglasten Fenster des Hauses sah Owen, wie das Sonnenlicht ihm höhnisch zublinzelte, weil er sein Leben als Blase so ernst nahm.

Oben warf sich Augusta Sachen über. Sie besaß Geld, sogar Bündel von Scheinen mit hohem Nennwert: sie hatte heimlich Vorkehrungen getroffen für eine solche Flucht. Sie würde sich ihr Ticket am Flughafen kaufen. »Aber wohin? Wohin soll ich fahren? Adam, gib mir ein Zeichen.« Ihre Augen glänzten wie die eines Menschen, den eine Vision aus dem Gleis geworfen hat. Sie würde sich von ihrer Vision nicht abbringen lassen. Die verdammten Kinder, deren Geisel sie gewesen war bis weit über zwanzig. Der Mann da unten, dessen Geisel sie gewesen war. Und ja, ihre »Weiblichkeit«, deren Geisel sie gewesen war. *Aber jetzt nicht mehr.*

Adam, ich tue doch das Richtige, oder? Ich brauche *Luft.*

Hätte er ihr doch bloß erlaubt, ihn zu lieben! Und zwar so, wie nur Augusta es vermochte.

Gussie, Liebes, nein. Das geht nicht.

Unsinn! hatte sie gesagt und gelacht.

Über Adam gelacht, der nicht sonderlich schockiert von ihr war. Obwohl sie oft scherzten und derbe Witze machten, war Adam keiner, den man unbedacht oder provozierend berührte. Den Adam jedoch, der grübelte und sich mit seinen Skulpturen und langweiligem alten Zeug wie Philosophie und Wahrheit beschäftigte, beachtete Augusta nicht. Warum schenkte er *ihr* nicht mehr Aufmerksamkeit, warum bewunderte er nicht *sie*? Augustas üppigen Frauenmund, der unter vier Augen, vor Männern, die nicht gehemmt waren wie der ihre, so gern vulgär wurde. Und Obszönitäten aussprach. Neckend sagte: *Vögel mich doch, Adam, wenigstens einmal, probier's. Komm schon!* Er hatte gelacht, sich von ihr abgewendet, ja, aber Augusta sah, dass er geschmeichelt und erregt war.

Du weißt, es wäre nicht bloß einmal, Gussie. Und es wäre nicht bloß vögeln.

Er hatte ja Recht! Sie sollte nicht ihre Freundschaft gefährden. Denn diese Freundschaft mit Adam Berendt war das Wertvollste in Augustas Leben geworden. Nicht einmal das Muttersein hatte ihr so viel bedeutet.

Im Juni, einige Wochen vor seinem Tod, war Adam wie so oft auf Augustas Einladung gekommen, um im Pool der Cutlers zu schwimmen, und an dem Nachmittag sah Augusta zum wiederholten Male die glänzigen Brandwunden unter den grauen Haaren auf Adams Brust und die blasseren, feineren Narben auf seinem Rücken und traute sich zum ersten Mal, die Narben anzusprechen, denn sie und Adam waren allein, und Nähe war möglich. Sie wagte es, ihn im Pool zu berühren, und spürte, wie er bei ihrer Berührung erschauderte. *War das ein Unfall in deiner Kindheit, Adam?*

Augusta war klar, dass sie das Thema lassen sollte. Doch sie konnte nicht widerstehen. *Wurden noch andere bei dem Brand verletzt, Adam?* Plötzlich verlangte es sie danach, fast wie es eine Mutter verlangt, das zu erfahren. Doch Adam drehte sich weg und schien sie nicht zu hören, schwamm zum anderen Ende des Pools. *Von mir weg geschwommen. Hin zu seinem Tod.*

Über das plätschernde klare Wasser, das Adam, den nassen Kopf gereckt wie ein wachsamer Otter, mit kurzen spritzenden Bewegungen teilte, zog gespiegelt der ferne Himmel. Nur ein einziges Mal noch war Augusta (mit einem leichten Beruhigungsmittel intus) auf Adams Grundstück in der River Road gewesen. Hatte, starr vor Schrecken, die Erde betrachtet, in der die Asche des Mannes, den sie liebte, verstreut war. Es war Ende Juli, der mit Unkraut, hohen Disteln und blühenden Kletterpflanzen zugewachsene, vor Leben strotzende Garten war von der Sonne ausgedörrt und bis auf die Geräusche von Insekten und Vögeln vollkommen still. Adams Tomaten waren verkümmert, hatten schwarze Blasen von der Hitze und dem fehlenden Regen; die Stangenbohnen waren verdorrt, von irgendeiner Krankheit befallen. Überall waren Blattläuse, Japankäfer. Die Sonnenblumen entlang des Zauns im hinteren Teil hingen die Köpfe und waren nicht annähernd so hoch gewachsen wie früher unter Adams Pflege. *Leben verschlingt Leben*, hatte Adam gesagt, *aber der Mensch durchbricht den Kreislauf, der Mensch erinnert sich.* Stimmte das? Wie verlässlich waren Erinnerungen? Wie flüchtig, wie stark vom Vergessen bedroht? Augusta ging durch den Garten, eine kräftige Frau, die man fälschlicherweise für wesentlich jünger halten konnte, für eine Frau, noch auf der Suche, noch voller Sehnsucht, schlug mit wachsender Verärgerung nach Fliegen und Mücken und begann plötzlich zu weinen. Dann musste sie lachen. Ach, es war lächerlich! Warum war sie hier und stierte auf die krümelige Erde unter ihren teuren Sandalen? Was – suchte sie denn? Staubkörner, Adam Berendts verlorenes Leben? Adam würde sie auslachen! *Gussie! Um Himmels willen, geh heim.* Er war verdammt prüde, dieser Adam Berendt; ständig schickte er die Salthiller Frauen heim zu ihren Männern, ihren Familien – leicht für ihn, den Mistkerl, der keine Frau, keine Familie hatte. Augusta hätte sich Adam widersetzen können, denn sie hatte, Jahre zuvor, Liebhaber gehabt, nicht viele, aber einige, sorgfältig ausgewählt, Männer aus derselben sozialen Schicht, die allerdings nicht in Salthill wohnten, Männer, die ihren Mann kannten, wenn auch nur flüchtig, Männer, die ihren Mann respektierten und damit indirekt auch Augusta Cutler; ja, die Penisse zahlreicher Männer waren eingedrungen in ihren weichen, sinnlichen, begehrenswerten Körper und hatten ihr, ja, Lust, wenngleich eine vorübergehende und launische Lust, geschenkt, und Owen hatte es nie erfahren. (Hatte er es erraten? Vermutet? Wenn sie bei gesellschaftlichen Anlässen manchmal sah, wie sein Blick zu ihr wanderte, dieser seltsam unpersönliche Blick des Besitzers im Besitzerstolz, durchfuhr sie Angst und fragte sie sich doch.)

Nicht lange nach dem Besuch des Gartens kam mit der Post, adressiert an Mrs Augusta Cutler, ein schlichter brauner Umschlag mit dem Vermerk PERSÖNLICH, ohne Absender, in Salthill frankiert, und in diesem Umschlag befanden sich die sechs oder sieben Nacktfotos, die Augusta mit einer Stativkamera von sich selbst in der Pose der nackt auf dem Sofa liegenden Olympia Manets aufgenommen hatte: Augusta, mit nichts als einer Perlenkette am opulenten Leib und einer Blüte im Haar, ihre schneeweiße Perserkatze mit der platten Nase zu ihren Füßen – die Fotos hatte sie Adam gegeben, aus Spaß. (Nun ja, nicht ganz aus Spaß. Die Posen waren raffiniert, lasterhaft, lasziv und einladend.) Sie hatten gebrüllt vor Lachen. Adam hatten die Fotos seines Kumpels Gussie sehr gefallen; er hatte sie an einem sicheren Ort aufbewahrt. Und war gestorben. Man denkt ja nicht: der Mann, den ich liebe, kann doch sterben. Und dann? Eine andere Frau war seine Testamentsvollstreckerin. Die Fotos waren gefunden worden. Es lag nichts Handschriftliches dabei, doch Augusta vermutete, dass Marina Troy sie geschickt hatte. Eine so taktvolle Geste war typisch für die jüngere stille Rothaarige. Augusta war Marina sehr dankbar, denn die Fotos hätten für eine Erpressung Augustas benutzt werden können, sie hatte das Risiko eines solchen Skandals selbst heraufbeschworen; doch gleichzeitig schämte sie sich, empfand tiefe Schmach. Verdammt! Was ging es Marina Troy an, dass Augusta Cutler in Adam Berendt verliebt gewesen war? (Noch mehr fürchtete sie jedoch, die Jüngere könne wissen, dass Adam Augustas Liebe nicht erwidert hatte. *Das* war die eigentliche Beleidigung.) Doch Augusta war großzügig, gehörte zu der Sorte Frau, die nichts krumm nimmt, und so suchte sie die Salthiller Buchhandlung in der Pedlar's Lane auf und kaufte in einem typischen Kaufrausch in kurzer Frist Bücher im Wert von über dreihundert Dollar. Augusta war eine passionierte Leserin von Liebesromanen, sofern diese im Gewande »ernsthafter, literarischer« Romane daherkamen; ansonsten vermochte Prosa sie nicht zu fesseln, hing sie romantischen und erotischen Tagträumen nach, in die Literatur nicht vordrang. An dem Tag in Marinas Buchhandlung jedoch war Augusta enttäuscht, dass Marina sich in ihrem Hinterzimmer versteckte und sie von einer jungen Angestellten, einer College-Studentin, bedient wurde. *Bitte richten Sie Marina einen Gruß von ihrer Freundin Gussie aus. Ich rufe sie demnächst wegen einer Dinnerparty an.* Aber irgendwie kam der Anruf nicht zustande, und Augusta, die bald mal wieder in dem kleinen Laden in der Pedlar's Lane vorbeischauen und noch mehr Bücher kaufen wollte, hatte es irgendwie nie getan, und dann war der Sommer plötzlich herum, und sie begann Marina Troy auszuweichen, wo immer sie sich zufällig begegnen konnten. Der bloße Anblick der schlaksigen melancholischen rothaarigen jüngeren Frau wurde für Augusta zum Ärgernis, und im Herbst hörte sie von gemeinsamen Freunden, Marina sei urplötzlich aus Salthill fortgegangen, habe ihr Haus vermietet und eine Geschäftsführerin für ihren Laden eingestellt; gerüchteweise hieß es, Marina sei in die Catskills gezogen, aber vielleicht waren es auch die Adirondacks oder die Poconos, auf ein Grundstück jedenfalls, das Adam ihr in seinem Testament vermacht hatte. Diese Nachricht war ein Schlag für Augusta, denn ihr hatte Adam nichts vermacht. Sie ermahnte sich, *Sei nicht eifersüchtig, du kennst die Umstände nicht. Sie hat Adam Leid getan. Du bist diejenige, die er geliebt hat.*

Jetzt packte sie ihre Sachen, sie würde wegfliegen, war so aufgekratzt, dass ihr das Herz schwoll. Von Kindheit an hatte sie solche kühnen Träume gehabt! Sogar Gott sah sie in zärtlichem Wohlgefallen an. *Ach, Adam. Mein Liebster. Ich komme zu dir. Ich schwöre es.*

2

Die Suche. Der Mann kam seine Frau suchen, in echter oder gespielter Reue, denn insgeheim war er vermutlich noch sehr zornig auf das hysterische Weib, suchte sie im Schlafzimmer, doch da war sie nicht, suchte in den angrenzenden Zimmern einschließlich des dampfigen, duftenden Bads, doch da war sie nicht, suchte im Gästeflügel des Hauses, doch da war sie nicht; suchte unten im Gäste-Wohnzimmer und im Wohnzimmer für die Familie, im Esszimmer und in der Küche und im Solarium, doch sie war an keinem dieser Orte, suchte in seinem eigenen Arbeitszimmer, suchte im Keller, suchte auf der hinteren Treppe und in den Wandschränken, aber da war sie auch nicht. »Augusta? Augusta, Liebling?«, rief der bestürzte Gatte, vernahm jedoch keine Antwort und würde keine bekommen, denn seine Frau seit fast zweiunddreißig Ehejahren war verschwunden – kein Laut in dem Haus außer den vertrauten geisterhaften Echos, bloßen Schwingungen, die, während man angestrengt horcht, vergehen.

Teil II

… und ich euch nicht entwische

Der Alp der Nacht

1

Damascus County, Pennsylvania. Wohin ich als Pilgerin gekommen bin, um zu entdecken – was immer meiner Entdeckung harrt.

Und hier war die erste Überraschung ihres neuen Lebens: In einem rückwärtigen Raum des ihr von Adam Berendt vermachten Hauses in den Pocono Mountains entdeckte sie eine Reihe unvollendeter Skulpturen, offensichtlich Arbeiten Adams. Sie stieß die Tür auf zu einem, wie sie annahm, weiteren spärlich möblierten Schlafzimmer und sah in dieser dunklen Höhle mit über blanke Dielenbretter verstreuten zerfetzten Zeitungsseiten, in einer Luft, die stand nach der langen Zeit, Objekte, etwa so groß wie verwachsene Menschen, grobe Collagen aus Metall und Plexiglas, Plastik und Aluminiumfolie, weichem, verfaultem Holz, getrockneten Rohrkolben, Ton und glitzernden Glasscherben. Marinas erste Regung war Schreck – waren diese Dinge *lebendig*? Ihre zweite Regung war Dankbarkeit.

»Adam! Die hast du für mich hier gelassen.«

Schon in der ersten Stunde ihres neuen Lebens, schon als sie an diesem schönen lodernden Herbsttag das Steinhaus in Besitz nahm, schon im ersten Besitzestaumel, beim Spazieren durch Räume, die sie kaum wahrnahm, schon da führte sie Selbstgespräche. Was sie in Salthill nie getan hätte. Nicht einmal allein in ihrem Haus am oberen Ende der North Pearl Street. Denn hier am Fuße der Poconos, im Nordosten von Pennsylvania, auf vierzig Morgen Kiefernwäldern und unbestellten Feldern, in dem hübschen alten Steinhaus, das Adam Berendt ihr vermacht hatte, hörte sie niemand. Eine Stille wie Glas, das gleich zerspringt.

»Das alles? Mein? Es ist wunderschön.«

Es war wunderschön. Fast aus jedem Fenster ein Blick auf Hügel, Kiefern, Berge. Im ersten Besitzertaumel spazierte sie durch die Räume des alten Hauses, ein Tosen in den Ohren wie von einem fernen Wasserfall. Denn das alles war so neu, war durch und durch fremd. *Mein Haus*. Das Geschenk, das der Mann, den sie liebte, ihr hinterlassen hatte, und zwar aus keinem anderen Grund als: dass er sie geliebt hatte.

Er hatte die Marina Troy geliebt, die sie noch werden musste. Die Künstlerin Marina Troy, die ihre Kunst vor zehn Jahren aufgegeben hatte – aus Feigheit. Aus Entsetzen. Aus der ganz praktischen Angst zu scheitern. Diese Marina Troy hatte Adam Berendt geliebt.

»Nicht die ›blutleere‹ Marina. Klar!«

Nun besaß sie die Urkunden über das Eigentum an diesem Grundstück in der Mink Pond Road 1183, Damascus County, Pennsylvania. Besaß die Schlüssel. Den Lageplan, den Adam für sie gezeichnet hatte, und eine Liste mit Namen, Telefonnummern. Die waren jedoch Jahre alt und vermutlich nicht mehr aktuell, Marina würde die Stadt auf eigene Faust erkunden.

Das Steinhaus, 1923 von begüterten Leuten aus Philadelphia errichtet, stand mindestens eine Meile vom nächsten Nachbarn entfernt auf der unbefestigten, gewundenen Bergstraße, die eine Meile hinter Marinas Briefkasten als Sackgasse endete. Von der Straße sah man ein paar Anwesen, alle hinter dicht stehenden Birken, Kiefern, Zwergeichen und riesigen lehmfarbenen Felsbrocken versteckt. Die nächstgelegene Stadt – wenn man Damascus Crossing, vierhundert Einwohner, eine Stadt nennen wollte – lag sieben Meilen westlich. Dreißig Meilen waren es bis zur nächsten größeren Stadt East Stroudsburg am Delaware River, einem öden Ort mit dem Mut zur Hässlichkeit. Marina war allein in dem abgelegenen, wunderschönen Haus, atmete eine Luft, die kühl und steinig schmeckte wie die Luft in einem tief ins Erdreich gesunkenen Brunnen, und wollte glauben, dass sie die richtige Entscheidung getroffen hatte, nicht geflohen war aus Kummer und Verzweiflung über Adams Tod, geflohen vor dem nächtlichen Grauen zwanghafter Gedanken, geflohen vor einer Trauer, bei der man auf den Innenseiten der Lippen herumkaut wie im letzten Stadium des Verhungerns, wenn der Körper sich vom Protein des Gehirns nährt und sich selbst verzehrt, mit tödlichem Ausgang. *Marina. Geh weg. Rette dein Leben. Einer von uns ist ertrunken – das reicht.*

Um ihr Leben zu retten, deshalb also war sie hier.

»Oh, Gott, Adam. Lass mich nicht scheitern.«

Mit klarerem Blick sah sie: Das Haus war alt, viel Arbeit war nötig, um ein paar Räume für den Winter bewohnbar zu machen. Das Haus musste dringend gelüftet und sauber gemacht werden. Überall hingen Spinnweben, die Böden waren mit schmutzigem Zeitungspapier bedeckt, durch kaputte Fensterläden drang eine ausgelassene Herbstsonne. Der Unterschied zu Marinas sauberem, ordentlichem Häuschen in Salthill war erheblich. Hier wirbelten Staubkörner durch die Luft, waren beschmierte Tücher über die wenigen Möbelstücke gebreitet. Zwei Geschosse, durch eine schmale Treppe verbunden; enge Bäder, Wasserhähne, die zwar funktionierten, aber nur mit Ach und Krach; die Küche geräumig, im überholten Stil der Siebziger hergerichtet, lose Stücke Linoleum auf dem Boden, mit Tast bedeckt. Marina versuchte sich vorzustellen, wie Adam in diesem Raum an dem einfachen Holztisch vor einem der Fenster saß, die breiten Schultern hochgezogen, und aus dem Fenster auf einen Berg in der Ferne schaute, doch das Bild entglitt ihr. In Wahrheit hatte Adam sich nicht oft hier aufgehalten. Er war seit Jahren nicht in seinem »Steinhaus in den Bergen« gewesen. Ein am Ort ansässiger Hausdienst war angestellt, der sich darum kümmerte, und ein am Ort ansässiger Immobilienmakler vermietete es an Sommergäste.

Wenn hier nichts von Adam war, wenn sie nichts von ihm finden würde, wie sollte sie die Einsamkeit dann aushalten?

Marina war zu rastlos, um sich zu setzen, noch aufgeregt von ihrer Fahrt durch das nördliche New Jersey, diesem Eintauchen ins

Unbekannte. Sie ging ein zweites Mal durch das Haus und zählte die Räume oben und unten, kam aber jedes Mal zu einem anderen Ergebnis, so als sei sie die verzauberte Heldin in einem Märchen: waren das oben drei Zimmer oder vier? und unten – was? das große offene Wohnzimmer, ein in die Jahre gekommener Kamin aus Feldstein, der vielleicht vier Meter in der Breite maß, Platz genug, um zersägte Baumstämme zu verfeuern; Kamin und gestapeltes Anmachholz behängt mit hauchdünnen Spinnweben. Im Nebenzimmer, von dem aus man auf einen steilen Hügel voller Felsbrocken sah, standen wacklige Regale voller Taschenbücher, Liebesromane, Krimis, Kreuzworträtsel und Strickanleitungen, die Mustertapete in einem grellen Mohnrot, das der Adam, den Marina kannte, unmöglich toleriert, geschweige denn ausgewählt haben konnte. Es war das Haus eines Fremden, ganz und gar unerwartet. Und überall winzige Vogel- und Mäuseskelette unter ihren Füßen, überall vertrocknete Panzer von Insekten, silbergraue Nachtfalter mit wunderschönen Flügeln, deren schwarze Zeichnung Hieroglyphen ähnelte.

Diese Nachtfalter – seltsam! So groß wie Kolibris. Marina hob einen auf und betrachtete ihn genauer. Seine Flügel waren mit einem feinen, durchscheinenden Puder bedeckt, seine schwarzen Äuglein schimmerten wie Glimmer.

»Adam, siehst du das? Ein echtes Kunstwerk!«

Sie kam zu sich und ließ erschaudernd das Ding fallen.

Marina wischte ihre staubbeschmierten Finger, ohne es zu merken, an ihren Sachen ab und setzte den Rundgang durch ihr neues Haus fort. *Ihr* Haus! *Ihr* Eigentum und ihre Verantwortung. Sie wollte nicht darüber nachdenken, dass sich neben ihrer Begeisterung unterschwellig Furcht, panische Angst regte. Ihr Hiersein war ja ein Abenteuer aus ihrer verlorenen Kindheit, jeder Raum eine Überraschung: Dielenbretter knarrten warnend unter ihren Füßen. Seltsam: aus jedem Fenster war der Ausblick wieder ein wenig anders. Wo war der Mount Rue? Sie hatte ihn doch schon gefunden: mit knapp eintausend Metern der höchste Berg in den Poconos. Da lag der High Knob, der kleinere Berg. Oder verwechselte sie die beiden? Wein, der über die Fenster, die schmutzigen Scheiben hinweg wuchs, trübte die Sicht. Sie hörte etwas über sich, ein Trippeln unter dem Dach: Eichhörnchen? Bussarde? (Rotschwanzbussarde gab es viele in den Poconos, Marina hatte sie über der Mink Pond Road am Himmel ziehen sehen, als wollten sie sie führen. Da entlang! Da entlang!) Sie spitzte die Ohren, sagte sich, da sei nichts, natürlich nicht.

Sie schob die Tür zum Hinterzimmer auf, die spürbar klemmte, so, als sei ein Riegel vorgelegt, der aber lose war und daher nicht hielt. Marina wusste nicht mehr, ob sie diesen Raum bei ihrem ersten schnellen Rundgang bereits gesehen hatte. So viele Türen in dem alten Steinhaus: Eine führte, von der Küche, nach unten in den Keller, andere zu Kleiderkammern, einem Vorratsraum. Diese Tür jedoch führte in einen Raum, der Marina bisher noch nicht aufgefallen war; anscheinend war er nachträglich an der Rückseite des Hauses angebaut worden. Energisch stieß sie die Tür auf, trat ein und – ihr stockte der Atem, was waren das für seltsame Gegenstände?

Unfertige Kunstwerke, unvollendete Skulpturen Adams. Das war anscheinend seine Werkstatt, viel kleiner und dunkler als sein Arbeitsraum in Salthill. Sie war finster wie eine Höhle, roch nach Staub und Feuchtigkeit, unbenutzt. Ein melancholischer Geruch. Die verholzten Weinreben, die sich über die Fenster zogen, waren wie hervortretende Adern. Trotz der grellweißen Herbstsonne fiel nur wenig Licht in diesen Raum. Marina drückte auf einen Lichtschalter, doch an der Deckenlampe tat sich natürlich nichts, um die Stromversorgung hatte sie sich noch nicht gekümmert. *Ich bin die neue Eigentümerin des Hauses in der Mink Pond Road 1183, Damascus Crossing. Würden Sie mir bitte Strom liefern?*

Schüchtern, staunend über ihr Glück trat Marina ein in Adams ehemalige Werkstatt. Hier war etwas von Adam Berendt, eine Hinterlassenschaft! Von ihm selber vergessen, wie es schien. (Oder hatte Adam Marina das Haus vor Jahren vermacht, damit sie diese Arbeiten eines Tages fand?) Sie sah fasziniert, dass einige der Skulpturen Ähnlichkeiten mit den Arbeiten Adams aufwiesen, die sie kannte, etwa dem ambitionierten Laokoon, von diesen hier existierte jedoch kaum mehr als das Grundgerüst, der Entwurf.

Die Dimensionen waren kleiner, selbst in vollendetem Zustand würden sie Marina kaum bis zur Schulter reichen. Dabei waren Adams fertige Werke oft von beträchtlicher Größe, waren monumental. Marina konnte nicht widerstehen – sie war ja Bildhauerin, und Bildhauer müssen anfassen – und strich mit den Fingern über die in Ton eingebetteten verbogenen Metallstücke, den spröden Plastikbruch, die Aluminiumfolie, das Zellophan, die Glasscherben. Wie viele Jahre standen diese Fragmente schon hier, von Adams Hand unberührt? Schichten von Staub, Spinnweben, fein wie Spitze überall. Adam hatte seine Materialien nicht ausreichend befestigt, nur mit Draht, Bindfaden oder einer Wäscheleine angebunden, und so waren einige Teile der Konstruktion abgebrochen und lagen auf dem Boden. »Oh, Adam. Schau, was du gemacht hast.« Marina hörte förmlich seine protestierende Stimme: ihm gehe es, sagte er, um das Willkürliche, Vergängliche, Fließende des Lebens, darum, dass es sich bei den *Kunst* genannten Dingen um Zufallsprodukte handele, entstanden sogar durch zufälliges Missgeschick oder Ironie des Zufalls, und einmalig. Die meisten Bildhauer streben nach Beständigkeit. Adam zufolge wurde das Beständige »überbewertet«. Und so war er sorglos gewesen, nachlässig. Man sah es den Stücken an.

Seine Salthiller Freunde mussten einige der besten Arbeiten Adams vor ihm in Sicherheit bringen, und nun überdauerten den Menschen ironischerweise diese Arbeiten. Für ein ungeschultes Auge sahen sie sicher nicht vielversprechend aus, aber Marina Troy wusste es besser! Sie wusste, dass aus solchen Fragmenten in langsamen, tastenden Schritten etwas werden konnte, wenn der Künstler bei der Stange blieb. Manchmal traf einen eine Eingebung wie ein Blitz. Bei jedem der Stücke war eine künstlerische Vision erkennbar, und diese Vision ließ sich sogar jetzt noch, Jahre später, verwirklichen. Marina konnte sich vorstellen, bei manchen weitere Teile hinzuzufügen, eine Rundung auszuarbeiten und das jeweilige Stück zu vollenden. Diese aufgegebenen Skulpturen Adam Berendts, es waren Rätsel, kostbare Edelsteine, in Erde versteckt.

Es war später Nachmittag. An einem warmen weißlichen Sonnentag Anfang September. Neun Wochen nach Adams Tod. Einem

Tag, der mit Bangigkeit begonnen hatte, in undurchsichtigem Dunkel, doch das war schon lange her, war so weit weg, dass Marina sich kaum noch daran erinnerte. Ihr Herz schlug jetzt ruhig. Eine große Fröhlichkeit zog in sie ein wie langsam heller werdendes Licht.

»Adam! Ich kann sie für dich fertig machen. Deshalb bin ich hier.«

In der einsetzenden Dämmerung stapfte Marina durch hohes, bereits in Samen geschossenes Gras, das wie erstarrte Wellen war, aber vor Gnitzen und kleinen Fliegen summte. Sie trug eine Hose, ein langärmliges Hemd. Stachlige Ranken zupften an ihr wie aufdringliche Fremde. Wildrosen versteckten sich im Gras. Es musste gemäht werden, wenn es nicht alles überwuchern sollte. An der Stirnseite des Hauses befand sich eine Holzveranda, deren rotbrauner Farbanstrich inzwischen allerdings abblätterte und deren Fliegenschutz Roststellen und Blasen hatte und erneuert werden musste. Eine an Wicken erinnernde Kletterpflanze wand sich durch den Windschutz und würde schon bald den Holzboden und die Fenster überdecken. Auch das musste entfernt werden, wenn es nicht alles überwuchern sollte. *Hello! Ich heiße Marina Troy und bin die neue Eigentümerin des Hauses in der Mink Pond Road 1183, würden Sie mir bitte helfen?*

Doch wie schön waren dieses reglose, erstarrte wellige Gras und die Wildrosen und die Kletterpflanze. Bald war Herbst, die Blätter der Laubbäume wechselten, anders als die immergleichen Kiefern, schon die Farbe. Und ein Himmel, blass wie ein hingetupftes Aquarell von unbestimmter Farbe, einem zartem, ins Blau spielenden Goldbraun.

Ein Telefon?

Sie würde keins haben.

Aber sollte sie nicht?

Nein.

Für den Fall, dass –

Nein.

War es nicht verantwortungslos und gefährlich, eine Frau, allein in solcher Abgeschiedenheit, ohne –

Nein.

Sie befürchtete, Roger Cavanagh würde sie anrufen. Sie teilten eine Erinnerung an das Aneinanderklatschen von Haut. Nein, nein! Der Gedanke war ihr widerlich. In schwachen Momenten spürte sie einen dumpfen, undeutlichen Schmerz zwischen den Beinen, wachte nachts auf von Träumen, in denen sie sich in sexuellem Verlangen, stöhnend vor Begierde, für ihn öffnete oder gar für einen x-beliebigen Mann, für den wunderschönen weichen warmen Leib des Mannes, den man berühren, streicheln, küssen, auffordern konnte: *Komm zu mir! Oh, bitte.* War erregt, beschämt. Welche Möglichkeiten hatte eine Frau ohne Liebhaber, die nichts Würdeloses, Jämmerliches, Verächtliches tun wollte, wenn das sexuelle Verlangen so stark wurde? Fast glaubte sie, Roger Cavanagh könne spüren, was sie fühlte. Träumte er ebenfalls von ihr? Beinahe wären sie ein Liebespaar geworden. Beinahe wäre es dazu gekommen. Aber eben nur beinahe. Wie in einer Posse! Marina erinnerte sich undeutlich daran, dass Adam ihnen, als sie wie lächerliche – natürlich war es lächerlich! – untergehende Schwimmer auf dem schmutzigen Boden um sich schlugen, zugesehen und brüllend gelacht hatte. Sie wusste, dass Roger ihr diesen Vorfall nie verzeihen würde, und sie wollte ihm auch nicht verzeihen. Wie unbeholfen sie Adams Asche in seinem Garten verstreut und in den Boden gebracht hatten. Wenn Roger sie versehentlich am Arm berührt hatte, war sie vor Abscheu zurückgezuckt. Nein, nein! Sie war keine irrationale Person (redeten genau das die Irrationalen sich ein?), ertrug Roger Cavanaghs Berührung aber trotzdem nicht. Er hatte den Sommer über immer wieder bei ihr angerufen. Sie wusste von gemeinsamen Freunden, dass er sich oft nach ihr erkundigt hatte. Roger Cavanagh war ein Mann, ein Anwalt, für den das Telefon eine automatische Verlängerung seines Willens darstellte, und ein Anwalt musste zu Ende führen, was er sich in den Kopf gesetzt hatte. Sie wusste das und fürchtete dieses Wissen. Doch sie war ihm entkommen und würde ihm auch künftig entkommen. Sie war nach Damascus County, Pennsylvania, geflohen, um ihm zu entkommen. *Ich will dich nicht! Adam will ich. Adam liebe ich.*

Irgendwann einmal bekam er ihre Adresse sicher heraus. Marina wollte nicht darüber nachdenken. Ihre Verpflichtungen in Salthill hatte sie an andere delegiert. Eine junge Frau namens Molly Ivers führte die Buchhandlung in ihrer Abwesenheit, und wenn Marina mit Molly sprechen wollte, rief sie sie aus Damascus Crossing an; sie hatte Molly die Nummer einer Immobilienmaklerin in der Umgebung gegeben, falls es etwas dringend zu besprechen gab. Außerdem hatte Molly die Nummer von Marinas Postfach in der Stadt, die sie, das hatte sie gelobt, niemandem verraten würde. Und für den Fall, das irgendetwas mit ihrer Mutter wäre, hatte Marina Verwandte in Maine informiert. Das war wirklich genug.

Als sie in weiterem Abstand um das Haus herumging, sich mühsam den Weg durch das wellige Gras bahnte, stieß sie auf die Überreste eines alten steinernen Brunnens. Wie ein Kind fürchtete sie sich vor tiefen, bodenlosen Dingen, Fahrstuhlschächten etwa, die hinabführten zu – was? Sieh nicht hin. Das Trinkwasser für das Haus kam aus einer unterirdischen Quelle, die diesen Brunnen gespeist haben musste, doch der Brunnen war mit schweren Brettern abgedeckt, war nicht mehr in Gebrauch. Auf dem Grundstück standen einige Nebengebäude: eine kleine Garage, zu der ein asphaltierter Weg führte, ein Blockhaus Marke Eigenbau für Gäste, eine Vorratsscheune und ein länglicher Schuppen. In der Garage ein Sammelsurium von unbrauchbarem altem Plunder: ein verrosteter Hand-Rasenmäher, rissige irdene Gefäße, ein Fahrrad mit einem platten Reifen. Nichts davon Adams Sachen. Das Gästehäuschen war ein schmuckloser Raum, darin ein verblichener Teppich aus Flechtschnur, ein mit Spinnweben behangener Kanonenofen und Etagenbetten mit unbezogenen, fleckigen Matratzen. Auf dem Boden lagen ein Knabenturnschuh ohne Schnürsenkel und die vertrockneten Überreste eines grauen Vögelchens, eines Schneefinken. In der Vorratsscheune standen ein Traktor mit platten Reifen, Gartengeräte, Kisten und Möbelstücke, allesamt spinnwebenverhangen, und nichts davon schien einmal Adam gehört zu haben. Zu Kunst verarbeitet, hätte der Müll Fremder Marina vielleicht fasziniert, so aber nicht. Sie stand noch in der Tür, als hinter dem Traktor etwas ungestüm davontrippelte, auf das sie, weil es so schnell ging, nur einen Blick erhaschen konnte: ein Lebewesen mit dunklem Fell, ziemlich groß für einen Waschbär, doch sie wollte glauben, dass es einer – und nichts Gefährlicheres – war. Ihr Herz schlug, als sei sie gerannt. Sie wusste, es gab keinen Grund, Angst zu haben, sie war allein hier. Und stand doch im Gras und zitterte.

Vierzig Morgen. Die ihr gehörten.

Das Auto, das auf der Zufahrt, in der Nähe des Hauses, geparkt war, ein stahlgrauer Jeep, der aussah wie ein Militärfahrzeug, irritierte sie – es war neu, ihre Neuanschaffung, sie hatte für Damascus County ein größeres, schwereres Auto gewollt und hatte ihren Mittelklassewagen für einen Jeep in Zahlung gegeben, und als sie inmitten des Gedröhns von Lastwagen und Wohnwagen westwärts nach Pennsylvania fuhr, war sie dankbar gewesen für die Kraft ihres neuen Autos und hatte seine Höhe zu schätzen gelernt. Aber sie war noch nicht daran gewöhnt, es zu haben. War noch nicht daran gewöhnt, es zu sehen.

»Alles mein?«

Dieses Grundstück, das Geschenk, in Damascus County! Sie hatte ein paar Freunden in Salthill davon erzählt. Roger Cavanagh musste informiert werden, doch debattiert hatte sie mit ihm darüber nicht. Als Adam das Haus Marina gegenüber vor Jahren erstmals zur Sprache brachte, hatte sie sich über ihn geärgert, war gereizt, hatte nichts davon hören wollen. Das Geschenk, zwar gut gemeint, verletzte sie. Sie hatte protestieren wollen: »Aber Adam, ich liebe dich! Werde ich dir denn nicht fehlen? Wie kannst du mich für ein Jahr fortschicken?« Schon das Wort *Damascus* hatte ihr wehgetan. Als jetzt die Strahlen der schwächer werdenden Sonne an diesem abgelegenen Ort über ihr Gesicht und ihren Oberkörper strichen wie ein Sensenblatt, kam ihr ein neuer Gedanke: Vielleicht hatte Adam sie während des Jahres hier besuchen, mit ihr in dem alten Steinhaus wohnen wollen? Fern von Salthill-on-Hudson. Und den musternden Blicken ihrer Freunde.

Vielleicht hatte sie es ja missverstanden.

Jetzt wünschte sie, sie hätte Adam intensiver zu dem Grundstück befragt. Warum er es gekauft und wann genau er hier gelebt hatte. Warum er es nie verkauft hatte. (Aber er hatte eine Reihe von Grundstücken, an abgelegenen Orten verstreut, besessen. Manche davon unter anderen Namen.) Marina fiel ein, dass Adam beiläufig erwähnt hatte, hier Wochenenden – in Klausur – verbracht zu haben, als er im Nassau County auf Long Island gelebt hatte, doch als Marina in ihn drang und wissen wollte, was er zu jenem Zeitpunkt seines Lebens getan und warum er auf Long Island gewohnt hatte, hatte Adam mit den Achseln gezuckt und ausweichend »Nichts von großem Interesse, Marina« gesagt, ihr eine Tür zwar sacht, aber fest vor der Nase zugemacht. Von da ab sah sie sich als jemanden, der an Amnesie leidet und sich mit seinem Zustand abgefunden hat; einen solchen Menschen weckte man auf eigene Gefahr auf.

Trotzdem bereute Marina bitter, dass sie Adam Berendt nicht aufgeweckt hatte.

Womöglich hatte eine andere Frau das getan. Aber nicht sie.

Tief in Gedanken ging Marina schon längst weit hinter dem Vorratsschuppen am Saum einer Lichtung entlang, wo das Land flacher war, sumpfig. Dahinter begann wieder Kiefernwald. Man sah, wie die Kiefern in die Lichtung drängten, zu den jungen Bäumen, hohen Büschen, Wildrosen und Dornbüschen. Immer drängte die Natur vorwärts, und der Mensch leistete Widerstand. Man war entsetzt und doch zufrieden: Wenn der Mensch seinen Widerstand aufgab, preschte die Natur triumphierend vor. Wenn Marina nichts dagegen unternahm, war das Grundstück in wenigen Jahren von Wald überwuchert, ausgelöscht. War der Fahrweg, der von der Mink Pond Road hinausführte, nicht mehr da. »Ich bin dafür verantwortlich, nicht? Ja.« Sie fasste Mut. Fasste Zuversicht. Adam Berendt hatte ihr dieses Geschenk aus einem bestimmten Grund gemacht, sie würde sich dem gewachsen zeigen.

Ein starker, übler Geruch wehte heran. Der Boden unter ihren Füßen gab nach. Hier waren Abfälle verstreut: verrottetes Holz, ein mit hartem Teer gefüllter Kübel, Kinderspielzeug, eine Puppe aus Gummi, nackt und haarlos, mit weit geöffneten grünen Glasaugen. Marina war empört, dass Adams vorherige Mieter das Grundstück derart verschandelt hatten. Halb unbewusst hob sie die Puppe auf. Ein nichts sagendes leeres Gesicht, nur die Augen funkelten wie Edelsteine. Marina drückte sie heraus, ließ die Puppe fallen und betrachtete die Glasaugen in ihrer Hand. Seltsam, dass sie das getan hatte. Sie fing schon an wie ein Künstler zu denken, für den jeder zufällige Gegenstand eine Eingebung sein kann: »Was bedeutet dieser Fund?« Doch der Geruch lenkte sie ab. Ihre Nasenlöcher zuckten, sie verspürte einen leichte Übelkeit. Ihre erste Regung war, schnell wegzugehen, doch sie kämpfte sich, von Neugier angetrieben, weiter durch Wildrosen und durch Schilf und erblickte voller Entsetzen – was? Den nackten Körper einer Frau mit verfilztem braunem Haar, leblos auf dem Boden hingebreitet, teils mit Gras bedeckt.

Nein. Es war ein Tier.

Tatsächlich? Ein Tier, es musste ein totes Tier sein.

Marina traten vor Schreck Tränen in die Augen. Sie sah kaum noch. Nun hämmerte ihr Herz wirklich in ihrer Brust.

Vorsichtig ging sie vorwärts, sie musste sich Gewissheit verschaffen. Und sah zu ihrer Erleichterung, dass es natürlich kein Menschenleib war, sondern der Kadaver eines Weißwedelhirsches.

Einer Hirschkuh. Schon halb verwest. Ein großer Teil des Bauches und des Rumpfes fehlten, grausam abgerissen von Raubtieren, doch der Kopf war noch da, und der schlanke Hals war weit zur Seite geneigt, das offene Maul erstarrt im qualvollen Ausdruck des sterbenden Pferdes auf Picassos *Guernica*.

2

In Marina Troys neununddreißigstem Lebensjahr begab es sich, dass sie unerwartet und mehr oder minder zufrieden unter primitiven Umständen allein in einem isolierten Steinhaus in den Pocono Mountains im Nordosten von Pennsylvania, im Damascus County in der Nähe der an einer Straßenkreuzung gelegenen Stadt Damascus Crossing wohnte, von der sie bis kurz zuvor nicht einmal gehört hatte.

Es war verückt! Es sollte das größte Abenteuer ihres Lebens werden.

Von ihrer Ankunft im September bis zum Ende des Jahres vertiefte sich Marina in die Vollendung der fragmentarischen Skulpturen Adam Berendts. Man konnte sie im Grunde nicht »Skulpturen« nennen – es waren Embryos, die sie zur Welt brachte. Sie war abwechselnd erregt und verzweifelt. Sie tat etwas Riskantes. Hatte ihre Pläne für eigene Arbeiten für unbestimmte Zeit zurückgestellt. Dies hier war dringender. An manchen Tagen hatte sie schon nach dem Aufwachen gute Einfälle, war voller Kraft und wollte sofort mit der Arbeit beginnen, noch barfuß, in ihrem Flanellnachthemd, einen Pullover über die Schultern gelegt, noch den Geschmack des Schlafs im Mund; an anderen Tagen, wenn der Herbstregen an die Fenster des zugigen Steinhauses trommelte, wachte sie zerschlagen auf und war bedrückt, so als laste ein Gewicht auf ihrer Brust, ein schweres Tier mit dunklem Fell, dessen runden Kopf sie nicht von vorn sah. *Doch es hat eine Schnauze. Es saugt an meinem Mund. Es hat wache gelbe Glasaugen.* Sie musste das pelzige Tier von sich herunterschieben, ehe sie ganz wach werden konnte. Dann lag sie schwer atmend, keuchend in dem fremden Bett, schaute minutenlang, immer wieder die Augen auf und zu schlagend, zu der fremden Zimmerdecke, bis sie richtig zu sich kam und wieder wusste, wo sie war und warum.

Damascus County, Pennsylvania. In einem alten Sommerhaus aus Stein, auf vierzig Morgen hügeligem, bewaldetem Land, ein einsames, wunderschönes, unpraktisches Fleckchen Erde, das Adam Berendt ihr geschenkt hatte. Doch sie begann es als Vermächtnis zu betrachten. Marina in Adams Testament vererbt.

Meiner Freundin Marina Troy hinterlassen. Meiner lieben Freundin Marina Troy, die mich überlebt hat.

Sie wusste, was in Salthill-on-Hudson über sie geredet wurde. Wo ist Marina hin, warum war Marina so rücksichtslos, hat Marina einen Schock erlitten, trauert Marina, wie kann Marina weglaufen aus ihrem Leben, von ihren Verpflichtungen, stimmt es, dass sie für ein Jahr weggegangen ist, um allein zu leben, und – warum? Marinas Herz klopfte entrüstet, als sie daran dachte. Sie würde ihre Handlungsweise weder erklären noch rechtfertigen. Sie war entschlossen. Hatte eine Entscheidung gefällt. Sie würde mit ihrem blutleeren – Adams Wort, dieses »blutleer« – Salthiller Leben brechen. Schluss damit! Ihr Haus in der North Pearl Street war vermietet, sie hatte eine kompetente junge Frau als Leiterin der Buchhandlung eingestellt, hatte ihr Amt als Adam Berendts Testamentsvollstreckerin niedergelegt, wollte nicht noch mehr über Adams Privatleben erfahren. *Ich behalte den Mann so im Gedächtnis, wie ich ihn kannte. Das gebe ich nie auf.*

Wenn Marina erst mal ganz wach war, diesen verführerischen, zähen Tiefschlaf abgeschüttelt hatte, und wenn sie erst mal zur Rückseite des Hauses gegangen war und in der Werkstatt arbeitete, an deren schmalen Fenstern die Kletterpflanzen außen und die Spinnweben innen inzwischen beseitigt waren, und wenn von Osten Sonnenlicht hereindrang, fühlte sie sich viel kräftiger. Es stimmte, sie war glücklich. Nun, da sie ihr Leben radikal vereinfacht hatte, war sie glücklich. Ursprünglich wollte sie in Damascus County an ihrer »eigenen« Kunst arbeiten, die sie vor Jahren, noch in den Zwanzigern, aufgegeben hatte, und sie hatte auch wirklich die Absicht, dies irgendwann in der Zukunft zu tun, bloß eben nicht jetzt. »Das ist wichtiger. Das ist entscheidend.« Sie hatte das Gefühl, mit Adam persönlich zu diskutieren, und sie würde ihn überzeugen. Sie geriet in einen tranceartigen Zustand, arbeitete unermüdlich. Aber nicht an Erfundenem. Was sie tat, war »Rekonstruktion«, war »Schau«. Nichts von dem, was sie zu Adams unvollendeten Skulpturen hinzufügte, kein Metall- oder Plastikteil, keine Glasscherben, kein Ast, war bloß ihre Idee. In der Werkstatt hatte sie Fotos von Adams fertigen Salthiller Skulpturen an die Wände geklebt (zufällig befanden sich die Fotos unter den wenigen Dingen, die sie für ihre Reise in die Poconos eingepackt hatte; sie hatte ohne Erinnerungen an Adams Werke nicht wegfahren wollen), und sie stand oft so lange davor, dass sie, ganz im Banne ihres Geheimnisses, fast nichts mehr sah. *Komm zu mir. Dring in mich ein. Schenk mir Leben!*

Es kam ihr seltsam vor, unfair und ungerecht, dass Adam Berendt zu Lebzeiten nicht als Bildhauer von echtem Talent anerkannt worden war. Sein Werk hätte von maßgeblichen Galerien präsentiert werden sollen. Es hätte von maßgeblichen Museen gekauft werden sollen. Hätte er doch bloß mehr Ehrgeiz besessen!

Adam war als Bildhauer sicher so talentiert und eigenständig wie Raul Farco, dessen Werk er anonym für den Kunstverein gekauft hatte. Er war sicher so amerikanisch wie Rauschenberg und in seinen strengeren Arbeiten so eindrucksvoll wie Henry Moore ... »Aber es ist falsch, in diesen Kategorien zu denken. Es ist beleidigend für Adam.«

Je länger sie arbeitete, desto stärker wurde der Einfluss, den zwei der auf den Fotos abgebildeten Arbeiten Adams auf Marina ausübten: das »natürliche Kruzifix«, das aus dem grotesk verdrehten Hauptast einer Eiche und aus Felsbrocken und Steinen in seltsamen Formen an seinem Fuß bestand, und der einsachtzig hohe »Amerikanische Laokoon« aus durchscheinendem Plastik, dessen Farbe sich sogar auf dem Foto fortwährend veränderte, als lebe, als atme er. Marina stand noch vor Augen, wie erhaben diese große, berunruhigende Konstruktion in Adams Studio gewirkt hatte, während sie in diesem Raum, der kleiner und schwächer beleuchtet war, einen spöttischen, höhnischen Zug bekam. *Fangt mich, wenn ihr könnt. Aber ihr werdet mich nicht erwischen.*

Marina kopierte aber nicht platt bereits existierende Arbeiten Adams. Auf keinen Fall!

Wenn sie die Skulpturen vollendet hatte, wollte sie – falls sie den Vergleich mit Adams früheren Werken nicht zu scheuen brauchten und sein Andenken nicht beleidigten – in New York eine Galerie von Rang dafür suchen. Es war kühn und riskant, was sie da tat, beispiellos. Die Poconos-Skulpturen Adam Berendts, wie die Stücke wohl heißen mussten, würden sofort als seine Arbeiten identifiziert werden und waren dennoch völlig neu und einzigartig. *Berendt-Skulpturen, deren Vollendung der Künstler nicht mehr erlebt hat. Ein Wunder.* Marina würde ihren Anteil an deren Entstehung publik machen müssen, das zu unterlassen hieße, eine Fälschung zu begehen, doch bei der Arbeit schlug sie sich, gewissenhaft wie ein Zen-Mönch beim Meditieren, alle eigenen Gedanken, Erinnerungen, Reflexe und Impulse aus dem Kopf, um sich allein von Adams Visionen leiten zu lassen. Sie hatte eine Reihe von Büchern mitgenommen, und während der Mahlzeiten und abends las sie eifrig, manches mehrmals, lernte einige der Passagen auswendig, die Adam bei Platon, Ovid, Blake, Walt Whitman und Gerard Manley Hopkins unterstrichen hatte. Fand sie hier den Schlüssel, der ihr das Innerste des Mannes aufschloss, den sie geliebt hatte, etwas, was er Marina Troy nie gezeigt hatte –

Ich liege wach und spür den Alp der Nacht,
nicht den des Tags. Die Stunden, schwarz, die wir verbracht
heut nacht! Was, Herz, du sahst! Irrwege viel
du gingst und weiter gehen musst, da es nicht tagen will.

Während der Arbeit an Adams Skulpturen spürte sie seine Kraft durch ihre Nervenbahnen bis in ihre Fingerspitzen strömen. Lange Stunden war sie tief versunken. Sie nahm nur partiell wahr, ihre ganze Lebendigkeit steckte in ihren Fingern. Wenn sie zufällig einmal durchs Fenster zum Rand der Lichtung oder in den Wald oder den Himmel über dem Mount Rue schaute, nahm sie kaum wahr, was sie sah. Denn sie schaute *nach innen*. Manchmal hörte sie oder meinte zu hören, dass sich auf der Zufahrt ein Auto dem Haus näherte oder dass sich eine Stimme im Wind erhob und sofort wieder erstarb, ab und zu erhaschte sie einen Blick auf eine flüchtende Gestalt (Mensch? Tier?) am Waldesrand. Doch sie war gegen Unruhe gefeit, sie ließ sich nicht ablenken.

Den ganzen Herbst und bis zum frühen Winter arbeitete Marina auf diese Weise und war glücklich. Langsam, ganz langsam kam sie voran! Sie beschäftigte sich immer nur mit einer einzelnen Arbeit Adams, fasste sie auf als Rätsel, so wie die Heldin in einem Märchen mit einem Rätsel konfrontiert wird, das sie lösen muss, um kein unvorstellbares Schicksal zu erleiden. Auf dem jeweiligen Skulpturenfragment baute sie auf, erweiterte, vertiefte es und ging, wenn sie auf ein Problem stieß, zu einer zweiten, zu einer dritten Arbeit über, denn sie hoffte, die elf Skulpturen mehr oder weniger gleichzeitig zu vollenden. Adam hatte auch so gearbeitet, an mehreren Skulpturen, in unterschiedlichen Stilen und Formen nacheinander.

Bis ihr so der Kopf schwirrte, dass sie lachen wollte. Sie war ganz benommen. Bis sie schließlich (am späteren Nachmittag) die Ideen des anderen, der in ihr lebte, fürs Erste umgesetzt hatte.

Und in der Nacht das Gewicht des pelzigen Tiers auf ihrer Brust. Das seine Schnauze auf ihren Mund drückte, um ihren Atem einzusaugen. Das ihr die Brust auf die Rippen presste. Sie erstickte ja! Doch das Tier war warm, seltsam tröstlich. Sie wollte die Arme heben, es umfangen. Sein rauchgraues Fell war lang und recht borstig und wurde mit dem bevorstehenden Winter immer dichter.

Manchmal betrachtete Marina von der Tür aus, was sie geschafft hatte. Die fragmentarischen verkrüppelten Dinger, die sie in dem alten Steinhaus vorgefunden hatte, nahmen allmählich Gestalt an, wurden für das Auge interessant. Vielleicht.

Marina, warum arbeitest du nicht an deinem eigenen Werk?

Das ist mein Werk, Adam!

Ich sagte, deinem eigenen Werk, Marina.

Adam, das ist mein Werk. Hab Vertrauen zu mir.

Auf einem ans Fenster geschobenen Holztisch in der Küche, einem zerkratzten, aber hübschen alten Möbel, breitete sie sonderbare Schätze aus, wie sie es vor Jahren als Kind getan hatte. Ein riesiger Nachtfalter mit schwarzgeäderten Flügeln. Bussardfedern, kleine Vogelskelette, Knöpfe, eine Kinderrassel aus Holz, die sie in der Scheune gefunden hatte. Die grünen Glasaugen, die sie der Puppe auf dem sumpfigen Wiesenstück ausgedrückt hatte. Wenn sie an manchen Tagen erst nachmittags ihre erste Mahlzeit zu sich nahm, verweilte ihr Blick auch lange bei diesen Stücken.

3

In Salthill rief Marina nur aus geschäftlichen Gründen an. Einmal im Monat telefonierte sie mit dem Maklerbüro, das die Vermietung ihres Hauses in der North Pearl Street überwachte, und jeden Montag rief sie Punkt 6 Uhr abends die kompetente junge Frau an, die in ihrer Abwesenheit die Buchhandlung führte. Aus Eigensinn und Aberglaube hatte Marina sich in dem alten Steinhaus noch keinen Telefonanschluss einrichten lassen. Denn selbst eine nicht eingetragene Nummer schützte sie nicht davor, angerufen zu werden. *Und davor, dass ich in einsamen, schwachen Momenten nicht selber zum Hörer greife.*

Sie hatte ihren Freundinnen versprochen, sie vielleicht anzurufen, sah sich dazu im Moment aber außerstande. Sie hätten ihr nur raten wollen. (Freundinnen tun schließlich nichts anderes als Rat zu erteilen, erwünschten wie unerwünschten.) Und Marina hätte sich in der Rolle von »Marina Troy« wiedergefunden, die sie nur schlecht verkörperte.

Die junge Leiterin der Buchhandlung, Molly Ivers, war dezidiert fröhlich und optimistisch. Die Umsätze, die der idyllische kleine Laden in dem Holzhaus in der Pedlar's Lane machte, waren »gut«, »nicht schlecht, wenn man das lausige Wetter bedenkt«, »wirklich gut«, »phantastisch«. Auf Mollys Anfrage hin hatte eine populäre Salthiller Kriminalschriftstellerin, die auf der Bestsellerliste der *New York Times* stand, im Laden einen Stapel Bücher signiert; zweiunddreißig waren innerhalb weniger Tage über die Ladentheke gegangen. Marina, die an ihrem abgelegenen Vorposten in den Pocono Mountains von einem Münzfernsprecher sprach, stimmte zu: »Phantastisch.« Sie wollte genauso optimistisch klingen wie ihre zehn Jahre jüngere Angestellte. Wollte optimistisch klingen, um keine Befürchtungen in Molly Ivers zu wecken. Denn es war ja: phantastisch. Ob man zweiunddreißig Exemplare eines Buches verkaufte – oder zwei, 3200 – oder 32000. Verkaufen, an den Mann bringen: es war schließlich das Gegebene in einer Straße, die Pedlar's Lane hieß; aber was bedeutete das? *Die Bedeutung von alldem, Adam, sie entgleitet mir. Mein früheres Leben.* Marina mochte Bücher seit ihrer Kindheit, es war eine Liebe, viel naiver als ihre Kunstleidenschaft, doch jetzt konnte sie nicht mehr nachvollziehen, wie diese Liebe sich vermischt hatte mit dem Versuch oder dem Wunsch, Bücher zu verkaufen. Denn hier zählt Quantität. Nur darum geht es. Wenn dem nicht so ist, wozu dann Geschäfte machen? Und worin genau besteht dieses *Geschäftemachen*? Wie Sokrates hatte Adam Fragen zu Dingen gestellt, sie sich eigentlich von selbst verstanden. Doch genau diese Fragen sind am schwersten zu beantworten.

»Marina? Sind Sie noch dran?«

»Molly, ja. Das sind gute Nachrichten!«

»Nächste Woche kommt Sallie Bick zu uns. Die Kochbuchautorin. Zum Signieren und um Leute kennen zu lernen. Ich mache dafür extra am Sonntag auf, von zwei bis sechs. Erfrischungen gibt es auch.« Hastig fügte Molly hinzu: »Kostet fast nichts, Marina. Die Autorin sorgt fürs Essen.«

»Molly, das klingt wunderbar. Ich wünschte, ich könnte dabei sein.«

Verlegene Pause. Sogar Molly Ivers, der Zweifel fremd waren, zweifelte hier.

Molly sagte, die Stimme gesenkt, so als könne jemand mithören: »Ein Roger Cavanagh kommt immer wieder vorbei. Der Anwalt. Sie kennen ihn sicher. Er fragt jedes Mal nach Ihnen.«

»Ach, wirklich!«

»Er ist ein guter Kunde. Kauft jedes Mal ein gebundenes Buch. Aber er scheint sich Sorgen um Sie zu machen.«

»Ich hab Sie doch instruiert, Molly. Sagen Sie ihm einfach, ich sei verreist.«

»Marina, das weiß er. Aber er möchte wissen, wohin.«

»›Verreist‹ genügt als Erklärung.« Marina merkte, dass sie errötete vor Abscheu und Ärger. »Ich muss Schluss machen, Molly. Hinter mir steht jemand, der auch telefonieren möchte.«

Eines Tages wird er mich aufspüren. Er wird mich dazu bringen, dass ich mich in ihn verliebe. Aber soweit wird es nicht kommen! Niemals!

In Damascus Crossing machte Marina ihre Anrufe manchmal aus einer öffentlichen Telefonzelle vor der Tankstelle und Autowerkstatt Pryde, in der sie seit September Stammkundin war. Und wenn es ihr in dem Steinhaus in der Mink Pond Road nach stundenlangem Arbeiten in Adams Werkstatt zu eng und zu einsam wurde, musste sie raus. Dann fuhr sie zum Delaware River und wieder zurück oder in die Berge oder zu einem Einkaufscenter am Rand von East Stroudsburg, und diese Fahrten, die sie als schöpferische Arbeitspausen ansah, verschlangen eine Menge Benzin. Ihr war klar, dass sie in Damascus Crossing, vierhundert Einwohner, zum Gegenstand von Spekulationen wurde. »Miss Troy« – »die Frau, die in der Mink Pond Road wohnt, allein.« Sie versuchte über die sie beobachtenden Angestellten in der Autowerkstatt hinwegzusehen, wenn sie parkte und in die Telefonzelle schlich, verstohlen wie eine Frau, die unter wachsamen Männerblicken das Baustellenklo benutzte.

Andere Male, wenn sie sich den Männerblicken nicht aussetzen wollte, erledigte Marina ihre Anrufe in der Immobilienfirma in Damascus Crossing, die sich jahrelang um die Vermietung von Adam Berendts Grundstück gekümmert, es in den Zeiten, in denen der Eigentümer abwesend war, instand gehalten und einen Hausbesorger beschäftigt hatte. Eine aggressiv freundliche Frau mittleren Alters namens Beverly Hogan schien die Firma, die ihren Sitz in einem kleinen, holzverkleideten Ranchhaus hatte, allein zu betreiben. Wenn die das Haus schmückenden Fahnen im Wind flatterten, klang es wie stürmischer Beifall. Marina befürchtete, in Beverly Hogans Firma herrsche jetzt, wo keine Saison war, Flaute; außer Beverlys Kompaktwagen, einem Toyota, stand jedenfalls nur selten ein zweites Auto auf der kiesbestreuten Einfahrt. Beverly Hogan war der erste Mensch, den Marina in Damascus Crossing kennen gelernt hatte, sie hatte Marina wertvolle Tipps gegeben. (Inklusive etwa der Namen »sehr empfehlenswerter« Kammerjäger.) Beverly hatte Marina ausdrücklich aufgefordert, eines der Firmentelefone für Gratis-Ortsgepräche und Ferngespräche mittels ihrer eigenen Telefonkarte zu nutzen. Dass Marina kein eigenes Telefon besaß, erregte Beverlys Besorgnis, so als sei Marina ein eigensinniges junges Ding und auf den Verstand einer älteren Frau angewiesen. Abgesehen von ihrer übertriebenen Verbindlichkeit, ihrem üppigen Make-up und Parfum und ihrem unfachmännisch gefärbten aschblonden Haar erinnerte Beverly Hogan Marina an bestimmte ältere Damen in Salthill: reiche Frauen, zerstört von Einsamkeit und sexuellem Verlangen, mit einem Rededrang, zwanghaft wie ein körperlicher Tic, geschlagen mit Ehemännern und Kindern, die aus unerfindlichen Gründen weit weg waren und sich als enttäuschend erwiesen hatten. Sie waren gutherzig, diese Frauen, großzügig und freundlich und beflissen, und dennoch suchten alle mit gestammelten Entschuldigungen und gesenktem Blick vor ihnen das Weite. Seit Marinas Einzug in das alte Steinhaus war Beverly schon mehrmals unangemeldet bei ihr hereingeplatzt und hatte sie erschreckt, als sie vorn oder, wenn Marina in der Werkstatt war und Beverly nicht gehört hatte, munter durch das hohe Gras stapfte und eben hinten klopfte. »Ich wollte bloß mal nachsehen, ob Sie zurechtkommen, Marina. Ob Sie irgendetwas brauchen.« Marina hatte Beverly nicht zu diesen Besuchen ermutigt und fühlte sich hinterher schuldig. Sie hätte ihre Anrufe lieber in der nach Urin stinkenden Telefonzelle am Straßenrand gemacht, begriff aber, dass Beverly in Damascus Crossing ein Auge auf sie hatte und gekränkt und verärgert wäre, wenn sie nicht ab und zu in ihrem Büro vorbeischaute und eine Dankbarkeit bezeugte, die sie nicht empfand. Beverly Hogan war eine Frau, die man sich vielleicht nicht zur Freundin wünschte, aber erst recht nicht zur Feindin haben wollte.

Jedes Mal ergriff und schüttelte Beverly Marinas Hand, so auch jetzt, an einem stürmischen Novembernachmittag. Und jedes Mal fragte sie: »Wie geht es Ihnen, Marina?« und forschte dabei, die Augen hinter roten Kunststoffgläsern mitleidig blickend, aufmerksam in Marinas Miene. Beverlys Aufmerksamkeit war beklemmend, und Marina wusste, dass ihr Gegenüber sie sich einprägte. Ihre harmlosen Anrufe in Salthill wurden vielleicht ebenfalls mitgehört und memoriert.

Während Beverly rasend schnell an einem Computer tippte, rief Marina kurz bei Molly Ivers an. Eine überraschend gute Woche, was die Umsätze anging, berichtete Molly, wenn man das lausige Wetter bedachte, und jetzt, da Weihnachten näherrückte, würde es sicher noch besser werden ... Als Marina auflegte, war Beverly mit zwei Tassen Instant-Kaffee und selbst gebackenen Erdnussbutterplätzchen zur Stelle. Sie sagte im Ton von jemand, der sich nicht gern einmischt: »Es würde mir fehlen, Marina, wenn Sie nicht zum Telefonieren kämen, aber wie ich schon sagte, *ich* könnte ohne Telefon im Haus nicht leben. Und erst recht nicht da draußen im Wald. Ich würde mir einen Anschluss einrichten lassen, bevor es Winter wird, wenn ich Sie wäre.«

»Ja. Mach ich vermutlich auch«, murmelte Marina.

»Der erste richtige Schnee, und Sie sind vielleicht abgeschnitten.«

»Ja.«

»Es ist ein nettes Dorf hier. Wir kümmern uns umeinander. Viele Familien sind schon seit Generationen hier ansässig.« Beverly erzählte von Witwen, die – allein – in abgelegenen Straßen wie der Mink Pond Road wohnten: eine Tante von ihr, schon betagt, hatte einen Schlaganfall gehabt, doch eine Nachbarin hatte nach ihr gesehen und ihr so das Leben gerettet. »Hat noch in Tante Louises Küche die Rettung angerufen. Aber dafür brauchte sie ein Telefon, verstehen Sie. Um es überhaupt zu können.«

»Ja, natürlich, Beverly, Sie haben Recht.«

»Oder gibt es jemanden, von dem Sie nicht angerufen werden wollen, Marina?« Beverlys große Augen wiesen das Ansinnen, sich einmischen zu wollen, zurück. »Oder sind Sie gar deshalb hierher gezogen? Um von jemandem wegzukommen?«

Marina lachte zweideutig, errötete und schüttelte den Kopf. Verbrannte sich den Mund mit heißem Kaffee. Nahm sich ein Plätzchen und zerkrümelte es in der Hand.

»Die Leute machen sich Gedanken, wissen Sie. Ich sag ja immer, eine erwachsene Frau hat ein Recht auf ein eigenes Leben. Auf ihre Privatsphäre.«

»Sicher.«

»Ein Ex-Mann vielleicht? Meine Schwester, was die mit ihrem Ex durchgemacht hat. ›Einstweilige Verfügung‹ – und das war noch nicht alles!«

»Das tut mir Leid.«

»*Mir* tut es Leid. Raten Sie mal, wer sich die Geschichten anhören muss.« Beverly lächelte finster, rückte ihre Brille zurecht. Wie kleine Fische hockten ihre Augen hinter den Gleitsichtgläsern. »Die peinlichsten Einzelheiten. Es gibt zwei Sorten von Männern: die einen kriegen nichts hoch außer der Fernbedienung, und die anderen drehen durch und wollen dich umbringen, so sehr ›lieben‹ sie dich.« Beverly lachte laut. Marina hörte sich, von Beverly angesteckt, selbst lachen, es klang wie ein kleineres Auto, das, fahruntüchtig, von einem größeren abgeschleppt wurde. Schlau sagte Beverly: »Den Fernseher, den haben Sie aber angeschlossen, oder? Meines Wissens stand ein Apparat in dem Haus. Ein schöner.«

»Ja.«

Aber stimmte das? Marina erinnerte sich nicht.

»Der Empfang hier lässt sich freilich nicht mit dem vergleichen, was Sie im Umland von New York gewöhnt sind. Hier draußen in den Bergen brauchen Sie eine Satellitenschüssel. Wie wir sie haben.«

Marina nickte verständig. Irgendwann waren genug der klugen Ratschläge erteilt, dann ließ die Ältere die Jüngere ziehen. Marinas Lider flatterten. Sie war müde! Sie hatte an diesem Tag frühzeitig, in einer suppigen schiefergrauen Dämmerung, mit der Arbeit begonnen, war verzweifelt, wie wenig sie den ganzen Tag über nur geschafft hatte, und bekam allmählich Angst, nicht nur selbst einer Täuschung zu erliegen, sondern auch Adam zu enttäuschen. Wie hatte sie sich bloß einbilden können, seine Arbeiten »restaurieren«, »deuten« zu können – was für ein Irrsinn!

Beverly, die sah, dass Marina mit den Gedanken woanders war, holte sie auf ihre muntere, herrische Art zurück. »Marina! Sie haben dieses wundervolle alte Haus sicher direkt von Mr Berendt gekauft? Nicht über einen Makler?«

Marina zögerte. »Ja.«

»Oder hat Mr Berendt es bei einem Makler in New Jersey in die Kartei gegeben? Mir ist nichts bekannt.«

»Nein. Ich glaub nicht.«

Beverly nickte vielsagend. »Ein echter Gentleman, das war er. Aber kein offenes Buch, wie man so sagt.« Als Marina nichts erwiderte, sprach Beverly weiter, die Lippen gespitzt. »Wir waren alle schockiert – als wir von seinem Ableben hörten, von den Umständen. Erst in den Fünfzigern.«

»Ja. Es kam – ganz plötzlich.«

»Sicher, Mr Berendt hat sich in den letzten Jahren hier rar gemacht. Er war sicher ein viel beschäftigter Mann. Wenn er nach Damascus Crossing kam, dann meist übers Wochenende. Er war nie jagen oder fischen und kam auch im Winter nie zum Skifahren.

Die meiste Zeit über war er allein. Einen Sommer blieb er einen ganzen Monat, er war Bildhauer? Stimmt das?«

»Bildhauer, ja.«

»Aber Statuen hat er keine gemacht. Von Menschen. Mehr das, was heute modern heißt. Abstrakt. Schwer zu verstehen.« Beverly seufzte. Sie hatte ihre Plätzchen mit sehr kleinen Bissen gegessen, hatte sie vor Marina nicht herunterschlingen wollen, und es lagen Krümel auf ihrem üppigen Busen. »Man fragt sich, wieso ein Mann sich mit solchen Dingen abgibt. Freilich, ein großer Künstler wie Picasso, der verdient *Geld* damit.«

Marina lächelte. Wohin führte das? Sie war beklommen und hoffnungsvoll zugleich. Beverly hatte Adam Berendt zu einer Zeit gekannt, als Marina ihn nicht kannte, einen jüngeren Adam, schon weit weg. Beverly sagte, die Stimme gesenkt, so als könne sie jemand hören: »Mr Berendt, der hatte was Trauriges an sich, nicht? In seinem Gesicht. Das eine Auge blind, und das andere so scharf – man hätte denken können, er sieht in einen rein. Einmal kam ich raus zu ihm und hab ihn geradeheraus – so bin ich manchmal – nach seiner Familie gefragt, ob er Kinder hat, und – wissen Sie, was er gesagt hat?«

»Was?«

»Er sagte: ›Nein und ja.‹«

»›Nein und ja.‹ Was soll das heißen?«

Beverly lachte traurig. »Weiß der Teufel, Marina.«

Marina hörte förmlich, wie Adam Berendt zu dieser Frau *Nein und ja* gesagt hatte. Was heißen sollte, *nein*, keine eigenen Kinder, aber *ja*, in einem anderen Sinne schon welche.

Schlau sagte Beverly: »Er mochte Hunde.«

»Oh ja!«

»War ein hübscher Hund, den er hatte. Ein Schäferhund, schon älter als die, die Menschen das Augenlicht ersetzen.« Als Marina nicht gleich schaltete, erklärte Beverly: »Blindenhunde, Sie wissen schon. Die können das nur ein paar Jahre machen, dann gehen sie ›in Pension‹. Man will dafür nur junge Tiere. Die älteren Blindenhunde, die werden dann vermittelt. Sind ausgezeichnete Haustiere. In Stroudsburg gibt es eine Stelle, wo man sie bekommt. Mr

Berendt hatte einen Hund mit, wenn er manchmal hier raus kam. Aber die sterben, wissen Sie. Ziemlich jung. Ein Schäferhund ist ein großes Tier, und große Tiere leben nicht so lange wie kleinere Rassen, das ist erwiesen. Wieso das so ist, weiß ich auch nicht.«

Marina schüttelte langsam den Kopf. Sie war leicht benommen von den vielen Dingen, die sie zu hören bekam, so wie es jemandem bei einer Autofahrt ergeht, der gezwungen ist, sich das hektische Geplapper des Fahrers anzuhören.

»Es ist eine Tragödie, wenn man anfängt, den Hund gern zu haben. Dann hängt man an ihm.«

»Ja, ich weiß.«

Marina schlug die Augen nieder: Im Geiste sah sie Adam in Shorts, die muskulösen behaarten Beine braun gebrannt, vor Apollo hocken, die Arme um ihn geschlungen, während Apollo ihm das Gesicht abschleckte. Es gab Marina einen Stich vor lächerlicher Eifersucht, das Wissen, dass Adam seine Zuneigung, seine im Grunde grenzenlose, jungenhaft körperliche Zuneigung bei einem seiner Hunde sehr wohl zu zeigen wagte. Marina Troy auf diese Weise zu berühren, das hätte er nicht gekonnt.

Marinas Augen brannten vor Tränen, sie fuhr mehrmals mit den Händen darüber und wischte sie weg.

Beverly Hogan, die alles sah, war es nicht entgangen. Womöglich hatte sie Marina ja in diese Lage bringen wollen. *Jetzt weiß ich Bescheid: Du hast ihn geliebt. Und hast ihn nicht besser gekannt als ich, dumme Trine.*

Marina sah auf die Uhr. Sie hoffte, nun erlöst zu sein, gehen zu können. Am Himmel über den Bergen häuften sich beunruhigend viele blaue Flecken, Schneegeruch lag in der Luft. Beverly brachte sie zur Tür und schärfte ihr ein, sie könne jederzeit auf einen Kaffee, auf ein Glas, gar auf eine Mahlzeit vorbeikommen, auch bei Beverly zu Hause, ganz in der Nähe, und sie solle sich unbedingt ein Telefon anschaffen. Marina murmelte etwas Zustimmendes. Vor ihrem geistigen Auge standen bereits die unfertigen Skulpturen Adams, die sie an der Rückseite des Steinhauses erwarteten: wie abgetriebene Embryos waren sie, machten ihr Vorwürfe, weil sie sie nicht zur Welt brachte.

Beverly sagte in herzlichem, wehmütigem Ton: »Einmal bin ich mit Adam Berendt zu einer Farmauktion gefahren. Eine wunderschöne alte Backsteinruine am Delaware River. Er hat ein paar Sachen gekauft. Er hatte Geld, trug es bar in der Brieftasche mit sich herum. Er hat einiges gekauft, auch diesen Ring hier.« Und hielt ihn Marina unter die Nase, einen klaren dunklen Amethyst in einer feinen silbernen Fassung, den sie, neben anderen, weniger auffälligen Ringen, am Mittelfinger der rechten Hand trug.

Darauf Marina leise: »Er ist wunderschön.«

»Ja.« Beverly schaute mit gerunzelter Stirn auf ihre immer noch ausgestreckte fleischige Hand und lächelte verkniffen vor Dankbarkeit. »Das sagt jeder, der ihn gesehen hat.«

Woran liegt es, dass ich mich, bin ich in diesem Steinhaus, das ich inzwischen mag, nicht daran erinnere, wie es von außen aussieht. Und, bin ich draußen, nicht daran, wie es von innen aussieht.

Woran liegt es, dass ich mich ständig verlaufe. Dass die Sachen in dem Zimmer hinten mich verfolgen.

Die Ausblicke aus den Fenstern, die passen irgendwie nicht zusammen.

Der Mount Rue ist seit Tagen vom Nebel verschluckt.

Mir stockt der Atem. Das schwere pelzige Ding nachts auf meiner Brust. Die feuchte, saugende Schnauze an meinem Mund.

4

Trotzdem, es gab auch gute Tage. Sehr gute sogar!

Es war nicht Wahnsinn, was sie sich vorgenommen hatte. Sie sah, ja, sie war zweifellos vorangekommen. In diesen letzten zwölf Wochen.

Sie wachte zeitig auf, energiegeladen, hoffnungsvoll, hatte Ideen. Schüttelte die Zweifel der Nacht ab, schaufelte sich kaltes Wasser ins Gesicht und lächelte über sich selbst. *Marina, Liebes!* Adams aufmunternde Stimme. Sie arbeitete den ganzen Vormittag hindurch in der Werkstatt, bis in den frühen Nachmittag hinein, sie ließ sich nicht entmutigen, sie verzweifelte nicht, kam zwar bloß tastend, unsicher wie eine Blinde vorwärts, aber auch ein Blinder findet allmählich seinen Weg.

Ein leises Kratzen kam von einem der Fenster hinter ihr am anderen Ende des Raumes. Wie Fingernägel oder Krallen auf Glas. Kein lautes Geräusch, eher ein vorsichtiges, fragendes.

Marina? Wessen Haus?

Und manchmal wurde sie, wenn sie sich auf ihre Lektüre zu konzentrieren versuchte, von einem Geräusch direkt über ihr abgelenkt. Dielenbretter knarrten ganz leise. Sie würde diese Räume über den Winter zusperren, natürlich war dort niemand.

Eines Nachts vernahm sie Geräusche, die ganz aus der Nähe kamen, von der Scheune her. Mit dem Wind vermischt. Der Wind! In letzter Zeit war es immer windig. Marina schüttelte den Kopf, um ihn freizubekommen, war verwirrt. Sie las in Adams Ausgabe der *Gedanken* Pascals und spürte Adam Berendts Nähe so deutlich wie lange nicht mehr, hörte seine Stimme, die leise war, versonnen, spöttisch, aber freundlich. *Kleinigkeiten trösten uns, wie Kleinigkeiten uns betrüben* hatte er rot unterstrichen und dazu *Ja!* an den Rand geschrieben. Und, worüber Marina lächeln musste: *Das ganze Unglück der Menschen rührt aus einem einzigen Umstand her, nämlich, dass sie nicht ruhig in einem Zimmer bleiben können.* Doch da drang von draußen gedämpftes Lachen an ihr Ohr, das Husten eines Mannes. Und Stille.

Marinas Lider waren mit einem Mal so schwer, dass das Buch entglitt, fiel, hart auf ihrem Knöchel aufschlug und sie grob weckte.

Und dann, eines Morgens, sah sie es: das nächtliche Tier mit dem dunklen Fell.

Das Ding, das sich nachts auf ihrer Brust niederließ. So warm, so verlockend. Sie tröstete und umhüllte.

Sie regte sich nicht. Hob sich in der bleichen, weißlichen Novembersonne als Silhouette gegen einen der lehmfarbenen Felsbrocken ab. Eine riesige Katze, viel zu groß für eine gewöhnliche Hauskatze, eine Wildkatze oder ein Luchs, mit einem feingezeichneten Fell, gespitzten Pinselohren, einem eulenartig platten Gesicht, deutlich erkennbaren Barthaaren und wachsamen bernsteingelben Augen. Marina war in ihrer Küche und ging in der Hocke zum Fenster, um das Tier zu beobachten. Sie war gepackt von seiner Schönheit. Der sachte Wind kräuselte ihm das Fell. Ein mahagonibraunes Fell, das sich weich anfühlen würde. Und der buschige rauchgraue Schwanz. *Es möchte hereinkommen. Es weiß, was es will.* Kurz darauf schlich die Katze durch die gefallenen Blätter bis dicht ans Haus heran, Marina hörte es, auch das ein Geräusch, das sie nachts häufig vernahm. Wie geschmeidig die große Katze war, sie trottete nicht wie ein Wolf oder ein Hund, sondern glitt mit ungeheurer Anmut lautlos dahin, Kopf und Körper auf einer Höhe bleibend, während sich die flinken Beine bewegten. Sie hatte fast etwas Komisches, Karikaturhaftes, die Bewegung dieser Beine, während der Rumpf reglos auf einer Höhe blieb. *So geht sie durch die Nacht. Niemand soll sie sehen.* Marina folgte der Katze um die Ecke und hob an einem Wohnzimmerfenster schnell den Kopf, doch jetzt hatte die Katze sie anscheinend gesehen, denn ihre Augen funkelten, und sie wandte sich ab, lief davon und verschwand zwischen den Bäumen.

»Mist.«

Das wunderschöne Tier mit dem dunklen Fell war an Marinas Tür gekommen, und sie hatte es wie eine Närrin verscheucht.

Sie stellte ihm neben der hinteren Treppe einen Blechteller mit kleinen Bröckchen Hühnerfleisch hin. Binnen weniger Stunden war das Fleisch weg.

Sie nannte das Tier »Nacht«. Sein Fell war so dunkel, sogar in der Sonne war es unverkennbar ein nächtliches Wesen. »Am Tage sehen wir es nicht in seiner *Ganzheit.*«

So jedenfalls erklärte sie es Adam. Er runzelte die Stirn, blieb unverbindlich. Bei Adam konnte man nie wissen. Einerseits war er vernünftig, nüchtern, stritt im Dienste der Wahrheit wie sein Lehrmeister Sokrates, hatte aber auch eine andere Seite, die Marina bis zu seinem Tode nicht kannte, die zweifelhafte, heimliche, dunkle Seite seiner offenen Lügen, des unerwarteten Reichtums und der Coupons von Casinos in Las Vegas, der grellen erotischen Fotos und der gefälschten Namen: Wie viele gefälschte Namen der Mann verwendet hatte! und wozu diente, bei Lichte besehen, ein gefälschter Name eigentlich …

Sie nannte es »Nacht«.

5

In M. Troys röhrenförmigem Schließfach auf dem Postamt von Damascus Crossing sammelte sich Post an, vorwiegend Nachsendungen. Eine davon war ein Umschlag mit dem Absender ABERCROMBIE, CAVANAGH, KRULLER & HOOK, Rechtsanwälte, 1 Shaker Square, Salthill-on-Hudson, New York. Marina hatte Gelegenheit, darüber nachzudenken, wie es viele von uns tun, warum die Namen von Anwälten einer Kanzlei in der Summe klingen wie die Pointe eines Witzes.

»Auch das noch!«

Hastig stopfte sie den Umschlag mit der anderen Post in ihre Schultertasche oder vielleicht in eine Tasche ihrer Khakijacke; ihre Wangen brannten, als habe sie jemand geohrfeigt. Warum suchte dieser Mensch so hartnäckig die Verbindung zu ihr! Sie hatte ihr Amt als Adam Berendts Testamentsvollstreckerin niedergelegt, Roger Cavanagh hatte die Aufgabe einer Angestellten übertragen – es gab also keinen sachlichen Grund dafür, dass Roger ihr schrieb.

Verärgert fuhr Marina heim. Wenn Roger Cavanagh ihr auf diese Weise nachstellte, dann, so meinte sie, um sich an ihr zu rächen. Irgendwann. *Er will mich dazu bringen, dass ich ihn liebe, er will mich dazu verführen, dass ich mit ihm schlafe, und dann wird er mich triumphierend zurückstoßen. Ich weiß es.* Aber etwas Seltsames geschah: Als Marina zu Hause ankam und auspackte und ihre Taschen auf den Holztisch in der Küche ausleerte, waren die anderen Postsachen zwar da, doch der Umschlag von Abercrombie, Cavanagh, Kruller & Hook fehlte.

Marina suchte im Jeep, auf der Einfahrt, zwischen dem gefallenen Laub an der Eingangstür nach dem verdammten Brief aus Salthill, den sie gar nicht haben wollte und mit diesem Nichthaben-Wollen zum Verschwinden gebracht hatte, und natürlich fühlte sie sich jetzt schuldig, war zerknirscht, denn womöglich war sie ja irrational in ihrer Abneigung gegen Roger Cavanagh oder hatte Angst vor ihm ... der hungrige Blick, mit dem er sie angesehen hatte, der schmerzliche Ausdruck in seinem Gesicht, als sie ihn geschlagen, in rasendem Zorn zugeschlagen hatte, oh, das würde sie niemals vergessen, diese Peinlichkeit, Marina bloßgestellt mit ihrem nackten, animalischen Hunger, wie sie sich an den Mann gekrallt hatte in sexuellem Elend, das würde sie nie vergessen, das würde sie sich nie verzeihen.

Der Brief blieb verschollen.

Plötzlich kam Frost. Überkrustete das hohe gebeugte Gras und die abgestorbenen Blätter mit feinem fedrigem Weiß. Eine neue Schärfe lag in der Luft, etwas Flehentliches.

Vor die Hintertür der teils schon verschlungene Kadaver eines jungen Kaninchens geschleift. Der Kopf fehlte, der Rumpf zerfleischt. Als Marina den Kadaver und die Blutspur im Frost zum ersten Mal sah, dachte sie, ein verletztes Tier habe sich Hilfe suchend zu dem Haus in der Lichtung geschleppt, doch als sie genauer hinsah, begriff sie: natürlich, Beute. Die Überreste eines erlegten Tieres.

Sie war bestürzt vor Mitleid. Empfand für einen Moment vielleicht sogar Angst. Sie wickelte den armen geschundenen Leib in Zeitungspapier und legte ihn hinter die Scheune.

(Ließ an der Haustür aber ein Mahnzeichen. Ein mit Kaninchenblut beschmiertes Stück einer Zeitungsseite. Ein solches Zeichen: Was bedeutet das? Ein Abdruck auf gedruckter Schrift? So, wie gedruckte Schrift abgedruckte Rede ist.)

Nacht, der Räuber.

Nacht, die ihr blutiges Fleisch hinlegte, Beute.

Nacht, die unberechenbare! Weder ließ sie sich herbeirufen noch fern halten.

Nacht mit ihren gelb changierenden Augen. *Nacht* mit ihren rasiermesserscharfen Zähnen. *Nacht*, das Raubtier mit der nach Blut riechenden Schnauze. *Nacht*, die auf ihre Brust springt. *Nacht*, die schwere pelzige Last, die ihre weichen Brüste gegen ihren Brustkorb drückt. *Nacht*, die sie nicht mit den Armen wegschieben kann. *Nacht*, die sie leise stöhnen lässt, wenn ein Schluchzer ihr die Kehle zuschnürt. *Nacht* mit der gefürchteten Schnauze, die sich nass, behaart in ihren halb offenen Mund, zwischen ihre rissigen Lippen schiebt. Wenn sie schläft und sich nicht wehren kann, saugt der Schrecken der *Nacht* an ihrem Atem.

6

»Luft! Den Himmel sehen!«

Rastlos, ziellos fährt sie durch die Berge. Auf Straßen mit unbekannten Namen. Meidet verkehrsreiche Highways, meidet Gegenden, die vom Kommerz geprägt sind wie die Buck Hill Ski Area, die Poconos Vacation Sites Bargains, das Timber Hill Resort Motel. In Serpentinen geht es zum Fluss hinab. Kleine, an seinem Ufer verstreute Städtchen mit so interessanten Namen wie Dingmans Ferry, Bushkill, Welshtown, Shoemaker, Echo Lake. »Namen wie in Liebesgeschichten, Adam.«

Dabei war keines der an diesen Straßenkreuzungen gelegenen Städtchen so romantisch, wie sein Name klang.

Sie hielt an und machte Polaroidfotos. Die Berge, der Himmel, der Delaware River. Das trübe bleigraue Licht auf dem Fluss. Der Fluss selber aufgewühlt, mäandernd. Als sei er ein lebender Organismus. Lebensgefährlich, wenn man in ihn hineinstieg. Sie war fasziniert von den Kalksteinfelsen, die senkrecht, steil, rau und nass über ihr aufragten, scharf wie riesige Krallen. »Silver Thread Falls. Ein wunderschöner Name, nicht, Adam?« Und Kane's Mills und Foxboro. Marina machte Fotos von längst stillgelegten Handschuh-, Textil- und Konservenfabriken am Fluss. »Sie sind schön. Ihre Schönheit springt einem zwar nicht sofort ins Auge, aber …«

Gib mich auf, Marina. Liebes. Ich bin tot.

Aber ich nicht, Adam. Hab Vertrauen zu mir.

»Bin ich eifersüchtig? Nein.«

Der Ring war vermutlich gar kein Amethyst.

Die schlaue Beverly Hogan hatte das nur behauptet.

Schön war er schon, offensichtlich ein alter Ring. Aber nicht älter als das Jahrhundert. Was Marina fälschlicherweise für einen Amethyst gehalten hatte, war vermutlich bloß hübsches lila Glas, so geschliffen, dass es einem kostbaren Stein ähnelte. Den Ring auf einer Bauernauktion für Beverly Hogan zu kaufen, typisch für Adam Berendt – eine der spontanen Großzügigkeiten des Mannes.

Trotzdem brachte es Marina nicht über sich, ins Büro der Maklerin zu fahren. Noch nicht.

»Miss Troy, Ma'am! Wie geht's?«

Wie geht's. Marina hatte keine Ahnung, lächelte aber jedes Mal und formte mit den Lippen *Gut!*

In der überschwänglichen Begrüßung schwang etwas Aggressives, Ungehöriges mit. Es war eine Mischung zwischen einem Johlen und einem sexuellen Übergriff mit stumpfer Waffe. Jedes Mal, wenn Marina mit dem Jeep auf dem Gelände der Tankstelle und Autowerkstatt Pryde hielt, um zu tanken, und ihr Fenster herunterließ, wappnete sie sich dagegen. Denn dann kam der weder alte noch junge RICK (der Name war auf den Latz seines ölbeschmierten Arbeitsanzugs gestickt) mit zornlodernden Augen, sein schlimmes Bein hinter sich herziehend, und schrie seinen lauten Gruß heraus. »Volltanken, Miss Troy, Ma'am?«

»Ja. Danke, Rick.«

Wenn sie nicht woanders tanken wollte, was unbequem war, musste Marina Rick Pryde ertragen. Sie fand ihn inzwischen faszinierend. Und natürlich schüchterte er sie auch ein. Beverly Hogan hatte Marina gesteckt, dass die Prydes es per übersinnliche Wahrnehmung erfuhren, wenn man woanders tankte oder seinen Wagen warten ließ und dass sie es einen spüren ließen, dass sie im Bilde waren; es war in Damascus Crossing einfach so, dass jeder nolens volens über den anderen Bescheid wusste.

Rick schien immer hinter den beschlagenen Scheiben der Werkstatt zu lauern, wenn Marina an den Benzinpumpen vorfuhr. (Sie war sich auch sicher, dass Rick sie beobachtete, wenn sie verstohlen ihre wenigen Anrufe in der Telefonzelle neben seiner Werkstatt tätigte.) Die Herkunft von Ricks Behinderung lag im Dunkeln; er hinkte stark und hatte beunruhigend viele Brandnarben. *Wie Adam. Nur noch stärker entstellend.* Rick hatte ein makabres Kürbiskopflaternengrinsen, große schiefe nikotinfleckige Zähne, einen dichten schwarzen Schnurrbart und drahtige Koteletten, hinter denen er ein schwaches Kinn versteckte. Rick kam nie eilends herbei, um einen Wagen vollzutanken, und vermittelte trotzdem den Eindruck einer ausgesprochen umsichtigen und ernst gemeinten Höflichkeit. Durch Grienen und Stöhnen tat Rick kund, wie sehr er sich anstrengte, Marinas breite Frontscheibe und ihre Außenspiegel mit einem Putzlappen zu säubern, von dem ölige Streifen auf dem Glas zurückblieben. Ständig kaute er auf einem dicken Klumpen von etwas sehr Saftigem herum, was ihn nötigte, häufig innezuhalten und mit konzentriertem Ausdruck einen Strahl braune Flüssigkeit, womöglich Säure, auszuspucken; danach wischte er sich mit dem schmutzigen, knochigen Handrücken den Mund ab und lächelte Marina zu, die ihren Blick zwar abwenden wollte, es aber irgendwie nicht konnte. Marina fragte sich, ob der alterslose Rick mit dem lodernden Blick der Sohn oder der jüngere Bruder des schroffen, wortkargen älteren Pryde war, dem die Werkstatt gehörte.

Eines Nachmittags, als Rick Benzin in Marinas Jeep einfüllte, sagte er unvermittelt: »Ich krieg mit, dass Sie sich manchmal mein komisches Gesicht ansehen, Miss Troy. Und mein Bein. Erklär ich Ihnen wohl mal, wie ich dazu gekommen bin, was?« Er lachte gutmütig über Marinas bestürzte Miene. Zweifellos genoss er die Macht, die er über sie hatte, sichtlich. Er erzählte ihr, er sei der einzige Golfkriegsverwundete aus dem ganzen Damascus County. Er sei Scharfschütze bei den Marines gewesen. Die Scharfschützen da waren die Besten der Besten. Aber man musste dafür bezahlen, der Beste der Besten zu sein, und er hatte dafür bezahlt und zahlte immer noch. Er hatte Haut ins Gesicht transplantiert bekommen und war sechsmal am Bein operiert worden, und falls Marina etwa dachte, diese Operationen hätten ja gar nichts gebracht, läge sie total daneben, denn vor den Operationen habe er noch zehnmal schlimmer ausgesehen, nicht mal sein eigener Hund habe ihn wieder erkannt.

Ganz nebenbei fragte Rick Marina listig, ob sie die Daten des Goldfkriegs noch im Kopf habe.

Marina wurde ganz heiß im Gesicht. Ihr Gehirn setzte aus.

Vor zehn Jahren? Oder war es noch länger her? In den Neunzigern.

Rick sagte, seine mächtigen verfärbten Zähne zur Andeutung eines Lächelns bleckend: »Ma'am, machen Sie sich nichts draus, *das weiß niemand*. Nur arme Teufel wie ich und ihre Leute. Und die Irakis. Die wissen's sicher auch noch.« Rick lachte, ganz der böse Junge. Er kaute auf dem Klumpen in seinem Mund herum, beugte sich nach vorn und spie bedächtig zwischen seine Stiefel, wischte sich den fleckigen Schnurrbart ab und lächelte Marina weiter an. »Januar bis März 1993.«

»So lange schon!«, sagte Marina seufzend.

»Ich wette, Sie raten nicht, wie alt ich bin.«

Es war eine Herausforderung. Marina wand sich verlegen. Rick war ein Junge und zugleich ein schwer gezeichneter Mann im besten Alter. Wenn man ihm auf der Straße begegnete und seine schorfige Haut und das nachgezogene Bein bemerkte, würde man ihn auf fünfundvierzig schätzen.

»Dreißig?«

Ricks Mundwinkel zuckten. Er lächelte dünn. »Ziemlich nahe dran, Ma'am. Sie haben scharfe Augen. Aber Sie haben nachgerechnet, wie alt ich 1991 war.«

»Nein. Sie sehen jung aus.«

»Bin ich aber nicht.«

Rick lachte. Die Zahlen der Benzinpumpe rotierten. Marina fragte sich beklommen, wie lange diese Befragung dauern mochte.

»Es tut mir Leid, Rick. Sie haben sicher schreckliche Schmerzen gehabt ...«

»Der Schmerz, das ist das wenigste, Miss Troy, Ma'am. Scheiß drauf, ich beklag mich nicht, verstehen Sie, ich lebe ja, ich bin da. Lässt sich von einigen meiner besten Kumpels nicht behaupten.«

Sein Mund zuckte, als bereite er sich darauf vor, wieder auszuspucken, tat es aber nicht, jedenfalls nicht in diesem Moment.

»Es tut mir Leid.« Das war unzureichend, aber etwas anderes fiel Marina nicht ein. Die Worte klebten ihr wie schmutzige Wattebällchen im Mund.

Rick zuckte mit den Achseln. »Wir haben sicher das Maul ein bisschen zu weit aufgerissen. Unser Motto war: ›Egal, wo ihr uns hinschickt, wir treffen auf achthundert Meter Entfernung in den Kopf.‹« Er verstummte, um die Wirkung seiner Worte auf Marina zu sehen, die auch prompt, wie von einer sensiblen Frau zu erwarten, zusammenzuckte. »Scheiß drauf. Ist schon lange her.«

Rick zog sich die speckige Mütze vom Kopf und schob sich mit einer schnellen derben Geste das Haar zurück. In diesem Augenblick fühlte Marina so etwas wie eine sexuelle Anziehung, eine Empfindung, die sie seit Monaten nicht gehabt hatte. Bis zu diesem Augenblick war ihr nicht klar gewesen, dass Rick in seinem vor Schmutz starrenden Arbeitsanzug, mit den versengten Augen und der versengten Haut ein sexuelles Wesen war, nicht viel jünger als Marina, und in seinem Stolz darauf produzierte er sich vor einer Frau.

Endlich liefen die Zahlen an der Benzinpumpe langsamer. Rick sagte versonnen, so als handele es sich um etwas vollkommen Normales: »Diese schlechte Angewohnheit, die hab ich, seit ich am Golf war. Wenn sie lange wachbleiben wollten, wissen Sie, was die Jungs da gemacht haben? – sich Tabak auf die Augäpfel gerieben.« Er machte eine Geste, als lecke er sich den Zeigefinger an und führte ihn bis kurz vors Auge. Marina zuckte wieder zusammen, und Rick lachte zufrieden. »Nein, Ma'am, ich bin noch bei Kräften, *jetzt* mach ich das nicht.«

Endlich war Marinas Benzintank voll. Der Preis war beunruhigend hoch. Marina bezahlte bar, und Rick legte ihr flott, ganz Geschäftsmann, das Wechselgeld hin.

Sagte beiläufig: »Sie wohnen in der Mink Pond, Ma'am? In dem Steinhaus? Das früher Mr Benedict gehört hat? Die Firma Pryde nimmt auch Aufträge zum Schneeräumen an, wissen Sie.« Rick erklärte, es koste vierzig Dollar pro Räumung, wenn man den Termin im Voraus vereinbare; warteten die Kunden allerdings, bis sie eingeschneit waren, und riefen erst dann an, kostete es fünfzig. Der Räumdienst kam aber nur, wenn es richtig geschneit hatte, sagte Rick mit Nachdruck, so als gäbe es Schneeräumdienste, für die das nicht zuträfe. »Da achten wir genau drauf, Ma'am. Aber wenn wir in einem durchschnittlichen Winter bei Ihnen, na, sagen wir, zehnmal räumen müssen, dann kostet Sie das insgesamt fünfhundert Dollar, wenn Sie nicht vorbestellt haben, und wenn doch, eben bloß vierhundert. Außerdem vermeiden Sie, dass Sie da draußen in den Wäldern mal in eine Notlage geraten, wenn Sie jetzt unterschreiben.«

Ein Pick-up fuhr hinter Marina die Zapfsäule an. »Das ist eine gute Idee, Rick«, sagte sie schnell. »Ich wollte Sie schon nach Ihrem Räumdienst fragen. Meine Zufahrt ist eine halbe Meile lang und schwierig zu ... «

»Nein, Ma'am. Mehr als eine Viertelmeile hat die nicht. Aber Sie könnten da draußen wirklich mal festsitzen. Alles schon erlebt«, sagte Rick in unheilschwangerem Ton.

Also engagierte Marina Prydes Räumdienst, der ihre Zufahrt über den Winter mit dem Schneepflug räumen sollte. Im Rückblick hielt sie das für einen ihrer klugen, praktischen Entschlüsse, verglichen mit anderen, die weder das eine noch das andere waren.

Einige Tage später, am 2. Dezember, fiel nachts der erste Schnee dieses Winters. Den ganzen bewölkten Tag lang beobachtete Marina beklommen Schneeflöckchen, die an ihren Fenstern vorbeiwirbelten, mit einem Pling wie Sandkörner gegen das Glas schlugen und gegen die Nordseite der Bäume geweht wurden; sie betete, dass ihre Stromversorgung nicht zusammenbrach, und machte am Abend sogar ein Feuer im Kamin und setzte sich, ein Buch in der Hand, daneben, und wartete.

Als es gegen Mitternacht zu schneien aufhörte, lag der Schnee vielleicht fünf Zentimeter hoch. Prydes Schneepflug erschien nicht.

7

Der Alp der Nacht. Der Umriss der Katze mit dem dunklen Fell zeichnete sich vor dem Schnee ab. Marina stand am Fenster, als habe das Tier ihren Namen gerufen.

Wie kurz die Tage waren. Ein helles Wolkenstück, umgeben von riesigen Sturmwolken. Praktisch keine Sonne.

»Könnten Menschen sich eine Sonne vorstellen, wenn sie nie die Sonne gesehen haben?«

Aber es gab die Nacht, zuverlässig. Es gab *Nacht.*

Das Schneetier vor ihrem Fenster. Sein Fell war jetzt im Winter dichter und schimmerte. Pinselohren, ein plattes Eulengesicht, Augen, die wie Reflektoren leuchteten. *Marina. Marina!*

»Ich bin anscheinend schrecklich einsam. Diese Sinnestäuschungen …«

Haare im Gesicht, als sie sich vor das Fenster hockte. Schlich wie ein unbeholfenes Tier vom dunklen Schlafzimmer in den Nebenraum, an ein anderes Fenster, hockte sich am Sims hin in der Hoffnung, der Katze folgen zu können, wenn sie das Haus umrundete. Wenn sie eine unbedachte Bewegung machte, verschwand *Nacht.*

Außer sie wurde wach durch etwas, das geschmeidig durch das dürre Laub ging, das es gegen das Haus geweht hatte.

Marina legte der Katze Fleischbröckchen hin. Obwohl Waschbären sich die vermutlich noch vorher holten. Hinter einem Vorhang stehend, wartete sie, welches Tier sich zuerst nähern würde, doch es kam gar keines, jedenfalls nicht, solange sie aufpasste; am Morgen aber war das Fleisch verschwunden und die Blechteller unsanft fortgeworfen wie Abfall. Und statt des Futters lag dort der halb gefressene Kadaver eines Kaninchens oder Eichhörnchens, böse zerfleischt, blutige Reste, faustgroß. Seltsamerweise waren das Herz und die inneren Organe mit beinahe chirurgischer Präzision herausgelöst worden und lagen deutlich sichtbar neben dem Kadaver im Schnee. Manchmal würgte es sie, aber Marina sah immer hin. Die Katze *Nacht* hatte das für sie dagelassen.

Unterdessen sammelten sich immer mehr Gegenstände auf Marinas Fenstersimsen an.

Der Nachtfalter mit den gezackten, wunderschön gezeichneten Flügeln. Vogelskelette, so zart wie Spitze. Knöpfe, aus den Ritzen zwischen Dielenbrettern geborgen. Eine Babyrassel aus Holz, die grünen Glasaugen einer Puppe. Zeitungsseiten, beschmiert mit rostbraunen Mustern wie ferne Sternbilder. Außerdem kleine Zufallsfunde, wertlose Dinge, auf die Marinas Blick gefallen war, die sie angerührt hatten.

Sie war ein Vogel, der sich aus ringsum gefundenen Materialien ein Nest baute. Sie war eine Buschschwanzratte, gierig und einfallsreich.

In der kühlen Luft des frühen Morgens, ihr Atem dampfte, machte Marina Polaroidfotos der Dinge, die im Schnee hinter dem Haus für sie abgelegt worden waren. Wie blutige, geschundene Föten kamen sie ihr vor. Wie eine Verhöhnung ihrer Kinderlosigkeit. Hässlich, obszön, beklagenswert das Leiden solcher hilflosen Wesen, und Marina schloss halb die Augen, wollte die Fotos jedoch unbedingt machen, denn offenbar war das ihre Bestimmung.

Die Fußabdrücke der Wildkatze im Schnee zwischen den Blutspuren, auch die fotografierte Marina fasziniert.

Was Marina da den Winter hindurch in dem alten Steinhaus anhäufte, die sachlich nüchternen Polaroidfotos auf den Fenstersimsen – wozu?

Nacht sollte Marina nie vor die Linse bekommen.

Und als sie eines Tages in der Scheune nach Material für Adams Skulpturen suchte, fand sie eine Schachtel mit stockfleckigen Papieren.

Es war eine kleine Pappschachtel, zwischen kaputten Gartenmöbeln liegend und mit Spinnweben und Mäusedreck überzogen. Der größte Teil der Blätter erwies sich als arg verblasste Computerausdrucke von Zahlenkolonnen. Bankunterlagen? Falls sie Adam Berendt gehört hatten, waren sie nicht entsprechend gekennzeichnet. Schließlich entdeckte Marina ein Dokument mit einem Namen: *Ezra Krane*. Er kam ihr bekannt vor, aber ihr fiel nicht ein, woher. Auf dem oberen Blattrand eines Schriftstücks der kanadischen Finanzverwaltung – *Erklärung über geleistete oder gutgeschriebene Zahlungen an Nicht-Staatsangehörige* – stand ein zweiter Name, der ihr irgendwie bekannt vorkam: *Samuel Myers*.

Marina blätterte weiter die Unterlagen durch, von denen nur wenige von Interesse waren, bis sie zufällig auf ein zerrissenes Blatt Papier mit einer ihr bekannten Handschrift stieß.

Adams Handschrift! Marina würde sie überall erkennen.

Den Namen, die Unterschrift kannte sie nicht –

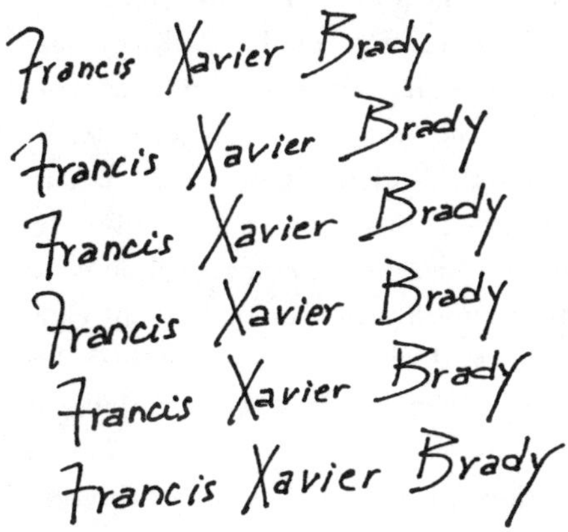

– in einer die ganze Seite bedeckenden Spalte wiederholt.

Warum? Warum hatte Adam mit einem anderen Namen unterschrieben?

»Adam? ›Francis Xavier Brady‹, warst *du* das?«

Falls ja, lass die Sache ruhen.

Wer Brady war, wo Brady herkam, hatte Adam im Dunkeln lassen wollen.

Wenn du ihn liebst, bewahr sein Geheimnis.

Ja?

Marina zerriss das Blatt in kleine Schnipsel. Sie jedoch würde sich an Francis Xavier Brady so deutlich erinnern, als habe Adam selbst sie in dessen Geheimnis eingeweiht.

8

An einem erbärmlich kalten Morgen flocht Marina sich auf die Schnelle einen Zopf, wand ihn sich schmerzverheißend straff um den Kopf, steckte ihn mit Nadeln fest und zog sich eine Wollmütze tief in die Stirn. Mit ihrer Hose, den Stiefeln, der Fleece gefütterten Khakijacke sah sie blass, unscheinbar und kompetent aus. Geschlechtslos zu sein empfand sie als wohltuende Erleichterung; auf den ersten Blick sah sie aus wie jeder jüngere Jeepfahrer in Damascus County. Sie fuhr durch die Stadt und auf den Highway, vorbei am Skigebiet von Timber Hill, wo man die Skifahrer bei gutem Wetter von der Straße aus sah, wenn sie die blendend weißen Abhänge ohne Angst vor Unfällen oder Verletzungen hinunterjagten. Marina neidete diesen Fremden ihren Mut und ihre Ausgelassenheit, denn ihr schien, das Leben fordere einem fast zu viel Mut ab und lasse keine Zeit zum Spielen. Sie war ungeduldig. Sie kam mit Adams Skulpturen nicht recht voran, aber warum? Dabei wollte sie sie doch unbedingt vollenden! Sie hatte sich Fotos seiner besten Werke an die Wände geklebt, aber sie lieferten ihr keine Anregungen. Marina fühlte sich eingeengt, herabgesetzt, denn unter dem Einfluss von Adams Arbeiten konnte sie ihn nur nachahmen, dies freilich aber nicht offen, und das lag ihr ja auch fern.

Adam Berendts gelungenste Skulpturen waren klobig, wirkten unbeholfen, waren in Marinas Augen aber wunderbare Kombinationen disparater Elemente. Teile aus Schrott, Holz, Plastik, in Erdtönen oder transparent, willkürlich, zuweilen gar widersinnig aneinander gefügt. Ganz gleich, ob die Skulpturen befremdlich wirkten oder von schlichter Schönheit oder dezidiert hässlich waren, der Eindruck des Zufälligen war von Adam gewollt, doch Marina wusste, dass er im Prozess ihres Entstehens nichts dem Zufall überlassen hatte.

Auf dem Schrottplatz von Shawnee fragte Marina den stiernackigen Besitzer, ob sie sich umsehen dürfe. »Mein Mann ist Bildhauer und schickt mich auf Materialsuche«, sagte sie, worauf der

Mann sie neugierig ansah und erwiderte: »Wir haben keinen ›Bildhauerbedarf‹.« Marina sagte: »Will er auch nicht, sondern bloß einzelne Teile. Fundstücke. Irgendwas.« Der Besitzer zuckte mit den Achseln und sagte, klar, sie könne sich ruhig umsehen. Marina sah, dass der Mann sie von seinem Wohnwagenbüro beobachtete, während sie über den Platz schlenderte. Sie wollte mit Adams Augen »sehen«. Sie hatte eine frustrierende Woche hinter sich, war jetzt aber, in der frischen Luft, optimistisch.

Es war die Weihnachtswoche. Eine Woche ungezügelten amerikanischen Optimismus. Marina feierte zwar nicht, weil der Aufwand um das Fest ihr inzwischen missfiel, doch sie spürte die Weihnachtsstimmung. Sogar der Schrottplatz war mit hässlichen flatternden Girlanden und einem auf dem Wohnwagendach thronenden roten Plastikweihnachtsmann geschmückt.

»Adam, was sieht brauchbar aus? Was gefällt dir?«

Sie entschied sich für ein paar verbogene Metallteile von Autowracks, von denen die Farbe abgeblättert war, ein kaputtes Scheinwerferglas, eine schmutzige Bodenmatte, einen abgebrochenen Schalthebel, Kennzeichen, auf denen der Rost blühte, beschmierte Kewpie-Püppchen, die anzüglich an Rückspiegeln baumelten, für Knöpfe, Griffe, Spiegelscherben. So viel zerbrochenes Glas auf dieser Welt, und vieles davon Spiegelscherben. Der Besitzer des Schrottplatzes, der sich Steve nannte, kam heraus und fragte Marina, ob sie Hilfe brauche, um die Sachen zu ihrem Jeep zu tragen, und sie lehnte sein Angebot schnell dankend ab, sagte, sie komme zurecht. Sie kam auch zurecht, sie war kräftiger geworden in ihrem neuen, anstrengenden Leben. Als sie den Mann fragte, was sie ihm schuldig sei, machte er eine wegwerfende Geste. »Mann, Ma'am, ist doch bloß Schrott. Können Sie gern haben.« »Wenigstens fünf Dollar. Bitte.« Der Mann runzelte die Stirn, trat ein paar Schritte zurück, so als habe Marina ihn ungewollt beleidigt; doch mit seinem »Ma'am« hatte er sie auch beleidigt – bedeutete er ihr doch, dass sie hier am Ort nicht dazugehörte, eine Fremde war, ja, noch schlimmer, eine Touristin. Marina hörte sich Steve mitteilen, sie und ihr Mann wohnten ganz in der Nähe, in der Mink Pond Road nördlich von Damascus Crossing, in einem alten, in den zwanziger

Jahren errichteten Steinhaus; sie hörte sich fragen (aber warum, warum tat sie das!), ob er ihren Mann Adam Berendt mal kennen gelernt habe, und Steve schüttelte den Kopf, nein, seines Wissens nicht. Steve war jünger als Adam, hatte aber dessen gedrungenen Körperbau und schuppige verbrannt aussehende Haut. »Sie haben ihn sicher mal gesehen, vor Jahren«, sagte Marina, »er war hier, hat nach Sachen gesucht. ›Adam Berendt‹, der Bildhauer.«

»›Berendt?‹« Steve zog die Stirn kraus, als denke er ernsthaft nach, und schüttelte schließlich verneinend den Kopf. »Glaub nicht, Ma'am. Entschuldigung.«

Auf der Heimfahrt überlegte Marina, warum es ihr so wichtig war, dass der Schrottplatzbesitzer sich an Adam erinnerte.

»Was geschieht mit mir?«

Der vorweihnachtliche Umsatz der Salthiller Buchhandlung war »ganz ordentlich«, an manchen Tagen »fast lebhaft«, »nicht so schlecht, wenn man bedenkt«. (Was bedenkt, fragte sich Marina.) Molly Ivers berichtete fröhlich, sie müsse den Laden bis sieben, an manchen Tagen gar bis acht Uhr abends offen halten. Doch ihre muntere Stimme klang dünn, wie ein aus einem Telefonhörer dringendes Fiepen. Marina, die der jungen Frau die Begeisterung gern abgenommen hätte, erschrak ein bisschen. *Verlieren wir Geld? Gehen wir Bankrott?* Die Buchhandlung, ja die ganze vorstädtische Welt von Salthill waren für Marina inzwischen weit weg, war wie ein Körperteil, den man unter der Narkose nicht mehr spürt, dabei war ihr klar, dass vermutlich Anlass bestand, Schmerz zu fühlen, ob sie ihn nun fühlte oder nicht. Die verfluchte – »idyllische« – Buchhandlung war ihr Lebensinhalt, es sei denn, sie fand schnell einen anderen.

»Dieser grobe, aggressive Mann, der immer kam und sich nach Ihnen erkundigt hat, der Anwalt, Cavanagh heißt er, nicht?, der kommt nicht mehr. Wenigstens *eine* gute Nachricht.«

9

Nachweihnachtliche Einkäufe bei Home Depot, Kmart, Wal-Mart, Sears, JCPenny, Discount King ... Marina wankte wie ein Gespenst inmitten von Bruegel-Gestalten aus Fleisch und Blut durch die riesigen Supermärkte. Warum waren diese Amerikaner so viel realer als sie? Außerdem traten sie in Massen auf, schoben Einkaufwagen, hoch beladen mit Waren, tauschten Geschenke um, tätigten neue aufregende Einkäufe zu »knallhart kalkulierten« Preisen. Noch immer dudelte laute Weihnachtsmusik, die Feiertagsstimmung hielt noch an. Januar war die tote Zeit, die Flaute, jetzt noch nicht.

Marina, die ein Haus besaß, achtete dennoch auf Preise. Über Sonderangebote die Nase zu rümpfen, konnte sie sich nicht leisten. Küchengeräte, um 40 % reduziert, angeschmutzte Stapel von Frotteehandtüchern, wasserdichte Damenstiefel, um 50 % herabgesetzt, Schneeschaufel, Mäusefallen, Duschvorhänge, Unterwäsche, Fernsehapparate, Teppichbodenreste, um 60 % herabgesetzt ...

Gibt es denn nichts, was ich will? Was ich brauche?

In den Märkten meinte Marina manchmal Bekannte zu sehen. Am anderen Ende eines vollen, hell erleuchteten Ganges stand Beverly Hogan mit roten Wangen und aschblondem, wie eine Perücke glänzendem Haar. Im Wal-Mart der Schock, Beatrice Avery zu sehen – aber natürlich konnte das nicht sein, Beatrice Avery hätte keinen Fuß in einen Wal-Mart gesetzt, egal wo. Trotzdem sah Marina Männer, die Salthiller Bekannten, Frauen, die der eleganten Augusta Cutler ähnelten – immer jedoch von ferne. Käufermassen versperrten ihr die Sicht, unbeaufsichtigt herumrennende Kinder rempelten sie an, die in den Hallen dudelnde Weihnachtsmusik verursachte ihr Kopfschmerzen. Und manchmal sah sie Adam Berendt. Sie schaute, und es flimmerte ihr vor den Augen. Adam Berendt, noch fülliger geworden, kaufte mit seiner korpulenten Frau mittleren Alters bei Sears ein und blieb stehen, um »radikal reduzierte« Linoleumfliesen zu begutachten ... Blicklos wandte Marina sich ab. »Bin ich einsam? *Ich bin nicht einsam.*« Auf dem Parkplatz zwischen dem Sears und einem grell beleuchteten

Mexican Villa sah Marina ein Paar, das heftig stritt: der zornige jüngere Mann war Rick Pryde mit langem, strähnigen dunklem Haar und herabhängendem Schnurrbart und Koteletten, in einer karminroten Satinjacke mit einem schwarzen Logo (Wolf, Wölfin) auf dem Rücken; dieser Rick Pryde aber hinkte nicht, und seine Stimme war heller. Das Mädchen war jung, nicht älter als neunzehn, und hatte ein volles, bockiges hübsches Gesicht wie die Kassiererin im 7-Eleven in Damascus Crossing, mit der Marina immer ein paar freundliche Worte wechselte. Der Streit schien rapide zu eskalieren. Marina, die nie stritt, Marina, die einer gesellschaftlichen Schicht entstammte – in Salthill gehörten alle ihr an –, in der niemand in der Öffentlichkeit die Stimme erhob, lauschte fasziniert und beunruhigt. Kein Mann hatte je so mit ihr, Marina Troy, gesprochen, und keiner würde es je tun. »Du Dreckstück –« »Verdammt, du bildest dir wohl –« »Hör zu, du –« »Nein, du hörst mir zu –« »Scheiße, du hörst mir zu –« Marina stand neben dem Jeep und schloss langsam, von dem Wortwechsel abgelenkt, die Fahrertür auf. Sie hatte anscheinend ihre Handschuhe verlegt, ihre Finger waren bloß, durchgefroren. Es war sehr kalt, der verharschte schmutzige Schnee knirschte, über der grellen Weihnachtsbeleuchtung der Mall wölbte sich ein schmerzlich klarer Nachthimmel. Marina war tagsüber an den Delaware River gefahren und dort eine Weile geblieben, hatte voller Entzücken Fotos gemacht und auf dem Heimweg spontan an der Mall in East Stroudsburg angehalten, hatte es nicht eilig, in das zugige, einsame Haus in der Mink Pond Road zurückzukehren. Und auf einmal stand sie da und hörte Fremden zu, die sich stritten. War Zeugin der sexuellen Aggressivität ihr unbekannter junger Leute. *Misch dich nicht ein*, ermahnte sie sich noch selbst und postierte sich doch schon so, dass der junge Mann sie sehen konnte, und sah ihrerseits in seine Richtung, denn jetzt presste der junge Mann das Mädchen rücklings gegen ein Auto und drehte ihr, wie es aussah, den Arm um; das Mädchen schluchzte und schlug auf eine Weise nach ihm, die, dachte Marina, ihn provozieren musste. Es war eine Filmszene von der Art, wie Marina Troy sie nur selten sah, und dennoch sagte sie kühn: »Entschuldigen Sie? Ist etwas nicht in Ordnung?« Ihre

Stimme klang energischer, als sie sich fühlte. »Was machen Sie da?« Das ihr zugewandte Gesicht war eine Variante von Rick Prydes derbem, gekränktem Männergesicht, wütend, weil man ihm widersprach. »Das geht Sie nichts an, Ma'am. Kümmern Sie sich um Ihren Scheiß, Ma'am.« Seine Stimme triefte vor Sarkasmus.

Marinas Herz schlug heftig. So etwas hatte sie noch nie getan. Aber sie konnte nicht gehen, so als sei nichts geschehen. »Tut er Ihnen weh?«, fragte sie das Mädchen. »Brauchen Sie Hilfe?« Das Mädchen brach in noch lauteres Schluchzen aus, riss sich plötzlich los von dem Mann in der karminroten Satinjacke und kam schwerfällig auf Marina zugerannt. Der junge Mann beschimpfte sie jetzt beide, näherte sich jedoch nur ein paar Schritte und blieb wieder stehen, denn am Eingang zur Mall standen Wachmänner, die er nicht auf sich aufmerksam machen wollte.

»Können Sie mich mitnehmen, Ma'am?«, sagte das Mädchen flehend. »Ich will bloß weg hier.« Ihr junges Gesicht war feucht, geschwollen, gerötet, die kleinen, eng stehenden Augen grausig mit Mascara beschmiert. Sie keuchte, Haare klebten ihr im Gesicht. Marina fragte sich, ob das Mädchen und der junge Mann wohl verheiratet waren.

Was tue ich da, das ist verkehrt!

Aber Adam hatte auch leichtsinnig gehandelt. Er war auch mutig gewesen.

Marina schloss den Jeep auf, das Mädchen kletterte hinein. Marina, deren Hand so stark zitterte, dass sie den Zündschlüssel beinahe nicht ins Schloss bekam, ließ den Motor an und fuhr vom Parkplatz, als der junge Mann ihnen *Weiber! Fotzen!* nachschrie. Es war eine Szene wie aus einem Kinofilm. Aber wie würde er enden? Marina hatte keine Ahnung. Hinterher wusste sie bloß noch, dass sie erregt und ruhig zugleich gewesen war. Unangemessen ruhig vielleicht. Aber woher weiß man, was man in einer solchen Situation tun, wie man handeln soll, was ist angemessen? Sie sah die rote Jacke, den wild gestikulierenden Mann mit dem dichten Schnurrbart und dem Bart, der ein kurzes Stück hinter ihrem Jeep herrannte, das Gesicht wutverzerrt, die Hände immer wieder zu Fäusten ballend. Dann schüttelte Marina ihn ab, fuhr holpernd über den Seitenstreifen einer Zufahrtsstraße. Die Lichter von Ampeln kamen trudelnd auf sie zu. Ohne zu wissen, was sie tat, überfuhr sie eine rote Ampel. Nun war sie auf einer Landstraße, neben sich eine weinende junge Frau, eine Fremde. Sie flüsterte: »Ich hasse ihn. Hasse hasse hasse ihn.« Schlug sich mit den Fäusten auf die Schenkel. Marina bot ihr an, sie nach Hause zu fahren, doch sie schien sie nicht zu hören. »Das will er doch bloß, Ma'am, der Mistkerl will mir wehtun, *er* kommt dann nicht heim, und *ich* bin schuld dran. Warum sind wir nicht beide tot!«

Marina fuhr blind, wusste nicht, was tun und was sagen – mit solchen Gefühlen konfrontiert. Sie fuhr anscheinend nach Süden, auf die Stadt Stroudsburg zu, in die Damascus Crossing entgegengesetzte Richtung; es war nach sieben. Die weinende Frau brauchte so viel Platz! Als sei ein Riesenbaby in den Jeep gestiegen, das förmlich hervorquoll aus seinen engen, demonstrativ sexy Klamotten. Mit breiten Hüften, einem großen Gesicht, leuchtend wie der hell scheinende Mond und Haaren, die aussahen, als stünden sie unter Strom. Das Mädchen trug Designerjeans mit Nieten, eine schicke beige Wildlederjacke über einem billigen gelben, über ihren jungen, vorstehenden Brüsten eng anliegenden Pullover; in beiden Ohren glitzerten mehrere Stecker, und die linke Augenbraue hatte sie sich mit etwas gepierct, was wie eine Perle aussah. Sie roch nach Zigarettenrauch und Haarspray, verschüttetem Bier und heißer Weiblichkeit. Der Streit mit ihrem Liebsten hatte sie erregt, ihre Pupillen waren erweitert, ihre Nasenflügel bebten. Marina hörte ihren schweren Atem.

Abermals fragte Marina, wohin sie die Frau fahren solle, aber noch immer schien sie sie einfach nicht zu hören. Sie war wütend, entrüstet. »Er hat mir wehgetan, der Wichser. Sie haben's gesehen, Ma'am. Ich hab Zeugen. Er hat kein Recht dazu.«

Marina fragte: »Womit hat er Ihnen denn wehgetan?«

»Mal so, mal so! Mit allem Möglichen.«

»Sollen wir zur Polizei gehen? Soll ich anhalten und die Polizei rufen und ihn anzeigen?«

Jetzt drehte die Frau den Kopf zur Seite und schaute Marina offen an. Ihr Miene drückte leichten Schock aus. »Himmel, nein.

Nein, Ma'am, keine Bullen.« Mit Verachtung sagte sie: »Er ist selber Bulle, Herrgott. Und seine Brüder auch.«

Hinterher dachte Marina ruhig: *Er könnte mein Kennzeichen überprüfen. Wenn er Polizist ist. Er könnte mich finden, wenn er will.* Doch im Moment dachte sie bloß an das weinende Mädchen neben sich.

Schließlich hielten sie an einem Diner an. Das Mädchen wollte sich frisch machen und jemanden anrufen.

Es war ein großes Restaurant, laut, mit vorwiegend jungen Gästen und dröhnender Rockmusik, hell erleuchtet wie eine Theaterbühne. Man wies ihnen einen Tisch am hinteren Ende in einer Nische an. Nie sollte Marina erfahren, wo das Mädchen wohnte. Ihr Vorname war Lorene, doch mehr mochte sie nicht preisgeben. »Sie sind keine Sozialarbeiterin, oder, Ma'am?« Kaute auf ihrem Daumennagel und runzelte die Stirn, so dass ihre zarte teigige Haut beunruhigend faltig wurde. »Für den County vielleicht?«

Marina lachte. »Nein, bin ich nicht. Ich bin eine normale Bürgerin.«

»Aber nicht hier aus der Gegend, was?«

»Doch. Ich wohne in der Nähe von Damascus Crossing.«

Das Mädchen schüttelte zweifelnd den Kopf. So als habe sie den Namen Damascus Crossing noch nie gehört. »Sie klingen aber nicht so, als ob Sie von hier wären. Und Sie sehen auch nicht so aus.«

»Ich stamme ursprünglich aus Maine.«

»Maine! Mann!« Das Mädchen lachte verlegen. War Maine für sie Ausland? Vielleicht eine kanadische Provinz? Sie sagte: »Es ist wirklich nett von Ihnen, Ma'am, dass Sie das tun.«

»Bitte sagen Sie Marina zu mir.«

Lorene runzelte die Stirn, wollte ihre Wohltäterin nicht mit Vornamen ansprechen. Seinen Highschool-Lehrer wollte man schließlich auch nicht mit Vornamen ansprechen. Das gehörte sich nicht, war womöglich gar geschmacklos.

Fast schüchtern sagte sie: »Marina – das ist ein hübscher Name.«

»Lorene ist auch ein hübscher Name.«

Lorene zuckte mit den Achseln. »Ach, Scheiß drauf.« So als wolle sie sagen: *Mir brauchen Sie nicht zu schmeicheln, Ma'am, zu mir brauchen Sie nun wirklich nicht nett zu sein!*

Lorene verschwand auf die Toilette und kam eine ganze Weile nicht wieder. Marina bestellte zwei Tassen Kaffee. Zitternd beugte sie sich nach vorn, die Ellbogen auf dem Tisch, und drückte ihre kalten Hände an ihre warmen Wangen. Aus kurzer Entfernung sah Adam Berendt zu ihr herüber. Wenn sie ihn direkt ansah, war er nicht da, aber aus den Augenwinkeln konnte sie ihn beinahe erkennen. War er überrascht, verblüfft? Fragte er sich, was Marina hier tat? In diesem lauten Restaurant kurz vor Stroudsburg, Pennsylvania? War sie seinetwegen hier? Aber wieso seinetwegen? Trotzdem war Adam mit ihr zufrieden. Das wusste sie. Es gefiel ihm, dass Marina einmal etwas spontan tat.

Als Lorene wiederkam und sich mühsam in die Nische zwängte, sah Marina, dass sie sich das Gesicht gewaschen, ihre verlaufene Wimperntusche abgewischt hatte, doch dass ihre kleinen hellen Augen gerötet waren. Lorenes Gesicht schien keine Knochen zu haben, ihre Lippen waren schmal, ein glänzendes grelles Rot. Sie hätte eine reife Siebzehnjährige oder eine unreife Siebenundzwanzigjährige sein können. Sie kam Marina seltsam attraktiv vor mit ihren verwegen glitzernden Ohrsteckern und der kleinen Perle in der linken Augenbraue. Sie hatte Strähnchen im Haar, das ihr bis über die Schultern fiel, ständig schob sie es zurück, nahm es mit einer breit ausladenden Geste aus dem Gesicht. Ihre Augen waren glasig, die Pupillen erweitert. Nahm sie Drogen?, überlegte Marina, oder war sie bloß aufgeregt, ängstlich? Marina war plötzlich aufgeregt, so als drohe ihr Gefahr, die sie aber auch lockte.

Eine Kellnerin brachte ihren Kaffee. Lorene schüttete zwei Päckchen Zucker in ihren. Sie schniefte, kramte in ihrer Jackentasche nach einem Papiertaschentuch. Marina reichte ihr ein kleines, schon offenes Päckchen Kleenex, und Lorene putzte sich die Nase, folgsam wie ein kleines Kind, und sagte lachend: »Wissen Sie was, Ma'am? Könnte sein, dass sich in meinem Leben was ändert. Heut Abend. Daran muss ich gerade denken.«

»Das ist doch gut, Lorene, oder?«

»Es bringt mich zum Nachdenken! Ich muss nachdenken.«

Lorene sprach in einem unzusammenhängenden Wortschwall begeistert von neuen Plänen, es sei Zeit, neue Pläne zu machen, es gebe Leute, die habe sie »schon irgendwie im Stich gelassen«, deshalb fühle sie sich auch schuldig, aber »Sie, heute Abend, Ma'am«, hätte sie dazu gebracht, die Dinge einmal von einer anderen Warte zu betrachten, und dafür sei sie dankbar. Marina kam der Gedanke, dass Lorene verheiratet gewesen und nun geschieden war oder von ihrem Mann getrennt lebte; womöglich hatte sie ein Kind, das noch klein war und bei Verwandten lebte ... Marina wollte sich gerade danach erkundigen, als Lorene plötzlich sagte: »Als erstes, als erstes muss ich mal jemanden anrufen, Ma'am. Das ist jetzt das Wichtigste.« Sie war aufgeregt, nervös. »Erst mal muss ich anrufen. Dann könnte mich jemand abholen.« Aber sie zögerte, so als warte sie auf Marinas Erlaubnis.

Marina sagte: »Ja, machen Sie das doch, Lorene. Klingt gut, Ihre Idee.«

Lorene wischte sich verlegen die Nase ab. »Ich hab kein Kleingeld.«

Marina gab ihr mehrere Zehner und Fünfer.

»Danke, Marina!«, sagte Lorene mit einem strahlenden Lächeln. Es bedurfte wenig, ihr mürrisches Gesicht zu verändern; Marina begriff, warum Männer von ihr angezogen waren.

Lorene ging abermals weg, und als sie nach vielleicht zehn Minuten wiederkam, schüttelte sie betrübt den Kopf und sagte ausweichend, die Leute, die sie angerufen habe, seien alle nicht da gewesen: »Ich muss mit dem Bus fahren«, sagte sie. »Dahin, wohin ich möchte. Ich könnte morgen fahren. Aber ich muss dort erst anrufen.«

»Wohin wollen Sie denn? Vielleicht kann ich Sie ja fahren.«

Lorene schüttelte den Kopf, wich Marinas Blick aus. Sie traut mir nicht. Aber warum. »Ich bin O. K. Ich nehm den Bus.«

»Von wo fährt der Bus denn, Lorene? Stroudsburg?«

»Ach, von überall.« Lorenes Ton war unbestimmt, gereizt. »Ich muss bloß noch mal jemanden anrufen.«

Es wurde langsam kompliziert. Marina wusste, dass ihre Hilfe nicht erwünscht war, lächelte aber und gab Lorene ein paar Dollar, da ihr das Kleingeld ausgegangen war. Lorene bedankte sich nuschelnd und zwängte sich aus der Nische heraus, ein grobknochiges hübsches Ding mit einer winzigen, über ihrem linken Auge schimmernden Perle und fliegendem strähnigen Haar. Wieder war sie für zehn Minuten verschwunden, während Marina ihren Kaffee trank, ohne sich darum zu scheren, dass sie nachts nicht würde schlafen können. Sie sah sich um – und ihr Herz blieb stehen: Rick Pryde betrat das Diner, nein, es war der junge Mann, der sie beschimpft hatte, nein, es war ein Fremder mit einem ungepflegten schwarzen Bart und strähnigen schwarzen Haaren, aber ohne rote Jacke, ein hochgewachsener Mann mit schmalen Schultern, den Marina noch nie zuvor gesehen hatte.

Als Lorene wiederkam, hielt sie eine nicht angezündete Zigarette zwischen den zittrigen Fingern. »Hab ich von einem da vorne geschnorrt«, sagte sie lachend. »Herrgott! Ich bin so fertig. Hier ist bestimmt Rauchverbot.« Sie zwängte sich unbeholfen in die Nische. Ihr junges Gesicht war gerötet, so als sei sie gerannt. Sie lachte abermals und wischte sich mit einer zerdrückten Serviette die Nase ab. »In Stroudsburg könnte ich einen Bus kriegen. Morgen früh.«

»Einen Bus wohin?«

Lorene nuschelte etwas, was wie »Pittsburgh« klang. Ihre Lippen bewegten sich kaum.

»Pittsburgh? Haben Sie da Verwandte?«

»Ich hab Familie dort.« Lorene hob den Blick offen zu Marina. *Siehst du? Ich lüge nicht.*

Marina fragte Lorene, ob sie Geld für den Bus brauche, und Lorene zuckte verlegen mit den Achseln, nuschelte »nein« oder vielleicht auch »weiß nicht« und rutschte befangen auf ihrem Platz hin und her. »Wenn ich die Leute erreiche, die ich anrufen will, dann vielleicht nicht. Verstehen Sie?«

Das war unklar. Marina verstand es nicht. Wollte aber nicht in Lorene dringen. »Na schön. Ich leihe Ihnen gern, was Sie brauchen, Lorene. Bitte.«

Lorene sah auf ihre Hände, eine dumpfe Röte stieg ihr ins Gesicht. Ihre Fingernägel waren lackiert, aber der rotbraune Lack blätterte schon ab. An beiden Händen trug sie mehrere Ringe. Sie schüttelte den Kopf, so als wolle sie darin Klarheit schaffen. »Almosen und so, die nehm ich nicht.«

»Es ist kein Almosen, Lorene. Ich möchte Ihnen das Geld leihen.«

»Ma'am, Sie sind wirklich nett. Und sehr freundlich. Aber ich glaub nicht, O. K.?«

»Ich heiße Marina«, sagte Marina lächelnd.

»Also gut, Marina.« Lorene versuchte ebenfalls zu lächeln.

Die ganze Zeit über schob Lorene sich die Haare aus dem Gesicht und sah mit flackerndem Blick an Marinas Kopf vorbei. Sie war unruhig wie Wild in der Falle. Marina wollte sie herausziehen, aber sie war abgelenkt und nicht ganz bei der Sache. Mit diesem Mädchen zu sprechen war so, als wälze man einen riesigen, schweren Felsblock einen Berg hinauf, doch Marina war entschlossen, nicht so schnell aufzugeben.

»Der Mann, der Sie bedroht hat – was für ein Polizist ist er?«

Lorene sah Marina erschrocken an. »Wer hat das gesagt?«

»Sie.«

»Ich! Oh, Scheiße!«

Was das bedeuten sollte, konnte Marina nicht entschlüsseln. Im Nu war Lorenes Kindergesicht verschlossen wie eine Faust.

»Sie sind aber nicht mit ihm verheiratet, oder?«, sagte Marina, und Lorene lachte verächtlich und sagte: »Verheiratet – mit dem? Das wär was«, und Marina sagte: »Wenn er Sie bedroht hat, könnten Sie eine gerichtliche Verfügung erwirken, die Sie vor ihm schützt.« Marina sagte es mit fester Stimme, obwohl sie sich ihrer Sache nicht so sicher war.

Lorene schniefte verächtlich. »Gerichtliche Verfügung! Gegen solche wie ihn! Wissen Sie, was dieses Gerichtszeug ist, Ma'am – *Blödsinn.*«

Marina schrak zurück vor dem heftigen Zorn des Mädchens. Sie fragte Lorene, ob sie noch einen Kaffee wolle, und Lorene verneinte gereizt, sagte dann aber: »O. K., vielleicht.« Die Kellnerin kam vorbei, und Marina bestellte. Sie hatte den deutlichen Eindruck, Lorene warte missmutig darauf, dass sie etwas unternahm oder dass etwas geschah; sie war ruhelos und passiv zugleich, leckte sich die Lippen, schob sich das krisselige Haar aus dem Gesicht. In einer Spiegelwand sah Marina einen Mann um die Vierzig in einer offenen Windjacke und mit einer Baseballkappe auf dem Kopf, der Lorene beim Passieren ihres Tisches zerstreut ansah. Er kannte sie wohl nicht, fand sie bloß anziehend. Sein Blick ging über Marina Troy hinweg, als sei sie unsichtbar.

Marina sagte: »So eine schöne Landschaft, die Poconos, aber die Zersiedlung nimmt zu ... «

Lorene sah Marina an, als höre sie nichts. Die hochgestochenen Worte kamen nur langsam, wie Ballons, bei ihr an. »›Zersiedlung‹ – ja, glaub schon. Acht ich gar nicht so drauf.« Die Kellnerin brachte ihnen neuen Kaffee, und Lorene leerte schnell zwei neue Tüten Zucker in ihre Tasse. »Ist schwer, sich zu erinnern, wie es mal *war.*«

»Wohnen Sie schon immer hier?«

Lorene führte die Tasse an ihren schmallippigen Mund. Der Kaffee dampfte, aber sie wollte unbedingt trinken. Mit den Gedanken ganz woanders, schien sie schon *wo, hier?* sagen zu wollen, nuschelte dann aber: »Ja. Glaub schon.« Sagte einen Moment darauf aber mit gereiztem Lachen: »Nein. Erst seit ein paar Jahren.« Sie schien noch mehr sagen zu wollen, zögerte aber.

Marina sagte: »Da, wo ich wohne, in Damascus Crossing, ist es sehr bergig. Es ist wunderschön, aber abgelegen. Meine Straße ist unbefestigt.«

Lorene sagte mit kaum spürbarer Verachtung: »Warum jemand hierher zieht, wenn er woanders wohnen könnte, ich meine, das ganze Jahr über, ich kapier's nicht. Im Sommer ist es O. K., klar. Und wenn man gern Ski fährt. Aber einfach so hier wohnen, Mannomann.« Sie lachte gehaucht, um Marina zu bedeuten, dass das weder eine Beleidigung noch ein Angriff, sondern eine Feststellung war.

Marina sagte ein wenig pikiert: »Ein Freund hat mir das Grundstück vererbt. Es ist wunderschön.«

Lorene sagte, etwas munterer werdend: »Ach ja? Wer?«

»Ein Mann. Er war ... er hat mir sehr viel bedeutet.«

Lorenes Augen wurden groß vor Mitgefühl. »Hm-hm. ›War.‹ Er ist wohl – verstorben?«

Marina nickte. Dieses seltsam taktvolle Wort: Verstorben. Sie war dankbar dafür.

Lorene sagte schniefend, aber mit gewisser Entrüstung: »Mein Dad auch. Vor zwei Jahren, ungefähr um die Zeit. Zu Weihnachten. Bestimmt bin ich deshalb so fertig. Lungenkrebs, mit Metastasen im Gehirn. Das ist nicht schön. Daddy hat uns nicht genug vermacht, dass wir uns gern an ihn erinnern, wissen Sie. Der Arme konnt's nicht lassen.« Lorene hob die Zigarette hoch, die sie, ohne es zu merken, zerbröselte.

Marina sagte: »Tut mir Leid, das zu hören, Lorene. Ich möchte Ihnen mein Beileid aussprechen.«

»Schon gut«, sagte Lorene verlegen. »Ist doch schon zwei Jahre her.«

»Trotzdem. Ihr Vater fehlt Ihnen doch sicher.«

»Und Ihr Freund? Haben Sie ihn geliebt?«

»Ja.«

Urplötzlich war Lorene ganz direkt, wie Kinder direkt sein können, ohne grob zu werden. Auch dafür war Marina dankbar. Sie lächelte, weil sie nicht weinen wollte. Ihr Gesicht brannte angenehm. *Seit Jahren hat kein Mensch so mit mir gesprochen*.

Mit echter Neugier, vornüber gebeugt, so dass ihr die Haare ins Gesicht hingen, fragte Lorene: »Was ist ihm passiert, Marina?«

Marina sagte leise: »Er ist gestorben. Bei einem Unfall auf dem Hudson River. Voriges Jahr im Sommer.«

Es kam ihr seltsam vor, auf eine Art erstaunlich: Sie konnte so über Adams Tod sprechen, zu einer Fremden. So als sei es ein Ereignis, an einen Zeitpunkt gebunden. Kein Zustand, sondern ein bestimmtes Ereignis, Adam Berendts Tod.

»Beim Schwimmen? Oder mit einem Boot?«

»Es war ein wunderschönes weißes Segelboot«, sagte Marina, plötzlich bewegt. Ihre Augen füllten sich gefährlich mit Tränen, doch sie spürte, wie ihr das Herz schwoll. »Er sprang ins Wasser, um ein Kind vor dem Ertrinken zu retten. Es war leichtsinnig, in der Situation. Das Kind wäre von anderen gerettet worden. Aber Adam, er musste derjenige sein! Und das hat ihn umgebracht.«

»Gott! Und Sie waren dabei? Haben's *gesehen*?«

Marina verbarg ihr Gesicht, für einen Moment überwältigt.

So als sei sie Expertin für Verluste und für das Sprechen darüber, sagte Lorene schnell: »Das ist echt traurig, Marina. Das muss echt schrecklich gewesen sein, ein Alptraum. Wie alt war er?«

Marina zögerte. »In meinem Alter.«

Sie wusste, dass Lorene schon schätzte, wie alt sie wohl war. Eine Frau in den Dreißigern, die vielleicht sogar jünger aussah. Oder älter.

Marina hatte nicht gewollt, dass dieses ungeduldige junge Ding ihren verlorenen Adam als alten Mann abtat.

Hinterher dachte sie: *Für sie bin ich doch auch alt. Gehöre zu einer anderen Generation.*

Marina trocknete sich die Augen und lenkte das Gespräch auf praktische Fragen. Was sollte Lorene machen? Sie, Marina, spürte das Gewicht einer nicht unangenehmen Verantwortung. Wie eine ältere Schwester. Ausnahmsweise einmal. Sie brachte die Busfahrt nach Pittsburgh zur Sprache, die Rückkehr Lorenes zu ihrer Familie, und bot an, Lorene fünfzig Dollar zu »leihen«. Lorene lehnte ab, Marina gab nicht nach, und schließlich willigte Lorene tief beschämt ein. »O. K. Von mir aus. Aber ich zahl's Ihnen zurück, Marina. Versprochen. Sie geben mir Ihre Adresse, O. K.?« Sie lächelte ein flüchtiges, gequältes Lächeln. Dankbarkeit und Widerwille hielten sich in ihrem Blick die Waage. Marina zählte Lorene zwei Zwanzigdollar- und drei Fünfdollarscheine aus ihrer Brieftasche hin, legte, erregt von ihrer Großzügigkeit, noch einen Zehndollarschein drauf und notierte auf einer frischen Serviette in Druckbuchstaben ihren Namen und ihre Anschrift:

Marina Troy
R. R.#3, Box 139
Damascus Crossing, PA 18361

Beklommen, so als fürchte sie, beobachtet zu werden, nahm Lorene die Scheine von Marina an, ohne nachzuzählen, faltete die Serviette ordentlich zusammen wie etwas Wertvolles und steckte sie mit den Scheinen in eine Tasche ihrer Wildlederjacke. Fast unhörbar murmelte sie: »Danke.«

»Aber wo wollen Sie heute Nacht bleiben, Lorene?«, sagte Marina. »Wenn der Bus erst morgen früh fährt.«

Das war ja auch noch zu bedenken. Lorenes Blick wurde leer.

»Ich muss noch mal versuchen, anzurufen«, sagte sie auf einmal munter. »Wie ich schon sagte.«

Du könntest bei mir übernachten, Lorene.

Ich weiß, das wirst du nicht tun. Aber du könntest.

Ihre Blicke trafen sich. Lorene schaute weg und errötete tief. Wieder war alles verworren. Lorene wollte unbedingt telefonieren, zwängte sich aber aus der Nische, als habe sie keine rechte Lust dazu, ihre kleinen Augen sehr dunkel, gläsern dunkel wie Murmeln. Von ihrer Haut stieg ein Geruch von Schweiß auf, vermischt mit Parfüm. Vor Marina stehend, beugte sie sich spontan herunter, flüsterte »Danke, Marina!« und gab Marina einen feuchten Kuss auf den Mundwinkel. Dann war sie fort.

Marina saß reglos da, wie vom Donner gerührt.

Ihr Kopf war, als flögen darin lauter flügelschlagende Falter umher. Lorenes Kuss brannte ihr am Mundwinkel.

Wenn sie sich später an diesen zusammenhanglosen, verwirrenden Abend ihres Lebens erinnerte, dachte sie: *Natürlich. Warum war ich überrascht?* Doch in dem Moment hätte sie sich, zu ihrem Verdruss, nicht vorstellen können, dass das Mädchen, das sich Lorene nannte, aus dem East Hill Diner hinausspazieren und sie auf Nimmerwiedersehen verlassen würde. Sie wartete sogar ungeduldig darauf, dass Lorene endlich wieder kam, sah in der Spiegelwand nach, ob das grobknochige, strähnchenblonde Mädchen in der Wildlederjacke hinter ihr stand.

Zehn Minuten vergingen. Fünfzehn. Marina schwante allmählich, dass irgendetwas nicht stimmen konnte. Ihr gegenüber war Zucker verstreut, und eine zerbröselte Zigarette und eine mit braunem Lippenstift beschmierte zerknüllte Serviette lagen auf dem Tisch.

Marina suchte Lorene bei der Telefonzelle am Eingang zum Diners, aber dort war sie nicht. Das Telefon war unbesetzt. Lorene war auch nicht auf der Damentoilette. Benommen vor Unruhe und wachsender Sorge suchte Marina das ganze belebte Restaurant nach Lorene ab. Sie sah mehrere junge Frauen, die ihr oder der, die sich Marina als »Lorene« vorgestellt hatte, ähnelten, fand die, die sie suchte, aber nicht.

Bänglich fragte Marina die Kellnerin, ob sie Lorene habe gehen sehen, und die Kellnerin sagte: »Ihre Freundin? Glaub schon. Die ist mit einem Mann gegangen. Vor zehn Minuten etwa.«

Marina musste schlucken. Mit einem Mann!

Voller Angst fragte sie, wie der Mann ausgesehen habe.

Die Kellnerin zuckte mit den Achseln. »Ganz normal.«

»Hatte er einen Schnurrbart? Kinnbart? Eine karminrote Jacke?«

Der Lärmpegel war in diesem Teil des Restaurants so hoch, dass die Kellnerin die Hand ans Ohr legen musste. »Was für 'ne Jacke?«

»Rot. Karminrot.«

»Ja, Ma'am. Aber immer.«

Wie töricht! Wie blamabel! Und das war noch nicht alles.

Das Abenteuer endete nicht im East Hill Diner, sondern auf dem Parkplatz. Dort stellte ich fest, dass alle vier Reifen des Jeeps fachmännisch aufgeschlitzt waren und die Windschutzscheibe lauter sternförmige Risse, hat er vermutlich mit einem Baseballschläger draufgeschlagen. Weib! Fotze! Lesbe! *Ich konnte ihn förmlich hören. Zum Glück war die Windschutzscheibe nicht zerbrochen, sodass ich abends, spät abends, nachdem die Reifen erneuert waren (hat fast sechshundert Dollar gekostet), noch nach Damascus Crossing zurückfahren konnte. Bedaure mich ja nicht, lach mich bloß aus.*

Sagen wir einfach, Marina Troy bekam, was sie verdiente.

10

Ende Dezember, zum Jahreswechsel, hatte sich das warme, pelzige Tier hereingeschlichen und auf ihrer Brust niedergelassen. Mit seinem drückenden Gewicht. Das immer schwerer wurde. *Ich krieg keine Luft! Hilfe!* In der Nacht presste sich das Ding mit dem dunklen Fell und der nach Blut riechenden Schnauze auf Marinas

Mund. Stupste, küsste sie. Das schwere, warme, pelzige Tier mit Zähnen und Klauen. *Thwaite, Thwaite!* der erstickte, kehlige Schrei. In ihrer Verzweiflung rollte Marina sich im Schlaf zusammen, stieß das Ding von sich, erwachte voller Ekel und Abscheu. »Was geschieht mit mir? Ich halte das nicht aus!« Sie verlor den Verstand. *Thwaite* war Wahnsinn, das Tier *Nacht* war Wahnsinn. Sie stieg aus ihrem zerwühlten Bett, als entstiege sie einem direkt unter der Erdoberfläche liegenden zerwühlten Grab.

Barfuß und zitternd ging sie in die Werkstatt an der Rückseite des Hauses. Arbeit, Adams Arbeiten warteten auf sie. Marina machte Licht, setzte sie hartem, grell leuchtendem Licht aus, und jetzt, da die Weichzeichner, die feinen Schatten der Liebe, verschwunden waren, sah sie sie als das, was sie waren: hässliche, misslungene »Skulpturen«, an denen sie monatelang so hoffnungsvoll gearbeitet hatte. Die Anmaßung ihres Bemühens schlug über ihr zusammen wie eine Woge Schmutzwasser. Die Vergeblichkeit. Die Selbsttäuschung. Fast hätte sie gelacht: Sie war komplett gescheitert. Die fragmentarischen Kunstwerke, die Adam Berendt in dem Haus zurückgelassen hatte, Marina Troy hatte sie nicht vollendet, sondern ruiniert. Es war nicht zu übersehen: Marina Troy wusste gar nichts von Adam Berendt, der Mann war schließlich ein Fremder. Marina hatte so wenig Zugang zu seiner Vision, wie sie Eingang in sein Herz gefunden hatte. Sie war nur sie selbst.

Old Mill Way: Die Verwandlung

1

Entweder beruht alles im Universum auf Zufall, hatte Adam Berendt einmal gesagt, *oder nichts*.

Aber es konnte nicht bloß Zufall sein, dass der Tag, an dem Lionel Hoffmann sich seiner Frau Camille schließlich anvertraute, der Vorabend des Tages war, an dem der Schatten in Camilles Leben Einzug hielt.

»Camille, ich muss dir etwas sagen.«

Ich muss dir etwas sagen. Diese Worte. Worte zum Fürchten. Worte zum Frieren. Worte, die keine Ehefrau mittleren Alters hören möchte, gefühllos, doch mit grässlich hoffnungsvollem Lächeln von ihrem Ehemann gesprochen.

Ich muss dir etwas sagen. Lionel Hoffmann war verlegen, hatte ein schlechtes Gewissen. Er gehörte nicht zu denen, die herumdrucksten, doch jetzt druckste er herum. Und ausgerechnet jetzt stieg ihm Wasser in die Augen und taten ihm die Nebenhöhlen weh wie bei einer allergischen Reaktion – lächerlich! Dabei bereitete er diesen Auftritt seit Wochen vor. Seit dem schrecklichen Tag von Adam Berendts Einäscherung bereitete er ihn vor. Er hatte die Worte unzählige Male vor sich hin geflüstert, sie lagen ihm wie Steine im Mund, schwer, unangenehm. Doch einmal mussten sie heraus.

»Camille? Du hörst mir zu – ja?«

Er sagte nicht *Camille, Liebling, Camille, Schatz.* Kein *Camille, Liebling, Camille, Schatz,* nicht mal, um den Schlag abzumildern. Nie wieder *Camille, Liebling, Camille, Schatz.* Der Schrecken dieser Einsicht überkam sie wie ein Vorgeschmack des Todes.

Ja, Camille hörte zu. Nein! Camille summte, in einer Küchenecke hockend, laut vor sich hin, als Lionel hinter ihr in der Tür stand. Das war ebenfalls eine Fernsehszene, eine Filmszene, aber nackt, echt, für die Beteiligten so schmerzhaft wie der Bohrer des Zahnarztes ohne Novocain. *Ich hatte keine Ahnung. Nicht den leisesten Verdacht. Nein! Wir waren so glücklich in diesem Haus.* Mit feuchtem Küchenkrepp wischte Camille energisch die Bodenfliesen. Es waren teure Fliesen, die mit angedeuteten Ästen, abgescheuerten Stellen und Ritzen die Illusion eines Hartholzbodens aus dem achtzehnten Jahrhundert vermitteln sollten. Camille Hoffmann war schon lange die Hausherrin in dem Anwesen im Kolonialstil am Old Mill Way und Lionel Hoffmann schon lange der Hausherr. Waren gemeinsam Eigentümer eines Grundstücks im Wert von geschätzten 2,5 Millionen Dollar. *Wir verkaufen nicht. Niemals.* Es war eine Ausnahme, dass Ehemann und Ehefrau einander wirklich ansahen oder gar gemeinsam einen so dramatischen Auftritt hatten; seit ihre Kinder erwachsen und aus dem Haus waren, waren Dramen selten geworden in ihrem Leben. *Nein, darauf wäre ich nie gekommen. Wie sollte ich auch, wir waren ja so glücklich.* Doch jetzt zitterte die Luft im Haus wie die Luft vor einem Gewitter.

Camille wischte den Boden mit ausladenden Bewegungen, hatte ein schlechtes Gewissen. Denn Apollo hatte beim Fressen Dreck gemacht. Und Lionel sollte nicht wissen, dass der Hund, war der Hausherr nicht daheim, oft drin gefüttert wurde und nicht draußen, wie Camille es hoch und heilig versprochen hatte; Lionel sollte nicht wissen (aber natürlich wusste er es, denn seine Allergien teilten es ihm unmissverständlich mit), dass Apollo unter der Woche, wenn der Hausherr in Manhattan weilte, Camilles ständiger Begleiter geworden war und sein Fressen in einer Küchenecke bekam, in der Camille Zeitungspapier auslegte, auf das sie seinen Napf stellte; nur war halt der magere Husky-Schäferhund, seit sein Herrchen aus seinem Leben verschwunden war, so ausgehungert, so ängstlich und schreckhaft, dass er nervös fraß, nicht ordentlich, und sein Futter bis über die Ränder der *New York Times* verstreute.

(Oh, Camille schalt Apollo. Camille versuchte Apollo Disziplin beizubringen, wie Adam ihm, mit Güte, aber auch mit Festigkeit, Disziplin beizubringen versucht hatte. »Benimm dich, Apollo, bitte!«, flehte Camille. »*Sei ein braver Hund*, bitte!« Derartiges drang an Lionels Ohr, wenn Camille nicht klar war, dass er sich in Hörweite befand. Und es beleidigte ihn zu hören, dass seine Frau einen Hund anbettelte, sich zu benehmen ... Die endlosen Wochenenden in Salthill, die Lionel aushalten musste, im Haus eingeschlossen mit Camille, wie blinde Maulwürfe in ihrem Bau, während seine Liebe, seine Siri, milchweiße Glieder und dunkle Augen, randvoll mit Schmerz und Leidenschaft, sich meilenweit entfernt in ihrer Wohnung im East Village befand und ihr geheimnisvolles Leben führte, so weit von ihm entfernt, als befinde sie sich in Tanger ... *Siri, Liebling! Denk an mich, wie ich an dich denke.* Lionel hätte sich nur ungern eingestanden, dass auch er bettelte. Während Camille in dem Haus am Old Mill Way entschlossen daran ging, alle Spuren Apollos zu beseitigen, so wie eine Ehebrecherin vielleicht daran geht, alle Spuren ihres Liebhabers zu beseitigen in der naiven Hoffnung, ihren Ehemann zu täuschen. Camille betraute nicht einmal Lina, ihre Putzfrau, damit, das Haus von Hundehaaren, Hundeschüppchen und dem unverkennbaren Hundegeruch zu befreien, der Lionels sensible Nase so beleidigte, nein, sie saugte, wischte und öffnete die Fenster selbst, schimpfte Apollo sanft aus, der ein einsames Wesen war und recht anspruchsvoll. Lionel, der Camille mit Apollo sprechen hörte, biss die Zähne zusammen. Seine Frau redete flehentlich und tadelnd, verzweifelt und schmeichlerisch auf das Tier ein. »Apollo, *bitte.* Du musst lernen zu *gehorchen.* Wenn schon nicht mir zuliebe, dann Adam zuliebe.« Lionel hätte den Hund am liebsten ein für alle Mal aus dem Haus gehabt, wollte aber keine Szene heraufbeschwören; er wollte weder grausam zu dem Hund noch zu seiner emotionalen Frau sein, wollte nicht grausamer sein als nötig; er war nicht grausam, sondern ein Gentleman. *Ich finde es schön, dass du deine Frau respek-*

tierst, flüsterte Siri in seinen Armen, *aber warum respektierst du mich nicht*?

»Camille? Kannst du mal hersehen?«

Lionels ernste, schuldbewusste Stimme. Verdammt, was hatte Camille nur? »Der Fußboden ist sauber, Camille. Es stört mich nicht – besonders –, dass du den Hund im Haus gefüttert hast. Aber ich« – und hier zögerte Lionel, wie jemand, der sich auf dünnes Eis begibt – »muss dir etwas sagen.«

»Oh, Lionel. Ich hab gar nicht gemerkt, dass du da bist.«

Camille lächelte. Kniff die Augen zusammen, so als scheine ihr ein grelles Licht direkt ins Gesicht. Ihr weiches, schlaffes Mädchengesicht glänzte wie der Boden, den sie gerade gewischt hatte. Sie war eine Frau, die eindeutig nichts ahnte: eine Frau, ohne Arg wie ein Kind. Allerdings war sie etwas sonderbar gekleidet, trug eine Jeanslatzhose, wie Gärtner sie haben, über einem lachsfarbenen Stehbundpullover; die Hose wölbte sich an den Oberschenkeln alarmierend. Camille hatte ihr ergrauendes braunes Haar aus dem Gesicht gekämmt und mit einer Spange zusammengenommen. Sie trug kein Make-up und schien keine Wimpern zu haben. Irgendwann mal hat Camille doch Wimpern gehabt, dachte Lionel verärgert. Ihr lächelnder Mund besaß eine gummiartige Elastizität, was ihren Mann an den Mund einer Puppe denken ließ, den es keinen Mann je zu küssen verlangte.

Er entsann sich nicht, wann er diesen Mund das letzte Mal geküsst hatte. Die Vorstellung erfüllte ihn mit schlechtem Gewissen und Ekel. Oh, Siri!

»Camille? Steh doch bitte mal auf. So mit dir zu reden ist schwierig.«

Camille lachte leise und richtete sich auf: Sie schwankte, so als mache Lionels Anblick sie benommen, und deshalb lachte sie nervös noch einmal. Lionel musste sich verkneifen, sie zu stützen, wie man eine betagte oder gebrechliche Person stützt.

»Lionel! Du bist aber zeitig da. Heute ist – Donnerstag? Oder nein: Freitag.«

Es war Freitag. Ende der Woche. Freitagabends kam Lionel manchmal mit dem 7.08-Amtrak nach Salthill, manchmal aber auch mit dem 7.45-Amtrak. Er schätzte feste Abläufe wie alle männlichen Hoffmanns. Heute Abend aber hatte er, von Siri gedrängt, den 6.48-Zug genommen.

Du musst es ihr sagen! Du hast es mir versprochen!

»Camille, entschuldige, dass ich dich erschreckt habe. Ich dachte, du hättest mein Auto gehört.«

(Natürlich hatte sie es gehört. Warum hätte sie sonst verzweifelt den Boden gewischt? Warum wäre Apollo, der jetzt verloren im Garten jaulte, eilends aus dem Haus geschickt worden?)

»Ich fürchte – ich muss dir etwas sagen.«

Diese Worte. So schwach, hohl, abgenutzt! Lionel spürte erregende Abscheu. Er war eine einsachtzig große Marionette, durch deren Mundöffnung jemand oder etwas Wörter von so plumper Banalität aussprach, die niemand fälschlicherweise für die seinen halten konnte.

Doch Camille, die Gute, brachte ein Lächeln zustande, so als wolle sie ihm Mut machen. Ihre wimpernlosen Augen feucht vor Entsetzen.

»Lionel, Lieber? *Was denn?*»

Sie fuhr den neuen Wagen, den weißen Acura. Neben ihr auf dem Beifahrersitz saß keuchend und ungeduldig Apollo. Das war kein Traum, denn es war Morgen und ein neuer Tag. Sie bog von der Salthill Road auf den West Axe Boulevard in nördlicher Richtung ein. Sie hatte in der vergangenen Nacht nicht geschlafen und war dankbar, dass es hell wurde, fuhr jetzt, so als sei nichts passiert, als sei ihr Leben nicht wie durch einen schrecklichen Axthieb entzwei gehauen worden, zum Farmermarkt in West Nyack. Ihre geschwollenen Augen sahen etwas: einen Hund, auf dem grasbewachsenen Mittelstreifen, sich duckend aus panischer Angst vor dem auf beiden Seiten vorüberströmenden Verkehr. Hatte jemand das arme Tier ausgesetzt? So brutal ausgesetzt? Hatte es sich verlaufen? Camille bremste und sah entgeistert, wie der Hund zögernd die Vorderpfoten auf die Fahrbahn setzte, wieder auf den Mittelstreifen zurück sprang, abermals die Vorderpfoten auf die Fahrbahn setzte, all seinen Mut zusammennahm und ohne zu schauen über die rechte Fahrspur rannte. Im nächsten Moment fuhr ein schneller Minivan ihn an, hob den kleinen Körper mit dem dunklen Fell in die Höhe und schleuderte ihn sechs Meter weiter wie ein Bündel Lumpen an den Straßenrand.

»Oh, Gott! Oh, Gott!« Camille trat auf die Bremse, ohne sich um das Hupen hinter ihr und um ihre eigene Sicherheit zu scheren, stieg aus und lief zu dem angefahrenen Hund, der sich von der Fahrbahn ins Gebüsch schleppte, eine hellrot glänzende Blutspur hinter sich herziehend. Der Hund, ein schmächtiger Labrador- und Retriever-Mischling und ohne Marke, wimmerte vor Schmerz und Angst. Neben Camille bellte Apollo aufgeregt.

Das war kein Traum. Auf dem berüchtigt verkehrsreichen Boulevard rauschte der Verkehr. Der Minivan war verschwunden. Niemand hielt an. Es war ein Samstagmorgen im Oktober, der erste Morgen von Lionels Hoffmanns Auszug aus dem Haus am Old Mill Way, der erste Morgen von Camille Hoffmanns Leben als Verlassene. Sie presste die Hand gegen ihr gebrochenes Herz und weinte um den verletzten Hund. »Du auch! Du auch!« Kniete nieder auf blutbespritztem Grün und wagte es, ihre zitternde Hand zu dem sich krümmenden Hund auszustrecken, aus dessen Schnauze Spuckebläschen quollen. Ihre wunderschönen nutzlosen Ringe funkelten in der Sonne.

Was einmal gesagt ist, kann man nicht zurücknehmen.
Wie konntest du nur, wo wir so glücklich waren!

Das schlechte Gewissen trieb Lionel die Röte ins Gesicht. Seine Stimme war rau, nicht wieder zu erkennen, sein Hals fühlte sich an, als habe er Dornen geschluckt.

»Camille – es tut mir Leid«, stammelte er.

»*Mir* tut es Leid!«

Willig bemühte sich Camille, keine schwere Stimmung aufkommen zu lassen. Obwohl der Boden unter ihr schwankte, als sei sie betrunken. Obwohl ihr der Mund wehtat vom Lächeln.

»Camille, ich musste es dir sagen. Es war – an der Zeit.«

»Ja?«

»Wir konnten – so – doch nicht weitermachen.«

»Nein?«

Hatte Camille einen Schock? War sie mit Stummheit geschlagen? Sie lächelte blöd strahlend, wie es ihre Art war. Lionel lächelte nicht, denn dazu bestand ja auch kaum Anlass. Leicht darüber hinweggehen konnte man nicht. Seine Nebenhöhlen waren wie zubetoniert. Dieser blöde Hund! Lionel war beinahe wütend auf seinen Freund Adam Berendt, der mir nichts dir nichts gestorben war und das Tier in ihrer Obhut zurückgelassen hatte. Denn das war Apollo ja schließlich: ein Tier. Als die Kinder noch klein waren, wurde ihnen erklärt, dass Daddy Allergien hatte, dass Daddy nicht mit Tieren unter einem Dach wohnen konnte, nicht mit Hunden, nicht mit Katzen, nicht mal mit Papageien, und vielleicht war das ja sogar die Wahrheit, zumindest teilweise. Jetzt gab es daran keinen Zweifel. Lionels Augen wurden wässrig vor Schmerz, Elend, Aufregung. Er sagte schnell, so als wolle er Camille an seinem Drama teilhaben lassen: »Das ist dir doch klar, Camille, nicht? Du hast es doch schon die ganze Zeit gewusst.«

»Die ganze Zeit gewusst ... ?«

Camille lächelte, an den Küchentisch gelehnt, um nicht umzusinken. Sie sah im Gesicht ihres Mannes einen Ausdruck, in dem sich Bedauern, Schuldgefühle, Mitleid und Widerwille mischten. Denn das war eine Szene, auf die sie nicht vorbereitet war. Es war eine aus Film und Fernsehen bekannte Szene, aber Camille hatte genauso wenig eine Ahnung, wie sie die spielen sollte, wie sie ihren eigenen Tod darzustellen gewusst hätte. *So plötzlich! So roh! Brutal, wie ein Schlag ins Gesicht.*

»Die ganzen Monate«, sagte Lionel begeistert, als müssten seine Worte jedermann vollkommen einleuchten, »dieses ganze Jahr. Seit letzten November, genau gesagt.«

»... November?«

Camille hatte nicht bloß Gleichgewichtsstörungen, sondern hörte auch schlecht. Das alles war so sonderbar! Der Kühlschrankmotor pochte ihr in den Ohren. Oder pochte ihr das Blut in den Ohren? Auf der Arbeitsplatte lagen mehrere feuchte, schmutzige Küchentücher. Doch der Boden glänzte. Makellos.

»– bin ich mit ihr zusammen. Der Frau, die ich – mit der ich – etwas angefangen habe.«

Etwas angefangen? Der seltsam neutrale Begriff lag zwischen ihnen wie ein Häufchen Staubflocken.

»Camille, ich wollte nicht, dass das passiert. Es begann mit Schmerzen – im Nacken, in der oberen Halswirbelsäule. Weißt du noch? ›Verspannungen der Halswirbelsäule‹, hat der Arzt gesagt. Und dann ...« Ein träumerischer, verschwommener Ausdruck trat in Lionels Gesicht, wie auf warmem Fleisch zerlaufende Butter. Er hob in hilfloser Schicksalsergebenheit die Hand.

Camille bemühte sich, die bizarren Worte ihres Mannes zu begreifen. Hatte er im Amtrak getrunken? Das sah Lionel gar nicht ähnlich, aber nichts von alldem sah Lionel ja ähnlich. Sie erinnerte sich undeutlich daran, dass er vor Monaten über Nackenschmerzen geklagt hatte, aber was hatten Nackenschmerzen damit zu tun? Das Pochen in ihren Ohren war zu einem Tosen angeschwollen. Der Mund ihres Mannes bewegte sich, und sie sah die bange Erregung in seinen Augen; wie Dreckklumpen waren die Worte, die er ihr entgegenschleuderte. Zögernd ging Lionel auf Camille zu, als wolle er sie berühren, berührte sie schließlich aber nicht. Sie stand da, benommen wie jemand, der tödlich getroffen worden ist, aber nicht fällt. Lionel stand erstarrt und blickte entsetzt auf die Frau, die er verletzt hatte, ging aber nicht auf sie zu.

Schon rührt er mich nicht mehr an. Schon ist meine Ehe vorbei. Mein Leben.

In diesem heiklen Moment läutete das Telefon.

Das Telefon! Wie eine Schlafwandlerin nahm Camille ab. Das Lächeln war ihr noch nicht vergangen. Ein Anruf war normalerweise ein glückliches Ereignis. Lionel ertrug die helle, herzliche, tapfere Stimme seiner Frau nicht. »Hello? Oh, Marcy, hello.« Wie ein Krimineller, der sich vom Schauplatz seiner Tat zurückzieht, floh Lionel.

Marcy, ihre Tochter. Siebenundzwanzig Jahre alt.

Lionel fürchtete sich davor, dass sie und sein fünfundzwanzigjähriger Sohn Kevin die Neuigkeit erfuhren.

Oh, Daddy, wie konntest du nur! Mutter das Herz zu brechen.

Lionel wollte ein paar Sachen zusammenpacken und wieder in die Stadt fahren, mit seinem Auto; Lionel fuhr den Lexus, den älteren der beiden Wagen der Hoffmanns, der ihm jedoch lieber war. Siri hatte versprochen, in der Wohnung in der 61. Straße Ost auf ihn zu warten. (Vielleicht hatte sie ihm ja eines ihrer vorzüglichen vegetarischen indischen Gerichte gekocht.) Seit Monaten schon schmuggelte Lionel in seiner Aktentasche Kleidungsstücke, Dokumente und Unterlagen in die Stadt, unauffällig, im Vertrauen darauf, dass Camille nichts merkte. Camille hatte auch nichts gemerkt. In Manhattan hatte er, von Siri begleitet, neue Kleidung für sich und neue Möbel für die Wohnung gekauft, die laut Siri zwar schön, aber düster und phantasielos war. *Sie entspricht dir ganz und gar nicht, Lionel. Deiner besonderen Wesensart.*

Von ferne hörte Lionel Camille mit ihrer Tochter sprechen, als sei alles in Ordnung. Was für eine gute, liebenswürdige Frau, seine Camille! Er schlug die Hände vor sein brennendes Gesicht. Was hatte er bloß angerichtet! Ließ es sich nicht mehr rückgängig machen? Als er die Hände senkte, war sein Mund zu einer an Gelächter gemahnenden Grimasse verzerrt. Es war ein Wasserspeier-Mund, von Schmerz verzerrt.

Eine wilde Fahrt! Im Samstagmorgenverkehr der Route 9W fuhr Camille eineinhalb Meilen zur nördlich von Salthill-on-Hudson gelegenen Unfallklinik des Tierheims von Rockland County, den blutenden, sich windenden, jaulenden Hund neben sich auf dem Beifahrersitz des Acura. Der Dienst habende Arzt in der Klinik, in der sie einige Monate zuvor Apollo hatte behandeln lassen, war ein Dr. Lott, der sich an sie zu erinnern schien und erstaunt sah, wie Camille den verletzten Hund in einen Untersuchungsraum trug, ohne sich darum zu scheren, dass ihre Kleider Blut- und Urinflecken hatten und dass der zu Tode erschreckte Hund auf ihren Armen ihr abwechselnd die Hände ableckte und knurrte, nach ihr schnappte und mit seinem Schwanzstummel wedelte. Inbrünstig flüsterte Camille: »Du wirst *nicht sterben*. Du wirst *nicht sterben*. Ich schwöre es dir.«

Doch der Tierarzt empfahl nach kurzer Untersuchung, den Hund einzuschläfern. Es war ein Rüde, schwer verletzt an Hinterpfoten,

Wirbelsäule, Milz; die äußere Blutung ließ sich stillen, aber er blutete auch innerlich, was eine sofortige Operation erforderlich machte. »Das könnte sehr teuer werden, Mrs Hoffmann. Und wird nicht viel nützen.« Darauf war Camille vorbereitet. Sie richtete sich zu voller Länge auf und fixierte Dr. Lott sowie seine junge Assistentin mit einem absolut entschlossenen Blick. »Nein. Dieser Hund wird nicht ›eingeschläfert‹. Tun Sie, was Sie können, um ihn zu retten.« »Aber wem gehört der Hund denn?«, sagte Dr. Lott mit gerunzelter Stirn. »Wo haben Sie ihn gefunden? Er hat keine Marke, kein Halsband.« Camille hatte den Eindruck, der auf dem Untersuchungstisch aus Aluminium festgeschnallte Hund habe diese Worte verstanden, keuchend und in banger Vorahnung zitternd lag er da und sah sie an. Sie sagte schnell: »Es war Bestimmung, dass ich ihn rette. Ein Minivan hat ihn auf dem West Axe Boulevard angefahren und liegen gelassen, und genau in diesem Moment war ich zufällig zur Stelle. Ich war Zeugin, das muss doch einen Sinn gehabt haben. Dr. Lott! Es gibt keine Zufälle im Universum – oder es ist alles Zufall –, und das kann nicht sein! Sie müssen diesen Hund retten.« Camille bekam keine Luft, ihre Stimme schnappte fast über. Der Tierarzt wiegte noch immer sein Haupt und schaute finster drein. Abermals informierte er Camille, dass die Operation sehr kostspielig sein würde und dass er nicht garantieren könne, dass der Hund durchkommt, worauf Camille laut erwiderte: »Dr. Lott, ich werde Sie bezahlen. Ganz gleich, was es kostet. Ich gebe den Hund nicht auf, da*s war Bestimmung.*« Der Tierarzt sah Camille an, so als habe er sie bis zu diesem Augenblick nie richtig wahrgenommen. Er war ein energischer junger Mann von Anfang vierzig, daran gewöhnt, anderen Anweisungen zu geben, vor allem Frauen; Camilles Auftreten nötigte ihm Respekt ab. Camilla hatte auf einmal das Gefühl aufzufallen. Und das war ein gutes Gefühl. *Jetzt, da ich nicht mehr die Frau eines Mannes bin, brauche ich auch keine Frau mehr zu sein.*

Was hatte er getan, was hatte er bloß getan!

Aus dem Haus am Old Milly Way geflohen.

Frei! Er war frei. Sein Herz schwoll ihm an vor Glück wie ein Ballon kurz vorm Platzen.

Endlich verband er die beiden Hälften seines Lebens. Kein Heucheln mehr. Keine Täuschungen. *Bring sie ans Licht, du musst sie ans Licht bringen. Du musst ihr das Leben schenken.* Nach und nach war Lionel zu der Überzeugung gelangt, dass sein Freund Adam Berendt ihn geleitet hatte. Die Traumvision der Höhle. Adams Stimme. *Keine Scham. Nie wieder. Füg die zerbrochenen Hälften deines Lebens zusammen.* Seine Familie und seine Freunde würden es verstehen, wenn sie Siri kennen lernten. Wenn sie sahen, wie verwandelt Lionel war, wie verliebt. »Zum ersten Mal in meinem Leben verliebt.« Seit Jahren, seit Jahrzehnten! war er eine lebende Mumie gewesen. Hatte Mumienworte gesprochen, Mumiensehnsüchte vorgespielt. Bis schließlich sein Körper aufbegehrt, ihm Schmerzen, stechende Schmerzen, dumpfe bohrende Schmerzen im Nacken und in der oberen Wirbelsäule bereitet hatte, bis er fast gelähmt war. Unbewusst hatte er sich dafür verachtet. Jetzt aber war er wie neugeboren. Seit Siri in sein Leben getreten war, war er ein neuer Mensch. Sie würden es verstehen, seine Familie und seine Freunde, und sie würden ihm verzeihen. Mit der Zeit würden die Großherzigeren sich mit ihm freuen.

In dem stahlgrünen Lexus, der wie ein Panzer auf der Straße lag, fuhr Lionel auf der 9W südlich, der erhabenen George Washington Bridge entgegen. Fuhr in freudiger Erregung. Selig. Er fuhr auf die obere Ebene der Brücke auf, überquerte den breiten Fluss, der unter ihm glitzerte wie bewegte Folie. Adam Berendt war nicht umsonst in diesem Fluss gestorben!

Durch die Träger der riesigen Brücke schien ein leuchtender Vollmond, ein glotzendes Auge.

»Siri, Liebling! Ich bin in Salthill ausgezogen.«

»Das ist kein Zufall. Adam hat mich hierher geführt.«

Der schwer verletzte Hund wurde operiert. Hoffnungslos, es war hoffnungslos! Trotzdem hoffte Camille. Sie bemühte sich, im Warteraum sitzen zu bleiben, stand aber bald auf und ging umher. Apollo, der brave Hund, war ebenfalls nervös, saß jedoch gehorsam auf den Hinterpfoten, die ängstlichen intelligenten Hundeaugen auf Camille geheftet, so als lägen sein Schicksal und das des fremden Hundes in ihrer Hand. »Ja, ich werde dich retten! Ich werde dich retten!« Auf der Toilette hatte Camille sich so gut es ging das Hundeblut von den Händen und Armen gewaschen, doch ihre Sachen, ein teurer, sportlicher, beigefarbener Ann-Taylor-Hosenanzug aus Baumwolljersey, hatte Flecken, die nicht rausgehen würden. Der Anzug war verdorben. Es entging Camille nicht, dass die anderen Klienten in dem halbgefüllten Warteraum sie musterten. Unter anderen Umständen wäre sie unter den Blicken erstarrt, doch jetzt machten sie ihr kaum etwas aus. Die meisten waren allein hier, hatten einen Hund an der Leine oder eine Katze im Tragekorb bei sich und waren selbst besorgt. Eine Camille flüchtig bekannte Frau, die ihre Bulldogge zur Untersuchung gebracht hatte, wollte wissen, was Camille in die Klinik geführt hatte, und Camille erzählte ihr von dem ausgesetzten, angefahrenen Hund: »Er heißt Shadow. Er ist aus dem Nichts aufgetaucht – *mir* zugelaufen.«

Die Frau, die der pfeifend atmenden Bulldogge den Kopf tätschelte, sagte, sie wisse genau, was Camille meinte.

So nervös! In ihren fleckigen, riechenden Sachen, das Haar aufgelöst, ging Camille im Warteraum hin und her. Sie hatte nicht mehr viel Ähnlichkeit mit der Gattin eines Salthiller Millionärs. Im hinteren Teil des Raumes hörte sie aus einem Zwinger im Nachbarzimmer Gebell. Ein vielstimmiges Gebell, das keinen Moment aussetzte, so wie Spiegel einander endlos spiegeln. »So viel Leid unter den Tieren«, sagte Camille seufzend, »und wer ist dafür verantwortlich?« Ihre Worte waren an niemand Besonderen gerichtet. Die bellenden Hunde gingen ihr zu Herzen. Tiere, die litten. War ihr spontaner Entschluss, dem Hund das Leben retten zu wollen, Egoismus? Sollte er für *sie* leben?

Adam hatte ebenfalls Tiere aufgenommen, die kein Zuhause hatten. Apollo, am Straßenrand ausgesetzt, war einer davon. Adam hatte dem Tierheim von Rockland County Tausende von Dollar in seinem Testament hinterlassen.

Das ist kein Zufall, du hast mich hierher geführt. Ach, Adam!

Shadow sollte die siebzigminütige Operation überleben. Er würde seine Hinterbeine zwar nie wieder so gebrauchen können wie früher, erläuterte Dr. Lott, aber er war wenigstens am Leben.

»Vorerst, Mrs Hoffmann.« Nach sechs Tagen Klinikaufenthalt wurde Shadow in Camilles Obhut entlassen; man händigte ihr eine Rechnung über zweitausend Dollar aus, und ohne zu zögern stellte sie einen Scheck über diese Summe und einen zweiten über viertausend Dollar für das Tierheim von Rockland County aus. Die Sprechstundenhilfe ging sofort Dr. Lott holen, der Camille die Hand schüttelte und sie verwundert ansah. »Mrs Hoffmann, ich danke Ihnen.«

Darauf Camille mit Festigkeit: »Nein, Dr. Lott. Ich danke *Ihnen*.«

2

Er hatte sich naiv verliebt, in die *Berührung* der jungen Frau.

Er hatte die, in die er sich verliebte, kaum gesehen. Seinen Kopf plagten Schmerzen, als sei er in einen Schraubstock gespannt. Sie war für ihn ein Niemand: »Siri«, eine junge Therapeutin, Lionel Hoffmann in der Hals- und Rückenklinik in der Park Avenue willkürlich zugeteilt. Sie war ein rettender Engel in weißem Nylon. So rein wie ein Verband und anfangs auch genauso interessant. (Obwohl Lionels sensible Nase rasch den feinen Moschusduft wahrnahm, der von ihrer Haut und von ihrem bemerkenswert dicken Haar, das sie zu einer Banane am Hinterkopf eingeschlagen hatte, aufstieg.) »Siri«, das waren vor allem ihre Hände: flink, sanft, geschickt, geduldig. Während der Behandlung sagte sie wenig, abgesehen von »Mr Hoffmann, bitte versuchen Sie sich zu entspannen«, wenn er vor Schmerz zusammenfuhr oder sich verkrampfte.

Nicht tadelnd, sondern sanft. So wie man ein kleines Kind ermahnt, zu dessen Bestem.

Seit Wochen, wenn nicht Monaten oder gar Jahren, hatte Lionel am Hals immer wieder jähe, stechende Schmerzen gespürt. Seit dem vergangenen Sommer war der Schmerz allmählich immer stärker geworden und ähnelte schließlich Eiszapfen, die vom Nacken abwärts in die obere Wirbelsäule und beunruhigend häufig aufwärts bis zur Schädelbasis ausstrahlten. Lionel erwachte trockenen Mundes mit der entsetzten Vorstellung, da einen Tumor zu haben.

Ein Tumor, klar! Wie ein winziges Samenkorn würde er keimen in seinem Fleisch, würde immer weiter wachsen und ihm das Leben aussaugen. In einem der von Hoffmann Publishing Inc. veröffentlichten medizinischen Texte las er über das *Zerebellum*, den Teil des Gehirns, der das Gleichgewicht und die Koordination der Muskelbewegungen steuert: *Verletzungen oder organische Erkrankungen des Zerebellums können Symptome wie schwankenden Gang, Lähmung, undeutliche Aussprache, chronisches Unwohlsein hervorrufen*. Es gab Tage, an denen Lionel kaum aus dem Bett aufstehen konnte. Er war erst dreiundfünfzig!

In einer Mischung aus schlechtem Gewissen und Angst dachte Lionel an seinen jüngeren Bruder Scott. Der mit sechsunddreißig gestorben war. Und schon seit wie vielen Jahren in seinem Grab verfaulte. Für Scott wäre es bis dreiundfünfzig noch lange hin gewesen. Für ihn wäre dreiundfünfzig alt gewesen. »Aber ich will noch nicht sterben. Ich habe doch noch gar nicht *gelebt*!«

Der Schmerz, sagte er sich, könne unmöglich von einem Tumor herrühren, wahrscheinlich eher von einer gezerrten Sehne, von einem beim Tennis, beim Racquetball, beim Golf verspannten Nacken. (Nicht dass Lionel viel Zeit gehabt hätte für diese Dinge.) Als Mann in mittleren Jahren, der sich »aktiv« wähnt, »voller Spannkraft«, mochte man Schmerzen auf männliche Verhaltensweisen zurückführen. Man mochte Schmerzen nicht auf ein sitzend verbrachtes Leben, auf eine defätistische Einstellung, den unausweichlichen *Alterungsprozess* zurückführen. Man mochte auch rapide nachlassendes sexuelles Verlangen, die Gleichgültigkeit gegen sexuelle Stimuli (den vertrauten Körper einer geliebten Gattin etwa), die Unfähigkeit, eine nennenswerte Erektion zu halten, nicht auf den unausweichlichen *Alterungsprozess* zurückführen.

Harry Tierney, den Lionel ab und zu im Century Club traf, hatte Lionel den Tipp mit der Hals- und Rückenklinik in der Park Avenue gegeben. Von sich aus hätte Lionel das Thema nicht angeschnitten, das ihm viel zu persönlich war, als dass er es mit Harry Tierney besprechen wollte, doch während sie ein paar Begrüßungsworte tauschten, zuckte er vor Schmerz zusammen und hielt den Kopf schief. Harry fragte, was er habe, und Lionel erzählte ihm, er hätte den Nacken beim Golfspielen überanstrengt; der Schmerz komme und gehe, nichts Ernstes, nur sei er gezwungen, öfter als gewohnt an seine Gesundheit zu denken, und das ärgere ihn. Harry durchschaute Lionels gespielte Gelassenheit sofort und riet ihm, seine Schmerzen lieber ernst zu nehmen. Er nannte Lionel den Namen eines »erstklassigen« Orthopäden und riet ihm, sofort einen Termin zu vereinbaren. »Probleme mit der Wirbelsäule sind kein Pappenstiel, mein Freund. Der Mann wird dich in eine Klinik zur Behandlung schicken, wo man dir das Leben retten wird.«

Unerwartet und seltsam, dass Harry Tierney so aufrichtig, wie es schien, mit Lionel sprach. So als seien sie wirklich Freunde oder es zumindest mal gewesen. Tierney war ja für seine Ironie und seinen Zynismus bekannt. In ihrem Salthiller Kreis war Lionel Harry aus dem Weg gegangen, die joviale Art des Mannes und seine forcierte Arroganz gegenüber Frauen, darunter auch Camille, hatten ihm missfallen. (Und Harrys Frau Abigail dazu, die ätherische Schöne, die die Salthiller Ehemänner alle mit lüsternen Blicken, aber nur aus sicherer Distanz beäugten.) Tierney jedoch tat, als habe er Achtung vor Lionel, dem Chef von Hoffmanns Publishing Inc., und das war schmeichelhaft. Seit Tierney aus Salthill fortgezogen war und sich von Abigail hatte scheiden lassen und eine jüngere Frau geheiratet hatte, wirkte er wie eine jüngere Ausgabe seiner selbst: er hatte dunkleres (gefärbtes?) Haar und sogar einen Schnurrbart, eine gleichmäßig gebräunte, wenngleich etwas faltige Haut und merkwürdig helle, leuchtende Augen, bei denen Lionel an die Augen eines Tiefseefischs denken musste. Er hatte etwas Raubtierhaftes und doch Naiv-Ungehobeltes an sich, dieser Harry Tierney, über den Adam Berendt einmal gesagt hatte: *Der Mann ist ein Mistkerl, wie ein Skorpion ein Skorpion ist. Er kann nichts dafür.* Adam hatte nur Abigail bedauert, die verlassene, verletzte Frau.

Sich sacht den eigenen Hals reibend, sagte Harry: »Wenn man Schmerzen hat, Lionel, schrumpft das Leben auf das Maß einer Cocktailserviette. Egal, wie viele Millionen Dollar man besitzt. Rette dich.« Lionel lächelte, wusste nicht genau, wovon eigentlich die Rede war. Schmerzen? Geld? Er traute Harry Tierney nicht. Doch Harry schien es ehrlich zu meinen und war nicht betrunken.

Zum Zeitpunkt dieses Gesprächs lebte Adam Berendt noch. Harry Tierney und Lionel sprachen zwar über gemeinsame Salthiller Bekannte, doch keiner von beiden erwähnte Adam, mit dem Abigail nach allgemeiner Ansicht schon seit langem eine leidenschaftliche Affäre hatte. Beim Abschied legte Harry seine unangenehm warme, schwere Pranke auf Lionels Schulter, unter der Lionel zusammenzuckte, roch sie doch feucht und urinartig wie Nieren, und sagte: »Grüß mir Salthill, mein Freund. ›Das verdammte Paradies.‹« Dazu lachte er schallend, so als habe er einen brillanten Aphorismus geprägt, und Lionel wurde von dem Lachen angesteckt, obwohl er beleidigt war.

Das verdammte Paradies: was hatte Harry Tierney damit sagen wollen?

Lionel befolgte Tierneys Rat und suchte den von ihm empfohlenen Orthopäden in der Park Avenue auf. Er betrat das luxuriös ausgestattete Sprechzimmer des Arztes mit schwerer Schlagseite, ganz benommen von Schmerz, der wie Blinklichter in seinem Rückgrat pochte. Die Untersuchung war barsch und brutal, und binnen Minuten flossen Lionel Tränen über die glatt rasierten Wangen. Der Orthopäde teilte ihm mit, sein Problem sei ein »verspannter Rücken«, verursacht durch »Überdehnung« der Nackenmuskulatur, vermutlich die Folge jahrzehntelanger »Fehlhaltung«; die unteren Gewebeschichten in seiner Nackenmuskulatur, die Kapseln und Bänder, seien »stark verspannt«, es habe sich »Narbengewebe« gebildet. Lionel lauschte mit fasziniertem Schauder. In diesen Minuten war er verletzlich geworden wie ein kleines Kind. *Hauptsache, es ist nicht bösartig. Hauptsache, ich bleibe am Leben.* »Lässt sich der Schaden – beheben?«, fragte Lionel ängstlich. Der Orthopäde, ein rosiger, rundlicher Mann von Mitte vierzig, verstand nicht ganz, da er bereits ein Rezept für Lionel ausstellte, und sagte: »Ja, wenn Sie sofort mit der Therapie beginnen, Lionel. Keine Medikamente! Wir glauben nicht daran, den Schmerz *abzutöten*, sondern ihn *in den Griff zu bekommen*. Ich empfehle drei Behandlungen pro Woche. Das, und die Übungen, die Sie selbstständig durchführen können, wird Ihnen helfen, Ihre Schmerzen in den Griff zu kriegen und schließlich zu vertreiben.«

Als Lionel sich anzog und mit zittrigen Fingern sein Hemd zuknöpfte, lächelte der Orthopäde ihn brüderlich an und sagte: »Sie haben Glück, Lionel. Ihr Schmerz ist nicht organisch, sondern lediglich ›funktional‹ bedingt. Der Mensch ist zu großen Teilen das mechanische Zusammenspiel von Knochen, Muskeln, Organen, Gewebe und Nerven. Wir bewohnen diese Automaten, aber sentimentale Anwandlungen sind deshalb nicht nötig, denn sie sind nicht wir und wir sind nicht sie. Denken Sie immer daran: für die Funktionstüchtigkeit Ihrer Wirbelsäule sind Sie selber verantwortlich. Wenn Sie Rückenprobleme bekommen haben, müssen Sie lernen, damit umzugehen und künftige Symptome zu vermeiden. Ich sehe Sie in drei Wochen wieder, Lionel, und bis dahin, das prophezeie ich Ihnen, gehen Sie wieder aufrecht. Dann werden Sie sich schon viel, viel besser fühlen.« Der Händedruck des Mannes war herzlich und beruhigend und nur ein klitzekleines bisschen zu fest. Abermals hatte Lionel das flaue Gefühl, dass es um Wichtigeres ging als schlichte körperliche Beschwerden.

In der luxuriös ausgestatteten Hals- und Rückenklinik in der Park Avenue, Park an der 52. Straße, wurde Lionel eine junge Therapeutin namens Siri zugeteilt. Im Dämmer seiner Schmerzen nahm er sie kaum wahr. Im Dämmer seiner Schmerzen folgte Lionel, bei jedem Schritt gereizt zusammenzuckend, sich dafür schämend, dass er sich den pochenden Hals halten musste, der Therapeutin durch die atriumartige Klinik, in der schmerzgeplagte Menschen, die meisten davon Männer mittleren Alters wie er selbst, an Geräten trainierten. Dort befand sich ein dampfender Whirlpool. Dort befand sich ein noch größerer Pool mit aquamarinblauem Wasser, in dem Leute mit zaghaften Bewegungen schwammen. Es gab diskret angebrachte Spiegel, Topfpflanzen, die aussahen wie aus den Tropen und elegante Chrom-Skulpturen im Henry-Moore-Stil, rein dekorativ, ohne bestimmte Aussage und vollkommen glatt. Impressionistische Musik, Debussy oder Ravel, dudelte leise, kein Softrock wie in den Fitnessclubs der Yuppies in Midtown. Keine jungen Leute mit wunderschön proportionierten Körpern, die sich auf dem Boden abrackerten und mit narzisstischer Bewunderung ihr eigenes Spiegelbild betrachteten. Keine gesunden

Klienten! Alles das, wurde Lionel klar, würde eine Stange Geld kosten, und sicher war der Orthopäde Miteigentümer der Klinik und profitierte von den Schmerzen anderer.

Lionel stolperte in das fensterlose, vom Atrium abgehende vollkommen weiße Behandlungszimmer der Therapeutin. Er zog, wie erbeten, den größten Teil seiner Kleidung aus und legte sich, von der jungen Frau unterstützt – »Mr Hoffmann! Lang-sam« –, zaghaft auf eine fest gepolsterte Liege. Er schämte sich entsetzlich dafür, laut gewimmert zu haben. Für einen Moment überfiel ihn Panik, dass er sich vielleicht nie wieder aus eigener Kraft würde aufsetzen können. Er lag sehr still, die Augen geschlossen. Bot seine ganze Willenskraft auf, stark zu sein und dachte doch: *Ich, Lionel Hoffmann, gehöre jetzt zu den vom Leben Verkrüppelten. Das darf niemand erfahren.* Nicht seine Angestellten bei Hoffmann Publishing Inc. und schon gar nicht seine Frau und seine Freunde in Salthill. Er hatte Angst vor den prüfenden Blicken und dem Mitleid anderer; die Vorstellung, Camilles Freundinnen erkundigten sich auf Salthiller Weise – jederzeit zur Tröstung bereit – nach seinem Gesundheitszustand, machte ihn fuchsteufelswild. In Salthill waren es natürlich vorzugsweise die Frauen, die an unzähligen geheimnisvollen Beschwerden, »Migräne«, Appetitlosigkeit, Depression litten, nervlich angeschlagen waren. Es gab eine frei flottierende Unpässlichkeit, im Allgemeinen vage als »Erkältung« bezeichnet, und es gab ein fast allgegenwärtiges Leiden namens »chronische Erschöpfung« – »Epstein-Barr-Syndrom«, das vor allem Frauen befiel, die keiner Arbeit nachgingen und keine Verantwortung hatten wie Abigail Des Pres. In einer anderen Epoche hatten diese Frauen vielleicht Rezepte, Kleiderschnitte und abgelegte Kindersachen untereinander ausgetauscht, wohingegen sie sich im heutigen Salthill-on-Hudson über ihre Symptome austauschten, und das schuf ein starkes Band zwischen ihnen. Camilles körperliche Beschwerden waren so klar psychosomatisch, nicht in ihrem Körper, sondern in ihren Phantasien wurzelnd, dass Lionel, der sich für sie schämte, sich nie danach erkundigte. Er stellte auch Camilles Arztwahl und ihren Glauben an rezeptpflichtige Medikamente nie in Frage. Er hätte es nicht ertragen, mit solchen willensschwachen Personen verwechselt zu werden!

»Mr Hoffmann! Bitte versuchen Sie sich zu entspannen. Es tut mehr weh, wenn Sie sich nicht entspannen.«

Die Therapeutin sprach leise, aber mit Autorität. Lionel drückte die Augen noch fester zu. Er war entschlossen, nicht aufzuschreien, ja nicht einmal vor Schmerz zu erschaudern, wenn er es irgend vermeiden konnte. Die erste Behandlung war anstrengend und intensiv und dauerte fünfzig Minuten. Ganz allmählich gelang es ihm, sich zu entspannen, während die bemerkenswert kräftigen, geschickten Finger »Schmerzpunkte«, »verspannte Muskeln«, wie sie es nannte, erspürten und durch Massage gefügig machten. Lionel wurde aufgefordert, den Hals einzuziehen wie eine Schildkröte und den Hals zu strecken wie eine Schlange. Er wurde aufgefordert, den Kopf zu »neigen« und »kreisen« zu lassen. Seine Wirbel wurden gelockert und geschüttelt wie Würfel. Seine Augäpfel wurden weiß, wenn er vor gelegentlich stechendem Schmerz nichts mehr sah, Schweiß brach ihm am ganzen Körper aus und rollte als kleine Perlen an ihm herunter. Von Zeit zu Zeit vernahm er das mahnende Flüstern: *Bitte nicht steif machen, Mr Hoffmann.* Manche Behandlungen wurden in Rücken- oder in Bauchlage ausgeführt, manche im Sitzen. Anfangs mochte er die im Liegen durchgeführten nicht, bei denen er, ein an Autorität gewöhnter Mann, sich in einer ungünstigen Position befand, mit der Zeit zog er diese aber vor, denn er war Autorität zwar gewöhnt, ihre Ausübung aber leid. Die Therapeutin, in frisches weißes Nylon gekleidet, beugte sich über ihn, so dicht wie Jahrzehnte früher Lionels Mutter, doch im Gegensatz zu Lionels Mutter sprach die Therapeutin zu Lionels unendlicher Erleichterung nur wenig. Das Geplapper von Frauen, es war ihm so vertraut! Wenn er nicht verpflichtet war, selbst zu sprechen oder auf Worte zu reagieren, die an ihn gerichtet wurden – und daraus bestand der Großteil seines Lebens als Erwachsener – fühlte er sich frei und anonym. Tränen rannen ihm in Bächen über das Gesicht, denn die Behandlung war wirklich schmerzhaft, aber es waren auch Tränen der Dankbarkeit.

Die Therapeutin war so schweigsam, dass Lionel sich allmählich fragte, ob sie vielleicht nicht gut Englisch konnte. Wie war ihr Name: »Sura«? »Siri«? Vielleicht stammte sie aus dem Mittleren

Osten? Aus Indien? Dabei sprach sie ohne hörbaren Akzent, ihre kehlige Stimme war pure Musik. Unter halb geschlossenen Lidern hatte Lionel eine ungefähre Vorstellung von dem blassoliven Gesicht, den gespitzten Lippen und den ihn aufmerksam fixierenden großen, exotischen, tief liegenden schwarzen Augen der jungen Frau. *Trotzdem sieht sie nicht* mich. *Was sie von mir weiß, betrifft mich nicht.* Dieser Moschusgeruch, der von ihrem züchtig am Hinterkopf festgesteckten dichten dunklen, geflochtenem Haar aufstieg!

Wie lang ihr Haar wohl war, wenn sie es offen trug? Im Geiste sah er eine samtige Mähne, die in schimmernden Strähnen herabrieselte.

Am Ende der Behandlungsstunde legte die Therapeutin Lionel einen mit heißem Wasser getränkten Kragen, schwer und steif wie ein Kummet, um den Hals. Zehn erstaunliche Minuten lang schwebte Lionel schmerzfrei und verzückt. Er war so glücklich! Wie ein körperloser Geist betrachtete er sein Leben von höherer Warte und war nachsichtig gegen andere und sich selbst. Er beschloss, freundlicher und aufmerksamer zu Camille und weniger ungeduldig mit seinen Kindern zu sein, die seiner Meinung nach nicht die ihrem Alter entsprechende Reife aufwiesen. Noch dieses Wochenende würde er sich mit Adam Berendt, seinem wertvollsten Freund, verabreden. *Adam, ich habe etwas begriffen! Das Geheimnis des Leben ist –*

Doch als Lionel sich zum Gehen fertig machte und der Therapeutin ein paar Scheine in die Hand drückte, trat die junge Frau taktvoll zurück und sagte verständnisheischend und bedauernd: »Mr Hoffmann, danke, aber *nein*, danke.« Lionel sah sie an – sie waren fast gleichgroß –, und auf einmal klopfte sein Herz lächerlich in seiner Brust.

»Verzeihen Sie«, sagte er mit großen Augen. »Das war für mich das erste Mal.«

Als ich mich in dich verliebte, verliebte ich mich sofort in dich. In deine Hände. Deine Berührung. Oh, Siri!

Sehr schnell begann Lionel Hoffmann zu glauben, sein übriges Leben, alles das, was nicht Siri war, sei kaum so bedeutsam wie die

Bilder, die vor unseren Augenlidern vorbeizucken, wenn wir erschöpft in den Schlaf sinken.

Er wartete jedoch noch und fragte Siri erst am Ende seiner dritten Therapiewoche, als es sehr gut für ihn lief, ob sie sich irgendwann einmal »sehen« könnten, und Siri lehnte sofort ab, wenngleich mit gesenktem, verlegenem Blick und dieser Mischung aus Bitten um Verständnis und Bedauern, die Lionel den Gedanken eingab (falls er sich das nicht bloß einbildete), sie lehne sein Angebot nur ungern ab, sei aber in einer Position, in der sie ihn enttäuschen müsse. Lionel nahm in der rätselhaft schweigenden, geheimnisvoll schönen jungen Frau ein Gespür für die Gefühle anderer wahr, das klar auf ausländische Herkunft hinwies, denn amerikanisch war das nicht. »Wenn ich nicht Ihr Patient wäre, Siri? Wäre es dann anders?«, fragte Lionel, und Siri wandte sich, noch verlegener, ab und war gezwungen, »Mr Hoffmann, was soll ich dazu sagen!« zu flüstern.

Was die Frage, dachte Lionel, nicht beantwortete und sich so und so deuten ließ.

Inzwischen kannte er ihren Namen: Siri Joio. Er sprach ihn oft laut vor sich hin, wenn ihn niemand hören konnte. Aus den wenigen Äußerungen, die er ihr bisher entlockt hatte, wusste er, dass sie in Manhattan lebte, im East Village; wahrscheinlich lebte sie allein; sie hatte nur wenige Verwandte und wollte schon immer Physiotherapeutin werden, ihr Leben der Aufgabe widmen, anderen zu helfen, ihre Schmerzen zu »lindern«. Lionel war tief berührt vom Idealismus der jungen Frau, der ihn an seinen eigenen Idealismus – lang war es her – vor dem Eintritt in das Familienunternehmen Hoffmann erinnerte. Lionel versicherte Siri, dass sie ihm eine große Hilfe war und dass er ihr sehr dankbar sei. Nur – »wenn ich wieder gesund bin, heißt das, dass wir uns nicht mehr sehen werden? Das ist nicht fair.«

Darauf lachte Siri bloß nervös.

Nachts war sie der Inhalt seiner Träume. Sein Hals, seine Schultern, sein Nacken, sein Rückgrat waren erogene Zonen. Das Blut der verlorenen Jugend schoss in seine Lenden, und er erwachte an der Schwelle zum Orgasmus. Tagsüber, bei Besprechungen in der Firma, beim Mittagessen und am Telefon überkamen ihn irrationale Aufwallungen von Glück und Hoffnung. *Du wirst mich nicht verlassen, Siri. Ich weiß es.* Zu anderen Zeiten, wenn der Schmerz in Hals und Rückgrat zurückkehrte, ein dumpfes, düsteres Pochen, senkte sich ein Gefühl der Trostlosigkeit, der Selbstverachtung, der Hoffnungslosigkeit über ihn. *Natürlich bin ich zu alt für dich. Und du hast meine Schwäche gesehen, überdeutlich.* Es war Jahre her, dass Lionel sich zu keinem Entschluss durchringen konnte, dass seine Gefühle so sprunghaft waren, dass er die Angst gespürt hatte, die Liebe auslöst: die Sorge, dass unsere Liebe nicht erwidert wird, dass uns unsere Gefühle ins Gesicht geschlagen werden.

Er konnte sich nicht entsinnen, Camille jemals so geliebt zu haben.

Er konnte sich nicht entsinnen, überhaupt jemanden so geliebt zu haben.

Camille hatte er erzählt, er habe ein kleineres Problem mit seinem Nacken und seinem Rücken und gehe zu einem Orthopäden in der Stadt. Camille, beschäftigt mit eigenen Problemen und dem intensiven gesellschaftlichen Leben in Salthill, einer Hochgeschwindigkeits-Achterbahn, aus der man unter Umständen sein Lebtag nicht wieder ausstieg, bekundete Mitgefühl, nahm die Sache aber nicht sonderlich ernst. »Hauptsache, er hat dich geröntgt, Liebling. Ist es etwas ... Ernstes?«

Lionel versicherte Camille, es sei nichts »Ernstes« gewesen.

Es gefiel ihm, dass er in Camilles Beisein kaum Unbehagen empfand. Und dass er kaum an sie dachte, wenn er fort war. *Siri, du beherrschst mein ganzes Leben. Siri, hab Mitleid!*

Einmal, in ihrer fünften Therapiewoche, als Lionel mit schmerzverzerrtem Gesicht nach einer anstrengenden Übung im »Halsbeugen« keuchend da lag und Siri seinen Hals sanft weiter massierte, hielt sie kurz inne und strich ihm über die schweißfeuchte Stirn. Lionels Lider gingen sofort auf. Er sah Siris dunkle, zärtliche

Augen auf sich geheftet. Ergriff ihre Hand und hielt sie einen langen, spannungsreichen Moment fest.

Die vom Leben Verkrüppelten. Er sah sie jetzt überall. Bemitleidete sie, verachtete sie und wandte sich schnell ab, wenn ihre vor Schmerz schimmernden Augen die seinen suchten.

Kopfeinziehen im Sitzen. Halsstrecken im Sitzen. Kopfeinziehen im Liegen. Halsstrecken im Liegen. Kopf zur Seite neigen. Kopfkreisen. Kopf nach vorn beugen im Sitzen. Jede dieser Übungen sollte zehnmal wiederholt werden. Jede Übungsfolge sollte Lionel zu Hause zweimal täglich absolvieren, bei Bedarf, wie Siri sagte, noch öfter.

»Aber ich brauche meinen Schmerz doch auch! Mein Schmerz ist mein Band zu Ihnen.«

In Salthill zwar nicht, aber in seinem Apartment in der 61. Straße Ost schlief Lionel – oder versuchte es zumindest – mit einem ziemlich harten Kissen, einer »Nackenrolle« zusätzlich zum Kopfkissen. Er hatte sie auf Siris Empfehlung hin in der Klinik gekauft. Manchmal träumte er, dass Siri mit den dunklen, glutvollen Augen und dem warmen Moschusgeruch ihm eine Stange auf das empfindliche Genick drückte, kehlig, fast unhörbar sagte: *Mr Hoffmann! Bitte entspannen Sie sich.* Manchmal träumte er, er befinde sich nackt an einem öffentlichen Platz, liege unbeholfen auf den Knien, den gestreckten Hals, in dem der Schmerz pochte, über einem Eimer, während über ihm das Beil einer Guillotine hinaufgezogen wurde, das gleich seinen Kopf vom Körper trennte.

Er wusste es, war sich ganz sicher! Schon bald würde sie ja sagen zu einem Treffen.

(Wirklich? *Das ist lächerlich, ich bin zu alt. Adam würde mich auslachen.*)

Aber Siri war so lieb. Vor und nach seiner eigenen Behandlung hörte er sie in ihrem Zimmer mit anderen Patienten sprechen. Er hörte sie telefonieren. Und ihre kräftigen, geschickten Finger waren so zärtlich. Es war ihre Aufgabe, Schmerz zu lindern. Sie war ein barmherziger Engel in frischem weißem Nylon, Kittel und Hose. Der Kittel fiel locker, sodass man die Form ihrer Brüste nicht genau erkennen konnte, nur sah, dass sie nicht winzig, wohl aber auch nicht groß, tierhaft mütterlich waren. Siri hatte einen ganz anderen Körperbau als Camille: war schlank, jungenhaft schmal, ihre Oberschenkel und Hüften, der Oberkörper, Schultern und Arme, alles war perfekt proportioniert, mit feinen Muskeln und ohne ein Gramm Fett. Arme Camille: mit ihren fülligen Hüften und Brüsten, ihrem rosigen, runden Gesicht, so darauf bedacht, andere zufrieden zu stellen, gehörte sie zu denen, die von der Entwicklung überholt waren; junge Frauen starben nicht mehr im Kindbett, weil ihr Becken zu schmal war, und brauchten auch keine schweren Milchtüten mehr als Brüste. Beim Gedanken an Siris flachen glatten Bauch kam Lionel ins Schwitzen. *Das ist lächerlich! Hilfe!*

Trotzdem meinte er zu wissen, dass sie ja sagen würde zu einem Treffen. Schon bald.

Siris Dienst in der Klinik in der Park Avenue endete um sechs. Lionel hatte es so eingerichtet, dass er in einem Wagen mit Chauffeur in der Park Avenue auf sie wartete. Sie war überrascht, ihn zu sehen, es war ihr nicht recht, sicher, aber sie war auch geschmeichelt. »Siri, ich muss mit Ihnen sprechen. Unter vier Augen.« »Mr Hoffmann! Das ist nicht gestattet.« »›Sprechen‹ ist nicht gestattet? Das kann nicht sein!« Lionel lachte. Er war ein überraschend unbeschwerter Verliebter, so wie weiland Fred Astaire oder Gene Kelly. Wären da nicht seine Rückenbeschwerden gewesen – er hätte womöglich gleich dort auf dem Gehweg zu tanzen begonnen. Er war jungenhaft, voller Elan, lächelte verführerisch. Improvisierte fröhlich drauflos, wie er es im mumienhaften Salthill niemals getan hätte: »Die Verfassung der Vereinigten Staaten, Siri, garantiert uns Redefreiheit. Sie sind doch US-Bürgerin, oder?« Das war gewagt, aber auf den Punkt gebracht. Scherzhaft, aber nachdrücklich. Siri lachte verlegen. Heftete ihre ein wenig exotischen dunklen Augen auf ihn. Schüttelte auf eine Weise den Kopf, die er nicht zu deuten vermochte, die ja heißen konnte, aber auch nein. Heute trug Siri ihr glänzendes dunkles Haar in der Mitte gescheitelt und auf eine Art aus dem Gesicht gekämmt, die Lionel an die Profile von Frauen im alten Ägypten denken ließ. Siri war so schön! »Wir können im Wagen miteinander sprechen. Während ich Sie nach Hause bringe. Sie brauchen nicht mit der U-Bahn zu fahren.« »Mr Hoffmann! Wenn mein Vorgesetzter mich sieht ...« »Wir können zusammen essen. Etwas trinken und etwas essen. Dann bringe ich Sie nach Hause. Wir müssen miteinander sprechen, Siri. Das wissen Sie doch.« »Mr Hoffmann ...« Die junge Frau war in echter Sorge. Aber wer sollte sie schon beobachten? Lionel sah niemanden. Er wagte es, Siris Arm zu nehmen, führte sie zu dem wartenden Wagen, und Siri wehrte sich nicht, willigte aber auch nicht ein, und dann saßen sie beide allein im Fond des Wagens, und der Fahrer fädelte sich in den Verkehr ein, und dunkel getöntes Glas schützte sie vor neugierigen Blicken. Nun waren sie die strenge Klinikatmosphäre los, nun spielten die Klinikregeln keine Rolle mehr. Was für eine Erleichterung! Durch eine Glasscheibe vom Chauffeur getrennt, fuhren sie durch eine ihnen vertraute Gegend, waren beide atemlos, doch hier übte Lionel die Autorität aus. Machte sie dadurch geltend, dass er Siri berührte, mit seinen Fingern ihre Finger umschloss. Lachte über seine Kühnheit. Siri rang sich ein Lächeln ab, schaute ängstlich, ablehnend, »Mr Hoffmann –«, doch Lionel fasste einfach fester zu.

Sie glitten in einer Karawane schimmernder Wagen dahin. Stadtverkehr. Lionel Hoffmann war ein Bürger Salthills und besaß Grundstücke in Manhattan und war viele Millionen Dollar schwer, und das war Siri Joio, die weder dumm noch vermutlich so naiv war, wie es den Anschein hatte, sicher bekannt.

»Bitte nennen Sie mich Lionel, Siri. Sie wissen doch inzwischen, dass ich so heiße.«

Jetzt fängt es an. Jetzt hält mich nichts mehr auf! Im Fond des Wagens küsste er sie zart, in dem Restaurant an der East Side saßen sie über Eck an einem mit Kerzen geschmückten Tisch, Lionels attraktiver ergrauender Kopf beim Sprechen zu Siri geneigt. Siri war die ganze Mahlzeit hindurch sehr still, und Lionel redete. Er hatte gar nicht gewusst, dass ihm so viel auf der Seele lastete und dass er so wortgewandt war. Sexuell erregt, aber ein Gentleman. Das wollte er Siri unbedingt vermitteln: Er war ein Gentleman. Erzählte ihr von seinem Leben. Sein Leben für eine Geschichte zu halten war ihm nicht in den Sinn gekommen bis zu dem Abend, an dem er sie einer schönen jungen Frau erzählte, die ihn gespannt ansah und ihm ab und zu, wenngleich schüchtern, die Hand streichelte. Falls Siri schon die Lebensgeschichten vieler wohlhabender Männer mittleren Alters, ihrer Patienten in der Klinik, gehört hatte, so merkte man es ihr nicht an. Falls Siris Gedanken während Lionels leiser, leidenschaftlich bewegter Monologe abschweiften, so merkte man ihr auch das nicht an. Sie schien fasziniert von Lionel Hoffmanns Leben, einem, wie er es ausdrückte, von Entbehrung, stoischem Erdulden und Pflichtgefühl geprägten Leben. »Die protestantische Ethik. Die Theologie stiller Verzweiflung. Das alles ist *Ihnen* hoffentlich erspart geblieben, Siri!« Beim Sprechen wollte es Lionel so scheinen, als habe er sich seit seiner Kindheit in all seinem Handeln immer den Wünschen anderer gefügt; sein einziges Geheimnis, das nur er kannte, sei ihm durch Zufall widerfahren: der schreckliche Fund des toten Hippiepärchens an dem See in Broom Hills, als er noch Kind war. »Als hätte ich einen Schatz gefunden. Einen entsetzlichen Schatz. Bloß hatte ich keine Ahnung, was das bedeuten sollte.« Was mochte Siri mit dieser erstaunlichen Aussage anfangen? Doch sie hörte aufmerksam zu, ihr Blick seinen fest erwidernd. Dieser Glanz in ihren Augen! Hypnotisierend! Der Geruch nach Muskat, nach erhitzter Haut, das schwer auf ihrer Halsbeuge ruhende Haar. Lionel war verrückt danach, die Flechten zu lösen, er war verrückt darauf, sein Gesicht an ihren Hals zu drücken, sich in sie zu versenken. Kellner, noch eine Flasche Wein! (Dabei trank Siri nur Mineralwasser.) Lionel konnte nicht anders, als ihr von seinem Leben zu erzählen. Von seinem Leben, bevor er ihr begegnet war. »Gott sei Dank hatte ich Schmerzen. Die Schmerzen, die mich zu Ihnen geführt haben. Welchen Sinn das hatte, erkenne ich jetzt. Es gibt keine Zufälle im Universum, Siri.« Während er sprach, flüsterte sie *Ja* und *Oh, ja?* und demonstrierte durch Wärme und Intensität ihres Blicks und häufiges Zähneblecken beim Lächeln, dass sie beeindruckt war, erotisch angezogen, ihn bewunderte, dass er sie aber auch einschüchterte, denn er erzählte ausführlich von Hoffmann Publishing Inc., dem führenden Medizinverlag der Vereinigten Staaten, vom Stolz seiner Familie auf das von ihm Geleistete, von seinem eigenen Groll, auf so vieles im Leben verzichtet zu haben im Tausch für »Erfolg«. Außerdem hatte er zu jung geheiratet und vor allem deshalb, um seine Eltern zufrieden zu stellen; hatte ein liebes Mädchen geheiratet, das er nicht wirklich geliebt, das aber die Billigung seiner Eltern gefunden hatte. »Meine Frau. Meine Kinder. Mein Leben, bevor ich Ihnen begegnete – das alles ist Vergangenheit, Siri. Ich habe das Gefühl, in Glück zu ertrinken. Trotzdem – es ist mir ein Rätsel!«

Nach dem Restaurant, beim Eintreten in die Wohnung in der 61. Ost, Siris Hand in seiner, überkam Lionel plötzlich Panik: Was, wenn Camille ihn in ihrer tollpatschigen Art hatte überraschen wollen, wie sie ihren zurückhaltenden und leicht in Verlegenheit zu bringenden Ehemann einmal mit einer Party zu seinem vierzigsten Geburtstag überrascht hatte, und an dem Tag in die Stadt gekommen war und Lionel erwartete ...? Gott sei Dank war die Wohnung leer. Lionel lachte laut angesichts der kindlichen Ehrfurcht auf Siris Gesicht. »Ja, hier wohne ich. Vier Tage die Woche. Es ist hübsch, nicht?« Die Wohnung, die die Hoffmanns seit 1975 besaßen, war elegant, wenn auch nicht sonderlich originell möbliert: sechs Räume mit hohen Decken, antiken Lampen, Vorhängen aus Seidenbrokat und dicken Orientteppichen. Lionel, der die Wohnung seit Jahren nicht mehr bewusst wahrnahm, betrachtete sie nun mit Freude durch die großen Augen der jungen Frau. Er bewunderte und begehrte Siri so sehr! Es hatte etwas ungeheuer Erotisches: Eine junge Therapeutin, außerhalb des Bereichs, in dem sie das Sagen hatte, befand sich in einem Bereich, in dem ein anderer das Sagen hatte. Mit stockender Stimme sagte sie: »Mr Hoffmann, ich sollte nicht hier sein. Ich sollte gehen«, und Lionel reagierte darauf nur, indem er sie küsste. Atemlos sagte sie: »Mr Hoffmann! Sie sind verheiratet, das ist nicht richtig. Sie wissen, dass es nicht richtig ist. Oh!« Sie riss sich los und lief in ein anderes Zimmer. Er folgte, trieb sie in die Enge. Lionel kam sich groß, gewaltig, bedrohlich, mächtig vor. Denn Siri trug ihr Markenzeichen, weißes Nylon, jetzt nicht mehr, war jetzt nicht mehr die Therapeutin. Siri war ganz in seiner Macht, wie es vor Jahren seine Kinder gewesen waren. »Hab keine Angst, Liebes. Ich tu dir nicht weh«, sagte Lionel. »Mr Hoffmann. Bitte *nicht*«, flüsterte Siri. Sie waren in Lionels Arbeitszimmer. Auf seinem glänzenden Mahagonischreibtisch standen gerahmte Porträts der Hoffmanns. Wie in einem Hollywoodfilm schien Licht um diese Fotografien zu spielen, ja strahlte sogar von den lächelnden Minigesichtern aus. Lionel und seine hübsche junge Frau, Marcy und Kevin in jugendlichem Alter, eine so nette Familie, eine so amerikanische Familie, diese Personen, die Lionel, soweit er sich erinnern konnte, kaum eines Blickes gewürdigt hatte, wären total eingestaubt gewesen, machte nicht eine Putzfrau einmal pro Woche die Wohnung und auch dieses Zimmer sauber. »Mr Hoffmann! Das ist Ihre Frau? Das sind Ihre Kinder?« Wie betrübt Siri in diesem Moment wirkte. Wie verletzlich. Lionel liebte sie nur umso mehr und begehrte sie. Er schlang die Arme um sie, presste sein warmes Gesicht an ihre Halsbeuge, atmete den würzigen Duft ein, der ihn auf beinahe unerträgliche Weise erregte. »Mr Hoffmann. Das ist nicht richtig. Ich muss gehen. Oh, bitte!« Sie schob ihn weg, doch Lionel hielt sie fest, küsste sie, presste seinen Mund fest auf den ihren, teilte ihre Lippen, die anfangs Widerstand leisteten und dann nachgaben. Beide schwankten. Beide wie von Sinnen. Lionel spürte ihren Herzschlag an seiner Brust. Er spürte ihren Puls, ihre panisch dahinjagenden Gedanken. Er löste ihr Haar, das in einem Wasserfall schimmernd sich kräuselnder Strähnen herabfiel. Sie stießen an einen satinbezogenen Zweisitzer. Lionel begann ungeduldig an Siris Kleidern zu zerren, wie er sich seit Wochen danach gesehnt hatte, an ihrem weißen Nylonkittel und ihrer Hose zu zerren. Er war verrückt danach gewesen, an ihrem Kittel und ihrer Hose zu zerren, und nur seine außergewöhnliche Selbstbeherrschung hatte ihn davon abgehalten. Jetzt lachte Siri verblüfft. Ihr Lachen war ziemlich grell. Stöhnend presste Lionel sich an sie. Ließ sie seine mächtige Erektion spüren. In dieser Wohnung, die Camille nach den Vorschlägen einer überteuerten Innendekorateurin eingerichtet und die Lionel nie sonderlich gemocht hatte. *Wo ich körperlich so einsam war und mich gelangweilt habe.* »Mr Hoffmann. Das ist Unrecht! Oh – Sie wissen, dass das Unrecht ist …«, murmelte Siri, und Lionel stöhnte nur, im Moment zu keiner Erwiderung fähig. Es war Jahre her, dass er sich zumindest ausgemalt hatte, eine Frau so in den Armen zu halten, wie er jetzt Siri hielt. Man fiel nicht mit einer solchen Umarmung über die eigene Frau her, die Vorstellung war lächerlich. Rasende sexuelle Leidenschaft, das kam zwischen Eheleuten nicht vor, wäre eine Verirrung. Zornig stieß er hervor: »Wieso soll es ›Unrecht‹ sein? Wie kann das, was wir tun, ›Unrecht‹ sein? Wir können gar nichts ›Unrechtes‹ tun! Ich habe kein Verlangen nach meiner Frau. Ich werde nie Verlangen nach ihr haben. Soll ich den Rest meines Leben niemals mehr Verlangen spüren? Soll ich eingesperrt bleiben, sterben als Sklave meiner Ehe? Wie sollte ich ein solches Schicksal ertragen? Warum sollte ich?« In seiner Leidenschaft war Lionel pathetisch geworden, Siri schrak vor ihm zurück, als sei sie beschämt. Er sah am dunklen Glanz in ihren Augen, dass sie wusste, wie es um ihn bestellt war. Sie waren jetzt im Schlafzimmer. Hohe, schmale Fenster, hauchdünne weiße Vorhänge. Cremefarbene Seidentapete mit zarten grünen Streifen. Alles hier war so geschmackvoll! Nur Lionels lüsterne Träume nicht. Lionels männlicher Leib. Allein in diesem Bett, so viele Nächte. Es war ein üppiges Kingsize-Bett mit einer grünen Satindecke und einem verzierten Mahagoni-Kopfteil. Weiß Gott, wo Camille und ihre Bekannte, diese Innenarchitektin, ein solches Möbel aufgetrieben hatten! Die »Nackenrolle« war für die Nacht ins rechte Kopfkissen eingezogen, auf der Seite, auf der Lionel schlief; für einen kurzen Moment befürchtete er, dass die Frau, die er mitgenommen hatte, sie sehen könnte, doch er sagte sich, das Siri selbstverständlich von dem Kissen wusste, sie selbst hatte ihn ja zu dem Kauf gedrängt. »Mr Hoffmann – Lionel – das ist Unrecht – oh, bitte!« Doch sie leistete Lionel nur mit einem Bruchteil der Kraft Widerstand, über die sie, wie er wusste, verfügte. Sein Wille beherrschte den ihren vollkommen. Es kam Lionel sonderbar vor, und es erregte ihn, dass diese junge Frau mit den geschickten, geübten Händen, eine Therapeutin, die die wunderbare Macht besaß, Schmerz zu lindern, vor seinen Augen schwach wurde; ihr Widerstand gegen ihn fiel zusammen, als habe er eine Flamme ausgepustet. Diese Passivität aber fachte sein Verlangen nach ihr nur stärker an. Denn Frauen waren kaum noch passiv, nicht mehr. Sogar Camille hatte in den ersten Jahren ihrer Ehe, als sie noch mehr experimentierten, von Softporno-Artikeln in Frauenzeitschriften und Sex-Ratgebern angeregt, ihr Möglichstes getan, um beim Liebemachen mit ihrem nachdenklichen und verlegenen Mann den ersten Schritt zu tun ... Doch hier war Siri, die prachtvolle exotische Siri, so viel jünger als Camille und so viel begehrenswerter, als Camille es je gewesen war, und sie hatte offenbar wirklich Angst vor Lionel, vor seiner Männlichkeit. Jetzt, wo ihr Verhältnis umgekehrt war. Jetzt, wo er der Herr war und sie ihm ergeben. Wo waren die Rückenschmerzen, die ihn so lange geplagt hatten? Hatte Siris Behandlung sie vertrieben, hatte Lionel selbst sie durch Willenskraft bezwungen? Hatte das sexuelle Verlangen sie zerstreut? Lionel und Siri stolperten gegen das Bett. Ihre Kleider waren aufgezerrt, Lionels Hemd und Hose wurden geöffnet, Siri murmelte im Taumel seinen Namen, nicht mehr »Mr Hoffmann«, sondern »Lionel« – endlich! Ihr Gesicht war sehr bleich, wie eine Blüte. Ihre Augen waren niedergeschlagen. Lionel konnte mit ihr machen, was er wollte. Er begriff, dass sie ihn nicht abweisen würde. Nie zuvor in Lionels Leben hatte sein männlicher Wille sich so zur Geltung gebracht, eine heiße Fontäne in seinem Innern. Seine Lenden, sein Penis, ja sein Rückgrat, sein ganzer Körper war durchdrungen vom Triumph des Begehrens. Nun war die Frau unter seinen Händen nackt, eine Strähne ihres langen dunklen gelösten Haars im Mund, er kniete bebend über ihr – seine Erektion war riesig wie eine Keule! – und senkte sich in sie; er hatte aufgehört zu denken, was für eine Erleichterung, nicht mehr zu denken, das Gehirn lahm gelegt wie durch ein sengendes weißes Licht. *Ich werde nicht sterben, so wie Adam. Ich werde nicht sterben!* Leise stöhnend bewegte sich die Frau unter seinem Gewicht. Ihr Wille war von seinem bezwungen worden, wie in Trance lag sie da, ihm willfährig. Von weiblichem Eigensinn, von Verweigerung, von der Sprödigkeit, die den Mann in solche Wut versetzte – davon war hier nichts zu spüren. Lionel pumpte sein Leben in diese Frau. An diese unaussprechliche Stelle zwischen ihren Schenkeln. Pumpte sich selbst freudig in die Vergessenheit. Er nahm nur undeutlich wahr, dass die Frau ihre schmalen, wohlgeformten, milchig weißen Arme mit den festen Muskeln hob und um seinen Hals schloss und zuletzt triumphierend »Lion-el!« flüsterte. Das lange dunkle, leicht klebrige, sich auf dem Kissen ringelnde Haar wie die samtigen Beine einer Spinne, ausgebreitet auf dem strahlend weißen Leinen. Ihr schmallippiger, aber breiter, hungriger Mund saugte an seinem. Lionel spürte ihre großen, festen Zähne. Er spürte ihr Becken, das seinem entgegenkam, sich hob und senkte in seinem eigenen gierigen Rhythmus. Sie gingen gemeinsam unter. Durch ihre rasende Leidenschaft löste sich das feste, runde Kissen aus dem Bezug, fiel zu Boden und rollte ein paar Meter, so als wolle es unbedingt fort. Lionels Herz, so lange untätig, hämmerte heftig. Ein Mantel aus brennenden salzigem Schweiß hüllte ihn ein. Es war ein Novum in seinem Leben, solche – Macht, eine solche Kraft seinen Körper durchströmen zu spüren! Er keuchte: »Mein Liebling! Meine –«

In dem sintflutartigen Orgasmus hatte er den Namen der Frau vergessen.

3

Eine Frau merkte viele Male, als sie morgens erwachte, dass ihr Kissen feucht, ihr Gesicht nass vor Tränen war, denn sie hatte im Schlaf geweint.

So viele Male. Leinene Kissenbezüge mit eingewebten Blumenmustern aus Satin. Feucht, beschmutzt von Kummer. Im Spätherbst dieses kummervollen Jahres. Im Spätherbst – oder war es bereits der Winteranfang? – von Camille Hoffmanns Leben.

Ja, es war bereits Dezember, der dunkelste Monat. Er war im Oktober ausgezogen.

Diese Schande. Wie die ertragen? Aber ich liebe ihn, ich verzeihe ihm! Er weiß doch, ich verzeihe ihm. Und ich werde ihn immer lieben.

Doch es gab Trost. Denn Apollo und Shadow schliefen jede Nacht auf dem Boden vor dem Bett ihrer Herrin. Apollo links, Shadow rechts wie Hundeskulpturen im alten Ägypten, die die im Sarkophag liegende Mumie ihrer Herrin im Tode bewachten.

Wenn Camille sich nachts vor Kummer herumwälzte, wenn sie stöhnte oder weinte im Schlaf, waren beide Hunde sofort hellwach, setzten sich auf, witterten Gefahr.

Sie würden sie niemals verlassen.

Nach seinem unvermittelten, erstaunlichen Auszug aus dem Haus am Old Mill Way und seiner Übersiedlung in die Wohnung in der 61. Straße Ost in Manhattan hatte Lionel Hoffmann sich bemüht, mit Camille »in Kontakt« zu bleiben; er hatte »fair und gerecht« sein wollen, und so telefonierten sie bis Mitte November täglich. Danach war ihr Ehemann aus einem Camille unbekannten Grund in seinem Büro immer öfter »nicht zu erreichen«; rief sie in der Wohnung an, nahm niemand ab, und wenn sie eine Nachricht hinterließ, rief Lionel sie häufig nicht zurück. Und wenn doch einmal, war er beim Sprechen merkwürdig zerstreut, so als (aber das konnte doch nicht sein, oder?) habe er Schwierigkeiten, sich zu erinnern, wer sie war.

Während eines dieser peinlichen Gespräche meinte Camille Flüstern am anderen Ende der Leitung zu hören. Gedämpftes Kichern. Und Lionel etwas murmeln oder stöhnen.

Diese Unaufmerksamkeiten überging Camille höflich.

In den Wochen nach ihrer Trennung hatte Lionel Camille wiederholt, wie ein Soldat, der einen Eid leistet, versichert, ja, er liebe sie und respektiere sie, er würde sie immer lieben, so wie er Marcy und Kevin liebte. Doch offenbar konnte er zur Zeit mit seiner Liebe nicht bei ihr sein.

Da lag der Hase im Pfeffer. Wir können nicht immer bei denen sein, die wir lieben.

Camille erwiderte schnell: »Oh, ja. Klar, Lionel. Ich ... verstehe.«

»Nimm's nicht persönlich, Camille. Du musst das verstehen.«

»Oh, das tu ich.«

»Wenn einen der Blitz trifft, ist es nie persönlich.«

»Keineswegs.«

Weißt du, Liebling, wie ich dir verzeihe? Ich werde dich immer lieben. Und das Haus, in dem wir so glücklich waren, wartet auf dich.

»Camille? Ich muss auflegen?«

»Oh, ja. Danke für deinen Anruf, Lionel.«

»Camille, du hast mich angerufen.«

»Ach? Na dann danke für ...«

»Wiederhören.«

Obwohl es so vieles zu besprechen gab. Die Grundstücke, die Anlagen, das Vermögen, die ihnen zu gleichen Teilen gehörten; die Zukunft ihrer Ehe. (Das hässliche Wort »Scheidung« war noch nicht gefallen.) Die Reaktion der Kinder auf diese völlig unerwartete, aufreibende Neuigkeit. (» Marcy und Kevin sind doch keine ›Kinder‹ mehr, Camille, oder?«, hatte Lionel recht kühl gesagt.) Nie sprachen sie über die Frau, zweifellos eine sehr schöne jüngere Frau, in die sich Lionel offenbar *verliebt* hatte, obwohl Camille neugierig und offen und, in Maßen, sogar verständnisvoll war.

Gegen Ende eines kurzen, besonders konfusen Telefongesprächs murmelte Lionel, so als quäle ihn das, er habe ihr nie, nie absichtlich wehtun wollen.

»Wie lieb von dir, Lionel. Wie rücksichtsvoll.«

Als sie aufgelegt hatte, lachte Camille. Rieb sich mit beiden Handflächen die wunden, geröteten Augen. Ihr Lachen war schrill und kurz. Apollo und Shadow kamen angerannt.

Der hübsche, stolze Apollo lebte während Adams Abwesenheit in dem Haus am Old Mill Way. Apollo, eine edle Mischung aus deutschem Schäferhund und Husky, anhänglich und treu, intelligent, von Adam Camille anvertraut, seiner engsten Freundin. Apollo, der vielleicht sechs Jahre alt, im späten mittleren Alter war, seelenvolle, wache Augen hatte, dessen Fell mit den silbrigen Spitzen dicht und glatt geworden war dank des vitaminreichen Futters, der sorgfältigen Pflege und der Liebe, die Camille ihm freigebig angedeihen ließ. Und mit ihm der kleinere, weniger auffällige Shadow, ein Labradormischling mit melancholischen verschnupften Augen und einem schmalen Fuchsgesicht, lädierten Ohren, einem borstigen, dumpfschwarzen, gelockten Fell und fleckigen Zähnen; ein etwas älterer junger Hund, in mancher Hinsicht noch Welpe, unreif und (zum Glück war Lionel nicht da!) noch nicht ganz stubenrein, in anderer Hinsicht jedoch schon betagt, ein Krüppel mit einem verbogenen Rückgrat und einer teilamputierten Hinterpfote; der arme Shadow, der beim geringsten Geräusch vor dem Haus oder beim Läuten des Telefons zu zittern begann und der immer wieder dazu angehalten werden musste, im Haus nicht zu bellen, dabei aber unerschöpflich in seiner Liebe und seiner neuen Herrin treu ergeben. Wenn Camille in Shadows wässrigen Augen auch nur einen Anflug von Angst erblickte, hockte sie sich sofort zu ihm und umarmte und tröstete ihn. »Shadow! Braver Hund. Bei mir bist du jetzt in Sicherheit. Für immer.«

Shadow hatte die Unart, an Camille hochzuspringen, zu jaulen, zu bellen, sie abzuschlecken und zu küssen, mit seinem schiefen Hinterteil und seinem Schwanzstummel zu wackeln; vor Aufregung schnappte er manchmal nach ihr, biss sogar mit überraschend scharfen Zähnen zu, sodass ihre Haut riss und blutete. »Nein, *nein*. Shadow, das ist *böse*.« Bei solchen Gelegenheiten kam Apollo angerannt, war eifersüchtig oder wollte in die Liebesbezeigungen eingeschlossen werden; er stürmte auf Camille und Shadow zu, umkreiste sie, stupste sie an, jaulte und bedeckte Camilles Gesicht mit nassen Küssen. »Apollo! Benimm dich.« Camille gickelte aufgeregt wie ein junges Mädchen, hatte, auf den Fersen stehend, Mühe, das Gleichgewicht zu halten; manchmal kippte sie auch um, und von den Hundeschnauzen, die ihr das Gesicht abschleckten, blieb ein säuerlicher Film haften, der sich, wenn er trocknete, anfühlte wie vergehender, kraftlos werdender Sonnenschein.

»Mutter, das ist nicht dein *Ernst*? Sag, dass du einen *Scherz* machst!«

Camille zuckte zusammen. Wie wenig ihre Tochter Marcy sie kannte! Zu glauben, Camille könne über so etwas scherzen.

»Daddy ist ausgezogen? Aus unserem Haus? Nach New York? Was geht in Gottes Namen bei euch vor? Mutter!«

Was den Kindern sagen! Welche Worte wählen und es Marcy und Kevin taktvoll, aber sachlich und unaufgeregt beibringen? Schmerzlicher als die persönliche Kränkung und die gesellschaftliche Schmach der *verlassenen Frau* war vielleicht das Gefühl einer Mutter, ihre Familie nicht zusammenzuhalten vermocht zu haben. Und natürlich fiel die Aufgabe, es Marcy und Kevin zu erklären, Camille zu.

Wie Lionel einfach zu sagen, ihre Tochter und ihr Sohn, obwohl beide weit über zwanzig, seien erwachsen, war grausam und stimmte so auch nicht. Als seien »Erwachsene« gegen Kränkung und Enttäuschung immun. Camille wusste, dass beide Kinder sehr an dem Haus am Old Mill Way hingen, dass sie ihre aufmüpfige Teenagerzeit im Rückblick verklärten, sich an idyllische Jahre erinnerten, während sie damals bekundeten, Salthill zu hassen und wie alle ihre Freunde das Vorstadtleben wohlhabender Weißer gründlich satt zu haben. Sie waren in der Epoche der amerikanischen Geschichte großgeworden, die, ausgenommen vielleicht das letzte Jahrzehnt des neunzehnten Jahrhunderts, am stärksten materialistisch orientiert und vom Konkurrenzdenken geprägt war, gehörten zu der Generation junger Amerikaner, die begreifen mussten, dass sie aus eigener Kraft vermutlich nicht so erfolgreich und wohlhabend werden konnten wie ihre Eltern. Obwohl Marcy einen Abschluss an der philosophischen Fakultät der New York University gemacht hatte, arbeitete sie in Seattle für das Online-Magazin *Slate* in einer Position, die, wie ihre Eltern es verstanden, kaum mehr war als ein Bürojob. Und Kevin, einst Student am Harvard College und an der Harvard Business School, hatte sich inmitten seiner glänzenden Konkurrenten noch nicht ausgezeichnet; auch er hatte einen nur ungenau definierten Job im Cyberspace, arbeitete wie besessen sechzig Stunden die Woche für die Bostoner Firma TechInvest.com und litt schon jetzt an stressbedingtem Haarausfall und Darmkrämpfen; wie Lionel in seinem Alter auch lehnte er einen Eintritt in das Familienunternehmen ab, in der Hoffnung oder Täuschung, sich selbstständig eine Karriere aufbauen zu können. (Lionels Taktik war, seinen Sohn nicht zu bedrängen. »Wenn Kevin soweit ist, dass er bei mir arbeiten will, wird er es wissen, und ich werde es auch wissen.« Camille, der die Taktik des vornehmen Ausweichens und der Doppelzüngigkeit ihres Mannes bestens bekannt war, deutete dies so, dass Lionel insgeheim nicht viel auf die unternehmerischen Fähigkeiten seines Sohnes gab und ihn bei Hoffmann Publishing Inc. nicht haben wollte.)

In ihrer Bestürzung und tiefen Scham hatte Camille es wochenlang aufgeschoben, Marcy und Kevin anzurufen. Zehn Tage vor Thanksgiving wurde ihr klar, dass sie es jetzt tun musste, denn ihre Kinder gingen natürlich davon aus, dass es wie üblich ein großes, von Camille zubereitetes Thanksgiving-Essen geben würde mit mindestens fünfundzwanzig Gästen an der Tafel, Verwandten von beiden Seiten der Familie und Freunden aus dem Ort wie Adam Berendt. (Camille ertrug die Vorstellung nicht, dass Adam niemals wieder Gast an ihrem Tische sein würde; das Klügste war vielleicht, nie wieder eine Dinnerparty zu geben.) Weder Marcy noch Kevin hatten sich je begeistert über ein Thanksgiving zu Hause geäußert, waren in der Regel aber doch gekommen – aus Pflichtgefühl oder weil sie nirgendwo sonst eingeladen waren. Doch als Camille ihnen jetzt bedauernd mitteilte, dass es dieses Jahr keines geben werde, waren beide schockiert und bestürzt, und Marcy wurde zornig. Camille blieb nichts übrig, als stammelnd zuzugeben, dass sie und Lionel »Eheprobleme« hatten und dass Lionel »vorübergehend nach New York gezogen« war. Das Gespräch mit Marcy nahm rasch eine bedrückende Wendung. »Er hat eine andere, nicht?«, sagte Marcy schneidend. »Ich wusste es. Mutter! Du hast in einer Traumwelt gelebt, hast dich seit *Jahren* gehen lassen. Daddy ist ein attraktiver Mann, und er ist nicht gerade ein Hungerleider, *begreifst* du denn gar nichts?« Während ihre empörte Tochter auf der anderen Seite des Kontinents sie schalt, ermattete Camille ein wenig. Einer der Hunde stupste sie mit seinem großen Kopf an die Knie und leckte ihr aufmunternd die Hände: Apollo. Der kleinere, drahtigere Shadow bedrängte sie von der Seite, jaulte fast unhörbar und drückte sich mit seinem warmen, pelzigen Gewicht an sie, um sie zu trösten. »Marcy, das ist nichts Persönliches. Deinem Vater liegt sehr daran, dass wir das alle begreifen.«

»Nichts ›Persönliches‹, was soll das heißen? Ich fasse es nicht.« »Das hat Lionel gesagt, es ist, als ob ein Blitz einschlägt, das hat gar nichts zu tun mit …« »Das Einschlagen, das war Daddy, Mutter. Steck doch nicht den Kopf in den Sand. Daddy ist ein Idiot!« »Marcy, bitte …« »Ich rufe ihn an! Dem werd ich schon was erzählen, dem guten Dad.« »Oh, Marcy, tu das nicht, Liebes, bitte. Ich bin sicher, das ist bloß eine momentane Verirrung, und Lionel ist Weihnachten wieder zu Hause. Er hat noch nie etwas getan, was auch nur entfernt …« »Wenn du's genau wissen willst, ich hab Dad letzte Woche im Büro angerufen und bekam zu hören: ›Mr Hoffmann ist derzeit nicht zu sprechen.‹ Und er hat mich auch später nicht zurückgerufen«, sagte Marcy. »Er hat Angst, mit mir zu sprechen!« »Marcy, ich bin sicher, dein Vater wird sich demnächst bei dir melden. Du und …« »Sag mir nicht, Daddy hat eine Freundin – in seinem Alter. Das ist es, nicht?« »Marcy, ich …« »Das ist das Allerbeschissenste, was ich diese Woche höre, und glaub mir, Mom, es war eine *beschissene* Woche.« Marcy weinte vor Entrüstung. Camille befürchtete, ihre Tochter könne den Telefonhörer aufknallen, wie sie es bei geringeren Anlässen schon mehr als einmal getan hatte, und gleichzeitig hoffte sie, Marcy werde genau das tun. Aufgebracht sagte Marcy: »Das krieg ich raus! Und wenn ich zu euch rüberfliegen muss, Thanksgiving oder nicht. Überall lassen sich die Väter scheiden und heiraten Frauen in meinem Alter, aber bei den Hoffmanns wird es dazu verdammt noch mal nicht kommen, nicht ehe ich und Kevin einen Ehevertrag zu sehen kriegen! Verdammt, Mutter! Seit ich von zu Hause weg bin, hast du mindestens fünfundzwanzig Pfund zugenommen.« Bei diesem Schlägen musste Camille die Augen zumachen. Sie waren verdient, doch das machte den Schmerz nicht geringer. Unweigerlich musste sie daran zurückdenken, wie Marcy, als Siebtklässlerin in der Salthiller Schule das pummeligste Mädchen ihrer Clique, einem Schlankheitswahn verfallen war. Marcy hatte ihr »weiches«, dem ihrer Mutter ähnelndes Gesicht verachtet und Camille, als die ihr einmal gut zuredete, weil sie nichts mehr essen wollte, wutentbrannt angefahren und die Worte gesprochen, die Camille nie vergessen sollte: »Lass mich in Ruhe, Mutter! Lieber sterbe ich, als dass ich so fett werde wie *du.*« Damals hatte Camille vielleicht acht Pfund Übergewicht gehabt.

Camille hatte Lionel nie von diesem Vorfall erzählt. Einmal hatte sie bei Adam Berendt angefangen, davon zu erzählen, aber wieder aufgehört, weil sie meinte, Adam würde sie ebenfalls bemitleiden, und Mitleid war das letzte, was sie von Adam wollte.

So als spüre sie die Verzweiflung ihrer Mutter, wurde Marcy etwas nachgiebiger. »Mom? Bist du noch dran? Hör mal, entschuldige. Es hat dir das Herz gebrochen, ja?« Als Camille, die sich die Augen wischte, sich nicht zu antworten traute, fragte Marcy abermals, ob es, soweit Camille wisse, eine andere Frau gebe, und Camille antwortete mit aller Würde, die sie aufbieten konnte: »Marcy, das musst du deinen Vater fragen. Das kann nur er dir sagen.«

Von dem Wortwechsel erschöpft und demoralisiert, hätte Camille sich am liebsten hingelegt, doch ihr war klar, dass sie sofort Kevin anrufen musste, bevor es Marcy in ihrer Wut tat. Zum Glück war Kevin zu Hause und nahm ab. Auch er war überrascht von der Neuigkeit. »Dad ist *aus*gezogen? Aus unserem *Haus*? Ist er verrückt? Was geht da vor, Mom?« Camille sagte vorsichtig: »Es ist nur vorübergehend, Kevin. Ich hab deine Schwester schon angerufen und es ihr erklärt. Lionel ist …« »Warte. Jetzt mal Klartext, Mom. Dad ist *aus*gezogen? Nach New *York*? Seit wann? Warum hat mir das keiner gesagt? Seit wann weiß es Marcy? Hey, gibt es da vielleicht – noch jemanden? *Mom?*« Kevins Ton war der eines verängstigten Teenagers, ganz anders als sein gewöhnlich abwesendes, leicht zynisches Genuschel. »Ich – ich weiß es ehrlich nicht, Kevin«, stammelte Camille. »Kann sein, er hat etwas in der Richtung erwähnt – das war alles so verwirrend für mich, ich bin nicht sicher, dass ich es verstanden habe.« Im Grunde wusste Camille es nicht mehr genau. Hatte Lionel tatsächlich die ominösen Worte *Frau* – mit der ich etwas *angefangen* habe – *letzten November* – gesprochen, oder hatte Camille sich das ausgedacht wie in einem grausamen Traum, in dem sie sich selbst bestrafte? Dass Lionel etwas mit einer anderen Frau angefangen hatte, was immer das heißen sollte, und sie, seine Frau, nichts davon gemerkt haben sollte – eigentlich unvorstellbar. Kevin, derjenige in der Familie, der immer zu ihr gehalten hatte, der die ungerechte Machtverteilung in der Ehe seiner Eltern und in Camille seine einzige Verbündete gegen seinen starken Vater sah, sagte ungläubig: »Ja, *gibt* es. Verdammt! Dass Dad sich nicht schämt, in seinem Alter, mit über fünfzig.« Kevin begann höhnisch zu lachen, so als sei der bloße Gedanke, dass Lionel Hoffmann Ehebruch beging, untreu war, urkomisch. Camille merkte, dass sie sich aus Nervosität von seinem Lachen hatte anstecken lassen. Halbherzig schob sie die Hunde fort, die ihr in ihrem Eifer, ihre Herrin zu trösten, wie wild die Hände ableckten und mit bangen Hundeaugen bettelten; sie konnte sich nicht konzentrieren, ach, sie war so müde, seit Shadow in ihr Leben getreten war (wie eine Gunst, unverlangt); sie war dem Tierheim von Rockland County so dankbar gewesen, dass sie sich als freiwillige Helferin gemeldet hatte und zweimal pro Woche einen Nachmittag dort arbeitete. Kevin war ebenfalls wütend, dass es dieses Jahr »kein Thanksgiving« geben sollte, und spekulierte wie ein mürrischer Teenager, ob »Weihnachten vielleicht auch« ausfiele. Camille schwieg. Ihr tat der Kopf weh. Sie überlegte, warum man Kinder und einen Mann wollen sollte, wenn man Hunde haben konnte. *Hunde urteilen nicht. Hunde schenken Liebe.* Kevin sagte verdrossen, es sei wohl besser, wenn er heimkäme, um herauszufinden, »was zum Teufel Dad vorhat«. Er beklagte sich bei Camille darüber, dass er Lionel eine E-Mail (»etwas Persönliches, eine geschäftliche Frage«) geschickt, aber keine Antwort bekommen habe. War Dad denn in New York? In der Wohnung? Camille murmelte, sie glaube schon. Lionel ließe sich bei ihr auch immer Zeit mit dem Rückruf. Voller Verzweiflung sagte Kevin: »Lass Dad nicht das Haus verkaufen, Mom. Es gehört euch doch gemeinsam, oder? Alle Grundstücke, Anlagen, Sparguthaben, nehme ich an? Lass dir von Dad nichts abschwatzen. Lass nicht zu, dass er unser *Zuhause* verkauft.« Camille, die den Hunden die Köpfe streichelte, hatte plötzlich große Sehnsucht nach ihrem Sohn; als Kind hatte Kevin öfters Unfälle gehabt und viel geweint, ihn hatte das Leben entmutigt, seine Schwester dagegen zu Zorn angestachelt; wenn er bei ihr wäre, hätte Camille ihn in den Arm genommen, und vielleicht hätten sie zusammen geweint. Aber

Kevin war weit weg, und sein rauer Atem war zu hören. »Oh, nein, Kevin. So grausam wäre dein Vater nie, dieses Haus zu verkaufen. Ich rechne eher damit, dass er heimkommt – spätestens Weihnachten. Wenn dieser Wahnsinn zu Ende ist.«

Was für eine Überraschung! Camille bekam eine Postkarte von Lionel, aus Barbados. Er habe sich fünf Tage freigenommen, schrieb er. Er würde sich bald bei ihr melden, in Sachen *Zukunftspläne*. Sie könne ja mal überlegen, ob sie sich *rechtlich vertreten* lassen wolle. Er entschuldigte sich dafür, nicht erreichbar gewesen zu sein, das liege allein daran, dass sein Leben wieder *geheimnisvoll* worden sei, *wie neu, unglaublich schön*.

Es war die traurige Geschichte einer verlassenen Salthiller Ehefrau, und zwar eine mit Moral.

Beatrice Archer sagte, die Augen in Tränen schwimmend: »Ich wusste es. Gleich als ich beim Parken auf der Einfahrt der Hoffmanns sah, dass Camilles prächtige Mutterpflanzen umgeworfen und einige der Tontöpfe zerbrochen waren – da stimmte etwas nicht.«

An dem Tag Anfang Dezember war Beatrice mutig und suchte Camille Hoffmann auf. Uneingeladen. Sie hatte Camille mehrmals angerufen, doch die hatte nie zurückgerufen. »Aber wir können Camille doch nicht einfach abschreiben, wie Lionel es getan hat. Die arme Frau steht unter Schock.« Beatrice Archer, die Gattin eines angesehenen Salthiller Internisten, war eine attraktive Frau im jungen Mittelalter mit blondem, goldig glänzendem Haar, das ihr Gesicht wie in gemeißelten Wellen umrahmte, und einer Art wie die Galionsfigur eines Schiffes: immer vorneweg. Sie kümmerte sich sehr um ihre Freunde, vor allem jetzt, da ihre Kinder erwachsen und aus dem Haus waren. Sie war eine Frau mit starken christlichen Grundsätzen. Sie hatte ihrem Mann Avery in den Ohren gelegen, Kontakt zu Lionel Hoffmann in New York aufzunehmen und sich, wenn möglich, mit ihm zu treffen. »Um den Mann zur Vernunft zu bringen. Ausgerechnet Lionel! Er müsste doch wissen, dass das *erniedrigend* ist.« (Doch Lionel, klagte Avery, rufe ihn nie zurück. Und bei Hoffmanns Publishing Inc. teilte ihm die Sekretärin kurz angebunden mit, Mr Hoffmann sei »derzeit nicht zu erreichen«.) Und so fuhr Beatrice eines Morgens kurz entschlossen einfach rüber zum Old Mill Way, der die Old Dutch Road kreuzte, in der die Archers in einem wunderschön restaurierten neo-georgianischen Haus auf drei Morgen bestem, bewaldeten Grund lebten; Beatrices Überlegung nach konnte Camille gar nicht anders, als sie hereinzulassen. »So oft, wie wir uns gegenseitig zu Hause besucht haben …«

Doch da waren die unansehnlichen Mutterpflanzen, für eine so pingelige Hausherrin wie Beatrice Archer ein beunruhigender Anblick. Und die Jalousien, die an diversen Fenstern des Hauses, das davon wahrlich viele hatte, heruntergezogen waren. Und die Hunde, die plötzlich aus dem Nichts angejagt kamen und Beatrice einkreisten, als sie auf die Eingangstür zuschritt und mit zitterndem Zeigefinger auf die Klingel drückte. Sie erkannte Apollo, Adams heiß geliebten Hund, den sie seit Adams Tod nicht mehr gesehen hatte. Zum Glück schien Apollo auch sie zu erkennen. »Apollo? Du kennst mich: Adams Freundin Beatrice. Apollo, braver Hund!« Der Schäferhundmischling bellte Schwanz wedelnd, allerdings nicht so freudig, wie es Beatrice recht gewesen wäre. Betrüblicher war der kleinere, bizarrere Hund, ein entstellter Labrador-Mischling mit drei Beinen und wässrigen Augen, den Beatrice noch nie gesehen hatte. Lebten diese Hunde bei Camille? Oder war der schwarze Hund ein Streuner? Sein Bellen klang wie wenn Fingernägel über eine Schulwandtafel fahren, und er war angriffslustiger. »Ich hatte Angst, das Vieh würde mich beißen oder mir die Kleider zerreißen, bevor Camille aufmachte. Sein Fell war gesträubt, und er knurrte. Und so unförmig. Ein hässlicher kleiner Teufel von einem Hund.« Als Camille endlich atemlos angelaufen kam und öffnete – in einem schmutzigen Overall, das ungekämmte grau werdende Haar streng aus dem Gesicht genommen –, stupsten beide Hunde Beatrice bereits mit der Nase an und beschnupperten sie ungeniert. Camille rief sie zur Ordnung und bat Beatrice um Verständnis, dass die Hunde Besucher nicht gewöhnt seien. »Was natürlich nicht heißt, dass sie gefährlich sind. Apollo und Shadow sind beide sehr sanft.«

Beatrice, die noch im Hinterkopf hatte, dass sie nicht eingeladen war und dass ihre Freundin Camille nicht alle Sinne beisammen hatte, umarmte Camille innig und küsste sie auf die Wange. Tränen echten Mitgefühls sammelten sich in ihren sorgfältig geschminkten großen leuchtenden Augen. »Camille, es tut so gut, dich zu sehen! Wir haben uns alle schreckliche Sorgen um dich gemacht, als du nicht zurückgerufen hast, nicht bei der Pro-Familia-Party warst, hier draußen ganz allein bist. Du hast die Gefühle deiner Freunde verletzt, Camille, warum denn?« Es war typisch Beatrice Archer, Mitgefühl in Form von Tadeln zu bekunden. Camille, die dunkelrot anlief, fiel keine Antwort ein, und so bat sie Beatrice herein und entschuldigte sich nochmals, als die neben ihnen her trottenden Hunde weiter Beatrices Beine beschnüffelten und anstupsten. Beatrice schilderte später, wie entsetzt sie gewesen war: Ein solcher Hundegeruch in dem schönen Haus und stapelweise ungeöffnete Post auf einem Kirschholztischchen im Foyer. »Als wären die Hausbesitzer gestorben. Irgendjemand erledigt das Allernötigste, holt die Post herein, macht sie aber nicht auf.«

Der peinliche Besuch dauerte über eine Stunde. Die Frauen saßen in Camilles geräumiger, aber arg unaufgeräumter Landhausküche – auf den Fensterbänken welkende Usambaraveilchen, in einer Ecke, auf schmutzigem Zeitungspapier abgestellt, rote und gelbe Plastik-Hundenäpfe –, in die das Winterlicht hereinströmte. Beatrice hatte den Eindruck, ein großer Teil des Hauses sei abgeschlossen, vermutlich, um Beschädigungen durch die Hunde zu vermeiden. Die Atmosphäre hatte etwas von Ausnahmezustand, als rechne Camille damit, dass etwas passiert, oder als sei es bereits passiert und das die Nachwirkungen. Beatrice erzählte hinterher, Camille sei im eigentlichen Sinne nicht grob zu ihr gewesen, denn dazu sei die Arme ja gar nicht fähig. »Sie hat mir Kaffee angeboten, aber gegeben hat sie mir keinen. Sie hat es wohl einfach vergessen.« Beatrice war verstört und fasziniert von der vollkommen veränderten Erscheinung ihrer Freundin. Lionels Auszug war keine zwei Monate her, und schon ließ Camille ihr feines, welliges hellbraunes Haar grau herauswachsen. Sie hatte kein Make-up aufgelegt, und ihre Haut sah rötlich und rau aus, so als sei sie bei kaltem Wind im Freien gewesen. Sie lächelte nervös. Blinzelte mit wimpernlosen Augen. Sah Beatrice an, als versuche sie einem fremdsprachig geführten Gespräch zu folgen, an dem sie selbst sich nur merkwürdig stockend beteiligte. Beatrice nahm den Jeans-Overall wahr, unter dem sich Camilles breite weiche Hüften abzeichneten und der an den Oberschenkeln Schmutzflecke wie von Hundepfoten hatte. Sie registrierte auch Camilles abgebrochene Fingernägel und die Schmutzränder darunter. Ein deutliches Zeichen weiblichen Niedergangs, solche Fingernägel. Am liebsten hätte Beatrice Camille die Fingernägel manikürt. »Aber ich wollte sie natürlich nicht verärgern. Ich wollte nicht, dass sie denkt, ich mische mich ein. Ich wollte ihr nur begreiflich machen, dass ihre Salthiller Freunde sich um sie sorgen. Ich sagte ihr, Abigail Des Pres wolle sie unbedingt sehen, um Camille ›geistigen Beistand‹ und ›praktischen juristischen Rat‹ zu spenden, denn Abigail hatte dieselben Probleme vor Jahren mit Harry – aber Camille fiel mir ins Wort und stammelte fast zornig: ›Das ist nicht nötig. Ich werde keinen Anwalt brauchen. Du kannst Abigail Dank sagen, aber unsere Situation ist ganz und gar nicht vergleichbar. Mein Mann kommt vermutlich Weihnachten wieder heim. Wir telefonieren oft. Er liebt mich sehr. Er liebt seine Kinder und dieses Haus. Wir hängen beide sehr an diesem Haus. Wir würden das Haus nie verkaufen.‹ Sie hat es regelrecht herausgesprudelt. Ihre Wangen brannten. Ich dachte, wir würden zusammen weinen – die Stimmung war danach. Ich hielt ihre Hände, sie waren eiskalt und zitterten, und sagte, natürlich, das habe Avery auch gesagt, als er es erfuhr: ›Lionel kommt wieder.‹ Worauf Camille fröhlicher wurde und sagte: ›Das hat Avery gesagt, Beatrice, wirklich? Lionel kommt wieder?‹«

Danach begann Camille offener zu sprechen, wenn auch zusammenhanglos. Sie brach oft mitten im Satz ab und lachte oder wischte sich über die Augen. Mit kindlichem Vertrauen gestand sie Beatrice, Marcy und Kevin, nicht sie, ärgerten sich am meisten über das seltsame Betragen ihres Vaters. »Sie blicken so auf zu Lionel, weißt du. Er ist für sie ein Vorbild an moralischer Integrität.

Für mich ja auch!« Sie gestand Beatrice, dass sie ein paar Tage nach Lionels Auszug alle schon angebrochenen Flaschen Whiskey, Scotch, Bourbon, Gin aus dem Barfach geräumt habe; sie hatte sie in Kisten gepackt und zum Müllplatz gebracht, damit sie nicht in Versuchung kam zu trinken – eine erstaunliche Geschichte. »Die Flaschen, die noch zu sind und die in Lionels Weinkeller, ich weiß sowieso nicht, wie man die aufmacht – also kann mir nichts passieren.« Sie und Beatrice lachten zusammen über diese Eröffnung. Wie umsichtig von Camille, die von einem einzigen Glas Weißwein bereits einen Schwips bekam; wie klug. Beatrice, die bei Alkohol auch vorsichtig war und nur bei gesellschaftlichen Anlässen etwas trank – und dann spärlich –, hätte sich gern eingebildet, ähnlich vernünftig zu sein, falls Avery sie einmal verließe. (Doch das konnte sich Beatrice genauso wenig vorstellen, wie sie sich ihren eigenen Tod vorstellen konnte, außer als abstrakte Möglichkeit.) Camille zeigte Beatrice eine Postkarte aus Barbados, die Lionel ihr offenbar erst kürzlich geschickt hatte; die Hochglanzaufnahme zeigte eine Hotelanlage und einen breiten weißen Strand. »Das Barbados Hilton, wo Lionel und ich gewesen sind. Das heißt ja wohl, er denkt an seine Ehe, oder? An unsere glücklichen Erinnerungen? Sonst hätte Lionel nicht diese Karte geschickt. Denn das wäre grausam, und Lionel ist kein grausamer Mensch.« Camilles Stimme zitterte. »Bestimmt nicht«, sagte Beatrice schnell. »Lionel ist wahrscheinlich der nobelste, rücksichtsvollste Mann in ganz Salthill. Viel netter als Avery.« Camille merkte den kleinen Scherz nicht, sondern blickte nur gebannt auf die handgeschriebenen Zeilen auf der Postkarte. Beatrice musste allein überlegen, ob Lionel in die Karibik entschwunden war mit seiner Freundin, angeblich einer hinreißenden, exotischen, sehr jungen Physiotherapeutin, die er in einer Klinik in Manhatten kennen gelernt hatte, denn fragen wollte sie das nicht.

Danach entschuldigte sich Camille dafür, dass sie zu keinem Treffen gekommen war, nicht zu Pro Familia, nicht zu den Freunden der Salthiller Leihbücherei, den Freunden von Pro Musica Salthill, den Freunden des Salthiller Kunstvereins ... Sie beschränke ihre ehrenamtlichen Arbeit auf das Tierheim von Rockland County, das dringend Hilfe brauchte – und Spenden. Sie berichtete Beatrice, wie sie, just am Tag nach Lionels Auszug, auf dem West Axe Boulevard unterwegs, einen Hund gesehen habe, der angefahren und sterbend am Straßenrand liegen gelassen worden war; sie habe angehalten und den Hund in die Rockland-Klinik gebracht, wo ihm eine Notoperation das Leben rettete. Bei dieser Schilderung überkam Camille starke Rührung. »Shadow ist einer von uns, der nicht umgebracht wurde. Ich nenne ihn Shadow, weil er wie ein Schatten aus der blendenden Sonne kam. Ich sah hoch, und plötzlich war er *da.*« Bei der Nennung seines Namens stellte der unförmige Hund die Ohren auf. Seine wässrigen Augen wurden heller. Beatrice, der missgebildete oder entstellte Lebewesen ästhetisches Unbehagen bereiteten, hatte eine plötzliche Ahnung vom Innenleben eines Hundes, falls einem Hund ein Innenleben zugesprochen werden kann, und erschauerte. »Camille, es ist sehr großherzig von dir, einen fremden Hund aufzunehmen. Einen ausgesetzten Hund. Und jetzt auch noch einen verkrüppelten. In einem – so schwierigen Augenblick deines Lebens«, sagte sie tadelnd. »Es ist der richtige Augenblick«, sagte Camille. »Ich wusste es. Es gibt keine Zufälle.« Plötzlich kam Beatrice ein Gedanke. »Willst du noch mehr aufnehmen? Hunde, die kein Zuhause haben?« »Ach, Beatrice«, sagte Camille bedauernd, »ich fürchte, nein. Ich wünschte, ich könnte es, dieses Haus ist lächerlich groß, aber Apollo und Shadow sind vermutlich genug. Selbst wenn sie den Großteil der Zeit draußen sind und in der Scheune schlafen. Lionel ist gegen Hundehaare allergisch, weißt du.« »Wie bequem für dich, als die Kinder älter wurden«, sagte Beatrice entgegenkommend. »Wir hatten keine solche Ausrede, unsere haben uns ständig genervt.« So als hätte sie das nicht gehört, sagte Camille: »Natürlich ist Apollo nicht ständig bei uns, weißt du.« »Aha«, murmelte Beatrice. »Adam ist auf Reisen, jetzt dürfte er in Ägypten sein.« Ihre Lider schlossen sich flatternd, als wollten sie sich ersparen, Beatrices Verlegenheit zu sehen. »Ich weiß nicht genau, wann er wieder kommt. Nach Neujahr, glaub ich.« Beatrice nestelte am Verschluss ihrer Tasche, um nach einem Taschentuch zu suchen, plötzlich ganz darauf konzentriert. »Ich träume neuerdings so viel, Beatrice«, sagte Camille lächelnd. »Ich glaube, ich sehe das Mittelmeer! Lionel und ich haben vor zehn Jahren eine Griechenland-Kreuzfahrt gemacht. Aber auch die Wüste, Pyramiden, und diesen seltsamen, leuchtenden Fluss, das wird der Nil sein, ein so alter Fluss, das seine Wurzeln bis zum Anbeginn der Zeiten zurückreichen. Alles das eben, was Adam jetzt sieht. Nehme ich an.« Sie lachte mädchenhaft. »Ist es nicht typisch Adam, keinem von uns eine Karte zu schicken?«

Beatrice hörte sich selbst stockend sagen: »Nicht typisch Adam, seine Freunde zu vergessen – äh, ich meine – doch, ja, genau.«

Beim Namen »Adam« wurde Apollo unruhig. Beide Hunde lagen in der Küche auf dem Boden, direkt hinter Camille, als bewachten sie sie. Apollos Ohren stellten sich auf, sein silbriger knüppelartiger Schwanz klopfte ein paar Mal. Beatrice sah jedoch, dass Apollo Camilles Glauben an Adams Weiterleben nicht teilen konnte. Der melancholische Moment ging vorüber.

Nicht lange nach diesem Wortwechsel küsste Beatrice ihre Freundin zum Abschied und verließ das Haus am Old Mill Way. Ihr war eine Last genommen! Der deprimierende Hundegeruch und die aufgeladene Atmosphäre, so als habe alles Gesprochene eine doppelte Bedeutung, die Hunde inklusive. Alles in allem war Beatrice jedoch zufrieden mit dem Besuch und glaubte, dass Camille dankbar dafür war. Sie rang ihr die halbe Zusage ab, am Wochenende zu den Archers zum Dinner zu kommen und mit ihr und Abigail Des Pres in der folgenden Woche in das neue Thai-Restaurant in Salthill essen zu gehen. Die wichtigste Voraussetzung, um bei Verstand zu bleiben, ist, das anspruchsvolle äußere Leben fortzuführen, das *gesellschaftliche* Leben, wie es genannt wurde. Was die zweite Voraussetzung war, wusste Beatrice nicht so genau.

Camille wird Thor bei sich aufnehmen. Natürlich! Das passt genau.

Den Rest des Tages rief Beatrice reihum Freundinnen an und schilderte ihren faszinierenden Besuch im Haus der Hoffmanns. Alle waren sich einig, dass Camille unter Schock stand und man sehr lieb zu ihr sein musste. Beatrice wurde als barmherziger Engel betrachtet. Eines Tages würde Camille vielleicht erzählen, wie Beatrice Archer ihr das Leben gerettet hatte … An dem Abend kam

Avery spät von einem Medizinerkongress aus New York heim. Oder war es Boston? Chicago? Während er sich im gedämpften Licht des Schlafzimmers langsam auszog, erzählte Beatrice ihm von dem Besuch bei Camille. »Die Arme steht unter Schock, Avery. Sie hat sich noch nicht einmal ansatzweise von Adams Tod erholt, und jetzt hat auch noch Lionel sie verlassen. Wenn er dich nie zurückgerufen, *dich* geschnitten hat, dann sicher, weil er sich schämt. Das sollte er auch. Lionel Hoffmann! In einem solchen Moment Camille zu verlassen!«

Darauf Avery: »Vielleicht möchte Lionel ja sein Leben retten, Liebling.«

4

Dafür würde ich töten. Alles andere ist belanglos.

Er erwachte im Zustand ekstatischer Seligkeit, die Haarflechten einer Frau über dem Mund. Tief atmete er den weiblichen Moschusgeruch ein, der vermischt war mit dem Geruch seines eigenen Körpers. Sie waren nackt, waren Schwimmer, die zusammen untergegangen sind, die Leiber verschlungen. Durch seine Lenden strömte das Blut, er war wieder jung wie in der Blüte seiner Jahre. Das Verlangen traf ihn wie ein Hammer, der ihm die Knochen zertrümmerte. Er war wehrlos, ergab sich stöhnend.

Belanglos. Alles andere ist belanglos.

»Camille? Ja, ich rufe dich schon bald an. Ich hab im Moment wenig Zeit, aber ich denke an dich. Ich weiß, es ist schwierig. Für mich ist es auch eine schwierige Zeit. Aber ich möchte, dass du weißt, ich ...«

Listig strich ihre Hand über seinen Leib. Von hinten nach vorn. Streichelte, rieb, drückte sacht. Drückte nicht mehr so sacht. Manchmal war sie sein kleines albernes Äffchen, das nach Moschus roch. *Mr Hoffmann* flüsterte. *Pst! Das darf niemand wissen!*

Ein Stöhnen entrang sich ihm, ein erstickter Schluchzer. Der Telefonhörer baumelte an der Schnur.

In Barbados. Sie war dankbar wie ein gieriges kleines Kind in der luxuriösen Hotelanlage, in einer Suite mit Blick auf Palmen, den breiten weißen Strand, das träumerische blaue Meer. *Vielleicht lieben Sie mich ja doch, Mr Hoffmann.* Wenn sie im hellen Sonnenschein mit ihm schlief, stieß Siri Schreie aus wie ein Kind, das Schmerzen hat. Noch nie hatte Lionel ein solches Verlangen gespürt. Listig erniedrigte die Frau sich vor ihm, dem Mann. Küsste ihm die Hände, die Brust, den Bauch. Presste das Gesicht auf seine Lenden. Hätte seine Frau so etwas getan –! Die bloße Vorstellung war grotesk, empörend. Siri aber ergriff Besitz von ihm, sie wusste, was er wollte, auch wenn er schwach protestierte. Wenn er sie fortschob, sträubte sie sich, und so fasste er zu und zog sie fester heran, presste sie an sich. In der Nacht weckte sie ihn mit dem Mund. Schlagartig war er hellwach. Die Zimmerdecke bewegte sich wie feine Gaze. Durch die Balkontüren hörte er die leckenden Wellen.

Belanglos! Alles andere ist belanglos.

»Irgendwann möchte Siri einmal sehen, wo du wohnst. Dein wirkliches Leben.«

Spielerisch sprach sie von sich in der dritten Person, wie Kinder es tun. Mit trotziger Schlawinermiene. Sie hatte sich, vermutete Lionel, die gerahmten Fotos in seiner Wohnung angesehen. Die Familie Hoffmann, vor ein paar Jahren aufgenommen. Das wunderschön hergerichtete Haus aus dem 18. Jahrhundert am Old Mill Way in Salthill. »Wo dein wirkliches Leben stattfindet. Und Siri nicht willkommen ist.« Natürlich stichelte sie nur.

Sie turnte wie ein Äffchen auf ihm herum, nackt, zerwühlte das Bett, setzte sich keuchend auf ihn, umklammerte ihren Patienten mit muskulösen Schenkeln.

»Mr Hoffmann. Seien Sie lieb. Bitte-bitte *entspannen* Sie sich.«

Würdevoll teilte seine Sekretärin es ihm mit. Seine Tochter, sein Sohn, und, ach ja, auch noch einmal Mrs Hoffmann, alle hatten angerufen. Tagelang versucht, ihn zu erreichen. »Danke, Irene. Ich melde mich bald bei ihnen.« Er lächelte, war unbeschwert. Er hatte hier das Sagen. »Bitte richten Sie das aus, falls wieder angerufen wird.« Irene zog noch immer eine bedenkliche Miene. »›Ausrichten‹, Mr Hoffmann?« »Dass ›ich mich bald bei ihnen melde‹.«

Maria, die donnerstags das Apartment putzte, war nicht sicher, ob sie es ihm sagen sollte. Im Schrank im Gästebad fehlten mehrere Stück teure französische Seife. Mrs Hoffmanns Seife – und Mrs Hoffmanns Toilettenartikel von Elizabeth Arden. Die Feuchtigkeitspflege, die Handcreme, Badesalze. Und womöglich auch einer der Waschlappen. Aus dickem weißem Frottee, mit Satin eingefasst. Ihn schüchtern ansehend, informierte Maria ihn in ihrem holprigen Englisch, hoffend, dass ihr Arbeitgeber weiß, dass sie nicht diese Sachen genommen hat.

In Barbados, im November, waren sie glücklich gewesen. Er zumindest war es. Sie hatte auch den Eindruck gemacht. Und an ihrem verlängerten Wochenende in Santa Monica, auf der Dienstreise Anfang Dezember, zu der er Siri mitgenommen hatte. Er hätte es geschworen. Siri war so wunderschön! Und falls nicht, war Siri eben – Siri. Lionel war verrückt nach ihr. Keuchend stapfte er neben ihr durch den festen Sand am Pazifik. Wie andere Männer – und Jungs – sie anstarrten! Siri in Tank-Top und Bikinihose, barfuß. Und das wellige, sich kräuselnde Haar, das ihr offen über den Rücken hing. Zugegeben: er liebte diese gierigen Blicke. Die Blicke des räuberischen Männchens. In den Jahrzehnten seiner Ehe hatte er solche Blicke nie erlebt. Er war begeistert! Nein, er war abgestoßen. Es war ordinär, obszön. Aber trotzdem aufregend! Der Glanz ihrer Haut. Einer beschmierten, schmutzigen Haut, wie es manchmal schien. Und ihre verstohlenen, unverschämten Blicke. Ihr kehliges Lachen. *Sie liebt dich nicht, Arschloch. Du bist ihr scheißegal. Sie lacht mit ihren jungen Liebhabern über dich.*

Ekelhaft! solche Gedanken. Lionel war abgestoßen von solchen Gedanken, doch wenn es um Siri ging, erregte ihn sogar der Ekel vor sich selbst. So lange war sein Ekel vor sich selbst ja bloß das gewesen und sonst nichts. »Ö-de«, wie die Kinder sagten. Ö-de wie die fade feminine Tapete, auf der Camille bestanden hatte. Ö-de wie die Pro-Musica-Konzerte, die Camille sich nicht ausreden ließ und während derer er einschlummerte und in selige Vergessenheit sank, auch wenn Camille ihn mit dem Ellbogen wieder wachstupste. Sein jetziger Ekel war von anderer Art, hatte einen sexuellen Einschlag. Lionel trug ihn unter seinem Hemd, an seiner öligen Haut. In seinen Shorts, an seinen schwellenden Lenden. Es ärgerte ihn – seine Verärgerung, seine Aufgeregtheit stießen ihn so ab –, wenn Siri nicht für ihn verfügbar war. Wenn Siri an dem Abend, in der Nacht etwas anderes »vorhatte«. Wenn Siri übers Wochenende »verreist« war. Wenn eine andere Therapeutin Siris Schicht in der Klinik übernahm. Klar: Siri hatte ihr eigenes Leben. Er war ein verheirateter Mann, und er hatte kein einziges Mal davon gesprochen, dass er sie heiraten würde. Kein einziges Mal hatte er davon gesprochen, sich von seiner traurigen, langweiligen Frau scheiden zu lassen. Keine Frage, Siri hatte ihr eigenes Leben – sie hatte es ihm ja auch mehr als einmal mitgeteilt. Siri war nicht zu mieten. Als Therapeutin schon, aber sonst nicht. Und selbst als Therapeutin war sie in der Klinik nicht verpflichtet, einen Patienten zu behandeln, den sie nicht behandeln wollte. Das war Firmenpolitik, verständlich. Denn es kam schon vor, dass Patienten (räuberische Männchen) zwanghafte Fixierungen entwickelten, sich außerhalb der Klinik mit ihren Therapeutinnen treffen wollten, ihnen nachstellten und sie verfolgten. »Aber Siri, Mr Hoffmann, ist nicht zu mieten. Ja?«

Ja. Und nein. Lionel machte es Freude, sie derb auszuziehen, ihr den weißen Nylonkittel und die Hose herunterzureißen. Auf seinen Wunsch trug sie ihre Uniform auch in der Wohnung in der 61. Ost. Auf seinen Wunsch trug sie ihr Haar geflochten und am Nacken festgesteckt. Es war ihm eine Lust, die Nadeln aus ihrem Haar zu ziehen, die langen, sich kräuselnden Strähnen mit dem Muskatgeruch, dem leicht säuerlichen, ungewaschenen Affengeruch, in den er vernarrt war, zu lösen. Wenn sie sich liebten, wand Lionel ihr spielerisch eine Haarsträhne um den Hals. Sie stachelte ihn an: *Mr Hoffmann! Fest zuziehen! Tun Sie mir weh! Ich weiß, wie sehr Ihnen das gefällt.* Lachte über sein Gesicht, das beim Orgasmus zerging wie etwas Weiches, Verfaultes in Wasser zergeht. Lachte und biss ihn so in die Unterlippe, dass ein Tropfen Blut kam.

Er konnte es nicht glauben: er gehörte jetzt zu dieser Sorte Mann.

Ein schmerzliches Ereignis, zu Weihnachten. Er und Siri wollten nach Key West fahren. Er wartete in seiner Wohnung auf Siri, die sich verspätet hatte. Das Telefon klingelte. Ungeduldig und unbedacht ging er ran. Und dann der Schock von Marcys Stimme. Die wie ein Kind vorwurfsvoll quengelnde Marcy. »Daddy? Bist du's? Hier spricht deine Tochter Marcy –«, ihre Stimme triefend vor Hohn, er sah ihre funkelnden Augen im Geiste vor sich – »ich hab *dauernd* versucht, dich zu erreichen, Mutter hat es mir gesagt, ach, Daddy, was ist los? – wir haben dieses Jahr kein Weihnachten –«. Und wie ein Feigling legte Lionel auf.

»Ich glaub's einfach nicht. Ich bin jemand geworden, der bei der eigenen Tochter den Hörer auflegt.«

Das würde er niemandem erzählen. Nicht einmal Siri, der er viele Geheimnisse anvertraut hatte. Er goss sich ein Glas Scotch ein und trank. Und lachte. Lustig war es trotzdem.

Im Januar, im neuen Jahr, wurde manches anders. In seinen Armen liegend, murmelte Siri immer öfter leicht spöttisch: *Ja, so liebst du mich, aber respektierst du mich auch?* Er erhaschte im Spiegel einen Blick auf ihr missmutiges Kleinmädchengesicht und war schockiert über dessen Gewöhnlichkeit. Und über ihre Augen, funkelnd und feucht wie die Marcys.

Maria wandte sich flehentlich an ihn. Oh, Mr Hoffmann! In seinem Arbeitszimmer fehlte eines der gerahmten Fotos. Der Rahmen war aus feinem Leder, teuer. Maria beteuerte ihrem grimmig schweigenden Arbeitgeber, sie habe ihn nicht genommen, sie nicht, jede Woche staube sie die Fotos ab und bleibe dann jedes Mal vor dem einen stehen, auf dem Mr Hoffmann so jung aussieht und lächelt, am Strand steht, und Mrs Hoffmann so jung und hübsch ist, und das kleine Mädchen, so süß, und der kleine Junge, so eine glückliche schöne Familie, die arme Maria war den Tränen nahe, als sie vor ihrem rätselhaft schweigenden Arbeitgeber stand und ihn anflehte, ihr zu glauben, nicht sie habe das Foto weggenommen, und auch nicht die anderen Sachen, bitte, glaubte Mr Hoffmann ihr das?

Lionel fuhr sich mit den Fingerspitzen über die Lider. »Maria. Natürlich.«

Zu Siri sagte er nichts. Keine Anschuldigungen. Trotzdem war sie anscheinend beleidigt. Siri war schweigsam, unnahbar. Weigerte sich, Lionel zu einer Cocktailparty zu begleiten, auf der sie, so hatte Lionel es sich in seinen ausschweifenden erotischen Träumen ausgemalt, ein herrliches limonengelbes Seidenkleid mit einem bis zum Oberschenkel reichenden Schlitz tragen sollte, das er für sie in der Trendboutique Kyrie in der Madison Avenue gekauft hatte. *Ja, Sie lieben mich, Mr Hoffmann. Aber respektieren? So wie Sie Mrs Hoffmann respektieren?* Zerrte dabei an der Seide, an den feinen bezogenen Knöpfen. Bis er sie erwischt hatte, sie umfing, die Zornige mit den festen Muskeln, und spürte, wie die Kraft sie verließ und Siri, an ihn geschmiegt, schluchzte oder zu schluchzen schien. *Du tust mir weh damit, dass du mich nicht respektierst. Nur deine Frau da in Salthill, in diesem Haus, nur die respektierst du.*

Sicher, Lionel respektierte seine Frau Camille. Und liebte sie.

Ganz gleich, was seine Kinder sagten.

Ganz gleich, was man in Salthill sagte.

Er würde nicht grausam zu Camille sein. Würde seine Frau nach dreißig Jahren Ehe nicht behandeln, wie andere Männer ihre Frauen behandelt hatten, zum Beispiel dieser Mistkerl Harry Tierney. *Oh, Gott, aber es schnürt mir die Luft ab. Wenn Camille mich doch bloß verließe. Dieses verdammte Haus. Adam ödet mich auch an. Sein Tod.*

Bei Drinks mit Harry Tierney gelobte er, nicht grausam zu Camille zu sein. Er würde eine großzügige Vereinbarung mit ihr treffen. Würde ihr das Haus geben. Camille liebte das Haus, die Kinder liebten das Haus, anständig wäre, es ihr gleich zu geben – »Und Tschüss.« Harry Tierney sah sehr jung aus mit den Büscheln glatten Haars, die auf seiner schimmernden Glatze sprossen, er hatte struppige Augenbrauen, sein linkes Lid hing schelmisch herab. Sein Glas Scotch erhebend, sagte er aufgekratzt: »Darauf trinke ich, mein Freund.« Machte sich Harry, dieser berüchtigte Egoist, etwa über Lionel lustig? Lachte Lionel Hoffmann aus, den Mann, der ein Gewissen hatte? Lionel begann loszusprudeln. *Er* sei ein guter, anständiger Kerl, jawohl, er sei Christ und stolz darauf. Er sei dazu erzogen worden, sich wie ein Gentleman zu benehmen. Nüsse kauend, hörte Harry Tierney zu. Die beiden Männer, die in Salthill nie Freunde gewesen waren, waren hier in Manhattan, wo beide wohnten, so etwas wie Freunde geworden. Sie saßen im Skytop Club in der Park Avenue 200, im fünfundsechzigsten Stock, und schauten über das wie Juwelen in der Nacht funkelnde Manhattan. Aus der Entfernung kann man echte von falschen Juwelen nicht unterscheiden, weil beide funkeln, das Auge blenden. Und genauso funkelte Manhattan, blendete das Auge. Nach ein paar Minuten unterbrach Harry Tierney Lionel mit der Frage: »Deine neue Liebe, wer ist sie, Lionel? Klingt, als wär es was Ernstes?« Errötend stammelte Lionel: »Ich – ich bin nicht sicher.« Harry lachte. »Nicht sicher, wie das Mädchen heißt?« »Nicht sicher, ob ich sie ...«, Lionel zögerte, als habe er etwas Klebriges im Mund, »... liebe.« Harry erkundigte sich nach ihrem Alter, und Lionel, dessen Urteilsvermögen unter dem Scotch gelitten hatte, sagte: »Ungefähr – dreißig. Glaub ich.« Harry nickte, so als sei das eine gute Antwort. »Und wo hast du sie kennen gelernt, Lionel?« »In der Klinik.« »In der Klinik?« »In der Rückenklinik in der Park Avenue. Du weißt schon – du hast sie mir ja vor ein paar Monaten empfohlen, als ich Nackenschmerzen hatte.« Harrys Augenbrauen fuhren in die Höhe. Er kaute geräuschvoll Paranüsse. »Sie ist Therapeutin da? Welche ist es denn?« Lionel schluckte. Er lächelte irritiert. Wagte er es – an diesem Ort, vor diesem Menschen – den Namen auszusprechen, der ihm so viel bedeutete? »S-Siri.« »Siri!« Beim Ton der Stimme seines Freundes hatte Lionel sofort ein mulmiges Gefühl. Harrys Blick war verschleiert, sein Kiefer mahlte etwas weniger forciert. Harry war sichtlich überrascht – und verlegen.

Solange Lionel zurückdenken konnte, war Harry Tierney zum ersten Mal um Worte verlegen.

Trotzdem blieb Lionel weiter Patient der Klinik. Seine Nackenschmerzen hatten auf wundersame Weise nachgelassen, doch er hatte panische Angst davor, dass sie wieder aufflammen könnten. *Ohne Siri hab ich doch nur die Schmerzen.* Als Siris Patient musste Lionel sich teilweise entkleiden und still, passiv, gehorsam auf ihrer Liege liegen; manchmal benahmen sie sich, als wären sie einander fremd, sprachen einander förmlich mit »Miss Siri« und »Mr Hoffmann« an. Mit ihren kräftigen geübten Händen hatte die Therapeutin das Sagen über Lionel. Die erotische Spannung zwischen ihnen war so stark! In Lionels Penis pulsierte das Blut, er stöhnte vor Verlangen, das zu stillen Siri sich züchtig weigerte.

»Mr Hoffmann! Wenn uns jemand *sieht*!«

Siri war tagelang verschwunden. Wohin? Mit wem? Lionel wagte nicht, ihr Vorhaltungen zu machen; sie lachte ihm ins Gesicht und sagte, sie wisse immer, wo sie sei, bloß er eben nicht.

»Ich hoffe, ich gehöre mir. Und bin nicht *dein Besitz*.«

Sie wollte, dass er sie heiratete, vermutete Lionel. So wie Camille, ein ganzes Leben war das inzwischen her, gewollt hatte, dass er sie heiratete. Ein Verlobungsring, feierliche Rituale, gekrönt von einer verschwenderischen Hochzeitsparty, der Ehe und einem Haus, einem Kind und einem zweiten Kind. Lionel wurde schwindlig, er hatte sein Leben bereits gelebt.

Die Kinder, inzwischen groß, getrieben von den Ansprüchen Erwachsener, bombardierten ihn mit Anrufen, deren peinlichste bei Hoffmann Publishing Inc. eingingen, und ständigen E-Mails. In seinem Apartment in der 61. Ost schaltete Lionel seinen Computer nur selten ein, er ertrug es nicht. Er durchstreifte Siris schäbiges Viertel rund um den St. Marks Square. Machte es ihm zu schaffen, dass er dort der älteste weit und breit war, abgesehen von Obdachlosen, die in Hauseingängen schliefen oder, über ihre Hände gebeugt, vor sich hin brabbelten?

Er rief in der Klinik an, riskierte es, sich zu erniedrigen und ging sogar hin. Die Damen am Empfang kannten ihn. Siris Kolleginnen kannten ihn. Manche lächelten mitfühlend oder mitleidig. Oder lachten sie ihn aus? »Mr Hoffmann. Siri hat heute frei.« Mit so viel Würde, wie es das Zittern seiner Stimme zuließ, erkundigte sich Lionel, ob jemand wisse, wo Siri sei. Vielleicht verreist? Und wann wurde sie zurückerwartet? Und wer waren ihre Freunde, ihre männlichen Freunde, wie lauteten deren Namen, man könne ihm doch sicher mit Namen aushelfen, gegen ein Entgelt?

»Mr Hoffmann. Nein.«

Der Schmerz in seinem Nacken kam wieder. Lionel ging schief, die Hand auf seinen Hals gedrückt. Ging eine kurze Seitenstraße in Midtown entlang. War zum Plaza Hotel unterwegs, wo er reserviert hatte und mit Kevin zu Mittag essen wollte; er hatte schließlich eingewilligt, sich mit Kevin zu treffen, der ihn regelrecht angefleht hatte: *Dad! Wir müssen reden. Wir müssen wirklich reden. Was dieser Wahnsinn aus Mom macht, es ist zum Fürchten!* Doch als Lionel im Plaza ankam, war Kevin nicht da. Die Nachfrage beim Hotelmanager ergab, dass unter seinen Namen keine Reservierung vorlag. Als der Hotelmanager seinen Terminplaner durchging, stellte sich heraus, dass Lionel für den Vortag reserviert hatte.

Siri war wieder da. Sie rief Lionel an. In einer Tasche des Sealmantels, den Lionel ihr bei I. Magnin gekauft hatte, fand er eine Bordkarte für einen Continental-Flug von San Diego nach New York. Sitzplatz 3E, erste Klasse, Fensterplatz. Wer hatte den bezahlt? überlegte Lionel. Er?

Nicht enden wollende Tage in der Firma. Siri hatte angedeutet, Lionel könne Hoffmann Publishing Inc. doch verkaufen, als Multimillionär privatisieren und um die ganze Welt reisen, *warum denn nicht, du wirst doch auch nicht jünger, und ärmer doch auch nicht, oder?* Siri hatte einen Freund, einen Scheidungsanwalt. Siris Freund, dieser Anwalt, war auch Spezialist für Eheverträge. *Das Haus in Salthill, in das du mich nie mitgenommen hast, vielleicht solltest du es verkaufen? Ein so großes, teures Anwesen für eine traurige alte Frau, die dort ganz alleine wohnt.* Bei Hoffmann Publishing Inc. war Lionel Direktor und so geachtet wie gefürchtet. Sogar die älteren Hoffmann-Aktionäre hatten eine hohe Meinung von ihm. Freilich, seinem Vater konnte Lionel nicht das Wasser reichen, aber der Firma ging es außerordentlich gut. Auf der anhaltenden Welle des amerikanischen Wirtschaftswachstums schwimmend, setzte der Verlag Jahr für Jahr immer mehr Bücher ab, erwirtschaftete immer mehr Gewinn. Es gab natürlich Kaufinteressenten, einen riesigen amerikanischen Mischkonzern. Wenn Lionel verkaufte, würde er ein Vermögen machen. Würde sich aber auch vor seinen Verwandten rechtfertigen müssen. Aber es ödete ihn so an, achthundert Seiten dicke illustrierte Bücher für zweihundert Dollar über Endokrinologie, Gastroenterologie, otolaryngologische Chirurgie, ophthalmologische Chirurgie, kardiovaskuläre Chirurgie zu veröffentlichen! Könnte er sich doch bloß so für die medizinische Wissenschaft begeistern, wie es sein Vater getan hatte! Er hatte schon längst das Interesse verloren. Die Menschen bekamen so viel Spezialwissen vorgesetzt, wie das Universum unsichtbare Wurmlöcher hatte; beim bloßen Nachdenken über das Phänomen solcher Mengen riskierte man bereits, dass einen Schwindel, Übelkeit, geistige Erschöpfung und Verzweiflung befielen. Dagegen war *Geldverdienen* ein Klacks, reine Zahlenakrobatik. *Geldverdienen* in einer boomenden freien Marktwirtschaft. Geldverdienen, was er getan hatte und worauf er sogar stolz sein konnte, wenn er wollte. Sollte Lionel Hoffmann sich noch als jemanden betrachten, der Stolz empfindet.

Er musste laut lachen. Dachte, die Zahlenakrobatik ist genauso albern wie die Akrobatik im Bett.

»Niemand hat das Recht, über *mich* zu urteilen.«

Gedanken wie wildgewordene Bienen in Lionels Schädel! Er ließ sich nicht durch selbst ernannte Moralapostel unter Druck setzen: nicht durch seine aufdringlichen Kinder, nicht durch seine sonderbar klaglose Frau, nicht durch seine Hoffmann-Verwandten, nicht durch Salthiller Freunde. Ehemalige Freunde! Nicht durch den hehren Verstorbenen.

Adam Berendt war auch kein Heiliger gewesen, im Gegenteil. Er hatte ebenfalls Geld mit Immobilien und spekulativen Papieren verdient, und irgendetwas war unklar, womöglich sogar illegal an seinen Finanzen, aber gemerkt hatte man nichts davon bei dem Mann, der so getan hatte, als lebe er – wie Sokrates – dem Wahren und Schönen. In den Monaten seit Adams Tod war Lionel einiges zu Ohren gekommen. Es gab Gerüchte, dass Adam unter falschen Namen an finanziellen Machenschaften beteiligt war, dass er in einem Versteck unter den Dielenbrettern in seiner Werkstatt Liebesbriefe von Frauen aufbewahrt hatte, auch von gewissen verheirateten Salthillerinnen; es existierten schockierende Nacktfotos von Frauen, zum Teil Aufnahmen des Geschlechtsakts, von Adam selbst gemacht.

Bei der Vorstellung musste Lionel lächeln. Nein, es war beunruhigend. Es war ekelerregend. Aber vielleicht auch befreiend.

Vielleicht waren die Gerüchte ja übertrieben, oder auch nicht. Wer wusste das schon.

(Lionel war bekannt, dass in Salthill wilde Gerüchte die Runde machten. Seine Tochter Marcy hatte es ihm per E-Mail gesteckt, weil sie wusste, dass es ihn ärgern würde. Lionel Hoffmann gab sich mit einer Frau ab, »jung genug, seine Tochter zu sein«. Ausgerechnet Lionel Hoffmann hatte etwas mit einem »Model«, einer »Go-go-Tänzerin«, »Pornodarstellerin«, »Edelnutte«.)

Falls Camille aber etwas mit Adam gehabt hätte, war das womöglich die Erklärung dafür, dass sie bereit war, ihm zu verzeihen. Sie schickte ihm Zeilen, bei denen es ihm einen Stich gab. *Lionel, Lieber, ich werde dich immer lieben. Ich bin immer deine dich liebende Frau. Bitte wisse das! Deine Camille.* Wenn Siri diese Briefchen entdeckte, wurde sie wütend und zerriss sie. Siri war davon überzeugt, dass Camille überhaupt nichts verzieh, sondern ihn manipulieren wollte.

»Sie tut alles, um dich zu behalten, aber nicht aus Liebe. Ich bin diejenige, die dich liebt, Mr Hoffmann.«

Und Siri demonstrierte, wie.

Ein paar Tage später hörte Lionel in einer Straße in Midtown eine ihm bekannte Stimme seinen Namen rufen, und als er sich umwandte, sah er einen erwartungsvoll lächelnden Roger Cavanagh auf sich zukommen. »Lionel! Wie zum Teufel geht es dir?« Die Männer schüttelten sich die Hand. Roger war für Lionel wie eine Erscheinung aus einer kaum erinnerlichen Vergangenheit, um die es ihm irgendwie Leid tat. Doch Lionel hatte Roger immer gemocht, einer derer, denen das Leben übel mitgespielt hatte.

»Wie es mir geht? – Prima.«

Die Männer gingen in eine Bar an der Sixth Avenue. Rogers Augen funkelten geheimnisvoll. Er war geschäftlich in der Stadt: Er arbeitete ehrenamtlich für die Nationale Projektgruppe zur Befreiung unschuldig Inhaftierter. »Du weißt schon, eins von Adams Anliegen. Er hat ihnen fünfzigtausend Dollar hinterlassen. Ich kümmere mich darum.« Roger sprach mit zermürbender Munterkeit von dem Fall, den er vor einem Bundesgericht vertrat und bei dem es um einen Schwarzen namens Elroy Jackson Jr. ging, der 1989 wegen Mordes in Hunterdon, New Jersey verurteilt worden war. Lionel hörte zu. Bemühte sich jedenfalls. Wie ermüdend, anderer Leute Idealismus. Doch nein: Er war neidisch. Sich für etwas anderes zu interessieren als bloß für sich, für die lächerlichen sexuellen Bedürfnisse, die man hatte ...

Lionel bemühte sich, nicht an Siri zu denken. An ihre letzte Meinungsverschiedenheit. *Seine* mit ihr. Er fühlte sich wie jemand, der ein üppiges Mahl verzehrt hatte, das ihm nun wie Blei im Magen lag.

Roger, der, von Lionel unbemerkt, inzwischen bei einem anderen Thema war, sagte gerade: »Die Ehe! Das große Geheimnis, Lionel, nicht? Ohne geht nicht, und mit geht auch nicht. Offensichtlich war nicht vorgesehen, dass Männer wie Tiere domestiziert werden. Die Natur hat die Männer polygam, promiskuitiv gewollt. Das weiß jeder. Unsere Drüsen sagen es uns. Wir waren dafür gedacht, so viele Frauen zu schwängern wie möglich, bevor unsere Kräfte versiegen oder wir von einem anderen energischen Samenträger getötet werden. Das ist unsere ›Natur‹ – und gegen die Natur kann man nicht an. Und doch ist alles andere als eine Ehe mit der Frau, die man liebt, ein einziger Mist. Du weißt es, Lionel, und ich weiß es auch.« Roger trank, verstreute unbekümmert Asche über den Tisch. Die Männer saßen in der protzigen

Cigar Bar, in der vollbusige Kellnerinnen in schwarzen Tank-Tops und Spandex-Shorts, die grell geschminkten Gesichter wie lüsterne Masken, wie nubische Sklavinnen aus den Schatten traten und die Getränke servierten. Lionel lachte, verärgert über Rogers letzte Bemerkung. »Ach ja? *Ich* weiß das?« Roger reagierte nicht auf Lionels aggressiven Ton und sagte: »Einsamkeit, das ist kein Leben, nicht mal Alleinsein. Wie Adam das ausgehalten hat, ist mir ein Rätsel. Der Mann war doch wie geschaffen fürs Familienleben. Ich glaube, er meinte, ein erfülltes Leben nicht zu ›verdienen‹. Irgendetwas hat er getan oder ausgelöst. In seiner Kindheit. Ich hab ihn natürlich nie direkt danach gefragt. Als sein Nachlassverwalter hab ich Nachforschungen über seine Vergangenheit angestellt, bin aber immer in einer Sackgasse gelandet. Er stammte aus Minnesota, aber auch aus Montana. Geboren 1948 oder 1946. Ich bin ziemlich sicher, dass er seinen Namen geändert hat – ganz offiziell. Aber inoffiziell noch andere Namen benutzt hat. Wenn jemand seine Vergangenheit auslöschen will, dann aus einem triftigen Grund, oder? Das sollte ein Freund respektieren.« Fasziniert fragte Lionel zurück: »Adam hat seinen Namen offiziell geändert? Wie hieß er denn vorher?« Ihm kam plötzlich der Gedanke, dass die Lächerlichkeit seines Lebens daher rührte, ein »Hoffmann« zu bleiben, was er nicht mehr war. Wenn er den Mumm hätte, seinen Namen zu ändern, einen anderen anzunehmen, das Geld seiner Familie einfach sausen zu lassen und zu gehen … Roger sagte: »Ein Mann braucht genauso wie eine Frau Familie. Ich weiß es, ich hab meine verloren. Und meine Tochter verloren, sie kann mich nicht ausstehen. Ich war in eine Frau verliebt, und es ist nicht gut gegangen.« Roger verstummte und gab einer Kellnerin ein Zeichen. Lionel war verlegen. Roger sprach anscheinend von Marina Troy. Bei Adams Einäscherung hatte er Roger neben Marina stehen sehen und bei dem grässlichen Verstreuen von Adams Asche auch – der kranke, gequälte Ausdruck in Rogers Gesicht, als Marina ihn fortstieß. Auch darauf war Lionel neidisch. »Sie ist aus Salthill verschwunden. Sie hat *mich* verlassen. Wir waren zwar kein Paar, wie man so sagt, aber ich weiß, dass sie von *mir* wegwollte. Ach, zum Teufel.« Roger lachte hart. Die Männer tranken eine Weile schweigend. Lionel hatte sich schon damit abgefunden, die Nacht allein verbringen zu müssen und hoffte, Siri am folgenden Morgen anrufen zu können. Er hatte sich auch damit abgefunden, sie heiraten zu müssen. Denn wenn er das nicht tat, verlor er sie. Und sie zu verlieren, das ertrug er nicht. Also musste er sich von Camille scheiden lassen, und das würde sie vernichten. In einer vernünftigen, pragmatischen, polygamen Gesellschaft hätte Lionel Siri einfach als Zweitfrau wählen können. Ein neues, junges, körperlich robustes Weibchen. Gebärfähig. In seinem blühenden Alter, mit Anfang fünfzig, hätte er schon mehrere junge Frauen haben können. Dann wäre er nicht zur Mumie mit pochenden Nackenschmerzen geworden. Was der reizbare, nervöse Roger wohl tat, um an Sex zu kommen. An Liebe.

Auf einmal sagte Roger ein wenig zögernd: »Meine wichtigste Neuigkeit, Lionel, ist: Ich werde Vater.« »*Wie bitte?*«, sagte Lionel. »Vater«, sagte Roger grienend. »Bist du doch schon ...« »Ich werde zum zweiten Mal Vater«, sagte Roger. »Und diesmal will ich es richtig machen.«

Lionel lauschte gespannt, als Roger ihm jetzt erzählte, die Frau sei eine junge Rechtsanwaltsgehilfin, die für die Initiative zur Befreiung unschuldig Inhaftierter arbeitete, mit der er letzten Herbst etwas »angefangen« habe, die er aber nicht liebe. »Und Naomi liebt mich sicher auch nicht.« Die junge Frau hätte eine Abtreibung vornehmen lassen können, aber durch eine »gemeinsame Vereinbarung« bekam sie nun das Kind, und ... Roger erzählte begeistert, aber mit gewisser Verwunderung, so als habe ihm jemand mit einer stumpfen Waffe eins übergezogen. Lionel lauschte ungläubig und bestürzt. Vater werden! Zum zweiten Mal! Und mit einer Frau, die Roger nicht liebte.

Die Vorstellung, Siri bekäme ein Kind von ihm, erregte Lionel und stieß ihn gleichzeitig ab. Und doch: Was für ein Zeugnis für die Virilität eines Mannes in den besten Jahren!

Lionel blieb nichts übrig als zu fragen, wann das Kind zur Welt käme, und Roger sagte stolz, am elften Juli. Mit gesenkter Stimme fügte er hinzu: »Wenn Robin das erfährt, ist sie empört.« Spontan erwiderte Lionel: »Über mich sind meine Kinder auch empört.« Die Männer mussten plötzlich lachen.

Sie tranken und lachten. Lionel taten die Nebenhöhlen weh. Irgendwo in der Bar wurden Zigarren geraucht. Genüsslich, wollüstig. Vollbusige Kellnerinnen in glänzendem schwarzem Spandex gingen mit aggressivem, starrem Lächeln durch dichte Rauchschwaden. Lionel wollte lachten, bekam aber den Mund nicht auf. Ein brennender Schmerz breitete sich von seinem Nacken bis zur Schädeldecke aus. Heiße Tränen liefen ihm die Wangen hinunter, doch in dem rauchgeschwängerten Zwielicht der Cigar Bar konnte sein Begleiter mit makellosem Salthiller Takt so tun, als sehe er es nicht.

An dem Abend merkte Lionel, als er allein in die Wohnung in der 61. Ost zurückkehrte, dass in allen Räumen leichter Zigarrengeruch in der Luft hing. Arglos dachte er: *Das kommt von meinen Sachen. Meinen Haaren. Nicht von hier.* Er überlegte, ob der Aufsichtsratsvorsitzende eine Zigarre geraucht hatte, meinte jedoch, nein.

Im Schlafzimmer sah Lionel, dass die Satindecke nachlässig über zerknitterte Laken gezogen war, er blieb stehen und betrachtete die münzgroßen, noch feuchten Schleimflecken auf dem unteren Betttuch. Der Samen eines anderen Mannes? Konnte das sein? Auf den Kopfkissen waren Lippenstiftspuren, rot wie getrocknetes Blut, Siris Farbe. In der Wäsche Siris intensiver Moschusduft und ein zweiter Geruch, säuerlich und animalisch, Männerschweiß. Im weiß gekachelten Bad waren alle Handtücher benutzt, hingen schief auf den Ständern oder lagen feucht zusammengeknüllt auf dem Boden. Die Dusche tropfte, und im Abfluss ringelten sich dunkle lange Haare. Die Luft war noch feucht, aber die Spiegel waren nicht mehr beschlagen. In dem gerahmten Spiegel über dem Waschbecken schwebte ein aschgraues, erschrockenes Männergesicht wie ein lächerlicher Kinderluftballon. Sein Mund war erschlafft, und sein Hirn war leer wie nach einem Hammerschlag auf den Kopf.

5

»Apollo! Shadow! *Thor!*«

Sie brauchte nur in der Tür zu erscheinen, umrahmt von Sonnenlicht, und die Hunde kamen gerannt, noch ehe sie sie rief. Sie hob die Hände, klatschte nur dreimal. Sie liebten ihre Herrin so sehr, und die fand sie so wunderschön!

Thor war als erster da, japsend und ungestüm, der jüngste, ein zweijähriger Dobermannpinscher, sein schlanker, muskulöser, dunkel glänzender Körper wie flüssige Kraft, die Augen flehentlich, die Zähne messerscharf. Als Nächster kam der ältere, in seiner Gefallsucht aber welpenhafte Apollo mit der tiefen Brust des Schäferhund-Huskys und dem stabilen Hinterteil. Zuletzt der kleinere, spinnenartige Shadow mit dem struppigen schwarzen Fell auf drei Beinen, wedelte mit dem schmalen Hinterteil und japste so schnell, dass sein Atem pfeifend ging. »Brave Hunde! Kommt.« Hatte Camille Hoffmann einst Freude daran gefunden, Ehemann und Kinder zu beköstigen und an der langen Tafel in ihrem Speisezimmer Gäste zu bewirten, so fand sie jetzt innigere, weniger ängstliche Freude daran, ihre Hunde in einer Ecke der Küche zu füttern, wo jeder seinen eigenen Napf hatte. »Hier, Thor, Hier, Apollo. Benehmt euch jetzt. Und hier, Shadow. Nichts verkleckern. Brave Hunde.« Der gelbe Plastiknapf für Thor. Der rote für Apollo. Der dunkelgrüne für Shadow. Und eine große weiße Plastikschüssel, aus der alle drei Hunde tranken – und überall ordentlich Zeitungspapier untergelegt.

Die Zeitungsseiten (gewöhnlich der Börsenteil der *New York Times*) wechselte Camille alle zwei, drei Tage, je nachdem, wie viel Dreck die Hunde beim Fressen gemacht hatten.

Jetzt, im neuen Jahr, war das wunderschön hergerichtete Haus im Kolonialstil keine Höhle mehr. Tageslicht drang ungehindert herein. Camille musste lachen beim Gedanken daran, wie viel Aufwand sie früher mit Möbeln, Gardinen und Teppichen getrieben hatte. Früher hatte sie schon mal die Fassung verloren, wenn die Kinder Schmutz in die makellosen Räume im Erdgeschoss hineintrugen. Sie war regelrecht krank geworden, als sie am Morgen nach einer der festlichen Silvester-Dinnerpartys Brandflecke auf den Dielen eines gerade frisch eingerichteten Gästebads entdeckte, wo jemand, vermutlich betrunken, eine Zigarette auf dem Boden ausgetreten hatte. (»In unserem Haus, Lionel. Einer unserer so genannten Freunde! Stell dir vor. Wer kann das gewesen sein?« Bei dem Verdächtigen handelte sich, da waren sich Camille und Lionel einig, vermutlich um Harry Tierney, der bald darauf Salthill den Rücken kehrte und sie von da ab alle von oben herab behandelte.) Was bedeuteten schon solche Kleinigkeiten? Schon an seinem zweiten Tag bei Camille rannte Thor, der nervöse junge Dobermann, Camille ins Speisezimmer nach und warf sich mit wildem Knurren gegen eine Fensterscheibe (vielleicht hatte er draußen den Schatten eines Vogels vorbeiziehen sehen), schlug die Zähne in die antiken Seidenvorhänge, zerrte daran – und riss alles herunter. Apollo und Shadow, die an Lebhaftigkeit nicht zu überbieten und eifersüchtig auf den frisch Adoptierten waren, bellten aufgeregt. »Oh, ihr Bösen! Ihr macht mein schönes Haus kaputt«, sagte Camille lachend.

Doch sie war verärgert. Sie machte sich Sorgen, was Lionel sagen würde, wenn er demnächst nach Hause kam. »Es ist auch sein Haus. Er ist allergisch. Er wird außer sich sein.« Und was würden die Verwandten sagen, ihre wie auch Lionels, wenn sie zu Besuch kamen, oder Salthiller Freunde wie Beatrice Archer und Abigail Des Pres, die sie oft anriefen, besorgt, dass Camille zu viel allein war. (Camille wollte protestieren, wollte sagen, sie sei nicht allein, sie habe ja Apollo, Shadow und Thor. Und ihre ehrenamtliche Arbeit im Tierheim, die ihr sehr viel bedeutete; sie schloss dort Freundschaften und würde noch mehr Menschen kennen lernen. *Leute wie ich. Leute, die Tiere verstehen.* Zu Weihnachten hatte Camille dem New Jerseyer Zweig des Amerikanischen Tierschutzbundes eine großzügige Summe gespendet, und im Frühjahr wollte sie sich an dessen landesweiter Kampagne beteiligen, bei der die Bürger Amerikas aufgefordert werden sollten, bei der nächsten Wahl für einen Gesetzesantrag zu stimmen, nach dem Grausamkeit gegen Tiere und ihre Misshandlung als Verbrechen und nicht lediglich als mit Geldstrafe belegtes Vergehen zu ahnden sei. In diesem neuen Abschnitt ihres Lebens kam Camille sich vor wie eine Forschungsreisende auf fremdem, neuem Terrain. Nichts in ihrem bisherigen Leben hatte sie darauf vorbereitet.

Doch mit der Zeit wäre sie es. Sie glaubte fest daran!

Wenigstens war die furchtbare Weihnachtszeit vorbei. Camille hatte sie irgendwie durchgestanden. Ihr war nie so klar gewesen, was für eine schwere Belastung es war, *glücklich* zu sein oder es vorzugeben, tapfer und eisern den Anschein von *Glück* zu wahren, weil nun mal Weihnachten war. Marcy und Kevin kamen, waren bedrückt und verbittert, eifersüchtig auf die Hunde. »Wie soll Dad denn heimkommen, wenn diese Hunde hier sind? Du weißt doch, dass er allergisch ist«, sagte Marcy gereizt. Camille wollte es erklären. »Euer Vater ist aber nicht zu Hause, Kind. Und in der Zwischenzeit haben diese armen Tiere auch ein Zuhause verdient.« Triefend vor Hohn erwiderte Marcy: »Mutter! Als Nächstes hören wir noch, dass du einen Zwinger hinter dem Haus baust.«

Aber warum einen Zwinger, dachte Camille, wenn das Gästehaus da ist? Unter den veränderten Umständen ein überflüssiger Luxus.

Mit den missmutigen Kindern im Haus war Weihnachten noch schwerer zu ertragen gewesen. Beide beschwerten sich bei ihrer Mutter, dass sie auf geplanten Urlaub verzichtet hätten, um in dieser heiklen, schmerzlichen Zeit bei ihr zu sein; beide versuchten mehrfach per Telefon und E-Mail Kontakt zu ihrem schwer erreichbaren Vater herzustellen, aber ohne Erfolg. Camille hörte, wie sie am Telefon Freunden gegenüber verbittert erklärten: »Unsere arme Mom braucht uns, sie steht noch immer unter Schock«, oder: »Daddy braucht uns, er hat einen Nervenzusammenbruch«. Sie fuhren nach Manhattan in die Firma und in die Wohnung in der 61. Straße Ost, doch vergeblich. In Lionels Büro beteuerte die Sekretärin, Mr Hoffmann sei nicht da, sondern im Urlaub und außer Landes, und als Marcy an ihr vorbeimarschierte und einfach die Tür aufmachte, war der Schreibtisch ihres Vaters unbesetzt. »Das ist der reinste Spuk. Dad ist ein Hexenmeister, der sich selbst unsichtbar macht«, sagte Marcy entrüstet. An der Wohnung stellten sie zu ihrem Verdruss fest, dass ihre Schlüssel nicht mehr passten. Ihr Vater misstraute ihnen so sehr, dass er sogar das Schloss ausgewechselt hatte. »Das ist wie bei Kafka«, sagte Kevin. »Die Schande des Vaters überdauert den Sohn.«

Trotzdem waren Marcy und Kevin, als Weihnachten näherrückte, wie Kinder nicht davon abzubringen gewesen, dass er nach Hause kam – wenigstens zu Heiligabend musste er doch kommen! Camille, die sich Anfang Dezember dieser Illusion hingegeben und sie dann aufgegeben hatte, wollte ihre Kinder warnen; höchstwahrscheinlich war Lionel gar nicht im Lande; er und seine neue junge Freundin reisten offenbar viel, besonders in die Tropen. »Die ›Neue‹, die Dad da hat, seine ›junge Freundin‹, wisst ihr, was das für eine ist? Ja? Wisst ihr das?«, sagte Marcy verächtlich. »Ich weiß es.« »Ach?«, sagte Kevin. »Was weißt *du* schon? Vor allem, woher?« »Ich weiß, dass sie aus der Dritten Welt stammt«, sagte Marcy süffisant, »als Weiße ginge die bei keinem durch. Das weiß ich.« Gereizt erwiderte Kevin: »Und von wem hast du deine Weisheiten? Der blanke Unsinn, wenn du mich fragst.« »Ich weiß, was ich weiß«, sagte Marcy und schob ihr Bulldoggengesicht gefährlich dicht vor das Kevins, »ich hab nämlich zufällig im Dorf eine Geschiedene aus Salthill getroffen, deren Ex-Mann und Dad sich im Duett mit Nutten aus der Dritten Welt getroffen haben, und ...« Kevin begann seine Schwester anzuschreien, und Camille ging dazwischen und trennte die beiden Kampfhähne. Genauso, wie sie es fast zwanzig Jahre zuvor auch getan hatte. »Kinder, bitte«, sagte sie, griff zu einer jämmerlichen Theatergebärde und rang tatsächlich die Hände, »tut mir das nicht an, nicht zu Weihnachten. Ich bitte euch.« Beide Kinder schnaubten.

Apollo kläffte, und Shadow war kurz davor, ebenfalls zu bellen, in einem anderen Teil des Hauses eingesperrt, fürchteten sie, ihre Herrin werde angegriffen.

Marcy, eine kräftige junge Frau mit oft recht eckigen Bewegungen wanderte durchs Haus und sang in zuckersüßem, spöttischem Ton: »Sieht schon richtig weihnachtlich aus – DENKSTE!«

Kevin, der zwanghaft immer wieder sein glanzloses schütteres Haar kämmte, nahm Camille beiseite und teilte ihr mit, er sorge sich um seine Schwester, die eine »klinische Depression« habe durch das empörende Benehmen ihres Vaters und die in ihrem Job unter »enormem Konkurrenzdruck« stehe, einem »Burnout« nahe sei. Und später nahm Marcy Camille beiseite und gestand ihr, sie sorge sich um ihren kleinen Bruder, der gerade »eine Krise seiner sexuellen Identität« durchmache, die durch das empörende Benehmen seines Vaters und die Unfähigkeit seiner Mutter, »eine Entscheidung herbeizuführen«, noch verstärkt werde. Camille lächelte matt und versprach, zu tun, was sie konnte.

Als es nicht mehr zu leugnen war, dass Lionel zum Heiligabend-Dinner nicht nach Hause kommen, sie nicht mit Geschenken überhäufen, ja nicht einmal eine Entschuldigung ins Telefon nuscheln würde, fiel es Camille zu, Marcy und Kevin zu besänftigen oder es zumindest zu versuchen. »Das ist das erste Mal in meinem Leben«, sagte Marcy in tragischem Ton, »dass der Vater, von dem ich glaubte, ich liebe ihn wie er mich, nicht Weihnachten mit mir feiert.« »Dein Theater nervt«, sagte Kevin mit Schärfe. »Es ist nicht mal ödipal, sonst könnte man sich noch mit dem Mythos befassen. Es ist bloß – Scheiße.« »Das scheiß erste Mal. In meinem scheiß Leben. Scheiß Weihnachten! Klar, das ist materialistisch, unsere Kultur ist ja krank vor lauter Materialismus, aber wie soll man ausdrücken, dass man jemanden *liebt*? Na, sag schon.« Just in dem Moment läutete das Telefon, und Camille lief atemlos hin und nahm ab. In einem Theaterstück war ein läutendes Telefon Hinweis auf ein möglicherweise doch noch glückliches Ende, im wirklichen Leben aber, wo nicht weit entfernt Hunde kläfften und bellten, galt diese Logik nicht. Ihr Herz hüpfte wie das eines Backfischs. Obwohl sie sich nüchtern ermahnte, *Bleib ruhig, Camille. Ruhig!*, hatte sie Zeit für eine kurze gerührte Erinnerung daran, wie sie Lionel in diesem lauten, verräucherten Studentenwohnheim oben im Norden – so viele Jahre lag das zurück! – kennen gelernt hatte. Er war aufgebracht gewesen, weil seine Flamme mit einem seiner Kommilitonen verschwunden war, und Camille, obwohl damals noch sehr jung, war gelassen geblieben, reizend, hatte beruhigend auf ihn gewirkt – das hatte den Ausschlag gegeben. Aber, Mist! – am Telefon war bloß Beatrice Archer, die anrief, um Camille frohe Weihnachten zu wünschen und beiläufig zu erwähnen, sie wisse von einem »wunderschönen, ausgeglichenen und sehr anhänglichen Hund«, einem jungen Dobermannpinscher namens Thor, der dringend ein neues Zuhause brauchte. Hatte Camille vielleicht eine Idee? »Thor ist ein reinrassiger Dobermann, zu empfindsam, um in irgendeinen unpersönlichen Zwinger oder ein Tierheim gebracht zu werden. Er braucht ein richtiges Zuhause, Camille. Am liebsten würden Avery und ich ihn ja zu uns nehmen, aber … !« Camille hoffte, man höre ihr die Enttäuschung, ja die ungeschminkte Verzweiflung nicht an. »Beatrice, vielen Dank, aber einen dritten Hund kann ich wirklich nicht aufnehmen. Das geht einfach nicht. Ich weiß schon jetzt nicht, was ich machen soll, wenn Lionel nach Hause kommt. Versteh das bitte.« Ärgerlich hängte Camille Beatrice mit dem munteren Sopran ab.

Als sie zu den Kindern zurückkam, plärrte Marcy: »I'm dreaming of a white Christmas – DENKSTE!« Und Kevin sagte höhnisch wie ein Teenager: »Dad am Telefon, was – DENKSTE!«

Auf diese Weise hielten sie den Heiligen Abend und den ersten Weihnachtsfeiertag durch. Camille Hoffmann und ihre beiden erwachsenen Kinder tauschten Geschenke, und der abwesende Gatte und Vater ward nicht mehr erwähnt. Als Marcy und Kevin am Morgen nach dem zweiten Weihnachtstag jeder wieder zu sich nach Hause abgefahren waren, sank Camille aufs Sofa und schlief sechs Stunden durch. Sie wachte erst auf, als die Hunde jaulten und an der Tür kratzten. So glücklich – ihr Herz schwoll. Für einen Moment wusste sie gar nicht, warum.

Anfang Januar rief Beatrice noch einmal an. »Camille! Kannst du dir Thor nicht doch mal ansehen? Ich bring ihn für fünf Minuten rüber, ja?«

»Beatrice, ich kann nicht. Ich hab es dir doch erklärt.«

»Fünf Minuten, Camille, länger nicht. Versprochen.«

»Beatrice, nein.«

»Camille, du bist so anders. Du hast so eine seltsame Härte in der Stimme. Wenn du dir dieses arme süße wunderschöne Tier bloß mal ansehen könntest ...«

Wie konnte Camille das abschlagen? Wie sich innerlich hart machen, wo ihr lächerliches Herz doch schon angeknackst war?

Und so zog Thor im neuen Jahr bei Camille ein. »Drei Hunde! Ich werde exzentrisch!« Wie sie es vorausgeahnt hatte, konnte sie nicht nein sagen, als sie Thor gegenüberstand und die Verzweiflung in seinen glänzenden Augen sah. Ein reinrassiger Dobermannpinscher! Er hatte Michael gehört, dem ältesten Sohn der Archers, der ihn »nicht behalten« konnte, wie Beatrice ausweichend erklärte. Camille sprach leise mit Thor, und Thor reagierte schüchtern. Er war zweifellos ein hübscher Kerl, obwohl merklich angespannt und ängstlich; sein schönes, dunkel glänzendes Fell kräuselte sich fast ständig aus reiner Nervosität, sogar im Schlaf. Inmitten der anderen Hunde war er scheu, und er hatte Angst vor plötzlichen Geräuschen und Bewegungen. Schwebte der Hubschrauber eines Managers aus der Nachbarschaft ein, fing Thor an zu jaulen und nach der Luft zu schnappen. Seine Zähne waren die eines jungen Hundes: scharf. (Camille hatte sie kennen gelernt! In der ersten Woche hatte Thor aus Angst mehrmals knurrend nach ihr geschnappt.) Bei der Pflege seines Fells stellte Camille zu ihrem Entsetzen fest, dass es am Hals vollkommen abgescheuert und dass die Haut darunter vernarbt war, so als sei das Halsband zu fest angelegt gewesen. Auch an anderen Stellen von Thors Körper fand sie verdächtige Kerben und Narben. Er duckte sich wie ein Hund, der es gewöhnt ist, angeschrien oder getreten zu werden. Camille war ehrlich schockiert. Michael, der Sohn der Archers, früher Kevins Klassenkamerad an der Salthiller Schule und heute Marktanalytiker an der Wall Street, sollte seinen eigenen Hund so schlecht behandelt haben? Camille streichelte Thor sacht den knochigen Kopf und murmelte: »Thor, das verspreche ich dir: Dir tut niemand mehr weh, nie mehr.«

Im Januar: Thor. Im März: Fancy.

»Fancy ist mein Liebling und wird, fürchte ich, bald Waise sein. Sprechen wir ganz offen, meine Liebe.«

Mrs Florence Ferris von der Lost Brook Farm, einem zwanzig Morgen großen Grundstück, das an den Old Mill Way grenzte, rief Camille in ihr riesiges Haus im Tudorstil an ihr Krankenlager. Die alte Dame war jenseits der Neunzig und durch Schlaganfälle und andere altersbedingte Leiden in ihrem Leben stark eingeschränkt. Mit ihrem verstorbenen Gatten, einem Admiral und Golfpartner von Dwight D. Eisenhower, hatte Mrs Ferris sich karitativ engagiert und Organisationen wie Pro Musica Salthill und die Historische Gesellschaft des Countys unterstützt. Camille war der berühmten alten Dame nur wenige Male auf Spendensammlungen begegnet. Sie war sich der Ehre bewusst, auf die Lost Brook Farm eingeladen worden zu sein, und zugleich beklommen: was wollte Mrs Ferris von ihr? Ein getrimmter Pudel mit lockigem, sehr weißem Fell räkelte sich neben Mrs Ferris' abgezehrtem Puppenleib auf der Quiltdecke. *Nicht noch ein Hund!*, dachte Camille. *Kommt nicht in Frage.* Mrs Ferris sagte: »Meine Liebe, es tut mir so leid, dass ich Sie nicht kennen gelernt habe, als ich noch am Leben war. Denn jetzt ...« Mrs Ferris lachte traurig, aber energisch. Camille wollte schon protestieren, doch Mrs Ferris sprach weiter: »Lassen Sie es mich ganz direkt sagen, Liebe. Ich habe so viel Gutes über Sie gehört. Wollen Sie Fancy, meinen Liebling, adoptieren? Ich liebe sie so und möchte unbedingt, dass sie ein gutes, liebevolles Zuhause bekommt, nicht zu weit entfernt von hier. Sie ist acht Jahre alt, also nicht mehr jung, und überaus sensibel, und ich möchte, dass sie nicht noch mehr entwurzelt und traumatisiert wird, als sie es sowieso sein wird, wenn ich ... gehe.« Camille lächelte matt und dachte: *Nein! Ich schwöre. Auf keinen Fall.* In der vorigen Nacht hatte sie so deutlich von Lionel geträumt, nicht von dem steifen, von Schuldgefühlen geplagten Mann, der er zuletzt gewesen war, sondern von dem Lionel vor fünfzehn, zwanzig Jahren, dunkelhaarig, kerngesund, oft sehr liebevoll; in Camilles schönem Technicolor-Traum waren sie Hand in Hand unter dem unergründlich hohen karibischen Himmel Schlittschuh gelaufen und so glücklich gewesen ... »Pudel, wissen Sie«, sagte Mrs Ferris brüsk, »ist die intelligenteste Rasse von allen. Und Fancy ist teuflisch schlau, das sag ich Ihnen gleich. Aber so lieb. Sie kann Gedanken lesen! Sie wird schnappen und, fürchte ich, auch beißen, aber nur, wenn sie provoziert wird. Lassen Sie keine quengeligen Kinder in ihre Nähe, Camille!« Mrs Ferris lachte gutmütig. »Außerdem wird Fancy erben. Nicht, Fancy?«

Der lockige Pudel, dessen große, klugen Augen wässrig waren, bellte Camille scharf dreimal an, als gebe er ein Morsezeichen.

»Mrs Ferris«, sagte Camille zögernd, »ich wünschte, ich könnte Ihren schönen Hund adoptieren. Aber mein Mann hat eine Hundeallergie, und es ist nur eine Frage der Zeit, wann er …«

»Fan-cy!«, sagte Mrs Ferris streng. »Lass das Katzbuckeln und Einkratzen und zeig mal bisschen Mumm! Das ist deine neue, junge Herrin.«

Fancy spähte über die Quiltdecke an Mrs Ferris' Hüfte hinweg zu Camille herüber. Das Morsezeichengebell ertönte wieder, gefolgt von einem tiefen, kehligen Knurren.

»Mrs Ferris, ich danke Ihnen sehr für Ihr Vertrauen. Aber ich …«

»Fancy wird erben, und den Ferrises hat man noch nie nachsagen können, dass sie knausrig wären.« Mrs Ferris zwinkerte anzüglich. Camille errötete. Stammelnd sagte sie:

»Oh, aber ich, ich … brauche kein Geld, Mrs Ferris. Ich habe mehr Geld, als ich ausgeben kann, wirklich. Außer natürlich dafür, unglücklichen Tieren zu helfen. In dem Falle …«

»In dem Falle wird Fancy genau das richtige Zuhause bekommen, ja? Und ihre Herrin kann unbesorgt in den ›Ruhestand‹ gehen.«

Irgendwie kam es dazu, dass Fancy bei Camille abgeliefert wurde. Mrs Ferris dankte ihr überschwänglich und drückte ihr unter Tränen die Hände. Fancy jaulte ebenfalls und zappelte in Camilles Armen. »Leb wohl, Fancy. Du verlässt mich. Von jetzt an wohnst du bei Camille, meiner lieben Freundin und Nachbarin. Du wirst ein braver Hund sein und deiner neuen Herrin gehorchen. Und wenn du an mich denkst, denk gut von mir. Und nun ab.«

Eine Krankenschwester und eine Haushälterin, beide in Uniform, halfen Camille mit dem zitternden, wimmernden Hund und seinem gepolsterten Körbchen, seiner Garderobe aus Pullover-chen, Mäntelchen und Stiefelchen und den Dosen und Tüten mit speziellem Diätfutter. Aus Protest und doch passiv pinkelte Fancy Camille auf dem Heimweg auf die Kleider, kläffte aber nicht hysterisch, wie Camille befürchtet hatte, und biss auch nicht. Noch nicht.

Und im April, zehn Tage vor Ostern, kam Belle als Hausgast in den Old Mill Way.

Aus ihrer Hundefamilie, wie Camille sie mit der Zeit nannte, war Belle mit Abstand am schlechtesten dran. Sie war eines Nachmittags, als Camille im Tierheim half, zu einer Notoperation gebracht worden, ein Mischlingsweibchen mit Bulldoggenblut, eindeutig trächtig, erdfarben, etwa dreißig Pfund schwer und heftig blutend. Augenzeugen zufolge, die Belle in die Klinik brachten, hatten sadistische Jungen den Hund, der kein Halsband trug, nördlich von Salthill an der hinteren Stoßstange eines Trucks hinter sich her geschleift und im Straßengraben neben einem Highway zum Sterben hingeworfen. Die Ballen ihrer Pfoten waren abgerissen, die rechte Schulter ausgerenkt, mehrer Rippen waren gebrochen, Bauch, Hinterteil und der Inhalt ihres Uterus waren eine einzige blutende Masse.

Von den vielen freiwilligen Helfern im Tierheim von Rockland wollte nur Camille während ihrer langsamen Rekonvaleszenz mit der schwer verletzten Hündin arbeiten. Nur Camille brachte die Geduld auf, das traumatisierte Tier zu füttern, das mit verbundenen Pfoten und einem Gips um die Rippen auf der Seite liegen musste. Camille fütterte Belle jeden Bissen einzeln, wie bei einem Kleinkind. Da der Hund jederzeit in Panik geraten und zubeißen konnte, musste Camille ellbogenlange Schutzhandschuhe tragen. Doch das war ihr egal. Sie verliebte sich bald in den zitternden, tapferen Hund, der schon am ersten Tag nach der Operation Camille mit der Andeutung eines Schwanzwedelns begrüßte, als sie zu ihm kam. »›Belle.‹ So heißt du. Und eines Tages wirst du das auch sein, eine ganz Hübsche. Hab keine Angst. Dir kann nichts mehr geschehen.« Camille wiegte den verbundenen Hund. »Belle,

Belle. Dir wird nie wieder jemand wehtun. Du wirst gerächt werden.«

Es kam der Aprilmorgen, kurz nachdem Camille Belle zu sich und den anderen Hunden nach Hause geholt hatte, an dem das Telefon klingelte und Camille abnahm in der Erwartung, die Stimme eines ihrer neuen Freunde zu hören, doch sie vernahm eine heisere Stimme, die sie kaum wieder erkannte und die Hall hatte, so als quake ein nervöser Ochsenfrosch am Grunde eines Brunnens: »Camille? Ich bin's, Lionel.« Ein kurze Pause entstand. Camilles Herz schlug schmerzhaft. »Darf ich nach Hause kommen?«

Wie in ihren Träumen wollte Camille etwas sagen und brachte kein Wort heraus. Sie merkte noch, wie sie fiel, die Besinnung verlor. Der Telefonhörer entglitt ihrer Hand. Die Hunde kamen angerannt und leckten ihr das Gesicht und die Hände, bildeten eifersüchtig einen engen Kreis um sie.

Das Mädchen mit der roten Baskenmütze

Das ist sie: die Frau da.

Den ganzen Herbst und den Winter hindurch bis zum Frühling schwirrten die Gerüchte unablässig! mitleidlos! umher wie dürres Laub, das von Wolken mit dicken Backen durch die Luft gewirbelt wird. Spöttisches Gemurmel und Geraschel. Nie Abigail ins maskenhaft schöne Gesicht, sondern natürlich hinter ihrem Rücken.

Da ist sie: Die Mutter, die ihren Sohn verloren hat. Der eigene Sohn hat sich von ihr abgewendet. Sie wollte sich und ihn totfahren, ist das zu glauben! Die so sprachen, waren Abigails Freunde. Ihre Salthiller Nachbarn. Die wussten, dass Abigail innerlich angeschlagen war. Sie wünschten ihr alles Gute, wie man einem Genesenden alles Gute wünscht. Schüttelten aber versonnen und tadelnd den Kopf. Quittierten es mit erstauntem Lächeln, dass eine von ihnen sich so daneben benehmen konnte. Lächelten entsetzt. *Und, hatte sie getrunken, die Arme?*

Die Antwort darauf kennt man schon.

Seit dem Abend in Vermont, an dem die *dämonische Hand* das Lenkrad herumriss, um Abigail und Jared vom Leben zum Tode zu befördern, hat Abigail keinen Tropfen angerührt. Das kann sie beschwören! Nicht einmal Salthills Alkohol der Wahl, trockenen Weißwein, und das ist eins ihrer Probleme. »Ungeschminkt und nüchtern, das ist nicht das ›Leben‹, wie wir es kennen, sondern etwas anderes.« Was denn? Ein Autopsiebericht. Pausenlos Verkehrsfunk in einem der atemlosen Radiosender von New York

City. Oder pausenlos MTV, das man, war man im mittleren Alter und kein amerikanischer Teenager, sich ansehen musste, die Lider mit Klebeband festgeklebt, damit die Augen offen bleiben. Für immer.

Und so plante sie ihren Selbstmord für den 30. April. Wählte mit für sie typischem Anstand die Antiklimax, den Sonntag nach Ostern, der der ehemaligen Episkopalin Abigail passend vorkam, denn Ostern selbst wäre ja wohl zu symbolträchtig gewesen, quasi wie ein Ellbogen in die Rippen: *Kapiert? Keine Auferstehung für die Frau!* Aber irgendetwas (das andauernd klingelnde Telefon, ihre Sehnsucht, es könnte Jared sein, der seit Monaten nicht mit ihr gesprochen hat) hat es verhindert. Und der folgende Tag ist der 1. Mai, und vielleicht hat das ja eine Bedeutung? *Der erste Morgen meines neuen, postumen Lebens?*

Abigail macht sich auf nach Salthill-on-Hudson, fährt langsam (zittrig!) die Pearl Street entlang, eine immer noch jung aussehende Frau mit dunkler Sonnenbrille, nur mäßig glamourös wie ein Rockstar aus einer anderen Epoche, der die Drogen hinter sich hat, steuert wie ein Automat ihren schimmernden silbergrauen BMW und wartet darauf, dass sie etwas *fühlt! irgendwas!* schließlich lebe ich, es ist Frühling, und ich bin NICHT TOT. Aber sie kann noch keinen klaren Gedanken fassen, denn da sie tags zuvor nicht gestorben ist, muss sie ihr lächerliches und kräfteraubendes Leben weiterführen, ein Leben, um das sie der Großteil der Milliarden auf dem Planeten sicher beneiden würde – im Wesentlichen das Leben einer dreiundvierzigjährigen (ja, Abigail hat während der Wintermisere ein neues Alter erreicht) Geschiedenen aus Suburbia mit vollem Terminkalender, aber ohne Seele, ein Leben, in dem sich Verabredungen, gesellschaftliche Anlässe und Besorgungen aneinander reihen wie die Perlen eines Rosenkranzes, eines Rosenkranzes wie eine Endlosschleife, nun, wo Adam nicht mehr ist, nun, wo Jared nicht mehr da ist und Abigail es nicht geschafft hat, sich wieder zu verheiraten, es nicht mal geschafft hat, die Trümmer ihrer Ehe hinter sich zu lassen und einen anderen Mann zu finden, den sie lieben kann und der sie ebenfalls liebt –, kommt, immer noch die Pearl Street entlang fahrend, am Alten Salthiller

Friedhof vorbei, auf dem Patrioten der amerikanischen Revolution begraben liegen, an der öffentlichen Leihbücherei in dem restaurierten historischen neo-georgianischen Gebäude an der Kreuzung zum Shaker Square, und für einen Moment der Schwäche ist ihr Kopf so leer, dass sie nicht mehr weiß, ob sie gerade in die Stadt fährt, um mit der zweiten Vorsitzenden des Komitees für die alljährlich im Frühling von der Salthiller Historischen Gesellschaft ausgerichteten Blumenfestivals zu Mittag zu essen oder ob sie nach Hause unterwegs ist in den Wheatsheaf Drive, in das schöne Haus, so leblos wie ein Mausoleum; weiß nicht mehr, ob sie, als sie tags zuvor ihren kostbaren Schatz aus Barbituraten, Schmerzmitteln und Prozac auf einer Arbeitsplatte in der Küche aufreihte, es noch ein einziges Mal bei Jared versuchen wollte (bloß ein Anruf!), bevor sie alles mit Wodka hinunterspülte, oder sich dazu durchrang, den Jungen zu schonen, der schließlich (sie ist die Mutter, sie muss es wissen!) erst sechzehn ist und tief verletzt durch die bittere Scheidung seiner Eltern, als sie an der Kreuzung Pearl und Ferry, wo sie auf die grüne Ampel wartet, plötzlich das Mädchen mit der roten Baskenmütze sieht …

»Sie ist sicher einsam. Immer ist sie allein.«

Das Mädchen ist anscheinend Chinesin, ungefähr elf Jahre alt, ist zart, hat feine Züge, ein Gesicht wie ein perfektes Blütenblatt, dunkles, glattes glänzendes, schulterlanges Haar mit geradem Pony; es hat einen Cellokasten fest in der Hand und geht, als stemme es sich einem scharf blasenden Wind entgegen. Die Kleine trägt eine schlichte Jacke, eine ordentlich gebügelte Hose und, als Farbtupfer, die rote Baskenmütze. Abigail hat dieses Kind schon mehrmals in Salthill gesehen und ist gerührt … Sie kennt die Kleine nicht. Und die Kleine kennt Abigail nicht. Manchmal hat sie das Cello dabei, manchmal nicht. Salthill ist klein genug, dass man auf der Straße unweigerlich Menschen wieder erkennt, auch wenn man deren Namen nicht kennt. Das Mädchen mit der roten Baskenmütze besucht die Salthiller Mittelschule in der North Chambers Street; Abigail hat sie von der Schule kommen sehen, allein. Abigail hat sie auch in der Salthiller Stadtbücherei gesehen, allein. Bestimmt besuchen noch andere chinesisch-amerikanische Schülerinnen die Mittelschule, aber das Mädchen mit der roten Baskenmütze ist immer allein, oder zumindest war sie allein, als Abigail sie sah. Die Kleine war ihr zum ersten Mal aufgefallen, als sie schüchtern an einer groben, lärmenden Schar von Schulkameraden vorbeizukommen versuchte, die auf dem Gehsteig vor der Bibliothek herumlungerten. Die schmächtige Chinesin, umringt von etwa gleichaltrigen Mädchen und Jungen, die sie nicht beachteten, so als sei sie gar nicht da, sie anrempelten, als sie vorbei wollte. Die gedankenlose Grausamkeit der Jugend! Abigail war wütend und wäre dem Mädchen am liebsten zu Hilfe gekommen, hätte sie an der Hand genommen und die anderen beiseite geschoben. Diese Rüpel! Weiße! Abigails Gesicht brannte vor lustvoller Scham über ihresgleichen. Da Weiße die Mehrheit bilden, bestraft man sich selbst dadurch, dass man sich für sie schämt, und ist für nichts verantwortlich. Abigail hatte wenige Meter entfernt auf dem Gehsteig gestanden und überlegt, was sie tun würde, wenn beispielsweise einer der angeberischen Jungs der Chinesin die Baskenmütze vom Kopf reißen, wenn einer sie gezielt anpöbeln würde. Abigail war eine Salthiller Mutter; diese Jungs würden doch vor der Autorität einer Mutter zurückweichen. (Oder?) Als Jareds Mutter hätte Abigail nicht überrascht oder schockiert zu sein brauchen, als die Ausdrücke dieser verwöhnten Salthiller Gören an ihr Ohr drangen, das beiläufig hingerotzte *Scheiß* und *Arsch*, das sexuell Anzügliche ihrer Sticheleien, das *fick dich* und *leck mich, Mann*! Doch sie war schockiert und entrüstet. Schließlich waren es fast noch Kinder. Zwölf-, dreizehnjährige Mädchen, die auf offener Straße Zigaretten herumgehen ließen. Mit grellem Lippenstift und Lidschatten und knapp sitzenden kurzen Röckchen. Die Jungs in sackartigen Rapper-Hosen von Banana Republic und Gap, die teuren Joggingschuhe nicht zugeschnürt. Privilegierte Salthiller Kinder, deren Väter Multimillionäre waren und die imitierten, was sie für den Straßenstil der Gangster im schwarzen Ghetto hielten, wo die Väter wahrscheinlich im Gefängnis, nicht zu Hause oder tot waren. Wenigstens hatte Jared diese Phase hinter sich. Abigail hoffte es zumindest.

Ein Jammer! Abigails Sohn will nicht mit ihr sprechen und sie erst recht nicht sehen. Sie gibt sich Mühe, tapfer zu sein, aber sie trägt ihre Schande mit sich herum, man sieht ja die Missbildung, den riesigen Kropf an ihrem Hals.

An jenem Tag im vergangenen Herbst, als sich das Mädchen mit der roten Baskenmütze den Weg durch die rüpelhafte Gruppe bahnte, zu schüchtern, um etwas zu sagen, das Gesicht wachsbleich und maskenhaft, die schönen, tief liegenden asiatischen Augen ernst niedergeschlagen inmitten ihrer kichernden, fröhlichen Klassenkameraden, hatte Abigail nicht allzu auffällig hinsehen wollen. *Sie ist denen allen überlegen*, dachte Abigail zornig. *Und das wissen sie auch!* Im Grunde aber beachteten die weißen Salthiller Kinder die Chinesin gar nicht. Jetzt sitzt Abigail am Steuer ihres BMW und sieht, wie dasselbe Mädchen keine Armeslänge entfernt an ihrem Auto vorbeigeht, den Cellokasten in der Hand, und urplötzlich regt sich in ihr Zärtlichkeit, ein Beschützerinstinkt. Die Kleine hat etwas melancholisch Altkluges an sich. Eine alte Seele in einem jungen Körper. Kann das sein? Ja, das Mädchen ist schön, zumindest für Aibgail, doch in strengeren Augen gilt sie womöglich als unscheinbar. Es ist die reine Unschuld des jungen Mädchens, die Abigails narbiges Herz schneller schlagen lässt. *Warum hatte ich keine Tochter? Jammerschade.* Harrison hatte schon das erste Kind nicht recht gewollt, ein Junge, wie sich schließlich herausstellte. Ein kleiner DNA-Träger mit einem Minipenis und Harrys missmutig aufbrausendem Wesen. Die Aussicht auf ein zweites Kind und damit auf eine japsende Frau mit dickem Bauch anstelle der parkettsicheren Schönheit, auf ein Jahr stinkende Windeln und Desinfektionsmittel, darauf, wieder eine Kinderfrau aus einer »ethnischen Minderheit« im Haus zu haben – *nein, danke*! Abigail seufzt. Sieht, wie das Kind mit der roten Baskenmütze weitergeht, ohne die Weiße mit der Designer-Sonnenbrille am Steuer des silbergrauen BMW zu sehen, die ihr gebannt nachschaut. Und überlegt, wer die Mutter dieses Kindes sein mag. Die Frau hat Glück! Bestimmt ist die Kleine ein Abbild ihrer Mutter mit diesen feinen Zügen, dem glänzenden schwarzen Haar, der zurückhaltenden Art, obwohl sie sicher nach und nach amerikanische Verhaltensweisen übernehmen und ihrer Mutter das Herz brechen wird. *Trotzdem, es ist die Sache wert. Ein paar glückliche Jahre schenken sie uns, es wäre egoistisch, mehr zu verlangen.* Der Gedanke kommt Abigail jetzt: vielleicht sollte sie einen Amerikaner asiatischer Abstammung heiraten? Gibt es unter den Über-Vierzigjährigen solche Männer? Sie hat die vage Vorstellung, dass Asiaten sich selten scheiden lassen; sie heiraten jung und bleiben treu; wenn sie ein Verhältnis eingehen, dann bestimmt innerhalb der eigenen Rasse und Schicht. Hat ihr Ex-Mann Harry Tierney, wenn er von Geschäftsreisen aus Tokio und Taiwan kam, nicht immer gesagt, die Asiaten seien unergründlich: »Das ist Absicht. Damit wir im Vergleich sind wie die Axt im Walde.« Abigail bildet sich wohl ein, ihr Problem sei gelöst, wenn sie einen Asiaten dazu bringt, sie zu lieben und zu heiraten? Es gibt eine kleine Gruppe asiatischer Amerikaner in Salthill und seinem wohlhabendem Umland, aber seltsamerweise nicht in Abigails unmittelbarem Bekanntenkreis, und – genauso seltsam, denn Salthill ist eine liberale, Demokraten freundliche Gemeinde – auch keine Hispanos. (»Wir bemühen uns ja! Ständig!«, behaupten Salthills Gastgeberinnen im Brustton der Aufrichtigkeit. »Wir laden sie ein, aber sie kommen zu unseren Partys nicht, oder, falls doch, bloß einmal, und dann hören wir nie wieder von ihnen.«) Abigail weiß – die positiven kulturellen Vorurteile fliegen in ihrem Kopf durcheinander wie die Wäsche in der Trommel einer Waschmaschine –, dass asiatische Kinder in der Schule »top« und dass die familiären Bindungen bei den asiatischen Amerikanern »sehr eng« sind. Jedes Jahr sieht man mehr asiatische Gesichter in Salthill, und Abigail findet das prinzipiell gut. Sie vermutet, dass das Mädchen mit der roten Baskenmütze die von ihren Eltern geliebte Tochter einer dieser neu zugezogenen Familien ist, in denen der Vater Investmentbanker oder Arzt oder Manager in einem Unternehmen der Biotechnologie ist und von denen manche Millionen von Dollar teure Häuser in neuen Vierteln mit Namen wie Lincoln Green, Pheasant Hollow oder Liberty Vale gekauft haben.

Abigail wacht aus ihrer Trance auf, als hinter ihr jemand kurz hupt (das ist Salthill, nicht New York City), und fährt schnell über die Kreuzung. Sie weiß nicht genau, wohin sie will, wichtig kann es nicht sein: Sie, Abigail Des Pres, will ja bloß dorthin; sie kann es, wie ihren Selbstmord, auch lassen. Sie biegt links ab, in die Quaker, und noch einmal links, in die Front Street, will ums Karree herum zurück zur Pearl Street. (Was tut sie? – Vielleicht redet sie sich damit heraus, dass es bedeckt ist, die Gewitterwolken sehen wirklich gemein aus, dazu Windböen, die Regen spucken, wenn das Mädchen mit der roten Baskenmütze in einen Guss gerät ...) Doch Pech, Abigail kommt in Salthills engen Straßen nicht voran, steckt mitten im zähfließenden Verkehr, muss mit zunehmender Ungeduld warten, während Frauen auf Einkaufstour (Bekannte, sie kann nicht unhöflich hupen) mühsam ihre Luxuswagen in Parklücken rangieren, wie korpulente Frauen sich in Korsetts zwängen. Als sie endlich wieder an der Kreuzung Pearl und Ferry angekommen ist und die Pearl ein paar Blocks lang umsonst abfährt, ist das Kind mit der roten Baskenmütze nirgends zu sehen.

Was soll das werden, Mom! Pirschst dich an das Kind fremder Leute heran! Du hast ein Rad ab, Mom.

»Nein, ich fürchte, Jared und ich sprechen in letzter Zeit nicht oft miteinander. Dabei höre ich seine Stimme oft. Er ist immer in meinen Gedanken. Ich habe das Gefühl, irgendwie mit ihm in Kontakt zu sein.«

Abigail Des Pres pirscht sich an niemanden heran, schon gar nicht an ein harmloses elfjähriges Kind. Man sehe nur, wie sie pflichtbewusst den Lemon Tree ansteuert, um mit der zweiten Vorsitzenden des Blumenfestkomitees zu Mittag zu essen. (Obwohl ihr gerade eingefallen ist, dass sie bei jedem einzelnen Musiklehrer in Salthill – so viele werden das ja nicht sein – anfragen und sich diskret nach einem etwa elfjährigen chinesischen Mädchen mit roter Bakenmütze erkundigen könnte, das Cellounterricht nimmt ... Aber was dann? Kniffliges Problem.) Abigail findet sich selbst als brünette Hälfte eines erlesen gekleideten, makellos zurechtgemachten Salthiller Frauenpaars wieder, das im beliebtesten neuen Salthiller Restaurant, The Lemon Tree, zu Mittag isst. Umgeben von einem Gewimmel weiß gekleideter junger Kellner, dem Klappern von funkelndem Besteck, einem, wie es sich anhört, endlos wiederholten Band mit Cembalomusik von Bach und einem Stimmengesumm und -gemurmel, das einem wie Blut durch die Ohren strömt. Vor beiden Frauen steht ein Teller, auf dem sich Gourmetsalat türmt, die Vinaigrette separat daneben.

»Der Sonntag nach Ostern, gestern, kam mir gut geeignet vor. Aber ich hab's verpasst.«

»Wofür sollte er sich eignen, Abigail?«

Dafür, mich umzubringen. »Mein Leben zu überdenken. Das Haus zu putzen, meine Garderobe durchzusehen, Sachen wegzuwerfen, die ich vergangenes Jahr nicht anhatte. Weiberkram eben.«

»Wie bitte? Ich hab das Letzte nicht verstanden. Es ist so laut hier.«

Abigail lacht beinahe zu herzlich. »Ist nicht wichtig.«

Verärgert merkt Abigail, dass sie schließlich doch Weißwein trinkt. Seit wann denn das? Sie hatte sich doch geschworen: *nie wieder*! Und hatte es Roger Cavanagh geschworen, der ihr in Middlebury, Vermont, so ritterlich aus der Patsche geholfen hat. *Kein Alkohol mehr, nie wieder!* Abigails Tischgenossin, Beatrice Archer, ist eine strähnchenblonde Schönheit unbestimmbaren Alters, irgendwo zwischen fünfunddreißig und fünfzig, einen breitkrempigen Strohhut auf dem Kopf wie eine Gestalt aus einem Merchant-Ivory-Film. Sie trinkt Rotwein und spricht voller Verve von dem bevorstehenden Blumenfest der Freunde des Salthiller Krankenhauses, einem wichtigen jährlichen Sponsoren-Event, das für später im Mai geplant ist und das Abigail organisieren hilft, weshalb sie sich nicht vorher umbringen, ja nicht einmal den Luxus eines Nervenzusammenbruchs leisten kann. Beatrice nämlich, die zweite Vorsitzende im Festkomitee, hat Abigail am Tag vorher angerufen und sie in ihren Selbstmordvorbereitungen gestört, um sie an ihre Verabredung zum Essen und die Punkte zu erinnern, die noch zu erledigen sind: Anrufe bei den ehrenamtlichen Helfern, Koordinierung der Pressearbeit, letzte Absprachen mit dem Salthill Inn, wo das üppige Mittagessen zum Preis von einhundertfünfzig Dollar pro Sitzplatz stattfinden wird. Die Mitglieder des Freundeskreises spenden Blumenschmuck, die einheimischen Floristen und Baumschulen spenden Blumenschmuck, ein Dichter und Pulitzerpreisträger (männlich, Amerikaner irischer Herkunft, »romantisch«) ist engagiert, um vor den Gästen der mittäglichen Tafel zu lesen. Beatrice' weinbenetzte Lippen öffnen sich zu einem schimmernden, glücklichen Lächeln.

Beug dich über den Tisch und gib Beatrice einen Kuss! Vielleicht bist du ja Lesbierin, das ist das Geheimnis deiner sexuellen Misere.

»Sechsundzwanzig, siebenundzwanzig, achtundzwanzig ... dreißig. *Ein*unddreißig.«

Auf der blitzblanken Arbeitsplatte hatte sie Barbiturate, diverse Schmerzmittel und die neun Prozac-Kapseln, die sie noch besaß, aufgereiht. Sie hatte ein paar von Harrys Tabletten von 1987 gefunden. »Man darf wohl behaupten, dass man zu lange in einem Haus wohnt«, sagte Abigail weise zu der unsichtbaren Überwachungskamera über sich, die in ihrem Kopf eins war mit ihrem verlorenen Freund Adam Berendt, »wenn man Medikamente hat, die aus der Amtszeit früherer Präsidenten stammen.« Abigail zog die Flasche Absolut Vodka hervor und stellte sie vor sich hin wie auf einem Altar. Sie begann zu zittern, aber vielleicht war das ja ein gutes Zeichen? *Ich meine es ernst. Bin fest entschlossen.* Wenn sie sich das nicht vorgenommen hätte, wäre sie ja ruhig. Aber vielleicht konnte sie sich einfach tottrinken, den Alkohol in langsamen, stetig gesteigerten Dosen in sich hineingießen, bis das Kammerflimmern begann und ihr schwaches Herz zerplatzte? »Da könnte man in Salthill sagen: ›Arme Abigail! Sie hat gegen den Blues angetrunken, es war ein Unfall.‹« Einunddreißig Tabletten, binnen weniger Minuten geschluckt und mit Wodka hinuntergespült, das ginge mehr zu ihren Lasten.

»Adam! Das Dumme ist, wenn ich lebe, bin ich unglücklich, aber ich will niemanden unglücklich machen, indem ich sterbe.«

Abigail, hör auf. Du weißt, ich kann dich nicht hören.

»Aber ich muss es wissen: wenn ich Selbstmord begehe, soll ich es als bewussten, rationalen, exitentiellen Akt kenntlich machen, oder soll ich es einfach – tun? Und keinen Abschiedsbrief hinterlassen?«

Abigail, das ist lächerlich. Ich sagte schon, ich kann dich nicht hören. Ich existiere nicht mehr.

»Aber Adam! Du weißt doch, wie unsicher ich bin. Ich möchte das Richtige tun, bloß – was ist das Richtige? Ich bin nicht gerade glücklich. Schon lange nicht mehr.«

Wer ist das schon? Du glaubst wohl, Totsein ist ein Zuckerschlecken?

»Ich könnte doch zu dir kommen.«

In meinem Garten verstreut? Im Boden? Wer soll das machen?

»Du fehlst mir so, Adam.«

Schweigen.

»Adam? Bist du mir böse? Bitte, sei's nicht ...«

Schweigen. Abigail hörte Adam seufzen. Er hatte eine Art, sich mit den Handrücken die Augen zu reiben, dass man ein leises Glucksen hörte – es machte einen verrückt –, und dieses Geräusch meinte sie jetzt zu vernehmen.

»Adam, lass das! Das ist eine schreckliche Angewohnheit.«

Ich bin schon auf einem Auge blind, was soll's?

Abigail lacht, ohne Häme. »Adam, bitte. Ich brauche deinen Rat. Wenn es mir gelingt, mich umzubringen, soll ich einen Abschiedsbrief hinterlassen? Zum Beispiel:

Liebster Jared,

ich habe mich dafür entschieden, das Beste, was ich tun kann. Mein Herz ist gebrochen. Ich bin wohl ein Feigling. Aber du, Liebling: keine Schuldgefühle *meinetwegen*! Denk immer daran: du bist nicht schuld an dem beknackten Leben deiner Mutter.

Jedenfalls: ich hab dich lieb.

Gruß,
Mom

»Sogar im Tod, siehst du, Adam, will ich Jared noch beeindrucken. Eine ziemlich plumpe Art, mich einzuschmeicheln. Durch einen Teenager-Ausdruck wie beknackt, den ich sonst nie verwende. Adam, bin ich erbärmlich?«

Ablehnendes, mürrisches Schweigen.

»Adam, bitte! Bin ich erbärmlich?«

Abigail, du bist eine Frau, der man wehgetan hat. Aber du bist eine starke Frau, du kriegst die Kurve.«

»Ich bin eine starke Frau – und flieg aus der Kurve. Hast du das gesagt?«

Du KRIEGST die Kurve, Abigail. Wirst sehen.

Abigail begann fröhlich zu lachen. »Adam, ich bin mein ganzes Leben lang feige gewesen. Wie ein Hund, der immer bei Fuß geht. Hab mich geduckt, den Schwanz eingeklemmt. Obwohl die Leute, die mich anstarren, mich vermutlich attraktiv finden. Je elender mir ist, desto ›exotischer‹ seh ich aus. Äußerlich ein reinrassiger Afghane, innerlich ein zitternder kleiner Köter.«

Abigails strahlende blonde Begleiterin im Lemon Tree lächelt sie irritiert an. »Köter, Abigail? Was hast du gesagt?«

Hat Abigail laut gesprochen? Sie blickt auf die aufgehäuften Salatblätter auf ihrem Teller, die für einen irritierenden Moment aussehen wie ein Nest kleiner öliger grüner Schlangen. Abigail schließt die Augen. Die Gabel entgleitet ihr. Das Gesumm und Gemurmel im Lemon Tree geht ohne ihre Beteiligung weiter, wie das Universum nach der Auslöschung unserer Art weiterbestehen wird. Ich kann ohne Liebe nicht leben. Gott verzeih mir, ich habe nicht die Kraft dazu. Abigail unternimmt den Versuch, Adams gegerbtes, unscheinbar nettes Gesicht aus ihren Gedanken zu vertreiben. Beatrice beugt sich mit Verschwörermiene herüber, eine Goldkette mit Münzanhängern glänzt an ihrem Hals; sie erzählt Abigail von Lionels Rückkehr zu Camille – endlich. »Gerade noch rechtzeitig. Die arme Camille war schon wunderlich geworden. Sie hat streunende Hunde aus dem ganzen Rockland County bei sich aufgenommen, in dem schönen Haus riecht es wie in einem Zwinger.«

»Camille war einsam, Beatrice«, erwidert Abigail steif. »Ich würde mir nicht anmaßen, sie zu verurteilen.«

»Ich verurteile Camille nicht«, sagt Beatrice rasch. »Sie ist eine außergewöhnliche Frau. Niemand von uns hat geahnt, wie außergewöhnlich! Jetzt pflegt sie Lionel, er hatte ein blutendes Geschwür, musste ganz schnell operiert werden. Eine Rückenoperation steht ihm noch bevor. Und seine Gefühle sind das reine Chaos, wie Camille es taktvoll nennt.« Beatrice berichtet es in tiefernstem Ton, ein winziges Lächeln zuckt um ihre Mundwinkel. »Die Frau, mit der er in New York diese Beziehung hatte, soll so jung wie ihre Tochter Marcy sein, und ganz schön durchtrieben.«

Abigail, die dasselbe gehört hat und überdies noch, dass Lionel die Bekanntschaft mit dem durchtriebenen jungen Ding ihrem Ex-Mann Harry verdankt, der ebenfalls eine sexuelle Beziehung zu ihr unterhielt, schweigt. Beatrice erzählt weiter:

»Camille ist unheimlich erleichtert und dankbar, dass Lionel wieder da ist, weigert sich aber, auf ihre Hunde zu verzichten. Lionel hätte das natürlich gern. Aber er hat die moralische Autorität in diesem Haus eingebüßt.« Beatrice verstummt, lächelt nun strahlend. »Er geht mit Stock. Und wird ziemlich grau. Ich kann mir nicht denken, dass er als Chef in seine Firma zurückkehrt, auch nicht nach der Rückenoperation. Avery hat gehört, der Ersatz für Lionel soll ein aggressiver jüngerer Mann sein, der ins Internet expandieren und eine fremdsprachige Reihe mit populärwissenschaftlichen Medizinbüchern und Ratgebern aufbauen will. Camille hat jetzt mehr um die Ohren als früher über Jahre nicht, aber sie scheint regelrecht aufzublühen. Wie immer spendet sie tonnenweise Blumen für das Fest. ›Ich würde Lionel nicht für meine Hunde hergeben, also warum sollte ich meine Hunde für Lionel hergeben?‹ hat sie zu mir gesagt. ›Sie brauchen mich alle gleichermaßen.‹«

Abigail erinnert sich noch ganz genau an die leise, beschämende Kränkung, dass Adams Hund Apollo Camille Hoffmann ihr vorgezogen hatte. Die wenigen Male, die Apollo zu ihr gekommen war, ein altes Hemd oder einen alten Pullover seines Herrn im Maul, hatte Abigail ihn hereinlocken können, aber Apollo war nie lange geblieben. Kam wie sein Herr nicht zur Ruhe in Abigails Haus! Darüber hat sie nie mit jemandem gesprochen. Trotzdem, es ist so ungerecht, dass die unscheinbare Camille, die keine Taille hat und sich nicht anzuziehen weiß, nicht bloß die Rückkehr ihres Mannes erleben darf, sondern auch die Herrin von Adam Berendts geliebtem Hund ist! Und umso ungerechter, als Abigail doch viel enger mit Adam befreundet war, als Camille es je sein konnte. *Wenn er eine Frau geliebt hat, dann MICH.* »Und, spricht Camille immer noch so über Adam, als lebe er noch?« Abigail schlägt bei der Frage die Augen nieder.

Beatrice erschauert. »Ja! Das ist das Einzige, das ich bei Camille nicht anzusprechen wage. Wenn man von Adam in der Vergangenheit spricht, wird sie ärgerlich. Bei dem Thema versteht sie keinen Spaß.«

»Wo ist Adam denn jetzt?«, sagt Abigail beiläufig. »Ich frag aus reiner Neugier.«

»Er reist gerade durch Indien, nach Benares. Für die Hindus eine heilige Stadt, sagt Camille.«

»Indien! Ich dachte, Adam sei am Mittelmeer.«

»Tja, Camille ›sieht‹ ihn jetzt nach Osten unterwegs.«

»Und woher weiß sie das?« Vor Eifersucht gibt es Abigail einen Stich. Hat Adam Camille etwa Postkarten geschickt?

Beatrice lacht, so als habe Abigail etwas Kluges gesagt. »Ich hätte nicht gedacht, dass ausgerechnet Camille, die so bäuerlich erdverbunden ist wie eine Hausfrau bei Bruegel, eine solche Phantastin ist.«

Abigail, die Camille nicht ausstehen kann, meint ihr beispringen zu müssen. »Jeder von uns verarbeitet es auf seine Weise, Beatrice. Wir sind bestimmt alle Phantasten, obwohl wir uns für ›Realisten‹ halten. Ich wünschte bloß, ich hätte Camilles Anhänglichkeit – Adam gegenüber, ihren Hunden, diesem Mann, den sie jetzt, wo er ein Wrack ist, pflegt, obwohl er sie betrogen hat.« Abigail schluckt trockenen Weißwein hinunter, und vor ihrem geistigen Auge ersteht das Schreckensbild des sechzehnjährigen Jared, der, nach einem Umfall beim Bergsteigen humpelnd oder in einem Rollstuhl sitzend, seiner Mutter übergeben wird. Für immer.

»Oh, und eine Sinusitis, die sich gewaschen hat!«, sagt Beatrice unvermittelt, so als sei es ihr gerade eingefallen.

»›Sinusitis‹? Was?«

»Hat Lionel außerdem noch. Er ist allergisch gegen Hunde.«

Die Frauen beginnen zu lachen. Tränen glitzern in ihren sorgfältig getuschten Augen.

Ihr Mittagessen wäre so heiter ausgeklungen, wäre nicht just in dem Moment, als Beatrice die Rechnung erbittet und darauf besteht, alles zu übernehmen, ihr Kellner mit zwei Gläsern – Champagner? – an den Tisch gekommen. »Eine Aufmerksamkeit des

Herrn am Ecktisch, meine Damen. Mit herzlichen Grüßen, hat er gesagt.« Die beiden Frauen fahren verblüfft herum und erblicken ihren Freund Owen Cutler. Armer Owen, allein zum Mittagessen im Lemon Tree, und das an einem Wochentag! Owen hat seine Brille abgesetzt und lächelt den Damen zu, die sogar auf die Entfernung erkennen, wie gern er sich an ihren Tisch bitten ließe. »Oh, mein Gott«, flüstert Beatrice. »Owen ist so *einsam*, aber ich bin heute einfach nicht in der Lage, mir schon wieder sein Gejammer wegen Gussie anzuhören.« Abigail erschauert verständnisvoll. Seit seine Frau aus Salthill verschwunden ist, hat Owen Abigail ab und zu angerufen, manchmal spätabends, wollte reden, wollte sie zum Essen ausführen, wollte (es sei denn, sie bildet sich das ein) von ihr getröstet werden, wenn schon nicht sexuell (Abigail hat Mühe, sich Owen Cutler als ihren Sexpartner vorzustellen), so doch durch Zärtlichkeiten. Ein Glas Champagner ist genau das, was Abigail gern hätte, sich aber nie bestellen würde, und so protestiert sie gleich: »Kellner, bitte nehmen Sie die Gläser wieder mit. Meine Freundin und ich sind doch keine *Huren.*« Abigail sagt es mit so unbeweglicher Miene und so ernst, dass der Kellner und Beatrice sie entsetzt anschauen.

Beim Verlassen des Restaurants bleiben die Frauen pflichtschuldig an Owens Tisch stehen und danken ihm für seine Aufmerksamkeit, schlagen ihm aber die Bitte ab, sich zu ihm zu setzen. »Ich träume neuerdings immer«, sagt Owen und hält sich an Abigails und Beatrices Händen fest, »dass Gussie gestorben ist. Und ich bin daran schuld.« Die Frauen entziehen sich Owens kaltem Griff mit der Beschwichtigung, dass Gussie bestimmt lebe und bald zu ihm zurückkomme. Auf dem Gehweg vor dem Lemon Tree sagt Beatrice nach kurzem Zögern, sie habe ein ganz hässliches Gerücht gehört, dass Augusta womöglich nicht mehr am Leben sei – »Und Owen *ist* schuld daran.« Abigail, der das Gerücht auch zu Ohren gekommen ist, setzt mit erkennbarem Zittern ihre dunkle Designerbrille auf. Sagt gespielt vorwurfsvoll zu ihrer Freundin: »Beatrice, das ist lächerlich! In Salthill bringt kein Mann seine Frau *buchstäblich* um.«

Wie fühlt es sich an, meinen Sohn zu verlieren? Wie eine Abtreibung, ohne Narkose.

Sie fährt die Pearl Street entlang in die Richtung, in die das Mädchen mit der roten Baskenmütze zwei Stunden zuvor gegangen ist. »Adam, ich weiß. Es ist lächerlich. Aber ich schade doch niemandem.«

Schweigen. Das bedeutet Tadel.

»Ich würde sie nicht ansprechen, sie erschrecken. Es ist nur ... für den Fall, dass sie Hilfe braucht, von einem Erwachsenen. Sich zum Beispiel den Knöchel verrenkt. Und nach Hause gefahren werden muss.«

Jedes Mal, wenn Abigail in das Haus am Wheatsheaf Drive zurückkehrt, hofft sie vergeblich, dass Jared in ihrer Abwesenheit angerufen hat. Dass seine Stimme auf dem Anrufbeantworter ist. Oder er ihr eine E-Mail geschickt hat. *Hey Mom? Was liegt an?*

Jared hat ihr solche Zeilen schon geschickt, freilich nicht oft. »Aber doch öfter als gar nicht.«

Seit dem Unfall. Seit der *dämonischen Hand.* Seit der Notaufnahme und Jareds Weigerung, seine Mutter zu sehen. Die eigene Mutter! Zu ihrer Schmach hat er sie bei Roger Cavanagh schlecht gemacht. Zu ihrer Schande hat er darauf bestanden, dass Harrison angerufen wird und ihn heimholt. Im Herbst war er jedoch soweit wieder hergestellt, dass er mit seinem Vater und der neuen, jungen, schönen Frau seines Vaters nach Afrika »auf Safari« und nach Tansania zu einer geführten Tour auf den Kilimandscharo fahren konnte. Er hatte sich von seiner Mutter vor der Abreise aus Amerika weder verabschiedet noch ihr eine Karte aus Afrika geschickt. »Dabei hätte er dort umkommen können. Was, wenn er dort umgekommen wäre!« Sinnlos, darüber nachzudenken. Die ganze Litanei herzubeten. Das ist Abigail klar. Trotzdem kann sie nicht anders, als sie das Haus betritt, in dem kein Leben mehr ist, nicht mal der geisterhafte Widerhall von Jareds Kinderstimme, Jareds Kinderlachen.

Roger hatte sie nicht eben taktvoll getröstet. »Jared merkt schon noch, was für ein Mistkerl Harry ist, und versöhnt sich mit dir.«

Abigail lachte. »Und wenn er merkt, was für ein Mistkerl Harry ist, kommt ihm seine Mutter vielleicht etwas besser vor? Ein schönes Lebensziel!«

Roger, der es nicht mochte, wenn man ihm widersprach, sogar beim Flirten, sagte gereizt: »Schau, meine Tochter Robin schert sich auch keinen Dreck um mich. Und ich wollte sie nicht umbringen.«

Gekränkt erwiderte Abigail: »Roger, ich wollte Jared nicht umbringen. Was unterstellst du mir?«

»Komm schon, Liebes. Diese Sache mit der dämonischen Hand.«

Liebes! Abigail sieht ihren Freund an. Als Anwalt hatte er sich wunderbar für sie eingesetzt, hatte den Richter am Verkehrsgericht von Middlebury dazu gebracht, Mitgefühl für sie aufzubringen. Zweifellos fand Roger sie anziehend. *Das mindeste, was ich tun kann, ist mit Roger zu schlafen. Vielleicht sollten wir heiraten* ... Doch Roger sprach ungerührt weiter: »Dir ist nicht bewusst, dass du Jared umbringen wolltest, klar. Nach dem Gesetz hättest du dir nicht mehr zuschulden kommen lassen als fahrlässige Tötung. Und da hab ich dich ja rausgeholt. Aber dein Handeln deutet schon auf eine unbewusste Absicht hin, und das weißt du auch.«

Abigail rutschte die Hand aus, sie schlug Roger. Die Tat einer hysterischen Frau in einem Film, nur war Abigail nicht hysterisch, und es war kein Film. Schockiert taumelte Roger rückwärts, Tränen traten ihm in die Augen. Abigail war nicht minder schockiert. »Roger, verzeih mir«, flüsterte sie. Roger packte Abigail bei den Schultern und küsste sie, fest wie ein Natternbiss. Es war keine Zärtlichkeit in diesem Kuss, nur Zorn und Verachtung. Noch Stunden später taten Abigail die Schultern und der empfindliche Mund weh. Sie hielt sich Eiswürfel an den Mund, und das Wasser lief ihr an den Armen hinunter.

Der traurige Vorfall hatte sich im Januar bei Abigail ereignet. Er war mindestens so peinlich wie der im Oktober davor, als Apollo es durch sein geräuschvolles Kratzen an der Hintertür verhindert hatte, dass die beiden miteinander schliefen. Neuerdings hört Abigail aus verschiedenen Quellen das beunruhigende Gerücht, Roger sei verliebt, aber nicht in Marina Troy, sondern in eine Anwältin, die in Salthill niemand kennt, eine angeblich »sehr junge«

Frau, und Roger »bekomme« ein Kind von ihr. Abigail ist beleidigt wie ein verschmähter Teenager.

»Wenn wir an dem Tag miteinander geschlafen hätten, wäre das *mein* Kind geworden.«

Eine trübselige Jahreszeit für die Liebe. Doch Abigail gibt die Hoffnung nicht auf.

Und so lauscht Abigail Des Pres mit weiblich höflicher Aufmerksamkeit an diesem Abend im Pryce House (1771), einem mit viel Aufwand restaurierten Stadthaus im Kolonialstil am Shaker Square, dem Sitz der Historischen Gesellschaft von Salthill, einem einheimischen Architekten in jungen mittleren Jahren, der zu dem zukunftsweisenden Thema »Quo vadis, Salthill? Die entscheidenden nächsten zehn Jahre. Ein Ausblick« spricht. Ein passionierter Mann, dieser Architekt, und so langweilig! Das Auffälligste an ihm sind seine Nasenlöcher, riesige Zugänge zu seinem schnabelartigen Organ, die sich beim Einatmen in Schauern zusammenziehen und beim Ausatmen weiten. Abigail hört eifrig zu, die Hände ruhig im Schoß gefaltet, den Oberkörper ungefähr so weit geneigt wie der schiefe Turm von Pisa, doch die Worte des Architekten sind, kaum gehört, schon vergessen, so als sei ihr Bewusstsein ein Fernsehschirm, über den ein ruheloser Teenager mit der Fernbedienung zappt. Wie die meisten ihrer Bekannten unterstützt Abigail die Historische Gesellschaft seit Jahren, hat aber nur selten Zusammenkünfte und Vorträge besucht; ihr heutiges Hiersein ist eine Alternative zu einunddreißig mit Wodka heruntergespülten Tabletten. Außerdem hofft sie, einen geeigneten Mann »kennen zu lernen« und hat Gewissensbisse, seit sie weiß, dass Adam Berendt der Gesellschaft nicht bloß 35 000 Dollar als Spende für den Erhalt historischer Bausubstanz in Salthill und Umgebung hinterlassen, sondern sogar aktiv an einigen ihrer Vorhaben mitgewirkt hat. (Doch hat Adam die Zusammenkünfte besucht? Abigail bezweifelt es.)

Feiner Regen fällt an diesem Maiabend. Einem Abend, wie geschaffen für die Liebe. Abigail ist froh, dass sie nicht tot ist. Auf der Strecke von ihrem Haus am Wheatsheaf Drive ins Dorf ist sie durch eine grün schimmernde Monet-Landschaft gefahren, an Feldern, Berghängen, blühenden Bäumen und Büschen vorbei, durch eine Landschaft aus großen Einfamilienhäusern mit erleuchteten Fenstern, die Bewohner den Blicken verborgen und doch spürbar anwesend. Ein ganzes Leben ist es her, so kommt es ihr vor, dass sie Mrs Harrison Tierney war und Jared, egal, in welchem Zimmer er gerade war, bei ihrem Eintreten Hals über Kopf auf sie zugerannt kam, ihre Beine umklammerte und »Mom-my, ich hab dich lieb!« rief.

Das Leben war so einfach. Jared so klein. Ein Kind weiß, dass Liebe alles ist.

Abigail sitzt auf einem Klappstuhl in der zweiten Reihe des schwach beleuchteten, staubig riechenden Salons des Pryce House. Sie ist eine der jüngeren Zuhörerinnen (das heißt, unter fünfzig), und trotz ihrer Selbstmordgedanken sieht sie wie immer blendend aus, wenngleich sie etwas zu stark geschminkt ist. Zu dem Anlass trägt sie einen neuen, zwischen taubengrau und lila changierenden Leinen-Frühjahrsanzug von Armani mit leicht gepolsterten Schultern und langer schmaler Taille; ihr rauchbraunes, erst diesen Nachmittag etwas »aufgehelltes« Haar umrahmt ihren Kopf verführerisch. Ihr Mund ist eine vollreife schimmernde Pflaume, in die jeder gesunde Mann nur zu gern beißen würde, ihre Augen glänzen träumerisch. Ihr Herz, so groß wie die Faust eines Kleinkindes, hämmert vor Hoffnung! (Und vom Koffein. Abigail will dem Alkohol aus dem Weg gehen und ist darüber zum Koffeinjunkie geworden.) Als der Architekt mit den höhlengleichen Nasenlöchern ganz ernsthaft von der »moralischen Verpflichtung« spricht, nicht nur die wertvollen historischen Stätten der Region zu erhalten, sondern auch deren »ökologisches Umfeld«, lässt Abigail den Blick durch den Raum schweifen. Unbewusst hält sie (wie immer!) Ausschau nach Adam Berendt. Bewusst hält sie Ausschau nach akzeptablen Männern. Nach Asiaten? An diesem Abend sind relativ wenige Männer anwesend, insgesamt nicht mehr als fünfzehn, die meisten davon, wie man so sagt, ältere Herren; die Mitgliedschaft der Historischen Gesellschaft bilden größtenteils ältere weiße Frauen, manche davon arg betagt und gebrechlich. (Salthill ist ein Dorado für Spendensammler! Viele seiner Bewohner sind nicht bloß reich, sondern alt dazu – die beste Kombination. Die Witwe Florence Ferris ist kürzlich im Alter von dreiundneunzig verstorben und hat ein Vermögen von über 40 Millionen Dollar hinterlassen, das unter den lokalen Organisationen aufgeteilt wird, die sie am liebsten unterstützt hat, darunter die Historische Gesellschaft.)

Am anderen Ende des Raumes, unter dem verblassten Ölgemälde, das den Vizepräsidenten Aaron Burr zeigt, als er General Alexander Hamilton bei dem notorischen Duell vom Juli 1804 im nahe gelegenen Weehawken, New Jersey, niederstreckt, sitzt ein Fremder mit vollem schwarzem Haar, bei dem es sich – dem Profil nach, das auf ein flaches Gesicht hinweist – um einen Asiaten handeln könnte; der Mann sitzt ruhig auf seinem Stuhl, so als höre er ebenso aufmerksam zu wie Abigail. (Doch warum sollte sich ein Asiate für Salthiller Geschichte interessieren? Einem Menschen, der aus einer so alten und reichen Zivilisation wie der chinesischen oder japanischen stammt, wo nach Jahrtausenden gezählt wird statt nach Jahrhunderten, in der Milliarden von Menschen gelebt haben und gestorben sind und – folgenlos, als seien es Glühwürmchen gewesen – der Vergessenheit anheim fielen, muss die »amerikanische Geschichte« doch oberflächlich vorkommen.) Abigail denkt ganz naiv: *Ein Amerikaner asiatischer Abstammung würde meinem Leben eine Dimension von Tiefe geben. Er brauchte gar nicht mein Liebhaber zu sein, bloß ein Freund. Er könnte eine Sie sein. Ich sterbe an mangelnder Tiefe.*

Schon geht es ihr etwas besser. Ein Problem zu isolieren heißt, den ersten Schritt zu dessen Lösung zu tun.

Sie ist sich dessen bewusst, inmitten eines Kreises mächtiger, wenn auch nicht mehr junger, Bürger zu sitzen. Seit Jahren, seit den »boomenden« Sechzigern, herrscht in Salthill ein kämpferischer »patriotischer« Geist. Im Gegensatz zu anderen, weniger finanzstarken amerikanischen Vorstadtkommunen konnte Salthill-on-Hudson es sich leisten, kostspielige Prozesse um die Erhaltung seines Erbes zu führen und Grundstücksentwickler daran hindern, sich über Bebauungspläne hinwegzusetzen. Mancher einheimische

Anwalt hat durch erfolgreich angestrengte Klagen gegen Bundes-, Landes- und Kreisverwaltungen ein Vermögen gemacht und so Highway-Anschlüsse oder den Ausbau von State Highways, die Errichtung von öffentlich geförderten Sozialwohnungsbauten oder Senioren-Wohnanlagen, einen mehrere Millionen teuren Biotechnologiepark (»Experimente im Dienste bakteriologischer Kriegsführung mitten unter uns«), neue Abwasserkanäle, gepflasterte Landstraßen, Krankenhäuser, eine Außenstelle der State University, zusätzliche öffentliche Schulen und sogar neue, behindertengerecht ausgestattete Wanderwege vereitelt. Veränderung ist der Feind, »Fortschritt«, »Profit« sind der Feind. Zumindest für die Bürgerschaft. Adam hat über Salthills Paranoia gelacht, aber der Historischen Gesellschaft trotzdem Geld hinterlassen; er hatte das Deppe-Haus der Gemeinde überschrieben. Damit hat Adam wohl das eigene schlechte Gewissen beschwichtigen wollen.

Aber ein schlechtes Gewissen weswegen? Das weiß Abigail nicht.

Vielleicht, weil man immer davon ausgehen kann, sich schuldig gemacht zu haben. Zumindest als Erwachsener.

Der Architekt, dessen Name irgendwie derb und unglaubwürdig klingt – Gustave, Garrick, Gerhardt? Oldt oder Ault – spricht seit einer halben Stunde und lässt nicht erkennen, dass er bald zum Ende kommt. Was für ein seltsames, hässliches Gesicht: jungenhaft und schlaufüchsisch zugleich, die lange Hakennase mit den auffälligen Nasenlöchern, strubbelige Augenbrauen über tief liegenden melancholischen Augen. Das Kinn ist lang und schmal und dabei fliehend. Seine Zähne schimmern feucht beim Sprechen, und er lächelt oft vor nervöser Anspannung. Er ist vielleicht Ende vierzig. Sein dunkles, an den Schultern nicht richtig sitzendes Winterjackett aus Tweed, an dem auch noch ein Knopf fehlt, sieht aus wie vom Flohmarkt – wie von Adam Berendt gekauft. Doch der Redner hat weder Adams Gewandtheit noch dessen Selbstsicherheit. Und von Adams spielerischer Arroganz, die ihn so sexy machte, keine Spur. Er gestikuliert heftig beim Sprechen. Sein Haar ist an den Ohren zu lang, der Krawattenknoten hat sich gelockert, die Krawatte verdreht. Trotzdem regt sich in Abigail ein gewisses Interesse. Sie kann sich fast einreden, es sei sexueller Art. Oldt, oder

Ault, ist ein kluger Mann mit festen Prinzipien. Sein Blick wandert unablässig durch den Raum (wo einige der Zuhörer Aufmerksamkeit zur Schau stellen wie Abigail und andere, meist Männer, einnicken), kehrt jedoch immer wieder zu ihr zurück. Er scheint Abigail direkt anzusprechen, sie zu fragen: »Warum sind Zukunftsbilder für uns von so geringem Reiz? Warum sprechen sie uns nicht an? Weil wir noch nicht in der Zukunft gelebt haben. Wir leben, durch unsere Vorfahren, einzig in der Vergangenheit. Die Vergangenheit ist ein Land, das wir kennen oder zu kennen glauben. Daher ist es unsere Aufgabe, Vergangenes klug zu bewahren – damit bewahren wir unsere Menschlichkeit.« Aber Oldt, oder Ault, ist so unansehnlich. Einen Mann mit solchen Nasenlöchern kann man nicht küssen, nicht mal mit fest geschlossenen Augen.

Das Licht im Salon wird gedämpft, der Architekt bereitet die Diavorführung vor. Uff! Abigail braucht sein Gesicht nicht mehr zu sehen.

Stimmt das? – die Vergangenheit ein Land, das wir kennen, ein Land, dessen Erhaltung lohnt? Aibgail hat Zweifel. In den letzten Wochen, seit sie über ihren Selbstmord nachdenkt, verfolgen sie die unbedachten Worte, die Jared in dem Hotelzimmer in Middlebury herausgeschleudert hat. *Wir sind bloß Entengrütze in einem Teich. Scheiß grüner Schleim.* Jareds verächtlicher Blick, der verzogene Mund. Es gibt Abigail einen Stich, als sie daran denkt. Warum ist sie nicht zu ihrem Sohn gegangen, hat ihn in den Arm genommen? Warum diese dumme Zurückhaltung? Jared hat sie gebraucht, der Junge war todunglücklich. Abigail hätte ihn umarmen, mit ihm weinen sollen. *Nein, nein, nein. Wir sind keine Entengrütze. Wir sind Menschen, wir haben eine Seele.*

Verzweifelt reibt Abigail sich die Augen. Sie hat als Mutter versagt. Aber nicht, weil sie ihren Sohn angeblich hat umbringen wollen, sondern weil sie ihm nicht beizubringen vermochte, wie man lebt.

»Vorher«-»Nachher«-Dias von restaurierten Wahrzeichen aus der Region. Einiges davon erkennt Abigail wieder. Der Architekt Oldt, oder Ault, leitet eine Firma, die sich auf die Erhaltung und Restaurierung historischer Gebäude spezialisiert hat, und das offenbar sehr erfolgreich, für seine Arbeiten hat er angesehene Preise erhalten. Im Halbdunkel hat der Mann Autorität, sogar Charisma. *Wenn ich ihn lieben könnte. Einen wie ihn.* Er zeigt Griswold House (1683), ein altes Steingebäude in dem nahe gelegenen Dorf Galilee-on-Hudson, die Alte Post (1797) in Bethel-on-Hudson, das Union Cliff House (1840), in der Kutschenzeit eine Poststation in der River Road, nicht weit von Adams Deppe House entfernt, das Hudson Hotel (1883) in Hastings-on-Hudson, einen viktorianischen Prunkbau, den Denkmalschützer vor dem Geschleiftwerden durch einen habgierigen Baulöwen bewahrten. Abigail sieht diese symbolträchtigen Bilder durch einen Tränenschleier hindurch. Sogar hässliche Gebäude sind, durch Geschichte geadelt, schön: Das Swan's Ferry Quaker Meeting House (1845), früher baufällig und heute Teil der Öffentlichen Bibliothek des Rockland County, der Palisades Battle Memorial Bell Tower (1911), die neoklassizistische Bank in der Main Street in Salthill (1925), heute im Besitz eines Immobilienmaklers; der Rialto, das Kino im Stile des Art déco (1934), ebenfalls in der Main Street, restauriert und wieder eröffnet als Kinotheater, in dem künstlerische Filme gezeigt werden. Als Nächstes zeigt der Architekt Dias von verfallenen Gebäuden und historischen Bauten, die dringend saniert werden müssten. Er schließt mit einem leidenschaftlichen Appell: »Das nächste Jahrzehnt, das erste in diesem neuen Jahrhundert, wird das wichtigste von allen. Wir hoffen, dass Sie uns unterstützen. Die Geschichte geht jeden an.«

Abigail denkt: *Bau mich wieder auf! Ich bin am Boden.*

Das Licht geht an. Es gibt einen Empfang. Abigail zwinkert benommen. Ihre erste Regung ist, zu fliehen und nach Hause, in die Sicherheit des Mausoleums zurückzukehren. Ihre zweite Regung ist, zu bleiben. Ihr Hiersein hat einen Zweck (aber welchen?). Sie wird von Salthiller Bekannten und Nachbarn begrüßt, man reicht ihr die Hand, drückt ihr die üblichen Küsse auf die Wangen. *Wir sind bloß Entengrütze in einem Teich. Scheiß grüner Schleim.* Diese lieben, anständigen, langweiligen Leute, die sie seit Jahren kennt. »Abigail Tierney! Es ist ja eine Ewigkeit her.« Abigail hat eine Antwort auf solche Bemerkungen parat, keck wie eine Cheerleaderin an der Highschool sagt sie: »Ich bin nicht mehr Mrs Tierney, ich bin wieder ›Ms Des Pres‹. Harry und ich sind geschieden.« Abigail achtet darauf, das lächerliche »Ms« wie ein naives Gör in einer Sitcom auszusprechen, für den Zuhörer das Signal, ihretwegen nicht zusammenzuzucken, sondern zu lächeln, wie Abigail es tut. Die automatische Reaktion auf diese Mitteilung ist: *Oh! Das tut mir aber Leid.* Abigail kann es nicht mehr hören und hat auch darauf eine Antwort parat: »*Mir* tut es nicht Leid, also können Sie es sich auch schenken.«

Können wir jetzt bitte das Thema wechseln!

Abigail Des Pres, Salthills sagenumwobene geschiedene Neurotikerin, mit Abstand die attraktivste Frau an dem Abend im Pryce House und die jüngste obendrein, ist von Männern umringt. Von zu vielen – als sei sie ein Fußball, hinter dem alle eifrig herrennen. Männer wetteifern um ihr träumerisches irritiertes Lächeln: Ihr Nachbar am Old Mill Way, der achtzigjährige B. in seinem motorisierten Rollstuhl; S., der vornehme Bundesrichter, der unter seinem dunklen Nadelstreifenanzug einen Kolotomiebeutel trägt, ein einziges Mal ist sie mit ihm ausgegangen, doch jetzt stupst er sie auf eine Weise an, die vertraulich und beleidigend zugleich ist. S. küsst Abigails Porzellanwange und murmelt tadelnd: »Abigail, wo haben Sie sich versteckt? Sie sind nie zu Hause, wenn ich anrufe und rufen nie zurück.« Einige Männer fuchteln mit den Symbolen eingebüßter, beklagter Männlichkeit herum, zwei mit ausgewickelten Zigarren, der andere mit einer nicht angezündeten Pfeife. Einer, der Abigail in ein Gespräch verwickeln möchte, streicht in der Jackentasche die zerknitterte Hülle seiner Zigarre glatt; der andere lächelt nervös, weil er nicht an sie herankommt, befingert seine Zigarre, umfasst und hält sie mit unterdrückter Wut. Und P. ist da, ein alter Bekannter, in den sich Abigail vor Jahren verliebt haben könnte, und nuckelt, wie so oft bei solchen Gelegenheiten, nachdenklich an einer Pfeife, die nicht brennt. Rauchen dürfen diese Männer nicht, man braucht nicht zu fragen, warum.

»Abigail! Reizend wie immer!«

Abigail ist perplex vor Enttäuschung. Der dunkelhaarige Herr, in dem sie einen Asiaten zu erkennen meinte, erweist sich als weiterer Bekannter: ein Wertpapier-Millionär und ehemaliger Golfpartner

Harrys: G., neben dem sie buchstäblich eine halbe Portion ist, schwärmt für Abigail und küsst sie auf die Wange, obwohl sie den Mann in keiner Weise ermutigt hat. G. hat sich das Gesicht restaurieren lassen und sieht »jung« aus, sein Haar ist verwegen schwarz, rabenschwarz und verdächtig voll; in den Duft seines teuren Kölnischwassers mischt sich ein Hauch von etwas sehr Schwarzem wie Schuhcreme. G. schaut Abigail auf den Mund, wenn sie spricht. Ihre Unterhaltung ist unangenehm, stockend. In früheren Zeiten wäre Adam ihr unauffällig zu Hilfe gekommen. Ach, wo ist Adam! G. teilt Abigail grinsend mit, er habe schon lange – seit Jahren! – vor, sie anzurufen und ihr sein »Mitgefühl« zu bekunden, »Erinnerungen auszutauschen an diesen Obermistkerl H. T., der Sie, offen gesagt, bitte entschuldigen Sie meine Ausdrucksweise, eine Lady wie Sie, behandelt hat wie *den letzten Dreck*«. Wie würde es ihr gefallen, wenn sie sich fortschlichen und auf ein Glas ins Restaurant gingen? Und vielleicht könnten sie demnächst ja einmal zusammen essen gehen? Abigail sehnt sich danach, G. zu entkommen, aber der Mann versperrt ihr den Weg. Und starrt ihr weiter unablässig auf den Mund. (Will er sie etwa küssen? Hier, in aller Öffentlichkeit? Abigail ist nervös und ängstlich wie eine Dreizehnjährige.) G. steuert mit Abigail unter eine Lampe und sagt mit einem Unterton, dass er auf beiden Ohren etwas schwerhörig geworden ist. »Aber ich lese von den Lippen ab.« Und schmatzt, ohne es zu merken, mit den Lippen. Abigail errötet und schafft es, sich loszueisen. Ein Cocktailempfang hat vieles mit einem Fußballspiel gemeinsam: Man muss in Bewegung bleiben. »M-Miss Des Pres? Hel-*lo.*« Er ist der Architekt mit dem listigen jungenhaften Gesicht.

Bei seinem Vortrag war Abigail etwas unruhig geworden, als ihr auffiel, dass sein Blick immer wieder zu ihr wanderte, doch sie hatte sich gesagt, dass sie sich das bloß einbildete. Jetzt aber möchte der Mann unbedingt mit ihr sprechen. Sein Name ist »Gerhardt Ault« – wie sich herausstellt, war er mit Adam Berendt befreundet. »Allerdings nicht so eng wie Sie, Miss Des Pres. Aber ich habe Adam sehr bewundert. Er verkörperte den Urtyp des Amerikaners.« Abigail runzelt die Stirn. Sie ist sich nicht sicher, ob ihr die Beschreibung Adams als *Urtyp des Amerikaners* gefällt, so als sei er wie einer dieser grobschlächtigen Männer aus dem Volke gewesen, die man auf Bildern des naiven Malers Edward Hicks findet. Widerstrebend reicht sie Ault die Hand, dessen Griff feucht und übereifrig ist. Der Mann wirkt wie ein Fünfzehnjähriger, nicht wie ein angesehener Erwachsener, der ja auch etwas vorzuweisen hat. Statt Kölnischwassergeruch geht eine verschwitzte, klamme Unsicherheit von ihm aus, ein weißlicher Geruch wie leicht ranzige Austern. Von nahem gesehen, ist seine Nase nicht bloß groß, sondern auch großporig, die Nasenlöcher regelrechte Höhleneingänge. Ault stottert leicht. Seine Jungenhaftigkeit hat aber auch etwas Charmantes. Abigail lächelt »weiblich«: Schließlich ist Ault ein Mann, wenn auch ein unansehnlicher, und »weibliches« Verhalten ist bei Abigail und den meisten Frauen ihrer Gesellschaftsschicht ein Reflex, wie ja auch ein Huhn, dem der Kopf abgehackt wird, noch komisch herumtorkelt, während aus seiner Kehle schon das Blut spritzt: womöglich versucht der abgeschlagene Kopf, noch mit den Wimpern zu klimpern und vor dem Sterben noch kokett mit dem Schnabel zu lächeln. Gerhardt Ault hat von Adam Berendts Skulpturen gesprochen, die er »sehr bewundert«; er scheint irrtümlicherweise anzunehmen, dass sie »Bildhauerin« ist, und Abigail, die vor zehn Jahren bei Adam Kunstunterricht genommen hat und für die Bildhauerei nicht die Geduld aufbrachte, ist so verärgert, dass sie Ault nicht auf seinen Irrtum aufmerksam macht. *Das sieht er in mir: eine Bildhauerin?* Seltsam, beim Sprechen wird Ault ganz lebhaft. Er erinnert Abigail – nicht eigentlich an Adam Berendt, aber an Adam, wie er gewesen sein könnte, jünger, der Körper nicht ganz so stämmig, mit einem schmalen und nicht breitem Gesicht, nicht ganz so selbstsicher, Frauen gegenüber befangen. An einen Adam mit zwei gesunden Augen, die tief in ihren Höhlen liegen und traurig blicken. Einen Adam mit langer Schnabelnase. Was soll das? Auf Aults Tweedschultern liegen kleine Fussel oder Schuppen. Der Mann ist kaum größer als Abigail mit Absätzen. Und seine Krawatte, ein langweiliges gestreiftes Ding, ist verdreht, das abgeschabte Etikett zeigt nach außen: von Macy's! Geistesabwesend streckt Abigail die Hand aus und richtet den Schlips, die instinktive Geste einer Ehefrau. Wie sie es, ohne einen Gedanken daran zu verschwenden, bei Adam getan hätte. Die Wirkung auf Gerhardt Ault ist elektrisierend. Eine dumpfe warme Röte überzieht seine Wangen. Seine Nasenlöcher werden beunruhigend weit wie große Augen. Und seine Augen fließen über vor Rührung. *Als hätte ich ihn am Schwanz angefasst. Hab ich ihn am Schwanz angefasst? Oh, Gott.* Ault will etwas sagen, stammelt, da sagt Abigail, die rot wird, schnell: »Bitte, entschuldigen Sie, Mr Ault! Ich weiß nicht, was da gerade in mich gefahren ist.« »Miss Des Pres, vielen Dank«, erwidert Ault. »Ich bin offenbar etwas – zerzaust.«

Er lacht schrill. Seine Zähne sind eindeutig nicht überkront. Er will weitersprechen, doch Abigail entschuldigt sich und tritt gekonnt die Flucht an.

Entengrütze in einem Teich. Scheiß grüner Schleim.

Abigail bleibt lange auf. Denkt: Jareds Generation wird der Gedanke der wechselseitigen Abhängigkeit ökologischer Systeme nahe gebracht, und doch fehlt ihr eine höhere, heilige Vision. (Mit welchem Recht hätte Abigail ihren Sohn in die episkopalische Kirche mitnehmen sollen, wenn sie selbst nicht glaubte? Und Harry Tierney hatte sich gern damit gebrüstet, er sei schon im Mutterleib »zum Atheisten bekehrt« worden.) Aber womöglich bedeutet die »Ökologie« amerikanischen Kindern kaum mehr als der Cyberspace. Als ein Videospiel. Phantasie. Die Natur zerstört alles und setzt allem Grenzen. Gibt es über die Natur hinaus – nichts?

Kein Wunder, dass Jared und seine Freunde kein Interesse, keinen Funken Interesse an Geschichte haben. Geschichte – ist doch bloß alter, toter Kram, gemacht von alten, toten Leuten.

Leben verschlingt Leben, doch der Mensch durchbricht den Kreislauf, der Mensch erinnert sich.

Das hat Adam einmal gesagt. Ach, warum hat Abigail Jared nicht umarmt und mit ihm Adams Tod betrauert? Warum hat sie gezögert, offen mit ihm zu sprechen?

Weil du ihn ausgenutzt hast. Die Angst eines Heranwachsenden. Mit ihm geflirtet hast. Deinem eigenen Sohn!

Selbstmord? Könnte doch ein Fehler sein. (Ein schrecklicher Fehler!) Abigails Vermögen fällt nämlich fast vollständig an Jared, ihren einzigen Nachkommen; doch da er noch minderjährig ist, hätte Harry Tierney, der Obermistkerl, die Hand darauf. *Mein Todfeind. Den muss ich überleben!*

Am nächsten Vormittag klingelt Punkt zehn das Telefon. Abigail hebt zögernd ab – »Ja?« –, widersteht der schmählichen Hoffnung, Jared könnte anrufen (natürlich ist er nicht dran, er wird nie dran sein), und eine Fistelstimme stammelt ihr ins Ohr: »M-Miss Des Pres? Abigail? Hallo.« »Kenne ich Sie?«, sagt Abigail höflich. »Wir sind uns gestern Abend begegnet. Bei der Historischen Gesellschaft.« Vor ihrem inneren Auge taucht verschwommen das Gesicht des hausbackenen Architekten auf, der melancholische Blick, die riesigen Nasenlöcher und die eifrige Grimasse eines Lächelns. Oh, Gott, warum hat sie ihn bloß angefasst. Warum tut sie solche Dinge? Sie kommt sich grausam vor in ihrem gesteppten Laura-Ashley-Morgenmantel, wie sie barfuß vor dem Fenster steht und auf den Anfang einer hügeligen Wiese starrt, grün wie bohrender Kopfschmerz, die weiter reicht als ihr Blick. »Mein Name ist Gerhardt Ault. Wir haben kurz miteinander gesprochen.«

»Ja, natürlich. Ihr Vortrag war sehr – anregend.«

»Ach ja? Danke.«

Abigail schließt die Augen. Warum so etwas sagen? So als mache ihr Mund – wie der abgehackte Hühnerkopf –, was er will.

»Ich bemühe mich. Ich glaube fest daran. An das, was meine Mitarbeiter und ich tun. Es geht nicht bloß um die Gebäude, wissen Sie, sondern um das – ganze Ensemble. Manchmal sehen wir uns zuerst die Landschaft an. Früher hat man die Landschaftsarchitekten erst zuletzt hinzugezogen, und oft war nicht genügend Geld da, um richtig ...«

Abigail presst das Gesicht an die Fensterscheibe. Sie ist in einem der vielen, zu vielen Räume ihres Mausoleums. Das Alleinleben hat ihre Kräfte aufgezehrt. *Allein grübelt man zu viel. Das Gehirn schaltet erst beim Schlafengehen ab.* Verdammt, als Roger Cavanagh sie geküsst hat, hier in diesem Raum, hätte sie ihn wiederküssen, hätte die Arme um seinen Hals legen und ihn küssen, küssen, küssen sollen. Ihn wie zufällig an der Hüfte berühren. Das Kind, das Roger bekommt, hätte *ihres* sein können.

»Hätten Sie Zeit, mit mir essen zu gehen? Heute Abend?«

»Heute Abend. Auf keinen Fall.« Abigail muss kurz überlegen, mit wem sie spricht.

»Morgen Abend?«

»Bin ich anderweitig verpflichtet. Leider.«

Sie kommt sich grausam vor. Wie eine Amazone, eine Brust abgeschnitten, damit sie ihre Pfeile besser verschießen kann. Abigail kann Camille Hoffmann die Schwäche für Hunde nachempfinden. Hunde, die einem sehnsüchtig japsend, mit Hundeblick um die Füße streichen.

»Und am – Sonntag?«

Abigail seufzt. Sie fasst es nicht, möchte lachen. Der scheinbar so schüchterne, mit Stummheit geschlagene Ault bläst ihr seinen Atem an den Hals! Abigail muss den Hörer vom Ohr weghalten.

»Sonntag? Das geht. Vielen Dank. Auf Wiedersehen!«

Einen anderen Ausweg gab es nicht. Abigail legt auf und läuft aus dem Zimmer, als es fast unmittelbar darauf zu regnen beginnt.

»Harry. Sag mir bloß, wie es Jared geht.«

Schweigen. Harry ist offenbar schockiert, ihre Stimme zu hören.

Oder hat er ihre Stimme noch nicht eingeordnet? So viele Frauen haben seinen Lebensweg gekreuzt, sind ihn eine Weile mitgegangen, aber nur kurz, wie Entengrütze.

»Wir brauchen sonst nichts zu reden. Sag mir bloß, wie es ihm *geht.*«

Harry schluckt hörbar.

»Abigail, dass Jared bei mir ist, das war nicht meine Idee. Ich konnte doch nicht nein sagen, als er es wollte, weißt du.«

Abigail schweigt. Umklammert den Hörer fester, damit sich das Zittern ihres ganzen Körpers nicht darauf überträgt.

»Er hat behauptet – du weißt schon. Du hättest ihn umbringen wollen.«

Abigail schließt die Augen. *Nicht ich! Die dämonische Hand.*

»Wie dem auch sei« – Harry ist großzügig, eine Überraschung –, »er glaubt es offenbar. Oder möchte es glauben.«

»Harry, bitte. Sag mir bitte einfach, wie es Jared geht.«

»Schreibt er dir keine E-Mails? Ich dachte.«

Du dachtest – von wegen!

»Heißt das – nicht? Nie?«

Abigail röchelt schwach eine Bestätigung. Der letzte Atemhauch des enthaupteten Huhns.

»Dieses Kind! Er ist ja auch ein *Kind.*«

»Harrison, lass mich doch nicht so betteln. Es ist immer dasselbe: Ich komm angekrochen, ich bettele. Sag mir bloß, wie es meinem Sohn geht – gut?«

Langes Schweigen. Abigail wird es mulmig. Die Hintergrundgeräusche am anderen Ende der Leitung (schimpft Kim, die prachtvolle junge zweite Frau, ein Dienstmädchen aus?) hören abrupt auf, weil Harry wahrscheinlich (Abigail ist bei diesem Trick immer zusammengezuckt) eine Tür mit dem Fuß ins Schloss befördert hat.

»Er ist noch ein Kind. Er hat die Schnauze voll – wie seine Freunde. Er ist sechzehn. Und du fragst, ob es ihm ›gut‹ geht.«

»Wovon hat er ›die Schnauze voll‹?« Abigail verspürt trotz gutem mütterlichem Instinkt einen Funken Hoffnung. Jared fehlt seine Mutter! Jared macht eine Phase durch und wird sich bald wieder mit seiner Mom versöhnen.

Harry lacht gereizt: »Na, ich zähl mal auf: Von der Schule, von anderen, seiner Familie, von sich selber. Seine Füße stinken.«

»Das sind die Schuhe. Die Turnschuhe. Ohne Socken.«

»Jared braucht keine Turnschuhe, um stinkende Füße zu haben«, sagt Harry. Abigail sieht es förmlich vor sich, wie ihr Ex-Mann sich mit den Fingern durch das schüttere Haar fährt und das Gesicht zur Fratze verzieht. Sieht diesen Blick, den er bei heftigem Widerwillen hatte oder kurz vor dem Orgasmus. »Obwohl, hast schon Recht, sie mit Schuhen dran noch mehr stinken.« Harry verstummt, und jetzt sieht Abigail, wie seine Nase zuckt. Harry war immer sehr pingelig, schon vom leisesten Hauch von Babykacke wurde ihm schlecht. Und Abigail, eine junge, völlig vernarrte Mutter, war dankbar, dass die Designerkleider, die eng sitzenden italienischen Schuhe und die wöchentlichen Friseurbesuche nicht mehr das Wichtigste waren, hatte ihre wahre Freude am Baby-Chaos gehabt. Sogar Jareds Aa war prima, denn es zeigte, dass der Verdauungsapparat funktionierte, wie es sein soll.

»Ich bin bloß – so einsam. Jared fehlt mir.«

Erneutes Schweigen. Unvermittelt bekundetes Gefühl macht Harry Tierney verlegen, wenn er keinen Witz daraus machen kann. »Klar. Aber der Junge sagt, ihr habt euch die ganze Zeit gestritten.«

»Wir haben uns nicht die ganze Zeit gestritten!«

»Mir brauchst du das nicht zu sagen, aber Jared ... Was weiß ein Kind denn schon.«

»Ist zwischen dir und Jared etwas vorgefallen, Harry?«

Harry seufzt. Wieder spürt Abigail diesen lächerlichen kleinen Stachel Hoffnung. »Er sagt, du hättest dauernd auf ihm rumgehackt. Dass er nicht rauchen soll. Und er sagt, er raucht nicht.«

»Harry, ich hab ihn rauchen sehen.«

»Es gibt Schlimmeres.«

»Nimmt er – nimmt er Drogen? Ist Jared ... ?«

»Er ist sechzehn. Und im Internat. Wenn er im eigentlichen Sinne zu Hause ist, ist er in Manhattan. Was weiß ich?«

»Ist es das? Drogen? Was für Drogen?«

Abigail sieht Harry schon das Gesicht verziehen, als rieche etwas schlecht. Sie muss daran denken, dass ihr mütterliches *Glucken*, wie er es nannte, ihn nach einer Weile angeödet hat. Sie hat mitbekommen, wie Harry mit Kumpels derbe Witze riss. *Wann ist eine Fotze keine Fotze? Wenn man sie Mom nennt.* Abigails Gesicht brennt. Wenn sie ihrem Ex-Mann gegenüberstünde, könnte sie die Fingernägel in seine griesgrämige, aufgeschwemmte Fratze bohren.

In bittendem Ton sagt sie: »Ich hab nicht auf Jared herumgehackt, ehrlich. Aber ihn vielleicht mal in den Arm genommen.« Ein Junge im Teenageralter konnte diese beiden grundverschiedenen Dinge schon mal durcheinander bringen.

»Na bitte.«

Abigail weiß, nach diesem Gespräch wird sie ganz erschöpft und zerschunden sein, so als sei sie nackt durch Dornenbüsche gelaufen, ist aber nicht imstande, es abzubrechen. »Ich wollte Jared nicht umbringen, Harry«, sagt sie. »Das weißt du – oder?«

Langes Schweigen. »Ich glaube nicht, dass du Jared absichtlich umbringen wolltest – oder dich selbst. Du handelst nicht überlegt.«

Abigail lacht verärgert. »Wie handle ich denn? Instinktiv? Primitiv?« Vor ihrem inneren Auge blitzt das Bild von Eingeborenen-Frauen auf, die an einem hoffnungslosen Ort wie dem australischen Outback leben, die Bäuche von der Schwangerschaft aufgetrieben, die Brüste – die »Zitzen« – wie Schläuche bis zum Nabel herabhängend.

»Du bist sehr weiblich.«

»Und das heißt ...?«

»Dass du nicht immer vorher überlegst, welche Folgen dein Handeln hat. Du handelst und denkst erst hinterher nach.«

»Und du überhaupt nicht.«

»Warum auch?«, sagt Harry lachend. »Beim Nachdenken kommt ja erst die Reue.«

Gegen Harry Tierney hast du keine Chance, denkt Abigail. Er stimmt allem zu, was du sagst, du kriegst ihn nicht zu fassen.

»›Es gibt keine Zufälle‹, sagt der Junge. Irgendein Quatsch, den er von deinem Freund Berendt aufgeschnappt hat.«

Dazu sagt Abigail nichts. Sie zieht Adam Berendt, den sie verehrt, nicht in ihren alten Streit mit Harry Tierney hinein.

Harry lacht. »Nur hätte der Junge zufällig beinahe mich umgebracht, seinen Dad. Ich hinke noch.«

»Harry, was ist passiert?«

»Wir waren Skilaufen, in Aspen. Und irgendwie, frag nicht, wie, verliert Jared auf seinen Brettern die Balance und fährt in mich rein, als wir gerade einen steilen Hang runterwedeln, ich zu Boden und rutsche bäuchlings auf Kims Ski, und als ich wieder aufwache, liege ich in einem Krankenwagen. Zwei schlimme Brüche, wirklich schlimme, im rechten Oberschenkel. Na, wenigstens hab ich keine Platte im Schädel, was?«

Er wird ihr die Schuld geben, schießt Abigail durch den Kopf. Darauf wird es hinauslaufen.

»Harry, tut mir Leid, das zu hören. Ich …«

»Du lächelst doch übers ganze Gesicht. Jeder einzelne deiner blitzenden Zähne ist zu sehen«, sagt Harry lachend. »Mir machst du doch nichts vor.«

Es stimmt, Abigail lächelt. Aber sie hat nur die Lippen breitgezogen und die Mundwinkel oben.

»Hat Jared sich verletzt?«

»Kleinere Abschürfungen. Du kennst doch den Jungen: nicht totzukriegen.«

»Ich bin sicher, es war ein Unfall, Harry. Jared würde dir niemals mit Absicht wehtun.«

»Richtig.«

Abigail weiß, sie sollte auflegen. Mit Harry zu sprechen ist Nervenkrieg. Aber ihr Puls schlägt schneller, sie kann nicht widerstehen. »Das von Roger Cavanagh hast du gehört?«, sagt er.

»Er wird noch mal Vater.«

»Phantastisch! In seinem Alter.«

»Roger ist nicht alt.«

»Keiner von uns ist alt, Abigail. Wir sind bloß nicht mehr jung.«

»Roger scheint sehr glücklich zu sein. Er …«

»Er steht unter Schock, der arme Teufel.«

»Hast du die Frau mal kennen gelernt?«

»Nein.« Harry ächzt. Schwangeren Frauen kann er absolut nichts abgewinnen. »Offen gestanden war ich überrascht. Ich dachte immer, Roger hätte was für dich übrig.«

Auch dazu sagt Abigail nichts. »Hast du gehört, dass Lionel nach Hause gekommen ist?«, sagt sie. »Er und Camille sind wieder zusammen.«

»Lionel ist zu Hause, ja, ich weiß. Der arme Mistkerl ist ein Wrack. Aber ›zusammen‹, wie du das nennst, sind sie nicht.«

»Diese exotische Geliebte, die er da hatte, man erzählt sich –« (warum sagt Abigail solche Sachen, grad so, als hielte sie ein Streichholz an einem Benzinkanister, sie weiß, sie wird es bereuen) – »du hättest sie und Lionel zusammengebracht. Eine deiner ›Therapeutinnen‹.«

Harry lacht herzhaft. Leugnet es aber nicht.

Auch so eine Taktik von Harry Tierney: sich nicht entschuldigen, nichts erklären. Nichts leugnen. Abigail sagt verschlagen:

»Eine Therapeutin, die außerdem Teilzeit-Nutte ist. Eine hellhäutige Exotin aus Jamaika.«

»Jamaika? Wer hat das behauptet?«

Abigail lächelt. Harrys Gesicht! Sie kann es sich vorstellen. Nur wenige seiner Freunde wissen, dass Harry insgeheim ein Rassist ist.

»Leute. Du kennst doch Salthill.«

»Genau«, erwidert Harry wütend, »deshalb bin ich weggezogen.«

»Du wusstest nicht, dass Lionels Mädchen eine hellhäutige Schwarze war – ist?«

Schweigen. Abigail hört ihren Ex-Mann atmen. Sie überlegt, ob Kim, die Ersatzfrau, leise den Hörer abgehoben ab, um das Gespräch ihres Mannes mit seiner Frau zu belauschen; diese aufwühlenden, adrenalinsteigernden Telefonate sind eine spezielle Form des Ehebruchs, die nur Ex-Partnern offen steht. Ob Jared irgendwo in der Nähe ist?

Nein, Jared ist nicht da, sondern in der Schule. Auf neutralem Territorium, in sicherer Entfernung von Dad und Mom.

»Nein«, sagt Harry, »ist Siri nicht. Sie ist nichts von alledem, was du gerade gesagt hast.« Er prustet zum Zeichen, dass sie das Thema besser beenden sollten. Sagt seinerseits verschlagen: »Wie geht's *dir* eigentlich, Abby? Ich höre so einiges.«

Abby! Soll heißen: *du jämmerliches Weibsstück.* »Was denn zum Beispiel?«

Was jetzt kommt, wird so sein, als stupse man jemanden, der im Koma liegt, mit einem Stock an. Abigail ist die im Koma, Harry hält den Stock. Nicht, um zu quälen. Sondern um zu sehen, ob die im Koma Schmerz fühlt.

Trotzdem ist Abigail ganz Ohr, ist interessiert. Da sie kein Innenleben hat, ist sie darauf angewiesen, dass andere ein Leben für sie erfinden.

»Du ›triffst‹ dich mit vielen Männern. Hauptsächlich Krüppeln.

Das hat gesessen. Abigail lacht. »Eigentlich überleg ich gerade, Schluss zu machen.«

»Schluss womit?«

»Mich mit vielen Männern zu treffen.« Abigail lacht wieder, es klingt, als werde einem kleinen Tier die Kehle zugedrückt. Fast unhörbar fügt sie hinzu: »Nein. Mit dem Leben. Mit dem scheiß Leben Schluss zu machen.«

Schweigen an Harrys Ende. Kein tiefes Schweigen, sondern ein verlegenes, unruhiges Schweigen. Er ist ein Mann, dem ein erbsengroßes Geschwür in der Brust seiner Frau peinlich war. Das Sterben seines Vaters, das sich so lange hinzog, war ihm peinlich und hat ihn geärgert, und zuletzt war es Harry, der geschäftlich ins Ausland reisen musste, nur noch lästig. Endlich bringt er ein nervöses Lachen zustande. Im Geist sieht Abigail, wie er rot wird. Schnell fügt sie hinzu: »Hey, ist nicht ernst gemeint.«

»Ich weiß. Ich kenn dich doch«, sagt Harry tonlos und legt auf.

»›Leben.‹ Wir setzen immer voraus, andere wissen, wie das geht.«

Abigail spricht laut in die Stille, die sie umgibt. Sie weiß nicht mehr, ob dieser kluge Satz ursprüglich von Adam stammt, oder ob sie von selbst darauf gekommen ist. »Wenn Adam das gesagt hat, ist es eine profunde Wahrheit. Wenn ich, ›Abby‹, es gesagt habe, ist es bloß wieder die traurige alte Leier eines gekränkten Weibsstücks.«

Stille.

Abigail wartet darauf, dass Adam oder sonst jemand ihr widerspricht.

Sie lacht. »Natürlich treff ich mich mit ›Krüppeln‹. Mit wem sonst.«

Missfällt es Adam Berendt, wenn Abigail sich selbst verachtet? Ist er bloß eigensinnig oder spröde? Oder ist Adam schlicht – nicht da?

Abigail, Schluss mit dem Quatsch. Du weißt, mich gibt es nicht mehr. Ich bin Asche. Du selbst hast es gesagt: Dünger.

Sehr geschickt! Abigail besteht darauf, sich mit Gerhardt Ault im Restaurant, dem Swan's Ferry Inn am Fluss, zu treffen, denn auf die Weise hat sie ihr Auto dabei und kann fliehen. Aber sie ist hoffnungsvoll. Sie ist nicht verbittert. »Ich mag ihn. ›Gerhardt!‹« Sie weiß gar nicht mehr genau, wie er aussieht. Hieß Hitlers Architekt nicht Gerhardt? *Du triffst dich mit vielen Männern. Hauptsächlich Krüppeln.* Abigail möchte protestieren, sie trifft sich nicht mit vielen Männern. Hat sie nie getan.

Es ist ein lauer Frühlingsabend. Dank Sommerzeit hat man an den längeren Tagen mehr von der Sonne. Wenn man längere Tage mag, gibt die Zeit einem Auftrieb. Wenn man die wie verrückt leuchtenden Azaleen mag, die überall blühen, ist das keine bittere Zeit. Warum nicht hoffen? Just am selben Tag hat Abigail sich bereit erklärt, Donegal Croom einzuführen, den irisch-amerikanischen Dichter, der beim Blumenfest im Mai zum Mittagessen aus seinen Werken lesen wird; sie hat sich darauf festgelegt, zumindest so lange am Leben zu bleiben.

»Ich lasse doch meine Freundinnen nicht im Stich. Niemals.«

Abigail kommt zwanzig Minuten zu spät im Restaurant an. Gerhardt, der an ihrem Tisch sitzt, und mit zusammengekniffenen Augen bei Kerzenlicht in seinem mitgebrachten Buch liest, sieht aus, als sei er zwanzig Minuten zu früh gekommen. Als Abigail auf ihn zu geht, blickt er irritiert auf, so als habe er vergessen, wer sie ist und warum er da sitzt. Im Nu ist er auf den Beinen, und die Serviette, die zusammengefaltet auf seinem Schoß lag, segelt hinunter und verheddert sich zwischen seinen Knöcheln. »Abigail! Das ist so ... es ist ...« stammelt Gerhardt, zwinkert und lächelt sie an, schüttelt ihr linkisch die Hand. »Ja, ist es«, sagt sie. Sie setzt sich schnell und lächelt so unverbindlich sie kann. Prompt hebt die Leier *Was tu ich hier, was tu ich hier?* in ihrem Kopf an, doch sie schiebt es beiseite wie eine Besen schwingende Hausfrau. Jetzt folgt *Einen Drink, schnell, einen Drink!*, doch auch das fegt sie weg. Gerhardt redet schon auf sie ein, fixiert sie mit traurigen Hundeaugen. Er erzählt ihr – was? Sie bemüht sich, zuzuhören. Bemüht sich sehr. Gerhardt Ault ist ein sehr netter Mann. Man sieht sie überall in Salthill: sehr nette, tödlich langweilige Männer mittleren Alters. Die meisten verheiratet. (Warum ist Gerhardt Ault nicht verheiratet? Aibgail hat das flaue Gefühl, dass sie den Grund bald erfährt.)

In dem romantisch flackernden Kerzenlicht sieht Gerhardt beunruhigend listig aus. Heute Abend trägt er ein sehr weißes, steifes Hemd mit einem langem Kragen, eine karierte Fliege (angeknöpft) und darüber wieder ein locker sitzendes Tweedjackett. Sein helles, farbloses Haar ringelt sich seltsam matt auf seinem Kopf wie Thai-Nudeln. Wenn er lächelt, möchte Abigail am liebsten seine Zähne zählen: das sind doch zu viele? Gerhardt trägt eine Gleitsichtbrille, die er eilig absetzt und mit der Eitelkeit eines schüchternen, hausbackenen Menschen, der hofft, genau das nicht zu sein, in die Jackentasche steckt. *Gnade zu finden vor den Augen des kurzsichtigen anderen. Nur das will die Liebe.* Abigail erkundigt sich danach, was Gerhardt liest, und er sagt es ihr.

Getränke werden bestellt: Perrier-Wasser mit Zitrone, zweimal.

Abigail würde gern fragen, ob Gerhardt auch einen guten Grund dafür hat, keinen Alkohol zu trinken, verkneift es sich freilich aber. Dafür ist sie viel zu taktvoll. Außerdem wäre es deprimierend, hören zu müssen, dass er gegen Alkohol »schon immer allergisch« gewesen ist.

Während Gerhardt, die hellen, trüben Augen unverwandt auf Abigail geheftet, lebhaft erzählt, sieht sie sich verstohlen um, ob jemand von ihren Freunden heute Abend hier isst. Oder hält bloß Ausschau nach Adam Berendt. Das Swan's Ferry Inn (1791) ist eine der »historischen« Stätten am Fluss, ein Drei-Sterne-Restaurant, teuer, dunkel wie ein Verlies, an den Wänden Drucke mit Reitsujets, Reitgerten und Zaumzeug. An einer Wand in der Nähe ihres Tisches hängt ein großes Ölgemälde: George Washington, festlich gewandet und mit steifer Lockenperücke, Epauletten mit Goldtressen, Schwert mit Messinggriff, dem mit Juwelen besetzten Emblem der Gesellschaft von Cincinnati auf dem Revers, und im Hintergrund, wie eine Karikatur von Kinderhand, die prächtige, von sechs Schimmeln gezogene kanariengelbe Kutsche des Präsidenten. Washington war zwar, als dieses Porträt entstand, noch relativ jung, sieht aber älter aus und macht ein mürrisches Gesicht, so als sei es gebacken worden. Washington sei bei ihnen Stammgast gewesen, behauptet das Swan's Ferry Inn. Das nur wenige Meilen entfernte Deppe-Haus behauptet dasselbe. (Gast bloß in der Schänke oder auch im Bordell?) Adam machte oft makabre Witze über Knochen, die unter dem Dreck in seinem Keller verscharrt liegen ... Als Abigail Tierneys Ehe sich ihrem Ende näherte, hat sie sich manchmal hier mit Adam Berendt getroffen, aber sie saßen nicht in dem snobistischen Speiseraum, sondern viel lieber am Kamin in der Kneipe. Was für ein Rahmen für ein Tête-à-Tête! seufzt Abigail. Mit einem Mal steht ihr der Winterabend vor Augen, an dem Adam unter dem Tisch ihre Beine auf seinen Schoß gehoben und ihr die eiskalten Füße gewärmt hatte. Mit seinen kräftigen Bildhauerhänden. Eine innige Geste, die aber nichts Sexuelles hatte. Doch Abigail konnte nicht widerstehen und bohrte ihre wackelnden Zehen in Adams Schoß, woraufhin Adam hochrot anlief und ihre Füße fortschob. »Hey, entschuldige«, flüsterte Abigail unaufrichtig. Sie reut selten etwas. Adam ruckte ein wenig mit den Schultern, sah sie mit seinem guten Auge an und sagte: »Du bist immer noch verheiratet. Du solltest nicht mit Ehebruch spielen.« Abigail erwiderte: »Spielen? Wer spielt denn?« Es stimmte, sie und Harry lebten offiziell noch unter einem Dach, wenn Harry nicht in seiner Wohnung in Manhattan war, doch Abigail wusste, dass ihre Zeit als Mrs Tierney bald abgelaufen war. Ihre Biopsie lag erst wenige Wochen zurück; ihr Mann hatte sich vor ihr geekelt, so als sei sie bereits entstellt. Abigail hatte Adam nicht davon erzählen wollen (schämte sie sich auch für sich selber?), tat es aber doch. »Als ich noch klein war, dachte ich, Ehebruch sei etwas, was man tun muss, wenn man erwachsen ist. Wie Bridge spielen.« (Stimmte das? Entsprach eine der entwaffnenden Geschichten, die Abigail über sich erzählte, der Wahrheit?) Adam brummelte etwas Missbilligendes und wechselte das Thema.

Warum hat sich Abigail ausgerechnet im Swan's Ferry Inn mit Gerhardt verabredet? Sie befürchtet plötzlich, dass sie wird weinen müssen.

Gerhardt spricht von seiner »verstorbenen Frau Gail«. So bald! Und in einem ungünstigen Moment! Der lächelnde Kellner steht neben ihnen, riesige Speisekarten in der Hand, die wie Marmorblöcke mit eingemeißelten Namenszügen aussehen. Während Abigail die Seiten mit der schlecht lesbaren Schreibschrift überfliegt, Vorspeisen, erster Gang, Hauptgang, versucht sie sich auf die Worte ihres Begleiters zu konzentrieren, einen Sturzbach aus Worten, einen Wasserfall, so als habe der Mann, dem diese Wunde geschlagen wurde, dies noch nie vor einem anderen ausgesprochen, und allein Gerhardt weiß, warum er sich dafür ausgerechnet Abigail und diesen saublöden Moment ausgesucht hat. Ihre Aufmerksamkeit zwischen Vorspeisen und Gerhardt Aults gestammeltem Kummer teilen zu müssen! Er vertraut ihr an, dass seine Frau vor sechs Jahren an Bauchspeicheldrüsenkrebs gestorben sei. »Der Onkologe gab uns anfangs noch fünf Monate. Es waren aber weniger als drei.« Die verstorbene Mrs Ault war ebenfalls Architektin gewesen, ihr Spezialgebiet war die Kirchenarchitektur; Gerhardt hat das Trauma »noch nicht völlig überwunden«. Abigail nickt mitfühlend und schaut auf die Liste der Hauptgänge, für sie kein rotes Fleisch, vielleicht das Coq au Vin, vielleicht das Schwertfischsteak, die Scampi, kein Kalbsbries ... Gerhardt, beide Ellbogen aufgestützt, mit dem Oberkörper halb über dem Tisch hängend, die melancholischen Augen leuchtend, die großen Nasenlöcher aufblasend und zuziehend, kippt seinen Kummer vor Abigail Des Pres aus, wie man gedankenlos einen Einliterbehälter Flüssigkeit in eine Teetasse ausleert. Vielleicht ist das, was sie aus Gerhardts Worten heraushört, ungerecht: *Bilde dir ja nicht ein, dass du dich in mein Leben drängen kannst. Ich bin rein, bin ein Mann mit Tiefgang. Ich trauere.* Als Abigail schweigt, sich auf die Lippen beißt, nichts verlauten lässt von den erkalteten Resten ihres eigenen häuslichen Kummers, der Scheidung und dem Verlust ihres Sohnes, nimmt Gerhardt abermals Anlauf und beugt sich mit dem Katastrophenblick eines Skifahrers, der im Begriff ist zu stürzen, noch weiter über den Tisch. »Und da ist unsere Tochter Tamar. Sie ist elf. Wir haben sie adoptiert. Sie hat es immer noch nicht verkraftet. Manchmal spricht sie tagelang kein Wort.« Tränen steigen Gerhardt in die Augen. Abigail muss schlucken. »Es muss schwer sein, mit ihr zu kommunizieren, wenn sie, nun ja, nichts sagt. Es ist schon schwer genug, mit ...« (Was redet Abigail da? Sie kann ja wohl nicht *normalen Kindern* sagen.) Sie lässt das Satzende offen, verstummt bedauernd. »Wir haben Tamar adoptiert«, sagt Gerhardt. Er hat seine Marmorblock-Speisekarte beiseite geschoben, ohne einen Blick hineinzuwerfen. Abigail kommt sich grausam, grob, gierig vor, weil sie ihre überflogen hat, und klappt sie zu. »Gail hatte sich so nach einem

Kind gesehnt. ›Für das es sich zu leben lohnt, über uns hinaus.‹ Ich habe ihren Wunsch verstanden, natürlich. Womöglich ist ein Mann nicht so bereit zu diesem nächsten Schritt wie eine Frau, aber ich – ich habe Gail geliebt – ich hätte alles getan, was sie wollte. Um sie glücklich zu machen. Da kam eine ganz neue Seite an ihr zum Vorschein, von der ich vor unserer Ehe nichts wusste, eine mütterlich zarte Seite. Ich war überrascht, das muss ich zugeben! Vielleicht hat es mir an Reife gefehlt. Ich hatte immer nur meine Arbeit im Sinn, galt als Workaholic. Ich w-wollte auch ein Kind, ich meine, *ich war nicht gegen ein Kind.*« Gerhardt schaut wie ein Ertrinkender. »Natürlich. Für einen Mann ist das anders«, murmelt Abigail, um ihn zu trösten. *Ein Mann schießt seinen Samen in ein kleines Loch, durch das eine Frau neun Monate später eine Wassermelone mit Armen und Beinen herausdrückt. Das ist der Unterschied.* Dankbar für Abigails Verständnis, sagt Gerhardt: »Wir haben es versucht. Und versucht. Sind zu Fertilitätsspezialisten gegangen, in Kliniken. Haben gebetet! Schließlich haben wir uns an eine christliche Adoptionsagentur gewandt – Gail stammte aus einer Familie presbyterianischer Missionare, die uns einen Kontakt mit einer ›leiblichen Mutter‹ vermittelte, erst in Rumänien, aber daraus wurde nichts, und schließlich …« Gerhardts Tonfall klingt jetzt, als sei er getäuscht und gekränkt worden. Bereut dieser freundliche, konfuse Mann, dass er eine Tochter hat? Wünscht er sich, diese Last verschwände aus seinem Leben? Abigail sieht ihren Kellner ein paar Meter entfernt mit einem stoischen matten Lächeln herumstehen. Sie sagt etwas Begütigendes, Praktisches, es soll Gerhardt helfen, in die Wirklichkeit, in ihre momentane Umgebung zurückzufinden, in der erwartet wird, dass sie Gerichte bestellen und sie verzehren, zahlen und gehen, und das alles im Verlauf von maximal zwei Stunden, doch urplötzlich treten ihr Tränen in die Augen, und Abigail Des Pres beginnt zu weinen, Abigail Des Pres weint, beschädigt ihr perfekt hergerichtetes Gesicht; sie ist erstaunt über diese Schwäche, diese Taktlosigkeit: sich in aller Öffentlichkeit so gehen zu lassen! Adam ist schuld daran, Adam mit seiner verfluchten puritanischen Zurückhaltung damals in ihrem gemütlichen Eckchen in der Kneipe. Abigail verbirgt ihr flammendes Gesicht hinter ihrer weißen Leinenserviette. Steht blicklos vom Tisch auf. Murmelt eine Entschuldigung: »Ich k-kann nicht bleiben. Gute Nacht.«

Abigail flieht den Speiseraum des Swan's Ferry Inn. In einem Nebel aus Tränen, verletzten Gefühlen und Kummer hört sie, wie ein Mann ihr »Abigail!« nachruft, erkennt jedoch die Stimme nicht, eine Stimme, bei der sie wie angewurzelt stehen bliebe.

Streich Wie-heißt-er-noch von der Liste. Ein Krüppel weniger.

Ihr ganzes Leben hindurch hat Abigail immer wieder mal »Aussetzer« gehabt. Wie sie das nennt. Momente, in denen sie versteht, wie es sein wird, nicht *da* zu sein. Die Atmosphäre des Hauses am Wheatsheaf Drive, die friedliche Stille der Räume, aus denen der Mensch, der sie war oder der sie zu sein glaubte, schließlich verschwunden ist.

Manchmal muss sie zu ihrer eigenen Überraschung lachen. Was ist denn so komisch?

»Harrys Gesicht! Ich sah es förmlich vor mir! Als er mir von dem ›Skiunfall‹ erzählte. Als Jared ihn umgefahren hat.« Abigail wischt sich die Augen, der Anblick, es ist zu komisch: Harry, Jared und die prächtige zweite Frau – wie heißt sie noch mal? – Kim, alle mit dem Hintern im Schnee.

»Adam? Komm schon, lach mal.«

Abigail? Warum über das Missgeschick anderer lachen?

»Mann! Weil es komisch ist, deshalb.«

Möchtest du, dass Harry über dich lacht?

»Klar. Ich bin doch saukomisch, soll der Fiesling lachen. Wir hatten herrliche Zeiten zusammen, Harry hat mich zum Lachen gebracht. Als ob jemand einen mit rauen Fingern kitzelt. Wenn Harry die ›ethnischen Minderheiten‹ nachgeahmt hat. Klar, vom menschlichen, moralischen Standpunkt war das nicht komisch, auf böse, hässliche Art aber zum Brüllen.«

Liebst du Harry immer noch, Abigail?

»Arschloch! Ich liebe dich.«

Du liebst den Schmerz, den er dir bereitet hat. Der ist dein Markenzeichen geworden.

»Blödsinn! Weißt du was? Von mir aus könnte Harry tot sein. Na ja, irgendwie. Nicht hirntot. Gelähmt vielleicht. Ja! Wenn Jared in ihn reingekracht wäre und ihm das Rückgrat gebrochen hätte und er bloß noch ein Kopf wäre, im Rollstuhl säße, von Kim herumgeschoben würde, die hinter seinem Rücken mit den Augen rollt – das wär's doch!«

Abigail, du solltest dich schämen. Solche Bitterkeit ist deiner nicht würdig, hast du getrunken?

»Wer will das wissen? Das geht dich gar nichts an.«

Du hast es Roger versprochen. Er hat dich in Middlebury rausgehauen, vergessen?

»Roger, der kann mich mal! Roger hat mir das Herz gebrochen.«

Du hast Roger weggeschickt, Abigail. Du liebst ihn nicht.

»Harry hab ich geliebt, am Anfang. Die erste Liebe, das ist einmalig. Ich war Jungfrau, und dann war Harry da und hat seinen Stiefelabsatz in meine Fotze gerammt. Angeblich sind Frauen ja von Natur aus Masochisten, die Kultur, die macht uns krank, aber woher sollen wir das wissen? Es gibt keine Kultur ohne Natur. Es gibt keine – verdammt, was wollte ich sagen, Adam? Weißt du, wovon ich rede?«

Du bist dabei, einen feinen Unterschied zu machen. Aber hast den Faden verloren.

»Harry war unser Unbewusstes. Meines, und das von Salthill. Ich liebe ihn nicht, aber er fehlt mir. Er fehlt mir fast genauso wie du, Adam.«

Jetzt hast du etwas Kühnes gesagt. Eine tiefe Einsicht, für jemanden aus Salthill!

»Aber, Adam, stimmt das denn?«

Schweigen.

»Adam, bitte, sag's mir. Stimmt das?«

Schweigen. Zum Teufel mit Adam, wo immer er sein mag, und seinem ewigen *Wenn-ich-euch-nicht-entwische-Spiel.*

»Adam. Hey, komm schon.« Abigail ist aufgestanden, hält sich mühsam auf den Beinen. Früher war sie mal eine gelenkige Tänzerin, heute hat sie Gewichte an den Füßen. Sie stolpert, taumelt, torkelt durch leere Zimmer. Alles dreht sich, und nur wie sich spiegelnde wunderschön möblierte leere, leere, leere Zimmer.

Ein Anruf von einem Mann, er murmelt seinen Namen und bittet um Entschuldigung, dass er sie »aufgeregt« hat, sagt, er würde sie »sehr gern wieder sehen« oder wenigstens mit ihr sprechen wollen, »hoffentlich bald«, und Abigail drückt hastig die »3« für Löschen. *Keine Krüppel mehr!*

In der Salthiller Stadtbücherei entsteht an diesem schönen Maivormittag auf einmal ein kleiner Tumult am Eingang, direkt hinter dem Drehkreuz. Abigail geht aus Neugier ein Stück weiter hin und sieht eine Frau mittleren Alters mit geröteten Wangen und kurz geschnittenem grau werdendem Haar in einem Jeans-Overall mit Sonnenblumen-Taschen, der sich eine Bibliothekarin in den Weg gestellt hat. »Mrs Hoffmann, bitte! Sie wissen doch, dass Hunde hier draußen warten müssen.«

Es ist Camille Hoffmann!

Abigail starrt ihre Freundin aus kurzer Entfernung an. Und bleibt, wo sie ist.

Camille ist vielleicht aufgebracht! Sie weicht keinen Zentimeter zurück, die Beine wie Baumstämme. Keine Spur mehr von Camilles mütterlicher, milchiger Sanftheit. Ihr Tonfall ist beherrscht, hat einen drohenden Beiklang. »Verzeihen Sie. Das sind keine *Hunde*. Nicht *bloß* Hunde.« Camille führt zwei große, hübsche Hunde an der Leine: Adams Apollo, der, wie von seiner Herrin befohlen, sitzt, und einen mageren, geschmeidigen jungen Dobermannpinscher, der zu unruhig ist, um stillzustehen, an der Leine zieht und dumpf knurrt. Apollo, den erkennt Abigail sofort wieder, aber der Dobermann ist ihr neu.

Eine Reihe von Bibliotheksnutzern ist zusammengelaufen, um die Auseinandersetzung diskret mitzuverfolgen. Öffentliche Spektakel wie dieses sind selten in Salthill. Abigail fühlt sich verpflichtet, einzugreifen, aber – was könnte sie sagen? (»Ehrlich gesagt«, vertraut Abigail später Beatrice Archer an, »vor dem Dobermannpinscher hatte ich Angst.«) Die verlegene, verunsicherte Bibliothekarin besteht darauf, dass Camille die Hunde draußen lässt, Camille wiederholt, dass es »nicht bloß Hunde« seien, die Bibliothekarin droht damit, den »Wachdienst zu rufen«, und zuletzt macht Camille würdevoll kehrt und murmelt: »Apollo! Thor! Wenn wir hier nicht erwünscht sind, gehen wir wieder. Und wo wir nicht erwünscht sind, da stellen wir jede finanzielle Unterstützung ein, das könnt ihr mir glauben. *Kommt.*«

Nach Camilles Abgang verstohlene Beifallsbezeigungen, in die Abigail Des Pres, Camilles Freundin, nicht einstimmt.

Ein plötzliches Kratzen an ihrer Schlafzimmertür.

Kraftvoll wird die Tür aufgestoßen, bevor Abigail ganz aufgewacht ist.

Ein pelziges Tier! Apollo! Kommt in das dunkle Zimmer getrottet, im kräftigen Maul etwas, was wie ein altes rotes Flanellhemd ausieht. Adams Gartenhemd, mit Erde dran.

Abigail springt aus dem Bett, zerrt an dem Hemd. Apollo will es nicht hergeben. Abigail lässt nicht locker. Apollo schüttelt den Kopf und knurrt drohend. Abigail lässt nicht locker, Verzweiflung überkommt sie.

Die ganze Nacht hindurch dauert der keuchende Zweikampf.

»Ich fühle mich tief geehrt. Es ist mir eine besondere Freude. Als Studentin am Bennington College ...«

Als idealistische Studentin mit dem Hauptfach »Kunst« am Bennington College Ende der Siebziger hat Abigail Des Pres sich häufig in ältere, unerreichbare Männer verliebt, einer davon – da war sie neunzehn und im zweiten Collegejahr – der irisch-amerikanische Dichter Donegal Croom. Zu der Zeit hatte Croom gerade seinen ersten Gedichtband *Metamorphose* veröffentlicht und wurde in den Vereinigten Staaten als Nachfahr von Dylan Thomas und als »lyrischer« als William Butler Yeats begrüßt. Inmitten eines Pulks von empfänglichen weiblichen Fans lauschte Abigail mit beschleunigtem Herzschlag dem dunklen, attraktiven Croom, der in einer Scheune aus weißen Holzschindeln auf dem Campus las, leidenschaftliche, beschwörende Verse, nicht eigentlich dunkel wie die von Thomas und Yeats, sondern vielmehr schwelgerisch, sinnlich, »kraftvoll in ihrer Diktion«, »von elementarer Wucht, faszinierend« (wie Rezensenten auf beiden Seiten des Atlantiks rühmten). Abigail weinte vor Glück. Noch nie hatte eine öffentliche Aufführung sie so tief bewegt. Gleich nach der Lesung kaufte sie Crooms Buch und reihte sich in die lange Schlange eifriger Mädchen zum Signieren ein.

to Abrigail —

Donegal Croom

3 Nov. 1978

(Er hatte ihren Namen falsch geschrieben! – ein ›r‹ eingefügt!)

(Oder war das eine Geheimbotschaft?)

Abigail bedankte sich schüchtern bei dem Dichter und trat stolpernd zur Seite. Falls Donegal Croom sie überhaupt eines zweiten Blickes gewürdigt hatte, sie, das gelenkige, schlanke Mädchen mit dem glänzenden, bis zur Taille wallenden Haar und dem schwarzen Gymnastik-Einteiler mit dem übergroßen T-Shirt darüber, hatte Abigail es nicht bemerkt. In dem Alter – zwar noch Jungfrau, aber nur knapp, und sehr romantisch – drückte sie ein meergrünes Buch wie dieses noch an ihre Brust. Auch sie schrieb Gedichte, atemlose Fragmente, und malte sich aus, dass sie ihre Verse eines Tages vertonen und dazu tanzen würde; sie wäre Dichterin, Komponistin, Choreographin und Tänzerin in einem. (Ihre Lehrer am Bennington College, ehemalige radikale 68er mit einer Vorliebe für weniger leicht zugängliche, bewusstseinserweiternde Drogen, ermutigten Abigail, wie sie auch ihre Kommilitonen, die talentierten und die anderen, ermutigten. Noch Tage nach Donegal Crooms Lesung huschten Abigail Gedichtzeilen durch den Kopf,

Musikfetzen ohne jede Bedeutung, wie Schmetterlinge mit flatternden Flügeln; um ein Haar hätte sie sie gesehen, um ein Haar sie erhascht, doch sie entglitten ihr. Und trotzdem – so schön. Sie wusste es!

Jetzt, vierundzwanzig Jahre später, besitzt Abigail immer noch ihr Exemplar von *Metamorphose*, dem Gedichtband, der inzwischen Sammlerwert hat. Croom hat eine Reihe von Büchern geschrieben, hat zahlreiche Preise gewonnen, darunter den Pulitzer, genießt in manchen Milieus noch immer hohes Ansehen. (Als sie aus Neugier einmal »Donegal Croom« im Internet eingibt, entdeckt Abigail, dass eine signierte Erstausgabe von *Metamorphose* in tadellosem Erhaltungszustand stolze 3000 Dollar wert ist. »Aber ich verkaufe natürlich nicht.«) BeimWiederlesen des schmalen Bändchens spürt Abigail einen schwachen Nachhall der ehemaligen Erschütterung, nicht so stark wie damals, aber dennoch da. Wie auf dem Schutzumschlag behauptet, ist es magische Lyrik, eine Poesie des Eros. »Wenn sich, als ich ihm mein Buch hinhielt, unsere Blicke doch bloß getroffen hätten.«

Abigail sucht die Salthiller Buchhandlung auf, um andere Bücher von Donegal Croom zu kaufen. Im Schaufenster liegt ein halbes Dutzend seiner Bände neben einem Werbefoto des markig attraktiven langhaarigen Dichters in der Blüte seiner Jahre. Das Gesicht ist älter, aber unverkennbar irisch, das von dicken grauen Fäden gesträhnte Haar umrahmt ein wettergegerbtes Gesicht. Wie alt mag Croom sein? Mitte vierzig? Abigail hat erfahren, dass der Dichter dreimal verheiratet war, derzeit aber, zumindest offiziell, Single ist; das hält sie für ein gutes Zeichen. *Er ist verfügbar. Vielleicht ist er einsam.* Die Schaufensterdekoration ist eine Vorwegnahme von Donegal Crooms Aufritt beim Blumenfest, das überall in Salthill beworben wird. Es ist ja auch für eine gute Sache! Für welche genau, weiß Abigail für einen Moment nicht mehr. Sie öffnet die Tür zur Buchhandlung, die Glocke über ihr läutet fein. Für Abigail haben sie etwas angenehm Ehrfurcht Gebietendes, Marina Troys altmodische Räume mit den gerahmten Fotografien von T. S. Eliot und Virginia Woolf, James Joyce, Willa Cather, William Faulkner und anderen Ikonen eines vergangenen Jahrhunderts, die für das neue Internet-Zeitalter so weit entfernt sind wie die alten Götter. Das sind würdige Gestalten, die Abigail bewundert und die sie bald einmal »wiederlesen« möchte.

Beim Betreten der Buchhandlung schaut Abigail sich mit einem Anflug von schlechtem Gewissen nach Marina Troy um. (Ein schlechtes Gewissen deshalb, weil Abigail Roger Cavanagh hat verführen wollen, während man in Salthill vielerorts davon ausgeht, dass Roger und Marina Troy zusammen sind, auch wenn nicht klar ist, in welchem Sinne und ob die Beziehung je vollzogen wurde.) Abigail vermisst Marina! Seit Jahren schon mag sie Marina, wenngleich das einseitig ist, so wie man vielleicht eine exzentrische, schwierige jüngere Schwester oder eine Cousine mag: Marina, in ihrer Einmaligkeit eine zweite Abigail, tapfer und immun gegen die Schmeicheleien und die Versuchungen der Männer. *In ihrem Herzen ist sie unberührt. Niemand kann sie erobern.* Doch Abigail hat Marina schon lange nicht mehr gesehen.

»Mrs Des Pres, hallo!«

Abigail ringt sich ein Lächeln ab, als Marinas Assistentin Molly Ivers sie begrüßt, wie immer ein bisschen zu laut. Molly ist der robuste, muntere Typ der Pfadfinderin, trägt einen unförmigen lila Kaftan und schwarze Leggins, das strohige Haar fällt ihr in kindlichen Fransen um das breite Puppengesicht. Während Marina ihre Kunden schüchtern willkommen hieß, plärrt Molly ihren Gruß heraus. Man erzählt sich, dass der kleine Laden in Marinas Abwesenheit trotz heftiger Konkurrenz durch die Buchhandlungen in den Malls und durchs Internet überraschend gut gelaufen ist. Sie haben sich ausgezahlt, die ständigen Aktionen der unerschrockenen Geschäftsführerin: die Lesungen lokaler Dichter und Schriftsteller, die Empfänge, bei denen Appetithappen der Extraklasse gereicht wurden, ein Konzert des Salthiller Streichquartetts, Sonntags- und Spätverkäufe. Gefragt, wie sie das bloß schaffe, gestand Molly Ivers in einem Interview mit der *Salthill Weekly Gazette*: »Ich schlafe nicht!«

In Salthill munkelt man bereits, Marina Troy werde nie wieder kommen. Sie werde den Laden an Molly verpachten oder verkaufen. Am Boden zerstört durch Adam Berendts Tod, arme Frau.

Abigail weiß, sie sollte nicht fragen, sie wird nur eine Abfuhr erhalten, doch sie kann nicht widerstehen und erkundigt sich, wie es Marina geht, und Molly sagt ausweichend: »Oh, Marina geht es sehr gut, vielen Dank.« Abigail möchte fragen, wo Marina seit letztem Herbst gesteckt hat, doch das hat sie früher schon gefragt und erhielt keine Auskunft, wie auch andere aus ihrem Kreis Molly gefragt haben und spröde abgefertigt wurden, und so fragt Abigail stattdessen, wann Marina in Salthill zurückerwartet wird, worauf Molly mit gesenkter Stimme, so als erweise sie Abigail eine besonderen Gefallen, sagt: »Oh, Mrs. Des Pres! Marina arbeitet an Kunstwerken, macht Skulpturen, und sie sagt, sie sei sehr, sehr glücklich. Sie hofft, im Herbst wieder hier zu sein und ihre Arbeiten dann ausstellen zu können.« Abigail staunt über diese Eröffnung. In ihrer Vorstellung ist Marina Troy eher eine noch neurotischere, bemitleidenswertere Ausgabe ihrer selbst. »Marina – glücklich? Sie meinen, sie ist ...« Abigail verstummt, weiß nicht, was sie da sagt. *Sie hat Adams Tod überwunden? Wie kann das angehen?*

Natürlich kann Abigail das nicht fragen. Und täte sie es doch, wüsste Molly Ivers nicht, was antworten.

Abigail kauft mehrere Taschenbücher von Donegal Croom und fährt zu einem Park in der Nähe der Salthiller Mittelschule, setzt sich auf eine Bank und liest. Ihr fällt auf, dass Croom auf den Umschlagfotos über die Jahrzehnte praktisch unverändert ist. Seine Dichtung wird von den Kritikern bestaunt als »elementar«, »ungestüm«, »lyrisch und wild«, »wirkungsvoll wie die Kräfte der Natur«. Abigail liest verzückt, obwohl sie nicht immer alles versteht, von dem antiken gälischen Kriegshelden Cuchulain und von Quetzalcoatl, dem grausamen Gott der mexikanischen Azteken, in dessen Namen ausufernde Opferriten begangen wurden, bei denen Menschen bei lebendigem Leibe enthäutet und verspeist wurden. Crooms Gedichte sind bevölkert von Falken, Schlangen, Panthern, Haien, Hengsten und Stieren. Abigail empfindet erschauernd eine Nähe zu den verstümmelten Pferden in Crooms umstrittenen Gedicht »Der Stierkampf«:

Wie die Gedärme der wiehernden Pferde sich winden
    in Staub & Zeit,
so windet meine Seele sich, wild aufbegehrend
    gegen das Vergessen.

Abigail bewundert die End- und die Stabreime (wenn es welche sind) und Crooms »kompromisslose und stoische Auffassung der Natur, ›bevor Gott Liebe‹ war, um D. H. Lawrence, den Mentor des Dichters, zu zitieren« (wie es auf dem Buchumschlag heißt).

Abigail blickt auf, hört Stimmen und Gelächter. Junge Teenager auf dem Heimweg von der Schule. Das tut weh: Jared hat sie verlassen, und es gibt keinerlei Anzeichen dafür, dass er wieder kommen möchte. Das Mädchen mit der roten Baskenmütze hat sie wann zum letzten Mal gesehen? – vor zwei Wochen? Ebenso gut kann die Kleine verschwunden sein. Oder ihre Familie aus Salthill weggezogen. Oder das Mädchen hat nie existiert. Abigail spürt ein Stechen in der Herzgegend, den Verlust von jemandem, den sie gar nicht kannte.

»Ich fühle mich tief geehrt. Es ist mir eine besondere Freude. Als Studentin am Bennington College …«

Am Tag des Blumenfestes steht Abigail zeitig auf. Hektisch schreibt sie ihre Einführung zur Lesung Donegal Crooms um und prägt sie sich ein. Was, wenn der für seine »Empfindlichkeit« berüchtigte Dichter beleidigt ist von ihrer devoten Lobeshymne? Um neun hat sie einen Termin bei ihrem Friseur. Sie schminkt sich mit der Sorgfalt, die man einem Talisman zuteil werden lässt. *Vor allem die Augen. Augen sind sehr wichtig in seinen Versen.* Sie zieht sich mehrmals um wie ein übermütiges junges Mädchen in einem anderen, romantischeren Jahrhundert. Schließlich erscheint sie in einem neu gekauften champagnerfarbenen Hermès-Anzug aus Wildseide, zu dem sie einen schwarzen Seidenschal, einen schicken schwarzen Strohhut und schwarze Gucci-Pumps trägt, eine halbe Stunde vor Veranstaltungsbeginn im Salthill Inn, wie von Beatrice Archer erbeten. Sie ist aufgeregt! *Meine Bestimmung. Mein Schicksal. Warum nicht? Ich bin immer noch jung.* Abigail hat so viele Stunden damit verbracht, Crooms Gedichte zu lesen und wieder zu lesen, ihre fünfminütige Einführung zu schreiben und umzuschreiben, dass ihre Pupillen aussehen, als habe sie sich einen Schuss gesetzt. Ihr Gehirn ist seit dem College nicht mehr so gefordert worden, wo sie auf zwanzig Seiten Wortfelder zu Themen wie der Metaphorik von Licht und Dunkel in Joseph Conrads *Herz der Finsternis*, der »Erbsünde« in William Goldings *Herr der Fliegen* oder dem Motiv des »Doppelgängers« in Dostojewskis *Verbrechen und Strafe* zusammenstellen musste. In der Lobby erblickt sie ihre Freundin Beatrice mit einem älteren Herrn mit erschlafftem Gesicht, der ein Jeansjackett trägt. »Abigail, hierher!« Beatrice ist nervös und greift wie ein Schulmädchen nach Abigails Hand. Der Mann im Jeansjackett ist dann wohl – Donegal Croom? Abigail schaut schockiert. Natürlich ist ihr klar, dass der Dichter älter sein muss als in ihrer Erinnerung, aber hier meint sie ja Donegal Crooms Vater gegenüberzustehen … Seine dünner werdende Löwenmähne umrahmt in wachsweißen Flederwischen ein rotes, schwammiges Gesicht; seine Nase ist unverkennbar geschwollen, die Augen sind blutunterlaufen und wirken ein wenig schief. Trotzdem trägt er ein jugendliches Jeansjackett und ein schwarzes T-Shirt zu Jeans, sein Bauch wölbt sich über der Schnalle seines Hanfgürtels. Im linken Ohrläppchen hat er einen Goldstecker, der wie ein Äuglein anzüglich blitzt. Als Beatrice Abigail vorstellt, starrt Croom sie ungeniert an. Schnüffelt wie ein läufiger Hund. Der Dichter ist kaum größer als Abigail, ist er geschrumpft? Ein schwach säuerlicher Geruch geht von ihm aus, in den sich ein frischerer Hauch von Zahnpasta und Eau de Cologne mischt. Croom sieht aus, als habe er sich schon über einen Tag lang nicht rasiert und auch das verfilzte Haar nicht gekämmt. Abigail hört sich munter lachen: »Mr Croom, Sie haben mich einmal ›Abrigail‹ genannt. Es ist lange her.« Mit dröhnendem Bass sagt Croom: »Gut! Das verlangt nach einem Gläschen vor dem Mittagessen, ›Abrigail‹.« Er lotst sie fort von Beatrice Archer und mehreren anderen lächelnden Frauen, die darauf warten, dem berühmten Dichter vorgestellt zu werden, und führt sie ins Schummerlicht des »Schankraums« neben der Lobby. Es ist gerade mal zwölf, der Tresen ist unbesetzt. »Barkeeper!« Donegal

Croom bleckt die Zähne zur Fratze eines Lächelns und schlägt mit der Faust auf den Tresen. »Das ist ein Notfall.« Betreten steht Abigail neben ihm; Croom hat sie am Handgelenk gepackt, so als sei sie seine Geisel. Er sagt: »Salt-hill. Ein Vorort von New York City? Bin ich hier schon mal gewesen? Sie sind sehr schön, aber ihr seht alle gleich aus.« Abigail will erklären, dass Salthill-on-Hudson eigentlich kein Vorort ist, es ein Dorf, dessen Geschichte bis zum Beginn des achtzehnten Jahrhunderts zurückreicht, doch Croom, durch sein Rufen nach dem Barkeeper abgelenkt, hört nicht zu. Sie möchte ihm sagen, wie schön seine Dichtung ist, wie viel sie ihr über die Jahre bedeutet hat; was für ein Trost Poesie ist im hektischen Auf und Ab des Lebens ... Schließlich erscheint ein schnurrbärtiger Mann in einer frischen weißen Jacke und nimmt höflich, wenngleich ohne Lächeln, ihre Bestellung entgegen. »Zwei Single Malt Whiskey. Pur.« Abigail ist nicht klar, ob einer davon für sie sein soll oder ob der Dichter beide will; sie wird kein Glas anrühren, in dem Alkohol ist, gelobt sie sich. Mit wohligem Seufzen stürzt Donegal Croom die Hälfte seines Whiskeys hinunter. Er sitzt jetzt auf einem der Barhocker, den Kopf auf beide Hände gestützt. Zu seinen Füßen steht eine lädierte Segeltuchtasche; er kommt direkt vom Flughafen und hat sein Zimmer in dem Hotel, in dem er übernachten wird, noch nicht bezogen. Er hat offenbar vergessen, dass Abigail bei ihm ist, führt das Whiskeyglas zum Mund und wiegt den Oberkörper, die Schultern hochgezogen, auf dem Barhocker hin und her. Murmelt leise vor sich hin – was? Gälische Wörter, stellt Abigail sich vor, kraftvoll und dunkel. Auf die kurze Entfernung sieht sie, wie dünn Donegals Haar an seinem Hinterkopf ist, es sieht aus, als gleite das Haar herab und lege den blassrosa Schädel frei. Donegal trinkt seinen zweiten Whiskey aus und ruft nach einem dritten, doch Abigail interveniert kühn: »Für Mr Croom bitte nichts mehr. Wir müssen jetzt gehen.«

Croom sieht Abigail missmutig an. Für einen Moment scheint er nicht zu wissen, wer sie ist. Sagt dann seufzend: »Gut. Sie haben ganz Recht, Liebe. Wie immer.« Berührt unerwartet sacht Abigails schmale Schulter. Seine Finger zerknittern die schöne Wildseide. »Man hat Sie mir geschickt, was? Meine Muse. Gut.« Auf dem Barhocker schwankend, beugt Croom sich in ihre Richtung, als wolle er sie küssen. Abigail bleibt reglos, wie hypnotisiert, stehen. Was soll das? Was meint Croom damit: sie seine Muse? In der Tür geben Beatrice Archer und mehrere andere Mitglieder des Festkomitees besorgt Zeichen. Abigail sagt leise: »Mr Croom, bitte entschuldigen Sie. Wir müssen jetzt gehen. Würden Sie mir bitte folgen?«

»*La belle dame sans merci.* Ich folge, Liebe. Wohin Sie wollen.«

Croom ergreift Abigails Hand und küsst sie, mit einer Geste, so plötzlich und so innig, dass Abigail die Sinne schwinden. *Und vor den Augen meiner Freundinnen!* Für den Moment kann Abigail Des Pres nicht glücklicher sein.

Wie einen großen, unansehnlichen Fisch, den sie an der Schwanzflosse hält, führt Abigail Donegal Croom in den lauten Ballsaal. Überall sind Blumenrabatten, ein regelrechtes Meer von Blumen, manche frisch geschnitten, andere in hübschen Töpfen. Und die Bücher Donegal Crooms liegen, zu Pyramiden aufgeschichtet, aus, um nach dem Essen, vom Dichter signiert, verkauft zu werden. Was für ein eleganter, festlicher Anlass! Croom schaut wie jemand, der geträumt hat und nun nur mit Mühe wach wird. Der tiefe Raum wird mit »gälischer« Musik beschallt, und Croom scheint nach der Quelle der Musik zu suchen. »Ich bin offenbar gestorben. *Tot*, ja, das würde alles erklären.« Abigail führt Croom durch das Gewirr üppig dekorierter Tische, entschlossen, ihn zur Rednertribüne zu lotsen. Der Dichter hängt recht schwer an ihrem Arm. Schwer geht auch sein Atem. Das Haar fällt ihm ins Gesicht, seine Haut ist gerötet. Er stolpert auf den Stufen zum Podium, aber Abigail stützt ihn wie eine Frau, auf die man sich nach langen Ehejahren jederzeit verlassen kann. Sie zieht den Stuhl für ihn vor und nimmt lächelnd neben ihm Platz. Oh, sie lächelt! Ihre Freundinnen sehen zu ihr herauf, bewundern den schwarzen Strohhut, den glänzenden Helm des Haars darunter, den auffallenden Hermès-Anzug; womöglich beneiden sie Abigail Des Pres gar, das erste Mal seit Jahren. Das Gefühl gefällt ihr. Nur ist sie sehr nervös. Wie Donegal Croom hat sie keinen Appetit auf das Mittagessen, Spargelcremesuppe, mit Petersilie bestreut, mit Meeresfrüchten gefüllte Blätterteigtaschen, Salatherzen mit einer kalorienarmen Vinaigrette und frische Erdbeeren als Dessert. Dazu ein nicht sonderlich guter Chardonnay, der auch noch sparsam ausgeschenkt wird. (Als er sieht, dass Abigail ihren Wein nicht anrührt, konfisziert Donegal Croom unauffällig ihr Glas.) Abigail schaut mit den blutunterlaufenen Augen des Dichters in den riesigen Raum, sieht bunt kostümierte Frauen mit Gesichtern wie Blütenblätter an den Tischen sitzen, so viele Tische und so viele Frauen, die wie Vögel schnattern. Ein richtiges Getöse! Und überall dicke Gebinde mit Rosen, Lilien, Iris, Orchideen, Gardenien ... Abigail sieht die Salthiller Frauen, ihre Schwestern, alle: wunderschön. Seltsam, dass sie alle so schön sind. Der Zauber des Wohlstands hat selbst die Reizlosen in Schönheiten verwandelt. Es gibt keine »hässlichen« Frauen mehr. Lockiges Haar, grell geschminkte Gesichter, Piranha-Lächeln, Edelsteine, leuchtend wie Eisenbahnsignale. Das berauschende Duftgemisch zahlloser Parfums. »Helfen Sie mir, Liebe. Himmel, ich glaube, ich laufe aus«, flüstert Donegal Croom Abigail ins Ohr; sie ist sich nicht schlüssig, meint er das ernst oder macht er einen Witz, das gerötete verschwommene Gesicht zur Fratze verzogen – im Vorgefühl? Aus Furcht? Oder nimmt er bloß den Beifall entgegen, den die Salthillerinnen ihm mädchenhaft begeistert spenden? Aber Abigail Des Pres hat ihren Auftritt noch vor ihm, und jetzt kündigt Beatrice Archer sie an. In ihren hochhackigen Gucci-Pumps steht sie auf dem Podium. Zittert sichtlich. Hat solche Angst! Ihre Freundinnen sehen zu ihr herauf, wollen, dass sie ihre Sache gut macht. Allerding auch nicht zu gut, damit sie sie nicht noch mehr beneiden müssen. »Ich fühle mich tief geehrt. Es ist mir eine besondere Freude. Als Studentin am Bennington College ...« Wie im Traum geht die Einführung vorbei, und plötzlich geht Abigail an ihren Platz zurück, errötet heftig, möchte glauben, dass der mädchenhaft begeisterte Beifall wenigstens teilweise ihr gilt. Donegal Croom steht auf dem Podium, stößt mit seinem sich wölbenden Bauch dagegen. Er hat eine Lesebrille aufgesetzt, die ihm trotz des anzüglich in seinem Ohr blitzenden Goldsteckers etwas komisch Großväterliches verleiht. In Salthill trägt kein Mann aus Crooms Generation Ohrschmuck; das ist schwulen Kellnern vorbehalten, von denen es nicht viele gibt. Hoch ragt der Dichter über dem Podium auf, haucht unbekümmert ins Mikrofon, ein Geräusch wie fernes Donnergrollen. Mit gerunzelter Stirn blättert er, ohne es sonderlich eilig zu haben, abgegriffene Taschenbücher durch. Hat er sich auf seine Lesung nicht vorbereitet? Nimmt er seinen Auftritt, der den Freunden des Salthiller Krankenhauses viel bedeutet, zu leicht? Schließlich beginnt Croom zu sprechen, die Stimme anfangs fast unhörbar, dann aber kräftiger und melodischer wie eine in Schwung gekommene Musikbox. Als spräche aus ihm das Orakel, verkündet er den mehr als dreihundert Frauen in dem Ballsaal, die ihn wie gebannt anblicken, Poesie sei eine »mystische Offenbarung«, sei »anarchisch«, »dionysisch«, sei »Prophezeiung«. Vertraut ihnen an, Poesie habe ihm »das Leben gerettet«, habe seinem Leben »dessen einzigartige Bedeutung verliehen«. Und dass man, um Poesie begreifen oder schaffen zu können, »dem inneren Dämon nachgeben« müsse. »Und Vertrauen haben!« Nach diesen Worten erhebt sich kurzer Applaus. Crooms blutunterlaufene Augen wandern durch den Raum, über das grüne Blumenmeer vor ihm, die verzückt erhobenen Frauengesichter. Als er schließlich zu lesen beginnt, steigert sich seine Stimme ins Leidenschaftliche oder dessen überzeugende Simulation. *Der Gerfalke, Der sterbende Jaguar, Der alte Mann aus dem Moor, Junge Begierde, Schwärende Wunden, Die gefiederte Schlange, Der Stierkampf*: ein kollektiver Wonneschauer erfasst die Anwesenden. Was werden die feinen Damen von Salthill-on-Hudson am Abend ihren Ehemännern von der Lesung des irisch-amerikanischen Dichters Donegal Croom erzählen? Wie können sie die von den sinnlichen Worten des Dichters ausgelösten Schauer verbotener, brutaler Lust, wie die feine Erotik vermitteln, mit der er beim Intonieren der Strophen das Becken nach vorn schiebt? Wie sprechen von der »anarchisch-dionysischen« Lust des Schmerzes, von der »unsanften Prophezeiung«, die sie im Innersten anrührt, erregend wie der Ehebruch? Falls dem scharfen Blick dieser Damen nicht entgangen ist, dass der Donegal Croom, der vor ihnen steht, ein geschundenes Wrack in den Fünfzigern ist und bloß eine flüchtige Ähnlichkeit mit seinen schönen Werbefotos aufweist, sind sie zu taktvoll, um es sich anmerken zu lassen, schließlich sehen sie über männliche Unzulänglichkeit routiniert hinweg, wenngleich sie die geringste Unzulänglichkeit an sich selbst überdeutlich wahrnehmen. Vielleicht befriedigt es einige der Salthiller Frauen, als sie begreifen, dass Croom, obwohl sicherlich ein großer Dichter, keinen Deut männlicher oder attraktiver ist als ihre eigenen Männer. Hat man ihm nicht den Pulitzerpreis gegeben und diverse andere Preise noch dazu? *Wunderschön, diese Gedichte. So anregend. Ich hab alle seine Bücher gekauft! Das Blumenfest ist ein so nobles Anliegen.*

Während Donegal Croom seine zweideutig sinnlichen, beschwörenden Gedichte liest, senkt Abigail die Lider und ruft sich den Donegal Croom ihrer Jugend ins Gedächtnis. Einen Mann, in den sie sich – aus der Ferne – verliebt hatte. Ein Gerfalke von Mann, der Zärtlichkeit, Stärke, selbstbewusste Sexualität ausstrahlte, der an geheimnisvolle Wunden rührte, an ein Scheitern, an den »Verlust des Menschengeschlechts und der Seele«. 1978 hatte Croom Gedichte gesprochen, und zwar mit Begeisterung, als beschreite er Neuland, statt sie bloß vom Blatt abzulesen. Abigail erinnert sich an sich selbst mit neunzehn, an das unbedarfte, idealistische, sexuell noch unberührte Mädchen mit Hippiefrisur, das sich einbildete, »mehr als alles in der Welt« ihrem Vorbild, dem großen Balanchine, nacheifern und Tänzerin werden zu können. Natürlich war sie mit neunzehn dafür schon zu alt gewesen. Und ihr mangelte es fatal an dem, was echte Tänzer besitzen: der unbeschreiblichen Mischung aus Talent, eisernem Willen und Kühnheit. »Nein. Ich war feige. Ich schäme mich so!« Es ist Adam Berendt, dem sie das eingesteht, denn sie weiß, dass Adam in ihren törichtsten Momenten auf sie aufpasst.

Mit Gusto geht Croom sein, wie er sagt, umstrittenstes und persönlichstes Gedicht an: »Die dunkle Muse: Sestine«. Eine erwartungsvolle Spannung liegt in der Luft, als Croom in leisem, raunendem Ton rezitiert, was wohl eine Hommage an – oder ein Rüffel für – den »Frauenmund, so zahnlos wie / sonst nur der Tod« ist. Abigails Gesicht brennt. Ist sie die einzige Frau, die weiß, wovon Croom da spricht? Die anderen lächeln unbestimmt, ermunternd. Abigail ist dankbar dafür, dass die Klimaanlage anspringt und mit ihrem Lärm Crooms Worte dämpft. Ihre Aufmerksamkeit wird von den uniformierten Kellnern abgelenkt, die ausdruckslos und mechanisch wie Automaten riesige Tabletts durch den blumengeschmückten Saal tragen. Es sind meist junge Männer verschiedenster Hautfarbe: Weiße, Asiaten, Schwarze. Ein schlaksiger, dunkelhaariger Junge hat Ähnlichkeit mit Jared, nur das Gesicht ist älter, und seine Haltung ist männlicher, hat mehr Würde, als Jared es unter diesen Umständen fertig brächte. Abigail spürt die Verachtung der Kellner, die aus finanziellen Gründen darauf angewiesen sind, die Salthiller Frauen zu bedienen; sie registriert, dass die Männer Donegal Crooms schwülstige Verse ostentativ ignorieren, so als seien sie nicht bedeutungsvoller als das vibrierende Summen der Klimaanlage. *Urteilt nicht so streng über uns. Wir waren einmal so alt wie ihr.*

Croom beendet unvermittelt die Lesung, so als sei er müde oder angeödet; vielleicht ärgert er sich aber über sein Publikum, das sittsam schockiert dem lauscht, was, so Abigails Vermutung, ein »urkomisches« Gedicht sein sollte. Croom hat weniger als eine halbe Stunde vorgetragen (obwohl er sich vertraglich zu vierzig Minuten bei einem Honorar von 5000 Dollar plus Spesen verpflichtet hatte) und lehnt es mit wegwerfender Handbewegung ab, »Fragen aus dem Publikum« zu beantworten. Auch gut, denkt Abigail und ist schon auf den Beinen, strahlt in ihrem Hermès-Anzug unter dem Strohhut, und führt den Beifall an. Lächelt ihr glücklichstes Lächeln. Ihre Salthiller Freundinnen und Nachbarinnen spenden großzügig Applaus, es sind ja auch großzügige Frauen, und der heikle Augenblick ist vorüber.

Als das Mittagessen beginnt, kommt die strähnchenbraune Beatrice Archer, umarmt Abigail und hinterlässt beim Kuss auf die Wange einen Lippenstiftfleck. Beatrice' Augen sind feucht, groß. »Du warst wundervoll, Abigail. Wir sind alle so stolz auf dich.«

Ein Grund zu leben. Warum nicht?

Trotz Donegal Crooms problematischem Auftritt finden seine Bücher in achtbarer Zahl Absatz, deren Erlös dem Salthiller Krankenhaus zugute kommt, und nach dem Signieren, das der Dichter einsilbig hinter sich bringt, verlangt er von Abigail zu seinem Hotelzimmer gebracht zu werden. Er wird die Nacht in Salthill verbringen, soll sich erholen und auftanken. Er teilt Abigail mit, dass er sich »schwach« fühlt, »am Rande einer Depression«, wie es oft der Fall ist, wenn er vor einem »poesiefeindlichen« Publikum aus seinem Werk vorträgt. »Aber, Mr Croom«, protestiert Abigail. »Das Publikum war nicht poesiefeindlich, die Damen haben Sie bewundert.« Croom lacht auf eine altklug zornige Teenagerart, die Abigail an Jared erinnert, und sie empfindet ein Quäntchen Mitgefühl für den Mann. Croom sieht aufrichtig enttäuscht aus. Er hat zwar eine ansehnliche Zahl von Büchern signiert, aber das ist nicht genug – wie viele Bücher er auch verkauft und mit schwungvoller, blumiger Hand signiert, es wird nie genug sein. Abigail dämmert, dass Croom zu den Menschen gehört – ihrer Erfahrung nach handelt es sich dabei immer um Männer –, die das Lob anderer für selbstverständlich halten und geknickt sind, wenn es nicht so üppig ausfällt wie erwartet. Ihr Ex-Mann Harry Tierney gehört auch zu dieser Spezies. Obwohl er andere verachtete, wollte er deren Bewunderung und geriet in Rage, wenn sie ihm vorenthalten wurde.

Nur Adam Berendt war anders. Ganz anders! Adam war immer überrascht, wenn jemand ihn mochte.

Nervös und in Hochstimmung, begleitet Abigail Donegal Croom zu seinem Hotelzimmer. Der berühmte Dichter hat sie dazu erkoren, »bei ihm« zu sein, und wer weiß, wozu diese Nähe führen wird. *Er findet mich anscheinend wirklich anziehend. Ein fast mystischer Gleichklang.* Vielleicht erinnert sich Croom noch aus Bennington im Jahre 1978 an Abigail, vielleicht hat sie bei ihm einen Eindruck hinterlassen, der über die Jahre haften geblieben ist. Sehr unwahrscheinlich, aber etwas, woran man sich klammern kann! Abigail weiß, dass Croom Affären mit mehreren prominenten Dichterinnen hatte; er hat mit einer gefeierten Künstlerin zusammengelebt, war dreimal verheiratet, hat aber keine Kinder. (»Aus freien Stücken. Ein unersättliches infantiles Ego in der Familie reicht.« So Donegal Croom in einem Interview der *New York Times*, das im Web nachzulesen ist.) Abigail weiß, diesem Menschen kann man nicht trauen, ja, er wird ihr das Herz brechen, aber schon hilft sie ihm in sein Zimmer, lässt es zu, dass er sich fest auf sie stützt, als er auf das Bett zu wankt. Seufzend sagt er: »Oh, Gott. Wo sind wir. Salthill? *Salz*-Berg? Das amerikansiche Vorstadtparadies. Das warme Bad, nach dem man ganz aufgeweicht und meschugge ist und nicht mehr weiß – wissen will! –, ob man noch lebt oder schon tot ist.« Er übertreibt seine Müdigkeit zwar, scheint aber wirklich müde zu sein. Sein Atem ist kurz, angestrengt. Womöglich ist er betrunken, während des Signierens ist es ihm gelungen, sich noch mehrere Gläser Chardonnay zu beschaffen.

So romantisch! Wir sind uns vor Jahren schon einmal begegnet, damals war ich fast noch ein Kind, Studentin am Bennington College, dann trafen wir uns in Salthill wieder, und der alte Gleichklang war wieder da, sofort, solche Dinge lassen sich ja nicht erklären. Man muss dem inneren Dämon nachgeben und Vertrauen haben!

Croom benutzt geräuschvoll das Bad und lässt die Tür halb offen, für längere Zeit hört man nur Wasserhähne und trockenen Husten, und schließlich kommt der Dichter wieder heraus, das Haar angefeuchtet und nach hinten gekämmt, und schlingert auf Abigail zu, die, ganz unschuldig, wie es scheint, dasteht und in Crooms neuestem Gedichtband *Das gegeißelte Herz* liest. Er nimmt ihre Hand, lächelt sie geheimnisvoll an und lässt sich rücklings mit einem Geräusch wie brechende Knochen auf das Säulenbett fallen. Für einen Moment ist sein rotes, aufgeschwemmtes Gesicht – verfallene männliche Schönheit – schmerzverzerrt. Obwohl Croom sich frisch gemacht hat, haftet ihm immer noch etwas Säuerliches, Ungewaschenes an; Abigails empfindliche Nasenlöcher ziehen sich zusammen. »Endlich allein! Sie haben mich gerettet.« Abigail empfindet ein Quäntchen Stolz und ein Quäntchen banger Vorahnung. Gehorcht aber, als Croom sie anweist, ihm die Schuhe aufzubinden und auszuziehen, seinen Hosengürtel zu lösen und die Klimaanlage im Zimmer höherzudrehen. Sie gehorcht auch, als er ihr befiehlt, sich neben ihn aufs Bett zu setzen. »Meine Helena! Sie sind die einzige dieser Scharteken, die ein *Ohr* hat. Zum Lesen hat man mich nur eingeladen, um mich zu beleidigen.« Abigail widerspricht eilig, niemand hat ihn beleidigt, im Gegenteil, die Zuhörerinnen haben ihn bewundert, vor allem das *Stierkampf-*

Gedicht, solche kraftvollen, umstrittenen Verse, jawohl, und auch von der dunklen Muse waren sie tief berührt ... »Freilich, die Sestinenform ist ihnen nicht geläufig, Donegal. Aber unterschwellig haben sie durchaus verstanden. Ihre Dichtung wurzelt tief im Erhabenen. Sie spricht sogar die Menschen an, die mit der dichterischen ›Form‹ nicht vertraut sind.« Diese atemlose Proklamation, ein an Kritikerzitate angelehntes Amalgam, veranlasst den Dichter, dessen Haupt auf Kissen ruht, dazu, die schwimmenden Augen aufzuschlagen und Abigail gespannt anzusehen. »Wirklich? Sie meinen, diese Frauen haben etwas verstanden?« »Auf ihre Art, ja.« Croom lächelt verschlagen. »Dichtung ist vögeln, meine Liebe. Unbewusstes. Wussten Sie das?« Abigail ist verblüfft von der Eröffnung, aber bereit, Croom in diesem Punkt nachzugeben, schließlich ist er der Dichter. »Der Dichter«, sagt er, »auch ich habe es heute versucht, vögelt das Publikum, kollektiv, will es dazu bringen, etwas zu fühlen, zu kommen, sogar gegen seinen Willen. Die Dichter sind immer Männer, die Zuhörer sind immer Frauen. Poesie ist der Triumph des überlegenen Willen, womit ich nicht gesagt haben will, dass ich, Donegal Croom, der Überlegene bin, nur im Dienste der Poesie, dieser höheren, transzendentalen Schau, die wir Dichtung nennen, die mystisch und erotisch zugleich ist, Eros, das größte Mysterium.« In Crooms leidenschaftlichen Worten schwingt Verärgerung mit. »Glauben Sie, dass sich das heute auf die Zuhörer übertragen hat? Hat die blöde Klimaanlage nicht gestört?« »Donegal, ja!«, sagt Abigail. »Ihre Lesung war eindrucksvoll und tief und erotisch, und wir alle hier werden Sie lange, lange nicht vergessen.«

Croom sagt fast bescheiden: »So viele Dichter kommen wohl nicht nach Salthill zum Lesen?«

»Keine Ihres Kalibers, Mr Croom.«

Croom tastet nach Abigails Hand und führt sie an die Lippen. Ein weicher, fleischiger Kuss wie die Berührung einer Schnecke. »Meine Liebe. Meine Helena. Sie *sind* meine Muse. Meine bezaubernde Salz-Berg-Muse mit dem lächerlichen Strohhut. Wir sind einander fremd, aber seelenverwandt. An diesem schrecklichen Ort. ›Was für Stunden ... !‹ Sie bleiben bei mir, Liebe? Bis ich …« Abigail begreift wortlos: *bis ich Sie fortschicke*, lächelt jedoch ergeben, setzt ihren lächerlichen Strohhut ab und legt ihn auf den Nachttisch. Croom murmelt kleine Zärtlichkeiten, küsst die weiche Innenseite von Abigails Handgelenk, und sie streicht ihm mit der freien, ein wenig zittrigen Hand über das gerötete Gesicht, das warm und weich ist wie Brotteig. Sie hat sich an den säuerlich matschigen Geruch seiner Kleidung gewöhnt und spürt eine Aufwallung von Zärtlichkeit, der Arme ist so *müde*! Ein Dichter von Rang, sein Werk in allen Gedichtanthologien des zwanzigsten Jahrhunderts gewürdigt, und so *müde*. Und das mit vierundfünfzig! Abigail sagt aus heiterem Himmel, ein wenig schüchtern vor Angst, von Croom abgekanzelt zu werden: »Ich – ich hatte einen Freund, den besten Freund, den ich im Leben hatte, und jetzt, wo er nicht mehr bei mir ist, ist in meinem Herzen eine Leere, die nie wieder gefüllt werden kann, und – dieser Freund hat Ihre Dichtung sehr bewundert, Mr Croom! Er hat hier in Salthill Kunst unterrichtet, und er hat uns Ihre Verse vorgelesen, um uns zu inspirieren. Adam hat ihre Gedichte fast genauso schön gelesen wie Sie.« (Lügt Abigail? Es sind die Gedichte von Walt Whitman und Gerard Manley Hopkins, an die sie bei ihren Worten denkt, nicht die von Donegal Croom, aber da Croom von beiden beeinflusst ist, besteht eine unverkennbare Verwandtschaft.)

»Wirklich? Meine Gedichte? Welche?« Croom umklammert Aibgails Hand fester, spricht mit jungenhafter Ungeduld.

»*Metamorphose* und *Die gefiederte Schlange*, und natürlich den *Stierkampf* und – das *Gegeißelte Herz*. Und viele andere.« Abigail sagt es leise, verführerisch, mit großen, aufrichtigen Augen. Wie die meisten Frauen entdeckt sie in solchen unvorbereiteten Momenten der Nähe ihr wahres Talent und die Leichtigkeit, mit dem sie es einsetzt zur Stärkung des männlichen Egos. Als Abigail ihre Geschichte mit müheloser Leichtigkeit weiterspinnt wie eine Spinne ihr Netz, lauscht Donegal Croom begeistert und regt sie an, so als wären die Rollen vertauscht und Croom jetzt Abigails Muse. »Wer war der Freund, den Sie da hatten?«, fragt er, und Abigail sagt: »Er war Bildhauer. Er fehlt mir.« Mit überraschendem Mitgefühl blickt Croom sie an, so als sehe er sie zum ersten Mal. »Jemand, den Sie geliebt haben? Der Ihnen viel bedeutet hat?« Abigail nickt, ja. Strahlt von innen heraus. Sie sieht es förmlich selbst. »Er ist gestorben, oder? Wie?« Abigail gibt vorsichtig Auskunft, möchte nicht emotional werden. »Er ist ertrunken. Im Hudson River. Als er ein Kind retten wollte.« »Ertrunken!«, sagt Croom. »Wie Shelley. Ein richtiger Heldentod, was? Gut für ihn, dass er den Mumm hatte. Wie alt war er?« Abigail zögert, geht ihre Optionen durch: zu sagen, dass Adam zum Zeitpunkt seines Todes in Donegals Alter war, versetzt den Dichter womöglich in Angst und zerstört die erotische Spannung dieses Austauschs; zu sagen, dass Adam älter war, hieße, sie ist ebenfalls älter; doch Adam jünger zu machen, als er war, ist irgendwie auch abstoßend. »Adam war – ich weiß nicht, was ich sagen soll. Alterslos. Wir waren ein Paar, das sich selten berührt, aber wenn, dann tief berührt hat. Die dürren Fakten, ich glaube, die kannten wir gar nicht, und sie waren uns auch egal. Sind doch bloß Äußerlichkeiten.« Croom stimmt zu. Er hat Abigail den Arm, die Schulter, das schimmernde Haar gestreichelt. Er sagt: »Es ist seltsam, nicht, schwer zu begreifen und zugleich so banal, dass wir nur wenige von den Tausenden von Menschen, denen wir im Leben begegnen, ›lieben‹ können. Wir versuchen es, manchmal – aber es ist zu spät.«

»Nein«, widerspricht Abigail trotzig. »Es ist nie zu spät. Liebe kann – wieder erstehen.«

Croom lacht traurig. Er nestelt schon eine Weile am Schritt seiner zerknitterten Jeans. Sagt mit leiser Stimme: »Meine liebe Helena! In ›Der sterbende Jaguar‹ behandle ich etwas Persönliches, eine Privatangelegenheit, davon weiß praktisch niemand, ich nehme an, ja, ich schäme mich, bin zutiefst getroffen, meine männliche Eitelkeit ist verletzt, aber ich muss es Ihnen sagen: Ich habe Prostatakrebs gehabt, und mir wurde die Prostata ›entfernt‹, wie man so zartfühlend sagt. Der Krebs wurde offenbar noch rechtzeitig eingedämmt. Aber ich habe keine Macht mehr über meine Blase. Ich trage eine Vorlage, Liebe. Ständig. Ich hab mich daran gewöhnt, wie Frauen sich ja wohl an die Menstruation gewöhnen und Binden benutzen oder Tampons, die das Blut aufnehmen, immer in Sorge, ob andere den Geruch wahrnehmen. Mein Los ist freilich schlimmer: mein Körper tropft ständig wie ein undichter Wasserhahn.«

Abigail starrt Donegal Croom an, zu verblüfft für eine Reaktion.

»Oh, ja: Impotent bin ich auch. Das versteht sich von selbst, hm?«

Croom lacht leise. Er streichelt Abigail immer noch zärtlich das Haar. Sein Atem geht gleichmäßiger, er scheint nicht mehr so unglücklich zu sein. Aber sehr müde. Die Augen fallen ihm zu. Man möchte meinen, es sei später Abend und nicht mitten am Nachmittag im sonnigen Mai, man möchte meinen, sie befänden sich an einem abgelegenen Ort, in einem Versteck, einer Höhle, und nicht in einem hübschen, wenn auch mit zu vielen Möbeln vollgestellten Zimmer im »historischen« Salthill Inn. Croom schläft bald ein, und Abigail bleibt neben ihm sitzen, möchte noch nicht so bald gehen, ist nicht sicher, ob sie entlassen ist. »Ich könnte dich trotzdem lieben, Donegal. Ich liebe deine Gedichte!«, flüstert Abigail. Aber Crooms bläuliche Lider haben sich endgültig, wie von unsichtbaren Daumen bewerkstelligt, geschlossen. Sein Mund sinkt kraftlos herab, seine Lippen sind feucht, erschlafft. Croom beginnt gurgelnd zu schnarchen und zuckt im Schlaf, wie große Hunde, die sich vergeblich zu schütteln versuchen. Dann zuckt er mit den Beinen, als wäre er über eine Bordsteinkante gestolpert. Abigail streichelt dem Mann das Gesicht, das strohige Haar, und ein seltsamer Friede überkommt sie. *Ist das das Wahre? Ja!* Sie spürt Adam Berendts Blick. Adam hat auf sie aufgepasst, wird es weiter tun. Sie hat keinen Grund zu leben, es sei denn, Adam möchte, dass sie lebt. Und diese Begegnung mit Donegal Croom wird sie als ergreifend, tiefgeistig im Gedächtnis bewahren. Gedichtzeilen kommen ihr in den Sinn, zart und vergänglich wie Blütenblätter oder wie Schmetterlingsflügel. Eine tanzende Flamme, wunderschön. Abigails Augen füllen sich mit Tränen der Dankbarkeit. Sie streckt die Hand aus, der Flamme entgegen – da ist sie erloschen.

Als Abigail erschöpft im Mausoleum am Wheatsheaf Drive ankommt, stammt eine der Nachrichten auf ihrem Anrufbeantworter von einer stockenden, stammelnden Stimme, die sie mit schlechtem Gewissen wieder erkennt. Und mit Verärgerung. »Abigail Des Pres? H-Hallo! Hier spricht Gerhardt. Ault. Sie erinnern sich hoffentlich an mich – wir haben uns –« Abigail Des Pres, *la belle dame sans merci*, drückt auf schnellen Vorlauf – »fragen, ob Sie irgendwann abends frei sind und ob –« (warum sind manche Nachrichten so *lang*, regelrechte *Romane*, am Schluss hat man den Anfang wieder vergessen, aber mag nicht noch mal zurückspulen) – »und k-k-könnten Sie sich vorstellen, ich weiß, das kommt ein bisschen plötzlich und ist unüblich, Sie sind womöglich gar beleidigt, Abigail, aber k-k-könnten Sie sich vorstellen, ich meine *als rein theoretische Überlegung*, m-mich zu heiraten?«

Abigail ist zu kaputt, um schockiert zu sein. Oder auch bloß erstaunt. Außerdem ist sie nicht sicher, dass sie die Nachricht richtig verstanden hat. Sie drückt die »3« für »Löschen«, ohne das Band noch mal abzuspielen.

Eine trübselige Jahreszeit für die Liebe!

Abigail verschwendet keinen Gedanken mehr an ihren auf Freiersfüßen gehenden schüchternen, stammelnden Architekten Gerhardt Ault (über den sie in Salthill weiterhin nur Gutes hört: er ist ein »netter«, »anständiger«, »sehr erfolgreicher« Witwer), doch als sie am Montag darauf nach Salthill fährt zu einer ihrer trivialen, aber lebensrettenden Betätigungen, sieht sie Gerhardt Ault und das kleine chinesische Mädchen mit der roten Baskenmütze Hand in Hand über eine Wiese in der Nähe des Kunstvereins gehen. Die beiden, so ihr Eindruck, sind sich herzlich zugetan, obwohl sie im Moment nicht miteinander sprechen. Gerhardt trägt den Cellokasten des Kindes.

Abigail schaut und staunt. »*Seine* Tochter!«

Es gelingt ihr, ungesehen vorbeizufahren. Ihr Herz schlägt vor hilfloser, ohnmächtiger Liebe.

Lieber verflossener Dad

1

Auf den ersten Blick sah die Nachricht seiner Tochter Robin auf Roger Cavanaghs Computerbildschirm aus wie ein entzückendes kleines Gedicht.

Lieber verflossener Dad

dass du wirklich mein Vater bist
  ich kann es nicht glauben
  ich finde NICHTS von dir
    in mir wieder
  & so ist es mir recht

lass mich bitte in Ruhe
und komm mir NIE MEHR
  mit der Lüge
dass du mich »liebst«

(r)

2

»Ja, das hat uns alle tief getroffen. Aber Robin will es unbedingt so, und vielleicht ist es ja das Beste.«

… lange Minuten starrte er gebannt auf die schnell wechselnden Ziffern der in Kristall gefassten Digitaluhr auf seinem Schreibtisch. Während die Stimme einer Frau in sein Hirn drang, er den Telefonhörer gegen sein schon fühlloses Ohr drückte. Hypnotisch, das Blinken der Sekunden! Wie Herzschläge. Die Digitaluhr auf Rogers Schreibtisch war lächerlich teuer gewesen, man konnte die Zeit ebenso gut von einer Uhr aus dem Kaufhaus ablesen, aber ein solches billiges, praktisches Produkt kam nicht in Frage für Roger Cavanagh von Abercrombie, Cavanagh, Kruller & Hook in Salthill-on-Hudson, Shaker Square 8. (»Wer bin ich eigentlich? – ›Cavanagh.‹«) Da saß er in seinem Hochglanzbüro am Schreibtisch und hörte der Frau zu, die seine Ex sein sollte und die mit einem Gleichmut auf ihn einredete, dass man schier den Verstand verlieren konnte.

Einmal hatte er Lee Ann doch geliebt. Er erinnerte sich daran. So wie er sich an zufällige Einzelheiten seines alten, verlorenen Lebens erinnerte, von ferne, ein wenig ungläubig.

In diesem Büro hatte er sich letzten Juli verliebt in – wen noch mal? – die Rothaarige, die Schwierige, die Frau, der die Buchhandlung gehörte, die Frau, die ihn verlassen hatte. Marina Troy. Er hatte sich in Marina Troy verliebt, als sie ihren Namen als *Zeugin* unter die gefälschte Unterschrift Adam Berendts setzte. Als es ihm gelungen war, sie zu etwas Ungesetzlichem zu verleiten, ihre Integrität aufs Spiel zu setzen für Adam. Und für *ihn*.

Jetzt war Marina aus seinem Leben verschwunden. Jetzt war Robin aus seinem Leben verschwunden.

Auf die Rothaarige hatte er verzichten müssen. Er konnte ihr doch nicht nachstellen. *Doch. Tu ich aber nicht.* Aber er konnte doch nicht auf Robin verzichten! Sie war seine Tochter, sein einziges Kind. Obwohl sie den lieben verflossenen Dad aus ihrem Leben verbannt hatte. Obwohl sie es, wie Lee Ann mit grausamer Befriedigung sagte, »todernst« meinte.

Nach dem verunglückten Besuch in Maryland sah es so aus, als seien Roger und Robin einander jetzt genauso fremd geworden wie er und Lee Ann bereits Jahre zuvor. Die E-Mail war ein Schock, aber nicht überraschend. Roger hatte sich bemüht, dem

Mädchen eine Freude zu machen, aber sie hatte sich nicht gefreut. Er hatte ihr zeigen wollen, dass er sie liebte, aber sie hatte seine Liebe nicht gewollt. Jetzt hatte sie ihrer Mutter angekündigt, im zweiten Semester nicht an die Ryecroft School zurückkehren zu wollen; schon das Schulgelände sei seit Daddys Besuch für sie »belastet«. Sie wollte unbedingt an eine kleine Schule in Brunswick, Maine, wechseln. Nach Maine! »Die wievielte Schule ist das, die vierte in drei Jahren oder die fünfte? Und das alles bloß, um Abstand zwischen sich und ihren Vater zu legen.« Roger gab sich Mühe, ruhig zu bleiben, wie bei Klienten. Mit Klienten sprach man immer ruhig. Lee Ann pflichtete ihm bei, ja, es war ein Schlag, aber »vielleicht am besten so«. Roger war verblüfft von der Willfährigkeit seiner Ex-Frau. Lee Ann war eine verständige, praktisch denkende Frau: Er hatte erwartet, dass sie dieser neuen fixen Idee ihrer Tochter nicht nachgeben würde. Aber Lee Ann sagte versonnen: »Für Robin ist es besser, diesen Bruch mit dir zu vollziehen, Roger, als dich zu sehr zu lieben.« »Mich zu sehr lieben!« Roger lachte ungläubig. »Robin kann mich nicht ausstehen! Sie lehnt alles ab – meinen Beruf, meinen Schwanz und meine Gefühle.« »Werd nicht vulgär«, sagte Lee Ann prüde. »Das ist einer deiner weniger angenehmen Züge. Robin sagt, du machst das, um ›männliche Autorität auszuüben‹ – das sei ›sexueller Terrorismus‹.« »*Robin* sagt das? Klingt eher nach dem Schwachsinn einer ihrer Lehrerinnen.« »Roger, auf Wiederhören. Ich lege auf.« Aber Roger hatte den Hörer schon vorher auf die Gabel geknallt. Er ertrug es nicht, das war Wahnsinn.

Das Privatleben! Er hatte die Nase gestrichen voll davon. Er würde sich in die unpersönliche Arbeit stürzen, und die Arbeit würde ihn retten.

Doch er starrte weiter auf die blinkenden Ziffern der Uhr. *Gibt es letztlich nur das? Dieses irre Weiter, Vorwärts? Sekunden, Stunden, Tage. Jahre. Für eine Weile durch einen hellen Tunnel, und dann – Vergessenheit?*

Erst neulich hatte er wieder Geburtstag gehabt. Er war achtundvierzig Jahre alt! Niemand liebte ihn! Würgendes Selbstmitleid rüttelte ihn durch. Er wusste nicht, ob ihm aus Verzweiflung oder aus Wut übel geworden war. Oder aus Scham.

Er hatte Lee Ann fragen wollen, fast hätte er sie angefleht, ihm zu sagen, was er getan hatte, dass ihre Tochter so beleidigt war.

Oder lag es daran, wer Roger Cavanagh war?

Nichts von dem, was du tust, ist eine Sache auf Leben und Tod. Du verteidigst Weiße-Kragen-Täter, was gibt's da stolz zu sein?

3

Eines stand für ihn fest: Gegenüber jemandem bei Abercrombie, Cavanagh, Kruller & Hook nichts von seiner persönlichen Schwäche und schon gar nichts von seinem Los als geschiedener, verschmähter Vater verlauten zu lassen. In der Firma stand er in dem Ruf, effizient, sachkundig, methodisch und so unsentimental wie eine Guillotine zu sein. Roger war geschickt bei Prozessen und verdiente Geld für seine Klienten und für sich selbst.

Was ist ein Prozessvertreter, wenn nicht eine Maschine, die Geld macht.

Was gibt's da stolz zu sein, hatte Robin abschätzig gesagt und die Nase gerümpft wie bei einem schlechten Geruch.

Roger war auch nicht stolz. Stolz ist das Vorrecht eines jungen Mannes. Doch Roger funktionierte und würde funktionieren.

Vor allem hatte er begriffen, mit seinen Salthiller Freunden niemals über Persönliches zu sprechen. Die Männer (mit denen er Tennis, Squash und gelegentlich Golf spielte) schraken vor solchen Mitteilungen zurück, wie man vor jemandem zurückschreckt, der die Pest hat. Die Frauen wollten ihn unbedingt zum Dinner einladen (vor allem unter der Woche, wenn ihre Männer in der Stadt waren) und ihn unter dem Vorwand der wohlige Schauer erzeugenden *Einfühlung* bis aufs Blut aussaugen.

Und es gab Abigail Des Pres. Die Frau machte ihn rasend, er wollte nicht an sie denken.

Doch bei der Arbeit mit neuen Kollegen, die er nur flüchtig kannte (Roger war seit neuestem für den New Yorker Zweig der Nationalen Initiativgruppe zur Befreiung unschuldig Inhaftierter tätig) entschlüpfte ihm manchmal eine spontane, ungeschützte

Äußerung. »Meine fünfzehnjährige Tochter hat mich aus ihrem Leben entsorgt wie einen alten Schuh.«

»Warum denn nicht? Ihre Tochter hat das Recht dazu.«

Die so sprach, war eine junge Frau namens Naomi Volpe. Eine Rechtsanwaltsgehilfin, die Roger für den Fall Elroy Jackson Jr. zugeteilt worden war.

»Sie hat das Recht? Meine *Tochter*?« Roger war aufgebracht.

Naomi Volpe erwiderte: »Für sich selbst ist sie nicht ›Ihre‹ Tochter. Glauben Sie mir. Für sich selbst ist sie – *sie*.«

Genau, dachte Roger. Das war das Problem.

Es war das erste Mal, dass Roger Cavanagh und Naomi Volpe allein zusammen außerhalb der im Süden Manhattans gelegenen Büroräume der Gruppe waren. Sie fuhren mit Rogers Wagen in den Hunterdon County, New Jersey, wo sie sich mit Elroy Jacksons Pflichtverteidiger bei dem unseligen Prozess von 1989 treffen wollten. Es war ein bewölkter Tag Ende Oktober, nicht lange nach der schockierenden E-Mail an den Verflossenen Dad. Roger, der am Steuer saß, kränkte der Ton der jungen Rechtsanwaltsgehilfin. Er war es nicht gewöhnt, dass Untergebene, vor allem Frauen, ihm offen widersprachen, doch Naomi Volpe heftete ihre Frettchenaugen auf ihn, so als beeindrucke Roger Cavanagh mit seinem Ruf als Anwalt sie nicht sonderlich. »Ein Mann«, sagte sie, »betrachtet seine Tochter als Besitz, als Anhängsel, aber die Tochter sieht das vollkommen anders. Und Sie dürfen nicht vergessen: Eine Fünfzehnjährige weiß heute mehr als eine Achtzehnjährige noch vor zehn Jahren. Amerikanische Kinder werden schnell groß.« Naomi sprach mit aufreizender Selbstsicherheit – Irrtum ausgeschlossen. Ihre Stimme klang so wie am Telefon, was Roger seit Beginn seiner ehrenamtlichen Arbeit für die Gruppe manchmal mitgehört hatte, sie weckte in ihm den Wunsch, Volpe am Genick zu packen und sie fest durchzurütteln. Doch er sagte:

»Robin ist nicht bloß fünfzehn, sondern außerdem sehr unreif für ihr Alter.«

»Wie das?« Volpe reagierte sofort.

»Sie – hat eine grausame Phase. Sie phantasiert sich etwas zusammen, und ...«

»Sie meinen, nur Jugendliche seien grausam, Mr C.?«

Mr C! War das Spott oder eine ungeschickte Art, sich zu verteidigen? Oder war es spielerisch, gar kokett? Bei Naomi Volpe, die Roger gebeten hatte, sie einfach »Volpe« zu nennen, konnte man das nicht wissen.

»Natürlich nicht. Aber es gibt eine spezielle Art gedankenloser jugendlicher Grausamkeit, die jeden Realitätsbezug und jedes Verantwortungsgefühl vermissen lässt.« Roger dachte an Robins scherzhafte Anschuldigung, Adam Berendt habe sie »angefasst«. Sie »angefasst«! Die Verrücktheit dieser Vorstellung. Diese Tücke. *Bloß mal angenommen, Dad. Kapiert?* Aber Roger hatte nicht kapiert. In ihrem Drang, zu verletzen, hatte Robin Adam Berendt geopfert, den sie, davon war Roger überzeugt, wirklich gern gehabt hatte. Er sagte: »Es ist schmerzlich, sich einzugestehen, dass das eigen Fleisch und Blut vielleicht nicht offen und ehrlich ist. Das ist nicht schön.«

»Aber *Sie* sind es?«

Eine geborene Anwältin, diese Volpe. Nur dass sie keine war. Sie war bloß Anwaltsgehilfin. Praktisch, dachte Roger, eine Dienstbotin. Doch mit einem anwaltlichen Gespür für schonungslose Konfrontation und Untersuchung. Legt ein Anwalt erst mal los, gleicht er einer Kreissäge: Wer dem sich drehenden Sägeblatt zu nahe kommt, wird zerschreddert. Aber Roger Cavanagh war es gewöhnt, die Säge zu sein, nicht ihr Opfer.

Roger sagte, der Frage ausweichend: »In Robins Vorstellung bin ich ein Ungeheuer, und ich habe keine Ahnung, warum.«

Volpe zündete sich eine Zigarette an und blies den Rauch zum Fenster hinaus. Sie lachte. »Nein, Mr C. Vermutlich nicht.«

Verärgert sagte Roger: »Haben Sie Erfahrung mit Töchtern?«

»Und ob. Ich war sechzehn Jahre lang selber eine.«

»›War‹? Sind Ihre Eltern tot?«

»Für mich schon.«

Roger erschauerte.

Diese Anwaltsgehilfin Volpe war ein Vorschlaghammer in weiblicher Gestalt, dabei maß sie kaum mehr als einsfünfzig und gehörte zu den neueren Mitarbeitern der Gruppe. Von ihr wurde behauptet, sie habe »viel Erfahrung« in der Zuarbeit bei Fällen zum

Tode Verurteilter; sie hatte in Texas gearbeitet, dem bei Hinrichtungen führenden Bundesstaat. Volpe lebte in Jersey City und pendelte in die 15. Straße Ost in Manhattan. Sie kleidete sich meist schwarz, ihr Aufzug ähnelte dem schwuler junger Männer: die langärmeligen Hemden in die Hose gesteckt, was ihre runden, festen Pobacken betonte, und schwarze Lederschnürstiefel. Einen schwarzen Ledermantel. Selbst wenn man Volpe länger ansah (wie es Roger halbbewusst getan hatte), wurde man sich nicht schlüssig darüber, ob sie nun attraktiv war oder nicht. Oder ob sie sich selbst für attraktiv hielt oder nicht. Ihr Mund war so klein, dass man ihn erst wahrnahm, wenn sie breit lächelte und ihre Mäusezähnchen aufblitzten. Ihr raues Lachen war alles andere als ansteckend: ein Johlen, bei dem man sofort hellhörig wurde. *Lacht sie über mich?* Halb bewunderte Roger Volpes drahtigen kleinen Jungenkörper mit den unerwarteten, irgendwie widernatürlichen Brüsten, die wie zwei große Steine in ihren engen Kleidern steckten. Und erst ihre Haare! Sie waren glatt und dunkelbraun und am Hinterkopf bis hoch hinauf ausrasiert, mit Schaum oder Gel seitlich und oben zu Stacheln frisiert, was dem lebendigen Persönchen – sicher ungewollt – das Aussehen einer Zeichentrickfigur verlieh, die einen Zeh in die Steckdose gesteckt hatte. Ihre Haut sah verschmiert aus wie nach Gebrauch eines schmutzigen Radiergummis. Ihre Augen sahen ebenfalls verschmiert aus. In beiden Ohren glitzerten Stecker und Ringe, und der Silberring in ihrem linken Nasenloch verlieh ihr etwas Ursprüngliches, Wildes. Sie war bedeutend jünger als Roger Cavanagh, kam ihm jedoch nicht jung vor; sie hatte nichts Mädchenhaftes an sich und schon gar keinen Charme. Selbst bei entspannter Haltung furchten Falten ihre Stirn, und ihre Augenbrauen waren dunkel, breit, spöttisch. Als Roger ihr vorgestellt wurde, hatte sie gesagt: »Mr Cavanagh aus Salthill-on-Hudson. Eine Ehre.« Der Gedanke, dass das ironisch gemeint gewesen sein könne, war Roger unbehaglich.

Bei dieser Fahrt nach New Jersey lernten sie sich näher kennen. Volpe erzählte Roger, sie sei von mehreren erstklassigen juristischen Fakultäten angenommen worden und habe ihr Studium an der New York University begonnen, dann aber abgebrochen: zu viel Mist, Schadenersatzrecht, Anträge, Schriftsätze, richterliche Verfügungen und Präzedenzfälle, niemand scherte sich einen Deut um das Recht, das moralische Leben blieb außen vor. Jetzt aber wünschte sie, sie hätte ihren Abschluss gemacht, nur als Anwalt konnte man etwas ausrichten in dieser »beschissenen Konsumgesellschaft«, in der alles käuflich war, vor allem das Recht. Roger vermutete, dass Volpe keine gute Studentin gewesen war. Intelligent war sie, das sah man, aber sie hatte keine Geduld. Sie war rastlos und eine Plage. Hatte sich die Zigarette angezündet, ohne Roger um Raucherlaubnis zu bitten. (Es war sein Wagen. Es war in erster Linie sein Auftrag. Und er versuchte seinen eigenen ausufernden Zigarettenkonsum einzuschränken.) Mit ihrer aggressiven, direkten Art konnte Volpe, vor allem als Frau, bei Juraprofessoren nur anecken. Unter den Sozii von Abercrombie, Cavanagh, Kruller & Hook war niemand auch nur entfernt wie Volpe. Sogar unter den kampferprobten Anwälten in Manhattan, Personen, die mit verschiedenen liberalen Organisationen wie dem ACLU zusammengearbeitet hatten, stach Volpe heraus. Sie strich mit dem schaukelnden Gang eines Jockeys durch die zugigen hohen Büroräume der Gruppe im zweiten Stock eines alten Sandstein-Mietshauses ohne Fahrstuhl, ihre jungenhaften Pobacken umschlossen von einer eng sitzenden Hose, deren komisches Material *Mein Arsch. Hey, siehst du? Mein Arsch* raschelte und flüsterte. Roger hatte gerüchteweise von Volpes »reger polymorpher Sexualität« gehört; außerdem hatte sie angeblich, was er aber nicht glaubte, einmal ein Kind bekommen und es von einem wohlhabenden Ehepaar adoptieren lassen. Roger mochte Volpe aus Prinzip nicht. Obwohl sie sich bisher als sehr fähige Assistentin erwiesen hatte. Er und sie waren sich vom Temperament her zu ähnlich, als dass sie über längere Zeit miteinander auskommen konnten. Roger wusste Bescheid! Er kannte diesen Typ. Volpe behauptete, aus dem Mittleren Westen zu stammen, doch für ihn hörte sich ihr Akzent an wie Brooklyn. Sie sprach schnell und ungeduldig und vermittelte den Eindruck, sich jedem in ihrer Umgebung für überlegen zu halten, was Roger stank (normalerweise war *er* der Überlegene), ihn aber auch interessierte. Roger hatte schon mitangehört, wie Volpe hohntriefend am Telefon mit Menschen (etwa Elroy Jacksons früherem Rechtsbeistand) sprach, denen man mit professioneller Höflichkeit hätte begegnen müssen, und sei es nur, um sie zu manipulieren. (Ein erstklassiger Anwalt ist jemand, der andere erstklassig manipuliert, oder er ist nichts.) Seit er sich der Gruppe angeschlossen hatte und zwei- bis dreimal die Woche am späten Nachmittag oder frühen Abend ins Büro kam, hörte Roger fasziniert zu, wie diese stachlige Person stellvertretende Bezirksstaatsanwälte und Rechtsbeistände, ja sogar Klienten, Sozialarbeiter und Juraprofessoren zur Schnecke machte. Wie ein Maschinengewehr hatte sie auf Spanisch einmal eine der Angestellten kritisiert, eine behäbige, glupschäugige Barnard-Absolventin, der gegenüber die anderen Mitarbeiter mühsam die Geduld bewahrten. Auf dieser Fahrt brüstete sich Volpe vor Roger damit, schon in so unterschiedlichen Regionen wie Arizona, Florida, Alaska und Vancouver, British Columbia, gelebt und gearbeitet zu haben – außerdem in Texas und Kapstadt, wo sie ein Jahr lang einen Förderkurs in Englisch für südafrikanische Erwachsene unterrichtet hatte. (»Das anstrengendste und lohnendste Jahr meines Lebens.« Und warum hatte sie Kapstadt dann verlassen, wollte Roger wissen, und Volpe gab zu, dass sie habe gehen müssen, sie sei von einer Gruppe schwarzer Jugendlicher, die unter Drogen standen, überfallen und »ziemlich übel zusammengeschlagen, aber wenigstens nicht vergewaltigt« worden und habe danach ihre Arbeit nicht mehr fortführen können.) Sie hatte als Assistentin einer Sozialarbeiterin in der Bronx und, ebenfalls in der Bronx, als Anwaltsgehilfin in einer Anlaufstelle für kostenlose Rechtshilfe gearbeitet. Mit sechzehn hatte sie mit ihrer Herkunft aus der weißen Mittelklasse Indianas gebrochen. Sie war wütend über das, was das »System« Elroy Jackson Jr. angetan hatte, dessen Fall die Gruppe zur Befreiung unschuldig Inhaftierter übernommen hatte, und war felsenfest davon überzeugt, dass es in den Vereinigten Staaten eine »unausgesprochene, aber kalkulierte Apartheid« gab und dass die Prominenz einiger weniger Afroamerikaner im Sport, im Showbusiness, in den Künsten und sogar in der Justiz Teil dieser Verschwörung war. »Elroy Jackson Jr., verstehen Sie, das ist der Knackpunkt. Nicht der

›Richter‹ Clarence Thomas. Die ›Ausnahmen von der Regel‹ sind wie Markennamen, Logos, auf die die herrschende Klasse stolz sein kann. ›Diese Vertreter ethnischer Minderheiten haben es doch zu etwas gebracht in unserer kapitalistischen Konsumgesellschaft, warum dann die anderen nicht auch?‹ Genauso zeigen sie auf die ›Frauen in Führungspositionen‹, um vorzugeben, wir hätten Gleichberechtigung und keine kranke masochistische Gesellschaft, in der Frauen und Mädchen rund um die Uhr vergewaltigt, zusammengeschlagen und ermordet werden.« Roger, der beim Fahren auf den unter dem Wagen dahinrauschenden Straßenbelag starrte, sah im Geiste einen kolossalen Supermarkt vor sich, rund um die Uhr für die Ausübung solcher Gewalt geöffnet.

Roger war sich sicher, dass er weder gelacht noch seine abweichende Auffassung auf andere Weise kundgetan hatte, doch Volpe herrschte ihn an: »Wenn Sie mit einer Fotze zur Welt gekommen wären, Mr C., *wüssten* Sie das.«

»Mit einer – womit?«

»Sie haben mich schon verstanden. Einer *Fotze.*«

Roger zuckte zusammen. Es ärgerte ihn, dass er, verwendete er ein Wort wie ›Fotze‹, wegen sexueller Belästigung angezeigt werden konnte, wohingegen die bissige kleine Naomi Volpe mit den blitzenden Äuglein, der Stachelfrisur und dem Nasenring ihr Maul nach Belieben aufreißen konnte.

Als sie Rogers Miene sah, sagte Naomi mit gespieltem Respekt: »Hey, Entschuldigung, Mr C. Ich hätte sagen sollen, wenn Sie als Frau und nicht als weißer privilegierter Mann zur Welt gekommen wären, wüssten Sie das.«

»Wüsste ich was, Volpe?«

Roger hatte den Faden verloren. Sich mit der Rechtsanwaltsgehilfin zu unterhalten war wie Pingpong-Spielen, während man gleichzeitig Auto fuhr: gefährlich. Volpe sagte: »Was es heißt, keine Stimme zu haben und marginalisiert zu sein. In sexueller Hörigkeit zu leben.«

»Bei Ihnen, Volpe, merkt man gar nicht, dass Sie ›keine Stimme haben‹. Und Sie vermitteln auch nicht den Eindruck, als Frau irgendwem sexuell hörig zu sein.«

»Ist das eine Anschuldigung, Mr C., oder eine Drohung? Oder Anmache?«

Doch sie lächelte.

4

Roger war klug genug, keine Beziehung zu einer Frau einzugehen, mit der er zusammenarbeitete, und sei sie noch so flüchtig. Und trotzdem.

In einer eher einem Rattennest ähnelnden Kanzlei in Somerville, New Jersey, trafen Roger und Volpe auf den Elroy Jackson 1989 für seinen Prozess vom Gericht gestellten Pflichtverteidiger, auf Reginald »Boomer« Spires, einen feisten, schwammigen, verlegen grinsenden Mann mittlerer Größe, der um die dreihundert Pfund reines Fett auf die Waage bringen mochte. »Hallo, kommen Sie rein. Willkommen. Nicht das, was Sie gewöhnt sind, hm? Entschuldigung.« Roger, der den Blick durch das enge, voll gestopfte Büro schweifen ließ, war bestürzt. Sogar Volpe mit ihrer ungerührten Miene und ihrem Jockey-Gang war wohl überrascht. »Boomer« Spires streckte ihnen eine Hand entgegen, feucht und klammig und groß wie die Pranke eines Catchers, aber Roger wich, wie er es instinktiv wollte, nicht zurück, denn ansteckend war ein Händedruck ja wohl nicht. Mit dem Gehabe eines Mannes, der einen guten Witz machte, entschuldigte sich Spires bei seinen Besuchern dafür, dass er ihnen praktisch keinen Sitzplatz anbieten konnte, es sei denn, er räumte ganze Stapel von unbearbeiteten Akten von den Stühlen, was er aber nur ungern tat, da der Boden ebenfalls mit Akten belegt war. »Sie müssen wissen, ich teile mir dieses Büro mit einem Kollegen, der sich auf psychisch gestörte Klienten spezialisiert hat. Das macht Laune.« Spires lachte pfeifend. Weder Roger noch Naomi Volpe lachten mit. »Entschuldigt, Leute, meine Knie machen nicht mehr mit, ich muss mich setzen«, sagte Spires und sank auf seinen Drehstuhl, »ich hoffe, Sie halten mich nicht für grob.« Roger sah, dass es Spires nicht scherte, ob er grob war, sagte aber höflich: »Natürlich nicht, Mr

Spires. ›Boomer‹. Wir werden Ihre kostbare Zeit nicht lange in Anspruch nehmen.«

Spires hatte versprochen, Material aus seinen Akten über Elroy Jackson Jr. für sie zusammenzustellen, hatte aber nur ein paar Gerichtsakten, Dokumente, über die Roger bereits verfügte. Es war unmöglich, zu beurteilen, ob Spires Jacksons Schicksal wirklich nicht egal war oder ob er es aus Anlass dieses peinlichen Treffens nur vorgab. Während sie über den Fall sprachen, bemühte sich Roger, Spires nicht anzustarren, aber ein so widerwärtiges Exemplar der Spezies Mensch und erst recht der Spezies Anwalt hatte er noch nie aus der Nähe gesehen. Spires' Leib schien aus Fettschichten zu bestehen, aus flüssigem, öligem Fett, und Fettwülste hatte er auch am Hinterkopf, das Gesicht rund wie ein aufgeblasener Ball, Wurstfinger. Roger hätte nicht angeben können, was ihn mehr beleidigte: dass Spires nominell ein Mann war wie Roger auch oder dass Spires als Anwalt einem nicht nur in Robins, sondern auch in Naomi Volpes zornigen Augen dem dubiosen Berufsstand angehörte wie Roger eben auch. *Was gibt's da stolz zu sein?* An einer Wand hing, hinter einem Aktenberg gerade noch zu erkennen, ein Diplom der Juristischen Fakultät der Rutgers University. Roger hätte diese Type gern gefragt, was um alles in der Welt in seinem Leben schief gelaufen war, wie es anging, dass jemand, der einen Abschluss an einer guten, soliden zweitklassigen Universität wie Rutgers gemacht hatte, in diesem Loch von Büro gelandet war, japste und den Gestank des Scheiterns verströmte, aufgeschwemmt war wie eine Wasserleiche. Roger erschauerte. *Könnte dir auch passieren, Freund. Dafür ist es nie zu spät.*

Immerhin hatte er etwas Illegales getan. Hatte die Unterschrift eines Toten gefälscht. Hatte sich mit einer zweiten Partei verschworen, um den Staat zu betrügen (dass es ein Betrug war, der anderen nützte, war unerheblich). *Ein Grund für den Entzug der Zulassung. Du kanntest das Risiko.*

»Boomer« Spires tat, was er konnte – relativ wenig –, um seine skeptischen Besucher von der Initiative zur Befreiung unschuldig Inhaftierter davon zu überzeugen, dass er sich, jawohl! schwer ins Zeug gelegt hatte bei der Verteidigung Elroy Jacksons, doch nein, in Wahrheit hatte er nicht viel Zeit zur Vorbereitung gehabt; sein Klient war von der Polizei angeschossen worden, war »nicht ganz richtig im Kopf« gewesen und hatte für die größtenteils aus Weißen bestehende Jury »verdammt schuldig« ausgesehen, es war eines jener Verfahren, bei denen man keine Chance hatte. »Aufwachen, Leute, wir sind hier in Hunterdon County. ›Schuldig bis zum Beweis des Gegenteils.‹ Bei Sachen, die für euch New Yorker Vergehen sind, mit einer kurzen Gefängnisstrafe und Bewährung erledigt, geht es den Leuten hier in Jersey an den Kragen. Die Todesstrafe ist hier so populär wie Wrestling im Fernsehen.« Spires sprach mit unbändiger Freude, schüttelte die Pausbäckchen. Seine Augen glitten in den Höhlen hin und her wie zerfließendes Gelee. Er war klug genug zu wissen, dass Roger und seine Assistentin nicht nach Somerville gekommen waren, um freundlich zu plaudern, und begann sich zu rechtfertigen. Nach Rogers Schätzung war Spires Ende vierzig – in seinem Alter! –, mimte aber immer noch den boshaften Teenager, ein dicker Junge, der hoffte, die Schmach des Wettbewerbs mit erwachsenen Männern bliebe ihm erspart. Seine Haare sahen aus wie feine, über einen weißen Schädel gebreitete Gespinste. Er roch nach nervösem Schweiß und den Schachteln, in denen Pizza ausgeliefert wird. Besonders abstoßend fand Roger, dass Spires ein verwaschenes Grateful-Dead-T-Shirt und eine Polyesterhose anhatte, die sich um seine Hüften blähte. So als verdiene Elroy Jackson Jr., der im Staatlichen Hochsicherheitsgefängnis für Männer in Rahway in der Todeszelle saß und in sieben Monaten per Giftspritze hingerichtet werden sollte, nicht wenigstens professionelles Gebaren. Roger, der die Abschrift von Jacksons Verhandlung durchsah, begann Spires aggressiver zu befragen: »Warum haben Sie nicht darauf bestanden, dass dieser zweite ›Angeklagte‹ in den Zeugenstand tritt? Dann hätten sie ihn ins Kreuzverhör nehmen können. Der Mann hat doch offensichtlich gelogen. Er hat einen Deal mit dem Bezirksstaatsanwalt gemacht. Warum haben Sie nichts dagegen unternommen?«

Spires, der auf seinem Drehstuhl hin und her rutschte, protestierte. »Die Sache liegt schon so lange zurück! Ich bin ein vielbeschäftiger Mann, und Jackson war nur einer aus einer riesigen Menge ›benachteiligter‹ Klienten, wie man sie nennen könnte. Und alles Schwarze oder Hispanos. Von denen es prozentual gar nicht so viele in diesem County gibt, wie man meinen möchte. Aber es gibt sie doch, vor allem in Somerville, und wer hat das Glück, die alle vertreten zu dürfen? Boomer Spires! Das ist mehr oder weniger mein ganzes Berufsleben, Mr Cavanagh. Nur damit unsere unterschiedlichen Standpunkte klar sind, verstehen Sie?« Roger erwiderte kalt: »Ich bin diese Abschrift und diese Gerichtsakten durchgegangen, und, ganz ehrlich, ›Boomer‹, ich bin entsetzt. Sie haben damals, 1989, nicht viel Mühe auf den Fall verwendet, oder? Ein Kapitalverbrechen! Sie hatten haufenweise Gründe, Einspruch zu erheben, und haben es kein einziges Mal getan. Hier dieser angebliche Mittäter mit einer Vorstrafe wegen bewaffneten Raubes, die er abgesessen hat, und Ihr Klient Jackson mit kleinen Delikten, und laut ursprünglichem Polizeibericht gab es keine ›sachlichen Indizien‹ dafür, dass Jackson an der Schießerei beteiligt war. Sein Problem fing damit an, dass er vom Schauplatz eines Verbrechens fortlief, als Polizisten ihn aufforderten, stehen zu bleiben, und am Ende wird er angeschossen und wegen Mordes angeklagt und zum Tode verurteilt. Wo waren Sie bloß mit Ihren Gedanken?« »Was weiß ich!«, nuschelte Spires mürrisch. »Was glauben Sie, wie viele Hunderte solcher Fälle ich Anfang der Achtziger, als ich nach Somerville kam, übernommen hab, ich meine nicht speziell Todesstrafenkandidaten, sondern Klienten wie diesen Leroy, Elroy? Glauben Sie, ich bin gern in Somerville? Hört mal, Leute, ihr habt gut reden, im Nachhinein. Im Nachhinein ist man immer schlauer. Ihr kommt hier reinspaziert und glaubt, ihr könnt mich beleidigen ...« Spires redete sich in Rage, wollte sich moralisch entrüsten. Der Drehstuhl knarrte Besorgnis erregend unter seinem Gewicht, und seine Gelee-Augen funkelten. »Ich bin nicht Partner bei Abercrombie & Fucking Fitch. Ich verdiene nicht fünfhundert Mäuse die Stunde. Was glaubt ihr denn, was der geheiligte Staat New Jersey einem wie mir zahlt? Ich kann von Glück sagen, wenn ich fünfhundert kriege – aber die Woche.« Naomi Volpe, die bisher schweigend zugehört und sich Notizen gemacht hatte, ergriff plötzlich heftig Partei für Roger. »Jetzt halten Sie mal die Luft an! Mr Cavanagh bearbeitet diesen Fall in seiner Freizeit, Sie Pfuscher! Seine Gebühr beträgt null Mäuse pro Stunde.«

Nach und nach gab Spires klein bei. Man sah, dass er jemand war, der gern, nach eigenem Gusto, klein beigab. Sich dem Gericht auf Gnade und Ungnade auslieferte. Zugegeben, er hatte nicht viel Zeit auf den Jackson-Fall verwendet, denn er hatte nicht viel Zeit gehabt, die für die Pflichtverteidiger des Staates New Jersey zuständige Stelle ließ ihn und seine Kollegen schuften wie Lastesel, und wenn ihnen das nicht passte, konnten sie es ja lassen. »Außerdem war ich inzwischen so weit, ich geb's nicht gern zu, aber warum nicht offen sprechen, vielleicht können Sie das nachvollziehen, dass ich mehr oder weniger von Anfang an davon ausging, dass meine Klienten schuldig sind. Denn meistens sind sie das ja auch. Irgendwer muss die Verbrechen ja begehen, die Überfälle auf 7-Elevens und auf Tankstellen, wo doch bloß Wechselgeld zu holen ist, den Drogenhandel auf der Straße, richtig? – dafür kommen doch bloß Kerle wie dieser Jackson in Frage. Ich meine nicht hundertprozentig, klar, die Bullen in Jersey sind rassistisch wie alle Bullen, die kommen damit durch, die Bevölkerung ist willens, sie zu unterstützen, verstehen Sie, dieses ›Profiling nach Rassen‹ ist doch bloß die Spitze des Eisbergs. Ich weiß es. Das weiß ich. Sie sehen mich an, als ginge Ihnen das ganz gegen den Strich, aber man muss doch blind sein und den Kopf im Sand stecken haben, wenn man das nicht weiß. Es gibt also schuldige Klienten, und zwar in Hülle und Fülle, und psychotische dazu. Habe ich psychotisch gesagt? Schwimmt ein Fisch? Ja? Ein Psychotiker ist zwar ein hilfloser Mensch, aber großartig helfen möchte man ihm nicht. So ist der Mensch nun mal. Nicht wie die Klienten, mit denen Sie es zu tun haben, Mr Cavanagh. Bei euch in Salthill, in New York. Gut möglich, dass Jackson einer von denen war, die Bullen haben ihn angeschossen, vielleicht auch zusammengeschlagen und ein Geständnis aus ihm herausgeholt, Sie wissen doch, wie Bullen sind, und wir sind hier in Hunterdon County und nicht in Manhattan, klar? Der Mann konnte nicht mehr klar denken. Und jetzt kommen Sie an, zwölf Jahre nach der Tat. Im Nachhinein ist man immer klüger. Wenn ich das, was Sie hinterher wissen, schon vorher wüsste, wär ich Lottogewinner. Und ganz bestimmt nicht hier. O. K., Mr Cavanagh, ich hab damals Dinge übersehen, wollen Sie mich dafür hängen? O. K., Jackson hat es übel erwischt. Glauben Sie, da ist er der Einzige? Diese Jungs in der Todeszelle, für die ist das wie ein Blitz aus heiterem Himmel. Jackson ist bloß einer davon. Wissen Sie, was das ist, Mr Cavanagh, ein Blitz aus heiterem Himmel?« Spires sprach mit kindlicher Quengelstimme. Roger begriff, dass »Boomer« sein Leben lang der Strafe dadurch entgangen war, dass er sich für unfähig erklärte. Er hatte die Bescheidenheit zu seinem Beruf gemacht. War so grundehrlich, dass man ihm einen Tritt verpassen wollte, weil er nicht den Anstand besaß zu flunkern. Roger sagte: »Infolge Ihrer Unfähigkeit, Mr Spires, sitzt ein Unschuldiger seit zwölf Jahren in der Todeszelle. Seine Hinrichtung wurde ein halbes Dutzend Mal verschoben. Sicher, die Anklage hat entlastende Beweismittel zurückgehalten, und der Richter war voreingenommen, aber die sind die, und Sie sind Sie. Sie wurden dafür bezahlt, Elroy Jackson Jr. zu vertreten, bei einem Kapitalverbrechen, einen Unschuldigen, und Sie haben Ihre Sache verdammt schlecht gemacht. Man sollte Ihnen die Zulassung entziehen.«

»Die Zulassung entziehen!« Spires war zornig und erschrocken zugleich. Sein schreiendes T-Shirt hatte unter den Armen und über die ganze Breite seiner Wampe dunkle Schweißflecken. Auf dem verdreckten Fenster hinter seinem Kopf, das zur Main Street von Somerville hinausging, lag finsterer Hohn. »Hey, Freund, ich tu, was ich kann. Vielleicht ist das nach Ihren Großstadtmaßstäben nicht viel, aber es ist das, was Boomer kann. Diese scheiß Fälle, die man mir auf den Schoß kippt, das ist so, als wollte man im Kanu mit den bloßen Händen flussaufwärts paddeln, was soll ich denn machen? Sie haben gut reden! Wenn Sie –« Roger unterbrach diese vor Selbstmitleid strotzende Tirade und sagte: »Eine der bei uns aktenkundigen Beschwerden lautet, Sie seien bei Gericht ›eingenickt‹. Jackson hat sie eingereicht, und sie wurde von anderen bestätigt. Ich sehe hier in der Abschrift eine Stelle, wo der Richter sagt: ›Aufwachen, Mr Spires. Sie sind nicht zu Hause vor dem Fernseher.‹« Spires protestierte. »Ich schlafe nie im Gerichtssaal. Das stimmt einfach nicht. Vielleicht schone ich meine Augen, ich hab Kopfschmerzen, ich muss meine Augen schonen, ist das etwa ein Verbrechen? Moralisch verwerflich? Setzen Sie sich doch mal statt meiner da rein. Sie würden auch einnicken. Alle beide. Sie sehen mich an, als wär ich Hundescheiße. Ich hab nicht per se geschlafen, und wenn jemand das behauptet, ob Richter oder sonst wer, ist das *Verleumdung.*«

»Ihre abschließenden Ausführungen lesen sich aber so, als hätten Sie dabei geschlafen«, sagte Roger. »Sie schwafeln und wiederholen sich ständig. Aber auf den Kern kommen Sie gar nicht zu sprechen, nämlich dass Jackson unschuldig war und dass sein ›Mitangeklagter‹ gelogen und ihn belastet hat und mit einer geringeren Anklage davongekommen ist. Sie haben die Zeugen der Anklage nicht unter die Lupe genommen. Und eigene Zeugen gar nicht erst beigebracht. Haben alles schleifen lassen. Was haben Sie für Ihre Gebühr geleistet?«

Spires erwiderte: »Sie haben's leicht, einen anderen Anwalt hinterher zu kritisieren, O. K. Wo waren Sie eigentlich 1989? Als dieser Mensch eine Spitzenverteidigung brauchte? Warum haben Sie Ihre kostbare Zeit damals nicht zur Verfügung gestellt, Mr Cavanagh? Und die Berufungsverfahren, was ist damit, wo waren Sie da?«

Naomi Volpe fiel ihm scharf ins Wort. »Sie! Sie Fettsack! Wenn ich Sie wäre, würde ich mich aufhängen. Ich würde aufhören, als Anwalt zu arbeiten und Klienten wie Elroy Jackson die Todesstrafe ersparen.«

In dem Moment versuchte Spires offenbar, sich aus seinem Stuhl zu hieven oder machte plötzlich eine abwehrende Geste, so als erwarte er – wenn das nicht gespielt war –, dass Volpe ihn schlagen würde, und Volpe missverstand die Geste – oder tat nur so – als Angriff, holte erstaunlich schnell aus und schlug mit beiden Handkanten zu – offenbar eine Kampfsporttechnik, die Roger allerdings unbekannt war. Er sah, wie Volpes schnelle Schläge zu beiden Seiten auf Spires feistem Nacken niederprasselten, sah den Ausdruck des Erstaunens und des Schmerzes in dessen Gesicht und hörte ihn schnaufen, so als entweiche Luft schnell aus einem Ballon. Spires kippte seitwärts aus seinem Stuhl und riss, als er sich an der Schreibtischkante festhalten wollte, einen ganzen Wasserfall von Akten, Plastiktassen und Kartons mit zu Boden. Dort saß er schließlich wie ein Waljunges und keuchte mit hochrotem Gesicht. »Raus hier. Bloß *raus hier*«, japste er.

Volpe hätte etwas erwidert, doch Roger berührte die junge Frau vorsichtig an der Schulter und zog sie weg. Ohne ein weiteres Wort verließen sie Spires' Büro. »Kein Grund, den armen Teufel anzugreifen«, sagte Roger lachend. »Er kann mich ruhig verklagen«, sagte Volpe wutentbrannt, »ich schäme mich nicht, ihn geschlagen zu haben. Er müsste die Giftspritze kriegen, nicht Jackson.« Roger sagte, wie man vielleicht einem bissigen Hund gut zuredet: »Keine Sorge, Volpe. Ich bin der einzige Zeuge dieses tätlichen Angriffs – Ihrer.«

Nach dem Treffen mit »Boomer« Spires war Naomi Volpes Haut rot wie bei einem Sonnenbrand. Vor Aufregung konnte sie in Rogers Wagen nicht stillsitzen. Ob sie irgendwo anhalten und etwas trinken sollten? »Klar«, sagte Roger. »Ich könnte auch einen Schluck vertragen.« Das Rattennest, das er nur widerwillig betreten hatte, wurde zum Abenteuer, von dem man erzählen konnte. Einem gemeinsam erlebten Abenteuer. Cavanagh und Volpe einte jetzt Empörung. Sie lachten grausam über den vernichteten Feind. »Scheiß auf dieses Arschloch«, sagte Naomi Volpe, ohne sich darum zu kümmern, ob andere sie vielleicht hörten, »so ein Mistkerl, ist das zu glauben! Und so fett. Ich hätte ihm am liebsten laut ins Gesicht gelacht. So groß, so groß ist der Penis von einem solchen Fettwanst.« Volpe reckte den kleinen Finger ihrer rechten Hand in die Höhe. »Fragen Sie mich, ich *kenn mich aus.*« Die Furchen auf Volpes Stirn wurden noch tiefer. Ihre Frettchenaugen funkelten böse. Das verschmierte dreieckige Gesicht kam Roger im gedämpften Licht einer Bar irgendwo in New Jersey hübsch vor. Es gefiel ihm, dass die Rechtsanwaltsgehilfin bei einer guten Sache, für die sie gemeinsam arbeiteten, so in Hitze geraten konnte. Nach ein paar Bier und ein, zwei Zigaretten war er gerührt darüber, sah es als Zeichen von Volpes Loyalität, dass sie auf seiner Seite stand, während sonst niemand auf seiner Seite stand, dass ihr Zorn auf einen Dritten gerichtet war. Er hatte sich zur Mitarbeit bei der Gruppe gemeldet, um seiner Tochter Respekt vor ihm abzunötigen, und wenn Robin ihn nicht respektieren konnte, so hatte er ihr wenigstens Gründe dafür gegeben und konnte sich vielleicht selbst achten. Das Anliegen unschuldig Inhaftierter hatte Adam Berendt am Herzen gelegen. Es war eine verdammt gute Herzensangelegenheit. Wenn Naomi Volpe sich dafür engagierte, verdiente sie Respekt. Als sie das Gasthaus verließen, war es dunkel, und die Dunkelheit fühlte sich gut an. Manchmal hatte man das Tageslicht einfach über. Die Nüchternheit. Sie hatten kein Zeitgefühl mehr, aber wen kümmerte das. Es war sowieso zu spät, um noch bis in die 15. Straße Ost zu fahren. Während Roger am Steuer saß und den Weg zur Interstate suchte, sprach Naomi Volpe hitzig und aufgeregt weiter. Sie saß nach vorn gebeugt, hatte den Gurt nicht angelegt. An einer Ampel bemerkte Roger, dass sie sich im Gesicht herumzupfte, schon in der Bar hatte sie das getan; Robin tat das auch, wenn sie nervös und zornig war, pulte an Hautunebenheiten und kratzte mit den Fingernägeln, manchmal so lange, bis es blutete. Roger streckte den Arm aus, fasste nach Volpes Hand und zog sie von ihrem Gesicht weg. »Hey. Nicht.« Es war das erste Mal, dass er sie so vertraulich berührt hatte. Volpe sah Roger an und lächelte. Sie entzog ihm ihre Hand. Sie waren beide erregt, atmeten schnell. Roger berührte ihr Gesicht und ihr stachliges Haar. Naomi beugte sich herüber und küsste ihn, gab ihm einen festen schnellen Kuss, wie ein Biss. Bildete Roger sich das nur ein, oder war der barbarische kleine Nasenring über seine Haut gestrichen? Das Verlangen überschwemmte ihn wie geschmolzenes Wachs. Er konnte sich nicht einmal mehr daran erinnern, wann er das letzte Mal mit einer Frau zusammen gewesen war, wie es war, mit einer Frau zusammen zu sein. Er umfasste Volpes feste, muskulöse Schultern wie jemand, der irgendwo Halt sucht, um nicht zu ertrinken. Er küsste sie wieder, mit Gefühl. Sie lachten atemlos. »Warum bist du böse auf mich, Naomi? Ich bin auf deiner

Seite«, sagte Roger. Volpe fasste Roger mit beiden Händen fest ins Haar. »Niemand ist auf meiner Seite, Mr C.«

Roger fuhr in eine Sackgasse, an der große Hallen und ein Übungsplatz lagen. Er hatte keine Ahnung, wo sie sich befanden. Naomi Volpe zog schon an seinem Trenchcoat und seinem weißen Baumwollhemd, zerrte an dem Stoff, als wolle sie ihn zerreißen.

5

Er fuhr irgendwo durch Schnee.

Eine verschneite Bergstraße? Die Luft war fühlbar und glasklar. Durch Bäume hindurch schimmerte ein erleuchtetes Fenster. Er konnte es über die Entfernung erkennen. Oder vielleicht hatte er ein Teleskop ... Eine rothaarige junge Frau war in dem Fenster, ging daran vorüber, ihr blasses ernstes Gesicht und ihr langes verheddertes Haar im Lichtkegel. Es war die Frau, die er liebte, und trotzdem sah sie ihn nicht – oder?

Er rief: Marina!

Er schaute, und die Frau machte das Fenster zu. Klappte die Lamellen eines der Fensterläden herunter.

Er erwachte in seinem Bett in Salthill, sexuell erregt und beschämt.

Am nächsten Morgen rief er Naomi Volpe im Büro der Gruppe an. Sie legte ihn auf die Warteschleife.

6

Freie Liebe! Für Roger verband sie sich mit einer anderen Zeit, den Siebzigern. Lee Ann hatte es ihm zwar immer vorgeworfen, doch er hatte nie eine solche »Beziehung« mit einer Frau unterhalten wie jetzt mit Naomi Volpe. Roger war konservativer, romantischer, er stellte Besitzansprüche. Er wollte, dass Sex etwas *bedeutete*. Was er bedeuten sollte, hätte er nicht genau zu sagen gewusst, er wusste bloß, *irgendeine Bedeutung* sollte er haben. Er war nicht in

Naomi Volpe verliebt, fand aber, dass sie in ihn verliebt sein sollte. Zumindest sollte es nicht ausgeschlossen sein, dass sie ihn liebte. Er seinerseits sollte sie beschützen wollen. Sollte Zärtlichkeit empfinden, Zuneigung. Das war nur normal, oder? Er war in ihren schmalen, hitzigen kleinen Körper eingedrungen und hatte sie geliebt oder zumindest gevögelt (ordinäre Wörter sprach Volpe so beiläufig aus wie andere Menschen »oh« oder »hm« sagten), aber er hatte sie beeindruckt, er hatte sie dazu gebracht, etwas zu fühlen, da war er sicher, und darauf kam es doch an, oder?

Alles in allem schliefen Roger und Naomi Volpe in diesem Herbst und Winter kein Dutzend Mal zusammen. Ihr Verhältnis war genau genommen keine Liebesbeziehung, aber auch keine Freundschaft. Nähe schien Volpe zu langweilen. Im Gegensatz zu allen anderen Frauen, die Roger geliebt hatte, interessierte der Austausch über »Persönliches« sie kaum. Sie kam nie zur Ruhe, und wenn Roger sie in den Armen hielt, spürte er, wenn sie sich nicht gerade liebten, das Kreisen ihrer Gedanken. Sie sprach viel, wenn sie auf den Beinen war, nicht aber im Bett, und nach dem ersten Gespräch über Robin ermunterte Volpe Roger nie, von sich zu sprechen. Als er das ihn faszinierende, ihn zwanghaft beschäftigende Thema seiner »teuflischen« Tochter das nächte Mal aufbrachte, hörte Naomi Volpe kaum zu. Wirklich lebendig wurde sie, wenn sie über Elroy Jackson Jr. sprachen. Sie geriet in Zorn wegen des Verurteilten, sprach bitter über den »Feind« – die »weißen Ankläger«. (Sogar wenn sie eine schwarze Hautfarbe hatten, waren die Vertreter der Anklagebehörde der weißen Elite hörig. Roger begriff, dass Naomi Volpe im Hass leidenschaftlich, in der Liebe aber gleichgültig war. Ihre Treffen, die unregelmäßig und, zumindest für Roger, unerwartet stattfanden, begannen immer damit, dass Naomi Volpe ihrer schlechten Laune freien Lauf ließ. (Für eine Frau, die sich lautstark für die Unterschicht in die Bresche schlug, mochte sie teure Restaurants sehr. Volpes einzige Bedingung war, dass sie downtown lagen, eingeschlossen den Union Square.)

Ein paarmal schliefen sie in Volpes Mietwohnung in einem Reihenhaus in Jersey City miteinander, und dort war nicht klar, ob

Roger eingeladen war, über Nacht zu bleiben oder nicht oder das selbst nicht wollte, sondern bloß schnell weg und heim nach Salthill, um am folgenden Vormittag in seiner Kanzlei am Shaker Boulevard zu sein. Wenn sie allein in der 15. Straße Ost waren und das Verlangen sie überkam, schliefen sie manchmal auf dem Sofa im Büro miteinander, so oft, wie Volpe es aus dem achtundvierzigjährigen Roger herausschinden konnte. Je größer Volpes Wut über die Ungerechtigkeit der Welt, desto stärker ihr sexuelles Verlangen. Sie versenkte die Finger in Rogers Haar, klammerte sich stöhnend an ihn, verschränkte die Beine hinter seinem Kopf. Mehr als einmal fragte er sich besorgt, ob er sich nicht übernahm: dieser Sex war etwas zu jung für ihn, Sex als Aerobic, Sex als Turnübung. Er beklagte sich nicht! Die Küsse waren wie der unvermittelte Biss einer Schlange. Manchmal fielen sie so plötzlich übereinander her, dass für Vorsichtsmaßnahmen, Kondome etwa, keine Zeit war. »Nein. Lass nur. Ich nehm die Pille. Komm schon.« Roger war sexuell geschmeichelt, aufgedreht und verwirrt. Er war gekränkt, verärgert. Es hätte ihn beunruhigt, wenn Volpe ihn auf einmal in Salthill angerufen oder in den Büroräumen der Gruppe Zettel oder E-Mails für ihn hinterlassen hätte, andererseits war er gekränkt, dass sie es nicht tat. Wenn sie Roger sagte, sie könne ihn nicht sehen, sie sei schon verabredet, gab es Roger – ob diese Verabredung nun ein Mann oder eine Frau war – einen Stich vor Eifersucht, obwohl er natürlich wusste, dass Volpe ein durch und durch moderner Mensch war, nicht promiskuitiv, aber ohne Moral, und dass sie sich um althergebrachte Vorstellungen von Liebe so wenig scherte wie um althergebrachte Vorstellungen vom Äußeren – Make-up und Kleidung – einer Frau. Man konnte nicht sagen, dass Naomi Volpe Roger untreu war, denn die Vorstellung von Treue wäre ihr zum Schreien komisch oder obszön vorgekommen. Roger redete sich ein, genauso zu denken.

Von wegen! Du möchtest, dass sie deinen Schwanz toll findet. Am tollsten von allen. Bis dass der Tod euch scheidet.

Schon wahr, Roger war sauer, wenn er Naomi Volpe – eine Rechtsanwaltsgehilfin! – anrief und sie nicht zurückrief. Wenn er ihr im Büro über den Weg lief und sie ihn kaum eines Blickes würdigte oder grinsend »Hallo, Mr C.! Schöne Krawatte« murmelte. *Lacht sie mich aus? Aber warum?* Er begegnete ihr mit Herzlichkeit, mit Kühle. Wahrte Abstand. Niemand aus der Gruppe hätte vermutet, dass sie – ab und zu – ein Liebespaar waren. (Waren sie das denn?) Roger war wütend, wenn Volpe ihm mit der vagen Auskunft, sie habe abends schon »etwas anderes vor«, einen Korb gab. Wenn Lee Ann Wind davon bekam! Wenn seine Salthiller Freunde davon erfuhren! Er fühlte sich ungerecht behandelt von dieser Frau, die nichts Besonderes zu bieten hatte, die eine verschmierte Haut, einen Ring in der Nase und eine raue Stimme hatte, dieser Frau, die den Anwälten im Team bloß assistierte und die dankbar sein sollte, dass einer sich für sie interessierte.

Die Frage drängte sich ihm auf: War Volpe Lesbierin?

Die Frage drängte sich ihm auf: Wer waren ihre anderen Liebhaber?

Er brachte es nicht fertig, über solche Dinge mit ihr zu sprechen. Er wollte nicht, dass sie wusste, dass er Gedanken daran verschwendete, ja dass er überhaupt welche an sie verschwendete. Aus Bemerkungen, die sie gemacht hatte, schloss er, dass sie bisexuell war – »Zumindest theoretisch«. (Das war ermutigend: Volpe zog Männer vor? Den Penis?) Eines Abends sprach sie, während sie etwas tranken, über die »magische Kraft« von Fetischen. »Jeder hat einen Fetisch«, sagte sie, »nur wissen es die meisten nicht. Haben ihren Fetisch noch nicht gefunden. Das ist wie die Blutgruppe, die man hat, Mr C.! Bevor man sie gesagt bekommt, ist man sozusagen in diesem Punkt unwissend, was ja aber nicht heißt, dass man keine bestimmte Blutgruppe hätte.«

Roger war verblüfft. Er – Fetischist!

Unsinn. Er war ein durch und durch normaler heterosexueller Mann.

»Und was ist dein Fetisch, Naomi?«

»Bitte sag ›Volpe‹. Ich hab dich darum gebeten.«

»Ist das dein Fetisch? Nicht ›Naomi‹ zu sein? Warum?«

Volpe sah ihn verdutzt an. Vor Unbehagen zog sie die Stirn in Falten. Gewöhnt, ständig selbst Fragen zu stellen, war sie nicht gut in deren Beantwortung. Nervös sagte sie: »Mr C., es ist spät. Ich glaube, ich fahre heute Abend mit dem Zug nach Hause. Gute Nacht.«

Sexuell hörig. Doch das war er nicht, noch nicht. Nicht Naomi Volpe.

7

Wer hatte Roger Cavanagh eigentlich in diese Lage gebracht? Sein Freund Adam natürlich.

Als Verwalter von Adams Nachlass war Roger auf eine Mappe mit Dokumenten und Zeitungsausschnitten über die Nationale Initiativgruppe zur Befreiung unschuldig Inhaftierter gestoßen. Es hatte ihn beeindruckt, dass Adam der Organisation 50 000 Dollar hinterlassen hatte, und er entsann sich eines Gesprächs, einige Monate vor Adams Tod, bei dem Adam geäußert hatte, er hätte auch Jura studieren und einen Abschluss machen sollen, damit er helfen könne, gegen »Ungerechtigkeit« zu kämpfen. Roger hatte trocken gesagt: »Du glaubst, Anwälte kämpfen gegen ›Ungerechtigkeit‹?«

»Ja. Manche schon.«

Roger hatte, verkrampft lächelnd, den Stachel in der Bemerkung seines Freundes gespürt.

Leck mich, Berendt. So einfach ist das Leben nicht.

Die juristischen Laien hatten eine zu hohe Meinung vom Gesetz, fand Roger. Falls überhaupt jemand eine hohe Meinung davon hatte. Für einen Anwalt ist das Gesetz etwas so Praktisches wie ein Straßenatlas. Es ist eine Funktion, ein Mittel. Um nach X zu gelangen, schlug man eine bestimmte Route ein. Wollte man nicht nach X gelangen (hatte man als Arbeitsinhalt Y gewählt), brauchte man auf die Route nach X keinen Blick zu werfen. Man weiß zwar, dass X existiert, aber es existiert nicht für einen selbst.

Adam hatte weiter über »Ungerechtigkeiten« gesprochen, die ihm aufstießen: die verhältnismäßig hohe Anzahl von Schwarzen in den Todeszellen der Vereinigten Staaten, die Wahrscheinlichkeit, dass Unschuldige vom Staat hingerichtet wurden. Möglicherweise hatte Adam sogar Elroy Jackson Jr. erwähnt, doch daran konnte sich Roger zu seiner Schande später nicht erinnern. Er hatte sich angegriffen gefühlt. Adams naive Empörung hatte ihn geärgert. Mit dem Idealismus eines anderen konfrontiert, möchte man ihn unbedingt widerlegen, gelingt das aber nicht, lehnt man ihn ab und versucht ihn nach Kräften zu vergessen.

Als Roger nach Adams Tod überraschende Details über seinen Freund herausfand (Größe und Vielfalt von Adams finanziellen Beteiligungen zum Beispiel, das rätselhafte Fehlen von Familienangehörigen, Verwandten), ging ihm auf, dass »Adam Berendt«, der so bezaubernd exzentrische Philosoph und Bildhauer, den jeder in Salthill gemocht und einige sogar geliebt hatten, in gewissem Sinne eine Erfindung war. Nie das geringste Anzeichen für das Geld, das Adam anhäufte und für »lohnende« karitative Zwecke ausgab. Adam hatte es zugelassen, dass seine Freunde sich falsche Bilder von ihm machten. Hatte es zugelassen, dass seine Freunde einen Menschen mochten, den es so nicht gab.

Beim Durchsehen des Materials, das Adam über die unschuldig Inhaftierten zusammengetragen hatte, las Roger sich in Elroy Jackson Jr.s Fall fest, über den Adam am meisten gesammelt hatte. Es waren über einhundert Seiten von fotokopiertem Material: Gerichtsdokumente, Briefe, Zeitungsausschnitte, Gedächtnisprotokolle. Am Rand einiger dieser Blätter hatte Adam empörte Notizen gemacht. Es war ein Sammelsurium von Erbärmlichkeiten. Noch während er über den Fall Jackson saß, wünschte er sich innig, diese Blätter nicht zu lesen, sie ungeduldig fortzuschieben und die Augen zu schließen. Dabei war einem die traurige Geschichte in groben Zügen schon vertraut: Ein Schwarzer, der vom Schauplatz eines Verbrechens flieht, als Polizisten ihn auffordern, stehen zu bleiben; ein unbewaffneter Schwarzer, nicht beteiligt an dem Verbrechen, dem bewaffneten Raubüberfall auf einen 7-Eleven-Laden in Somerville, New Jersey, und der Erschießung eines jungen Angestellten dieses Ladens; ein Schwarzer, der zu Fuß verfolgt und von einem Polizisten angeschossen wird und später unter Druck seine Tatbeteiligung »gesteht«; ein Schwarzer mit einem kleinen Strafregister, der von einem anderen, gewiefteren Schwarzen in die Pfanne gehauen wird ... Einige Zeugen hatten ausgesagt, sie hätten Elroy Jackson »in der Nähe« des Tatorts gesehen, andere wiederum, sie hätten ihn »zum Zeitpunkt« der Schießerei weglaufen sehen. Was sollten die Geschworenen bei so widersprüchlichen Angaben der Augenzeugen glauben? Zudem hatte Jackson keine Waffe bei sich gehabt, und auch an seinen Händen und seiner Kleidung hatte man keine Schmauchspuren gefunden. Seine Aussage, er habe mit der Tat nichts zu tun, stand gegen die des tatsächlichen Schützen. Seine Aussage stand gegen die eines intelligenteren, schlaueren Schwarzen mit hellerer Haut, der wusste, wie man mit der Anklagebehörde einen schnellen Deal machte, einen Unschuldigen belastete und sich geringerer Anklagepunkte für schuldig erklärte. Wenn ein Mord geschehen ist, muss jemand teuer dafür bezahlen, und das fiel dem glücklosen Elroy Jackson Jr. zu.

Roger las die Unterlagen über Jackson mehrere Male. Herrgott! Hier lag ein klarer Justizirrtum vor. Ein großer Teil der Beweismittel, die Jackson entlastet hätten, wurde zum Prozess gar nicht zugelassen, oder Jacksons unfähiger Pflichtverteidiger hatte sie nicht ins Verfahren eingeführt; es gab offensichtliche Widersprüche bei den Zeugenaussagen, doch es war der Anklagebehörde von Hunterdon County gelungen, der überwiegend aus Weißen im Pensionsalter bestehenden Jury »Beweise« für ihre Anschuldigung vorzulegen. Diese Jury sprach Jackson dann auch eines Kapitalverbrechens, eines Mordes, begangen während eines bewaffneten Raubüberfalls, für schuldig, und Jackson wurde zum Tode durch die Giftspritze, die neue humane Methode, verurteilt.

Die Hinrichtung war schon mehrmals aufgeschoben worden. Über zwei Jahrzehnte war in New Jersey kein Todesurteil mehr vollstreckt worden. Doch rechtsgerichtete Politiker und ihre Wähler übten Druck auf den Staat aus, die Hinrichtungen wieder aufzunehmen, und neuere Urteile des Obersten Gerichtshofs der Vereinigten Staaten erschwerten den Verurteilten Gnadengesuche. Als Roger weiterlas, wurde er wütend, frustriert. Kein Wunder, dass Adam dieses Thema stark beschäftigt hatte …

Die Mappe enthielt auch Fotos von Jackson: Der Mann war dunkelhäutig, Mitte oder Ende dreißig, mit breiter Nase, wulstigen

Lippen, tief liegenden ängstlichen Augen; er hatte keine besonderen Merkmale. Sein Pech war, dass er aussah wie einer, dem Geschworene die Verbrechen, derer man ihn beschuldigte, durchaus zutrauten. (Sein noch größeres Pech war, dass Jacksons angeblicher Mittäter die Züge eines Weißen und ein insgesamt weniger typisch schwarzes, »ansprechenderes« Gesicht hatte. Und einen gewiefteren Anwalt.) Roger konnte sich vorstellen, was für ein klägliches Bild »Boomer« Spires im Gerichtssaal abgegeben hatte. Der Prozess war sicher reibungslos gelaufen, unbarmherzig wie ein Bulldozer. Ein schweres Handicap war das wirre, unzusammenhängende »Geständnis«, das Jackson der Polizei abgelegt hatte, das er später zwar widerrief, das aber in den Akten blieb. Und nachdem der Schuldspruch aktenkundig geworden war, lief die »Justiz«-Maschinerie an wie ein Fleischwolf. Revisionsverfahren wurden bei Kapitalverbrechen in New Jersey zwar automatisch eingeleitet, doch Jacksons Schuldspruch war seit fast zwölf Jahren unverändert rechtskräftig. Als Roger von diesen Dingen las, von der dunklen Seite des Rechts, seiner beruflichen Lebensaufgabe, wurde ihm übel, und er schämte sich, konnte die ablehnende Haltung seiner Tochter seinem Beruf und ihm selbst gegenüber nachvollziehen und hätte sich ihr gegenüber nicht mehr rechtfertigen können.

Es war spät. Roger war allein in Adam Berendts Büro in dem Haus in der River Road, das demnächst in den Besitz des Salthiller Kunstvereins übergehen sollte. Entmutigt und plötzlich sehr müde, legte Roger den Kopf auf die Arme. Das Blut hämmerte in seinen Augen. Seltsam, allein in Adams Haus zu sein, wenn er nicht da war. Roger schlief nicht, doch wenige Meter entfernt stand Robin und betrachtete ihn mit – war es Mitgefühl? *Armer Daddy. Daddy ist müde. Eine Sache auf Leben und Tod. Etwas, worauf du stolz sein kannst, Daddy?*

Roger hörte förmlich die Stimme des Mädchens.

8

»Das wird dir eine Lehre sein, Mr C.«

In November fuhren Roger und die Rechtsanwaltsgehilfin Naomi Volpe nach Rahway, New Jersey, um Elroy Jackson in dem Todestrakt zu befragen, in dem Jackson seit zwölf Jahren in der Zelle saß. Seit zwölf Jahren! Die abstrakte Kenntnis dieser Tatsache war das eine, die grausame, erbarmungslose Realität, die sich dahinter verbarg, das andere. Es war Rogers erster Gefängnisbesuch überhaupt, ganz zu schweigen von einer Hochsicherheitseinrichtung, in der Häftlinge in der Todeszelle einsaßen, und das Erlebnis erschütterte und verwirrte ihn. Danach träumte er monatelang davon und von dem glücklosen Elroy Jackson Jr. Als sie, nachdem sie eine Reihe von elektronisch überwachten Kontrollstellen passiert hatten, von einem schweigsamen Aufseher in ein Sprechzimmer geführt wurden, die Luft unheilschwer wie ein äthergetränkter Lappen, drückte Naomi Volpe Rogers Arm in einer unerwarteten Geste von – war es Mitgefühl? Mitleid mit dem leichenblass gewordenen Salthiller Anwalt? Als wolle sie sagen *Das wird schon, ich bin ja bei dir. Ich bin dein Freund.*

Roger hätte der jungen Frau gern die Hand gedrückt, aber Naomi Volpe entzog sich ihm.

Ständig entzog sich Naomi Volpe Roger Cavanagh.

Volpe hatte sich vor Roger damit gebrüstet, dass ihr Gefängnisse, sogar Hochsicherheitstrakte für Männer, nicht unbekannt seien. Sie kannte die Gepflogenheiten und ließ sich im Gegensatz zu Roger ihren Missmut über die Barschheit nicht anmerken, mit der sie von der Anstaltsleitung und den Wärtern behandelt wurden. »Die sehen, du trägst eine Krawatte, und schalten: Anwalt. Diese Leute hassen Anwälte. Sogar die Anwälte ihrer Seite. Aber wir sind hier, um unserem Klienten zu helfen, also nimm den Scheiß hin. *Wir* spazieren hinterher ja wieder raus.« Volpe sprach mit gewissem Feuer. Sie trug einen schwarzen Overall und schwarze Joggingschuhe, und ihr stachliges Haar war am Hinterkopf und an den Seiten frisch ausrasiert: Auf den ersten Blick hätte man sie für einen Jungen halten können, der in Rahway einsaß. Sie kannte Elroy Jackson Jr. noch nicht persönlich, hatte aber mit ihm korrespondiert und telefoniert, und daher machte sie den Gefangenen und Roger bekannt und erklärte den Zweck von Rogers Kommen: gemeinsam mit einem Anwalt des New Jerseyer Zweiges der amerikanischen Bürgerrechtsorganisation bei einem Bundesgericht des Staates New Jersey einen Antrag auf Wiederaufnahme des Verfahrens gegen Jackson oder auf sofortige Freilassung einzureichen. Der Gefangene quittierte die Mitteilung mit einem bitteren Zucken des Mundes, das man nicht Lächeln nennen konnte. Er murmelte etwas, was wie »Ist nichts Neues« klang, aber auch nur wortlose Laute gewesen sein konnten. Roger fand sich in der für ihn neuen und bisher unerprobten Rolle des dezidiert optimistischen weißen liberalen Vorstadt-Anwalts wieder. *Der weiße Mann war seine Rettung!*

Das in einem fensterlosen Raum mit grellem Licht geführte Gespräch war kurz und unbefriedigend. Die meisten der von Roger gestellten Fragen hatte der Gefangene, wie Roger den ihm vorliegenden Dokumenten entnahm, in der Vergangenheit bereits ausführlicher, umfassender und intelligenter beantwortet. Nach zwölf Jahren schilderte Jackson die damaligen Ereignisse nur noch kurz und betete in mutlosem Ton bloß her, was er schon viele Male hergebetet hatte. Roger hatte den Eindruck, dass der Gefangene mit den erschlafften Zügen, der dem Elroy Jackson von 1989 ähnelte wie ein gealterter, kränkelnder Vater seinem Sohn, sich nicht mehr allzu genau an das tatsächliche Geschehen, das sein Leben zerstört hatte, sondern an die Version erinnerte, die andere für ihn zurechtgeschustert hatten. Schwere Lider bedeckten Jacksons blutunterlaufene Augen, und seine dunkle, glanzlose Haut war rau wie Sandpapier. In dem Gefängnisoverall war sein Körper formlos wie ein Mehlsack. Ihm fehlte zuweilen die Energie, seinen ernsten weißen Besuchern in ganzen Sätzen zu antworten, und er brachte nur ein Räuspern und Nuscheln zustande, hörbar schnaufend, so als leide er an einer Erkrankung der Atemorgane. Über die Jahre war schon verschiedentlich jemand seinetwegen nach Rahway gekommen, seine Hinrichtung war zwar verschoben, die Todesstrafe aber nicht aufgehoben worden, und sein Leben war kaputt wie ein zerbrochener Handtuchspender. Als Roger ihm versicherte, er habe »ungeheuerliche« Verfahrensfehler entdeckt, sodass die Aussichten für eine Wiederaufnahme des Verfahrens, ja sogar eine Annullierung der Strafe »vielversprechend« seien, stöhnte Jackson bloß in sich gekehrt und lächelte mit schiefem Mund. Er sah Roger Cavanagh in dem maßgeschneiderten grauen Nadelstreifenanzug und dem frischen weißen Hemd an, wie man einer Fliege nachsinnt, die einen beim Vorbeifliegen ärgert. »Folgen Sie mir, Mr Jackson?«, fragte Roger höflich, und Jackson erwachte aus seiner Lethargie wie ein riesiger Hund, der sich gleich schütteln wird, und nuschelte: »Sie machen das schon, Mr Spires.«

Spires! Roger errötete vor gekränktem Stolz, und sogar Naomi Volpe erschauerte, als habe sie gerade eine Obszönität miterleben müssen. Sie sagte vorwurfsvoll: »Mr Jackson, Ihr neuer Anwalt heißt Mr Cavanagh. Und ich bin Naomi Volpe, seine Mitarbeiterin. Wir arbeiten für die Gruppe zur Befreiung unschuldig Inhaftierter. ›Boomer‹ Spires haben Sie längst hinter sich.«

Jackson nuschelte etwas, was wie eine Entschuldigung klang, musste mittendrin aber plötzlich lachen oder bekam einen Hustenanfall und würgte grünen Schleim in ein Taschentuch, das Roger Cavanagh ihm hastig aus seiner Jackentasche reichte, weil ihm nichts anderes übrig blieb. Es war ein weißes Batisttuch mit Monogramm, frisch gewaschen und gebügelt. »Bitte, behalten Sie es. Es gehört Ihnen«, sagte Roger vor Ekel erschauernd, als Elroy Jackson Jr. es dem Besitzer mit einer Treuherzigkeit, die vollendete Ironie sein konnte, nach Gebrauch zurückreichen wollte.

Kurz nach diesem Wortwechsel endete das Gespräch.

In der beißenden Luft von New Jersey, die Roger nach dem Gefühl der Enge herrlich vorkam, sagte Naomi Volpe mit bitterem Humor: »Na, Mr C.? Wie gefiele dir das Leben in der Todeszelle? Schon was anderes als Salthill-on-Hudson, nicht?« Roger, dessen Lebensgeister nach einem achtlosen Rempler seiner Begleiterin und dem eine Stunde lang ertragenen Gefühl der Beklemmung wieder erwachten, packte Volpe so bei den Schultern, dass sie zusammenzuckte, zog sie an sich, küsste ihren schmalen Mund und sagte ihr in derben Worten, was er gern mit ihr machen würde, sobald sie irgendwo allein waren. Volpes Augen hellten sich auf. Sie presste sich an Rogers Unterleib, als er sie umarmte und fasste ihn so fest um die Taille, wie er ihre umfasste. »Genau, Mr C.! Dasselbe hab ich auch gedacht.«

Sie verbrachten den Rest dieses trübseligen Nachmittags und, nach einer Essenspause, noch ein paar weitere Stunden im Zimmer eines Ramada Inn an der gebührenpflichtigen Autobahn von Jersey. Danach sah Roger Volpe wochenlang nur von ferne.

Ihm war es recht. Trotz aller ihrer Finessen beim Sex, die Frau war nicht sein Typ.

9

Du entfernst dich von Salthill. Wohin?

Obwohl er immer mehr Zeit in New York verbrachte und demnächst sogar eine kleine Wohnung in der 11. Straße Ost mieten würde, wohnte Roger weiter in Salthill. Nachdem er und Lee Ann bei der Scheidung hastig ihr Haus verkauft hatten, hatte er sich ein aus dem Jahre 1901 stammendes und seitdem mehrmals umgebautes Backsteinhaus in einem anderen »historischen« Viertel von Salthill, in fußläufiger Entfernung vom Shaker Square, gekauft. Es war ein hohes, schmales, schmuckloses Gebäude mit schwarzen Fensterläden und -einfassungen und einem schmiedeeisernen Zaun um den Rasen, ein Haus, das vom Geschmack und vom Reichtum seines Eigentümers kündete. Wenn er darauf zuging, spürte Roger jedes Mal einen Anflug von Besitzerstolz und Irritation: *Meins! Ich bin derjenige, der hier wohnt.*

Mit Naomi Volpe war er nie hier gewesen. Überhaupt nie in Salthill. Er hatte Angst davor, wie die junge Anwaltsgehilfin mit der Stachelfrisur auf sein Vorstadtleben reagieren mochte. »Mr C.! Das überrascht mich nicht im Geringsten.«

Mehr als einmal hatte er Volpe das süffisante Lächeln aus dem Gesicht gevögelt. Er hatte sie gevögelt, bis der vorlauten jungen

Dame das Reden verging und sie sich stöhnend und schwitzend an Roger klammerte und nicht mehr wusste, wer sie war.

Mr C.! Volpes Zorn, er ärgerte ihn.

Es war ein Novum in Rogers Leben, dass er zu Winteranfang schon die eine Hälfte seiner Zeit für die Arbeit am Elroy-Jackson-Fall aufwendete und seinen Salthiller Klienten nur noch die andere Hälfte blieb. Seine zahlenden Klienten! Inzwischen verachtete er sie, vermochte sich nicht mehr für ihre Anliegen zu erwärmen, bei denen es ausschließlich um Geld und Stolz ging. Gewinnen, verlieren, sich zu guten, schlechten, mittelmäßigen Konditionen vergleichen – »Wen interessiert das?« Es waren Geschäfte, und Abercrombie, Cavanagh, Kruller & Hook waren Geschäftsleute. Sie waren Multimillionäre, aber keine Megamillionäre, doch der Unterschied kümmerte sie nicht, denn in Salthill genossen sie einen hervorragenden Ruf, waren Männer im angenehmen mittleren Alter, sahen der Pensionierung und den »goldenen« Jahren entgegen. Ihre Kinder waren meist erwachsen und aus dem Haus.

Wenn Roger morgens seine E-Mails durchsah, wappnete er sich jedes Mal gegen ein neues kryptisches Gedicht von Robin. Doch sie kommunizierte nicht mehr mit dem lieben verflossenen Dad. Er musste akzeptieren, dass sie sich von ihm losgesagt hatte. *Für sich selbst ist sie nicht »Ihre« Tochter. Für sich selbst ist sie* – sie.

Fast bedauerte Roger seine verlorene Jugend. Die er in Salthill-on-Hudson vergeudet hatte. Er hätte sich den Bürgerrechtlern anschließen, sich anwaltlich im Bürgerrecht, im Umweltschutz und bei der Armutsbekämpfung betätigen sollen. Er hätte eine Frau heiraten sollen, die sich ebenfalls für diese Anliegen engagierte. Dann hätte er jetzt eine andere Tochter, womöglich gar Söhne. Ein Vater, der Ideale hatte, wurde von seinen Kindern geliebt und geachtet. Stattdessen hatte er sich in die gut aussehende Lee Ann aus der Studentenvereinigung Pi Phi an der Penn University verliebt, deren Mutter sie für den Hochzeitstisch bei Tiffany's vorgemerkt und deren Vater, Manager bei einer Versicherungsgesellschaft, es sich nicht hatte nehmen lassen, den Jungvermählten bei ihrem ersten Haus unter die Arme zu greifen ... Kein Wunder, dass Volpe ihn spöttisch als »Mr C.« titulierte. Roger war ein Monogramm, keine Persönlichkeit. *Hatte keine Ahnung, wer er eigentlich war.*

Roger erinnerte sich an die Mischung aus Bewunderung und Verachtung, die seine Kommilitonen den Idealisten entgegenbrachten, die Anstellungen in Kanzleien ausschlugen und stattdessen für »lohnende« Ziele arbeiteten, an den tief sitzenden, unausgesprochenen Wunsch, sie mochten scheitern.

»Bin ich jetzt einer von denen? In meinem Alter? Himmel!«

Es war, als nähere man sich mit der Hand einer Häckselmaschine: Ist man unvorsichtig, kommt man mit der Hand hinein, und kriegt man sie nicht wieder heraus, wird man ganz hineingezogen.

Owen Cutler rief an und brachte eine Flasche teuren französischen Chardonnay aus seinem Weinkeller und ein vorzügliches Gourmet-Dinner aus dem Salthiller Fischrestaurant mit, als er Roger in dessen Stadthaus am Belle Meade Place 11 aufsuchte. »Wir geben keine Gesellschaften mehr, weißt du. Gussie ist ja fort.« Falls Roger das für eine wunderliche Bemerkung hielt, ließ er es sich nicht anmerken. Ganz Salthill wusste, dass Owen Cutler nach dem Verschwinden seiner Frau immer wunderlicher geworden war; er hatte sich praktisch ganz aus seiner Firma zurückgezogen und verbrachte viel Zeit zu Hause (»falls Gussie anruft oder plötzlich wieder kommt«), wo er, wie Roger gehört hatte, neuerdings tropische Blumen züchtete. Roger kannte die Cutlers seit vielen Jahren, aber, wie bei den Freundschaften wohlhabender Vorstädter üblich, nicht wirklich gut. Er konnte sich nicht erinnern, früher schon einmal ein so ernstes, ausführliches Gespräch mit Owen Cutler geführt zu haben wie jetzt, da Owens Gespräche ernster waren, als es einem lieb war – und viel ausführlicher. »Du hast dieses schreckliche Gerücht vermutlich gehört, Roger, man sagt, ich hätte bei Gussies Verschwinden die Hände im Spiel«, murmelte Owen mit vor Schmerz, Kummer und Scham stockender Stimme, ohne Roger anzusehen, »aber dem ist nicht so. Roger, ich schwöre es. Gussie besaß eigenes Vermögen, das hat sie abgehoben und ist einfach verschwunden, sie ist wie vom Erdboden verschluckt. Die Privatdetektive, die ich beauftragt habe, haben nicht die geringste

Spur.« Roger fühlte mit Owen mit, doch ihm graute davor, dass sein Freund noch lange bleiben könnte, und fragte deshalb nur wenig, doch Owen setzte seinen kläglichen Monolog fort, rieb sich die rot geränderten Augen, seufzte und rückte schließlich, in einem Wortschwall, mit der Frage heraus: »Roger, ich – ich will dich nicht beleidigen – so etwas käme mir nie in den Sinn –, aber du und Gussie – standet ihr euch irgendwann einmal nahe? Wart ihr mal ein Liebespaar?«

Roger hätte darauf vorbereitet sein sollen, ihm war zu Ohren gekommen, dass Owen das auch andere gefragt hatte, doch er war schockiert. Nicht nur über Owens plumpe Direktheit, sondern über die geschmacklose Unterstellung: Roger Cavanagh und Augusta Cutler!

Die Hiesige, die er liebe, wollte Roger Owen sagen, sei Marina Troy. Das war doch bekannt!

Rasch versicherte er Owen, nein, er und Augusta seien nie ein Paar gewesen, bloß Freunde.

»›Bloß‹ Freunde? Aber gute Freunde, oder?«

»Natürlich, Owen. Wir waren alle gute Freunde. Ich meine – sind.«

»Gussie hatte ein Faible für dich, weißt du. Für deine ›Ausstrahlung‹, wie sie es nannte. Deine ›Schlangenaugen‹.« Als er Rogers Miene sah, sagte Owen schnell: »Ich bin nicht sicher, was Gussie damit meinte, du weißt ja, wie schwärmerisch sie sein konnte, aber sie meinte sicher – attraktiv. Sie fand dich sehr attraktiv, Roger.«

Roger war um Worte verlegen, Was sagte man, wenn einem solches mitgeteilt wurde. *Besten Dank!* Oder: *Das tut mir aber Leid.*

»Noch enger befreundet war Gussie mit Adam, glaube ich. Warst du eingeweiht?«

»Ich, eingeweiht? Inwiefern?«

»Na, als Freund, dem sie sich anvertraute. Du weißt schon.« Owen Cutler, seine Gesichtshaut dünn von Sorge, Stress, der Zeit, lächelte Roger mit grässlicher Kennermiene an. Roger seinerseits schaute verständnislos. »Adam hat Gussie sehr glücklich gemacht, ich weiß. Mit ihm konnte sie reden, ihm konnte sie ihr Herz ausschütten. Unsere Frauen, Roger haben wenigstens anderen, wenn schon nicht uns, viel zu sagen, viel mitzuteilen. Dafür bin ich Adam dankbar. Wirklich, ich bin ihm *dankbar.*«

Als Owen Cutler nach Mitternacht endlich ging, rief Roger spontan bei Naomi Volpe in Jersey City an. Ihr Apparat läutete und läutete! – Mist, ihr Anrufbeantworter schaltete sich ein. »Naomi, ich bin's, Mr C. Du fehlst mir. Ruf mich an, ja?« Volpe war genauso wenig sein Typ wie Gussie Cutler, aber in seiner Einsamkeit hätte er sich mit jeder von beiden zufrieden gegeben.

Ein andermal platzte Abigail Des Pres in die Kanzlei am Shaker Square herein, wollte Roger zum Lunch ausführen (er lehnte höflich ab) und lächelte ihn wehmütig an. »Du ziehst dich zurück aus Salthill, Roger. Wie Marina Troy.«

»Nein. Nicht wie Marina Troy«, erwiderte Roger bissig.

War er grob gewesen zur schönen Abigail, Salthills begehrtester männermordender Geschiedenen? Na, hoffentlich!

10

Das amerikanische Recht ist ein musterhaftes Beispiel für »Kriegsführung mit anderen Mitteln«. Vielleicht hatte Roger das gefallen, als er jünger war. Jetzt hätte er gern mit seinen Verfahrensgegnern gesprochen. Mit Elroy Jacksons Anklägern. Man müsste doch vernünftig mit ihnen sprechen können, glaubte Roger, es waren ja wohl vernünftige Männer. (Alle am Jackson-Verfahren Beteiligten, Anklage wie Verteidigung und Richter, waren Männer.) Einer der Namen, der ihm in den Gerichtsakten ins Auge sprang, war »Calvin Ransom«. Roger kannte ihn vom Studium an der Columbia University. Ransom war 1989 stellvertretender Kreisstaatsanwalt von Hunterdon County gewesen und hatte die Anklage des Staates gegen Jackson und Jacksons »Mittäter« mit vorbereitet. Neuerdings trug Ransom den Titel des Leiters der Finanzverwaltung von Hunterdon County; er war, als Republikaner, gewählter Staatsangestellter geworden. Das passte, dachte Roger. Sie waren zwar keine Freunde, aber immerhin gut bekannt gewesen und hatten einander respektiert – oder wollte Roger jedenfalls glauben.

»Er wird offen mit mir sprechen. *Mir* wird er keinen Unsinn auftischen.«

Trotzdem war es nicht leicht, einen Termin bei Calvin Ransom zu bekommen. Und als sie sich dann trafen, in Ransoms Dienststelle in einem hübschen neuen Verwaltungsgebäude in Flemington, New Jersey, hörte Roger zu seinem Verdruss von Ransoms Sekretärin, dass der bloß eine halbe Stunde für ihn eingeplant hatte.

Eine halbe Stunde! Der Wichser.

Seit seiner ehrenamtlichen Arbeit für die Gruppe verstand Roger allmählich, warum Naomi Volpe, wie einige andere Kollegen auch, so oft ungeduldig und grob war. Warum ein Feuer in ihr brannte, das wie die Flamme an einer Gasdüse war und urplötzlich auflodern konnte.

Hier saß nun Calvin Ransom, ein mieser Emporkömmling in den politischen Kreisen von New Jersey, vermutlich Multimillionär, schließlich ist der Leiter einer Finanzverwaltung ja bloß einer, der seine tiefen Taschen aufhält und dem Grundstücksentwickler das Geld nachwerfen in einem County wie Hunterdon, New Jersey, ehemaliges Farmland und jetzt zu haben, das neue amerikanische Vorstadtparadies. Ransom, wohlgenährt und rosig, mit blinkender Metallbrille und reserviertem Gebaren, schüttelte Roger kräftig die Hand; Roger misstraute ihm sofort, verabscheute ihn und hoffte innig, Ransom möge es umgekehrt nicht genauso ergehen. Einer war das Spiegelbild des anderen, nur hatte Roger noch volles Haar, wog zwanzig Pfund weniger und war in der demütigenden Lage des Hilfe Suchenden. Als er den Fall Elroy Jackson Jr. zur Sprache brachte, fiel ein Vorhang über Ransoms Gesicht. *Gelangweilt! Ein Mensch wird sterben, und dieser Arsch langweilt sich.* Am liebsten hätte Roger die Faust in den schwabbelig aussehenden Bauch seines Gegenübers gesenkt, wahrte aber freundlich lächelnd den Anstand. In knappen Worten schilderte er seine Rolle in dem Fall und seine Hoffnung, Jackson freizubekommen, und sah, dass Calvin Ransom bloß mit einem Mindestmaß an Aufmerksamkeit zuhörte, allerdings – noch – nicht offen grob zu werden wagte. Er ließ Roger einfach weiterreden. Immer weiter. Schließlich sagte Roger: »Cal, offen gestanden, ich begreife das nicht. Diese Fälle, Verbrechen, bei denen es um Todesstrafe geht, sind neu für mich. Ich mache diese Untersuchung ehrenamtlich, ich arbeite immer noch in meiner Kanzlei. Und was finde ich! Nicht bloß Verfahrensfehler beim Prozess gegen Elroy Jackson, sondern Indizien dafür, dass die Anklagebehörde Entlastungsmaterial mit Absicht zurückgehalten hat. Der ursprüngliche Polizeibericht, Zeugen, die für den Angeklagten ausgesagt haben – alles beim Prozess nicht vorgelegt, und –« »Geschworene haben Jackson schuldig gesprochen«, erwiderte Calvin Ransom ungerührt. »Geschworene haben ihn zum Tode verurteilt. Die Berufung läuft automatisch. Der Mann erhält ein rechtsstaatliches Verfahren.« Ransom sprach mit der höflich glatten Fernsehstimme eines Politikers, der seine Geringschätzung klug für sich behält.

»›Rechtsstaatliches‹ Verfahren!«, sagte Roger. »Der Rechtsstaat hat diesen Mann durch die Mangel gedreht. Einen Schwarzen.«

»Das waren alles Schwarze. Auf beiden Seiten. Der Junge, dem sie ins Gesicht geschossen haben, war auch ein Schwarzer, nicht?«

»Er war Hispano, aber was hat das damit zu tun? Elroy Jackson hatte nicht die geringste Chance. Es traf ihn wie ein Blitz. Er war nicht klug genug für das, was da passiert ist, und sein Anwalt war ein Kretin – kennst du ›Boomer‹ Spires? Den Gerichtskasper da? Der bringt sicher alle zum Lachen.«

Ransom zuckte mit den Achseln. »Boomer« Spires war eine Peinlichkeit aus dem früheren Leben des Leiters der Finanzbehörde von Hunterdon County.

Roger hörte sich selbst mit studentischem Eifer auf Ransom einreden, der hinter einem wuchtigen Schreibtisch saß, die Arme hinter seinem kräftigen Hals verschränkt, und so tat, als höre er zu. »Man sieht, dass das eine abgekartete Sache war, Cal. Ein Bundesgericht wird für uns entscheiden. Der Vorwurf geht nicht an dich, Cal, sondern das Büro des Staatsanwalts, du warst bloß ein Mitarbeiter. Der Schütze, der tatsächliche Mörder, der in Rahway eine lebenslängliche Strafe absitzt, bekommt bei seiner Verhaftung mit, dass ein anderer, den er kannte, eben Jackson, vom Tatort vor dem

Laden weggelaufen ist und dass die Polizei ihn angeschossen hat, also macht der Schütze, der zum Zeugen des Staates wird, einen Deal mit eurem Büro, weil sein Anwalt siebenmal schlauer ist als ›Boomer‹, bekennt sich in geringeren Anklagepunkten für schuldig und sagt nicht aus, und so gibt es kein Kreuzverhör. Nur ein Fehler, den ich herausgreife. Und es gibt noch andere –« Roger hörte seinen gekränkten Ton und sah die Verachtung in Calvin Ransoms Miene und wusste, er war auf ein ihm bisher unbekanntes Territorium vorgedrungen. Sich für etwas zu »engagieren« – sich leidenschaftlich für jemanden einzusetzen, für etwas, was einen nicht persönlich betraf –, das entsprach gar nicht Roger Cavanaghs Wesen, und doch war er hier.

Ransom sagte lächelnd: »Seit wann führst du Kreuzzüge, Cavanagh? Ein bisschen spät, nicht?«

»Leck mich, Ransom.«

Roger verließ das Büro seines ehemaligen Kommilitonen noch vor Ablauf der halben Stunde. Es war ein entsetzlicher Gedanke, dass Justizbeamte, Männer wie Calvin Ransom, Männer wie er selbst, einen Unschuldigen in den Tod schicken wollten. *Das ist der Feind. Sie würden töten für ihren Beruf.* Doch auf der anschließenden Rückfahrt nach Salthill tröstete er sich damit, wie gut es tat, dass er mal jemanden nicht ausstehen konnte und dass das auf Gegenseitigkeit beruhte.

11

»Sind das Fossilien?«

Nach Wochen besuchte Roger Naomi Volpe im Dezember wieder einmal in ihrer Wohnung in Jersey City, einem stillosen Durcheinander von zusammengewürfelten Möbelstücken, voll gestopften Bücherregalen, einem überraschend großen, auf einem niedrigen Resopaltisch stehenden Fernsehapparat und Kartons, von vorherigen Umzügen noch unausgepackt. Die Wohnung sah aus, als sei ein Sturm hindurchgefegt. Es roch nach Zigarettenrauch, Essen, Insektenvertilgungsmittel. (Kakerlaken? War vielleicht eine gute Idee, dass Roger nie über Nacht blieb.) Roger musste mehrmals bei Volpe anrufen, ehe sie ihn zurückrief und sich damit entschuldigte, dass sie in Washington D. C. zu tun gehabt hatte. Roger wusste zwar zufällig, dass sie nicht so lange außerhalb gewesen war, ließ es aber dabei bewenden. Dass Volpe sich bemüßigt fühlte, sich vor ihm zu rechtfertigen, sich wenigstens halbwegs entschuldigte, schmeichelte ihm enorm.

Manchmal kam diese unerwartete Seite – die *weibliche*, könnte man sie nennen – bei Naomi Volpe zum Vorschein.

Schon die Tatsache, dass er in Volpes Wohnung in Jersey City stand, in einem Niemandsland aus Mietshäusern, an das ein Gewerbegebiet grenzte, erregte Roger sexuell. Er hatte lebhafte erotische Erinnerungen an die vorigen Male, die er in dieser Wohnung gewesen war. Damals hatte Volpe ihn so umstandslos in ihr schmuckloses Schlafzimmer geführt, dass er die anderen Räume nur undeutlich wahrgenommen hatte. Diesmal stand er in Volpes schmalem länglichen Wohnzimmer, während sie in der Küche saubere Gläser suchte; die Atmosphäre war viel lockerer, sympathischer, und trotzdem war Roger erregt und wurde langsam ungeduldig. Er betrachtete eine Wand mit billig gerahmten, aber eindrucksvollen Fotografien von etwas, was wie die Eingänge und das Innere von Höhlen und wie Keilformen in felsigem Gestein aussah. Wo aufgenommen? Im Südwesten? In Europa? Die stilisierten Formen hatten etwas Vertrautes, Roger war sicher, dass er gleich drauf kommen würde, was es war.

Er wollte Volpe gegenüber nicht verlauten lassen, dass ihn das Ausbleiben ihres Rückrufs geärgert hatte. Er würde sich seine Eifersucht nicht anmerken lassen! Nicht Mr C.

Volpe hatte Roger beim Betreten ihrer Wohnung zwar nicht geküsst, aber ihn auch nicht steif umarmt. Sie hatte es vielmehr zugelassen, dass er sie küsste und gierig über ihren Körper strich. Volpe war ungewöhnlich bedrückt, war zerstreut. Sogar ihr stachliges Haar lag flach am Kopf an. Der Nasenring war verschwunden, als hätte es ihn nie gegeben. Sie reagierte nicht auf die Stimmung ihres Liebhabers, war mit den Gedanken woanders. Als Roger ihr von seinem Besuch bei Calvin Ransom und von einigen neuen

Entwicklungen im Fall Jackson erzählte, hörte sie mit gerunzelter Stirn zu, blieb aber wortkarg. Sie war nicht in Rogers Empörung über Ransom eingestimmt, sondern hatte nur mit den Achseln gezuckt, als wolle sie sagen: *Was soll sein? Er ist der Feind, was erwartest du?*

»Weibliche Genitalien«, sagte Volpe sachlich mit einer Kopfbewegung in Richtung der gerahmten Fotos, als sie Roger sein Glas reichte, »dreißigtausend Jahre alt, in Stein geritzt, in Les Eyzies. Schön, nicht?«

Roger starrte auf die Bilder, und Röte übergoss sein Gesicht. Weibliche Genitalien! Natürlich, jetzt erkannte er es: einfache geometrische Formen, stilisiert, vergeistigt. Beckenknochen, Schamlippen, Vaginas und Vulven, Klitoris. Und zwar zu Hunderten. Zu Tausenden! Wer immer diese primitiven Bildhauer auch gewesen waren, ob Männer oder Frauen, sie waren fasziniert gewesen von ihrem Thema, wie ein Kind fasziniert sein mag von seinen eigenen Genitalien. Eine untergegangene vorgeschichtliche Welt – die der Neandertaler? Der Cro-Magnon-Menschen? Rogers eigene Vorfahren, theoretisch. Volpe sagte, die gerahmten Fotos habe ihr jemand geschenkt, den sie sehr gern gehabt hatte, eine Frau, die mittlerweile an Gebärmutterhalskrebs gestorben war. »Diese Felsritzzeichnungen sagen uns, dass Sex eine biologische Tatsache ist wie unsere Ellbogen oder unsere Zähne. Nichts Geheimnisvolles. Man kann es fast auf eine Gleichung reduzieren. Sex ist eine Handlung, ein Kind bekommen – das sind Dinge, die der Körper *tut*. In der Frau entsteht neues Leben und wird durch diese Vorrichtungen aus der Frau ausgestoßen. Nicht geheimnisvoller als die asexuelle Vermehrung der Amöben.« Volpe sagte es, als verkünde sie eine gute Neuigkeit, aber Roger war etwas geknickt. Amöben! Er wollte protestieren. *Aber es macht mehr Spaß!*

Sie saßen da, Roger mit Blick auf die Wand aus gezeichneten Fotzen. Er trank in kleinen Schlucken, während sie sich unterhielten. Irgendwie kam er sich töricht vor. Seine Erektion pochte wie ein vereiterter Zahn. Warum spürte Volpe nicht, was in ihm vorging? Oder spürte sie es und ging absichtlich nicht darauf ein? *Was bedeutete es, dass sie ihren sexy glitzernden kleinen Nasenring entfernt hatte?* Hatte sie ihn seinetwegen, dieser Nacht wegen, entfernt, oder hatte das gar nichts damit zu tun? Volpe erzählte ihm von den »überaus wichtigen« Recherchen, die sie angestellt hatte, teils im Zusammenhang mit dem Jackson-Fall: landesweite Statistiken über Schwarze, Hispanos, Asiaten und Weiße, die seit 1980 verhaftet, angeklagt, schuldig gesprochen und zu Gefängnis verurteilt worden waren.

Um die Stimmung etwas aufzuhellen, sagte Roger: »Naomi, deine Recherchen – ich bin stolz auf dich.«

»Stolz? Auf mich?« Volpe war irritiert, so als hätte Roger etwas Obszönes gesagt. Stand hastig auf. Verschwand in die Küche – um sich vor ihm zu verstecken, dachte Roger. Dieses Benehmen sah Volpe so gar nicht ähnlich! Roger wurde unbehaglich zumute, er hob den Blick zu den in Stein geritzten Keilformen, die ihn mit ihrer Einfachheit verhöhnten.

Homo sapiens: die Spezies, die zu viel Aufhebens um die Biologie macht.

Volpe kam wieder, setzte sich jedoch nicht zu Roger. Ihre Stirn war gefurcht, ihre Haut sah fahl aus, ein wenig teigig. Sie trug den Overall, den sie bei ihrem Besuch in Rahway angehabt hatte und der an ihrem drahtigen kleinen Körper aussah, als habe sie abgenommen. »Roger, ich muss dir etwas sagen.«

Roger, nicht *Mr C.!*

»Ja?« Roger war nicht sicher, ob er es hören wollte.

»Ich glaube, ich bin schwanger.«

»Schwanger!«

»Ich meine – ich bin schwanger. Es steht fest.«

Rogers erster Gedanke war: *Jetzt ist Marina für immer verloren.*

Sein zweiter Gedanke war: *Eine zweite Chance.*

Benommen saß er da und umklammerte sein Glas mit tauben Fingern. Er sah es mehr, als dass er die junge Frau mit der Stachelfrisur auf sich einreden hörte, und in seiner Verblüffung hätte er weder ihren Namen angeben noch sagen können, was sie und ihn verband. Naomi Volpe stand da, die Arme fest unter der Brust verschränkt, als friere sie; die gabelzinkenartigen Falten auf ihrer Stirn wurden noch tiefer, und ihre Augen schimmerten feucht. Es war ein Schock für Roger, dass dieser knabenhafte Frauenkörper schwanger werden konnte. Er verband Schwangerschaft mit Verletzlichkeit, und Verletzlichkeit mit Weiblichkeit. Volpe sagte: »Ich weiß es seit ungefähr sechs Wochen. Ich hatte einfach keine Ahnung, was ich machen sollte. Der Geburtstermin ist in der ersten Juliwoche – theoretisch.«

Jetzt begann Rogers Herz zu hämmern. Schweiß brach ihm aus. Sechs Wochen! Geburtstermin! Im Geiste sah er, wie er Lee Ann anflehte, ihm zu verzeihen – und Robin. Der Abscheu, den sie vor ihm empfanden, wäre nun vollkommen.

Wie betäubt fragte er, was gefragt werden musste: Warum hatte sie es ihm nicht schon früher gesagt? Was wollte sie tun? Und – wie war das passiert?

»Ich dachte, du nimmst die Pille? Hast du das nicht gesagt?«

Mit plötzlicher Verärgerung sagte Naomi: »Es kann doch nicht immer bloß Sache der Frauen sein, Verhütung. ›Du nimmst die Pille‹ – Scheiße!«

»Ich wollte doch nur sagen –«

»Ich weiß, was du sagen wolltest, Mr C. Du sprichst laut und deutlich.«

Roger stammelte eine Entschuldigung. Es ging alles so schnell, er konnte es gar nicht aufnehmen. Das Blut hämmerte ihm in der Stirn und den Augen, als wolle ihm der Kopf zerspringen. Himmel! Hinterher fiel ihm ein, dass er nicht Naomi Volpes Hand genommen, dass er nichts getan hatte, was ein Mann instinktiv tut, wenn er eine Frau liebt, die ihm gerade gesagt hat, dass sie ein Kind von ihm erwartet.

(Von ihm? Woher sollte er das wissen?)

(Einen DNA-Test verlangen? So grob, so grausam war Roger Cavanagh nicht.)

Alles das ging Naomi Volpe womöglich ebenfalls durch den Kopf. Sie wahrte Abstand zu Roger, sprach leise, fast förmlich; ihre frühere Lebendigkeit, die so sexy gewesen war, war verschwunden wie ihr Nasenring. Roger mochte sie mehr, begehrte sie aber weniger. Begehrte sie kein bisschen! Seine Erektion war abgeflaut, sein Unterbauch fühlte sich kalt an. Das ganze Blut war in seinen Kopf gestiegen, oder wurde sein Gehirn im Gegenteil gar nicht mehr durchblutet? Roger knüpfte an etwas an, was Naomi gerade sagte: »... lässt sich regeln. Gleich in der 15. Straße. ›Platz für Frauen‹ heißt die Einrichtung.«

Roger sagte: »Ich helfe dir. Ich meine«, sein Gesicht brannte, »ich übernehme die Kosten. Und andere Ausgaben.«

Naomi wandte sich mit einem Blick schmerzlichen Verstehens ab. Befangen presste sie den linken Oberarm auf ihren flachen Bauch. Hörte ihm, etwas gekränkt, aber, noch weniger deutlich spürbar, nachgiebig zu. Früher wäre sie ihm sofort ins Wort gefallen. »Vielleicht möchtest du dir frei nehmen, Naomi? Nach dem – Eingriff? Du hast sehr hart gearbeitet. Für dein Assistentengehalt. Ein Urlaub, über die Feiertage –?«

»Würdest du mitkommen?«, fragte Naomi beinahe wehmütig. »Ich möchte nicht allein verreisen.«

Darauf war Roger nicht gefasst. »Ich – ich, wäre möglich. Vielleicht gar keine so schlechte Idee.«

»Irgendwohin in die Karibik«, sagte Naomi lebhaft, »vielleicht in die Dominikanische Republik? Es ist wunderschön da. Du hast auch hart gearbeitet, Roger. In deinen beiden Leben!«

War das Naomi Volpe, die da sprach? So behutsam und so verletzlich? Roger hätte schwören können, die Frau sei ihm unbekannt.

Er trat vor sie hin und nahm sie in den Arm. Sofort legte sie den Kopf an seine Brust, und er spürte die Wärme ihrer Haut. Es war kein Verlangen zwischen ihnen, nicht einmal die Erinnerung an Verlangen. Roger dachte: *So muss es gemacht werden. Unter diesen Umständen.*

Lange, meinten sie, standen sie so in der Wohnung in Jersey City, ohne das Gesicht des anderen sehen zu müssen.

12

Schließlich reiste Roger nicht mit Naomi Volpe in die Dominikanische Republik. Ob Volpe überhaupt dorthin fuhr, wusste er nicht. Ihr sei klar geworden, dass er nicht gern mit ihr zusammen sei, offenbar liebe er sie nicht. »Ich kann alleine fahren. Ich bin schon groß. Danke für deine Besorgnis.« Da er ein schlechtes Gewissen hatte und nicht knauserig sein wollte – immerhin war Weihnachten –, stellte Roger Naomi Volpe einen Scheck über 5000 Dollar aus. Als sie die Zahl sah, lächelte sie nervös und steckte den Scheck ein. »Mr C.! Du bist ein Gentleman.«

Roger lachte verlegen. Dachte: *Ich bin ein Dreckskerl.*

Im Büro konnte Volpe sich frei nehmen. Sie verschwand, und Roger hörte nichts von ihr. Wochen vergingen: es wurde Januar, schließlich Februar. Zufällig erfuhr er, dass Volpe wieder in den Staaten war, vorübergehend aber in Washington arbeitete und dienstlich nach Memphis und New Orleans reiste. Er rief bei ihrer Nummer in Jersey City an und hinterließ höfliche, freundliche Nachrichten: »Naomi? Roger hier. Ich wollte nur mal hören. Mich erkundigen, wie es dir geht. Melde dich mal, hörst du?« Volpe rief Roger zurück, aber raffinierterweise immer dann, wenn sie davon ausgehen konnte, dass er nicht da war. Ihre Bandmitteilungen waren kurz und sagten nicht viel aus. Sie »kam voran« bei ihren Recherchen über die Todesstrafe, sie sei »an manchen Tagen optimistisch«. Ihre Stimme klang gepresst. Roger dachte: *Sie hat die Abtreibung vornehmen lassen und trauert.*

Roger spürte den Verlust, wie es ihm erschien, einen zweiten, bitteren Verlust. Zuerst hatte er Robin verloren. Und nun dieses Zipfelchen Leben, namenlos, einen Fötus, weniger als zwei Monate alt. Eine zweite Chance, und er hatte sie vermasselt.

13

Und dann kehrte Volpe an ihren Arbeitsplatz in Manhattan zurück. Roger war überrascht und gekränkt, dass sie ihn nicht benachrichtigt hatte: Er fand sie einfach eines Nachmittags beim Hereinkommen im Büro vor. Unverkennbar die Stimme der Rechtsanwaltsgehilfin, die am Telefon maschinengewehrartig auf jemanden einredete. Roger, der in der Tür zu ihrem kleinen Kabuff stand, blieb die Spucke weg. Da war sie: die Frau, die er geschwängert hatte. Sie war braun, und ihr Haar war in einem lebhaften Pflaumenblau gefärbt, am Hinterkopf nicht mehr ausrasiert, sondern reichte ihr bis knapp zu den Ohren und war mit der Schere geschnitten. In beiden Ohrläppchen glitzerte Metall, und der Nasenring war wieder da. Volpe trug ein schwarzes Jerseyoberteil locker über einer schwarzen Wollhose, und als Roger die Schwellung ihrer Brüste und die gesunde Fülle ihres Gesichts sah, war er verblüfft: *Die Frau ist schwanger.*

Als sie Roger entdeckte, wandte Volpe schnell den Blick ab und setzte ihr mit Schärfe geführtes Gespräch fort. »So ein Arschloch!«, sagte sie entrüstet, als sie schließlich auflegte. »Bei einer Bandansage hätte ich mehr ausgerichtet.«

Roger sagte: »Naomi, wir müssen reden, ja?«

»Ich hab zu tun, Roger. Ich hab E-Mails von Wochen.«

»Aber wir haben doch etwas zu besprechen – oder?«

»Mr C.«, erwiderte Volpe gelassen, »woher soll ich das wissen? Ich kann nicht für dich sprechen. Ich habe *dir* nicht viel zu sagen.«

»Aber – wie geht es dir?«

»*Mir?* Prima, ich habe mich nie wohler gefühlt.«

Roger schaute benommen. Hörte die banalsten Worte aus seinem Mund kommen. »Ja, du siehst – gut aus, Naomi.«

Sofort brauste Volpe auf: »Darf ich wohl nicht? Was wär dir lieber – dass ich scheiße ausseh? Dass ich verblutet wäre oder an einer Überdosis Barbiturate krepiert? Hättest du das Szenario vorgezogen?«

»Naomi, lass uns irgendwo hingehen, wo wir allein sind, wir müssen reden.«

»›Müssen‹, wer sagt das? Wer ›muss‹?«

»Bloß ein paar Minuten. Ich möchte nur –«

»Ich hab's dir schon gesagt, Mr C., ich hab zu tun. Ich bin überarbeitet und unterbezahlt, ich bin eine Sklavin dieses Systems, ich hab keinen akademischen Abschluss in Jura wie ihr tollen Typen und häng mich trotzdem rein bei dem Fall, also hör auf, mich zu belästigen. Laber eine andere unterprivilegierte Assistentin voll.«

Roger zitterte. Er sah die Wut in Volpes Augen und wusste, es war besser, den Rückzug anzutreten.

In dem Raum, den er sich mit einem anderen Anwalt teilte, schaltete Roger sein E-Mail-Programm ein und tippte eine Nachricht an Naomi Volpe:

Abendessen im Union Square Café, um 8?
Du erkennst mich an den Stacheln im Unterleib.
R.

Binnen Minuten mailte Volpe ihm zurück:

Mr C.! Du bist ein Gentleman.

Roger wusste, der Verlockung eines erstklassigen Restaurants konnte sie nicht widerstehen.

Und so erfuhr Roger zu seiner Verwunderung: Ja, ursprünglich hatte sie die Abtreibung vornehmen lassen wollen, nein, sie hatte es nicht so geplant, wie es letztlich dann gekommen war, ja, sie »mochte« ihn, hatte eine »gute Meinung« von ihm, »respektierte« ihn als Anwalt und als Mann, nein, sie hatte ihn nicht »täuschen« wollen. Aber ihr Bauch gehörte schließlich ihr. Ihr Leben war ihr Leben. Sie war für das Leben des künftigen Babys verantwortlich, nicht er. »Der Anteil des Vaters ist verschwindend gering. In der Natur. Im Nu ist es damit vorbei.« Sie schnipste mit den Fingern. Ihre Augen glänzten, sie war aalglatt vor Wohlsein, attraktiver denn je. Und der Wein schmeckte ihr sichtlich.

Roger hütete sich, diese Frau in Harnisch zu bringen, er wählte seine Worte sorgfältig. »Naomi, ich bin doch bloß überrascht. Immerhin bin ich der Vater.« Er verstummte, damit sie beide denken konnten: *Stimmt das denn? Ist das, ohne einen Test, erwiesen?* »Ich finde, es ist unsere gemeinsame Verantwortung. Ich dachte, darüber wären wir uns im Dezember einig gewesen. Ich mache dir keinen Vorwurf, Naomi, aber –«

Volpe ging hoch: »›Keinen Vorwurf‹! Das wäre ja auch noch schöner! Wer zum Teufel bist du, dass du über mich urteilst? In meinem Privatleben bin ich nicht deine Gehilfin, Mr C.! Ich bin nicht deine Sexsklavin. Ich bin nicht irgendein Gefäß, in das du deinen kostbaren Samen füllst, um dann deiner Wege zu gehen und keinen Gedanken mehr daran zu verschwenden wie auf dem Klo, wenn du dir deinen kostbaren Arsch abgewischt hast und die Spülung ziehst. Vielleicht denke ich ja jetzt anders darüber und möchte das Kind austragen und ein gutes, würdiges Zuhause für ihn oder sie finden, was hat das mit dir zu tun? Wir leben im einundzwanzigsten Jahrhundert, nicht im ersten. Eine Frau wird doch wohl über ihren Körper selbst bestimmen können!« Volpes Nasenflügel waren geweitet, sie beugte sich mit solcher Dramatik über den Tisch, dass Roger zurückschreckte. Mit niederschmetternd lauter Stimme, die die Aufmerksamkeit der an den umliegenden Tischen Speisenden weckte, verkündete sie: »Ich hab mich *aus freien Stücken* dafür entschieden, mein Baby nicht zu töten, wie *du es verlangt hast.*«

Roger protestierte: »Ich habe das nicht verlangt – ich wollte nicht ...«

»›Ich übernehme die Kosten‹, hast du gesagt. Das erste, was dir über die Lippen gekommen ist.«

»Naomi, ich finde nicht ...«

»Die Kosten für die Collegeausbildung hast du damit ja wohl nicht gemeint, richtig?«

»Zu dem Zeitpunkt dachte ich, du wolltest ...«

»Du warst vollkommen ungerührt, bloß schockiert. Und vielleicht ein bisschen unwillig. Brauchst gar nicht so schuldbewusst gucken, so ›besorgt‹, dafür ist es jetzt zu spät. Du wolltest mich ja nicht mal berühren! Als wäre ich eine *Aussätzige.*«

»Naomi, ich habe dich berührt. Ich war sehr besorgt ...«

»Tatsache ist, Mr C., dass du dieses Baby nicht wolltest. Das Baby, das ich in mir trage, vier Monate und eine Woche alt, und das schon strampelt. Kein Fötus, sondern ein *Kind.* Kapiert – ein *Kind.* Du hast dein moralisches und juristisches Anrecht auf dieses Kind verwirkt, als du mich kaufen wolltest, einen Scheck ausgestellt hast, dachtest, das mit dem Wegmachen geht klar, und nicht schnell genug aus meinem Leben verschwinden konntest. Du *Wichser*!

Roger stützte den Kopf auf beide Hände. Stimmte das? Und selbst wenn es teilweise stimmte, musste das so bleiben? Kläglich versuchte er zu erklären: »Naomi, ich wollte nicht, dass du schwanger bist, wenn du das selbst nicht möchtest. Vielleicht habe ich dich missverstanden. Ja, ich war schockiert. Ich wusste nicht, wie reagieren.«

Mit hohntriefender Stimme sagte Volpe: »Weil du eine Scheißangst davor hattest, dass ein Kind ein Band zwischen uns sein könnte. Und ich vielleicht erwarte, dass du dich zu mir ›bekennst‹. Dass wir womöglich zusammenleben oder heiraten, davor hattest du Angst, ja?« Volpe lachte und trank einen großen Schluck Wein. Sie genoss die Szene sichtlich. Roger fragte sich, ob sie sie vorher geprobt oder ob sie sie – doch das war ein Gedanke, zu grässlich, um ihm Zutritt ins Bewusstsein zu gewähren – mit einem anderen Mann – oder Männern – schon einmal durchgespielt hatte.

Ihm fiel ein, dass er gerüchteweise gehört hatte, sie hätte schon einmal ein Kind gehabt und es zur Adoption freigegeben. An ein »gut situiertes« Ehepaar.

»Wenn Naomi Volpe mit einem Kind ankommt, muss dieses Kind ins Klo geschmissen werden, richtig? Genau das stand dir ins Gesicht geschrieben, Mr C. Jedes miese, entwürdigende scheiß Gefühl, das du vor der Welt meinst verheimlichen zu können, sieht man dir nämlich am Gesicht an, und zwar jeder, der nur halbwegs Grips im Schädel hat. Na, widersprich mir.«

Roger verstummte. Eines stimmte schon. Kind hin oder her, er würde lieber Gift schlucken als mit einer Frau wie Naomi Volpe zusammenleben oder sie gar heiraten.

So ein Unglück! Wenn es Roger Cavanagh vor ein paar Monaten schon bestimmt war, eine Frau zu schwängern, warum dann nicht Abigail Des Pres? Abigail war gerade noch jung genug. War eine prachtvolle Frau, keine Frage. Mehr als einmal waren sie kurz davor gewesen, miteinander zu schlafen. Er hatte Abigail geliebt – gewissermaßen. Und sie war flexibel genug, neurotisch genug, ihn zu lieben. Jetzt würden sie schon zusammen leben, vorzugsweise in ihrem Haus am Wheatsheaf Drive. Sie hätten geheiratet. Sie hätten dieses Kind bekommen. Der Salthiller Kreis hätte ihre Verbindung als das gesellschaftliche Ereignis des Jahres bejubelt. Eine *zweite Chance* für beide, und natürlich hatte er es vermasselt.

Der Rest des Abends im Union Square Café verging für Roger wie im Dämmer. Er erfuhr von der Frau, die die Absicht hatte, sein Kind »auszutragen«, dass sie diese Erfahrung schon einmal gemacht hatte, jawohl – »Damals ist es auch passiert, zufällig. Aber auch Zufälle können von Nutzen sein.« Sie waren bei der zweiten Flasche Rotwein angelangt. Keinem billigem Rotwein. Volpe verschlang ihr Grillsteak mit herzhaftem Appetit, Fett glänzte auf ihren schmalen Lippen. Mit der Gelassenheit einer Frau, die sich in einem Umkleideraum umzieht und sich nicht darum schert, ob ihr jemand zusieht, teilte sie ihm mit, sie habe, falls er sich das frage, schon mehrere »erfolgreiche« Abtreibungen gehabt, die erste mit sechzehn. Neuerdings aber hatte sich ihre Auffassung über die Fortpflanzungsfunktion der Frau »radikal geändert«. »Zumindest in unserer kapitalistischen Konsumgesellschaft.« Schwangerschaft und Geburt waren nicht mehr als körperliche Erfahrungen, die in der so genannten ersten Welt auf absurde Weise mit Gefühlen befrachtet wurden. »Ich bin nicht an sich ›Mutter‹, das ist eine kurzfristige Beziehung. Das heißt, wenn das Kind sofort zur Adoption angeboten wird. Durch einen angesehenen Makler. Das wird heute übers Internet abgewickelt, und zwar sehr effizient. Niemand ›kauft‹ – das ist illegal. Klar, Geld wechselt dabei den Besitzer, und wir sprechen hier über fünfstellige Summen, aber das hat nur am Rande was damit zu tun, es geht gesittet zu, und niemand ›verkauft‹ an sich. Es ist doch ein Akt der Nächstenliebe, wenn man für jemanden ein Kind bekommt, der sich unbedingt ein Kind wünscht, oder?« Volpe richtete die Frage an Roger, so als diskutierten sie gerade über dieses Thema und als müsste ihm die Antwort klar sein. »Das sind gebildete Leute, Leute mit Geld und Ansprüchen. Sie engagieren sich ehrenamtlich in liberalen Projekten. Geben großzügige Spenden. Sind politisch aktiv. Aber wenn sie keine Kinder kriegen können, wie sie es geplant haben, werden sie verrückt. Sie müssen ihre Art vermehren. Die Zivilisation braucht qualitativ hochwertige Gene. Und ein Stammbaum wie der von meinem Baby macht denen Eindruck: reinrassige Weiße auf beiden Seiten. Intelligente Weiße. Einer davon ein hoch vermögender Anwalt. Die andere bloß Anwaltsgehilfin, aber mit einem IQ von 153, gemessen, als sie fünfzehn war. (Ich habe dieses Dokument immer bei mir. In der Brieftasche.) Kein Crack- oder AIDS-Baby. Keine blinde DNA-Lotterie.« Volpe lachte vergnügt.

Roger lächelte matt. »Dann nimmst du vielleicht Bestellungen entgegen? ›Cavanagh.‹«

»Das ist eine zynische Bemerkung. Ich hasse Zynismus.«

»Ja, ich merk's. Du bist Idealistin.«

»Du hättest verhüten können, Freundchen. Du wusstest, welches Risiko du eingehst.«

Risiko? Er war nicht bei sich gewesen vor sexuellem Verlangen. Und Volpe schien es nicht anders ergangen zu sein.

(Oder hatte sie das von Anfang an geplant? Raffiniert ausgedacht und durchgeführt?)

»Ich weiß nicht«, murmelte Roger, was heißen sollte, *warum ich das Risiko eingegangen bin.* »Ich dachte, du nimmst die Pille. Ich meine mich zu erinnern, dass du das gesagt hast.«

»Und? Man verrechnet sich, so was passiert.«

»*Es* ist passiert, aus Unachtsamkeit.«

Roger hörte sich an wie ein junges Mädchen, das sich aus Naivität und Dummheit ein Kind hat anhängen lassen. *Er* hatte sich aus Naivität und Dummheit ein Kind anhängen lassen, und vielleicht, aber nur vielleicht, überraschte – oder beunruhigte – es ihn gar nicht so sehr, dass Volpe nicht abgetrieben hatte.

»Eines weiß ich«, sagte Roger, »ein Kind von mir wird nicht vermarktet.«

Das sich lange hinziehende Essen endete damit, dass Roger Cavanagh Naomi Volpe einen Scheck über zehntausend Dollar ausstellte, eine »Teilzahlung« für geleistete Dienste. Die Restsumme war Verhandlungssache, wenn das Kind geboren und dem Vater übergeben war. Roger bestand auf den Abschluss eines Vertrags. »Selbstverständlich, Mr C.! Alles offen und legal«, sagte Volpe. »Ich habe nicht die Absicht, dieses Kind großzuziehen.« Als Roger ihr den Scheck reichte, warf sie einen raschen Blick auf die Zahl, faltete das Blatt und steckte es in ihre Handtasche. Ein kleiner

Schluck Wein war noch in der zweiten Flasche, und Naomi teilte ihn auf beide auf. »Mr C.! Trinken wir auf unsere Zukunft – auf uns drei.«

14

Das schimmernde blaue Wasser des Pools schwebte im Zwielicht. Er sehnte sich danach, in es einzutauchen, als tauche er ein in den Himmel. Doch er schämte sich: was, wenn er bis zum Grund sank? Die Rothaarige war am anderen Ende des Pools im Wasser, sah ihn aber nicht. Und auch er konnte ihr Gesicht nicht sehen. Sein Freund Adam Berendt war auch da, sprang kühn ins Wasser, breite Schultern und narbenübersäte, mit grau werdenden bronzefarbenen Haaren bedeckte Brust, holte mit kräftigen Armen aus. Adam?, schrie Roger. Hilf mir. Sag mir, was ich tun soll. Seine dröhnende Stimme hallte von allen Seiten wider – und wurde trotzdem überhört, denn Adam schenkte ihr nicht die geringste Beachtung, durchschwamm den Pool der Länge lang. Roger zwang sich, ins Wasser zu steigen. Schwamm Adam hinterher. Ob er auf den Grund sank oder es schaffte, sich über Wasser zu halten, sollte er nie erfahren, denn der Traum endete mit einem sachten leisen Knall.

15

»Es ist richtig. Diesmal tue ich das Richtige.«

Er wollte nicht denken: *Die Frau erpresst mich, ich bin ihr ausgeliefert.*

Er wollte nicht denken: *Was, wenn es nicht mal mein Kind ist?*

Und dennoch. Roger mochte nicht einmal überschlägig nachrechnen, wie viel Geld er Naomi Volpe im Verlaufe ihrer unorthodoxen Freundschaft – mal als direkte Zahlungen, mal als »Darlehen« – zukommen lassen würde: die anfänglichen 5000 Dollar für die Abtreibung, die dann ausfiel; 10000 im März und 8000 im Juni für »verschiedentliche zwischenzeitliche Ausgaben« und schließlich 12000 Dollar, als das Kind im Juli zur Welt kam und dem Vater »übergeben« wurde ... Unerwartet wurde Rogers Beziehung zu Volpe immer väterlicher. So als sei er der Vater der jungen Frau. (Und welche Rolle spielte es letztlich, wer tatsächlich Vater des Kindes war? Entscheidend war: *das Kind.*)

So redete Roger es sich ein, verblendet von seiner künftigen Vaterschaft.

Er und Volpe hatten jetzt nur noch selten Sex, und nur dann, wenn Volpe, von einem frustrierenden Tag im Büro erregt, selbst die Initiative ergriff. Noch frustrierter war sie allerdings von Rogers geschwundener Libido, und ihre Wut entlud sich eines Abends in Püffen und Fußtritten. »Zum Teufel mit dir, Cavanagh! Du hast einfach keine Lust, was! Du bist genauso wie jeder andere scheiß Kerl dieser scheiß Spezies, eine gesunde, schwangere Frau, die Sex will, turnt dich einfach ab!« Roger protestierte: »Liebling, ich möchte dir nicht wehtun. Oder dem Baby.« Volpe lachte: »Mir wehtun! Womit willst du mir denn wehtun? Mit dem schlappen Schwanz? *Damit*? Den könntest du nicht mal in eine Puddingschüssel stecken, du Arsch. Und nenn mich nicht ›Liebling‹! Du liebst mich nicht. Du magst mich nicht einmal. Du kannst es gar nicht erwarten, mich los zu sein und das Baby für dich zu haben.«

Roger wand sich, konnte es aber nicht leugnen. Er und Volpe ähnelten jetzt einem Ehepaar in den letzten, kräfteraubenden Stadien des Krieges.

Er begehrte die Frau nicht, aber auf sie und das Baby Acht geben wollte er schon. (Denn was, wenn Volpe eine Fehlgeburt hatte? Sie rauchte immer noch, er hatte sie mehrmals erwischt. Sie trank und schonte sich körperlich nicht. Was, wenn sie stürzte? In der Subway zum Beispiel oder beim Aussteigen aus einem Taxi? Das würde er sich nie verzeihen.) *Meine zweite Chance. Ich will sie nicht vermasseln.* Wenn Volpe abends bei Freunden in Manhattan war, sogar wenn sie einen Großteil der Nacht in der Wohnung eines Liebhabers verbrachte, bestand Roger darauf, sie nach Jersey City zu fahren, egal, zu welcher Stunde. Sie telefonierten per Handy: Roger arbeitete bis spät abends in der Kanzlei, aß irgendwo in der Nähe allein zu Abend und wartete klaglos in einer Bar oder in einer Seitenstraße im Auto sitzend, bis Volpe anrief: »Roger? Bist du wach? Ist es O. K. für dich, mich jetzt abzuholen?« Ob Mitternacht oder ein Uhr oder drei Uhr morgens: Roger Cavanagh war der private Fahrdienst der Anwaltsgehilfin geworden! Manchmal erbarmte Volpe sich seiner und wollte ihn heimschicken, sagte, sie werde die Nacht in der Stadt verbringen, sie könne selbst auf sich aufpassen, aber Roger blieb eisern, es mache ihm nichts aus, er habe sowieso nichts Wichtigeres zu tun. Volpe lachte: »Mr C.! Das ist peinlich.«

»Mir nicht«, erwiderte Roger würdevoll.

Ungefähr um diese Zeit traf Roger Lionel Hoffmann in Midtown auf der Straße und ging mit seinem alten Salthiller Freund in einer Hotelbar in der Sixth Avenue etwas trinken. Lionel Hoffmann war wie ausgewechselt! Schon als relativ junger Mann war Lionel in Salthill das Muster eines Ehemanns im besten Alter gewesen, doch jetzt hatte er etwas von einem einsamen Wolf: war schmal im Gesicht und wachsam, nervös, angespannt, unruhig; während Roger sprach, schaute Lionel ständig nach den spärlich bekleideten Kellnerinnen, schniefte unentwegt und putzte sich die Nase, was Roger auf die Nerven ging. Obwohl er sich über die außergewöhnlichen Ereignisse in seinem Privatleben verbreitete, ließ Lionel über das seine kein Wort verlauten, bis Roger schließlich sagte, er habe mit Bedauern gehört, dass Lionel und Camille getrennt seien, woraufhin Lionel sich nur wieder laut schnäuzte und etwas nuschelte, was wie »Ja, mir tut's auch Leid« klang. Und damit war das Thema beendet.

Nicht viel später allerdings sah Roger seinen Salthiller Freund in Begleitung einer jungen Frau in einem teuren Restaurant in Midtown, wahrte jedoch Abstand und beobachtete in einem Spiegel, wie unvereinbar die beiden waren, was Alter und Menschenschlag betraf. Die Frau war sehr jung, elegant, eine hellhäutige Schwarze oder Malaiin; ihr Haar war geflochten und funkelte wie ein Schlangennest, ihre Augen gingen ständig hin und her, selbst wenn Lionel ernst auf sie einredete und ihre Hände mit beiden Händen umfasst hielt. Einige schmerzliche Augenblicke sah Roger zu, fasziniert und abgestoßen.

»Armer Lionel! So ein Trottel!«

Ungeduldig und wie besessen verschlang Roger Bücher über Schwangerschaft, Geburt und das Kleinkindalter. Er kaufte fast das ganze einschlägige Regal in der Salthiller Buchhandlung leer. (»Mr Cavanagh«, sagte Molly Ivers verblüfft, »wieso interessieren Sie sich auf einmal so für Babys?« »Ich bekomme eins, im Juli.«) Bei seinen Salthiller Bekannten holte er Auskünfte über Ganztags-Kinderfrauen ein. Wenn seine Arbeit ihn nicht voll in Anspruch nahm, verging keine Stunde, in der Roger nicht über das künftige Kind nachsann. Volpe lehnte »invasive Apparatemedizin« prinzipiell ab und wollte das Geschlecht des Kindes nicht durch eine Ultraschalluntersuchung feststellen lassen. »Du musst dich eben überraschen lassen wie Väter jahrtausendelang.« Als ihre Schwangerschaft voranschritt, gewöhnte Roger es sich an, Volpe öfters auf ihrem Handy anzurufen. Wie immer war er lässig und unaufgeregt: »Wie geht es dir, Naomi?« »Mr C., mir geht's *prima*«, sagte Volpe und lachte verärgert. »Und wenn es nicht so wäre, würdest du es als Erster erfahren.« Roger führte Buch über ihre Arzttermine und sorgte dafür, dass sie sie wahrnahm, denn Volpe hatte sogar etwas gegen Ärztinnen. Das Geschäftsmäßige des Kinderkriegens in der kapitalistischen Konsumgesellschaft mache sie krank, sagte sie. »Wir waren dazu bestimmt, uns auf die Felder und in die Gräben zu hocken, unsere Kinder zu kriegen, die Nabelschnur mit den Zähnen durchzubeißen und weiterzumachen.«

Weitermachen womit, dachte Roger.

Doch als Volpes Leibesumfang im sechsten Monat spürbar zunahm, wurde die Schwangerschaft doch zur Belastung. Naomi klagte über Probleme mit der Blase, darüber, dass sich »alles geschwollen« anfühle, und ließ durchblicken, dass sie womöglich doch einen Fehler gemacht hatte, als sie zustimmte, das Kind »auszutragen«, vielleicht war es ja (im letzten Drittel) noch nicht zu spät für eine Abtreibung, irgendwo? Roger erschauerte, als er das hörte. Er konnte nicht beurteilen, ob Volpe es ernst meinte oder ihn auf die Probe stellte, ihm Vorwürfe machte oder ihn verhöhnte, ob in solchen Augenblicken ihre tiefsten Wünsche zum Vorschein kamen oder ob sie bloß schauspielerte, unbekümmert improvisierte. *Ich muss mir meine Reaktion sehr genau überlegen. Ich darf ihr nicht widersprechen. Oh, Gott!* Er befürchtete, sie eines Tages anzurufen und ohne Umschweife gesagt zu bekommen, dass das Baby weg war, dass sie ihre Meinung doch noch geändert hatte.

Er fuhr sie in die Praxis des Kinderarztes und wartete draußen auf sie, befangen wie jeder werdende Vater. Unter Volpes Einfluss hatte er begonnen, sich »jünger« zu kleiden, wenn er nicht seinem Beruf nachging; wohl wahr, sein Haaransatz war nach hinten gewandert, und das, was von seinem dicken, drahtigen Haar noch vorhanden war, wurde unauffällig grau; er war irgendwie nervös, unruhig geworden (wie sein Freund Lionel); trotzdem war er unbeirrt optimistisch, voller Schwung ... Eines Nachmittags fragte die neue Empfangsdame des Kinderarztes Roger, wo er und seine »Tochter« wohnten, und Roger sagte beleidigt: »Meine Tochter wohnt im Internat ihres Colleges in Maine, und ich wohne in Salthill, New York.« Die junge Frau sah ihn irritiert lächelnd an, fragte aber nicht nach. Als er Volpe von dem Wortwechsel berichtete, war sie wie Roger empört. »Deine Tochter! Ist ja lächerlich. Mein Vater sieht aus, als könnte er dein Vater sein. Unser Alter geht nur uns etwas an.« Sie packte ihn und küsste ihn heftig auf den Mund. Wenn jemand Roger Cavanagh beleidigte, dann *sie.*

16

»Als ich davon erfuhr, wollte ich es nicht glauben. Aber natürlich hab ich es geglaubt. Du egoistischer Mistkerl!«

Er musste es Lee Ann sagen und wusste, dass Lee Ann es (natürlich) Robin sagen würde. Er musste den gefürchteten Anruf machen und zögerte ihn aus schlechtem Gewissen und Betretenheit bis Mitte April hinaus, als Volpe im sechsten Monat war, obwohl er wusste, dass Lee Ann bis dahin schon durch gemeinsame Salthiller Freunde informiert war. *Roger Cavanagh bekommt ein Kind mit einer Frau, die keiner kennt. Einer viel jüngeren Frau natürlich. Man stelle sich vor. In seinem Alter.* Roger sagte: »Was ist denn daran ›egoistisch‹, Lee Ann? Dass ich nicht vorher deine Erlaubnis eingeholt habe?«, und Lee Ann erwiderte zornig: »Denkst du jemals auch an andere und nicht bloß an dich? Hast du dir überlegt, wie Robin das aufnehmen wird?« »Die Schwangerschaft war nicht geplant, Lee Ann. Offen gestanden habe ich in dem Moment nicht an Robin gedacht.« »Schon wieder dein kranker Humor. Du bist wirklich ein egoistischer Mistkerl.« Roger versuchte ruhig zu bleiben und sagte: »Wieso ist es egoistisch, ein Kind, das gewollt ist, zur Welt zu bringen, ein Kind, das umsorgt, das geliebt wird ...«, und Lee Ann fiel ihm höhnisch ins Wort: »›Geliebt.‹ Das ist doch ein Witz! Frag Robin mal nach ›Liebe‹, du Dreckskerl«, und legte den Hörer auf.

Roger war erstaunt und gekränkt und wurde schließlich wütend auf seine Ex-Frau. Mit welchem Recht maßte sie sich ein moralisches Urteil über ihn an? Lee Ann hatte die Schwangerschaft verabscheut, die Tyrannei der Hormone, wie sie es genannt hatte, die Veränderungen ihres Körpers. Lee Anns weibliche Eitelkeit, die sie bisher gut kaschiert oder geleugnet hatte, war zum Vorschein gekommen, ab und zu in heftigen Gefühlsausbrüchen; der Beginn ihrer haltlosen Eifersucht auf Roger fiel in diese Zeit. (In der Roger, ein treu sorgender junger Ehemann und Vater, sich nicht im Geringsten zu anderen Frauen hingezogen fühlte – »ich schwöre«!)

Und dann war Robin Teil ihres Lebens, stand im Mittelpunkt. Ein ungeheures Kind, das ihre Ehe aus der Form brachte. Sie hatten unbestimmt von einem zweiten Kind gesprochen, hatten auf einen Jungen gehofft, doch Robin war einfach zu anspruchsvoll, schon als Kleinkind; schon mit vier forderte sie einen ernormen Aufwand an Zeit und emotionaler Zuwendung, vor allem seitens der Mutter, und der Gedanke an ein zweites Kind erfüllte Lee Ann mit Widerwillen, den sie freilich mit Humor kaschierte. »Eine Robin ist genug!«, wurde Lee Anns stehender Ehewitz.

Dem Roger manchmal stumm hinzufügte: *Eine Robin ist mehr als genug.*

17

In sachlichem Anwaltston sagte Roger: »Naomi? Ich möchte dich nicht kritisieren oder mich einmischen –« und wurde schon unterbrochen: »So? Dann lass es, Mr C.«, und als er hartnäckig blieb, bei Gott hoffte, dass er sie nicht beleidigte, diese impulsive Frau, die sein Glück, seinen Daseinsgrund, seine Zukunft in ihrem Bauch trug – »aber Schwangere sollen doch nicht rauchen, dein Arzt hat dir das sicher gesagt, und man liest die Warnungen überall, nicht?« Volpe stieß aus beiden Nasenlöchern kräftig Rauch aus und heftete ihre frechen kleinen Frettchenaugen auf Roger. »Schau, ich rauche ungefähr zwei, drei Zigaretten pro Woche. Ich rauche sie nicht mal zu Ende.« Pro *Woche*? Pro Tag kam wohl eher hin. Roger sagte: »Trotzdem, Naomi, du rauchst. Und ich glaube, du hattest versprochen ...« »Du rauchst doch auch.« »Ich bin auch nicht schwanger.« »Ich hab es mir nicht ausgesucht, schwanger zu sein«, sagte Volpe zornig, »es wurde mir aufgenötigt.« Sie machte eine Vorführung daraus, die Zigarette im Aschenbecher auszudrücken. »Und ich mag es nicht, wenn man mir nachspioniert, Mr C. Das wäre an sich schon ein Grund für sexuelle Belästigung.«

Volpes Lachen war schrill und ernüchternd.

Roger hatte Phantasien von einem entstellten, verkrüppelt geborenen Kind. Das hirngeschädigt zur Welt kam. Er hatte von einem Neugeborenen gehört, dessen innere Organe, einschließlich des Hirnstammes, frei gelegen hatten, er hatte von einem Kind gehört, das ohne Wirbelsäule zur Welt gekommen war; eine seiner Tanten hatte einen Nervenzusammenbruch erlitten, als sie, wie es hieß, ein missgebildetes Kind zur Welt gebracht hatte, dessen Gesicht so zusammengequetscht war, dass die einzelnen Züge aussahen, als seien sie geschmolzen ... Nachts wachte er aufgewühlt und stöhnend auf: »Es ist ein Fehler. Lee Ann hat Recht. Was hab ich mir bloß dabei gedacht!«

Er wünschte, er wäre Naomi Volpe nie begegnet. Er wünschte, er hätte sich nie zu der ehrenamtlichen Arbeit für die unschuldig Inhaftierten hinreißen lassen. Irgendwie war es Adam Berendts Schuld.

Er würde das Kind nach Adam nennen. Wenn es je ein Kind gab.

18

Kurz nach dem ersten Juli verschwand Naomi Volpe.

Sie hinterließ Roger eine kryptische Nachricht:

Entschuldige –
Ich bin nicht sicher, ob ich das
fertig bringe. Mein Kind weggeben,
und sei es seinem (biologischen) Vater.
Ich weiß, ich hab einen Vertrag unterschrieben.
  Aber du & ich wissen, ein solcher
Vertrag kann nicht durchgesetzt werden. Vor allem
dann nicht, wenn der *Aufenthaltsort von*
Mutter und Kind unbekannt ist.

N. V.

Es waren handschriftliche Zeilen, auf die Rückseite eines bedruckten Blattes gekritzelt; drei entsetzliche Tage später kam eine zweite Nachricht, flimmerte auf Rogers Computerbildschirm:

Entschuldige, dass ich dir Kummer gemacht hab.
du bereust wahrscheinlich, dass du mich
kennen gelernt hast. Ich wünschte, ich könnte
diesem Kind wirklich eine Mutter sein.
Du bist ein guter Mann, Roger. Deine Fehler
sind die deiner Klasse, gegen die du ankämpfst.
  Ich weiß: ich hab versprochen, dass ich
dieses Kind austrage & dass es dir gehört.
  Bitte such nicht weiter nach mir.
Es ist umsonst, ich bin über 1000 Meilen
von dir entfernt. Doch ich weiß, was du
unternimmst, ich werde informiert.
Du machst dich zum Narren.

Ich wünschte, wir hätten einander
lieben können, du nicht auch?

N. V.

In Windeseile tippte Roger eine Antwort und schickte sie N. V. an ihre E-Mail-Adresse (falls räumlich lokalisierbar, war diese Adresse ihre Wohnung in Jersey City, doch Roger wusste, dass dort niemand war), und es folgten mehrere Tage blanker panischer Angst. Warum tat Volpe ihm das an? Hatte sie ihn schon immer verachtet? Oder waren ihre Gefühle aufrichtig? Die Tage vor dem errechneten Geburtstermin (11. Juli) blieben Roger als die konkurrenzlos schrecklichsten Tage seines Lebens in Erinnerung, obwohl ein widernatürlicher Gedächtnisverlust sie später auslöschte, so wie eine Frau (angeblich) die Schmerzen bei der Entbindung vergisst. Am Vorabend des 11. Juli kam diese bemerkenswerte Nachricht aus dem Cyberspace:

> Die WEHEN haben eingesetzt.
> Im Abstand von ungefähr fünfzehn Minuten.
> Jetzt gibt es kein Zurück mehr,
> dieses Kind wird GEBOREN.
> Ob das Menschengeschlecht EXISTIERTE, wenn ein Mann imstande wär, den Wehenschmerz zu fühlen?
>
> Du wolltest, dass dieses Baby getötet wird,
> weißt du noch?
> Eine dritte Partei hat Interesse an dem Kind
> bekundet. Du musst doch zugeben,
> dass ein liebevolles & gebildetes & wohlhabendes
> Paar (Mitte 30) besser ist als ein unverheirateter
> Mann (mittleren Alters).
> Wenn du das Beste für dieses Kind willst,
> Roger, gibst du in dem Punkt nach, ja?
>
> N. V.

»Nein!« Roger würde in dem Punkt niemals nachgeben! Wie im Delirium wartete er an seinem Computer, an seinem Telefon, ging auf und ab in seinem Haus in Salthill, in das Volpe nie den Fuß gesetzt hatte und das auch nie tun würde; er war betrunken, er rauchte Kette, er zog sich nicht aus zum Schlafen, sondern lag wach und voller Mordgedanken und in banger Erwartung achtundvierzig Stunden auf seinem zerwühlten Bett, bis schließlich diese Nachricht auf dem Bildschirm erschien:

Lieber Roger Cavanagh,
NV hat mich beauftragt, Sie zu informieren –
es gibt gute Neuigkeiten. Das Baby ist
da. Das Baby ist ein JUNGE.
Er wiegt 7 Pfd. und 300 g. Er ist 42 cm groß
& hat dichtes Haar & blaue Augen.
Er trinkt gut.

N. V. lässt ausrichten, es sei ihr Wunsch,
das Richtige zu tun. BITTE SUCHEN SIE
SIE NICHT, SIE MELDET SICH
ZU GEGEBENER ZEIT BEI IHNEN.

Die Zeilen waren nicht unterschrieben. Roger wusste, es war sinnlos, unter der angegebenen Adresse eine Antwort an den Absender zu schicken. Dann konnte man gleich in einen Abgrund schreien. Vielleicht hatte sie Volpe selbst geschickt. Um ihn auf die Probe zu stellen, ihn zu quälen? Zu foltern? Und dabei listig den Namen falsch geschrieben? *Tu mir das nicht an. Verdammt, du hast dein Wort gegeben, falls du mehr Geld willst, geb ich dir mehr. Bloß gib mir meinen Sohn!*

In einem Anfall von Kaufrausch hatte Roger ein paar Wochen zuvor in der Babywelt der Palisades Mall Möbel für das Kinderzimmer gekauft. Dieser wunderbare Raum mit den weißen Wänden und einer strahlend weißen Korbwiege als Mittelpunkt lag direkt neben Rogers Schlafzimmer im ersten Stock des dreigeschossigen Hauses. Die Kinderfrau, die Roger eingestellt hatte, eine aus Guatemala stammende Frau namens Herlinda, sollte ein Zimmer mit Verbindungstür zum Kinderzimmer beziehen. Als Roger Herlinda bei einer raschen Hausbesichtigung durch diesen kleinen Trakt führte, hatte die Frau viele Fragen auf dem Herzen, deren peinlichste lautete: Wo war Mrs Cavanagh?

»Herlinda«, sagte Roger vorsichtig, »im Moment gibt es keine ›Mrs Cavanagh‹. Die Mutter des werdenden Kindes ist eine Freundin, sie ist fortgegangen, um ihr Kind allein zur Welt zu bringen. Vielleicht«, sagte Roger, von Herlindas wachen dunklen Augen und ihrem braunen Gesicht dazu animiert, »ist sie in ihre Heimatstadt gegangen, um bei ihrer eigenen Mutter zu sein. Wir haben momentan keinen Kontakt. Aber es ist alles in Ordnung, Herlinda! Sie ist bald wieder da, versprochen. Obwohl Sie sich vielleicht nicht kennen lernen werden. Aber das Kind wird bald hier sein, ich verspreche es.« Falls Herlinda, dic als Kinderfrau über langjährige Erfahrungen und ausgezeichnete Empfehlungen verfügte, misstrauisch war oder Zweifel hatte, merkte man es ihr nicht an. Herlinda kannte sich aus mit den rätselhaften Verhältnissen bei den amerikanischen Weißen der Vorstädte! Höflich erbat sie sich von Mr Cavanagh eine »Vorauszahlung«, einen Scheck über einen ansehnlichen Teilbetrag des »nichtrückzahlbaren« Gehalts, den Roger ihr bereitwillig mit stark zitternder Hand ausstellte.

Ja, ich bezahle! Ich bin der, der bezahlt.

Bloß – bitte, Gott – GEBT MIR MEINEN SOHN.

19

Auf einen unglücklichen Ausgang war er vorbereitet – auf ein Happyend nicht.

Er hatte seinen Glauben an die Liebe verloren. Falls er sein Lebtag nie wieder eine Frau berührte – gut!

Er wartete immer noch auf Nachricht von Naomi Volpe. Er ging in Salthill kaum aus dem Haus aus Angst, ihren Anruf oder gar ihren Besuch zu versäumen. (Vielleicht würde sie ihm seinen Sohn bringen, würde sie ihn persönlich abliefern. War das eine abwegige Hoffnung?) Roger hatte sich Arbeit nach Hause mitgenommen und hielt per Telefon und E-Mail Kontakt mit Abercrombie, Cavanagh, Kruller & Hook; er konnte, in seine Arbeit vertieft, sechzehn Stunden lang von sich selbst absehen; er schuftete für seine reichen Salthiller Klienten, und er schuftete für den bedürftigen Elroy

Jackson Jr., vervollständigte den Antrag, der in der Folgewoche beim Bundesgericht eingereicht werden sollte. In der Arbeit – welche Klarheit! Unpersönlichkeit. Integrität. Man konnte sich auf eine Sache konzentrieren und blieb bei Verstand. Obwohl sich Roger hinterher eingestand, dass er in diesen Tagen hart an der Grenze gewesen war. Er zwang sich zum Duschen, zum Rasieren. Zwang sich dazu, seine Kleider zu wechseln. Lag schlaflos in diesen langen Mittsommernächten. Wartete darauf, dass Naomi Volpe sich bei ihm »meldete«. Wartete darauf, seinen kleinen Sohn zu sehen. Wagte es nicht, zu denken: Es ist alles Schwindel. Ein einziger Betrug. Dieser Junge war niemals von mir. Sie hat das geplant, sie hat ihn an Fremde verscherbelt.

Am Abend des dreizehnten Juli schlief er, den Kopf auf die Arme gelegt, am Schreibtisch ein. Sein Kopf war schwer, schwer wie eine von Adam Berendts Steinskulpturen! Mittels Traumlogik durfte er erfahren, dass er in Wahrheit eine von Adam Berendts gemeißelten Steinfiguren war. Das Baby, dessen so schwer habhaft zu werden war, war auch da. Das Baby, das sieben Pfund und dreihundert Gramm wog, zweiundvierzig Zentimeter maß, der Junge mit dem dichten Haar und den blauen Augen, der Junge, der sich, als Roger die Arme nach ihm ausstreckte, entzog. Wo *war* Roger? – an einem Ort, verwirrend wie der Penn Station. Trauben von Menschen mit verschwommenen Gesichtern. Züge wurden angesagt, doch zugleich war der Boden unter seinen Füßen sumpfig und gab nach. Adam Berendt redete auf Roger ein, tröstete ihn. Doch die Worte kamen nicht an. Adam und das Baby, das »Adam« heißen sollte. Das war Traumlogik. Hier – nirgendwo sonst – ergab sie einen Sinn. Roger stolperte, fasste nach dem Kind, doch das Kind verflüchtigte sich – wohin? Roger erwachte stöhnend, vollkommen erschöpft.

Er sah, dass eine neue Nachricht auf ihn wartete.

Mr C.! Ruf mich an. Ich bin wieder da.

N. V.

20

Das wird Roger unvergesslich bleiben, so als sei es eine Fortsetzung seines Traums.

Er läuft hastig zu der Straßenkreuzung, an der das Auto parkt. Unter einer Straßenlaterne. Sie sitzt auf der Beifahrerseite, die Tür ist offen. Das Auto gehört Unbekannten, eine Frau sitzt am Steuer, doch Roger hat nur Augen für Naomi Volpe. Sie sitzt auf dem Beifahrersitz, die in Hosen steckenden übereinander geschlagenen Beine auf der Straße. Auf ihrem Schoß ein zappelndes Bündel.

Mit feinem Spott sagt sie, Lachen in der Stimme: »Sieh mal, wer da ist, Buzz. Dein Dad-dy.«

21

Jetzt sprach ganz Salthill von Roger Cavanagh.

»Roger? *Vater*? Zum zweiten Mal? Und *er* hat das Kind?«

»Aber – was ist mit der Mutter? *Wer ist die Mutter?*«

Unruhe, Besorgnis machte sich allenthalben breit. Roger Cavanagh, einer von ihnen, hatte ihren Zirkel verlassen und außerhalb das gefunden, was, wie alle fanden, die ihn kannten, offenbar sein größtes Glück war.

Denn Roger, der früher kaum von sich gesprochen hatte, beantwortete die Fragen von Freunden jetzt mit erstaunlicher Offenheit. Im Überschwang der neuen Vaterschaft war ihm die Wahrung seiner Privatsphäre anscheinend egal. Er machte die Runde durch die Salthiller Häuser und präsentierte den Kleinen – »Adam« –, und er öffnete sein Haus am frühen Abend und den ganzen Sonntag über für Gäste. Eine lächelnde guatemaltekische Kinderfrau hielt sich im Hintergrund, und Roger nahm das Kind zärtlich auf den Arm, stolz, aufgekratzt, selig in seiner Rolle. Jawohl, Roger wechselte die Windeln: manchmal. Jawohl, Roger half beim Füttern und Baden: manchmal. Er war immer dabei, wenn das Kind ins Bett gebracht wurde. Das war ein heiliges Ritual. Er hatte von der Kindheit seiner Tochter nicht viel mitbekommen, er sah es ein, er war zu beschäftigt gewesen mit seiner Karriere, zu jung, ehrgeizig, unreif. »Diesmal möchte ich es richtig machen.«

Sein »verlorenes Leben« sei ihm zurückgegeben worden, sagte er.

Seinen Freunden gestand er: »Mein Leben war scheiße. Ein einziger Misthaufen. Jetzt hat sich alles verändert.«

Es fiel auf, dass Roger Cavanagh »Jahre jünger« aussah.

Es fiel auf, dass Roger eine neue, unterhaltsame Unbekümmertheit an den Tag legte, die an den verstorbenen Adam Berendt erinnerte. Er brachte seine Freunde zum Lachen, selbst wenn er sie manchmal schockierte. Er nahm sich selbst nicht aus, schilderte seine »kühle Beziehung« zur Kindsmutter, der unsteten Rechtsanwaltsgehilfin, die in Salthill niemand kannte. Berichtete, wie sie ihm das Kind überreicht hatte – mit den Worten: »Hier ist er, Mr C. Wo ist mein Scheck?«

Die nichtsnutzige junge Frau war nach San Jose verzogen, wo sie ein Büro der Nationalen Initiativgruppe zur Befreiung unschuldig Inhaftierter leitete. Roger hatte sie ausdrücklich für diese Position empfohlen und war auch für ihre Umzugskosten aufgekommen. Sie hatte ihm das alleinige Sorgerecht für das Kind zugestanden. Auf der Geburtsurkunde war Roger Cavanagh als Vater eingetragen. Er hatte das Dokument ein Dutzend Mal studiert. *Naomi Volpe, Roger Cavanagh*. Aus dieser Verbindung zweier Fremder war *Adam Cavanagh* hervorgegangen.

Roger hatte allen Grund zu der Hoffnung, dass er Volpe nie wieder sah.

Als Beatrice Archer den kleinen Adam zum ersten Mal erblickte und ihn auf den Arm nehmen durfte, brach sie in Tränen aus. Sie würde nie wieder ein Kind bekommen! Und dieser Kleine war ausnehmend neugierig, aufgeweckt, ein richtiger Junge eben, ein kräftig strampelnder kleiner Junge mit blauen Augen und einem kantigen Berendt'schen Zug um das Kinn – »Auch wenn Klein-Adam natürlich nicht Adams Sohn ist. Das ist uns klar.« Beatrice war eine Frau, die sich am Glück ihrer Freunde so ergötzen konnte wie manchmal an deren Unglück; sie mochte Geschichten, eine plötzliche Wendung des Schicksals. Sie rief Freunde an, die den Sommer über verreist waren, manche bis nach Europa, um ihnen von den erstaunlichen Neuigkeiten bei Roger Cavanagh zu berichten.

Unweigerlich kam dann die Frage nach der Mutter. Beatrice erklärte: »Niemand, den wir kennen.«

22

»Wie seltsam, ihn ›Adam‹ zu nennen«, murmelte Abigail. »Warum hast du das getan, Roger?«

Roger zuckte mit den Achseln. »Warum denn nicht?«

Die beiden entfernten sich von Abigails Gästen, die auf der Feldsteinterrasse am hinteren Ende ihres großen Hauses beisammen standen. Es war das Labor-Day-Wochenende. Abigail und Gerhardt waren gerade von einem mehrwöchigen Urlaub in Nantucket zurückgekehrt und gaben eine Dinnerparty, um ihre bevorstehende Heirat bekannt zu geben. (»Abigail, endlich wieder verheiratet!«, staunten ihre Freunde. »Das ist das Ende einer Epoche.«) So glücklich er mit seinem inzwischen sieben Wochen alten Sohn auch war, war Roger doch überhaupt nicht glücklich, als er erfuhr, dass Abigail einen Salthiller Architekten heiraten würde, den niemand aus ihrem Kreis sonderlich gut kannte – Gerhardt Ault.

Der Mann war total farblos. Den würdigte man keines zweiten Blickes. Roger hatte Erkundigungen angestellt und erfahren, dass Ault ein angesehener Architekt war, vermutlich also Geld besaß und weiter Geld verdienen würde, doch Abigail Des Pres war auf Geld nicht angewiesen, sie brauchte – was eigentlich? Nicht diesen jungenhaft-tollpatschigen hausbackenen Menschen mit dem schmalen Adlergesicht und dem fliehenden Kinn, den höhlenartigen Nasenlöchern, dem krampfhaft nervösen Handschlag und einem Hang zum Stottern. Ault war nur knapp so groß wie Abigail und sah sie ehrfürchtig an; er liebte, verehrte sie, daran bestand kein Zweifel, aber wie war es möglich, dass Abigail *ihn* liebte? Dass die beiden ein *Liebespaar* waren? Es gab Roger einen Stich vor sexueller Eifersucht, beinahe Zorn.

Er hätte Abigail Des Pres heiraten können.

Wo immer Roger diesen Herbst in Salthill und Umgebung eingeladen war, überallhin nahm er den kräftigen kleinen Adam und die tüchtige guatemaltekische Kinderfrau mit, und nachdem die Gäste so lange über dem Kleinen gegurrt hatten, dass der Schicklichkeit Genüge getan war, wurde Adam mit Herlinda wieder ins Kinderzimmer am Belle Meade Place expediert. Abigail, die den Kleinen hochnahm und ihn auf ihren bloßen, schlanken Armen hielt und den warmen Körper des Kindes mit den Lippen berührte, brach in Tränen aus, die den Vater sehr erfreuten. »Ich freue mich so für dich, Roger«, flüsterte Abigail. »Das ist schon – überraschend.« Und Roger sagte mit aller Verve, die er aufzubieten vermochte: »Und ich freue mich für *dich*, Abigail.«

Gerhardt Ault gegenüber war Roger höflich und zuvorkommend. Roger schwante, dass er ihm gesellschaftlich oft begegnen würde. Er würde sein Verhalten Ault gegenüber mit der Zeit noch genauer festlegen, wie er Vergleiche für Klienten ausarbeitete, bei denen man so viel wie möglich herauszuholen und so wenig wie möglich zuzugestehen versuchte.

Ault, nur wenige Schritte entfernt, sah mit schüchternem, hoffnungsvollem Lächeln herüber, doch Abigail und Roger achteten nicht auf ihn. Nachdem das Baby mit Herlinda nach Hause geschickt war, stürzte Abigail ein Glas Champagner hinunter und schob kühn ihre Hand in die Rogers. »Komm, sprich mit mir, Roger. Wir haben so viel nachzuholen.« Abigail erkundigte sich nach Rogers ehrenamtlicher anwaltlicher Arbeit und schien aufmerksam zuzuhören (was viele Salthiller Freunde nicht taten), als er davon berichtete; spontan erklärte sie, der Gruppe Geld spenden zu wollen. »Es kam von Adam, ja?« Roger sagte: »Ja. Von Adam.« *Und führte zu: Volpe. Und von ihr: zu dem Kind.* Doch er mochte den Zusammenhang nicht so offen darstellen, nicht einmal Abigail gegenüber. Nun war sie es, die mit Wärme und einem Zittern in der Stimme von ihrem neuen Leben erzählte, zwar nicht viel von Gerhardt Ault, aber von seiner dreizehnjährigen Adoptivtochter Tamar, einer gebürtigen Chinesin und sehr schüchtern. Ault und seine Frau hatten das Mädchen als Einjährige an Kindes statt angenommen, doch seine Frau war an Krebs gestorben, als Tamar noch klein war. »Durch den Verlust ihrer Mutter war sie am Boden zerstört. Sie vertraut niemandem, und ich nehme es ihr nicht übel. Ich möchte sie lieb haben wie eine Mutter, bloß das Wie muss ich noch lernen. Das Mädchen ist wie eine gerade erblühende Blume. Die Blütenblätter haben sich schon ein wenig geöffnet – aber wenn die Sonne zu stark ist, schließen sie sich wieder.« Abigail erstaunte Roger, als sie mit großer Leidenschaft davon sprach, dass sie sich »sehr still, zen-artig« des Mädchens annahm, beispielsweise ihr Zimmer nur betrat, wenn sie dazu aufgefordert wurde, nur das Wort an Tamar richtete, wenn sie spürte, dass Tamar es wollte. »Ich ›überfalle‹ sie nicht, ›belaure‹ sie nicht, wie Jared es mir immer vorgeworfen hat. Das Schlimmste, was man tun kann, ist, einem Kind die eigenen Gefühle aufzudrängen – das habe ich begriffen! Ich gehe mit Tamar in die Stadt ins Ballett, ins Museum, zu Aufführungen. Sie ist eine vielversprechende Cellistin, und ich bin inzwischen ihre wichtigste Zuhörerin. Ich sage wenig, behalte mein Lob für mich. Meist höre ich bloß zu. Auf diese Weise verkehren wir. Auf diese Weise will ich Tamars Mutter sein. Oh, Roger, glaubst du, dass das gut geht? Ich möchte so sehr, dass es gut geht. Tamar liebt ihren Vater, kann aber nicht mit ihm sprechen, und Gerhardt ist ihr gegenüber auch befangen …« Abigails Stimme zitterte vor Gefühl. Roger war berührt, dass sie sich ihm anvertraute, in diesem Moment bestand eine wirkliche Nähe zwischen ihnen, doch ihn ärgerte Abigails neue, offenbar aufregende Verbindung mit den Aults, die für ihn Fremde waren. Unschuldig sagte er: »Und was hält Jared davon, dass seine Mutter wieder heiratet?« Abigail erstarrte und wandte den Blick ab mit der Würde der Frau, deren Herz gebrochen war und wieder geheilt ist – oder beinahe. »Harry klagt darüber«, sagte sie, »dass Jared immer schwieriger wird – immer ›rebellischer‹. Er fetzt sich mit seinem Vater und seiner Stiefmutter. Bei mir meldet er sich nicht mehr. Und ich halte mich fern. Ich habe mein neues Leben, Roger, genau wie du.«

Unauffällig hatte Roger Abigail zur anderen Seite des Hauses gelotst, die von der Terrasse nicht einsehbar war. Und sie war willig mitgegangen. Roger wusste, dass Gerhardt Ault nicht wagen würde, ihnen zu folgen. Keiner ihrer Salthiller Freunde. In deren Vorstellung waren Roger und Abigail in nicht genau definierbarer Weise ein »Paar«. Abigail hatte ihre Hand aus Rogers warmer Hand gezogen, doch er fasste nach, zog sie an den Fingern zurück. »Abigail,« sagte er niederträchtig, »du liebst diesen ›Gerhardt Ault‹ doch nicht wirklich, oder? Euch kann doch emotional, sexuell nichts verbinden?« Sprach's im tadelnden Tonfall des älteren Bruders. Abigail erwiderte: »Ich achte und bewundere Gerhardt, lieben könnte ich nur *dich.*« Sie lachte, ein Geräusch wie sich kräuselndes Wasser.

Roger wandte sich zornig lächelnd ab. Miststück!

Doch er ließ zu, dass Abigail Des Pres das letzte Wort über ihre Liebe hatte, er war ein Gentleman.

Denn als er am späteren Abend in sein Stadthaus am Belle Meade Place zurückkehrte, lag sein kleiner Sohn – Rogers *Sohn*! – im Kinderzimmer neben seinem eigenen Schlafzimmer.

»Adam Cavanagh«: Mittelpunkt des Lebens von Roger Cavanagh, dessen Leben vorher keine Mitte gehabt hatte.

Herlinda war da und schilderte dem vernarrten Vater, was sich in jeder einzelnen Minute, seit Roger sie zuletzt gesehen hatte, an Wundervollem zwischen ihr und Klein-Adam ereignet hatte (das Füttern, das ›Bäuerchen‹, das Wechseln der Windel, das Baden, der Schnuller, das Strampeln und Herumwerfen des Kleinen in seinem Körbchen, Decke drüber, Decke runter, Zappeln, Schreien, Gurren und Krähen, Augenrollen, »Horchen« und »Lächeln«), und Roger hörte so aufmerksam zu, als hinge sein Leben davon ab. Noch lange nachdem Herlinda zu Bett gegangen und Klein-Adam längst im allertiefsten Schlaf versunken war, stand Roger über das Körbchen gebeugt, in Ehrfurcht versunken. So glücklich, dass er allmählich seine Angst vergaß.

Die Vermisste

1

Ende Juni – endlich! – kam der Anruf.

Der Anruf, auf den Owen Cutler in banger Erwartung acht Monate lang gewartet hatte, seit Augusta aus seinem Leben verschwunden war

»Mr Cutler? Sie sitzen hoffentlich gerade? Sonst setzen Sie sich bitte.«

Am Apparat war Elias West, der Privatdetektiv, den Owen mit der Suche nach Augusta beauftragt hatte. Er befand sich in Florida. Hier, in Hendry County, nördlich der Everglades, hatten Wanderer den unbekleideten, von seinem Kopf getrennten Körper einer Weißen, weiblich, um die fünfzig, gefunden. Die »noch nicht identifizierte« Frau war »sexuell missbraucht« worden, ihr Unterleib war »verstümmelt«, man hatte ihr brutal die Fingerspitzen »abgehackt«, offensichtlich, um die polizeilichen Ermittlungen zu erschweren. Zum Glück war die Leiche keine achtundvierzig Stunden nach dem Ablegen gefunden worden, wodurch die Verwesung, die in dem Klima normalerweise schnell voranschreitet, nur minimal war.

Eine Vermisstenanzeige war im ganzen Land verbreitet worden. Elias West fand, sie sollten sich zusammensetzen, denn Florida war eine der Regionen, in die ihn seine Suche nach Augusta geführt hatte. (Eine Gucci-Handtasche mit Augusta Cutlers Ausweis darin war im April in Miami Beach gefunden worden.) West fragte seinen Auftraggeber ohne Umschweife: Sah Mr Cutler sich in der Lage, nach Florida zu kommen und den Anblick einer Leiche wie der geschilderten zu ertragen? Sah er sich in der Lage, seine Frau unter solchen Umständen durch besondere Kennzeichen wie Muttermale, Sommersprossen, Narben etc. zu identifizieren?

Owen Cutler, der schon beim ersten Läuten abgenommen hatte, zögerte nur einen Moment, bevor er ja sagte. Und, ja, er saß. Seine Stimme war schwach, aber ruhig. Die Einsamkeit – und die besondere Peinlichkeit dieser Einsamkeit – bekämpfte er, indem er bei kühlem Wetter in seinem Gewächshaus und bei warmem Wetter in seinem neu angelegten üppigen Garten arbeitete; er war zwar immer noch Miteigentümer verschiedener medizinischer Einrichtungen in Rockland County, aber nicht mehr aktiver Teilhaber; an diesem sonnigen Junivormittag saß er an einem einfachen Arbeitstisch im Garten hinter seinem Haus unter einem Dach aus roten Kletterrosen und blätterte, unablässig auf der Suche nach »Anhaltspunkten« für Augustas Verschwinden, sein übliches Dutzend Tageszeitungen (darunter den *Miami Herald* und *USA Today*) durch.

»Wenn diese Frau Augusta ist, muss ich sie heimholen. Wir sind schon zu lange getrennt.«

Was hatte es zu bedeuten, dass Augusta Cutlers Handtasche auf einem Bauplatz in Miami Beach gefunden worden war?

Elias West konnte nur die Theorie anbieten, dass Augusta offenbar in Miami Beach gewesen war und, ja, natürlich, dass ihr jemand die Handtasche mit Gewalt weggenommen hatte, aber womöglich war sie bloß gestohlen worden und Augusta selbst nicht zu Schaden gekommen ... »Dann lässt es sich vielleicht als Zeichen dafür deuten, dass meine Frau lebt?«, fragte Owen Cutler bänglich. West hatte die Handtasche nach Salthill mitgebracht, damit Owen sie identifizieren konnte. Owen hielt sich das zerkratzte und beschmutzte Leder ans Gesicht, um, wie er hoffte, Augustas Parfum einzuatmen, doch er roch keinen Parfumduft, nur etwas ... Fauliges. Und, um ehrlich zu sein, war Owen sich nicht schlüssig, ob er die Handtasche als Besitz seiner Frau identifizieren konnte, denn Augusta besaß so viele Handtaschen ...

»Unbedingtes Ja, Mr Cutler«, sagte Elias West einfühlsam, »diesen Schluss können Sie aus dem Beweisstück ziehen, wenn Sie wollen.«

Am Morgen nach Wests Anruf flog Owen nach Naples, Florida, wo ihn der Privatdetektiv und zwei sonnengebräunte Hilfssheriffs am Flughafen abholten und mit ihm ins Leichenschauhaus von Hendry County nach Cropsey fuhren. Es war heiß an diesem Tag in der Hölle des inneren Florida, die gleißende Sonne blendete, doch Owen hatte keinen Blick für seine Umgebung. Seine Begleiter behandelten ihn wie einen Behinderten, und er ging ja tatsächlich etwas schwankend und hatte beim Einsteigen in das Zivilfahrzeug der Polizei Hilfe benötigt. In seinen Augen lag ein unnatürlich hoffnungsvoller Glanz. Die Stimmung im Wagen, der in der Hitze flirrende asphaltierte Highways entlangjagte, links und rechts hektargroße leere Sumpfgebiete, war gedrückt und düster. Der Ältere der beiden Polizisten teilte Owen mit, der Suchtrupp habe den »fehlenden Teil der Anatomie der Verstorbenen« noch nicht gefunden, und vielleicht werde er auch niemals gefunden. »Manche dieser kranken Menschen bewahren einen Kopf für ihre eigenen Zwecke auf. Oder sie zerstören ihn besonders gründlich, um eine Identifizierung zu verhindern.« Elias West, der mit seinem Auftraggeber im Fond des Wagens saß, bekräftigte diese Worte und bemerkte: »Anhand einer nicht identifizierten Leiche den zu ermitteln, der dieses Verbrechen verübt hat, ist fast unmöglich, Mr Cutler.« Owen rutschte auf seinem Platz hin und her, als seien ihm seine Sachen zu eng. »Ja«, murmelte er. »Leuchtet ein. Es tut mir Leid.«

Owen wurde mitgeteilt, dass das Opfer, das er zu sehen bekam, nicht durch die Stichverletzungen, ja nicht einmal die Enthauptung, sondern durch Erwürgen zu Tode gekommen war. »Das heißt, das Opfer war bereits tot, als der Kopf vom Rumpf getrennt wurde.« (Ja, aber was *bedeutete* das, fragte sich der ängstliche Gatte.) Die Tote hatte an beiden Hand- und Fußgelenken »tiefe rote Striemen«, Anzeichen dafür, dass sie mit Draht gefesselt worden war. Dieser Draht war jedoch beim Ablegen der Leiche oder zuvor entfernt und im Umkreis der Leiche nicht gefunden worden. Es gab Indizien dafür, dass das Opfer mehrere Ringe getragen hatte, doch an der Leiche wurde kein Schmuck gefunden, wie ja auch alle Kleidungsstücke fehlten. Die Polizisten wiederholten, dass das Opfer um die fünfzig und vor dem grausamen Verbrechen »füllig und in guter körperlicher Verfassung« war; die Frau hatte ein Kind oder Kinder geboren ... Owen hörte zwar aufmerksam zu, bekam aber Beklemmungen und bat schließlich um einen Stop an der nächsten Tankstelle oder einem Rastplatz, um eine Toilette aufsuchen zu können. Als er wiederkam, war sein Gesicht feucht und bleich, und er roch nach Panik, nach Erbrochenem. Die Sheriffs von Hendry County und Elias West, die sich während Owens Abwesenheit leise im Wagen unterhalten hatten, verstummten, als er wieder einstieg.

Owen hatte eine Aktentasche bei sich, gefüllt mit persönlichen Dingen Augustas, darunter Fotos, sollten die erforderlich sein, und einer Taschenbuch-Anthologie mit dem Titel *Das moralische Leben*. Owen war kein Freund von Adam Berendt gewesen (er gab es zu) und hatte sich (zu seiner Schande) gefreut, als er von Adams Tod erfuhr, doch in den Monaten seit Augustas Verschwinden entsann er sich Berendts Interesse und begann sich mit Philosophie zu beschäftigen. Besonders angetan hatten es Owen die antiken Lehren des Griechen Epikur (»die Grenze für die Größe der Lustempfindungen ist die Beseitigung alles Schmerzenden« – »bestelle deinen Garten!«) und der Stoiker (»nichts, das sich außerhalb des menschlichen Geistes begibt, ist ›gut‹ oder ›schlecht‹«). Owen glaubte, ein philosophisches, ein vernünftiges Leben zu führen – endlich; jetzt würde Gussie ihn bewundern, ja ganz Salthill würde ihn bewundern, wenn sie das wüssten. Er überwand die entsetzliche Schwäche, die sich seines Körpers bemächtigt hatte, indem er den Sheriffs intelligente Fragen über ihre Arbeit stellte und Mitgefühl für ihr Leben bekundete, das er sich vorzustellen versuchte, so gut es ging. »Sie bekommen sicher entsetzliche Dinge zu sehen! Die meisten Menschen könnten das gar nicht aushalten.« Die Sheriffs, für die grausige Abenteuer wie eine kopflose Frauenleiche – womöglich die Überreste der Gattin eines reichen

Geschäftsmannes aus einem Vorort von New York City – willkommene Abwechslungen von der Öde polizeilicher Routinearbeit waren, nahmen Owens Lob mit Dankesgemurmel an.

»Wir machen nur unsere Arbeit, Mr Cutler. Mal sehen, was dabei herauskommt.«

Der Wagen jagte in blendendes Sonnenlicht. Augustas anklagende Stimme war in Owens Gedanken nie weit. Sie hatte ihn verhöhnt, hatte unvergessliche – unverzeihliche! – Worte gesprochen. *Haben alles Geheimnis füreinander verloren. Zwei zusammen einbalsamierte Leichen.* Hatte er sie denn erschlagen, zum Schweigen gebracht? Hatte er sie erwürgt? (Aber wie hatte er ihre Leiche nach Florida transportiert? Vor dieses Rätsel gestellt, machte sein Denken schlapp.)

»Bei solchen Fällen, wenn eine Ehefrau verschwunden, womöglich tot ist, soll ja immer der Ehemann der Hauptverdächtige sein«, sagte er lahm, »aber ich vermute, in diesem Fall ermitteln Sie doch – in anderer Richtung?«

Der Fahrer des Wagens sah im Rückspiegel zu Owen, und sein Kollege neben ihm drehte sich mit einigermaßen überraschtem Ausdruck nach hinten um. »Diese Beamten«, warf Elias West rasch ein, »untersuchen nicht Augustas Verschwinden, Mr Cutler. Das ist eine ganz andere Ermittlung. Ich hätte es wohl genauer erklären sollen. Bei diesem Fall handelt es sich um eine nicht identifizierte Leiche und um die Ermittlung vermisster Personen, auf die die Beschreibung passt, aber nicht notwendigerweise um Ihre Frau, Mr Cutler, verstehen Sie?« West, ein ehemaliger Bezirkspolizeichef, der mit Ende vierzig in den vorzeitigen Ruhestand gedrängt worden war, war ein schlaksiger Mann mit hängenden Schultern und einem Kranz dichten grauen Haars, die Haare lang und lockig wie die Karikatur eines Gesetzeshüters aus dem amerikanischen Westen. Er war inzwischen Ende fünfzig, bescheiden und eitel, ein Zyniker durch und durch und hatte tadellose Manieren; er trug feine weiße Hemden mit Bindebändern, Weste und schwarzes Jackett; sein Gürtel war mit Metall beschlagen und saß tief auf den Hüften. Sein Gesicht hatte die Farbe dunkler ungebrannter Ziegel, und seine Augen waren hell und nervös. Er machte den Eindruck, »bewaffnet« und auch zum Waffeneinsatz bereit zu sein. West kostete Owen Cutler ein kleines Vermögen, ein Tatbestand, den Owen als Indiz für das Können des Privatdetektivs nehmen zu können meinte. Es war klar, dass West und die Sheriffs von Hendry County die gleiche Sprache sprachen; sie waren vom selben Schlag. Als West den Polizisten gegenüber erwähnte, dass er als Bezirkspolizeichef angefangen hatte, waren die Sheriffs beeindruckt und wollten wissen, wo er stationiert gewesen war und warum er den Dienst quittiert hatte, und West sagte knapp, er habe »ein paar Kugeln mit meinem Körper abgefangen«. Die Sheriffs hatten – was Owen nicht wusste – West über seinen Arbeitgeber befragt, und West hatte respektvoll geantwortet, Mr Cutler sei ein integrer, anständiger Mensch, der nach seiner Frau suche, die das Weite gesucht habe, möglicherweise mit einem Liebhaber, obwohl seines Wissens unter den »Lebenden« niemand dafür in Frage kam. Augusta Cutler hatte ein Grundstück, das sie besaß, für eine halbe Million Dollar verkauft und war verschwunden. Ihre Handtasche war im April in Miami Beach gefunden worden. Er, West, hatte umfangreiche Ermittlungen angestellt und keine Spuren gefunden. »Ich glaube nicht, dass die Frau, die keine gewöhnliche Hausfrau ist, entführt wurde. Augusta Cutler hat ihr Heim freiwillig verlassen. Doch vielleicht ist sie inzwischen in Schwierigkeiten, Sie haben die Fotos ja gesehen, sie war verdammt sexy, eine gut aussehende Frau. Und reich.«

»Als Augusta das letzte Mal mit mir sprach«, sagte Owen grübelnd, »hat sie eine seltsame Bemerkung gemacht, so als sage sie etwas voraus: ›Wir sind wie zwei einbalsamierte Leichen, das ist unser Mausoleum‹.« Er lachte, ein Geräusch, als werde von den Reifen eines dahinjagenden Autos etwas zerdrückt. Die Sheriffs von Hendry County und der Privatdetektiv Elias West hörten es und schwiegen erschrocken.

Auf dieser Alptraumreise nach Zentralflorida trug Owen Cutler einen schicken, wenngleich etwas knittrigen Seersucker-Anzug, den Augusta vor einigen Jahren anlässlich der Hochzeit ihres älteren Sohnes für ihn ausgesucht hatte. (Spekulierte der verzweifelte

Ehemann vielleicht darauf, dass Augusta – falls es sich bei der verstümmelten Frauenleiche nicht um die seiner Frau handelte, sie sich aber zufällig in der Nähe befand – den Seersucker-Anzug bemerken, ihn wieder erkennen und sich erweichen lassen würde?) Er trug ein weißes Sporthemd, den obersten Knopf offen. Beim hastigen Rasieren hatte er sich mehrmals geschnitten und zufrieden gedacht: Zumindest lebe ich, das ist der Beweis: Blut, doch seine Gesichtshaut war bleich wie Speckstein und sah porös aus. Das war aus ihm während der vergangenen acht Monate geworden: ein Mann aus Stein. Sein jetzt fast kahler Kopf hatte etwas Edles, Marmornes, die Knochen des Gesichts traten hervor. Seltsame kalligraphische Vertiefungen und Kerben überzogen seinen Schädel wie durch Erosion entstandene Bächlein. Seine Augen waren nackt und bloß, ungeschützt, zwinkerten ständig. Er vermittelte den Eindruck eines Menschen, der extrem kurzsichtig ist und seine Brille verlegt hatte. Von den in dem Polizeiauto nach Cropsey, Florida, fahrenden Männern trug Owen als Einziger keine Sonnenbrille, hatte er als Einziger den Mund leicht geöffnet, aber nicht aus Gedankenverlorenheit, sondern als sei er in der summenden, flirrenden Junihitze von Zentralflorida nicht ganz da. Dieser Mund, den schon sehr lange keine Frau mehr geküsst hatte, war eingefallen.

Owen Cutler: *ein Toter. Postum.* Nicht anders die sinnliche, unberechenbare Augusta – jedenfalls in den Augen Salthills. Aus Salthill zu verschwinden hieß vom Angesicht der Erde zu verschwinden. Für manche Beobachter war Owen eine Jammergestalt, ein Schandfleck, und als solcher möglicherweise (auch wenn das unwahrscheinlich war!) ihr Abbild, und sie gingen ihm aus dem Wege, wenn sie ihn in der Öffentlichkeit sahen; für andere, die den Mann seit Jahren kannten und ihn eher bewundert als gemocht hatten, hatte Owen das Format eines tragischen Vorstädters, und sie mieden ihn in der Öffentlichkeit. Obwohl er sich auf den Gesellschaften, zu denen er noch eingeladen wurde, alle erdenkliche Mühe gab mit seiner Erscheinung, ließ er sich an den trägen Tagen, wenn er daheim blieb, gehen, war unrasiert, lief in schmutzigen Gartensachen und ausgelatschten Hausschuhen herum. Er zog jetzt den linken Fuß etwas nach und ging schleppend, so, wie hier gesprochen wurde. Es fiel auf, dass Owen das meiste von dem, was ihm gesagt wurde, nicht zu hören schien; andere Male wieder hörte er sehr genau, was nicht gesagt worden war. Mit dem feinen Gespür für den persönlichen Vorteil, der sich in der für ihre Generation typischen Weise zeigte, äußerten die Cutler'schen Kinder, die in den gierigen, von der Wall Street beherrschten Achtzigern großgeworden waren, die Besorgnis, bei ihrem Vater zeige sich eine »klinische Depression«; es gab eine Anlage zur Demenz (Alzheimer?) bei den Cutlers, die allerdings bei keinem Betroffenen vor dem fünfundachtzigsten Lebensjahr ausgebrochen war. Trotzdem befürchteten Owen Cutlers Erben, er könne etwas »Leichtsinniges« tun – beispielsweise sein Geld weggeben. Owen hatte seine Familie bereits dadurch in Unruhe versetzt, dass er seine Beteiligungen auf jüngere Mitgesellschafter übertragen hatte und nach und nach das Interesse an den Finanzen verlor. Er las das *Wall Street Journal* nicht mehr! Hatte eine Belohnung von 500 000 Dollar ausgesetzt für Hinweise, die zur Wiederauffindung Augustas beitrugen, was ja vielleicht nicht übertrieben war, denn (natürlich) wollten die Cutler'schen Kinder auch, dass ihre Mutter zu ihnen zurückkam, doch Owen sprach davon, eine Augusta-Cutler-Stiftung einrichten und verdienstvolle lokale Kunstvereine und Wohltätigkeitsorganisationen unterstützen zu wollen. Und dann dieser neue, beispiellose Fanatismus, mit dem er Orchideen züchtete, im Garten werkelte und philosophische Werke las. Owen registrierte beklommen die Missbilligung seiner Kinder; vor allem sein älterer Sohn, ein aggressiver junger Absolvent der Wharton Business School, äußerte »Besorgnis« um Owens Gesundheit; und es wurde viel Aufhebens um den körperlichen und psychischen Zusammenbruch von Owens Freund und Nachbarn Lionel Hoffmann gemacht, der als gebrochener Mann, als Kranker, in das Haus am Old Mill Way zurückgekehrt war und den Chefsessel in seinem Familienunternehmen geräumt hatte. *Das ist der Anfang vom Ende: verlorenes Interesse am Geldverdienen.*

Owen hatte seinen Kindern versprochen, sie über alle wichtigen Entwicklungen bei der Suche nach Augusta auf dem Laufenden zu halten. Doch von Elias Wests Anruf hatte er ihnen nichts erzählt, denn es war nicht angebracht, dass sie ihn bei dieser Reise begleiteten. Wenn die verstümmelte Frau Augusta war, blieb ihnen ein grässlicher letzter Anblick ihrer Mutter erspart; wenn nicht, war es besser, wenn sie erst gar nichts davon erfuhren.

Schon vor längerem hatte er sich mit der Hingabe des Liebenden die Verteilung kleiner Sommersprossen auf Augustas Nacken vergegenwärtigt, das eine Muttermal unter ihrer linken Brust (falls es sich nicht doch unter der rechten Brust befand), das Muttermal auf ihrer Wange, von ihr à la Marilyn Monroe mit einem Stift als Schönheitsfleck nachgezeichnet, den warmen braunen Hof um ihre, wenn sie erregt war, rosigen, festen Brustwarzen. Und Augustas unverwechselbare helle, cremezarte Haut mit dem rosigen Schimmer, die Wärme, die sie durchströmte, diese unwiderstehliche Kraft, die Augusta so einzigartig machte. Es war zwar nicht auszuschließen (er wusste es!), dass Augusta tot und dass der Leichnam, den er zu sehen bekam, »Augusta« war, doch er konnte sich nicht vorstellen (er glaubte es einfach nicht!), dass Augusta in einem tieferen Sinne tot war …

Selbst wenn das ihre Leiche sein sollte. Selbst wenn …

Zu seiner Enttäuschung musste Owen erfahren, dass Augusta heimlich mehrere geerbte Grundstücke verkauft und die relativ bescheidene Summe von einer halben Million Dollar in ihr Versteck mitgenommen hatte. Sie hatte dieses Geld offenbar auf ein neues Privatkonto eingezahlt, aber wo? Unter welchem Namen? Niemand wusste es. Elias West hatte nichts Eindeutiges ermittelt …

Nur einmal hatte er gefragt, ob es denkbar sei, dass Mrs Cutler mit einem Mann fortgelaufen sei, einem Liebhaber, und Owen hatte gereizt gelacht und gesagt, das sei unwahrscheinlich, ihr Liebhaber sei ein Toter.

(Obwohl, eigentlich, jetzt, wo Owen daran dachte: War Adam Berendt wirklich tot? Owen hatte keinen Leichnam gesehen. Es hatte keine Aufbahrung, kein Begräbnis gegeben. Die »Leiche« bestand aus Knochenstücken und grobem Sand, den man in Adams Garten verstreut hatte, doch diese Überreste hätten von jedem stammen können. Vielleicht hatten Augusta und ihr Liebhaber gemeinsam einen brillanten Plan ausgeheckt ... Doch die Vorstellung solcher Raffinesse ging über Owens Verstand.)

Die Außenbezirke von Cropsey, Florida, kamen Owens wässrigen, zusammengekniffenen Augen vor wie lauter Fassaden, die aussahen wie Spielkarten, im raschen Wechsel mit glotzenden Tafelglasfenstern. So schnell waren sie da? Er war doch erst am Morgen aus Salthill abgefahren ... Der Ältere der Hilfssheriffs wandte sich in neutralem, aber freundlichem Ton an ihn: »Mr Cutler? Sind Sie so weit? Leicht wird das nicht.«

Eine Wand aus – war das die Hitze? schimmernde, strahlende Hitze? – traf Owen wie ein Schlag, als er aus dem Auto ausstieg. »Vorsicht, Mr Cutler.« Der jüngere der beiden Polizisten hielt ihm eine Tür auf und machte ihn auf Stufen aufmerksam. Jetzt umgab ihn gekühlte Luft, aber es war keine Frischluft, ein Chemikaliengeruch und etwas Faules wehte mit ihr heran, und Owens Nasenflügel zuckten vor Panik. »Nochmal Stufen, Sir. Das Geländer –« (Warum zum Teufel behandelten diese Fremden ihn, Owen Cutler, wie einen alten Mann? Er war erst sechsundfünfzig. Bei den Cutlers war sechsundfünfzig jung. Owen standen sein erster Herzanfall, seine ersten Prostataprobleme, sein erster Darmbefund noch bevor: *Alles das lag noch vor ihm*!) Stimmengewirr. Eine Frauenstimme darunter. Man merkte, dass man sich in einer fremden Region der Vereinigten Staaten befand: der südliche Akzent. Er ärgerte sich über diese uniformierten Fremden, die ihn einen Korridor entlang führten. Wohin eigentlich? *Schaumblasen, die auf einer Leere schwimmen, du hast es immer gewusst. Brauchst jetzt nicht überrascht sein.* Die Stoiker hatten gelehrt (aber hatten sie das auch geglaubt), dass der Verstand des Menschen das Maß aller Dinge ist: »gut« – »schlecht«, »Lust« – »Schmerz«. Wir erschaffen unsere Erfahrungen, unsere Erfahrungen »existieren« nicht. Wenn einem Mann die Frau genommen und seine Liebe zerstört wurde, muss er die Phänomene »Frau« – »Liebe« – »Verlust« untersuchen und darf nicht in bloßer Emotion versinken. »Mr Cutler? Bitte treten Sie ein wenig näher, Sir.« Ein Laken wurde gelüftet. Ihre Taktik war, dieser Person, möglicherweise ja der nächste Angehörige des

Opfers, nur Teile der Leiche zu zeigen. Vom Hals aufwärts wurde nichts aufgedeckt. Der Stumpf des Halses, von dem der wunderschöne Kopf abgetrennt worden war. *Natürlich war das Augusta, Owen wusste es sofort.* Auch die Beckenregion hielt man vor seinem Blick verborgen, wofür er dankbar war. Der Rumpf war entsetzlich fleckig, kaum als der eines Menschen identifizierbar. Große, schlaffe, mit Blutergüssen übersäte Brüste, ein wabbeliger runder Bauch, dickliche Schenkel. Hässlich! *Natürlich war das nicht Augusta Cutler!* Er betrachtete – was stimmte da nicht? – die Hände. Die Finger waren zu kurz. Keine Fingerkuppen! Und Augusta war pingelig gewesen mit ihren Händen. Parfümierte Handcreme und wöchentliche Maniküren. Am Samstagmorgen in Salthill, während sie sich die Haare »machen« ließ. Der Nagellack immer makellos. Ihre Ringe, der geschmackvolle große Diamant und der goldene Ehering, ein Erbstück, und der Smaragd, den Owen ihr zum zwanzigsten Hochzeitstag geschenkt hatte. Wo waren Augustas wunderschöne Ringe? Ihr Verlust entsetzte ihn besonders. Eine eitle, kindische Frau, aber er hatte sie angebetet. *Ja, aber du wirst nie wissen, wer sie eigentlich war, das hatte nur Adam Berendt gewusst.* »Mr Cutler?« – sie erwarteten irgendetwas von ihm. Vielleicht spielte er seine Rolle nicht. Teile der Leiche wurden hergezeigt wie Fleischstücke. Man konnte fast meinen, es handele sich hier um ein provozierendes zeitgenössisches Kunstwerk. Um Pop-Art oder Schock-Art, um ein Objekt, die Nachbildung eines grässlich zugerichteten weiblichen Torsos, aus naturgetreuem Ton geformt. Owen streckte die Hand aus und berührte das Ding, dankbar dafür, dass es kalt war wie Stein. *Augusta war brennend heiß, das konnte nicht Augusta sein.* Das Muttermal auf dem Brustkorb, unter der linken Brust, Owen erkannte es wieder, nicht? – oder hatte er es noch nie gesehen? Die großen schlaffen Brüste – bekannt, oder? Owen schüttelte den Kopf, nein. Sein Herz hämmerte so heftig, dass er in Ohnmacht zu fallen glaubte, und er hätte es geschehen lassen. *Lieber sterben, ausgelöscht sein. Als dies hier zu kennen.* »Mr Cutler? Geht es Ihnen gut?« Brüsk ließ er sie wissen, ja, natürlich. Er war tausend Meilen weit in die Hölle gereist zu dem Zweck, seine vermisste Frau zu identifizieren oder nicht zu identifizieren, es war beleidigend, ständig gefragt zu werden, ob es einem *gut* ging! Jetzt wurde das Ding, die Leiche, langsam und vorsichtig auf der Tragbahre umgedreht, damit der Rücken begutachtet werden konnte. Doch dabei verrutschte das Tuch, das den verstümmelten Nacken bedeckte, ein wenig, und Owen sah, was er nicht hatte sehen sollen: einen Nackenstumpf, aber keinen Kopf. *Keinen Kopf!* Er lächelte irritiert. Wie sollte er Augusta identifizieren, wenn der Kopf fehlte? Wo war Augustas Kopf? »Das ist sonderbar. Das ist …« Sie hörten ihn anscheinend nicht. Fragten nach Muttermalen, Sommersprossen, Narben. So als hätten sie ihn nicht bereits gefragt und als hätte er ihnen nicht gesagt, was er wusste. Es regte ihn auf, dass sie – sogar der Mann mit dem ledrigen Gesicht, den er entlohnte – mit ihm sprachen, als habe er einen Hirnschaden. »Ja«, sagte er. Er sann darüber nach, was die Häufung von Sommersprossen unter dem linken Schulterblatt des Leichnams zu bedeuten hatte. (War es nicht vielmehr eine viel kleinere Ansammlung von Muttermalen, weiter oben auf Augustas Rücken, gewesen? Tiefer unten, auf dicklichem, bläulich verfärbtem mittelaltem Fleisch saß ein großes Muttermal, ein Insekt, mochte man auf den ersten Blick meinen, und Owen wollte es instinktiv wegwischen. Gussie hat Insekten gehasst! Als Nächstes betrachtete er die Arme, die relativ wenige Verletzungen aufwiesen, die helle Haut übersät mit unzähligen kleinen Sommersprossen, aber nicht mit feinem hellem Flaum bedeckt, wie er sich Augustas Arme entsann. (Es sei denn, Owens Erinnerung war überholt. Womöglich hatte Augusta jetzt im mittleren Alter keine Haare mehr auf den Armen? Sie brauchte ja auch ihre Beine nicht mehr zu rasieren.) In dem Augenblick schaute er zur Seite und auf Elias West, der mit einem Ausdruck des Entsetzens auf das Ding auf der Tragbahre glotzte. *Es ist Gussie. Dieser Mann sieht es.*

Keuchend sagt Owen schnell: »Nein. Ich glaube nicht, dass sie es ist. Nein – wohl nicht. Nicht Augusta. Nicht das.« Er hatte zu weinen begonnen. Im Nu war sein versteinertes Gesicht zersprungen und löste sich auf. Die Identifizierung war zu Ende. Owen wurde aus dem Kühlraum geführt. An der Schwelle stolperte er, fing sich aber wieder, wahrte seine Würde. »Bin etwa ich schuld daran? *Ich bin nicht schuld.* Warum hast du mir und unserer Familie das angetan, Augusta?«

Ein gekachelter Boden kam auf ihn zu gesprungen, schlug gegen seine Wange. Der Gestürzte wurde in die Notaufnahme des örtlichen Krankenhauses gebracht und gegen Herz-Kreislauf-Stillstand behandelt. Owen hatte keinen Herz- oder Schlaganfall im eigentlichen Sinne erlitten, war aber fast zehn Minuten, nach Auskunft des behandelnden Arztes »Besorgnis erregend« lang, ohnmächtig gewesen, weshalb man ihn über Nacht zur Beobachtung im Krankenhaus behielt und am Morgen mit dem dringenden Rat entließ, sobald wie möglich seinen Hausarzt aufzusuchen. Ein stiller Elias West brachte Owen mit einem Mietwagen nach Naples zum Flughafen zurück. In den Polizeiakten wurde vermerkt, Owen Cutlers Versuch zur Identifizierung der weiblichen Leiche sei »erfolglos« geblieben. Er schien zu bestätigen, dass das verstümmelte Opfer seine Frau sei oder gewesen sei, gleichzeitig war sie es aber auch nicht. Elias West wagte aus Angst, entlassen zu werden, nicht, seinen Arbeitgeber in diesem Punkt zu bedrängen. Während der Fahrt nach Naples wechselten die Männer kaum ein Wort. Owen war entweder über West verärgert oder jedenfalls teilnahmslos. Er wirkte müde, wie ein alter Mann. Ein großer weißer Verband, der eine lila Furche teilweise verdeckte, zierte seine linke Wange. Owens Seersucker-Anzug war arg zerknittert, so als habe er darin geschlafen, und er hatte sich an diesem Morgen nicht rasiert. Den längsten Teil der Fahrt über sah er Sachen durch, die er in seiner Aktentasche mitgebracht hatte, Fotos der schönen Augusta aus den späten sechziger Jahren, als sie sich kennen gelernt hatten. Möglicherweise erkannte Owen, dass die Frau, die er liebte, von Jahr zu Jahr und von Foto zu Foto kaum Ähnlichkeit mit sich selbst hatte, denn schließlich gab er es seufzend auf und machte die Aktentasche zu. Während der Mietwagen in einem dunstigen weißen Sonnenschein über den Highway brauste, versuchte Owen in *Das moralische Leben* zu lesen, wurde jedoch bald unruhig. Mit der Wehmut eines Mannes, der in tiefster Einsamkeit zu einer profunden Erkenntnis gelangt, sagte er: »Worte. Philosophen. Schaumblasen über einer Leere, weiter nichts. Sie sagen sich Dinge, nicht der Beachtung wert.« Kurz darauf schlummerte er ein, und das Buch entglitt seinen Fingern und fiel zu Boden.

Auf dem kleinen Flughafen von Naples traf Elias West alle Vorkehrungen für die Rückreise nach Norden. Schließlich wagte er das Thema anzuschneiden, ob er mit seiner Suche nach Mrs Cutler fortfahren oder ob die Frau im Leichenschauhaus von Crospey – Mrs Cutler gewesen war.

Owen, der abwesend zu Boden starrte, sagte nach einer Weile: »Sie ist es. Sie wissen, dass sie es ist. Aber wir geben unsere Suche nicht auf, Elias, was? *Niemals.*«

2

Immer weiter zurück in die Vergangenheit! Es war, als werde man in einen Strudel gezogen, wenn man den Geheimnissen eines anderen auf den Grund gehen wollte. Augusta fragte sich manchmal, ob sie untergehen würde. Ob sie etwas Verbotenes zu wissen begehrte und es bereuen würde.

Aber es war so aufregend, ein richtiges Abenteuer! Ganz anders als alles, was Augusta in ihrem behüteten Leben in Salthill bisher getan hatte. Sie reiste allein, fuhr Mietwagen, immer mit dunkler Sonnenbrille, übernachtete in Hotels am Straßenrand und nahm ihre Mahlzeiten in ihrem Zimmer zu sich, ließ ihre Haare wachsen, silberne Strähnen hin oder her ... »Auf der Suche nach Adam Berendts Wahrheit.«

Dabei bedeutete die Wahrheit ihr im Grunde wenig. Sie wollte nur die Nähe zu Adam, jetzt, da der Mann vom Angesicht der Erde verschwunden war. Sie wollte ihn schließlich kennen, wie ihn niemand sonst gekannt hatte, auch seine anderen Frauen nicht.

Vor Beginn ihrer Reise hatte Augusta sich in Miami Beach eine neue Kamera zugelegt, mit der sie Bradys/Berendts Vergangenheit fotografieren wollte. Sie hatte sich vorübergehend einen neuen Namen samt zugehörigem Ausweis zugelegt, einen einfachen, anständig klingenden Namen: »Elizabeth Eastman«. (Sie hatte Elias West aufgezogen: »Wie wär's, wenn ich mich ›Liz West‹ nenne? Ist nur ein Scherz, keine Sorge.«) Als Augusta im vergangenen Herbst aus Salthill geflüchtet war, war sie verzweifelt und hatte keinen Plan außer dem, Abstand von ihrem marionettenhaften, ihr unerträglich gewordenen Leben in Salthill zu gewinnen, wo sie jeder Tag an Adam Berendts Abwesenheit erinnerte; erst Monate später, als sie eines Morgens aufwachte und die Sonne auf ein weißes Sprossenfenster schien, kam ihr der Gedanke, Adams Leben bis zum Anfang zurückzuverfolgen.

»Jawohl. Ich probier's.«

Es würde ihrem aus den Fugen geratenen Leben einen Sinn verleihen. Augusta Cutlers Leben, das so wenig Sinn hatte.

Dem Leben, das sie schon viele Male hatte wegwerfen wollen wie ein leeres Bonbonpapier. Ohne Gefühl und ohne Reue.

Hinzu kam die Furcht vor dem Älterwerden, immer älter. In Amerika war das der Abgrund. Adam hatte sie ausgeschimpft, es war so trivial, diese Besessenheit vom Altern, und sie hatte zornig erwidert, klar, natürlich ist es trivial, manche von uns gehen darin unter, hab Mitleid!

Sie, Augusta Cutler, war nun dreiundfünfzig Jahre alt.

Vielleicht Grund genug, Salthill-on-Hudson zu verlassen, wo jeder sie kannte.

»Und keiner weiß, wer ich bin! Die können mich alle mal.«

Augusta wusste oder vermutete nicht mehr, als dass Adam irgendwann nach Juni 1969 seinen Namen in »Adam Berendt« geändert hatte. Sie vermutete es, weil sie eines Nachmittags, als sie aus reiner Neugier (nein: aus Eifersucht auf Adams andere Freundinnen) in seinem Aktenschrank stöberte, das klein zusammengefaltete, vergilbte Highschool-Zeugnis eines »Francis Xavier Brady« gefunden hatte, ausgestellt im Juni 1969 von der Schulbehörde von Red Lake, Minnesota.

Den Hintereingang zu seinem Haus, die in seine Werkstatt führende Tür, schloss Adam nur selten ab. Es war ausgemacht, dass seine engsten Freunde jederzeit vorbeikommen konnten, ob Adam zu Hause war oder nicht, und davon machte Augusta oft Gebrauch, um auf ihn zu warten. Und so hatte sie, als sie an besagtem Nachmittag vorbeikam, nur Adams Hunde vorgefunden ... freundliche Tiere, die Augusta, die Freundin ihres Herrchens, kannten.

Augustas Gedanken überschlugen sich. Was besagte dieses Zeugnis? Warum hatte Adam es in seinem Besitz? Logischerweise musste es sich bei »Franxis Xavier Brady« um Adams jüngeres Ich handeln.

Die Frage, ob Adam Berendt womöglich seinen Namen geändert hatte, hatte schon immer im Raum gestanden. Niemand wusste genau, wie alt er eigentlich war: deutlich über fünfzig, aber vielleicht nicht fünfundfünfzig. Denkbar, dass er 1947 geboren war. Dann war er 1969 einundzwanzig Jahre alt gewesen. Ein bisschen spät für einen Highschool-Abschluss, es sei denn, in seiner schulischen Ausbildung hatte es eine Unterbrechung gegeben.

Augusta fand es aufregend, in dieser Richtung weiterzudenken. Sie sehnte sich so nach Nähe zu diesem Mann, die er ihr jedoch verweigerte.

So etwa konnte es gewesen sein: Adam war sehr verschlossen, niemand in Salthill wusste etwas über die Zeit vor Mitte der siebziger Jahre, als er in Manhattan und auf Long Island lebte, von wo er 1981 in den Rockland County umzog. Stellte man Adam eine direkte, persönliche Frage, wich er mit einem Witz aus: »Woher soll ich das wissen? Ich bin doch kein Historiker meines eigenen Lebens.« Erkundigte man sich nach einem Datum, hieß es: »Woher soll ich das wissen? Sagen wir – ›vor langer Zeit‹.« Es war bekannt, dass Adam vor seinem Umzug nach Salthill, wo er das alte Deppe-Haus kaufte, nicht Bildhauer gewesen oder jedenfalls nicht als Bildhauer bekannt war. Was seine Salthiller Freunde über die Zeit vor diesem Umzug wussten, hatten sie sich aus Mitteilungen von Leuten aus New York zusammengereimt, die behaupteten, Adam Berendt als jemanden gekannt zu haben, der mit Immobilienanlagen und mit der Börse zu tun hatte. (»Aber unauffällig. Man hätte nie geahnt, wie erfolgreich er war.«) Augusta hatte einmal ein Paar kennen gelernt, das in einem Haus wohnte, in dem Adam von 1974 bis 1975 gewohnt hatte, in der 57. Straße Ost. Augusta ging sich das Gebäude ansehen und war etwas enttäuscht; es war bloß ein Hochhausblock in Manhattan. Beatrice Archer erzählte Augusta, Avery habe einen Mann getroffen, der behauptete, Adam Berendts »Pokerkumpel« gewesen zu sein, als der im Nassau County, Long Island, lebte; dort hatte er nacheinander unter mehreren Adressen zur Miete gewohnt und seine Freunde bestürzt, weil er nie ein eigenes Haus gekauft hatte. Auch war Adam mit keiner bestimmten Frau liiert; er hatte zahlreiche enge Freunde, darunter natürlich auch Frauen.

In Salthill ging das Gerücht, Adam und Augusta hätten eine Affäre. Augusta spielte mit kernigem Humor darauf an: »*Schön wär's.*« Adam kannte das Gerücht gar nicht oder tat es verächtlich ab.

Falls Adam mit einer Frau liiert war, dann, glaubte Augusta, doch wohl mit der jüngeren, rothaarigen Marina Troy. »Allerdings, nein: Was sollte Adam in *der* schon sehen? Die Frau ist doch geschlechtslos.«

Es leuchtete ein, dass ein so verschlossener Mann durchaus seinen Namen geändert haben konnte, doch in den anderen Schubladen des Aktenschrankes, eines alten, zerkratzten Blechdings, den Adam als Brandschaden erstanden hatte, fand Augusta weder ein die Namensänderung bestätigendes Dokument noch andere Papiere »Francis Xavier Bradys«.

Von der Zufahrt drang das Geräusch von Adams Wagen herüber! Mit schlechtem Gewissen legte Augusta hastig das Zeugnis zurück, machte den Aktenschrank zu und verließ Adams Werkstatt, wie sie sie vorgefunden hatte. Adams Hunde, die ihr gefolgt waren, liefen jetzt, vor Freude über die Ankunft ihres Herren bellend, hinaus. Adam sah Augustas Wagen auf der Zufahrt und wusste also, dass sie im Haus war und auf ihn wartete; sie kam oft in seiner Werkstatt vorbei und bewunderte seine laufenden Arbeiten; sie war jemand, der sich »für Kunst interessierte«, vor allem, wenn sie mit den Künstlern befreundet war. An alldem war nichts ungewöhnlich, nichts, was Adam hätte Verdacht schöpfen lassen. Augusta freilich war aufgeregt, war in einem Zustand sexueller Erregung. Sie wusste etwas! Kannte eins von Adams Geheimnissen! Es bestand eine Nähe zwischen ihnen, von der er gar nichts ahnte.

Als Adam schweren Schrittes in sein Haus eintrat, hantierte Augusta unschuldig in der Küche, gab den Hunden frisches Wasser aus der Leitung. Sie waren zu Adam gerannt und kamen jetzt wieder zu ihr getrottet, strichen ihr zärtlich um die Beine, Apollo und – ein kleinerer, gelber Hund, ein Weibchen, dessen Name Augusta entfallen war. Denn das lag Jahre zurück: der kleine gelbe Hund, ein Findling wie Apollo, war längst gestorben.

Augusta erinnerte sich ihres jüngeren, hoffnungsvolleren Ichs mit Wehmut: Sie hatte ein mohnrotes Oberteil und einen seitlich geschlitzten geraden Rock und zehenfreie Korksandalen angehabt. Ihre Kleider, ihre Aufmachung, sie hatten ihr viel bedeutet in diesem längst vergangenen Leben. Ihre schön geformten, eher blassen Beine waren bloß, und ihr frisch getöntes braunes Haar glänzte wie ein Helm. Sie hätte die treu sorgende Frau sein können, die Adam Berendt in dem verfallenden »historischen« Haus am Fluss erwartete, die ehemalige Ballschönheit, die den heruntergekommenen Bildhauer geheiratet hatte – so war es aber nicht. Als Augusta sich bückte, um die Plastiknäpfe der Hunde auf den Boden zu stellen, spürte sie am Hinterkopf die Fingerspitzen Adams, als wolle er segnen oder gebe ihr eine Kopfnuss.

»Gussie, du brauchst doch nicht meine Hunde zu bedienen.«

»Aber heute ist es so warm. Ihr Wasser …«

Was redete sie da? Warum war das wichtig? Sie sah Adam Berendt an und dachte: *Na, wer bist du? Sag's mir.*

Gut gelaunt küsste Augusta Adam auf beide Wangen, denn das war ihre Art. Sie trat einen Schritt zurück, bevor er einen Schritt zurücktreten konnte. Parfumwolken umwehten sie. *Noli me tangere – rühr mich nicht an!* – war Adam Berendts sexueller Schwachpunkt. Der Fetisch des Mannes. (Störte Augusta das wirklich? Wenn sie ein Paar geworden wären, hätte das nicht unweigerlich das Ende ihrer Freundschaft bedeutet?) An diesem wie an vielen folgenden Nachmittagen war Augusta nahe dran, Adam zu fragen: »Wer ist ›Francis Xavier Brady?‹ Du, nicht?« Aber ihr fehlte der Mut. Sie wollte nicht riskieren, ihn zu beleidigen. Bestimmte Dinge konnte man Adam gegenüber freimütig aussprechen, andere aber nicht. Jeder Zweifel an seiner Integrität, jedes Bohren in seiner Vergangenheit, und sein Gesicht lief rot an, bekam einen wilden Ausdruck, und sein gutes Auge funkelte. Nein, Augusta verkniff sich die Frage nach »Francis Xavier Brady«.

Doch sie war sichtlich erregt, übermütig. Konnte nicht in normalem Ton sprechen. Sie bewunderte die primitiven, seltsamen Skulpturen so sehr, an denen Adam gerade arbeitete. Wollte unbedingt an seinen wertvollsten Einsichten teilhaben, wenn sie schon seine Liebe nicht gewinnen konnte. Adam hörte ihr versonnen zu. »Wenn ich ein Kunstwerk sehe, möchte ich immer wissen: *Glaubt* der Künstler?«

»Glauben? Woran, Gussie?«

»Einfach – *glauben*. An Gott vielleicht.«

»Was für einen ›Gott‹? Eine Person – oder ein Prinzip?«

»Einfach Gott. Den Gott der Tradition.«

»Wessen Tradition?«

»Adam, sei nicht so verstockt. Unserer Tradition.«

»Aber was ist denn dieses ›unsere‹? Wie kannst du so sicher sein, dass wir eine gemeinsame Tradition haben? Wir haben dieselbe Sprache«, sagte Adam spielerisch, »aber das heißt nicht, dass sie für uns alle dasselbe bedeutet.«

Augusta hob gereizt die Hände. Wie eigensinnig dieser Mensch war. Jeder wusste doch, was »Gott« bedeutete, warum spielte Adam diese Spielchen?

»Ich glaube nicht an Gott, nein«, sagte er. »Nicht an einen Gott als Person, nicht an den verdrießlichen, selbstbezogenen Gott der Bibel. Aber ich finde es interessant, dass andere gläubig sind.«

»Und wie steht's mit dem Leben nach dem Tode, Adam?«

»Ziemlich unwahrscheinlich.«

»Die Bösen werden für ihre Sünden nicht bestraft?«

Augusta sagte es mit einer koketten Nachdenklichkeit. Ihr lag so viel an der Bestrafung der Bösen, dass es sie womöglich davon abhielt, selbst böse zu sein.

»Kann schon sein, dass die Bösen bestraft werden, wie wir alle, aber nicht für ihre Sünden.«

»Wir werden nicht für unsere Vergangenheit bestraft? Unsere Vergangenheit holt uns nicht ein, wie man so sagt?«

Das war eine riskante Äußerung – Adam gegenüber, dessen Vergangenheit zweifelhaft war. Er sah Augusta kurz an und wandte sich gleich wieder ab, hockte sich vor eine seiner Skulpturen, strich mit den Händen über die unförmigen Flächen, als sei er blind. Augusta ließ nicht locker. »Wir werden nicht bestraft für Dinge, die wir früher getan haben, und trotzdem wollen wir unsere Vergangenheit manchmal verbergen? Warum?« Sie sagte es ganz naiv, provozierend.

»Es gibt schließlich sowas wie Reue«, sagte Adam nach einer Weile. »Sowas wie Scham.«

Die Hunde waren in Adams Werkstatt gekommen, Krallen kratzten auf den Dielen, an denen die Farbe abblätterte. Apollo, der jüngere, lebhaftere, leckte Adam die Hände und legte sich so auf den Boden, dass sein Kopf zu Adams Füßen ruhte und sein zuckender Schwanz über Augustas Korkschuhe fiel. Es war ein stiller Moment der Häuslichkeit, das Äußerste an Nähe, das Adam gestattete.

Für Augusta war es Zeit zu gehen. Doch sie wollte nicht recht. Adam begleitete sie hinaus zu ihrem Wagen. Es war ein schickes, teures, schnittiges Modell einer europäischen Marke, das deplatziert wirkte auf Adams unkrautgesäumter, mit Schlacke aufgeschütteter Zufahrt, und Augusta schlüpfte nie in die Lederpolster, ohne zu denken: *Worauf ich alles verzichtet habe, um diesen Wagen zu fahren – ob es das wert war? Vielleicht!* Adam war still, und Augusta gab sich die Schuld daran. Sie sagte: »Woran glaubst du dann, Adam?«, und er erwiderte: »Ich glaube an Gnade.« »Gnade!« Augusta lächelte verunsichert. »Ich glaube ebenfalls an Gnade. Weiß aber nicht genau, was das ist.« Adam sagte: »Gnade ist ein Augenblick der Einsicht. Ein Augenblick der Schönheit und der Reinheit. Obwohl sie auch ein Augenblick besonderer Hässlichkeit sein kann. Urplötzlich werden wir aus uns herausgehoben, sehen uns aus der Vogelperspektive. Und mit einem Mal wissen wir.«

»Wissen, Adam – aber was?«

Augusta klang aufrichtig, bänglich. Am liebsten hätte sie Adams Hände mit den breiten Knöcheln in ihre genommen und sie an ihr Herz gedrückt.

Adam zuckte mit den Achseln und lachte: »Nichts. Wir wissen nichts. Wir gehen glaubend durchs Leben und wissen nicht, wohin zum Teufel es uns führt.«

Es war nämlich so: Augusta war nach Atlanta geflogen, von dort aber nicht weiter. Sie hatte in ein Flughafenhotel eingecheckt und geschlafen. Sie war erschöpft, sie war tief erschüttert, verwirrt. Sie schlief lange und schwamm im Hotelpool, langsam, gleichmäßig, kostete die Bewegungen ganz aus. Ohne Make-up, mit fahl glänzender Haut, das Haar streng zurückgekämmt, ging kein sexueller Reiz von ihr aus, wurde kein Mann auf sie aufmerksam. Es war leicht, nicht gesehen zu werden: Man hörte einfach auf, andere anzusehen. Es war leicht, sich nicht schuldig zu fühlen, weil man Mann und Familie verlassen hatte: Man dachte einfach nicht mehr an sie.

Eine so mörderische Wut wie an der Tür der Thwaites hatte Augusta vorher noch nie empfunden, und sie wollte ein so hässliches Gefühl auch nie wieder empfinden. »Die Tochter, Samantha, wird aufwachsen, ohne von Adam, der ihr das Leben gerettet hat, zu wissen. Die Eltern wollen ihr nichts erzählen, weil sie sich schämen. Das ist nur natürlich. An ihrer Stelle würde ich sicher genauso handeln. Die können mich mal.« Sie hoffte, nie wieder an die Thwaites denken zu müssen.

Von Atlanta wandte sie sich nach Süden; es war November und wurde allmählich kalt im Norden. Sie mietete sich einen Wagen und fuhr durch Georgia, mied aber die Interstate und übernachtete in Motels am Straßenrand. Sie wusste, eine »vermisste« Person, eine Erwachsene, wurde nicht polizeilich gesucht, selbst wenn Owen Cutler seine Frau unbedingt wiederhaben wollte. Und doch vermutete sie, entdeckt zu werden, wenn sie die I-75 entlangfuhr und in den luxuriösen Hotels abstieg, die sie und Owen normalerweise aufsuchten. Mehrere Male wurde sie schwach und war nahe dran, sich zu melden, bei ihren Söhnen, ihrer Tochter anzurufen. Sie fehlten ihr. (Wirklich?) Das schlechte Gewissen rührte sich, denn sie hatte sie bestimmt in Aufregung versetzt. (Aber warum nicht? Ihre Kinder hatten sie oft in Aufregung versetzt. Jetzt war Mutter dran.) Mit zögernden Fingern wählte sie die Nummern, die sie auswendig wusste, bereitete sich darauf vor, »Hey, ich bin's. Deine lächerliche Mutter«, zu sagen, brachte diese Worte irgendwie aber nicht über die Lippen. Denn es waren unechte Worte. Sie kam sich nicht lächerlich vor, sondern – *authentisch*. Sie konnte nicht mit reumütigem Auflachen »Hello, Liebling«, sagen. »Ich bin's. Tut mir Leid, dass ich dich beunruhigt habe«, denn es tat ihr nicht Leid. *Sie würde ihre Kinder nie wieder um Entschuldigung bitten.*

Augusta hielt sich weiter Richtung Süden. In Jacksonville, Florida, und in Palm Beach wohnten Verwandte von ihr, Cousinen, und ihre ehemalige geliebte Zimmergenossin aus dem College, inzwischen geschieden, wohnte in einem luxuriösen Haus in St. Petersburg. Irgendwie hatte Augusta angenommen, dass sie zu jemandem von denen fahren würde, sie war bei allen willkommen, und ihr Aufenthalt bliebe geheim, doch sie fuhr an Jacksonville vorbei weiter nach Süden, und die Vorstellung, in Palm Beach unter Menschen des Schlages, den man in Palm Beach trifft, Zeit zu verbringen, stieß sie ab. Sie hatte aber auch keine Lust, durch ganz Florida bis nach St. Petersburg zu fahren, wo sie mit Zuneigung und guter Laune und jede Menge Alkohol rechnen konnte und sehr willkommen war und wo man sie einladen würde, den ganzen Winter über zu bleiben. *Ich kann nicht. Ich kann nicht mehr Augusta sein.* Sie machte in Urlaubsorten an der Ostküste Floridas Station, ging an windgepeitschten Stränden spazieren, fastete, »machte« Yoga und schlief; sie ließ die Haare unter ihren Achseln sprießen und scherte sich nicht darum, dass ihre Frisur die Form verlor und an den Ansätzen silberne Strähnen herauswuchsen. In Malls kaufte sie billige, bequeme Kleidung: Polyesterhosen mit Gummizug, Pullover in hellen Pastellfarben, Baumwollstrickjacken. Sie stellte verblüfft fest, wie attraktiv sie ohne Make-up war: nicht glamourös, nicht strahlend schön – attraktiv. Sommersprossen erschienen auf ihrer hellen Haut, und ohne Mascara waren ihre Augen die einer vernünftigen, intelligenten Frau jüngeren mittleren Alters. Freilich erlebte sie auch Rückfälle: ein unbezähmbares sexuelles Gelüst überkam sie, und in einer Cocktail-Lounge in Fort Pierce gabelte sie einen vierzigjährigen Gitarristen mit Pferdeschwanz auf und nahm ihn samt einer Packung lavendelfarbiger Kondome und einem mit Räucherlachs, krossem Baguette, Käse, Trauben und diversen Flaschen eines guten italienischen Weins gefüllten Picknickkorb auf ihr Zimmer in einem Motel am Strand mit. Ähnliche Rückfälle erlebte sie in Boca Raton, Fort Lauderdale und Surfside. Und dann war Augusta in Miami Beach.

Hier nahm der Rückfall die Form des Eincheckens ins luxuriöse Loews am Strand an. Offen speiste sie im prachtvollen Hotelspeisesaal, statt sich ihr Essen aufs Zimmer bringen zu lassen. Trank Cocktails auf der Terrasse mit Meerblick. Sie ließ sich die Haare und die dringend benötigte Maniküre und Pediküre »machen«, kaufte sich eine papageiengrüne Seidenhose und ein dazu passendes, tief ausgeschnittenes Oberteil, in dem man die Ansätze ihrer cremeweißen Brüste sah. Schlenderte den Strand entlang, kaufte in Boutiquen ein, hatte ein schlechtes Gewissen ob ihrer alten, lächerlichen Laster. (»Aber das ändert sich wieder, Adam, ich schwöre!«) Nach einer Woche in Miami Beach begann ihr ein Mann aufzufallen, der sie heimlich beobachtete, ihr folgte. Aus dem Nichts tauchte er auf: in der Hotellobby, am Rande des Pools, wenn sie schwamm, in der Cocktaillounge, am Strand. Der Mann hatte ein schwer gezeichnetes, aber dennoch attraktives, gebräuntes Gesicht und graues Haar, das ihm vom sonst kahlen Schädel bis auf die Schultern fiel. Wie nur wenige andere Männer in Miami Beach trug er dunkle Kleidung, Bindebänder und Gürtel mit übergroßen Metallschließen. *Mein Verfolger*, dachte Augusta. Er war sexy und ein Angeber, auch wenn er (Augusta, eine Frau mit Widersprüchen, wusste das zu schätzen) sich alle Mühe gab, nicht bemerkt zu werden. *Mein Verfolger* war wenige Jahre älter als Augusta und hatte einen Blick für eine Frau mit ihrer üppigen Figur. Mehr als einmal trafen sich ihre Blicke, und ein Schauer der Erregung durchlief sie beide. Augusta spürte ein Kribbeln im Bauch, ein Verlangen wie ein elektrischer Schlag. Sie wandte sich ab, als wolle sie die Terrasse verlassen (es war die blaue, die Cocktailstunde), drehte sich dann jedoch unerwartet um und ertappte *meinen Verfolger* dabei, wie er sie anstarrte. Sie ging zu ihm, wütend und bebend in ihrer Parfumwolke, und herrschte ihn an: »Verfolgen Sie mich? *Warum*?«

So lernte Augusta Cutler Elias West kennen, den Privatdetektiv in den Diensten ihres Mannes.

Der Blick, mit dem West sie ansah! Ein cleverer, gescheiter Mann, der eine (registrierte, legale) Handfeuerwaffe unter der linken Achsel trug wie ein »Schnüffler« in einem Hollywoodfilm aus den

Vierzigern. Ein solcher Verstellungskünstler, dass er nicht genau wusste, wann er das letzte Mal die uneingeschränkte, ungeschminkte Wahrheit gesagt hatte. Der mit so vielen Frauen unterschiedlich lange – von elf Jahren (in einer frühen Ehe) bis elf Minuten (Name unbekannt) – »liiert« gewesen war, dass er sich rühmte, »total immun« gegen sexuelle Anziehung zu sein. Doch als er der erstaunten Augusta Cutler gegenüberstand, der Frau seines reichen Auftraggebers, einer bebenden Renoir-Schönheit mit rosiger Haut in einem leuchtenden Grün, mit einem Busen, der bei jeder Frau bemerkenswert gewesen wäre, für eine Frau ihres vermeintlichen Alters jedoch außerordentlich war, hatte West sein Empfinden nicht verbergen können. Er, Elias West, errötete doch tatsächlich und stammelte: »Mrs Cutler, ja, glaub schon. Sie haben mich ertappt.« Und Gentleman, der er war, reichte West ihr die Hand.

Sie verstanden sich blendend, Augusta und Elias. Sie waren vom selben Schlag, schwer einzuordnen. Und da war die Lust des Verbotenen, des Vertrauensbruchs: Sie schliefen miteinander und hintergingen den armen Owen Cutler daheim in Salthill-on-Hudson, der bang auf neue eventuelle »Spuren« wartete, von denen der Privatdetektiv ihm berichten konnte. »Er liebt dich sicher sehr, Mrs Cutler«, sagte Elias West und umfing Augustas große Brust mit der großen Brustwarze mit für ihn ungewöhnlicher Zärtlichkeit, »er ist verzweifelt, seit du ihn verlassen hast, und versichert mir immer wieder: ›Am Geld soll es nicht liegen‹.« Darüber musste Augusta lachen, und sie steckte ihre Zunge in Wests heißes, wächsernes Ohr, und West lachte ebenfalls, obwohl er leicht verlegen war. So offen einen Klienten zu betrügen, das konnte nach hinten losgehen (wenn Augusta zum Beispiel zu ihrem Mann zurückkehrte und alles gestand), das war schon riskant. Doch Augusta versicherte Elias West, nein, unwahrscheinlich, dass sie beichtete: »Das macht zu viel Spaß.« Sprach's und griff mit geübter Hand umstandslos nach Wests halb erigiertem, langsam steif werdendem Penis. Wie eine Frau, die einem Kumpel die Hand gibt.

Als sie das erste Mal allein waren in Augustas Zimmer im obersten Stock des Hotels, knallte Augusta, noch erhitzt vom Liebemachen, ein Bündel Geldscheine auf ein Tischchen an Wests Bettseite und sagte: »Ich würde dich gern dafür engagieren, dass du Owen über meinen Aufenthaltsort im Unklaren lässt. Abgemacht?« »Augusta«, sagte West, »ich kann unter diesen Umständen kein Geld von dir annehmen. Aber ich gebe dir mein Wort, ich lasse deinen Mann im Unklaren.« Er verstummte, runzelte die Stirn. »Obwohl ich ihn mal auf eine falsche Fährte werde führen müssen, wenn ich nicht gefeuert werden will. Irgendetwas wird er hören wollen.« »Vielleicht«, sagte Augusta nachdenklich, »könnte ich ja irgendwo tot aufgefunden werden. Ich meine – eine Leiche, die mir ähnelt. Irgendwo.« »Das ließe sich eventuell einrichten. Aber lange wird das nicht helfen. Denn selbst wenn die Leiche stark verwest wäre, könnte sie über eine Prüfung des Zahnschemas letztlich doch identifiziert werden.« Augusta schlug, von Scham überwältigt, die Hände vors Gesicht. »Eine schreckliche Vorstellung. Ich wünschte, ich hätte das nicht gesagt.« West nahm ihre Hände und sagte: »Liebling, wer immer diese Ermordete sein mag, wann und wo immer es passieren mag – es wird nichts mit dir zu tun haben.« Augusta erschauerte. »Sehr seltsam, dass ich das gesagt habe. Ich wünschte, ich hätte es nicht getan.« »Es gibt einfachere Mittel und Wege, deinen Mann auf eine falsche Fährte zu locken.«

Sie sprachen weiter über Owen Cutler. Augusta hörte mit Rührung, dass Owen eine halbe Million Dollar Belohnung ausgesetzt hatte für Informationen, die zu ihrer Wiederauffindung führten. »Armer Owen! Ich liebe ihn wohl doch. Aber ...« Mit einer für sie untypischen Geste der Reue oder der Rührung wischte Augusta sich über die Augen. Elias West runzelte die Stirn. »Wenn du deinen Mann liebst, Augusta, warum hast du ihn dann verlassen und so unglücklich gemacht? Er scheint dich wirklich zu lieben.« Augusta schüttelte heftig den Kopf. Sie war nackt und schlüpfte jetzt in einen weißen Bademantel, gürtete ihn fest zu. »Owen liebt seine Vorstellung von einer ›Ehefrau‹ – er liebt nicht *mich*. In meinem ganzen Leben hat nur ein Mann mich geliebt, im Sinne von gewusst, wer ich bin, und mich respektiert, und dieser Mann ist gestorben.« Elias West empfand eine Regung von Eifersucht, ließ sie sich aber nicht anmerken. »Und wer war dieser Mann, dieses

Muster an Vollkommenheit?«, fragte er ironisch, und Augusta lächelte und sagte, ohne auf die Ironie einzugehen: »Oh, Adam war nicht vollkommen. Weit gefehlt. Er war nicht mal besonders attraktiv. Er hatte ein hässliches, schwer gezeichnetes Gesicht und war auf einem Auge blind. Und du weißt«, setzte sie leiser hinzu und streichelte West aus Spaß das Gesicht, »dass ich hübsche Männer mag.« »Er war ein toller Liebhaber, was?«, sagte West gereizt, und Augusta erwiderte: »Liebhaber? Ja. Vermutlich. Ich meine, wäre er wohl gewesen. Möglich. Wir waren genau genommen kein Paar.« »Und trotzdem hast du ihn geliebt?«, fragte West überrascht. »Natürlich habe ich ihn geliebt. Adam war die eindrucksvollste, romantischste männliche Erscheinung in meinem Leben, meinen Vater eingerechnet. Wenn ich es dir erklären sollte – ich könnte es nicht. Kann es nicht. Adam war einfach ... der, der er war. Ich bin aus Salthill fortgegangen, weil ich es nicht ertragen konnte, dort zu leben – ohne ihn. Aber jetzt möchte ich versuchen, ihn aufzuspüren. Wo er herkam, meine ich.« Augusta war ein Gedanke gekommen, angeregt dadurch, dass Elias West in ihr Leben getreten war. Ihr Blick hellte sich auf, als sie zu ihm aufsah. »Vielleicht könntest du mir helfen, Elias? Gegen dein übliches Honorar natürlich.«

Diesen Vorschlag gestattete Elias West sich anzunehmen.

Schon nach wenigen Tagen berichtete er Augusta zu deren Überraschung, was er per Telefon, Fax und Internet über den verstorbenen Adam Berendt in den Jahren vor 1973, als er nach New York ging, herausgefunden hatte. »Bevor er in den Osten kam, lebte dein ›Adam Berendt‹ in Detroit, wo er für einen sehr reichen Grundstücksentwickler gearbeitet hat. Und davor in Muskegon, Michigan, am Lake Michigan. Da hat er diesen Grundstücksentwickler, der Häuser am See baute, kennen gelernt, mehr hab ich darüber nicht herausgefunden. Dem Mann hat dein ›Adam Berendt‹ anscheinend gefallen, und er hat ihn nach Detroit mitgenommen. Zu irgendeinem Zeitpunkt muss er eine Zulassung als Immobilienmakler bekommen haben. Davor – wenn wir zeitlich, chronologisch rückwärts gehen – war Berendt in Minneapolis, aber dort hat er ein ganz anderes Leben geführt, war Lastwagenfahrer und hat am Wirtschaftsinstitut der Universität von Minnesota Abendkurse besucht. (Ja, ich hab versucht, mir seine Studentenakte faxen zu lassen, aber der Registrator wollte sie nicht herausrücken.) Noch früher, im Jahre 1969, wohnte er in einem Ort namens Red Lake in Nord-Minnesota, dort hat er Gelegenheitsjobs gehabt, war aber auch als Saisonarbeiter in West-Ontario. Aber für die Zeit noch davor«, sagte West mit gerunzelter Stirn, »ist die Spur kalt.«

Augusta dachte: *Davor gab es »Adam Berendt« nicht.*

Sie ließ West gegenüber nichts von »Francis Xavier Brady« verlauten. Von dem wusste nur sie, Augusta.

Sie fragte West, ob es Indizien für eine Ehe Adam Berendts gab, und West sagte: »Nein. Mir ist nichts untergekommen.« Keine Familie? Keine Verwandten? West sagte: »Für detailliertere Informationen müsste ich natürlich hinfahren. Soll ich? Wir könnten zusammen fahren.«

»Nein! Nein, vielen Dank. Mehr brauche ich nicht zu wissen.« Augusta sagte es schnell, beinahe ängstlich. Sie wollte Adam Berendt mit niemandem teilen, schon gar nicht mit einem Fremden. »Was bin ich dir schuldig?«

West küsste Augusta und streichelte ihre Schultern durch den Bademantel. »Mein Honorar ist Verhandlungssache.«

Am Tag vor Augustas Abreise aus Miami Beach warf Elias West ihre Handtasche über den Zaun eines Baugeländes, nur wenige Meilen von ihrem Hotel entfernt. Er hatte die Tasche nur mit Handschuhen angefasst. In ihr befanden sich nur noch benutzte Taschentücher, Kosmetika und eine Brieftasche, leer bis auf den Leseausweis der Stadtbücherei von Salthill-on-Hudson, New York, ausgestellt auf den Namen Augusta Cutler, Pheasant Run 39. Die Handtasche, ein italienisches Fabrikat aus wunderschönem Leder und handgefertigt, hatte er vorher zerkratzt und beschmutzt, damit der Finder nicht in Versuchung geriet, sie zu behalten, das so schöne und offensichtlich teure Stück aber doch wertvoll genug fand, um es zur Polizei zu bringen.

Elias West hatte im Zusammenhang mit seiner Suche nach der vermissten Augusta Cutler Kontakt mit der Polizei von Florida, besonders der im Dade County. Als er sich tags darauf, nachdem Augusta allein zu ihrer langen Reise in den Norden aufgebrochen war, dort meldete, war die Handtasche gefunden worden. Ihre Rechnung war aufgegangen! Doch Elias West empfand nur wenig Genugtuung, als er seinen Auftraggeber anrief und ihm von dieser »Spur« berichtete – der ersten echten, die sie bisher hatten.

Augusta fehlte ihm, er musste es zugeben. In seinen Jahren als Schnüffler hatte er keine Frau kennen gelernt, die es mit ihr aufnehmen konnte.

In einem Gemisch aus Vorfreude und banger Vorahnung fuhr »Elizabeth Eastman« durch Georgia, Tennessee, Kentucky, Indiana, Illinois, Wisconsin gen Norden und Westen. Es war eine lange Fahrt. Sie wollte nach Red Lake, Minnesota – und wollte es gleichzeitig nicht. Sie wollte die Wahrheit über Adam Berendts Leben herausfinden – und wollte es gleichzeitig nicht. Als sie Minnesota erreicht hatte und ihre Fahrt durch den langen, nördlichen Bundesstaat begann, schimmerte ihr Haaransatz wie Silberdraht, und drahtiges Haar spross unter ihren Achseln. Abermals trug sie Polyesterhosen mit Gummizug, T-Shirts und Pullover. Ihr Nagellack war abgeplatzt. Ihr Mietwagen war ein mausgrauer Honda Civic. Das glanzvolle Miami Beach lag hinter ihr, die Affäre mit Elias West verblasste schnell. In der ersten Woche hatte er ihr gefehlt – sie hatten so gut harmoniert, sexuell und vom Temperament her –, dann vergaß sie ihn allmählich. West hatte ihr seine Handynummer gegeben und mit Nachdruck gesagt, sie könne ihn jederzeit anrufen, er würde zu ihr kommen, doch Augusta warf die Nummer fort. Elias West zu lieben wäre Betrug – nicht an Owen Cutler, sondern an Adam Berendt.

Augusta hatte in Florida eine Kamera gekauft und machte nun Fotos von ihrer Annäherung an Red Lake, Minnesota, so als mache sie Aufnahmen von Adams Innenleben. Er hatte diesen kleinen, nicht sonderlich wohlhabenden Ort vor mehr als dreißig Jahren verlassen, doch abgesehen von ein paar verstreuten neuen Häusern und ein paar Fastfood-Restaurants und Mini-Malls am Highway schien sich in Red Lake in langer Zeit nicht viel getan zu haben.

Der See allerdings war riesig und wunderschön in der Sonne. Das vom Wind gekräuselte Wasser zog Augustas Blick auf sich und machte sie schaudern. In solchem vom Wind gekräuselten Wasser war Adam gestorben oder hatte sein Sterben begonnen. Manchmal bildete Augusta sich fast ein, sie hätte es mit eigenen Augen gesehen.

Nicht in Red Lake, aber im dreißig Meilen entfernten Hannecock, dem Sitz der Kreisverwaltung, fand Augusta im Erdgeschoss-Büro einer städtischen Angestellten das Dokument, das sie suchte: den amtlichen Eintrag vom 9. September 1969 des Inhalts, dass Francis Xavier Brady seinen Namen in »Adam Berendt« geändert hatte. (Kein mittlerer Name! Warum, überlegte Augusta, hatte Adam keinen mittleren Namen gewollt?) An die Urkunde angeheftet war eine arg verblichene Kopie von Bradys Geburtsurkunde, die Augusta nur mit Mühe entziffern konnte. Mit zittrigen Fingern hielt sie sie gegen das Licht. Francis Xavier Brady, geboren am 30. März 1947 in Beauchamp, Montana. Sohn von Morton und Elsie Brady. Ihr stockte der Atem. Das war es! Die Angestellte, die die Urkunde für sie herausgesucht hatte, eine Frau mittleren Alters, von Augusta mit Charme zum Suchen überredet (»Ich überprüfe die Vergangenheit eines gewissen ›Adam Berendt‹, der meine Schwester heiraten möchte, meine Schwester ist frisch verwitwet und sehr einsam«), fragte, ob alles in Ordnung sei, und Augusta stammelte, ja: »Ich bin bloß auf einmal – überrascht.« Gegen eine Gebühr von 25 Dollar durfte Augusta beide Dokumente fotokopieren.

Vielleicht sollte ich jetzt aufhören? Vielleicht ist das genug?

Doch die Neugier trieb sie weiter. Unbewusst hoffte Augusta, ihre Suche nach Adam Berendt, das noch tiefere Vordringen in seine Vergangenheit würde sie irgendwie mit dem Mann, mit dem leibhaftigen Menschen verbinden. *Mit dem jungen Adam. Einem Jungen namens Francis.*

Niemand, mit dem sie in Red Lake sprach, schien je von »Adam Berendt« gehört zu haben, woraus Augusta den Schluss zog, dass er die Gegend schon bald nach seiner Namensänderung verlassen hatte. Er war offenbar als »Adam Berendt« nach Minneapolis und dann nach Muskegon, Michigan, und schließlich nach Detroit gegangen, wo er allem Anschein nach mit Geldverdienen zu tun hatte. In Red Lake war er »Francis Xavier Brady« gewesen, und als solcher noch einer Reihe von Menschen erinnerlich. Eine an dem Ort lebende Bibliothekarin, eine Frau in den Sechzigern, erzählte Augusta von »Frankie Brady, einem gutmütigen, aber einsam wirkenden jungen Mann, der auf einem Auge blind war, die Folge, wie er sagte, einer Verletzung bei einem Jagdunfall«, der ständig in der Bibliothek aufkreuzte, manchmal in schmutzigen und verschwitzt riechenden Arbeitssachen, und Bücher ausleihen und sich darüber unterhalten wollte; dieser grobknochige junge Mann sei ein Einzelgänger gewesen, habe gesagt, er stamme aus Montana, habe auf einem Holzplatz und als Kraftfahrer gearbeitet und besuchte Abendkurse an der Highschool, um seinen Abschluss zu machen. »Frankie hat großen Wert auf Bildung gelegt. An der Art und Weise, wie er seine Worte wählte, sah man, dass er so klug sein wollte wie möglich. So, als käme er von irgendwo, wo die Leute nicht miteinander sprachen, sondern bloß brummelten und einander herumschubsten.« Augusta wollte wissen, was für Bücher Frankie Brady aus der Bibliothek ausgeliehen hatte, und die Bibliothekarin sagte mit Wärme, er sei ein Junge gewesen, der »fast alles« gelesen habe. Zum Beispiel habe er das Regal mit den im *Reader's Digest* komprimierten Büchern innerhalb weniger Wochen verschlungen. Und Woche um Woche habe er eine dickleibige Anthologie mit dem Titel *Die größten Philosophen der Welt* mitgenommen, über die er scherzhaft gesagt habe, er »arbeite sich durch die Jahrhunderte durch, aber langsam«. Am liebsten habe Frankie Gedichtanthologien gehabt und populärwissenschaftliche Titel und Ratgeberliteratur wie die von Dale Carnegie, außerdem Bildbände über Kunst und Geschichten über den amerikanischen Westen. Die Bibliothek besaß auch ein Buch über den Koreakrieg, und das nahm Frankie oft mit, weil sein Vater, wie er sagte, in diesem Krieg gestorben und ein »unbekannter Held« war. Für einen jungen Mann von neunzehn oder zwanzig wirkte er manchmal jünger, als er war, doch an anderen Tagen, wenn er melancholisch war und man nicht mehr als ein paar Worte aus ihm herausbekam, wirkte er wesentlich älter. »Einer von diesen jungen Leuten mit ›alter

Seele‹. Das war der Frankie Brady, den wir kannten.« Die Bibliothekarin nannte Augusta die Namen anderer Leute in Red Lake, die sie ansprechen konnte, und erklärte ihr, bevor Augusta danach fragen konnte, den Weg zu einem der Häuser, in denen Frankie Brady früher gewohnt hatte. Es war eine Pension neben dem Bahngelände: ein baufälliges altes Schindelhaus, das noch stand und, obwohl heruntergekommen, offenbar noch bewohnt war und an dessen durchhängender Veranda ein Schild ZIMMER ZU VERMIETEN – WOCHEN- & MONATSWEISE offerierte und vor dem Perlhühner in der blanken Erde pickten. Augusta schaute gierig. *Hier hat Adam gelebt. Vor langer Zeit.*

Sie würde mutig vor das Haus treten. Würde anklopfen. Würde darum bitten, dass man ihr – was zeigte? Welches Zimmer?

Doch sie hielt diskret Abstand und machte Fotos.

Am nächsten Tag ging Augusta zur Marina von Red Lake und suchte die Frau des Besitzers in dem »Ranch«-Haus am Seeufer auf, doch die Frau mit dem harten Gesicht und dem blondierten Haar (die ungefähr in Augustas Alter war, aber älter aussah), musterte sie argwöhnisch, erstarrte sichtlich, als Augusta nach Frankie Brady fragte, und sagte, es tue ihr Leid, sie könne nicht mit ihr sprechen: »Ich hab zu viel zu tun, verstehen Sie, ich hab zu tun.« Die Stimme der Frau bebte vor Zorn, ihre Augen funkelten vor Ablehnung. Tief getroffen ging Augusta fort. *Sie hat ihn geliebt. Wie ich. Wir könnten Schwestern sein.* Wie lange war es her? Zweiunddreißig Jahre mindestens, und die blondierte Frau spürte den Schmerz, den Verlust immer noch. Augusta mochte nicht darüber nachdenken, was das für sie bedeuten mochte.

Als Nächstes suchte Augusta den weißhaarigen, im Rollstuhl sitzenden ehemaligen Direktor der Red Lake High School auf, einen zuvorkommenden Herrn von Ende siebzig, dessen Miene sich bei Augustas Anblick aufhellte und der sich freute, ausführlich über Frankie Brady sprechen zu können, den jungen Mann, den er in der Abendschule – war es 1968? 1969? – unterrichtet hatte, in einer schlimmen Zeit für die Vereinigten Staaten, als der Krieg in Vietnam praktisch schon verloren war und Jungs aus dem Ort, Schüler seiner Schule, dort ihr Leben verloren oder verwundet heimkamen.

»Frankie Brady war eine große Ausnahme. Es war, als habe er das Lesen – Bücher, das ›geistige Leben‹ –, gerade erst entdeckt, wohingegen die meisten Leute gar nicht lesen, nie. Jedenfalls die in dieser Gegend nicht. Frankie war wie ein ausgehungerter junger Hund, dankbar für alles, was man ihm gab.« Über Frankie Bradys Privatleben hatte er nicht viel mehr gewusst als dass er »Probleme gehabt hatte, in Montana. Deshalb tauchte er wie aus dem Nichts in Red Lake auf. Er fühlte sich schuldig, weil er nicht in Vietnam kämpfte, wegen seines Auges von keiner Armeeeinheit genommen wurde. Und dann ist er von hier weggegangen, aber mit dem Wie hat er einige von uns enttäuscht.« »Wie ist er denn weggegangen?«, fragte Augusta. »Ma'am, Frankie *ist einfach abgehauen*. Er hat hier einen Holzplatz geleitet, eine ziemlich große Verantwortung für einen jungen Mann von Anfang zwanzig, aber er stand unter Druck, vielleicht durch ein Mädchen, oder vielleicht wurde es ihm hier einfach zu langweilig, und er musste weg. Frankie war immer ein kontaktfreudiger Mensch, wissen Sie. Auch wenn er selber nicht viel sprach, hörte er genau zu und schaute einen mit dem einen Auge an, man hatte das Gefühl, der Moment, der bedeute ihm viel, was im Einzelnen auch immer. Er konnte andere glücklich machen, auch wenn er selber nicht glücklich war, und das war oft der Fall. Und darum fehlte er den Leuten hier, als er fortging, und manche waren gekränkt. Nicht dass er jemandem was schuldig gewesen wäre oder Versprechungen gemacht hätte, nicht dass ich wüsste, aber ein paar Monate, nachdem er sein Zeugnis bekam, für das er hart gearbeitet hatte und auf das er stolz war, verabschiedete er sich bloß von ein paar Leuten, ich gehörte nicht dazu, und verließ Red Lake, und danach hat nie wieder jemand was von ihm gehört. Es hieß, er habe seinen Namen geändert und sei nach – Michigan vielleicht gegangen.« Augusta sah die Verwunderung und den Schmerz im Gesicht des alten Mannes und wollte seine Hände nehmen und ihn trösten. »Wissen Sie etwas über ihn, Ma'am? Er ist tot, nicht?«

Nein, erwiderte Augusta schnell, sie wisse nur wenig über Francis Brady, sie hole für eine Verwandte Erkundigungen ein, habe den Mann nie persönlich kennen gelernt.

Tage vergingen. »Elizabeth Eastman«, die verträumte Vagabundin, leistete es sich, die Haare unter ihren Armen sprießen zu lassen, hier, wo sie niemand kannte, in diesem verschlafenen, gesichtslosen Nest am See, in dem die Erinnerungen an Adam Berendt noch nach Jahrzehnten wehtaten. Augusta wanderte durch den Ort und seine Umgebung, machte Fotos, sagte sich: *Ich werde Kunst machen aus seinem verlorenen Leben, er wird stolz auf mich sein.* Sie mietete sich im Hafen ein Ruderboot und ruderte in Ufernähe auf dem See, bis sie Blasen an den zarten Händen und trotz Strohhut Sonnenbrand im Gesicht hatte. Stets den kleinen schäbigen Hafen im Blick behaltend, glitt sie langsam an den Reihen der Hütten und Bungalows vorbei und dachte: *Jetzt sieht er mich, jetzt kommt er zu mir.* Augusta wusste – obwohl es ihr anders lieber gewesen wäre –, dass das Leben keine Folge von gestellten, »tiefsinnigen« Fotografien ist, kein Film, in dem eine Szene mit einem dramatischen Höhepunkt oder überhaupt einem Höhepunkt enden muss. Eine Frau mittleren Alters, die, unbeholfen rudernd, mit einem Boot auf einem See im Norden Minnesotas zu Beginn der Moskito-Zeit herumfährt, schockiert, wie rasch ihr wohlproportionierter Körper ermüdet, ihr alle Muskeln – in den Armen, den Schultern, dem Rücken, den Oberschenkeln – wehtun, sie kann einfach rudern, bis sie aufgibt und mit letzter Kraft ans Dock zurückkehrt. Boote mit Außenbordmotor dröhnten an ihr vorbei, brachten das Boot in ihrem Kielwasser zum Schaukeln. Segelboote gab es auf diesem See keine. Auf dem Dock rief ein Junge einem im Wasser planschenden schwarzen Retriever etwas zu, was wie »Gus-sie!« oder »Hus-sie!« klang.

Doch als Augusta an diesem Abend in der Red Lantern Tavern Whiskey trank, bevor sie sich etwas zu essen bestellen wollte, bekam sie Gesellschaft: der Sheriff von Ogden County wollte sie sprechen. Er stellte sich als Rick Hewitt vor. Augusta reichte ihm die blasige Hand. Hewitt war ein weißhaariger Mann von Ende fünfzig, hatte ein derbes, kluges Gesicht und Augen, die sie an – wen? – Roger Cavanagh erinnerten. Flinke Eidechsenäuglein, aber vielleicht doch freundlich? Ihm sei zu Ohren gekommen, sagte Hewitt, Augusta erkundige sich nach seinem alten Freund Frank

Brady. »Haben Sie mit Brady zu tun, da, wo Sie herkommen? Wollen Sie wissen, ob der Mann sauber ist, oder was?«, fragte Hewitt. Augusta setzte ihr Salthiller Gastgeberinnenlächeln auf und sagte: »Sie beantworten hier die Fragen, Sheriff, nicht ich.«

Hewitt lachte. Man sah, dass er beeindruckt war von dieser gut aussehenden Klassefrau aus dem Osten, die sich Mühe gab, unter den Einheimischen nicht aufzufallen.

Er setzte sich Augusta gegenüber an den Tisch. Ließ sich auf ein Glas einladen. Sagte, dass er Frank Brady »ziemlich gut« gekannt habe – so gut, wie man Frank hier in Red Lake »kennen konnte«. Eine Zeit lang hatten sie auf demselben Holzplatz gearbeitet. Sie waren damals beide Anfang zwanzig, unverheiratet, hingen herum, wohnten in der Stadt. Hewitt war 1967 aus Vietnam zurückgekommen, wo er zwei Jahre stationiert gewesen war, und hatte für eine Weile genug von Waffen und vom Uniformentragen und noch keine Lust, schon zu heiraten. »Frank hat keine Verwandten in Minnesota und vielleicht auch sonst wo keine gehabt, denn er hat nie was in der Art erwähnt. Er mochte Frauen, war aber zu schüchtern, sich mit ihnen einzulassen, was ich damals gar nicht so verkehrt fand. Wir waren oft zusammen, manchmal vielleicht vier, fünf Abende die Woche, von '67 bis September '69, als Frank aus Red Lake wegging. Dabei hat er, im Unterschied zu uns anderen, nicht mal getrunken.« »Hat er gesagt, warum?«, fragte Augusta. »Ma'am, er hat gesagt, das Zeug sei ›Gift‹ für ihn, es mache ihn ›verrückt‹. Er hat gesagt, als Kind hätte er ein Alkoholproblem gehabt.« »Ein Alkoholproblem! In welchem Alter?« »Mit vierzehn, fünfzehn vielleicht. Er hat nicht gerne darüber gesprochen. Überhaupt nicht viel von sich erzählt. Er hat mich nach Vietnam ausgefragt, mich richtig gelöchert. Frank hielt den Krieg zwar nicht für gerechtfertigt, fühlte sich aber schuldig, weil er nicht dort war. Er hatte zu den Marines gewollt, sein Dad war Marine gewesen, aber mit dem blinden Auge haben die ihn nicht genommen. Niemand wollte Frank Brady in einer Uniform.« Augusta sagte ungläubig: »Frank Brady wollte in Vietnam kämpfen, obwohl er den Krieg nicht guthieß?« »Wie ich schon sagte, Ma'am«, bestätigte Hewitt grinsend. »Frank hatte ein schlechtes Gewissen, weil er nicht dort war. Wegen der anderen, die dort gekämpft haben, so wie ich. Und manche von uns wurden ganz schön zusammengeschossen. Oder noch schlimmer.« Augusta nahm die Mitteilung schweigend auf. Gut, Adam war damals noch sehr jung gewesen. Jünger, als ihre Söhne heute waren. Die Einsicht, dass Vietnam ein Debakel war, samt der moralischen Entrüstung, die diese Einsicht nach sich zog, das kam alles hinterher.

Hewitt, der Augustas Gesicht beobachtete, sagte: »Frank hat mir noch etwas anvertraut, von dem er nicht wollte, dass es allgemein bekannt war: Er war auch vorbestraft. Er war in einer Jugendeinrichtung in Montana eingesperrt gewesen.« Hewitt sagte es so sachlich, dass Augusta seinen Arm berühren musste, um ihn zu unterbrechen. »Entschuldigen Sie, Officer. Eine was? ›Einrichtung‹?« »Helena State heißt sie. Das ist eine Art Lager, ein Zwischending zwischen einer Strafanstalt für ältere Verbrecher und einem Heim für minderjährige Straffällige.« »Aber – warum war Frank Brady inhaftiert?« »Weil er jemanden beinahe umgebracht hätte, Ma'am.« »Beinahe umgebracht? Wen denn?« »Seinen ›Stiefvater‹, hat er gesagt. Frank war ein Mündel des County. Seine Eltern waren tot, er war zwölf Jahre alt, als er in diese Mühle geriet. Er wurde von einem Waisenhaus ins nächste abgeschoben, und mit vierzehn kam er mit seinem ›Stiefvater‹ nicht klar, einem Trinker und Mistkerl, der die Kinder bloß herumgeschubst hat, und eines Abends hat Frank die Nerven verloren und zurückgeschubst, und sie fingen an zu kämpfen, und Frank hätte den Kerl beinahe mit einer Spitzhacke erschlagen.« Hewitt schüttelte den Kopf und trank einen Schluck von seinem Whiskey. »Dabei war der auch nicht gerade ein Schwächling. Ich bin der Sache mal nachgegangen, einige Jahre später.« Augusta lauschte entsetzt. Adam Berendt? Ein vierzehnjähriger Junge, der eine Spitzhacke schwingt? Und damit beinahe einen Menschen tötet? Hewitt sagte: »Im Helena, in dem Gefängnis, haben sich ein paar Ojibwa-Indianer zusammengetan und Frank zusammengeschlagen, dabei hat er das eine Auge verloren. Zwischen Indianern und Weißen herrscht in diesen Einrichtungen ständig Krieg. Frank war fünfzehn, als er auf dem einen Auge blind wurde. ›Ich hab verdammtes

Glück gehabt‹, hat er gesagt, ›dass ich noch lebe. Wenn das Auge der Preis ist, dann macht mir das nichts.‹« Hewitt lachte. »Das war typisch Frank in einer seiner Stimmungen, hat immer das Beste daraus gemacht. So als sei es was Positives, ein Auge zu verlieren, wenn man es sich genau überlegte. Er hat immer gesagt, im Helena wär er zur Vernunft gekommen. Er musste dort ruhiger werden, ist wieder zur Schule gegangen. Mit dem Lesen- und Schreibenlernen hat er sich schwer getan, er hatte, wie nennt man das, eine Lese-Rechtschreib-Schwäche. ›Mein Gehirn ist falsch verkabelt‹, hat Frank gesagt. ›Ich muss mich doppelt so viel anstrengen wie andere, um was zu kapieren.‹ Mit achtzehn durfte er auf Bewährung raus. Die Anklage war vorsätzliche schwere Körperverletzung mit einer tödlichen Waffe.« Hewitt sprach langsam, als zögere er, wählte seine Worte aber mit grausamem Hintersinn.

Augusta war ein wenig benommen. »Vielen Dank. Ich verstehe.«

»Nicht überrascht, Ma'am, nein? Sie sehen etwas blass aus. Ist doch lange her.«

»Ja.«

»Frank müsste doch heute – was? – auch schon älter sein. Mitte fünfzig?«

Als Augusta nichts erwiderte, beugte Hewitt sich über den Tisch und sagte: »Frank hatte es schwer in diesen Waisenhäusern. Sie können einem sensiblen Jungen nicht vorwerfen, dass er sich geschützt hat.«

»Ja. Ich meine – nein.«

»Er hat immer gesagt, er hätte verdammtes Glück gehabt, nicht bloß mit dem Auge, sondern dass der Mann, den er angegriffen hatte, nicht gestorben ist. Das macht im Gefängnis was aus, Ma'am, kann ich Ihnen sagen.«

Augusta ängstigte sich jetzt vor Hewitt. Vor seiner Männlichkeit, seinem anzüglichen Ton. Seinem auf ihr ruhenden Blick, seinem Wunsch, zu wissen, wer sie war. Sie dachte *Das hast du dir selber eingebrockt. Du allein bist schuld daran.*

»Entschuldigen Sie bitte – ich muss gehen.« Augusta zwängte sich unbeholfen aus ihrer Bank und hätte fast das Gleichgewicht verloren, und Hewitt erhob sich mit der Wendigkeit eines jungen

Mannes. Keuchend sagte sie: »Nein! Ich gehe jetzt. Ich reise ab. Bitte lassen Sie mich gehen.« Hewitt folgte ihr aus der lauten Kneipe nach draußen auf den Parkplatz, trug ihr die Handtasche nach, die sie liegen gelassen hatte. »He, Ma'am. Sie haben das hier vergessen.« Augusta blieb nichts übrig, als sich zu bedanken und ihm die Tasche abzunehmen und darin nach dem Autoschlüssel zu suchen, während er sie nicht aus den Augen ließ. (Doch welches von diesen Autos war ihr Mietwagen? Sie erinnerte sich nicht.) Angst schlug in ihrer Brust wie ein in der Falle sitzendes, verzweifeltes Vögelchen. Der weißhaarige Sheriff von Ogden County mit dem derben Gesicht sagte in leisem, anzüglichem Ton: »Falls Sie noch mehr über meinen alten Freund Frank Brady wissen wollen, Ma'am, stets zu Diensten. Sie übernachten im Bull's Eye Motel, nicht? Fühlen Sie sich in der Lage, allein hinzufahren?«

Augusta gelang es, ihren Wagen zu finden. Eilig checkte sie aus dem Motel aus und verließ Red Lake in südlicher Richtung, checkte um Mitternacht in einem nach Desinfektionsmittel stinkenden Days Inn außerhalb von Bemidji ein.

»Er war ein wilder Junge. Nicht böse oder niederträchtig, sondern unberechenbar. Diese schreckliche Sache, die da passiert ist – das war ein Unfall. Den Frankie allerdings herbeigeführt hat. Das steht fest.«

Mrs Maudie Creznik vom Campingplatz in Canyon Creek sagte es traurig, aber bestimmt. Das Ereignis war ihr noch lebhaft im Gedächtnis, das sah man. Über vierzig Jahre her, und noch so präsent wie der Alptraum der letzten Nacht.

Augusta war jetzt im Westen von Montana. Es war Sommer. In Jeans und T-Shirt, das aschig-silbrige Haar im Nacken zu einem steifen Zopf geflochten, saß sie auf einem grünen Plastik-Campingstuhl und trank Kaffee mit Mrs Creznik, der Betreiberin des Campingplatzes sechs Meilen westlich von Beauchamp, Montana und circa fünfundzwanzig Meilen von der kleinen Stadt Helena entfernt. Der amerikanische Westen: alles hat Übergröße – ausgenommen die Menschen. Die Frauen saßen auf einer von blutroten Geranien gesäumten betonierten kleinen Fläche (»meine Veranda«, wie Mrs Creznik sagte) im Schatten von Mrs Crezniks Wohnwagen, einem lastwagengroßen, zigarrenförmigen Caravan mit komplizierten Antennen, Blumenkästen und Fensterläden. Der Aluminiumaufbau ruhte auf soliden Betonpfosten, umgeben von hohem Gras, ein Zeichen dafür, dachte Augusta, dass er wie die anderen Fahrzeuge, die sie ringsum sah, schon lange auf dem Gelände stand. Wieso, fragte sie sich, war es dann ein Wohn*wagen*? Wieso nannte man sie nicht Hütten, Bungalows? Hinter Mrs Crezniks penibel gepflegtem Rasenstück standen in mehreren Reihen hintereinander wie in einer Anlage von Mietwohnungsbauten ähnliche Fahrzeuge. Überall sah sie Kinder und Hunde. Junge Mütter hängten Wäsche auf. In der Ferne lagen die dicht bewaldeten Hänge des Helena National Forest und eine Reihe von hohen, eisbedeckten Berggipfeln. Das waren die legendären Rocky Mountains, von denen sie Adam Berendt in den vielen Jahren ihrer Freundschaft niemals hatte sprechen hören, obwohl er als Kind buchstäblich im Schatten dieses Gebirges groß geworden war. In ihrem Motel in Beauchamp hatte sie sich den höchsten Gipfel im Umkreis zeigen lassen – Scapegoat Mountain, 3067 Meter hoch.

Als sie auf ihrer Montana-Karte nördlich des Scapegoat Mountain in 1682 Meter Höhe den »Berendt Pass« entdeckte, stockte ihr für einen Moment der Atem.

»›Berendt‹! Daher der Name!«

Adam Berendt. Hier geboren.

Augusta selber war »Elizabeth Eastman«. Das Versteckspiel fand jetzt ein Ende.

Trotzdem, sie hatte es bis hierher geschafft. Hatte sich nicht entmutigen lassen. Über achthundert Meilen seit Red Lake. Wie lange sie für die Fahrt gebraucht hatte! Fast so lange, dachte sie, wie die Reise für Adam gedauert hatte. Ihr Kleinwagen wurde von Präriewinden geschüttelt. Sie vernahm in diesen Winden die flehentlichen, schmerzlichen Rufe ihres verlassenen Mannes, sogar ihrer Kinder. Hörte Adams nachvollziehbare Frage *Warum? Gussie, warum um Gottes willen?* Oft hielt sie an einer Interstate an, müde, einen schmerzlichen Druck hinter den Augen. Manchmal stellte sie entsetzt fest, dass sie nichts mehr wusste von den letzten gefahrenen Meilen. Keine Erinnerung. Wie hypnotisiert von dem dahinjagenden monotonen Straßenbelag und dem riesigen Himmel über ihr. Land des hohen Himmels, brüstete sich das Autokennzeichen von Montana. Im Osten, in Salthill-on-Hudson, gab es praktisch keinen Himmel. Dort war der Himmel ein farbiges Dach. Beim Blick nach oben sah man meist Bäume, Gebäude. Im Westen war alles weit entfernt, und was nah schien, war es oft nicht. Es war eine Gegend, in der man leicht in Trance geriet. Augusta fürchtete, hier gefährdet zu sein: eine Frau, allein unterwegs in diesem Teil des Landes, eine fanatische, aufgelöste Frau mittleren Alters, die so lange Strecken durch die menschenleeren Ebenen von North Dakota fuhr, danach südwärts in die etwas stärker, aber immer noch spärlich besiedelte mittlere Region von Montana. In Helena abgewiesen, war sie nach Beauchamp gefahren und hatte hier, wo Adam Berendt am 30. März 1947 im örtlichen Krankenhaus das Licht der Welt erblickt hatte, weitere Nachforschungen angestellt: *Morton Brady, Elsie Brady, Frankie Brady* ... »Manche von uns haben Frankie im Lager in Helena besucht«, sagte Mrs Creznik, »doch man spürte, dass er sich schämte, uns zu sehen. Er muss sehr einsam gewesen sein, aber uns zu sehen, war noch schlimmer, und so gingen wir schließlich nicht mehr hin. Wann? Etwa 1963, glaub ich. Das letzte Mal, dass ich Frankie sah.«

Maudie Creznik hatte ein großes, offenes, frisches, freundliches Gesicht, wie eine Sonnenblume. Ihre fleckig aussehende Haut war von unzähligen Linien, Rissen und Vertiefungen durchzogen, und ihre Zähne (oder ihre Dritten) waren verblüffend weiß. Sie lächelte oft aus Nervosität. Besuch von Fremden war Mrs Creznik nicht gewöhnt. Doch sie hatte eine Geschichte zu erzählen, die sie schon lange niemandem mehr erzählt hatte, und die attraktive, vollbusige »Elizabeth Eastman« war da und hörte ihr zu, die Kamera auf dem Schoß. Augustas Handflächen waren feucht. Sie schluckte mühsam und fragte, wo der Caravan der Bradys gestanden hatte. Mrs Creznik lachte und sagte ermahnend: »›Wohnwagen‹, meine Liebe, nicht ›Caravan‹. Wir wohnen nicht in ›Caravans‹.«

»Wohnwagen. Natürlich. Sie sagten es schon. Entschuldigung.«

»Wir gehen rüber. Reichen Sie mir meinen Stock, meine Liebe.«

Maudie Creznik wäre für ihre Ende sechzig gut beieinander gewesen, wenn sie nicht Arthrose in den Hüften und den Knien gehabt hätte. Sie klagte so gut gelaunt über ihre Beschwerden wie ein Fernsehstar. Durch ihre ausgelaugten grauen Haare schimmerte eine bleiche Kopfhaut hindurch. Sie trug ein pinkfarbenes gemustertes gerades Polyesterkleid, das wie ein Zelt von ihrem rundlichem Körper abstand, ihre blassen, haarlosen Beine waren von bläulichen Krampfadern durchzogen. Augusta mochte sie, traute sich aber nicht, sie zu berühren. Sie hatte Mrs Creznik, der das Aufstehen Mühe machte, aus dem Campingstuhl helfen müssen.

»Es war den Gang entlang. Ich erinnere mich noch gut.«

Mrs Creznik stützte sich beim Gehen auf Augustas Arm und auf den Stock. Augusta wappnete sich gegen einen stechenden Geruch, doch der Körpergeruch der Frau war angenehm, tröstlich, wie warmer Kuchenteig.

»Canyon Creek, der Campingplatz, war früher kleiner. Bis zu dem Flüsschen reichte er schon immer, war aber nicht so breit. Das Gelände erstreckt sich jetzt über sechs Morgen. Damals war es nur etwa halb so groß, bloß zwölf Parzellen. Die Wagen, wie der der Bradys, waren kleiner. Ihrer war gebraucht gekauft und nicht sonderlich gut in Schuss. Einer der Schandflecken auf dem Platz. Elsie, Frankies Mom, war eine liebe Frau, aber überfordert. So jung geheiratet, und dann die Kinder. Sie hat sie geliebt, aber nicht allzu gut für sie sorgen können. Das kleine Mädchen, Holly, war mit einem Hörschaden auf die Welt gekommen. Heute ließe sich das leicht behandeln, aber damals, ich weiß nicht, was daraus geworden ist. Sie war ein süßes Ding, lieb, hat immer gelächelt, aber war sehr schüchtern, die anderen Kinder haben sie ständig gehänselt, weil sie nicht immer verstanden hat, was sie sagten, und sie hat auch nicht richtig gesprochen. Frankie hat seine Schwester geliebt, er war groß und kräftig für sein Alter, stämmig und ein guter Schwimmer, aber irgendetwas hat bei ihm auch nicht gestimmt, er konnte in der Schule nicht stillsitzen, hieß es, hatte Probleme beim Lesen, da ist er schnell aufgebraust. Elsie hat Stütze vom County gekriegt, nachdem ihr Mann sie sitzen gelassen hatte. (Der Dreckskerl! Ist mit dem Wagen abgehauen. Wie sollte Elsie hier draußen denn ohne Wagen leben?) Ihn, Morton Brady, hab ich nicht gut gekannt. Mein Mann und mein Schwiegervater wussten auch nicht viel. Und getraut haben sie ihm schon gar nicht. Sie haben paar Mal zusammen Karten gespielt. Er hat bloß Gelegenheitsarbeiten in Beauchamp gemacht. Hatte eine laute, harte Lache. In den konnte sich ein liebes, vertrauensseliges Mädchen wie Elsie schon verlieben. Später, in Helena, hat Frankie behauptet, sein Vater sei ein Marine gewesen und in Korea umgekommen, aber das stimmte nicht. Der Dreckskerl war so lebendig wie Sie und ich. Er war bloß nicht *da.*« Mrs Creznik verstummte, schirmte mit der Hand die Augen. Sie japste leicht. Schweißtröpfchen glitzerten auf ihrer Oberlippe. »Sehen Sie da, wo der Winnebago geparkt ist? Da ungefähr war die Parzelle der Bradys. Sie sind irgendwann Anfang 1957 hierher gezogen. Vorher haben sie in Beauchamp gewohnt, in verschiedenen Häusern. Der Junge, Frankie, war zehn, und Holly, die Kleine, war vier. Ich erinnere mich noch ganz genau. Ich erinnere mich an alles aus diesen ersten Jahren. Bloß was gestern war, das weiß ich nicht mehr. So als würde in meinem Leben nichts Wichtiges mehr passieren, was? 1957, in dem Jahr hatte ich gerade geheiratet, im Januar, und wir sind hierher gezogen zu den Leuten meines Mannes, das war kein leichtes Leben, vor allem nicht im Winter. Ich wurde gleich schwanger und war viel krank, und dann, als der Brand war, hätte ich in der zehnten Woche fast mein Baby verloren, aus dem dann mein Sohn Timmy wurde, jetzt leitet Timmy den Platz fast allein ... Der Brand geschah am 19. April 1959. Einem Samstagabend. *Dieses Datum werde ich nie vergessen.*« Mrs Creznik sagte es mit Schärfe, umklammerte Augustas Arm mit Fingern, so kräftig wie Klauen. »Wie ich schon sagte, der Vater hatte sich aus dem Staub gemacht. Hat sich auch fürs Begräbnis nicht herbemüht. Wo er abgeblieben ist, wusste niemand oder wollte es nicht sagen. Er hatte Cousins in Beauchamp, aber die hatten angeblich keine Ahnung. Gesocks. Damals lebten hier Leute aus einem ganz niedrigen Milieu ...« Mrs Crezniks Stimme hatte zu zittern begonnen.

Sie und Augusta blickten auf die Parzelle, auf der vierzig Jahre zuvor der gebrauchte Wohnwagen der glücklosen Bradys gestanden hatte, versuchten das wuchtige Ungetüm mit der matt-bronzefarbenen Außenhaut, den Blumenkästen vor den Fenstern, den Fensterläden, der Fernsehantenne und den zum Trocknen aufgehängten Windeln wegzudenken, das heute an dessen Stelle stand.

Augusta wollte wissen, was genau damals geschehen war.

»›Genau‹ wissen wir es nicht. Der Junge wusste es selbst nicht. Er war betrunken! Ein Zwölfjähriger, der so viel Bier getrunken hatte, dass er sturzbetrunken war. Es gab damals einige Kinder im Teenageralter, eine ganze Clique, nicht bloß Jungs, auch ein paar Mädchen darunter, die Eltern konnten oder wollten sie nicht mehr bändigen. Sie stahlen Boote am Fluss, hetzten Hunde aufeinander, bloß zum Spaß, tranken, wenn sie an Six-Packs rankamen. Haschisch geraucht wie die Jugend heute haben sie nicht, aber Zigaretten. Frankie war nicht der Schlimmste von denen, aber der jüngste und leicht beeinflussbar, wie man so sagt. Im Grunde war er ein netter, anständiger Junge, er liebte seine Mutter und seine kleine Schwester, aber er war schwach, er ahmte die anderen nach. Wie ich schon sagte, es war eine schwere Zeit für mich. Vor einigen der Älteren, der Fünfzehn-, Sechzehnjährigen, hab ich mich gefürchtet, ganz ehrlich. Es war ein hartes Leben. Ich war erst zweiundzwanzig …«

»Und der Junge, Frankie Brady, er hatte an dem Abend getrunken?«

Augusta formulierte vorsichtig, sie wollte Mrs Creznik nicht aufregen.

»Ja. Sicher. Einige dieser Kinder waren – man müsste Alkoholiker sagen, bloß denkt man das nicht bei einem Kind dieses Alters. Mit elf, zwölf. Ein solches Benehmen lassen wir heute auf dem Platz nicht durchgehen. Aber damals, die Zeiten waren anders, man konnte sich seine Mieter hier draußen nicht aussuchen. An dem Abend waren Elsie und die Kleine schon im Bett. Es war spät. Der Junge kam spät heim, er war betrunken, hat geraucht, und da ist ihm eine Zigarettenkippe runtergefallen und unter das Sofa gerollt, er hat sie nicht wiedergefunden oder vielleicht auch gar nicht danach gesucht, so betrunken, dass er nichts gemerkt hat. Also schläft er ein! Am Küchentisch. Und wird von dem Rauch wieder wach, gegen eins, da fangen die Vorhänge schon Feuer, und der ganze Wagen geht in Flammen auf, und Elsie und die Kleine sind hinten eingeschlossen, die Ausgangstür ist vorn. Der Wagen neben ihrem hat auch gebrannt, aber die Familie hatte Glück und kam noch raus. Elsie und die Kleine hatten kein Glück. Frankie rannte raus, aber dann versuchte er wieder reinzukommen, um ihnen zu helfen, man hörte die arme Frau schreien vor Angst, und die Kleine. Es war eine schreckliche Sache, ganz furchtbar. Ich glaube, ich kann jetzt nicht mehr darüber reden. Das muss Ihnen reichen.« Und Mrs Creznik umklammerte Augustas Hand und drückte sie an ihre knochige Brust, und Augusta spürte bestürzt, dass das Herz der Frau hämmerte.

Auf dem Rückweg zu Maudie Crezniks Wohnwagen fragte Mrs Creznik, ob Frankie Brady noch lebe.

»Nein«, sagte Augusta. »Er ist gestorben.«

»Gestorben! Dann hat er es also hinter sich.«

»Ja. Er hat es hinter sich.«

Jetzt weiß ich es. Adam, verzeih mir!

Sie fotografierte in Canyon Creek. Die Wohnwagen, das Flüsschen am Ende des Campingplatzes, in dem Frankie Brady sicher geschwommen war, die Berge in der Ferne, den weiten Himmel mit den klotzigen hingemeißelten Wolken. Sie ging zu der ehemaligen Parzelle der Bradys, fotografierte die Stelle aus unterschiedlichen Blickrichtungen, wie sie der Junge Francis Brady auch gesehen haben musste. In der Kleinstadt Beauchamp machte sie den Friedhof ausfindig und stapfte vierzig Minuten lang durch das Gras, Mücken und riesige Bremsen abwehrend, bis sie schließlich das kleine billige flache Holzkreuz fand, das fast vollständig von Moos und Unkraut überwuchert war. ELSIE BRADY 1927–1959, HOLLY BRADY 1955–1959. Die Stelle fotografierte sie, bis ihre Filmrolle zu Ende war.

Teil III

In alle Ewigkeit

Traumwesen

Durch das offene Fenster sah sie ihn. Ihr Herz machte einen Sprung!

Wen?

Was du noch nicht glauben kannst, wirst du eines Tages doch glauben. Und dann wird es dir ganz natürlich vorkommen. So hatte Adam Berendt es vorausgesagt.

Und trotzdem: Es kam ein Tag im späten Winter, da taute der Schnee wenigstens für eine Stunde vom Dach des alten Steinhauses in Damascus Crossing, Pennsylvania. Danach für mehrere Stunden hintereinander. Und schließlich, im März-Tauwetter, war er fast den ganzen Tag lang getaut. Marina Troy war so in ihre Arbeit vertieft, in die Figur – halb Sphinx, halb Luchs –, die sie aus Metallknöpfen, schimmernden Türknaufen, verblichenen Vogelknochen, schwarz lackierten Nachtfaltern und Zeitungsschnipseln, Puppenhaar und Puppenaugen und anderen spielerisch collagierten Materialien gestaltete, dass sie gar nicht an ihren Verlust dachte. Und als er ihr wieder einfiel, war sie im Innersten getroffen.

»Bin ich dabei, Adam zu vergessen? Wird es so ausgehen, dass ich Adam zum zweiten Mal verliere?«

Niemals! Ich werde nie vergessen.

Ich werde keinen anderen Mann so lieben, wie ich Adam geliebt habe.

Ich werde wieder kommen, hierher nach Damascus Crossing, in das alte Steinhaus.

Ich werde mich nie von dem Haus trennen, das Adam mir vererbt hat. Niemals!

Im Grunde konnte sie es nicht erwarten, aus Damascus Crossing fortzukommen.

Sie sperrte das Haus ab, Adams unvollendete, aufgegebene Arbeiten mit Zeitungspapier abgedeckt im hinteren Zimmer. Lud ihre Sachen in den Jeep und fuhr am Labor Day wieder nach Salthill. »Endlich! Ich war so einsam.«

Marina sprach mit dem Besitzer der Open Eye Gallery unweit des Shaker Square, als ihr Blick durch das Schaufenster auf einen dunkelhaarigen Mann fiel, den sie, hätte sie schwören können, noch nie gesehen hatte und der einen Sportwagen schob. Das Open Eye war ein Stück vom Gehweg zurückgesetzt, auf dem Rasen vor dem Haus standen abstrakte Skulpturen und eine steinerne Bank. Es war ein strahlender Septembertag. Der dunkelhaarige Mann hatte sich einen Sportmantel über die Schultern geworfen und die Ärmel seines weißen Hemds bis zu den Ellbogen aufgerollt; ein kleiner Baldachin mit einer Rüsche schützte das Kind im Sportwagen vor der Sonne. Fasziniert schaute Marina hin, als der Mann stehen blieb und sich über das Kind beugte, um ihm die Kleidung zu richten oder mit ihm zu sprechen. Oder gab er dem Kleinen einen Kuss auf die Stirn? Marina wurde ganz schwach vor Sehnsucht. Der dunkelhaarige Mann war ihr unbekannt – oder?

Marina bekam die Auskunft, ja, die Galerie würde ihre Skulpturen, die Traumwesen, gern irgendwann im kommenden Winter ausstellen. Der Eigentümer, ein Freund Adam Berendts, der dessen Skulpturen häufig gezeigt hatte, sagte Marina, ihre Arbeiten gefielen ihm sehr und hätten ihn überrascht. Zweiundzwanzig Figuren, alle mindestens in Lebensgröße, mehrere sogar überlebensgroß, standen glitzernd und höchst eigenartig vor ihnen. Der Luchs in verschiedenen Stellungen, ein sitzender deutscher Schäferhund mit gerecktem Kopf und aufgestellten Ohren, ein junger Bock mit weißem Schwanz, ein großes Kaninchen, ein großer Hahn, aus echten Federn in leuchtenden Farben zusammengesetzt – Wesen wie aus einem Traum, surreal, aber nicht alptraumartig, vielmehr seltsam, witzig, geheimnisvoll. Gegenständliche Figuren, zusammengesetzt aus zahllosen kleinen Teilen, *objets trouvés*, Fundstücke. Der Galeriebesitzer bekannte: »Ich weiß nicht, was ich von Ihnen erwartet habe, Marina. Tragik, glaub ich.«

Marina lachte, um ihre Verärgerung zu kaschieren. »Verzeihung, dass ich Sie enttäuscht habe.«

»Sie brauchen sich nicht zu entschuldigen. Diese Stücke, ich weiß, die kann ich verkaufen.«

Er sprach mit Marina über gestalterische Fragen. Wollte einen Vertrag für sie aufsetzen.

Der Galerist war Adam Berendts wichtigster Händler gewesen und wusste auch von den in Adams Haus in Damascus Crossing lagernden unfertigen Stücken; Marina hatte ihm die Fragmente beschrieben. Er hielt es für am praktischsten, wenn die Stücke vorläufig dort eingestellt blieben, wo Marina sie ja auch gelassen hatte, sie waren schließlich unvollendet, und Adam hatte nicht gewollt, dass andere sie sahen, geschweige denn in einer Ausstellung. Seit Adams Tod waren seine Arbeiten besser verkäuflich, und die Preise zogen an. Adam Berendt gehörte zu den Künstlern, die regional zwar Anklang und Anerkennung fanden, in Kunstkreisen aber keinen Namen hatten, und es würde seinem postumen Ansehen schaden, mittelmäßige Arbeiten zu zeigen, selbst wenn sie, wie Marina sagte, »vielversprechend« waren. Doch Marina war durcheinander und verlor immer wieder den Gesprächsfaden. Die Traumwesen umringten sie, lebendig, eindrucksvoll, geheimnisvoll funkelnd vor animalischer Kraft. Der große, kräftige Luchs, die hübsche räuberische Katze mit aufgestellten buschigen Ohren und funkelnden messingfarbenen Knopfaugen in der klassischen Stellung der Sphinx bäuchlings liegend, die Vorderpfoten unter die muskulöse Brust gezogen. Ihr Maul, bestimmt, zu zerreißen und zu verschlingen, war ebenfalls kräftig, die Zähne, unheilvoll glitzernde Strasssteine, waren zu sehen, doch die steifen, auffälligen Barthaare aus Draht verliehen ihr etwas Spielerisches. Der Betrachter sollte begreifen, dass diese große Katze nicht mit einem Satz lebendig wurde, kein gefährlicher Räuber war, sondern ein Kunstwerk: in sich schon ein *objet trouvé*. Nicht anders die Bussarde, das Schwarzbärenjunge, der Kojote. Die Traumwesen hatten letztlich auch Marina selbst überrascht; die Figuren veranlassten Betrachter nicht dazu, die Stirn zu runzeln, zurückzutreten, sich zu wappnen gegen Gefühle, sondern lösten im Gegenteil Mitgefühl aus, Lächeln. Adam Berendts Stil war das Heroische, in Trümmern, Marina Troys Stil das Kindliche, Spielerische. Marina, so wurde ihr gesagt, würde verkaufen.

Wie seltsam! Marina Troy nach einem Jahr im Exil wieder in Salthill und dankbar dafür, dass sie zurück war; Marina Troy, im Alter von fast vierzig schließlich Künstlerin, Bildhauerin ... Sie lächelte den Galeriebesitzer an, ohne zu hören, was er sagte. Wollte eigentlich nur dem dunkelhaarigen Mann nachlaufen, der den Sportwagen schob.

»Ich bin glücklich. *Ich lebe.*«

Was würde er sagen, wenn er sie sah. Was würde er denken.

Sie würde es sofort wissen. Eine Frau weiß es immer.

Sie hatte sich das schwere Haar abschneiden lassen und trug es jetzt kurz. Weg damit. Gut, dass sie es los war.

Als der Sommer in den Poconos Einzug hielt, hatte sie eines Tages den Entschluss gefällt. Hatte gebibbert, als dicke Strähnen und Büschel von ihrem gebeugten Kopf zu Boden fielen, routiniert von der Schere durchtrennt. Marina konnte es nicht mehr ausstehen, das schwere, wellige dunkelrote Haar, das schon ein, zwei Tage nach dem Waschen wieder fettig wurde, unter dem sich am Hals die Hitze staute, das ihr im Schlaf in den Mund und bei der Arbeit ins Gesicht fiel. In ihrer Erinnerung gehörte es zur Nacht: zur Nacht, dem schweren, pelzigen Tier, das sich auf ihre Brust senkte, sich auf sie legte, wenn sie schlief. Nie wieder. Sie trug ihr Haar nun kurz wie ein Junge. Es war federleicht und brachte ihr Gesicht zur Geltung. Ein schicker Bob, Wangenknochen und Ohrläppchen umspielend, bei dem ihre Salthiller Freunde, wenn sie sie sahen, und sie hatten sie noch nicht gesehen, *Marina! Wir hätten dich beinahe nicht wieder erkannt, warum hast du das getan, dein schönes*

Haar … Aber du siehst reizend aus, Marina. Wirklich … ausrufen sollten.

Niemand würde Marina jetzt mit der bleichen, jungen Elizabeth I. verwechseln.

Nach dem Jahr in der Fremde kam Salthill Marina wunderschön vor. Es war eine Offenbarung. Sie hatte Salthill hassen wollen, und zuletzt hatte es ihr bloß gefehlt.

»Warum halten wir Wohlstand, Schönheit und ›Ordnung‹ für oberflächlich, Armut, Hässlichkeit und Unordnung aber nicht; warum lullt das eine den menschlichen Geist ein, während das andere ihn anregt? Das ist doch unlogisch. Eine Selbsttäuschung?«

Schließlich hatte Adam Berendt Salthill als Wohnort gewählt.

(Aber hatte Marina Adam wirklich gekannt? Vielleicht war er ihre größte Selbsttäuschung gewesen.)

Mit dem Jeep nach Hause unterwegs, fuhr Marina die River Road entlang und bereitete sich auf den Anblick von Adams Haus vor, dessen Dach hinter Bäumen nur eben so zu erkennen war, doch in ihrer Ungeduld hatte sie seine Zufahrt übersehen und war, ohne es gemerkt zu haben, schon an seinem Grundstück vorbei. In der weißlichen Frühherbstsonne war der Hudson River breiter, als Marina ihn in Erinnerung hatte, und glitzerte wie der starke, ruhelose Rücken einer Riesenschlange.

Das junge Pärchen, das Marinas altes Haus in der North Pearl Street gemietet hatte, war am Labor Day ausgezogen, und tags darauf zog Marina Troy wieder ein. Sie trat ein, bang vor dem, was sie vorfinden würde, und fand statt dessen Trost. Sie war daheim! Das junge Pärchen hatte das Haus in hervorragendem Zustand hinterlassen. Marina hatte die beiden gemocht und ihnen vertraut und nicht annähernd soviel Miete verlangt, wie der Makler geraten hatte, und ihr Vertrauen war nicht enttäuscht worden. Die Teppiche waren abgenutzt, aber frisch gesaugt, die Möbel waren Marinas alte Möbel, aber die Kissen waren aufgeschüttelt und das Holz glänzte vor Möbelpolitur. Die Fenster waren geputzt, zumindest innen. Der teerige *Thwaite Thwaite*-Geruch war wie durch einen kraftvollen Teppichreiniger vertrieben. Auf dem Tisch im Esszimmer stand eine Vase und darin eine Hand voll nachlässig eingesetzter, aber trotzdem herrlicher Rosen. Bei ihrem Anblick schlug Marina die Hände vors Gesicht. Sie hatte schreckliche Angst davor, zusammenzubrechen, auch wenn niemand sie sehen konnte.

»Ich bin glücklich. Ich lebe. Ich bin *zu Hause.*«

Sie hatte nicht mit dem Jeep ins Dorf fahren wollen. Sie war geradelt. In der Pedlar's Lane schlüpfte sie in die Buchhandlung und hoffte, es würde sie niemand erkennen. Sie trug khakifarbene Shorts, ein grünes T-Shirt, Segeltuchschuhe. Auf dem Kopf eine weiße Leinenmütze. Ihre Beine waren lang und sonnengebräunt, ihre Haare irritierend kurz. Die Türglocke läutete, und Molly Ivers, die in Jeans-Trägerrock und mit neuer, nach letztem Schrei farblich getönter Brille in dem fast leeren Laden Bücher einstellte, schaute sie an. »Marina?« Die Frauen umarmten sich befangen. Bis zu diesem Moment hatten Marina Troy und Molly Ivers sich noch nie umarmt. Molly hatte zwar gewusst, dass Marina nach Salthill zurückkehrte, aber angenommen, dass Marina anrief, bevor sie in den Laden kam. Doch das hatte sie nicht, Marina hatte überhaupt noch niemanden angerufen. Molly sagte, mehr überrascht als missbilligend: »Marina, dein Haar. Du siehst – jünger aus.« Marina lachte. »Jünger als was, Molly?« Molly war verlegen, ihre Wangen röteten sich. »Jünger als früher.«

Die Frauen hatten sich viel zu erzählen. Sie würden Stunden dafür brauchen, mehrere Tage, wenn man es recht bedachte. Marina hatte (gestand sie) erwogen, die Buchhandlung zu verkaufen, doch jetzt beim Betreten, beim Wiedersehen war die alte Zuneigung wieder da, eine Zuneigung fast wie für jemanden aus der Familie, so als komme sie in diesem idyllischen kleinen Laden mit dem schiefen Fußboden ebenfalls nach Hause. Bücher waren schließlich Marinas älteste Freunde. Bilderbücher für Kinder und, mit der Zeit, Erwachsenenbücher, die (konnte man Adams sokratischer Denkungsart nach behaupten) kunstvolle Variationen von Kinderbüchern waren, die Wiedereinsetzung der Phantasie als »Realismus«. Marina liebte Bücher wirklich, sie liebte ihren Geruch, hatte sie gern in der Hand, die gebundenen Neuerscheinungen in den glänzenden Schutzumschlägen, die seriösen Taschenbücher, verziert mit begeisterten Lobsprüchen, als riefen Freunde einem leise, fast unhörbar etwas zu. Marina war jetzt zwar »Künstlerin«, aber war es realistisch, anzunehmen, dass sie von ihrer Kunst leben konnte, ja war das überhaupt wünschenswert; und war es realistisch, anzunehmen, dass sie lange Phasen des Alleinseins noch ein zweites Mal durchstehen konnte? »Wenn ich Geld hätte, weißt du, was ich machen würde? Ich würde das Nachbarhaus kaufen. Die Wand durchbrechen. Den Laden erweitern, ein Café anbauen, wie es gang und gäbe ist. Mehr Bücher ausstellen. Kinderbücher. Eine Kinderecke einrichten. Kunst ausstellen. Kunst verkaufen. Mehr Leute reinholen!« Marina hatte Molly zum Abendessen in ein Restaurant in sicherer Entfernung von Salthill ausgeführt, die Frauen teilten sich eine Flasche Wein und lachten viel und entdeckten zu beider Überraschung, dass sie einander sehr mochten, obwohl Marina streng genommen ja Mollys Arbeitgeberin war. Molly sagte kühn: »Marina, du hast massenhaft reiche Freunde. Vielleicht möchte einer von denen ja investieren?«

Die beiden Frauen lachten wie Schulmädchen.

Als Marina es aufgab, Adams Skulpturen »vollenden« zu wollen, begann sich ihr Leben zu verändern. Sie war gescheitert, aber dieses Scheitern war eine überraschende Erleichterung. Ein Novum in ihrem Leben, dieses Gefühl. Spontan und ungeplant begann sie jetzt ihre eigenen Sachen, angefeuert durch diese Erleichterung; die Stücke flossen ihr manchmal förmlich aus den Fingerspitzen.

Ihr erstes Motiv war *Nacht.* Der räuberische Luchs. Das Tier des Waldes und ihres Betts. In einem Sturm der Gefühle schuf Marina das Tier liegend, stehend, sitzend, sprungbereit, dicht gegen den Boden gepresst schleichend, beim Verschlingen erlegter Beute. *Nachts* Augen weit aufgerissen in der Grausamkeit, halb geschlossen in der Ekstase. Marina versuchte gar nicht erst, das dichte, wunderschöne Fell der Nacht nachzuahmen, sondern setzte die Figur, bewusst widernatürlich, aus glänzenden Materialien zusammen: aus Schrauben und Bolzen, Nägeln und Schlüsseln, aus Metallknöpfen und Reißverschlüssen, aus Stahlwolle und Glas. Eine der Luchs-Skulpturen erhielt als Augen zwei nur geringfügig voneinander abweichende, zu verschiedenen Zeiten stehen gebliebene Wecker. Als sei sie selbst ein Raubtier, zerfetzte Marina Puppen, die sie auf Flohmärkten erstanden hatte, und verwendete die Haare und Glasaugen, Teile der Gesichter, die winzigen Finger und Zehen. Sie verwendete Federn, Knochen, die schwarz lackierten Leiber großer Nachtfalter mit schwarz gezeichneten Flügeln. Sie verwendete Polaroidaufnahmen der Reste von Kaninchenkadavern und ausgerissene schwarz lackierte Zeitungsseiten, beschmiert mit Kaninchenblut. Sie verwendete Strähnen ihres eigenen dunkelroten Haars, verwendete die verdorrten Überreste von Mäusen. Diese vielfältigen Einzelteile klebte sie sinnreich auf ein Drahtmodell des Luchses. Diese *Nacht* hatte etwas Harmloses, ja Übermütiges an sich, sogar wenn sie zerfleischte Beute triumphierend in den Pfoten hielt. Denn Nacht war *er, der ist.* Aus *objets trouvés* zusammengesetzt, war es die stilisierte Gestalt eines Lebewesens. Diese *Nacht* sah man – und lächelte. Das grausam reißende Maul war nichts anderes als das Maul der Liebe, geformt aus Schrauben, Nägeln, Bolzen, Reißverschlüssen. Die wild funkelnden Augen waren bloß Uhren-Augen. Dieses Tier konnte man berühren, sogar tätscheln, man konnte lachen über die Raffinesse seines Körperbaus. Aufgestellte Büschelohren, gemacht aus – vertrockneten Mäusefellen? Eine Zunge aus rotem Filz – die funkelt wie ein Edelstein? »Dieser Kerl da, den Sie ›Nacht‹ nennen, der ist mein Lieblingsstück«, sagte der Besitzer des Open Eye und strich der Figur, halb Sphinx, halb Luchs, über den Kopf wie einem alten Bekannten. »Steckt viel drin in diesem Sujet, aber fragen Sie mich nicht, was.«

An jenen Wintervormittagen in den Poconos, an denen Marina an dieser Skulptur gearbeitet hatte, siegten ihre wachsende Begeisterung und ihre Freude an den seltsamen, unerwarteten Formen, die unter ihren Händen entstanden, schließlich über ihre Furcht vor dem nächtlichen Tier. Nach einer Weile kauerte es nicht mehr auf ihrer Brust. Saugte es nicht mehr an ihren Lippen. Und anschließend machte Marina sogar ein noch größeres, noch kongenialeres Abbild der Nacht: den gehorsam dasitzenden deutschen Schäferhund »Apollo«, collagiert aus dunkel glänzenden Dingen oder ehemals glänzenden Dingen, die fleckig und dadurch dunkel geworden waren, mit Taschenlampen als Augen und einer aus dem Maul hängenden rosa Plastikzunge. Sie machte große Hähne aus echten Hühnerfedern, in leuchtenden Hahnenfarben gestrichen und auf Drahtmodelle geklebt. Für die Augen verwendete sie ungleiche Puppenaugen, für die Füße Rasiermesser und Dornen. Sie machte Hirsche, Hirschkälber, Bärenjunge, ein Waschbärenpärchen, einen Kojoten und sein Junges. Alles in allem arbeitete sie an über dreißig Traumwesen, und zufrieden war sie mit zweiundzwanzig davon.

Marina fragte den Galeriebesitzer, ob er diese Objekte wirklich für verkäuflich hielt.

»Ja.«

»Weil sie, genau genommen, nicht – ›Kunst‹ sind?«

»Sie sind ›Kunst‹. Zerbrechen Sie sich nicht den Kopf.«

»Aber«, sagte Marina schnell, »glauben Sie, sie hätten Adam gefallen?«

»Sie hätten ihm sogar sehr gefallen. Sie kennen doch Adam.«

»Na, ich weiß nicht. Ich meine, ob ich Adam kannte.«

»Adam hat alles gefallen, was Sie gemacht haben, Marina. Adam hat Sie geliebt.«

Marina sah: Der dunkelhaarige Mann war – Roger Cavanagh.

Sie schaute. Blieb wie angewurzelt stehen. Roger Cavanagh, den sie sehr lange nicht gesehen hatte, stand dort und hob ein Kind aus einem Sportwagen.

Wessen Kind? Sonst war niemand in der Nähe. Aber das Kleine konnte doch nicht Rogers Kind sein – oder?

Plötzlich fiel es Marina ein: Molly hatte einmal etwas von einem Gerücht über den Mann erzählt, diesen Cavanagh, den unhöflichen, penetranten Anwalt, von dem kleinen Skandal, dass Cavanagh sich mit einer wesentlich jüngeren Frau eingelassen hatte und Vater geworden war ... Gekränkt hatte Marina die Sache verdrängt.

Sie konnte sich nicht sattsehen. Ohne Marina zu bemerken, die direkt gegenüber auf der anderen Seite der kopfsteingepflasterten

Quaker Street stand, hob Roger das Kind behutsam, ein wenig umständlich aus dem Sportwagen, um es danach auf den Kindersitz im Fond des Autos zu setzen. Marina sah Roger mit ganz anderen Augen. Er wirkte jünger, kraftvoller: vollkommen rätselhaft. Wie blutleer und verkünstelt ihre Traumwesen waren, verglichen mit Roger Cavanagh und seinem Kind. *Er hat ein neues Leben, und ich habe keinen Platz darin.* Und doch ging sie spontan, ohne sich darum zu scheren, dass er sie abweisen oder an ihrem raspelkurz geschnittenem Haar Anstoß nehmen könnte, hinüber und lächelte munter. »Roger. Hello.«

Für einen Moment musste Roger Cavanagh in der hellen Sonne die Augen zusammenkneifen und erkannte Marina Troy nicht gleich.

»Marina? *Du?*«

Danach überschlugen sich die Dinge zwischen ihnen.

Old Mill Way: Der Angriff

Es sollte in die Geschichte eingehen als das schrecklichste Schicksal, das einem Bewohner von Salthill-on-Hudson widerfuhr seit den berüchtigten Lynchmorden in den achtziger Jahren des achtzehnten Jahrhunderts, wo Menschen geteert und gefedert wurden.

Und es ereignete sich am historischen Old Mill Way, an der Rückseite des wunderschön restaurierten, aus dem achtzehnten Jahrhundert stammenden Anwesens im Kolonialstil namens, je nachdem, »Macomb House« oder »Wade House«.

Am Morgen vor Lionel Hoffmanns tödlichem Unfall hörte Camille ihren Mann mit leiser, bohrender Stimme über Handy telefonieren. »Sind Sie sicher, Doktor? Sagen Sie mir auch die Wahrheit? Ich kann sie vertragen.« Lionel verstummte, atmete schnaufend. Über den langen, feuchten Salthiller Sommer hatten sich sein Asthma und seine Sinusitis verschlimmert, und das trotz der vielen Medikamente, die er einnahm. »Ich habe mich *nicht* – angesteckt? Mein Blut ist *nicht* – ›positiv‹?« Abermaliges Schweigen und nur der harsche zornige Atem. »Aber kann ich Ihnen auch glauben, Doktor? Oh, Gott. Ich weiß nicht, ob ich Ihnen glauben kann.«

Die Angst in Lionels Stimme! Camille war tief betrübt, sie zu hören. Sie stand draußen vor dem Gästehaus an die Wand gedrückt; Lionel stand, auf seinen Stock gestützt, auf der gefliesten Terrasse hinter dem Haus, in der Nähe des Pools. Es war Oktober, aber noch warm und sonnig; der Pool war beheizt, und Lionel schwamm aus therapeutischen Gründen oft darin. Aus persönlichen

Gründen und aus Protest gegen Camilles Hunde, die das Haus in Beschlag genommen hatten, war Lionel zu Sommeranfang ins Gästehaus gezogen.

Camille hatte nicht lauschen wollen. Lionel würde sich furchtbar aufregen, wenn er sie entdeckte. Er würde ihr nie abnehmen, dass sie ganz zufällig in diese Situation geraten war; er argwöhnte sowieso, dass sie ihm nachspionierte – sie wusste es. Während seiner Genesung war er zum unberechenbaren Despoten geworden. Offenbar hatte er heimlich sein Blut untersuchen, den Test aber nicht beim Salthiller Hausarzt der Hoffmanns, einem Bekannten, machen lassen. Lionel äffte jetzt die Stimme des Arztes nach: »Warum Sie mich anlügen sollten? Woher soll ich denn wissen, warum Sie mich anlügen könnten, Doktor?«, sagte Lionel kühl. »Ich kann nicht Gedanken lesen. Alle lügen mich an. Meine Frau, meine Kinder – versichern mir, dass sie mich lieben, mir ›vergeben‹. Als ob ich ihre Vergebung wollte. Doktor, das ist eine Verschwörung, man versucht mir die Wahrheit vorzuenthalten, obwohl sie mir ins Gesicht starrt.« Lionel schleuderte das Telefon auf die Terrasse, wo es, wie Camille aus dem Geräusch schloss, das sie vernahm, zu Bruch gegangen war.

Camille stand starr an der Wand des kleinen Hauses. Was hatte Lionel befürchtet? *Infiziertes Blut, HIV-positiv, AIDS?*

Ein Schauer des Abscheus und der Erleichterung durchfuhr Camille. Zumindest hatte für sie nie Ansteckungsgefahr bestanden. Denn die Hoffmanns hatten seit langem alle »ehelichen Beziehungen« – wie es so schön heißt – eingestellt.

Sie lächelte ironisch. *Dadurch* war ihr Leben zumindest emotional weniger aufwühlend und schmerzlich.

Camille ging erschüttert fort. Sie war zum Gästehaus gelaufen, um Lionel eine gute Nachricht zu überbringen, die sie gerade erhalten hatte und durch die sich ihre angespannte Beziehung sicher bessern würde, aber ... »Das ist jetzt nicht der richtige Zeitpunkt.« Einer der Hunde, der dreibeinige Shadow, der ihr gefolgt war, humpelte neben ihr her und leckte ihr die Hände. Aus dem Nichts kamen ihre neuesten Hunde angehetzt, Soot und Hungry, zwei kräftige Mastiffs, die keuchten, aber nicht bellten – das Bellen hatte ein grausamer Besitzer ihnen mit Fußtritten aberzogen – und aufgeregt mit dem Schwanz wedelten. »Brave Hunde. Aber ihr müsst leise sein«, ermahnte Camille sie flüsternd. »Jetzt ist nicht der Moment für – Ausgelassenheit.«

Irgendwie hatte es sich ergeben – Camille hatte keine Ahnung, wie eigentlich –, dass jetzt sieben Hunde unter ihrem Dach lebten. Sieben! und zwar Apollo, Thor, Shadow, Fancy, Belle und die beiden Mastiff-Brüder Soot und Hungry. Camille gab sich Mühe, alle Hunde gleichmäßig zu lieben, denn die registrierten wach jede Gefühlsregung und Stimmung ihrer Herrin und wären ungehemmt einer auf den anderen eifersüchtig gewesen, wenn ungehemmt demonstrierte Eifersucht ihr nicht missfallen hätte; sie mochten Lionel nicht, fürchteten ihn, der sie offen verabscheute, und trollten sich, wenn Lionel sich näherte. Apollo freilich blieb Camilles Liebling. (In seltsamen, unheimlichen Momenten verkörperte der hübsche Husky-Schäferhund-Mischling den Geist von Camilles verlorenem Freund Adam. Oder vielleicht trug Apollo Camilles unausgesprochene Gedanken, ihre tiefsten Wünsche Adam zu, wo immer der sich auch befinden mochte. »Apollo! Richte deinem Herrn von mir aus, er fehlt mir sehr. Aber ich habe jetzt mein neues Leben, und Adam wird immer ein Teil davon sein.« In diesen Momenten zitterte Apollo vor Gefühl, leckte Camille die Hände und das Gesicht und heftete einen Blick auf sie, fast wie der eines Menschen.) Dabei liebte Camille Thor kaum weniger als Apollo, war der Dobermannpinscher ihr doch treu ergeben. Und ihr Herz hing an Shadow, dem kleinen schwarzen Hündchen, dem sie das Leben gerettet hatte. Und da war Fancy, Mrs Florence Ferris' gelockter weißer Pudel, der klügste ihrer Hunde und dabei der kindischste und anspruchsvollste. (Camille musste lachen: Fancy war wie ihre Kinder, als die noch klein waren. »Immer im Mittelpunkt stehen wollen und trotzdem nie zufrieden.« Dass Fancy ein Leben im Haus längst gewöhnt war, hätte man nicht gedacht, denn manchmal hinterließ sie aus reiner Boshaftigkeit eine Pfütze auf dem Küchenboden, die Camille sich aufzuwischen beeilte, bevor ihre Haushälterin oder, noch schlimmer, ihr Mann sie entdeckte.)

Einen ganz besonderen Platz in Camilles Herzen nahm die kräftige, schlammbraune Belle ein, ein Bulldogge-Retriever-Mischling und von allen ihren Hunden der mit den schwersten Verletzungen; Belle zitterte und jaulte, wenn sie der Meinung war, ihre Herrin sei betrübt (bei Telefongesprächen zum Beispiel) oder ihr sei etwas geschehen (blieb Camille länger als eine Stunde von zu Hause fort). Soot und Hungry (laut ihren Blechmarken), die kräftigen, ölig-schwarzen Mastiffs mit der breiten Brust, waren misshandelt und ausgesetzt worden und bereits dazu verurteilt, im Tierheim eingeschläfert zu werden wegen ihrer Nervosität und ihrer Unberechenbarkeit, da niemand sie aufnehmen wollte und die Helfer Angst vor ihnen hatten. (Aber auch Soot und Hungry rührten Camilles Herz. Sie verstand es, leise auf sie einzureden und gleichzeitig ihre knochigen Schädel zu streicheln, beiden dieselben Worte zuzuflüstern; sie verstand es, die beiden fern von den anderen Hunden zu füttern, immer als erste und immer reichlich. »Ich habe zu Hause wirklich keinen Platz mehr für noch zwei Hunde«, sagte Camille bedauernd, »aber ich kann es nicht zulassen, dass diese unschuldigen Wesen getötet werden. Mastiffs suchen sich nicht aus, was sie sind. Keiner von uns sucht sich aus, was er ist. Gott kann uns nicht für das bestrafen wollen, was wir *sind.*«)

Camille hatte Lionel versprochen, für die meisten ihrer Hunde ein »anständiges, würdiges Zuhause« zu suchen. Im Herbst sollte sie sich an einer ambitionierten Kampagne zu einer Spendensammlung für eine neue Zweigstelle des Tierheims von Rockland County beteiligen. »Es werden Zwingerplätze für sechzig weitere Hunde geschaffen, das hat man uns zugesichert!« Camille hatte den Auslauf der Hunde auf einen Teil der Wiese und die Garage begrenzt, abgetrennt durch einen neuen, hässlichen Maschendrahtzaun, und wenn sie sie ins Haus ließ, durften sie sich bloß in einem kleinen Bereich des Erdgeschosses aufhalten, doch irgendwie – wer weiß wie? – gelang es dem einen oder anderen immer wieder, diese Grenzen zu überschreiten und zahlreiche Stücke des teuren alten Mobiliars zu beschädigen. Lionel klagte mit übertriebener Verbitterung: »Die Luft ist voller Hundehaare, und der Rasen ist voller Hundehaufen. Ich wache mitten in der Nacht auf und weiß durch den Gestank, dass ich mich, obwohl ich noch lebe, schon im Hades befinde und dass der dreibeinige Zerberus meine Tür bewacht und mich gefangen hält. Auf meinem eigenen Grund und Boden!« Jetzt, da er im Gästehaus wohnte, etwa zehn Meter entfernt hinter dem Haus, verbrachte Lionel einen Großteil seiner Zeit allein und grübelte. Camille war oft außer Haus, arbeitete ehrenamtlich im Tierheim, und kochte selten – und hätte sie gekocht, hätte Lionel womöglich nicht mit ihr essen mögen: Er war jetzt dauernd wütend auf sie und tief verletzt, weil sie, wie er – zu Recht oder zu Unrecht – glaubte, ihre »hündischen Anhänger« ihm vorzog. »Ist das die Rache? Dafür, dass ich dir untreu war? Oder – wäre das sowieso gekommen?« Er hasste die Hunde allesamt, hegte aber eine besonders heftige Abneigung gegen Apollo, mit dem »das alles angefangen« hatte – »Adam Berendts blöder Köter« – und war in seinem Elend inzwischen zu der Auffassung gelangt, sein Freund Adam habe ihn zum Besten gehalten mit dem Rat, aus seiner Höhlenexistenz ins Licht zu treten. Denn wo *war* das Licht?

Lionels Physiotherapeut A.D. Jones, ein muskulöser junger Haitianer von einsachtzig, dem das herzliche, begütigende Lächeln locker saß, kam mehrmals die Woche, doch trotz der beträchtlichen Kosten machte Lionel nur langsame Fortschritte; er glaubte inzwischen, nie wieder normal gehen zu können. Das lehnte A. D. Jones als »negatives, pessimistisches« Denken ab. (Wenn Jones seine flinken Finger in Lionels schlaffes weiches Fleisch senkte und ihn massierte, mobilisierte Lionel seine ganze Willenskraft, um nicht an *sie* zu denken. In seinen wachen Stunden zwang er sich, keine Schwäche zu zeigen und nicht an *sie* zu denken.) Im Frühsommer hatte Lionel ein paar Wochen lang täglich einige Stunden an seinem neuen Computer gesessen und mit Aktien gehandelt, hatte aber kein Glück und verlor den Mut, nachdem er in einer Woche, die ein Alptraum war, einhunderttausend Dollar in den Sand gesetzt hatte. »Das ist eine Welt für die Jungen. Kümmerlich, roh und von kurzer Dauer.« Er ging vorsichtig, mit seinem Stock. Er erholte sich nur langsam von seiner Operation und hatte neuerdings Probleme mit dem rechten Knie. Im Nacken hatte er oft stechende Schmerzen. Roch es auch nur entfernt nach

Hund, hustete, keuchte, nieste er. Er putzte sich die Nase, bis seine Nasenlöcher flammenrot waren. Nachts fand er keinen Schlaf, und tagsüber war er erschöpft und lethargisch. Obwohl er nicht ans Telefon ging, wenn jemand von den Hoffmanns anrief, und auch kein Wort über Hoffmann Publishing Inc. verlor, schienen ihm die gewohnten Fahrten in die Stadt und in sein Büro doch zu fehlen. Eine rätselhafte Leere, wie eine Höhle, bildete das Zentrum von Lionels Existenz. »Welchen Sinn hat mein Leben gehabt?« Er war ehrlich verblüfft wie jemand, der sich auf die Taschen klopft, weil er etwas verlegt hat und ums Verrecken nicht darauf kommt, *was*.

Camille betrachtete ihren geplagten Mann mit zwiespältiger, zärtlicher Liebe, wie eine Mutter ihr behindertes, schwieriges Kind anschaut. Keine Frage, es war beschämend, dass Lionel im Gästehaus wohnen musste (obwohl das Gästehaus ja eine ansprechend modernisierte Suite mit zwei Schlafräumen und Blick auf Pool und Berghänge war) und dass ganz Salthill über diese neue, ausgesprochen widernatürliche »Trennung« der Hoffmanns tratschte. Camilles Freundinnen rieten ihr dringend, sich die Hunde vom Hals zu schaffen, das Haus gründlich reinigen zu lassen und Lionel wieder hereinzubitten. »Du willst ihn doch sicher nicht noch mal forttreiben, oder?« Marcy wurde noch deutlicher. »Mutter. Das nächste Mal lässt Daddy sich scheiden, und dann übernimmt die neue Frau das Regime. Und du landest mit deinen kostbaren Hunden irgendwo in einem *Zwinger.*« Camille sah es mit schlechtem Gewissen ein; natürlich wollte sie Lionel nicht noch mal forttreiben, vor allem, wo er krank war und sie brauchte. »Aber meine Hunde brauchen mich auch. Meine Hunde lieben mich.«

Ganz schön wehleidig, diese Behauptung. *Meine Hunde lieben mich.*

Ob die habgierige junge Frau, mit der Lionel ein Verhältnis gehabt hatte, Kontakt zu ihm aufgenommen hatte, seit er als gebrochener, vernichteter Mann nach Hause zurückgekehrt war? Camilles Wissens nicht. Lionel hatte den Namen der Frau nicht über die Lippen gebracht, lediglich bekannt, einen »grässlichen, demütigenden Fehler« begangen zu haben, er hoffte, Camille werde ihm »verzeihen«. Camille hatte ohne zu zögern ja gesagt, natürlich verzeihe sie ihm, sie liebe ihn, sei so froh, dass er nach Hause gekommen war ... Doch mit Lionels Rückkehr ging bloß sein ehebrecherisches Verhältnis in New York City zu Ende, eine neue eheliche Liebe begann damit nicht. Marcy warnte ihre Mutter, dass Lionel fortschleichen und sich wieder mit der Frau treffen könne – oder gar mit noch jüngeren Frauen –, denn »wenn ein Mann erst mal damit anfängt, wird er süchtig«, doch Camille war sicher, dass die Zeit des Fortschleichens für Lionel vorbei war. Der arme Mann konnte ja kaum gehen! Sein Asthma und seine durch die Sinusitis bedingten Kopfschmerzen machten ihm schwer zu schaffen. Sein Kopf, klagte er, sei ständig wie mit nassem Zement verstopft. Zwar hatte sein blasses, hübsches Gesicht überraschend wenig Falten, und sein silbrig durchzogenes Haar war nicht schütterer geworden, doch Lionel war sichtlich gealtert. Manchmal ertappte Camille ihn unabsichtlich dabei, wie er vor dem Spiegel Grimassen schnitt: sein Kopf sah aus wie ein Totenschädel! Manchmal drohte er einem der Hunde mit dem Stock, und Camille sah bestürzt, dass sich seine Schulterblätter unter dem Hemd abzeichneten wie missgebildete Flügel.

An diesem Nachmittag rief der Hausarzt der Hoffmanns, ein Salthiller und ein alter Freund an, um mit Camille über Lionel zu sprechen. Der Arzt wusste anscheinend nichts von Lionels Angst, HIV-infiziert zu sein, sondern sprach von sich aus davon, dass er sich um Lionels geistige wie körperliche Gesundheit sorge. »Lionels Spezialisten haben mich informiert, und alle sagen mir dasselbe: Lionel ruft sie dauernd an, glaubt nicht, was man ihm sagt, rechnet mit dem Schlimmsten und meint, wir alle lügen ihn an. Dann wieder befolgt er unsere Anweisungen nicht. Er glaubt, wir wollten ihn ›zudröhnen‹. Er hat zwei von mir ausgestellte Rezepte weggeworfen. Sein Therapeut sagt, Lionel sei entweder verzweifelt und lethargisch oder zornig und hyperaktiv. Lionel war immer der besonnenste unter allen meinen Bekannten, aber jetzt entwickelt er Anzeichen einer Störung. Er *ist* bereits gestört. Es könnte ratsam sein, wenn er einen Psychiater aufsucht.« »Lionel«, wandte Camille sofort ein, »würde niemals zu einem Psychiater gehen! Ich könnte das Thema gar nicht aufbringen, er würde wütend werden. Er hat nämlich seinen Stolz, weißt du.« »Die Störung wird allmählich ernst.« Camille schwieg betroffen, so als richte sich die Anschuldigung gegen sie.

Doch nach dem Unfall dachte sie: *Warum habe ich den Rat nicht befolgt und mit Lionel gesprochen! Es hätte ihm das Leben retten können.*

Die Neuigkeit, die Camille Lionel mitteilen wollte, kam aus heiterem Himmel: Die Witwe Florence Ferris war in hohem Alter gestorben und hatte »meiner lieben Freundin Camille Hoffmann, die mich so glücklich gemacht und meiner geliebten Fancy ein liebevolles Zuhause gegeben hat« drei Millionen Dollar als Schenkung vermacht. Als Mrs Ferris' Anwalt sie anrief, hatte Camille, ganz verdattert von der Mitteilung, sich setzen müssen. Ihre erste Reaktion war, zu protestieren: »Oh, aber ich kann Mrs Ferris' Schenkung nicht annehmen. Das ist doch viel zu viel Geld. Ihre Erben würden wütend auf mich sein.« Der Anwalt versicherte Camille, dies werde nicht der Fall sein: Mrs Ferris' Vermögen sei in zahlreiche Vermächtnisse aufgeteilt, viele davon exzentrisch, wenn man so wollte, und die ihr als Fancys neuer Herrin zugedachten drei Millionen nicht außergewöhnlich. »Aber – ich liebe Fancy um ihrer selbst willen, nicht wegen des *Geldes*. Ich habe nicht erwartet, dafür *bezahlt* zu werden.« Camille legte auf und blieb eine Weile benommen sitzen, während die Hunde ihr die Hände leckten und, da sie den Aufruhr ihrer Gefühle spürten, sie jaulend anstupsten. »Oh, Shadow! Belle. Und Fancy.« Camille tätschelte den Hunden den Kopf und gestattete dem weißen Pudel mit dem lockigen Fell, auf ihren Schoß zu klettern. Fancy war in einer ihrer nervösen, zittrigen Stimmungen, hungerte nach einer Liebesbeteuerung ihrer Herrin. »Du, Fancy, bist ein ganz lieber Hund. Du hast uns allen solches Glück gebracht ...« *Jetzt bin ich frei. Falls Freiheit das ist, was ich will.*

Sie könnte Lionel das Grundstück überlassen und ein anderes Haus in einer ländlicheren Gegend des Rockland County kaufen und dort ungestört mit ihren Hunden leben. Mit so viel Geld konnte sie praktisch den ganzen neuen Trakt im Tierheim finanzieren. Konnte die Kampagne für die Einführung des Straftatbestands Grausamkeit gegen Tiere im Staate New Jersey unterstützen. Freude erfüllte ihr Herz: endlich! Doch sie hatte auch ein schlechtes Gewissen. Wurde sie, Camille, jetzt untreu? War ihr Vorhaben unmoralisch? *Ich muss das Richtige tun. Das, was für alle das Beste ist. Bloß – was ist das?*

Camille wartete bis zum nächsten Tag, um Lionel die Neuigkeit mitzuteilen, hoffte, er wäre dann vielleicht besser gelaunt. Doch schon als sie am Pool, dessen türkisfarbenes Wasser in der Herbstsonne glänzte, vorbei zum Gästehaus ging, vernahm sie Lionels zornig erhobene Stimme.

Er hatte Hundeexkremente im Pool erspäht. Schrie Camille an, fuchtelte mit dem Stock: »Verdammt, Camille! Ich hab die Nase voll! Ich will, dass diese ekligen Viecher *verschwinden.*« Camille war über die Exkremente in dem herrlichen türkisfarbenen Wasser ebenfalls entsetzt, obwohl das Häufchen klein war, eindeutig nicht das Werk eines der größeren Hunde, und griff unter Entschuldigungsgemurmel nach dem Poolnetz und versuchte die Malaise herauszufischen, während Lionel fluchend hinter ihr her humpelte. Er brüllte weiter herum: »Verdammt, Camille! Ich habe diese Köter satt, und *dich* hab ich auch satt!« Sein Gesicht war verzerrt und in dem Moment weniger hübsch. Seine Augen waren die eines Wahnsinnigen. Er hob den Stock und ließ ihn auf Camilles Schulter niedersausen, und sie schrie auf vor Schmerz. Camille gab hinterher an, Lionel habe sie nicht treffen, sondern bloß warnen wollen, er gehöre nicht zu den Männern, die Frauen schlugen, habe sich in der Aufregung aber wohl verschätzt und sie doch getroffen, ihr Aufschrei sei womöglich eine Überreaktion gewesen; und da sei knurrend und bellend, so als habe er von ferne seine Herrin bewacht und mit just einem solchen Notfall gerechnet, Apollo angekommen, dicht gefolgt von dem wütend bellenden Thor, und Shadow habe auf drei Beinen, die Zähne gebleckt, angegriffen, und danach Belle, pfeifend und knurrend, und, angriffslustig, mit gebleckten Zähnen sabbernd, Fancy, und schließlich seien, in tödlichem Schweigen, Soot und Hungry wie zwei Geschosse angeflogen gekommen, die kräftigen Mastiffs mit der breiten Brust. Camille hatte die Hunde zur Ordnung gerufen, doch Lionel hatte gebrüllt und mit dem Stock nach ihnen geschlagen, als führe er eine Sense, was die Hunde endgültig aus der Reserve gelockt hatte. »Ihr Ungeheuer! Ihr dreckigen Viecher! Haut ab! Ich lasse euch einschläfern!« Thor sprang Lionel an die Kehle, doch es gelang Lionel, ihn abzuschütteln, bloß schlug da schon Shadow seine Zähne in Lionels Bein, und dann sprang Apollo Lionel wütend an, und Thor machte schnell seinen zweiten Satz, und Lionel sank auf ein Knie, schrie vor Schmerzen, und schon verbiss sich Belle mit Bulldoggenzähigkeit in Lionels Knöchel, wodurch die reizbaren Mastiffs Soot und Hungry völlig aus dem Häuschen gerieten und, immer noch lautlos, mit mächtigen Zähnen und Mäulern an ihrer Beute rissen.

Noch Jahre später sprachen die Hoffmann'schen Nachbarn aus dem Old Mill Way von den Schreien, die an diesem idyllischen Oktobervormittag minutenlang durchs Land gellten, und von dem wütenden Hundegebell und -knurren. »Ein Geräusch, so grausig, ihr könnt es euch nicht vorstellen, das Blut gefror einem in den Adern. Aber sowas will man sich auch nicht vorstellen.«

Von ihren sieben Hunden, beteuerte Camille Hoffmann, seien nur drei »aktiv« an dem Angriff beteiligt gewesen: die Mastiffs, die mit Blut bespritzt waren, als Retter eintrafen, und die Bulldoggen-Dame, die bei dem Angriff offenbar durchgedreht war und die ebenfalls Blut an der Schnauze und der Brust hatte. Camille hatte zwar einen Schock erlitten, von dem sie sich eine ganze Weile nicht erholen sollte, blieb bei den Gesprächen mit den Behörden aber standfest. Die anderen vier Hunde wurden in der Garage eingesperrt und abgespritzt, waren immer noch aufgeregt, aber (wie Camille beteuerte) reumütig. Da Mrs Hoffmanns Engagement für das Tierheim von Rockland County bekannt war, verließen sich die Behörden auf ihr Wort und nahmen ihr nur drei Hunde weg, um sie, in der tristen Ausdrucksweise des Gewerbes, *einzuschläfern*.

Das Ballett

Dieses Geschenk, diese Schönheit. Für dich.

Am Sonntag nach Lionel Hoffmanns tragischem Unfall, wie man das Ereignis nennen wird, fährt Abigail Des Pres mit Gerhardt Aults dreizehnjähriger Tochter Tamar zu einer Vormittagsvorstellung des New York City Ballet in die Stadt. Abigail hat alles in ihrer Macht Stehende getan, damit sie gute Plätze bekommen, in der achten Reihe Mitte des Theaters; sie ist angespannt und voller Hoffnung, dass dieser Ausflug nach New York gut geht. Es freut sie zu sehen, dass Tamar das erste Stück gebannt verfolgt; Abigail selbst hätte es dreißig Jahre zuvor nicht anders gemacht. Eine neue Ballerina tritt auf, ein junges Mädchen von heiterer Schönheit mit langem, glattem, dunklem Haar, das wie eine Flamme tanzt, ein faszinierender Anblick. Die Truppe der begabten jungen Tänzer, Männer wie Frauen, besteht bis auf einen jungen Schwarzen und eine erstaunlich zarte und anmutige Asiatin nur aus Weißen. Das Ballett, eine Wiederaufnahme aus den achtziger Jahren, bietet Romantik satt mit dissonanten »postmodernistischen« Zwischenspielen in einem jazzigen, sexy Rhythmus, wird zum Schluss jedoch wieder romantisch und bestimmt. Doppelsinn ausgeschlossen, es ist der Siegeszug der Wunscherfüllung.

Am Abend zuvor hat Abigail, wie schon mehrfach früher, in Gerhardts Haus für Gerhardt und Tamar das Abendessen zubereitet, und Tamar hat ihr in der Küche geholfen. Tamar ist Vegetarierin, und Abigail ist vor kurzem Vegetarierin geworden oder doch fast: sie isst kein »rotes« Fleisch mehr und glaubt, dass Tamar ihre Entscheidung billigt, obwohl sie, wie es ihre Art ist, nichts gesagt hat. Abigail hat für Tamar und sich selbst also ein vegetarisches Gericht und für Gerhardt ein gegrilltes Steak zubereitet.

Gerhardt, der Karnivore! neckt Abigail ihn, und er bekommt rote Flecken im Gesicht vor Freude. Wie lange, denkt Abigail, hat diesen armen, zu kurz gekommenen Mann niemand mehr geneckt?

Tamar isst wie ein Vögelchen, man darf ihr Essen nicht aufnötigen. Abigail, die selbst bis ins frühe Erwachsenenalter mit der Anorexie auf Du und Du stand, weiß das. Doch Tamar nimmt zumindest etwas von dem zu sich, was Abigail vorbereitet hat, und sagt jedes Mal höflich, es schmecke »köstlich«.

Abigail und Gerhardt Ault werden im Januar heiraten, die kleine Zeremonie findet in der episkopalischen Kirche von Salthill statt. Abigails zahlreiche Freunde wollen das Paar unbedingt mit Partys und Dinners feiern, doch Abigail hat dankend abgelehnt: »Ich möchte Gerhardt nicht zu viel zumuten. Er ist nach unseren Maßstäben nicht sehr ›gesellig‹.« Abigail ist bezaubert von Gerhardt, der sie liebt, wie kein Mann sie je geliebt hat; es schmeichelt wirklich, wenn man mit dreiundvierzig hemmungslos bewundert wird. Abigail wünschte, sie könnte Gerhardt Adam Berendt vorstellen und Adam einen Rippenstoß geben: »Siehst du? Der hat eine Schwäche für mich. Nicht wie du, du egoistischer Mistkerl.« (Nur im Scherz freilich!) Gerhardt Harry Tierney vorzustellen hat Abigail allerdings nicht vor, brächte es dieser leibhaftige Mistkerl doch fertig, Abigail – und zwar in Gerhardts Beisein – ins Ohr zu flüstern: »Was für ein Trottel! Und so süß. Endlich kann man gratulieren, Abby.«

Nein, Abigail hat nicht vor, Gerhardt und Harry zusammenzubringen. Dasselbe gilt für Gerhardt und Jared.

Ihr habt auf mich verzichtet. Jetzt hat ein anderer mich genommen.

Am Sonntag davor ist Gerhardt mit Abigail und Tamar nach Paterson, New Jersey, gefahren und hat ihnen eines seiner Restaurierungsvorhaben, eine 1923 erbaute römisch-katholische Kirche, gezeigt. Die Kirche war ein gewaltiger Bau, hässlich, im Verfall begriffen, die Außenmauern schwarz vor Ruß, innen feucht und düster wie ein Mausoleum. Abigail erschauerte unwillkürlich. »Ja, sie ist hässlich«, räumte Gerhardt ein, »aber von historischer Bedeutung und daher erhaltenswert.« Abigail fand das erheiternd. *Was von historischer Bedeutung ist, kann nicht hässlich sein.*

Gerhardt arbeitet bis spätabends und wird, wenn er nach Hause kommt, nicht müde, von seiner Arbeit zu sprechen. Abigail, eine geborene Zuhörerin, weiß die richtigen Fragen zu stellen. Wenn Tamar beim Abendessen den Eindruck macht, zugänglich zu sein, fragt Abigail sie vorsichtig über die Schule oder ihre Musikstunde aus, und Tamar antwortet mit sorgfältig gewählten Worten und einem schüchternen, flüchtigen Lächeln. *Sie möchte mir vertrauen. Irgendwann vielleicht!*

Mein Leben ist gerettet. Endlich.

In der Pause sagt Abigail zu Tamar: »Das nächste Ballettstück, das hab ich mit vierzehn zum ersten Mal gesehen. Es hat mir so gefallen! Ich wollte unbedingt Tänzerin werden. Tanzen, darin liegt eine solche Schönheit und eine Unschuld, die man sonst nirgendwo findet. Was mich betrifft, war es natürlich bloß Träumerei.« Tamar, die im Programmheft liest, sieht mit höflich-unbestimmtem Ausdruck kurz hoch, als Abigail spricht, und schaut wieder ins Programm, als Abigail weiterspricht: »Ich hab dir doch erzählt, oder? – ich hab mit acht den ersten Tanzunterricht gehabt. Aber –« Abigail verstummt, schämt sich auf einmal für ihre persönlichen Mitteilungen. Tamar liest sicher lieber im Programm.

Während des nächsten Tanzes, der Abigail weniger bekannt vorkommt als sie geglaubt hat, spürt sie, dass Tamar der Musik intensiv lauscht. Mit dem Takt, dem Rhythmus, der Bewegung, dem Schwebenden der Musik mitgeht. Abigail versucht mit Tamar und durch Tamar zuzuhören. Auf die Weise ist ihr das Ballett doppelt so lieb. Abigail hat Gerhardt allmählich lieben gelernt, in Maßen – sie hat sogar schon mit ihm geschlafen, zärtlich, ohne sonderliche Leidenschaft –, doch Gerhardt ist eine ihr bekannte, endliche Größe, während Tamar unzugänglich, geheimnisvoll bleibt. *Das Mädchen mit der roten Baskenmütze.* Insgeheim betrachtet Abigail Tamars schmales, feines Gesicht, die glatte, helle, makellose Haut, die düsteren Augen mit den langen Wimpern. In Abigails Augen gleicht Tamar der Primaballerina in diesem Ballett: sie springt davon, als die männlichen Tänzer nach ihr greifen, immer entzieht sie sich, sie darf nicht umarmt, nicht erobert werden; die Musik signalisiert Gelächter, Überschäumen. Die Bühne ist in ein flüssiges goldenes Licht getaucht. Bremsen, wie es aussieht, Hunderte von Bremsen! schwirren aus den Schatten heran, und die Tänzer springen und gleiten durch sie hindurch. Ein witziger, flotter Pas de deux bildet das Finale. Abigail freut sich an Tamars gespannter Aufmerksamkeit. Sie wünschte, sie hätte den Mut, Tamar die Hand zu drücken, wie sie es bei einer eigenen Tochter vielleicht getan hätte. *Schön, nicht?* Doch sie möchte Tamar nicht zu oft berühren, hat Angst, einmal abgewiesen zu werden.

Der letzte Tanz ist eine auf Motiven von Mozart beruhende Tschaikowski-Suite. Abigail kennt das Ballett und findet Trost in seiner vertrauten klassischen Choreographie. Die Tänzer in Weiß, geschmeidige junge Mädchen auf Spitzen, die erstaunlichen Füße der Tänzer, die nie (sichtbar) zittern oder Schmerz fühlen. Oder schwitzen. Abigail muss an den alten chinesischen Brauch denken, Frauen die Füße einzuschnüren. Die Füße einschnüren! Und dadurch Angehörige einer bestimmten Klasse praktisch zu verkrüppeln. Fürs Leben. Der kleine, zerquetschte Fuß. Ein missgebildetes weibliches Genital? Das ist sicher irgendetwas Symbolisches, aber Abigail möchte dem nicht weiter nachgehen.

Tamar ist um den 11. Februar 1988 in einem ländlichen Gebiet in der Nähe von Kanton geboren. Gerhardt hat gesagt, das Geburtsdatum stimme vermutlich nur ungefähr. Tamar könnte älter sein, oder auch jünger. Abigail fragt sich beklommen, wer Tamars Mutter gewesen sein mag. Wie alt war sie zu Tamars Geburt? Denkt diese Frau je an ihre weggegebene Tochter, oder war die Geburt des Kindes für sie kaum von Bedeutung? Die christliche Adoptionsagentur hat Tamar bestimmt das Leben gerettet. Denn weibliches Leben ist in China und Indien bekanntermaßen billig. Die Ermordung weiblicher Säuglinge ist gang und gäbe, wird pragmatisch gehandhabt. Abigail erschauert bei dem Gedanken, dass Tamar, die von Abigail vergöttert wird, nicht von jedermann vergöttert wird. Als Neugeborenes hätte sie brutal ausgelöscht, weggeworfen werden können wie Müll.

Leben verschlingt Leben, doch der Mensch durchbricht den Kreislauf, der Mensch erinnert sich.

Adam war trotz seines bodenständigen Humors und seiner unprätentiösen Art ein Träumer. Ein Träumer, der die Verzweiflung der Menschen, die Grausamkeit nicht zur Kenntnis nehmen wollte. Um sich über diese Verzweiflung zu erheben, muss man sich über die Armut erheben. Die Zivilisation ist dieses Erheben, dieser Aufstieg. Abigail ist klar, dass sie ihr privilegiertes Leben als weiße Amerikanerin, ganz zu schweigen von ihrem paradiesischen Leben in Salthill, nicht verdient. Doch sie ist entschlossen, es zu leben und ihm jedes Quäntchen Glück abzuringen, das sie kann.

Abigail ist nicht entgangen, dass die Leute sie und Tamar anschauen, wenn sie sich gemeinsam in der Öffentlichkeit bewegen. Man kann ihre Gedanken lesen – *Adoptiert?* Sie ärgert sich darüber und empfindet gleichzeitig einen Anflug von Stolz. Sie hofft, dass Tamar es nicht merkt. (Natürlich merkt es Tamar.) Abigail fragt sich beklommen, ob Tamar es eines nicht fernen Tages vielleicht leid sein wird, so gesehen, eingeordnet zu werden. *Ein adoptiertes chinesisches Waisenkind?* Vielleicht wird Tamar sie eines Tages ablehnen, die wohlmeinenden Weißen, die sie adoptiert haben. Abigail schwört sich, dass sie das Kind bei allem unterstützten wird, was es möchte.

Für sie nur Gutes. Glück.

Abigail wünscht sich, die Brutalität, die böse Hässlichkeit der Welt vor Tamar verstecken zu können. Diese Woche hatte sie die Lokalzeitungen vor Tamar versteckt, die Fotos von Lionel Hoffmann über reißerischen Schlagzeilen auf der Titelseite hatten: VON HUNDEN ZERFLEISCHT – BEWOHNER DES OLD MILL WAY TOT. Wie entsetzlich! Abigail hat vor der Beschreibung des eigentlichen Angriffs zu lesen aufgehört. Sich vorzustellen, dass Lionel Hoffmann auf diese Weise umgekommen ist, und nur wenige Meilen von Abigails Haus entfernt … Abigail fragt sich, ob Tamars Klassenkameraden davon gesprochen haben. Aber vielleicht hat Tamar es ja nicht gehört? Abigail hat den schrecklichen Unfall Tamar gegenüber nicht erwähnt, und sie und Gerhardt hatten noch keine Gelegenheit, darüber zu sprechen. Gerhardt hat zwar gefragt: »Hast du diesen armen Mann nicht gekannt, Abigail?«, doch Abigail hat schnell geantwortet: »Ja. Aber nicht gut, gut kannte ihn niemand.« Und hinterher ein schlechtes Gewissen gehabt, so als habe sie Lionel die Menschlichkeit abgesprochen: Eigentlich hatte Abigail Lionel Hoffmann immer gemocht, er war einer der netteren Salthiller Ehemänner: Über die Jahre hatte sie viele Male mit ihm getanzt und die steifen, sehnsüchtigen Finger des Mannes im Kreuz gespürt, sein unausgesprochenes Verlangen – unausgesprochen wie das ihre – danach, fest zu umarmen, in spontaner Leidenschaft, und wieder fortzuschieben. Erschauernd teilt Abigail Gerhardt mit: »Ich kannte Camille viel besser. Die arme Frau, es waren *ihre* Hunde.«

Abigail hat mehrmals bei Camille angerufen und war erleichtert, als niemand abnahm. Beatrice Archer hat ihr versichert, Camilles Familie sei gekommen, um ihr beizustehen. Hatte Abigail gewusst, dass Camille sieben Hunde hatte? *Sieben?* »Obwohl nur drei an dem Angriff beteiligt waren.« Abigail erkundigte sich nach dem Termin für das Begräbnis und erfuhr zu ihrer Überraschung, dass es keines geben werde, nur eine Einäscherung. »Eine Einäscherung? Wo?«, fragte Abigail. »Eine private Feier«, sagte Beatrice, »in diesem Nyack. Erinnerst du dich an Mr Shad?«

Der Tanz! Abigail versucht sich zu konzentrieren. Sie ist den Tränen gefährlich nahe. *Adam ist gestorben, ist seit über einem Jahr tot. Adam hat Tamar nie gesehen.*

Wenn Adam nicht gestorben wäre, hätte Abigail Tamar nie gesehen.

Das Mädchen mit der roten Baskenmütze hätte es für sie nicht gegeben.

Wo wäre Abigail dann in diesem Augenblick?

Sie versucht sich auf den Tanz zu konzentrieren, auf die komplexe Musik. Ballett ist der Inbegriff der Zivilisation. Ist unwirklich. Reine Schönheit. Liebe. Tamar lauscht gebannt, zieht vor Anspannung die Stirn in Falten. Wie beim Celloüben, da hat ihr Gesicht auch diesen Ausdruck tiefer Konzentration, und als Abigail sie am Computer gesehen hat … (Tamars Computer! Abigail hat sich geschworen, nie zu spionieren. Nie unaufgefordert das Zimmer des Mädchens zu betreten, wenn sie Mrs Gerhardt Ault ist.

Nie wird sie in Tamars Sachen herumschnüffeln, in ihren E-Mails und Heften. Abigail respektiert Tamars Privatsphäre. Und fürchtet, dass das, was sie dort vielleicht entdeckt, ihrer hohen Meinung von dem Mädchen Abbruch tun könnte.)

Liebe! Nichtwissen, was man wissen könnte.

Unerwartet ist es für Salthill ein Jahr der Liebe. Da sind Abigail Des Pres und Gerhardt Ault, und da sind Roger Cavanagh und Marina Troy. Roger und Marina lassen nichts verlauten über Zukunftspläne und leben anscheinend nicht zusammen, aber alle sind entzückt von ihrer Verbindung. Erst Rogers Kind. Jetzt Roger und Marina. Die beiden sehen aus, als seien sie hin und weg vor Liebe, benommen vor Glück. Aus ihrem einjährigen Exil ist Marina als Bildhauerin zurückgekehrt. Mit einem kühnen Streich hat sie sich ihr bemerkenswertes kastanienrotes Haar abgeschnitten. (Abigail hält dieses Haareabschneiden für einen Fehler, jetzt sieht Marina fast gewöhnlich aus.) »Liebst du Marina?«, hat Abigail Roger unumwunden gefragt, schließlich war Roger grob genug, sie zu fragen, ob sie Gerhardt liebe – als ob ihn das etwas anginge –, und Roger hat gesagt: »Ich vergöttere Marina! Schon immer. Und man sieht, dass sie Adam vergöttert.«

Für einen Moment war Abigail verwirrt: »›Adam‹ ...«

»Meinen Sohn.«

Der Tanz geht zu Ende. Das letzte Ballett. So bald! Schamlos hat Abigail sich ihrem Tagtraum hingegeben. Sie hofft, Tamar hat es nicht gemerkt. *Was für eine Heuchlerin, meine Stiefmutter.* Nein, Tamar hat sicher nichts gemerkt. Abigail applaudiert laut, applaudiert, bis ihr die Hände wehtun, spürt eine Woge freudiger Erregung, als die Tänzer sich verbeugen, schüchtern hinausblicken zu dem begeisterten Publikum; als sie ein letztes Mal von der Bühne abgehen, empfindet Abigail plötzlich einen Verlust, eine Enttäuschung. Sie ist aus dem Paradies vertrieben – zurück ins Leben.

Abigail fällt auf, dass Tamar das unter den roten Plüschsessel gefallene Programmheft zurücklässt.

Aus dem Paradies vertrieben. Mitten hinein nach Manhattan.

Als sie zu Abigails Wagen zurückgehen, der auf einem Parkplatz in der 66. Straße West steht, werden Abigail und Tamar urplötzlich von mehreren aggressiven jungen Männern überfallen, die knapp unter oder über zwanzig sind, laut, betrunken, lüstern grinsen: »Hey, Lady. Reich was rüber!« Abigail hat einen verschwommenen Eindruck von grinsenden Mündern, gebleckten Zähnen, dunkler, großporiger Haut, einem schmutzigen Sweatshirt mit dem Konterfei eines TV-Wrestlers; instinktiv tritt sie zwischen Tamar und die Männer. Hinterher wird sie sich erinnern, dass Fußgänger sie anstarren, schnell den Blick abwenden und eilig weitergehen. Einen halben Block entfernt steht ein uniformierter Polizist auf dem Broadway, der nichts bemerkt oder gleichgültig ist. Abigail wird gestoßen, geschubst, ihre Handtasche wird ihr entrissen, sie umklammert sie. »Verschwindet! Lasst uns in Ruhe!« Ein Junge mit rasiertem Schädel schreit Abigail eine Obszönität ins Gesicht, schlägt ihr mit der Faust an die Schläfe. Abigail müsste eigentlich zu Boden gehen, von dem Schlag dröhnt es ihr im Ohr, aber sie hält stand, weigert sich, zu fallen oder ihre Handtasche herzugeben, die ist aus teurem Leder, ein italienisches Fabrikat, sie ist eine wilde Frau, die um Hilfe schreit, sie wird das Mädchen beschützen, versucht sogar (mit ihren hochhackigen Slingpumps) nach den Angreifern zu treten, die sie umringen, sie anpuffen und stoßen und lachen, und mit einem Mal rennen sie über die Straße, ganz drängelnde Fußgänger, trommeln mit den Fäusten auf die Motorhaube eines Taxis. Sind so gefährlich wie verspielte Hunde, so schnell, wie sie sich auf ihre Beute stürzen, sind sie auch wieder verschwunden.

Abigail ist benommen, das Adrenalin jagt wie flüssiges Feuer durch ihr Blut. Sie sieht das Mädchen dicht neben sich, das Mädchen, das ihr so viel bedeutet, Tamar, ihre Stieftochter, Tamar, die sie mit großen Augen anstarrt, als sähe sie Abigail zum ersten Mal. »Abigail –?« Das Mädchen sagt es mit Nachdruck. Sie hat Abigails heftig zitternde Hand genommen, und Abigail schließt Tamar fest in die Arme, weint vor Erleichterung. »Oh, Liebling.«

Die beiden stehen, die eine in den Armen der anderen zitternd, auf dem Gehweg der 66. Straße West, und Abigail denkt: *Ich war noch nie so glücklich.*

Die Liebenden bei Nacht

»... aber warum *heiraten*! So ... spät noch?«

»Spät? Es ist genau der richtige Zeitpunkt.«

»Wir kennen uns seit Jahren.«

»Wir haben einander nie gekannt. Wir hatten jeder falsche Vorstellungen vom anderen.«

»Wir hatten jahrelang falsche Vorstellungen. Ja. Aber jetzt heiraten, käme dir das nicht ...«

»Marina, was? Das ist ja fast beleidigend.«

»Jeder ist verheiratet.«

»Sind wir nicht ›jeder‹? Sind wir ›niemand‹?«

»... irgendwie ... altmodisch vor?«

»Sich verlieben ist altmodisch? Einem anderen zugetan sein? Mit einem anderen zusammenleben wollen?«

»Aber wo sollen wir denn wohnen, Roger? Du möchtest nicht in mein kleines Haus ziehen, und ich kann es dir nicht verdenken. Aber dein Stadthaus, das bist so ganz und gar du.«

»Wir kaufen uns ein eigenes Haus. Morgen.«

»Roger! Das ist keine gute Idee.«

»Warum denn nicht?«

»Es kommt so ... unverhofft.«

»Ich bin unverhofft. Ich hab ein Faible für Unverhofftes.«

»Du bist ... ein ungestümer Mensch.«

»Weil ich dich dazu verleitet hab, einen kleinen Gesetzesverstoß zu begehen?

»Hast du nicht. Ich wollte es ja.«

»Nein. Ich hab dich verführt. Und dann hab ich mich in dich verliebt.«

»... so war das?«

»Ganz genau. Du hast eine gefälschte Unterschrift bezeugt, und ich dachte *Ich liebe sie!*«

»Ich hab dich nicht geliebt. Ich hatte Angst vor dir.«

»Du hast keine Angst gehabt, Marina. Du warst verächtlich.«

»Nein.«

»Du bist auch jetzt verächtlich.«

»Roger, *nein.*«

»Du kannst mich nicht anlügen, Marina. Ich kenne dich zu gut.«

»Ich habe Angst davor, mit ... einem Anwalt verheiratet zu sein.«

»Was soll das denn heißen?«

»Ein Anwalt betrachtet die Welt als Möglichkeit für Manipulationen ...«

»Und eine Bildhauerin.«

»Ich bin keine Bildhauerin. Das ist fast beleidigend.«

»Schau, du liebst Adam doch, oder?«

»Adam ...«

»Meinen Sohn. Meinen Sohn Adam.«

»Natürlich liebe ich Adam. Ich vergöttere ihn.«

»Und Adam braucht eine Frau um sich, gleich. Er braucht eine Mutter. Sonst ist er verwirrt und denkt, die Nanny ist seine Mutter. Und du möchtest doch nicht, dass Adam verwirrt aufwächst.«

»Roger, sei nicht albern.«

»Dann kaufen wir also ein Haus. Morgen. Ich hab schon ein bisschen rumtelefoniert.«

»Das ... macht mir Angst.«

»Am Fluss. Wir kaufen uns ein Haus am Fluss.«

»Ist das eine gute Idee? Es erinnert uns dauernd an ...«

»Mit ihm kommt man gut aus, glaub ich. Ist man doch auch, als er noch lebte, oder?«

»... aber können wir uns ein Haus überhaupt leisten, Roger? Ich kann es nicht.«

»Ich schon.«

»Und ich, ich soll mein Haus dann wohl verkaufen? Ich mag dieses Haus, Roger.«

»Es ist ein reizendes kleines Häuschen. Die Fußböden sind zwar uneben, Feuchtigkeit dringt durch, Gläser fallen vom Tisch – aber egal. Ein normal großer Mann schlägt sich den Kopf an, wenn er durch eine Tür geht – auch egal. Und jedes Mal, wenn ich in dieses Zimmer komme, rechne ich damit, die sieben Zwerge in diesem Bett vorzufinden.«

»Die Buchhandlung missfällt dir dann wohl auch.«

»Die ›idyllische‹ kleine Buchhandlung. Die hab ich am allerliebsten.«

»Wenn sie so idyllisch ist, dann investier doch. Molly und ich würden gern den Nachbarladen kaufen und die Mauer durchbrechen ... Was ist so komisch?«

»An diesem Gespräch ist gar nichts komisch. Wir entscheiden über unsere Zukunft.«

»Roger, ich bringe es nicht fertig, dieses Haus ... zu verkaufen. Wenn etwas schief geht ... zwischen uns. Ich bin nicht mehr jung genug, um ...«

»Du bist gerade jung genug. Tu, was du willst. Behalt das Haus oder verkauf's. Es ist deins.«

»... ich könnte es vielleicht als Arbeitsraum benutzen. Falls du das nicht für Verschwendung hältst.«

»›Verschwendung?‹ Wieso denn?«

»Ein ganzes Haus, bloß zum ... Arbeiten.«

»In wessen Augen sollte das Verschwendung sein? Scherst du dich darum?«

»Ich bin nicht sicher. Ich glaube, ja ... manchmal. Was die Leute denken ...«

»Was die Leute denken – scheiß drauf.«

»Andere Menschen, das ist alles, was wir *haben*.«

»Nein. Uns – das ist alles, was wir haben.«

»Das glaubst du doch selbst nicht. Wir leben in der Welt.«

»Ist Salthill die Welt?«

»Irgendwo müssen wir anfangen ...«

»Schau, Marina: liebst du mich?«

»Ja. Glaub schon.«

»Du ›glaubst‹? Was soll das wieder heißen?«

»Ja. Ich liebe dich. Ich hab mich entschieden ... ja.«

»Das genügt. Dann fangen wir da an.«

Die Heimkehr

Eine Frau war in der Mitte ihres Lebens von zu Hause geflohen, um eines Tages nach Hause zurückzukommen. Und war, als sie nach Hause zurückkam, erstaunt über die Veränderungen, die sich in ihrer Abwesenheit vollzogen hatten.

»Owen, meine Güte. Diese Gärten! Wie … wann hast du …? Die sind ja wunderschön.«

»Ich hatte gehofft, dass du sie eines Tages sehen würdest, Augusta. Ich habe nie den Glauben daran aufgegeben, dass du … lebst.«

Wie ein frischverliebtes junges Paar hielten sie einander bei der Hand und hatten – im Moment – nicht den Mut, einander anzusehen.

Ein Jahr und ein Tag. Wo war die Zeit geblieben?

Egal, Augusta Cutler war wieder da.

Salthill-on-Hudson kam ihr so seltsam vor! Nach der Weite des Westens so klein, so fein, so privilegiert, so ewig gleich wie eine schicke, modische Uhr, die wichtigtuerisch tickt und so wichtig gar nicht ist. Allein schon die Straßen – die Gassen, Pfade, Steige, Wege und Plätze – waren zu eng. Die teuren, herrlichen Häuser standen zu dicht nebeneinander, sogar die »Landsitze« auf den diversen Morgen Grund. Und das Haus der Cutlers erst! Normannischer Stil, sechs Schlafzimmer, am Pheasant Run. Sie hatte lachen müssen, als sie es zum ersten Mal sah. Lächerlich groß schon für eine Familie, und erst recht für ein Ehepaar in mittleren Jahren, dessen

Kinder längst erwachsen und aus dem Haus sind. (»Was haben wir uns dabei gedacht, als wir das gekauft haben? Wer waren wir?«) Trotzdem, das Grundstück war schön, Augusta musste es anerkennen. Es verhieß etwas Illusorisches: dass es seinen Bewohnern einen gewissen moralischen, geistigen Wert verlieh – Augusta muss auch das anerkennen. Und es war ihr Zuhause.

Am meisten staunte Augusta darüber, wie sich ihr Mann Owen verändert hatte.

(»Ist *das* Owen? Oder ein älterer Verwandter … ?«)

Owen war nicht bloß gealtert und inzwischen fast kahl, der Schädel mit hellem weichem Flaum bedeckt, er sprach inzwischen auch viel verhaltener, mit einem bestürzenden Zögern in der Stimme: dem Zögern eines Menschen, der nicht mehr absolut sicher ist, was *ist* und was *nicht ist.* Owens Augen waren jetzt die nackten, bloßen Augen eines Menschen, der allen Stolz – und folglich alle Scham – verloren hat. Von Selbstgefälligkeit keine Spur, aber vielleicht etwas von der Klugheit einer uralten Schildkröte. Das barsche patrizische Gebaren, das Augusta einmal sexuell erregt und schließlich abgestoßen hatte, war wie weggeblasen. Glatt wie alter, abgeschliffener Stein kam ihr Owen Cutler jetzt vor.

Er sah Augusta an, die Augen halb zugekniffen, so als sei sie in ein himmlisches, blendendes Licht getaucht. Rief wer weiß wie oft: »Augusta, Liebling! Willkommen zu Hause. Du machst mich so *glücklich.*«

Glücklich! Und kein böses Wort.

Augusta schüttelte verblüfft den Kopf.

Sie war als braun gebrannte magere Frau nach Salthill zurückgekommen. Das rosige Renoir-Fleisch, ihr Markenzeichen, ihre frappierende sinnliche Schönheit, war weggeschmolzen. Jetzt war sie hübsch, fiel auf. Die kräftigen aschgrauen Haare fielen ihr wie eine Mähne auf die Schultern. Ihre Jeans war an den Knien schmutzig, ihr Sweatshirt hatte sie in einem Café am Straßenrand gekauft. Ihre bloßen Füße steckten in schmutzigen Leinenschuhen. Ihre Fingernägel waren kurz geschnitten und nicht ganz sauber. (Die schönen Ringe saßen zu locker auf ihren Fingern und passten nicht mehr zu ihr.) Unbewusst sah Augusta in Salthill immer wieder zum Himmel, irritiert von den vielen Bäumen, dem dichten Blattwerk. Kein Horizont! Es war ein seltsam reduziertes Leben ... man rechnete fast damit, dass die Bewohner dieser Region kleinwüchsig und blutarm waren und blind wie Maulwürfe die Augen zukniffen.

Owen führte sie ungeduldig und stolz in den Garten an der Rückseite des Hauses, der im Grunde drei Gärten in einem war. Augusta schaute ungläubig.

Im ersten, direkt neben der gefliesten Terrasse, standen Rosen in allen Farben und Schattierungen: karminrote, gelbe, malven- und rosafarbige, creme- und eierschalenweiße. Im zweiten, an einer kleinen Anhöhe gelegen, wuchsen Dahlien, Begonien, Zinnien, Ringelblumen, Gladiolen. Der dritte, terrassenförmig an einem Hang angelegt, war ein Gemüsegarten, in dem jetzt im Herbst alles üppig gedieh: Strauchtomaten waren bis auf einsachtzig in die Höhe geschossen, am Boden Kürbis und Zucchini in Hülle und Fülle, Paprika, Basilikum und Thymian, Honig- und Wassermelonen.

Augusta begriff: *Es ist Adams Garten. Nur –*

Wesentlich anspruchsvoller und besser gepflegt als seiner.

»Für dich, Augusta«, sagte Owen leise. »Du siehst, ich habe nie geglaubt, dass du ... tot bist.«

Während Augusta noch staunte über diese Pracht, gezogen von einem Geschäftsmann mit scheinbar begrenzter Phantasie, der sich kaum die Zeit genommen hatte, über sein eigenes Grundstück zu schlendern, und dessen »sportliche Betätigung« darin bestanden hatte, missmutig mit einem motorisierten Wägelchen über den Salthiller Golfplatz zu kurven, führte Owen sie wie eine Braut in ein Gewächshaus – *ein Gewächshaus!* –, in dem leuchtende tropische Orchideen von unübertrefflicher Schönheit und Feinheit in der dampfigen Luft zu schweben schienen.

»Owen, wann hast du das gebaut? Mein Gott!«

»Letzten Winter. Die Idee dazu ist mir im Traum gekommen. Oder, vielmehr – du bist mir im Traum erschienen. *Du* hast die Anregung gegeben.« Owen lächelte beinahe schüchtern. »Du hast mir eine Orchidee entgegengestreckt und mir versprochen, zurückzukommen, ›wenn die Orchideen blühen‹. Ich war so glücklich in dem Traum, Liebling, obwohl es, wenn ich wach war, dazu weniger Anlass gab.«

Die Worte standen im Raum, unabgeschlossen. Augusta war versucht *Owen, es tut mir Leid* zu sagen.

Doch sie konnte nicht. Die Worte blieben ihr im Halse stecken. Ihr tat nichts Leid, und sie wollte nicht lügen.

Dies war eine der Bedingungen, die Augusta sich selbst gestellt hatte, als sie beschloss, nach Salthill zurückzukehren. Keine Lügen mehr. Nicht einmal, um andere glücklich zu machen.

In Montana hatte Augusta wesentlich ältere Männer gesehen, Männer wie Owen Cutler, denen das Leben unauffällige Wunden geschlagen hatte, die sich aus dem Existenzkampf zurückgezogen hatten, Ex-Viehzüchter vielleicht, scheinbar wohlhabend und doch zögernd, verunsichert. So als wagten sie sich auf dünnes Eis. Die jüngeren übersahen diese älteren Männer, viele Frauen auch. Ihr sexuelles Draufgängertum war verflogen, das Kraftvolle, die männliche Selbstachtung und Selbstgewissheit. In der Blüte ihrer Jahre waren sie »erfolgreich« gewesen, doch dann war ihnen, vielleicht plötzlich und unerwartet, irgendetwas widerfahren – Krankheit, ein Unfall, finanzielle Verluste, enttäuschende Kinder, die Scheidung, ein Tod –, das sie gebrochen hatte und an allem zweifeln ließ, woran sie glaubten. Trotzdem war ihre Wunde irgendwie geheilt, und sie hatten beschlossen zu leben, und zwar glücklich, solange das möglich war. Als sie Owen jetzt in diesem Licht sah, sah sie ihn mit neuem Respekt. Sie hatte einen Mann vor sich, den sie nicht verlassen hätte – zumindest nicht auf die Art, wie sie es getan hatte, dem sie nicht hätte wehtun, den sie nicht hätte auf die Knie zwingen wollen.

Owen sagte im Ton eines Menschen, der eine Schwäche eingesteht: »Ein Privatdetektiv, den ich engagiert habe, um dich zu suchen, ein Mann namens Elias West, er hatte die besten Referenzen, hat mich anfangs glauben lassen ... machte mir Hoffnung ... er hatte eine Handtasche von dir gefunden, in Miami ... gestohlen? ... und später ... oh, Gott, Gussie, das ist schrecklich, ich glaube, das kann ich dir nicht erzählen ...« Owen verstummte und wischte sich die Stirn mit einem Taschentuch ab. »Vielleicht ein andermal, Liebes. Ich musste nämlich ... eine Frauenleiche identifizieren ... in Florida. Und ...« Owen war so bewegt, dass Augusta für einen Moment in Panik war. Elias West hatte also eine geeignete Leiche aufgetrieben? Augusta wollte es nicht wissen.

»Ja«, sagte sie kurz angebunden. »Eine Handtasche wurde mir gestohlen. Im April.«

»Da glaubten wir natürlich, dass du in Miami bist. Schon das Wissen, dass du irgendwo bist, dass du lebst ... gab mir Hoffnung.«

Owen führte Augusta weiter durch das Gewächshaus und nannte ihr die Namen der Orchideensorten. Ja, sie waren schön. Waren nutzlos, schön. Augusta erinnerte sich undeutlich an das erste Orchideensträußchen, das sie am Mieder getragen hatte, über vierzig Jahre war das her. Vierzig Jahre! Als sie es sich an ihr Ballkleid anstecken wollte, hatte sie es fertig gebracht, sich in die linke Brust zu stechen.

Augusta nahm sich vor, noch diese Woche wieder mit dem Fotografieren anzufangen. Sie würde einen Kurs in der Stadt besuchen. Würde ein Zimmer des Hauses in einen Arbeitsraum mit Dunkelkammer verwandeln. Sie sah sich zukünftig Fotoreisen unternehmen. Vielleicht fotografierte sie die Orte ihrer längst vergangenen Jugend, wie sie die Adam Berendts fotografiert hatte. Vielleicht fuhr sie noch einmal nach Florida und in den Westen. Den Südwesten gab es ja auch noch. Sie würde allein reisen. Aber immer nach Salthill zurückkommen.

Elias West. Augusta musste es zugeben, schon der Klang dieses Namens weckte ihr Interesse. Was für eine Persönlichkeit! Was für ein Mann.

Und auch als Liebhaber nicht ohne.

Vielleicht sah man sich ja wieder?

Nein. Augusta hatte Wests Nummer fortgeworfen. Dieser West hatte etwas Falsches und Berechnendes an sich, dem konnte man als Frau nicht trauen. In einer Regung von Vernunft und Selbstverleugnung hatte Augusta seine Nummer fortgeworfen.

Wiederum: West, Privatdetektiv, dürfte nicht schwierig sein, den aufzustöbern. Sicher fand man seinen Namen im Internet. Und irgendwo in Owens Unterlagen auch.

Es war ein strahlender Septembermorgen gewesen, als Augusta Owen anrief. Sie hatte sich in Montana eine Hütte mit Blick auf den schneebedeckten Scapegoat Peak gemietet. Warum die Entscheidung genau in diesem Moment fiel, hätte Augusta nicht zu sagen gewusst. Nur dass eine andere Jahreszeit anfing; sie war lange genug fortgewesen. Sie war schließlich einsam. Salthill fehlte ihr.

Der Hörer wurde beim ersten Läuten abgenommen.

»Owen? Ich bin's.«

»... Augusta?«

Die Leitung war still. Noch in dem Moment hätte sie wieder auflegen können. »Ja. Ich.«

»Augusta! Liebling! Kommst du ... nach Hause?«

Wie herzlich, die Stimme Owens. Kein Vorwurf, nicht der leiseste Anklang von Zorn. Der alte Owen, dachte Augusta, wäre wütend gewesen und hätte, ihre Stimme hörend, sofort den Hörer aufgeknallt. Der alte Owen hätte längst aufgehört, sie zu lieben, und die Scheidung eingereicht.

»Ja.«

Sie begann zu weinen. Doch das merkte Owen nicht.

Augusta gab Owen keine Erklärung für ihr Verhalten. Ihre letzte Kaprice (wie ihre Kinder es sahen) bestand darin, erst Tage nach dem erwarteten Datum zu Hause aufzukreuzen, und das, ohne zwischendurch noch einmal angerufen zu haben. *Ein Jahr und einen Tag fort. Gerade lang genug.* Owen wartete am Beginn der Einfahrt, als Augustas Mietwagen schließlich auf den Fahrweg einbog, und er lief ihr entgegen, begrüßte sie lachend, atemlos, das Gesicht gefährlich gerötet, küsste ihr die Hände und das Gesicht, als sie es ihm erlaubte. Augusta blinzelte Tränen weg und wollte nicht emotional werden. Sie hatte ein ganzes Jahr – was betrauert? Investierte Gefühle vielleicht. Dass es vorbei war, nein! nicht mit ihrer Jugend, denn damit war es längst vorbei, sondern mit dem Anspruch, der Erwartungshaltung der Jugend. »Ja. Hier bin ich.«

Owen war dankbar für Augustas Rückkehr, wie ein Verdurstender dankbar ist für einen mit Wasser getränkten zerknitterten Lappen, er forderte keine Erklärung. »Wichtig, Liebling, ist nur ... du bist da.«

Ihren erwachsenen Kindern, ihren zahlreichen Freunden und Verwandten gegenüber erwähnte sie mit keinem Wort, wo sie gewesen war und warum. War sie mit einem Geliebten gereist? Hatte sie sich bei Verwandten oder Freunden versteckt, die ihr Geheimnis gehütet hatten? *Wo* war sie gewesen? Und warum diese radikale Veränderung ihres Äußeren, sogar ihrer Stimme? (Augusta stellte keine Veränderung an ihrer Stimme fest. War sie jetzt tonloser, weniger nuanciert? War sie kürzer angebunden? Lächelte gar weniger?) Angesichts ihrer stillen Reserviertheit mochte ihr keiner Paroli bieten. Als ihr ältester Sohn Mark sie missbilligend ansah und vorwurfsvoll »Mutter. Wir waren außer uns vor Sorge. Um Himmels willen, wie konntest du nur ...« sagte, hob Augusta drohend den Zeigefinger, wie jemand den Lauf einer Waffe hochhält, und der empörte junge Mann verstummte.

(Anderen Familienmitgliedern gegenüber klagte Mark: »Mutter ist total verändert. Sie ist nicht bloß egoistisch und eigensinnig, das war sie immer. Aber jetzt erkenne ich sie nicht wieder. Kein Makeup, und diese hässlichen, wilden Haare. Und sie hat *Muskeln* an den Beinen. Herrgott! Sie sieht aus, als habe sie in einem Reservat im Westen mit Indianern zusammengelebt.«)

Schließlich zeigte Augusta, da sie stolz darauf war, Owen und ein paar Salthiller Freunden ihre Mappe mit den Fotos. *Red Lake, Minnesota & Beauchamp, Montana* lautete der geheimnisvolle Titel. Sie gaben Kommentare zu den einzelnen, eindrucksvollen Aufnahmen ab, fünfzig oder sechzig Abzüge insgesamt, alle schwarz-weiß, ohne recht zu wissen, was sie damit anfangen sollten. (Warum Minnesota und Montana? Warum hatte Augusta unbedingt so *weit weg* müssen?) Augusta aber, zwar sichtlich fasziniert von ihren eigenen Fotografien, verriet abgesehen vom Ort ihrer Entstehung nichts. »Das? Ein Gefängnis?«, fragte Beatrice Archer verwundert. »Wie hässlich! Und dieses Grabkreuz ›Elsie Brady, Holly Brady‹. Wo ist das aufgenommen?«

»In Beauchamp, Montana.«

»Aber warum? Ich meine – warum hast du so viele Bilder von diesem einen Grab gemacht, Augusta, und von anderen nicht?«

»Weil ich es wollte«, erwiderte Augusta trocken. Sie klappte die Mappe zu – Ende der Diskussion.

Augusta erzählte niemandem, was sie über Francis Xavier Brady herausgefunden hatte. Sie bewahrte Adam Berendts Geheimnis, als ob es ihr eigenes wäre.

Seit dreißig Jahren verheiratet, und doch, als sie beide allein waren, schüchtern und verlegen wie frisch Vermählte.

Owen Cutler kam auf sie zu wie ein Bräutigam, brachte Augusta eine große, reife Honigmelone aus dem Garten.

Die Honigmelone roch nach Herbstsonne und fetter warmer Erde, der Duft hatte etwas Süßlich-Beißendes, wie Rinde. Mit einem langen Messer schnitt Owen schmale Scheiben heraus, zum In-die-Hand-Nehmen. »Owen, deine Melone ist wunderschön. Und sie schmeckt herrlich.« Augusta biss in die blassgrüne Frucht, die ein klein wenig überreif war, und ihr lief das Wasser im Munde zusammen, obwohl Honigmelonen nicht ihre liebsten Melonen waren. Saft floss ihr über die Finger und über den bloßen Unterarm.

»Köstlich, nicht?«, sagte Owen zufrieden.

An einem von der allmählich blasser werdenden, aber immer noch warmen Herbstsonne beschienenen Fleckchen saßen sie zusammen auf der Terrasse an einem weißen gusseisernen Tisch, den sie schon lange hatten. Augusta staunte über ihren Appetit und aß hastig mehrere Scheiben Melone. Owen sah ihr mit einem hingebungsvollen Blick zu, dass sie ihn am liebsten ausgelacht und ihr Gesicht bedeckt hätte. »Es ist wie in meinem Traum, Augusta. Ich bepflanze meinen Garten und ernte ihn, und du kommst zurück. ›Ein Jahr und ein Tag‹ – irgendwie hab ich das gewusst. Obwohl ich nicht zu hoffen wagte, dass es tatsächlich so kommt.«

Augusta lächelte unschlüssig. »Du hast mich nicht abgeschrieben, Owen.« Es war eine als Aussage formulierte Frage, die sie nicht direkt hatte stellen mögen.

»Niemals!«

Dann fügte er hinzu: »Doch, ja. In schwachen Momenten schon. Ich glaubte zwar, dass du wiederkommst, musste mir aber eingestehen, dass es vielleicht anders ausgeht. Dass dir etwas passieren könnte.«

Augusta sagte langsam: »Mir ist vieles passiert, Owen. Aber ich bin wieder da.«

Owen schnitt noch eine Scheibe Melone ab und hielt sie Augusta hin, Augusta schloss ihre Hände um seine und aß. Die Stimmung war plötzlich gelöst, verliebt. »Owen, du erstaunst mich. Das ist mein voller Ernst.«

»Und du mich, Augusta. Diese Fotos! Du bist jetzt eine Frau mit Geheimnissen.«

Augusta war schon immer eine Frau mit Geheimnissen gewesen. Doch durch ihr Schweigen bestätigte sie Owens Feststellung.

»Und, deine Geheimnisse, verrätst du mir die mal?«

Owen sagte es leise, mit Wehmut. Sein steinglattes Gesicht war um das Kinn herum weicher geworden, er hatte sich frisch rasiert. Seine Augen kamen Augusta seltsam nackt vor, als habe er keine Wimpern. Man sah sie nicht bloß, man sah in sie hinein. (Und ihre Augen? Ohne Make-up sicher ebenfalls nackt und bloß.) Mit der Messerspitze schälte Owen klebrige, mit Fasern behaftete Samen aus der Melone heraus. Die das Messer haltende Hand zitterte kaum merklich.

»Nie, Owen.«

»Du warst ... mit einem Mann zusammen, ja?«

Augusta lachte, Hitze stieg ihr ins Gesicht. Sie aß eine dünne Scheibe Melone, saftige Melone, biss gierig mit ihren festen Zähnen hinein. Owen sah zu. Sein Atem ging schneller, er rieb sich nervös die Finger.

»Ich hoffe, du hast ihn wenigstens geliebt«, sagte er. »Dass es ...«, Owens Lächeln war tapfer, zaudernd, »... eine wichtige Erfahrung war.«

Augusta streichelte ihrem Mann die Hand, fuhr mit den Fingerspitzen über die harten Knöchel. Zu ihrer Überraschung hatte sie festgestellt, dass er Schwielen an den Händen hatte. Es war fast dunkel. Eine warme, verschwiegene Dunkelheit zog aus den Gärten heran, deren lebendige Farben und Details nun von Schatten eingeebnet wurden. Kurz darauf gingen die Cutlers ins Haus, machten Licht und bereiteten sich in der Küche eine Mahlzeit zu; später zogen sie sich nach oben in ihr Schlafzimmer zurück. Wie lange war es her, dass sie das Bett geteilt, geschweige denn sich in den Armen gelegen hatten! Ihre Küsse waren scheu und voller Hoffnung. Als sie sich liebten, geschah es zärtlich und versöhnlich. Augustas Augen füllten sich mit Tränen bis zum Rand, und es waren keine Tränen des Schmerzes.

»Aber ich bin zu dir zurückgekommen, Owen. Und ich gehe nie wieder fort.«